本书出版获复旦大学中文系『985』三期学术著作资助项目支持

READER OF COMPARATIVE POETICS

比較詩學

比较诗学读本（中国卷）

杨乃乔 主编

首都师范大学出版社
CAPITAL NORMAL UNIVERSITY PRESS

图书在版编目(CIP)数据

比较诗学读本. 中国卷 / 杨乃乔主编. —北京：首都师范大学出版社，2014.5
(2015.10. 重印)
ISBN 978-7-5656-1880-2

Ⅰ.①比… Ⅱ.①杨… Ⅲ.①比较诗学—中国 Ⅳ.①I106.2

中国版本图书馆 CIP 数据核字(2014)第 094119 号

BIJIAO SHIXUE DUBEN ZHONGGUOJUNA
比较诗学读本(中国卷)
杨乃乔 主编

责任编辑 王亚利
首都师范大学出版社出版发行
地 址 北京西三环北路 105 号
邮 编 100048
电 话 68418523(总编室) 68982468(发行部)
网 址 www.cnupn.com.cn
北京集惠印刷有限公司印刷
全国新华书店发行
版 次 2014年7月第1版
印 次 2015年10月第 2 次印刷
开 本 787mm×1092mm 1/16
印 张 30.75
字 数 651 千
定 价 68.00 元

目　录

比较诗学的翻译与译者诗学的操控
——兼论 21 世纪后孔子时代的中国知识分子
（代序）

杨乃乔

近几年来，我们一个学术群体一直在编译一套两卷本的《比较诗学读本》（西方卷与中国卷）。最初，我们以为这仅是一项纯然的学术编译工作，然而，在策划、选目、翻译与出版的过程中，我们却遭遇了多种学术困惑。在这项学术工作即将结束之际，我们感觉到有必要就相关问题做一个反思，以引起学界的讨论。

雷纳·艾田伯（René Etiemble）是法国著名比较文学研究者，20 世纪 60 年代，他发表了《从比较文学到比较诗学》（"From Comparative Literature to Comparative Poetry"）这篇重要的文章。在这篇文章中，雷纳·艾田伯准确地预言了比较文学将不可遏制地导向比较诗学，从而揭示了当时欧美比较文学研究倾向于理论化的学术迹象：

> 历史的质询和批评的或美学的沉思，这两种方法认为它们自己是直接相对立的，而事实上，它们必须相互补充，如果把这两种方法结合起来，那么比较文学将不可遏制地导向比较诗学（comparative poetry）。[①]

众所周知，法国是比较文学研究崛起的创生地，并且在影响研究的学术观念上崇尚跨国文献之整理与考据的方法论，也以此构成了显赫一时的法国学派。当然，法国学派之所以倚重从跨国文学史研究的视域展开比较文学研究，这与法国学派诸学者在哲学的层面上崇尚唯事实主义（factualism）、唯科学主义（scientism）与唯历史主义（historicism）有着密切的学缘关系，因为，那个时代的法国学界受孔德、穆勒和斯宾塞之实证主义（positivism）哲学的影响。

在中国古代学术思想史上，规避于汉语本土崇尚文献整理与考据的乾嘉学派，

---

① 雷纳·艾田伯：《从比较文学到比较诗学》（René Etiemble，"From Comparative Literature to Comparative Poetry"），见于雷纳·艾田伯：《比较文学的危机》（René Etiemble，*The Crisis In Comparative Literature*，Michigan State University Press，1966，p. 54.）。按：英文译本原文如下："By combining the two methods which consider themselves diametrically opposed but which，in fact，must complement each other—the historical inquiry and the critical or aesthetic reflection—comparative literature would then be irresistibly drawn towards comparative poetry."

其生成的历史原因是那个时代官方大兴文字狱的结果，当然，其中也潜含着一个不可或缺的学术逻辑，即乾嘉时期的经古文学家对宋代理学与明代心学从义理的角度空疏释经的抵制。而有着共通性的是，或许我们也可以操用现代学术话语给出一个评判：呈现在文学研究的方法论及其学术观念上，乾嘉学派表现在文学研究的面向上也是拒斥批评、理论与美学的，当然，那个时代的中国古代文学研究只有评点式的批评及潜在的理论思想与美学思想。在《读〈拉奥孔〉》一文中，钱钟书提及狄德罗的《关于戏剧演员的诡论》及其戏剧表演理论时认为：

> 中国古代民间的大众智慧也觉察那个道理，简括为七字谚语："先学无情后学戏"。狄德罗的理论使我们回过头来，对这句中国老话刮目相看，认识到它的深厚的义蕴；同时，这句中国老话也仿佛在十万八千里外给狄德罗以声援，我们因而认识到他那理论不是一个洋人的偏见和诡辩。①

西方比较文学研究的法国学派与中国古代文学研究的乾嘉学派也仿佛在十万八千里之外相互呼应着，我们千万不能在学术观念与方法论上有一种错觉，认定西方学术更多的是在哲学及其相关理论的推导下把文学研究带向理论的逻辑思辨，实际上，法国学派在那个时代对文献的跨国整理与考据之讲求，其较之于乾嘉学派有过之而无不及。的确，法国学派与乾嘉学派在文学史研究的方法论上获有一致性，然而两者的学术观念与学术视域则有着本质上的差异：法国学派崛起的动力学因素是源起于那个时代西方哲学的信仰，在方法论上，其是走向国际的文献整理；而乾嘉学派生成的动力学因素是规避于那个时代官方政治的话语暴力，在方法论上，其是止限于本土传统文化之文献的考据与训诂等。

无论如何，法国学派的崛起为止限于本土语境下的文献整理与考据敞开了一方国际性研究视域，也顺应了语际文献整理与跨国考据形成的必然性；当然，同时法国学派也宣告了文学研究在学术本质之观念上与批评、理论及美学的绝交。理解了这一点，也就理解了早期法国比较文学研究者梵·第根(P. Van Tieghem)在《比较文学论》(1931)中第一次为比较文学所给出的相对完整的定义：

> 真正的"比较文学"的特质，正如一切历史科学的特质一样，是把尽可能多的来源不同的事实采纳在一起，以便充分地把每一个事实加以解释；是扩大认识的基础，以便找到尽可能多的种种结果的原因。总之，"比较"这两个字应该摆脱了全部美学的涵义，而取得一个科学的涵义的。而那对于用不同的语言文字写的两种或许多种书籍、场面、主题或文章等所有的同点和异点的考察，只是那使我们可以发现一种影响，一种假借，以及其它等等，并因而使我们可以

---

① 钱钟书著：《读〈拉奥孔〉》，见《钱钟书集·七缀集》，北京：生活·读书·新知三联书店，2001年，第35页。

局部地用一个作品解释另一个作品的必然的出发点而已。①

我们都知道雷纳·韦勒克(Rene Wellek)在《文学理论》(*Theory of Literature*)一书中关于文学研究三个层面的著名划界：即文学史、文学批评与文学理论。的确，从文献整理与考据的层面展开文学研究，这无疑为研究者其论题的生成、论点的成立与结论的形成奠定了无可非议的材料基础，但是，文学毕竟是在审美想象的体验性记忆中凝固为物质文本的修辞性语言。如果我们把文学批评与文学理论逐出文学研究的领地，仅存留下文学史研究作为唯一的学术方法论；那么，文学则会被降解为贫血的及拒斥审美想象的纯粹物质文本。因此，我想"文学研究的贫血者"则应该成为法国学派在崛起后不断被指责的罪名，而乾嘉学派关于文学研究的贫血性则被那个时代的官方政治极权及其意识形态的话语暴力所遮蔽，这种遮蔽给后世之学者留下一种对乾嘉学者无尽同情的历史可怜，当然，还有对他们之小学功底无限尊崇的心态。

事实上，国际比较文学界内部总是获有一种自我调整的逻辑力量，从学缘谱系上来看，后来崛起的美国学派以平行研究的美学姿态一反法国学派的影响研究，在学术策动的逻辑上推动了比较文学研究向批评、理论与美学的转型。

1958 年，在美国北卡罗来纳大学所在地教堂山召开了国际比较文学学会的第二次会议，可以说，这是美国比较文学研究者第一次与欧洲比较文学研究者(特别是法国比较文学研究者)的正式遭遇。在这次会议上，耶鲁大学比较文学教授雷纳·韦勒克作为美国学派崛起期的首席人物，向与会学者提交了他的那篇著名的报告：《比较文学的危机》("The Crisis of Comparative Literature")。在这篇报告中，雷纳·韦勒克对国际比较文学界晚近凝滞于文献跨国整理与语际考据的状况给予了全面的质疑，认为由于法国学派讲唱和推行的实证性学术业绩及基于这一业绩之上的得意与傲慢，"比较文学已成为一潭死水！"②雷纳·韦勒克向法国学派以放送者的姿态所操作的比较文学研究方法论提出了激烈的挑战：

> 我认为巴尔登斯伯格、梵·第根、伽列和基亚提出的纲领声明还没有解决这个基本任务。他们把陈旧的方法论强加于比较文学研究，把比较文学置放于19 世纪唯事实主义、唯学科主义和唯历史相对论的死亡之手。③

---

① 梵·第根：《比较文学论》，戴望舒译，北京：商务印书馆，1937 年，第 17—18 页。按：当时戴望舒在《比较文学论》一书把作者名"P. Van Tieghem"翻译为"提格亨"，现按当下学术界约定俗成，重标作者名为"梵·第根"。

② 雷纳·韦勒克：《比较文学的危机》，见张隆溪选编：《比较文学译文集》，北京：北京大学出版社，1982 年，第 30 页。

③ 雷纳·韦勒克：《比较文学的危机》(René Wellek, "The Crisis of Comparative Literature")，见《批评的诸种概念》(René Wellek, *Concepts of Criticism*, New Haven and London: Yale University Press, 1963, p. 282)。

这篇文章以毫不掩饰的批判性学术修辞宣示了雷纳·韦勒克刻意表现的精深的论战性，在呈现美国学者第一次直面法国学派的挑战时，雷纳·韦勒克强调了在没有实事材料考据的基础上，比较文学可以展开跨语言、跨民族、跨文化与跨学科的理论性研究，即以美学作为比较视域的平行研究。无论如何，雷纳·韦勒克开始把美学及统摄于美学这个指称之下的文学批评与文学理论带入了国际比较文学研究的视域中，以美国学派崇尚的平行研究对以往法国学派主导的影响研究给予了全方位的抵抗与转型式的调整，从而开始凸显了比较文学研究的文学性、审美性与普适性。当然，关于把美学及其相关文学批评与文学理论带入比较文学研究中的这一观念，另一位美国比较文学研究者乌尔利希·韦斯坦因(Ulrich Weisstein)后来在《比较文学与文学理论》(*Comparative Literature and Literary Theory*)一书中给予了更为详实的鼓吹与论述："如果文学研究降格为一种纯粹的材料堆砌，那就丧失了它的神圣性，因此文学作品的美学特征就不再被看重了。"①的确，文学的文学性就存在其审美的观念中，而文学研究又有什么理由拒斥文学性，即一厢情愿地把文学研究单一地封闭于非审美的文献整理与纯粹的考据中。浪漫的法国人怎么了？那个时代的法国比较文学研究者栖居于那个浪漫依旧的法国，以放弃文学性与审美性为代价而成就自己学者姿态的严谨与严肃，这多少让我们有些感佩。其实，他们是希望以不可更改的语际文献考据而力图证明法国对周边国家、民族与区域的介入性影响。

文献考据的背后是一种独断论意识的存在。

需要强调的是，中国学者一般都把雷纳·韦勒克认同为美国著名的文学理论家，其实他首先是一位优秀的国际性比较文学研究者，他于 1946 年任教于耶鲁大学，并在耶鲁大学创办了比较文学系且担任系主任的职务。

美国学派崛起后行走至 70 年代，其在学科理论的体系构架上则完全成熟了。1970 年，在另外一篇文章《比较文学的名称与性质》("The Name and Nature of Comparative literature")中，雷纳·韦勒克对比较文学这一概念的定义给予了更为成熟与丰富的表达：

> 比较文学将从一种国际的视域研究所有的文学，在研究中有意识地把一切文学创作与经验作为一个整体。在这种观念中(这是我的观念)，比较文学就与独立于语言学、人种学和政治范围之外的文学研究完全相等。比较文学不能够限定于一种方法，在比较文学的话语中除了比较之外，还可以有描写、特征陈述、转述、叙述、解释、评价等。比较也不能仅仅局限在历史的事实联系中。正如最近语言学家的经验向文学研究者表明的那样，比较的价值既存在于事实

① 乌尔利希·韦斯坦因：《比较文学与文学理论》(Ulrich Weisstein, *Comparative Literature and Literary Theory*, Bloomington and London: Indiana University Press, 1973, p. 4)。

联系的影响研究中，也存在于毫无历史关系的语言现象或类型的平行比较中。①

并且这篇文章中，雷纳·韦勒克再度明确地声明："比较文学不能只限定在文学史中而把文学批评与当代文学排除在外。"②

可以说，雷纳·韦勒克在"教堂山会议"的肇事曾是国际比较文学界轰动一时的具有标志性的学术事件。此后，国际比较文学的研究中心开始逐渐从欧洲转向美国，也因此美学及统摄于美学这个指称之下的文学批评与文学理论逐渐成为了国际比较文学研究趋之若鹜的主脉。

其实，我们对法国学派的崛起及美国学派的挑战之学术背景的陈述，是国际比较文学研究发展史上众所周知的重大学术事件，我们在此给予反思，是为了在学术发展史的时间维度上描绘出一个历史的坐标：美国比较文学研究者雷纳·韦勒克关于《比较文学的危机》之报告是1958年出台的，而法国比较文学研究者雷纳·艾田伯则于60年代中期，以《从比较文学到比较诗学》一文公开承认了国际比较文学研究理论化倾向的不可遏制性与合法性，一位法国学者以接纳的姿态承认且宣告比较文学将不可遏制地导向比较诗学，这不能不说是源起于法国学派内部的研究观念在走向分化与决裂，或者我们也可以说，雷纳·艾田伯是国际比较文学研究从材料考据向理论分析转型的识实务者。当然，雷纳·韦勒克另外一篇文章《比较文学的名称与性质》于1970年的刊发，其更让我们感受到比较文学研究坚挺于美学的姿态为美国学派所获取的国际主脉立场。

雷纳·韦勒克关于文学研究三个层面的著名划界：文学史、文学批评与文学理论，其应该是一位国际文学研究者所同时持有的知识结构与研究观念；倘若文学研究仅仅是偏执于其中一个面向，那么在学术观念及研究方法论上，这一定是一位学术自闭者、学术偏执者和单向度的学术激进主义者。

我们特别注意到，雷纳·艾田伯在《从比较文学到比较诗学》一文中所给出的表达："历史的质询和批评的或美学的沉思"，其中"historical inquiry"(历史的质询)指涉的即是文献的跨国整理与语际考据，其中"critical or aesthetic reflection"(批评的或美学的沉思)指涉的是文学批评与文学理论，启用另外一个术语总纳而言，即美学。我们应该特别注意雷纳·艾田伯的表述："如果把这两种方法结合起来，那么比较文学将不可遏制地导向比较诗学。"众所周知，诗学就是文艺理论，而比较诗学即是跨语言、跨民族、跨文化与跨学科的文艺理论沉思，而雷纳·艾田伯对崛起的比较诗学的预言，其学理背后所涵盖的恰恰是文学史、文学批评与文学理论三个层面的整合。由此看来，雷纳·艾田伯对比较诗学崛起的肯定获有一种成熟学者的气质、期待与判断：比较文学从不可遏制的理论化倾向中所走向的比较诗学，是基于跨界文学史

① 雷纳·韦勒克：《比较文学的名称与性质》(René Wellek, "The Name and Nature of Comparative literature")，见《鉴别：续批评的诸种概念》(René Wellek, *Discriminations: Further Concepts of Criticism*, New Haven and London: Yale University Press, 1970, p. 19)。

② 同上书，20页。

研究基础之上所展开的跨界文学批评与跨界文学理论，即国际文学研究平台上具有普适性的美学沉思。在这里，我们还可以替换一个术语来表述，跨界文学史研究、跨界文学批评与跨界文学理论也就是语际文学史研究、语际文学批评与语际文学理论。

当然，雷纳·艾田伯的姿态也证明，法国学派在持有自己的方法论立场上，开始能够坦然地接纳且承认美国学派，并心悦诚服地认同了把美学及相关语际批评、语际理论带入比较文学研究之观念与视域中的合法性。我们认为，这是一位学术心理健康的国际文学研究者或比较文学研究者应该持有的学术立场。的确，从国际文学研究的方法论及其相关持有的研究视域上来评判，法国学派与美国学派应该是互补、互动的，影响研究与平行研究也应该是互视、互见的，文献考据与文学批评、文学理论更应该是互存、互益的。总纳而言，文献的考据与美学的沉思应该是一枚分币的两个面向，两者是在相互依存中而不可剥离的逻辑整体。这两个面向在逻辑上的剥离与分裂，其必须错铸一种偏执且不健康的学术心理，当然在这里，我们就不再讨论这种非健康学术心理者的文学研究方法论及生存境遇的学术伦理问题了。

说到底，这还是触及学术道德与学术伦理的问题了。

无论如何，比较文学研究因美国学派的崛起及美学的介入，而导致了理论化倾向的加重，其最终必然走向了比较诗学。思考至这里，还有一个导致比较文学研究理论化倾向加重的关键学术背景，我们也希望在这里简约扼要地陈述一下。

实际上，在美国学派崛起之前，也可以追溯于法国学派崛起之前，比较文学研究走向理论化，其获有一种潜在推波助澜的学术动力，即受制于一种重要的国际性文学思潮的形成与影响：这就是总体文学——“general literature”。

在比较文学的学科理论上，一般地认为比较文学是对两个民族、国家与区域之间的文学现象进行汇通性研究；而总体文学是对三个以上民族、国家与区域之间的文学现象进行汇通性研究。我们曾在《比较文学概论》(第四版)就总体文学这个概念的学缘逻辑与本质定义曾给予了介绍，指出在以往西方比较文学研究的领域中，“general literature”这个概念经常被比较文学研究者与文学批评家、文学理论家所操用，而且具有相当广泛的操用频度。我们注意到在《比较文学论》一书中，法国比较文学研究者梵·第根曾就总体文学的本质给出过自己的界定：

> 总体文学(一般文学)是与国别文学(各本国文学、民族文学)以及比较文学有别的。这是关于文学本身的美学上的或心理学上的研究，和文学之史的发展是无关的。“总体”文学史也不就是“世界”文学史。它只要站在一个相当宽大的国际的观点上，便可以研究那些最短的时期中的最有限制的命题。这是空间的伸展，又可以说是地理上的扩张——这是它的特点。①

需要提醒中国学界比较文学研究者注意的是，在《比较文学论》一书中，梵·第根曾

① 梵·第根：《比较文学论》，戴望舒译，北京：商务印书馆，1937年，第206—207页。

以其显著的偏执、真诚的保守姿态拒斥美学进入比较文学研究领地，即“总之，‘比较’这两个字应该摆脱了全部美学的涵义，而取得一个科学的涵义的”。注意，梵·第根在这里所给出的一句危言耸听的评判：即美学的介入让比较文学研究失去了科学性。然而令人惊诧的是，在《比较文学论》一书中，他又从美学与心理学的高度为总体文学做出了一个热情洋溢的理解与解释，并且在学理上把总体文学置放在与比较文学平起平坐的国际学术领地。

正如我们在《比较文学概论》(第四版)的“本体论”一章中讨论总体文学时所给出的基本陈述，总体文学是指涉在历史的共时性上于多个民族、国家与区域同时发生的一种共同文学思潮，总体文学强调了同一文学现象作为思潮在跨民族、跨语言、跨文化与跨学科中所发生及研究的历史共时性，而不是强调历史的历时性。① 根据梵·第根上述的陈述来分析，在历史的时空观念上，总体文学研究的客体是发生在一段历史短期的横断面上覆盖多个民族、国家与区域的共同文学现象及其思潮，这种共同文学现象及其思潮是受限于一种理论命题下的，并且这种文学思潮是以理论的总结而给予命名的。关于这种共同文学现象及其思潮存在的境遇及以理论总结给予命名的情状，在《比较文学论》一书中，梵·第根给出了具体的表达：

> 它(总体文学)可以研究的文学事实很多很多，其本质又很不同。这有时是一种国际的影响：彼特拉克主义、伏尔泰主义、卢梭主义、拜伦主义、托尔斯泰主义、纪德主义……；有时是一种更广泛的思想、情感或艺术之潮流：人文主义、古典主义、纯理性主义、浪漫主义、感伤主义、自然主义、象征主义……；有时是一种艺术或风格的共有形式：十四行诗体、古典主义悲剧、浪漫派戏剧、田园小说、刻画、为艺术而艺术，以及其他等等。②

可见，总体文学强调国际上对波及多个民族、国家与区域之文学现象研究的历史共时性，而不强调其历史的历时性，但其以理论性所命名的文学思潮又是显而易见的。我们应该注意到，梵·第根在上述所列举的种种“主义”，其的确是在历史短期的共时性上同时发生于国际文学地理空间中的共同文学思潮，并且这种共同文学思潮都有着自己的理论性本质，且被理论所命名。这种理论性的共同文学思潮在短期内的跨界性移动非常迅捷，其之所以迅捷，就在于它们是以理论与美学的性质在语际的多元文化意识形态中所传播，较之于跨界及语际的物质移动与转递，作为意识形态层面的文化，其来得更为迅速与迅猛。因为，无论是在欧洲宗主国以战争与经济向外扩张的殖民时期，还是在西方发达国家以后现代数码科技打造的全球化时代，思想、思潮、理论与美学等作为形而上的意识形态文化当然比形而下的物质文化传播

① 关于总体文学的基本理论概述，见杨乃乔主编：《比较文学概论》(第四版)，北京：北京大学出版社，2014 年，第 104—107 页。

② 梵·第根：《比较文学论》，戴望舒译，北京：商务印书馆，1937 年，第 208—209 页。

得更为便捷与通畅。

我们在《比较文学概论》(第四版)讨论比较文学学科安身立命的本体时，曾给总体文学定了一个定义：

> 什么是总体文学？总体文学是以三种以上的国族文学为研究客体，并且这一研究客体在历史短期的共时性上表现为在多个民族与多个国家所形成的共同文学思潮与共同文学流派，这些共同的文学思潮与共同的文学流派随着在空间上的伸展、在地理上的扩张，已从纯粹的文学作品层面整合、升华到文学批评、文学理论、诗学与美学的高度被研究，这就是总体文学。从另外一个角度来解释，总体文学就是比较诗学。①

实际上，总体文学即是指涉国际学术语境下的文学批评、文学理论、诗学或文艺理论，总体文学是一种在语际文学史横断面上具有传播性与覆盖性的共通美学思潮，或即文学艺术思潮。因此，我们在《比较文学概论》(第四版)还曾给出过以下的理解与解释：

> 在概念上我们了解了总体文学的定义，反思在西方60、70年代发生并于80、90年代波及中国的诸种理论及其背后的文学思潮，如后结构主义、后现代主义、解构主义、后殖民主义、新历史主义、女性主义及文化研究等，从全球化的视域来说，这些理论及其背后的文学思潮属于总体文学研究的客体，或者说是比较诗学研究的客体。只是国内学术界一直对总体文学这个概念缺少明晰的解释与定义，以至这个概念在中国汉语学术界失去了有效的学理使用价值，这是很可惜的。②

理解了这一点，我们不难发现所谓比较文学在走向理论化后就是总体文学的升级版，并且在这个升级版中，当然比较诗学成了其中的主脉，同时，也就理解了印地安那大学比较文学系与美国比较文学学会(The American Conparative Literature Association)、英语教师全国委员会(The National Council of Teachers of English)合办的那本著名的刊物，《比较文学与总体文学年鉴》(*Yearbook of Comparative and General Literature*)，而正是这本刊物在其命名上告诉我们，西方文学研究者是把比较文学与总体文学整合一起来给予认同的。而我们从以下这部1976年出版的文集命题上也可以见出这一情况：《法国总体和比较文学学会第13次大会论文集》(*Proceedings of the thirteenth Congress of the SFLGC*)。事实上，走向理论化后的比较文学与总体文学之间的确有着巨大的交集，而这个交集恰恰可以被一个成熟的、自觉的学科

① 杨乃乔主编：《比较文学概论》(第四版)，北京：北京大学出版社，2014年，第107页。

② 同上。

概念——比较诗学所命名。

上述我们曾如是说："一般地认为比较文学是对两个民族、国家与区域之间的文学现象进行汇通性研究；而总体文学是对三个以上民族、国家与区域之间的文学现象进行汇通性研究。"其实，在学理的发展上，全球化时代的比较文学研究已经把三个以上民族、国家与区域之间的文学现象进行汇通性研究收入了自己的领地，比较文学与理论化十足的总体文学趋同了，这种趋同在学理的本质上也加重了比较文学研究理论化的倾向性；所以我们没有理由不如此认同：总体文学与比较文学的趋同，其也是导致比较文学必然不可遏制地走向比较诗学的一个重要学理因素。

当然，从西方文学及其相关批评、理论的发展系谱来检讨，我们或许还可以把总体文学生成的情状追溯至曾波及与震撼整个欧洲的文艺复兴。

无论如何，从20世纪60年代以来，国际比较文学研究呈现出显著的理论化倾向，其不可遏制地走向了比较诗学；实事上，比较诗学也终于成为国际比较文学界诸多精英学者选择及介入其中的主脉。我们注意到，从20世纪80年代以来，对汉语中国文学研究界给予理论性影响的那些欧美教授们，他们大多是在比较文学系任教或从事比较文学研究的优秀学者，因为，欧美高校本然就没有文艺学这个专业。文艺学是从前苏联学界引入的一个学科概念。简言之，这也是国际比较文学研究为什么走向理论化的重要学理原因之一。

实际上，从20世纪80年代初以来，比较文学研究从开始在中国学界的崛起后，即是在理论化的倾向中势不可阻地发展着自己，因此，比较诗学也一直是国内比较文学研究领域中的主脉；当然，这也与晚近30年来西方诸种哲学、美学及相关文艺理论思潮在翻译中对中国学界的渗透与影响有着必然的语际逻辑关系；另外，这也与文艺学在中国高校中文系是一个强式研究方向有着密切的关系。我们注意到，在国内从事比较诗学研究的学者往往来自于文艺学或比较文学，而挂名在比较诗学方向下招收硕士生与博士生的专业，其也是来自于文艺学或比较文学。多年来，学术行动的实事也证明，文艺学专业的比较诗学研究者与比较文学专业的比较诗学研究者，大家一直在友好且有效的学术交往中互识、互动、互敬与互重，学科的疆界也正是在这样的交集中被跨越了。

无疑，当下是一个学术研究在跨界中互为欣赏与互领风骚的时代。

问题在于，比较诗学在某种程度上成为当下文学研究领域中的主脉，我们又究竟能够就比较诗学给出一个怎样的学理性定义？什么是比较诗学？这是中国当代学术思想史行走到21世纪第二个十年所不得不给出的设问。在《比较文学概论》(第四版)的《诗学论》一章中，我们曾从比较诗学研究的角度给比较视域下过一个定义，从这个定义中我们不难见出比较诗学的学科本质：

> 思考到这里，我们不妨可以从比较诗学研究的角度给比较视域下一个定义，比较视域是比较诗学在学科上成立并且得以展开学术研究的基点——本体，是比较诗学研究者对中外诗学其及相关学科进行汇通性研究所秉有的一种眼光，

> 不同于国别诗学研究的是，比较视域决定了比较诗学在学科上的成立以研究主体定位，把跨民族、跨语言、跨文化与跨学科作为自觉展开研究的前提条件，以中外诗学之间的互文性、中外诗学及其相关学科之间的互文性为自己的研究客体，追问包容在两种互文性之间诗学理论的普遍性原则与差异性原则，从而使比较诗学研究者能够在一个国际的、全球的、宽阔的、包容的与开放的研究视域中有效地回答和解决中外诗学的诸种理论问题。①

当我们思路走到这里后必然要强调：比较诗学研究主体是在多种视域的交集中重构一种崭新的诗学体系，即我们所说的在批评与理论的思考上汇通于中外与古今而形成的第三种立场与第三种诗学，所以在学科本质上，比较诗学研究者必然是持有第三种诗学立场的语际批评家(interlingual critics)或语际理论家(interlingual theorist)。

非常有趣的是，我们在编译这套两卷本的《比较诗学读本》(西方卷与中国卷)时，在一定的范围内相对阅尽了西方学者与中国学者所撰写的能够被带入比较诗学领域中的优秀文章与经典著作，然而，并未直接发现任何一位学者曾经在自己的思考中就比较诗学的本质，给出过一个严谨且自洽的定义。

《比较诗学读本·西方卷》主要是对西方学界能够被带入比较诗学领域中的重要文章及相关重要著作的章节的翻译，我们遴选相关学者的文章与著作时，在较大的范围内延展了我们的阅读，然而在西方学术史的发展脉络上，我们也没有追问到曾有哪一位西方学者第一次直接、准确且自觉地使用过“比较诗学”这个概念。只是雷纳·韦勒克在《比较文学的名称与性质》一文中提到这样一个踪迹，是德国学者莫里茨·豪普特(Moriz Haupt)于1878年首先使用了“comparative poetics”一词。有趣的是，整整100年后，即1978年，D. W. 佛克马(D. W. Fokkema)、E. Kunne-易布思(E. Kunne-Ibsch)与A. J. A. Van左埃斯特(A. J. A. Van Zoest)三位学者共同主编了这样一个命名的读本：《比较诗学……》(*Comparative Poetics ...*)，当然，我们猜想在此100年中，一定会有许多学者曾自觉不自觉地操用或定义过“比较诗学”这个概念，关于这一点，在这篇文章有限的空间中，我们无法一一追问与疏理出一个发展逻辑细密的谱系。② 然而，我们还是应该提及一下，于1985年，两位美国学者A. 巴拉坎(A. Balakian)和C. 吉连(C. Guillen)主编、出版了《比较诗学》(*Comparative Poetics*)一书；于1990年，美国著名比较文学家厄尔·迈纳(Earl Miner)推出了他的那部著名读本：《比较诗学：文学理论的跨文化研究文集》(*Comparative Poetics—An Intercultural Essay on Theories of Literature*)，当然还有很多。无论如何，我们希望当下的学者应该是在准确与自觉的学理观念上使用比较诗学这个学科概念了。

---

① 杨乃乔主编：《比较文学概论》(第四版)，北京：北京大学出版社，2014年，第423—424页。

② 关于疏理“比较诗学”这一概念在西方学术史上发展的逻辑谱系，我们特别期待能有学者就这一谱系的成立给出一个细密的逻辑理清。

不错，比较诗学是一个从西方学界泊来的术语及研究方向，然而我们甚至发现晚近30年来，国际学界对比较诗学及其学理意义的提取，也有着望文生义的误读，如把比较文学误读为“文学比较”一样。如在《比较文学概论》(第四版)的《诗学论》一章中，我们在讨论“对比较诗学产生误读的四种可能性分析”时，曾列举了这样一个案例：

> 需要指出的是，这种现象不仅初步存在于中国汉语学术界，在国际学术界也是已经存在着的现象，所以国际学界需要逐渐地给予学理上的规范。如埃及开罗的美国大学(American University)其英语与比较文学系出版的刊物《艾利夫：比较诗学期刊》(Alif：Journal Comparative Poetics)就显出种类杂混的现象。我们在这里只要列举出《艾利夫：比较诗学期刊》2003年第23期目录上的五篇文章，就可以捕获到这样的感觉：迈克尔·夫瑞考卜(Michael Frishkopf)的“Authorship in Sufi Poetry”(《苏菲诗歌中的作者身份》)，塞拉·卡米尔·赛利姆(Salah Kamil Salim)的“New Poetry and Sacred Masks：A Reading in Medieval Poetic Discourse”(《新诗与宗教的面具：对中世纪诗歌话语的一种读解》)，安沃·默罕默德·阿伯拉黑姆(Anwar Mohamed Ibrahim)的“Dostoevsky：The Dialectic of Skepticism and Faith”(《陀斯妥耶夫斯基：怀疑与信仰的辩证法》)，斯科特·库格(ScottKugle)的“Pilgrim Clouds：The Polymorphous Sacred in Indo Muslim Imagination”(《朝圣者的玄想：印度穆斯林想象中的多形之神者》)，赛义德·塔乌费克(Said Tawfik)的“The Beautiful and the Sacred in Art and Religion”(《艺术与宗教中的美与神圣》)。在这里，我们不妨给上述五篇文章划出各自的学科归属，为初学比较诗学者提供一种划分的学科视域：第一篇文章应该归属于诗歌研究，第二篇文章应该归属于比较文学研究方向下的跨学科研究，第三篇文章应该归属于国别文学研究，第四篇文章应该归属于宗教学研究，第五篇文章应该归属于比较诗学中的跨学科研究。①

我们曾就上述五篇文章的本质属性划出各自的学科归属，在这里不妨再度重复如下：“第一篇文章应该归属于诗歌研究，第二篇文章应该归属于比较文学研究方向下的跨学科研究，第三篇文章应该归属于国别文学研究，第四篇文章应该归属于宗教学研究，第五篇文章应该归属于比较诗学中的跨学科研究。”②陈述到这里，我们必须强调的是，汉语“诗学”是一个从源语“poetics”翻译过来的译入语概念，至少在西方学界“poetics”也有着狭义与广义的界分，狭义的“poetics”概念是专指诗歌研究，而广义的“poetics”概念泛指文艺理论研究。关于诗学这两个层面的界分，已在学界约定

---

① 杨乃乔主编：《比较文学概论》(第四版)，北京：北京大学出版社，2014年，第397—398页。

② 按：这五篇文章见《艾利夫：比较诗学期刊》2003年第23期的目录(*Alif：Journal Comparative Poetics*, http：//www.jstor.org/journals/11108673.html，©American University in Cairo Press，2004.)，“Alif”是阿拉伯文的第一个字母，在这里标识着这部比较诗学期刊是在阿拉伯文化语境下编辑与出版的文化身份，我们以音译的方式译出。

俗成，我们在此不再赘述。我们想申明的是，比较诗学这个学科概念所启用的学理意义是指涉广义的诗学，比较诗学是倚重于比较文学的学科理论、学科观念与学科视域所展开的语际文艺理论研究。在文艺学方向下，有一批学贯中西与学贯古今的优秀学者依凭自己的学养在从事比较诗学研究，他们可以驻足于自己所从事的文艺学研究领地，不必设问与回答什么是比较诗学及其学科的研究边界问题，因为他们集中精力所需要设问与回答的是“什么是文艺学”的问题；而在比较文学专业研究方向下从事比较诗学的研究者，就有责任设问与回答“什么是比较诗学”及其学科研究边界的问题了，因为这是比较诗学这个学科多年来其本然所面对的本质问题。

毫无疑问，在后现代工业文明时代，后数码科技打造的新媒体及其跨界效应使人类栖居的地球村在相对缩小，当然，这种生存景观让当下学界的知识分子遭遇了前所未有的开放性与兼容性。具体地说，这种开放性与兼容性导致了多门学科本质与学科边界的模糊和缺席，再具体地说，学科本质与学科边界的模糊和缺席给比较诗学的学科定位及研究带来了很大的困惑。当然，这种现象也不仅仅是比较诗学这一学科所遭遇的问题，在全球化时代，似乎许多学科都存在着学科本质与边界解体和缺席的危机。

严格地讲，在《比较诗学读本・西方卷》名义下遴选的文章与著作节选，其应该涵盖西方语际文艺理论及相关跨学科思考的经典，如果是这样，那的确可选入的文章与著作节选是太多了，因为比较诗学的边界太宽阔了，西方的语际文艺理论发展史也太漫长了。那么究竟应该怎样遴选呢？当然每一部读本都有着选家自己的眼光与原则，我们此次在“西方卷”选入的文章与著作节选也必然有着自己的眼光与原则。

第一，在以往的相关“西方文学理论读本”、“西方美学理论读本”及“西方艺术理论读本”所反复选入的已知文章与著作节选之外，我们另辟蹊径重新选目，尽量回避与以往的相关选本在选目上的重复，并且把选目的眼光置放在西方当代学界。

第二，以贴合于本科生与研究生的阅读与接受的眼光进行选目，因此所选入的相关理论文章与著作节选比较基础与稳定；所以这部“西方卷”特别适用于本科生与研究生的比较文学、比较诗学或西方文艺理论的教学所用。

第三，《比较诗学读本・西方卷》所选入的文章与著作节选更多是贴合于比较诗学的学科意识而完成的，这一点是非常重要的，因为这套读本必须突出比较诗学的学科意识，其不仅简单的是一部西方当代文艺理论的新面孔读本。

第四，需要明说的是，我们在遴选时特别注意征求与尊重研究生自己的阅读眼光，因此他们的建议与推荐在当下的选目中起到了重要的作用，因为我们的意图是“西方卷”选目的眼光与原则，应该距离作为现下或未来读者的本科生与研究生越近越好。当然，选家的眼光与原则不因为是研究生而放低了要求，而一定是经过提纯、提炼与提高后的学术视域。

关于《比较诗学读本・中国卷》的选目，我们也有着自己的选家眼光与原则，并且这种选家眼光与原则的兑现，让我们收获了怎样恰如其分地编选一部“中国比较诗学读本”的学术乐趣。

第一，我们把比较诗学的学科意识准确地带入《比较诗学读本·中国卷》的选目中，以此为王国维以来的、自觉的中国比较诗学研究勾画出一脉发展史的逻辑谱系。其实，关于中国比较诗学研究发展史的基本逻辑谱系，从我们选目的排序上，一眼即可以见出。当然需要说明的是，由于"中国卷"读本的字数是有限制的，所以还有很多优秀学者的比较诗学研究文章与著作节选无法被纳入其中。

第二，我们选目的眼光与原则也必然扩展于中国本土之外的国际学术领域，把那些栖居于西方学界的华裔学者以英语书写的关于中国诗学研究的文章与著作节选纳入其中，以此告诉阅读这套读本的本科生、研究生及相关学者，在古今中外知识结构汇通的视域下，比较诗学在解决中国本土诗学文化传统的问题时，那些以英语书写、思考的比较诗学研究成果在国际学界有着重要的学术地位，并且在研究与思考的观念上，其对中国本土中国古代文学研究者与中国古代文学批评研究者应该也可以有着重要的启示性。以此我们也能够切实地证明，比较诗学研究的展开必须是多元文化语境下的语际文学批评与语际文学理论。

第三，我们特别希望以《比较诗学读本·中国卷》的选目，为本科生、研究生及相关学者提供一种关于中国古代文学研究与中国古代文学批评研究的国际性学术视域，让中国古代文学研究与中国古代文学批评研究不仅守护为中国本土学者的私人话语(本土话语)，也更应该敞开为国际学者的公共话语(国际话语)。同时，我们也希望"中国卷"能够使本科生、研究生及相关学者在阅读中获取这样一种学术体验：即一位国际性比较诗学研究者驻足于异质文化的学术立场，可以操用他者视域而完成语际文学批评与语际文学理论的研究，从而获取打通中外学术的新鲜感与通畅感。

第四，我们特别希望以"中国卷"的选目告诉本科生、研究生及相关学者，较之于西方比较诗学研究者，中国本土及华裔比较诗学研究者是非常优秀的，他们的科研成果在学术语言的操用、学术观念的敞开、学术知识的融通与学术心理的健康等方面是优秀的。甚至在多种维度上，中国本土及华裔比较诗学研究者比西方比较诗学研究者要优秀得多与厚重得多。比较文学与比较诗学在中国汉语语境下的崛起与发展，其不仅是告诫中国本土学者应该坦然地敞开自己的学术视界，以获有一种阳光且健康的学术心理，以此与国际学界接轨；当然，其也必然告诫中国本土学者应该持有一种学术自信心，在了解了西方后，也用不着对西方学者在绵密的讨好中贡献那种"西方的月亮比中国圆"的盲目崇拜。

说到底，比较文学研究与比较诗学研究就是文学及其理论研究的国际化，研究主体是驻足于一方国际化的平台上，以敞开的视界观览、思考本土文学及相关理论与外域文学及相关理论，而不再是以一种原教旨主义的姿态把文学及相关理论研究狭隘地理解为是对本土文化传统的守护，或者以一种偏激的抵抗姿态把外域文学及其理论仇视为一种文化侵略。

客观地讲，我们在翻译《比较诗学读本》(西方卷与中国卷)其中大部分文章时，在某种程度上是以西方理论话语在我们的翻译中"失语"而完成的，因为，这两部读本中关涉西方学者诗学与华裔学者诗学的文章是从英语翻译为汉语的。大卫·达姆罗什(David Damrosch)是哈佛大学比较文学系教授，2003 年他向国际学界贡献了《什么是世界文学?》(*What is World Literature*?)一书，其中他以三重定义的方法为全球化时代的世界文学重新给出了一个界说：

1. 世界文学是不同民族文学的一种椭圆折射(elliptical refraction)。
2. 世界文学是在翻译中获益的书写。
3. 世界文学不是文本的一种固定经典而是一种阅读模式(a mode of reading)。①

大卫·达姆罗什特别强调了在全球化时代翻译对世界文学形成的内在推动作用。当然，在世界文化与文明的跨界移动中，翻译直接推动了不同语言之间的解码与转码，这种语言的间际解码与转码推动着源语文化与目的语文化在语际中走向相互的融合。大卫·达姆罗什所界定的因翻译推动所形成的世界文学就是比较文学研究所不可或缺的客体，也是比较诗学得以建基之上所可能形成理论表达的背景语境。不仅世界文学是在翻译中获益的审美性书写，而比较诗学也是在翻译中获益的理论性书写。当一个民族、国家与区域的批评家与理论家栖居于本土，操用本土母语与本土视域对异域诗学进行研究时，其在本质上无可争议地走向了比较诗学，因为他们的研究必然要依赖于翻译的诗学读本；当一个民族、国家与区域的批评家与理论家栖居于异域，操用异域语言与他者视域对本土的母语诗学进行研究时，其在本质上无可争议地走向了比较诗学，因为他们的研究对异域诗学读本的阅读也是翻译；当一个民族、国家与区域的诗学因翻译向异域做语际移动时，其在本质上更是无可争议地走向了比较诗学。我们想说的是，关于这部《比较诗学读本》(西方卷与中国卷)其中文章与著作节选的翻译，其本身就构成了比较诗学研究过程中的一个重要的环节，译者们以自己的翻译行为推动了诗学在语际之间的移动与融合，诗学不可遏制地走向了比较诗学。

不错，比较诗学是在诗学翻译中获益的书写。

《比较诗学读本·西方卷》是一部完全翻译的读本，而《比较诗学读本·中国卷》的部分文章与著作节选也是从英语翻译为汉语的。在这里，我们必须提及的是，“西方卷”是从英语在解码与转码中重新书写为汉语的一次翻译，而“中国卷”中的部分翻译文章与著作节选是在解码与转码中重新书写为汉语的二次翻译。关于“二次翻译”是在比较诗学研究中一个应该引起学界关注的重要现象，我们在这里举例来说明这一点：如美籍华裔学者陈世骧撰写的《中国诗学与禅学》一文。

《中国诗学与禅学》是陈世骧用英文书写的一篇比较诗学研究的典范文章。在这篇文章中，陈世骧把其所涉及的相关中国古代汉语文献翻译为英语，当然这篇文章也更是作者操用英语在书写中对相关中国古代诗学与禅学的审美观念给予解码与转

① 大卫·达姆罗什：《什么是世界文学?》(David Damrosch, *What is World Literature*?, Princeton University Press, 2003, p. 281.)。

码，说到底，这篇文章是把以汉语书写的相关中国古代诗学与禅学的审美观念在解码中转码为英语出场，再说到底，其在本质上还是翻译。特别需要提及的是，而中国译者再把陈世骧的这篇文章从英语再度解码与转码为汉语，这就是我们所说的二次翻译。“二次翻译”是西方华裔比较诗学研究者之文章与著作被翻译为汉语后在中国学界所呈现的最为显著的学术特点。可以说，“二次翻译”是一个应该被学界所关注的重要术语。

刘若愚的*Chinese Theories of Literature*是在美国本土学界操用英语所撰写的读本，当中国汉语学者在阅读翻译为汉语的《中国文学理论》时，我不知道中国汉语学者是否意识到这部汉语读本在某种程度上是二次翻译的结果。关于华裔比较诗学研究者之文章与著作的二次翻译问题，的确是可以值得展开讨论的比较诗学现象，当然，在这里我们没有更多的空间与时间可以给予展开性讨论。我们只想表达的是，诗学及其观念在语际中所经历了从汉语走向英语的一次翻译，又经历了从英语返回汉语的二次翻译，不要说其中带入了太多的异质文化观念、他者学术立场、外域审美姿态与另类价值判断的融入，还有更多的创造性理解、过度理解与语言误读等无可回避的主客观两个面向上的技术性问题；因此，比较诗学必然是在中外诗学理论关系之间所生成的第三种诗学。在第三种诗学中，其既含有双方的文化背景及相关的多种学术因子，也更有不同于任何一方由研究者与翻译者整合出的崭新的诗学元素，这就是我们所说的比较诗学是持有第三种立场的语际理论。在第三种诗学与第三种立场中，翻译是其背后的重要学术推动力之一。在这个意义上，诗学翻译又怎能不是创造性的“rewriting”呢？我们也正是在这个意义层面上宣称：客观地讲，我们在翻译《比较诗学读本》(西方卷与中国卷)其中大部分文章时，在某种程度上是以西方理论话语在我们的翻译中“失语”而完成的。可以说，西方文学理论被翻译为汉语后，从来就没有在其原初意义的推动下准确地执行过源语语境中的批评策略，当然，对于以语言构筑的文本来说，其本然就没有原初意义，这已经是诠释学理论所解决的一个最为基本的问题了，文本不证自明的原初意义是文字学家在一厢情愿的假设中设定的先验存在。

实际上，在学界我们用心地经常倾听这样一种贬损性表述：“用西方的理论框架来套中国的文献材料，或用中国的文献材料为西方的理论框架来做注。”我们想澄明的是，这种表述本身在学理上就存在着问题。需要提及的是，所谓“西方的理论框架”应该理解为是翻译为汉语的西方理论，西方的源语理论在翻译的旅行中因上述我们指出的诸种原因，其中有着太多的“失语”，可以说，作为汉语译入语的西方理论在汉语学界从来就没有准确地执行过其在源语语境下所达向的理论价值评判，因此，有许多西方学者或汉学家惊诧西方的理论为什么在中国汉语学界被翻译、误读或过度诠释到如此地步。并且较之于西方源语语境下的整体理论框架及其体系性构成，翻译为汉语的西方理论是其中太少的一部分了，并且是脱离了源语语境的西方理论，所以其在体系上必然是支离破碎的，谈不上“框架”；“框架”在其隐喻的表达中，其指涉的就是“体系”，我们对其完全不应该操用“西方理论框架”以此对汉语译入的西方理论给予逻辑体系上的称呼。

倘若，我们把自己思考的立场转置于西方学界，不难发现，西方学者可能会认为中国学者是操用汉语在翻译中解构或丰富了西方理论，并且在具体的研究中，中国学者又操用了中国的文献材料来重新诠释了西方理论，也以此解构或丰富了西方的理论。

学界皆知，推动西方理论与中国文学材料进行语际视域的互相参证，早在王国维那里即开始了，并且得到了陈寅恪的认同。在《王静安先生遗书序》一文中，陈寅恪曾对王国维的学术观念进行了三种划分，其第三种即是："三曰取外来之观念，与固有之材料互相参证。凡属于文艺批评及小说戏曲之作，如《红楼梦》与《宋元戏曲考》《唐宋大曲考》等是也。"[①]王国维可以这样做、陈寅恪可以这样认同，并且也这样做，中国现当代学术在整体上也是这样发展的。其实，我想对于某种人来说，大可不必看到在文学研究中把西方理论与中国文学材料互相参证，就大惊小怪，如临洪水猛兽。天下文章不可能是一种路数！在这里，我们忽然想起那位著名的语言文字学家与史学家杨树达。杨树达在日本留学时曾接受了西方文法学与语源学的研究方法论，他也坦承自己的文字学研究方法论受到了欧洲文字语源学的影响。的确，杨树达也正是在西方的"philology"与中国的文字学相互参证与相互融合的学术观念中成就了自己的学术辉煌。

其实，我还想，对于某类人来说，其大概是对西方理论与中国文学材料的互相参证必有一个方面不太熟悉，有些阅读困难，故伤及了自己的权威感，所以其裹挟着愤气骤然奋起，以一种拒斥的心理来掩饰自己的知识缺憾，以致不再顾及自己多年积攒的学术形象，以个人的学术私语打起这个时代的隐性学术政治牌；而这种人面对着钱鍾书的《谈艺录》、《七缀集》与《管锥编》等又收拾起自己的傲慢，小心翼翼地携带着敬重退守在沉默中压抑。其实大可不必如此！不要说小小的学术，大到一个国家的发展也必然是国际性的、世界性的，像朝鲜那样以极端的自闭守护其落后观念的国家毕竟是极少数的。马克思主义也是西方理论，其不是也被中国所接受，进入到中国社会发展的历史进程中，与中国的社会实践互相参证，最终形成了中国的马克思主义嘛！

说到这里，需要强调的是，我们在这里无意于打政治牌，我们谈的是学术问题。有趣的是，1953年，有关方面出面曾请陈寅恪出任中国科学院历史研究所第二所所长，而陈寅恪就此聘任提出了他的两个就任条件：一是允许中古史研究所不宗奉马列主义，并且不学习政治；二是请毛公(毛泽东)或刘公(刘少奇)出具一张允许证明书，以其作为挡箭牌。从当时的历史背景来看，陈寅恪不希望马列主义作为国家意识形态从政治的层面以干预学术的研究，从这一点，我们可以见出陈寅恪在生存的姿态上一贯持有自己的风骨与气节，即他所言说的"独立之精神，自由之思想"。陈

① 陈寅恪：《王静安先生遗书序》，见《金明馆丛稿二编》，北京：生活·读书·新知三联书店，2001年，第247页。

寅恪是一位学贯中外与学贯古今的大师学者，他敢于为了守望学术的纯粹而在政治上做隐含的抵抗。严格地讲，当下的中国学界在学术研究的观念与方法论上，其所面对着西方诸种理论与中国文学材料进行语际视域的互相参证时，已经走出了政治压迫的阴影；倒是那些拒斥者于潜在的学术心理中，把学术问题以个人学术权力的压迫使其"学术政治化"，并使学术政治个人私语化，一如曹丕在《典论·论文》中所描述的班固在盲目的轻蔑中对傅毅(武仲)的贬损与打压。实际上，这类人在真正面对社会、历史及公共政治的问题时，其又的确缺少敢为天下思考与敢为民众言说的勇气。无论怎样讲，他们在骨子里绝然不是一位坦诚的公共知识分子。

陈寅恪在《清华大学王观堂先生纪念碑铭》一文中是这样评价王国维的学术人格的："惟此独立之精神，自由之思想，历千万祀，与天壤而同久，共三光而永光。"①学术人格的"独立之精神，自由之思想"不是每一位庸常学者都可以企获的，在学术的技术上做得再好，其依然不可成其为具有学术思想深度的大师，学术的小技再精湛也是文心雕虫，而学术思想的大器成就了文心雕龙。这也是为什么我们在《比较诗学读本·中国卷》的开篇便选入了王国维的两篇文章之缘故。

有一种学者往往难以根除自己固执己见的保守主义立场，要让其置换一种异质的眼光、他者的视域或非我的立场重新看视这个世界，并给出自己的当代性诠释，这几乎要了他的性命。这类人的确是一种后现代全球化时期的新保守主义者。实际上，文人的学术器量之大小，是可以一眼识透的。我们于此再度强调的是：当下是一个文化多元主义的时代，"文非一体"，天下文章不可能归同于一种路数。早在汉魏时期，曹丕即以《典论·论文》曾就"文人相轻"、"文非一体"、"各以所长，相轻所短"与"家有弊帚，享之千金"给出过自己的评判：

> 文人相轻，自古而然。傅毅之于班固，伯仲之间耳，而固小之，与弟超书曰："武仲以能属文，为兰台令史，下笔不能自休。"夫人善于自见，而文非一体，鲜能备善，是以各以所长，相轻所短。里话曰："家有弊帚，享之千金。"斯不自见之患也。②

的确，遮蔽在保守主义姿态阴影下的学者往往是缺少自我反思之能力的，正如曹丕在此段结尾处所言："盖君子审己以度人，故能免于斯累。"③倘若一位学者在指摘、数落别人所不是之时，能温故、反思一下自己所不足之处，便不会"各以所长，相轻所短"，也更不会"家有弊帚，享之千金"，当然，最终也"故能免于斯累"。

曹丕所言说的"文人相轻，自古而然"，其一点也不错，我们大可以把这种心态

① 陈寅恪：《清华大学王观堂先生纪念碑铭》，见《金明馆丛稿二编》，北京：生活·读书·新知三联书店，2001年，第246页。

② 曹丕：《典论·论文》，见严可均校辑《全上古三代秦汉三国六朝文》，第二册，北京：中华书局，1995年，第1097页。

③ 同上。

作为沉淀于中国学术文化传统的一种原型(archetype)，或看视为中国学术文化传统的一种情结(complex)追问到孔子那里，为历代中国知识分子寻找一种学术心理生成的历史缘由，以警示当代中国知识分子不妨校正一下自己的学术器量，千万不要一面不得不承认别人之长处时，一边还要补上一句贬损性的表达，以平衡自己在承认别人时所收获的自我失落感——如孔子对管仲的悖反性评价。《论语・宪问》载录了孔子与子贡就管仲的对话：

> 子贡曰："管仲非仁者与？桓公杀公子纠，不能死，又相之。"子曰："管仲相桓公，霸诸侯，一匡天下，民到于今受其赐。微管仲，吾其被发左衽矣。岂若匹夫匹妇之为谅也，自经於沟渎而莫之知也？"①

不错，一如孔子所承认，正因为管仲了做齐桓公的宰相，齐国才得以称霸诸侯而匡正天下，以至老百姓现在依然享用到他的恩惠；而孔子又不得不承认，倘若没有管仲，恐怕我们也已像中原以外的少数族裔那样散髻披发、衣襟左掩，沦为夷狄了。何晏在《论语集解》中也辑录了东汉经学家马融的古注，以求取马融在那个时代对管仲的理解与解释："微，无也。无管仲则君不君、臣不臣，皆为夷狄。"②而《论语・八佾》又载孔子对管仲人格设问的回答：

> 子曰："管仲之器小哉!"或曰："管仲俭乎?"曰："管氏有三归，官事不摄，焉得俭?""然则管仲知礼乎?"曰："邦君树塞门，管氏亦树塞门。邦君为两君之好，有反坫，管氏亦有反坫。管氏而知礼，孰不知礼?"③

在这里，我们无意考据管仲是否从"俭"、是否"知礼"、是否"树塞门"与是否置"坫器"的那些历史问题，我们只是想说，读到孔子一面承认"微管仲，吾其被发左衽矣"，一面又指摘"管仲之器小哉"，似乎感觉到真正的"器小者"不是管仲而是孔子了，又忽然感觉到当代知识界的崇古者为什么也会固执这样一种"器小者"的学术心态，原来在中国学术文化传统的原型上，他们受动于一种学术文化的集体无意识情结而承继了孔子。21 世纪是一个在后现代工业文明景观下复兴儒学的"后孔子"(post-Confucius)时代，我们有理由以孔子为反思性之参照，为疗救当代崇古学人的自闭与小器，多少找一点历史原型的缘由，以便敦促当代中国知识分子中的小器者以恢宏心态大器起来。因为，我们特别不愿意看到，当代中国知识分子在集体无意识的人格构成中只是成为了"后孔子"及一味地复现"后孔子"的学术心态。

思考到这里，我们或许应该谈一点翻译研究的问题了。在《翻译、改写以及对文

① 《论语・宪问》，见《十三经注疏》，北京：中华书局，1980 年影印世界书局阮元校刻本，下册，第 2511—2512 页。

② 同上，第 2512 页。

③ 同上，第 2468 页。

学名声的制控》(*Translation, Rewriting And The Manipulation Of Literary Fame*)一书中，安德烈·勒菲弗尔(Andre Lefevere)对埃文·左哈尔(Evan zohur)在多元系统理论基础上成立的操控(manipulation)理论进行了丰富，以此构建了他讨论翻译的操控派改写理论。译学界皆知，翻译是大文化系统中的一个子系统，翻译与其他子系统之间处在一种相互制约的张力关系中。西奥·赫曼斯(Theo Hermans)在讨论系统中的翻译时提出：从目的语的视角来分析，所有的翻译都是在一定的程度上对源语所给予一定的操控，并最终达向一定的目的。

这套两卷本的《比较诗学读本》(西方卷与中国卷)是由复旦大学中文系比较文学与世界文学专业的硕士生、博士生与博士后为主所参与选目及翻译完成的，① 也是在学科建设中，一批青年学者所展开的一次学术活动与翻译体验。在某种程度上说，这批翻译者就是策划者与选目者。在策划、选目、翻译与出版的过程中，这套读本没有受到安德烈·勒菲弗尔所言说的赞助人(patronage)等外力因素的干预与制约，当然，安德烈·勒菲弗尔认为在源语被解码与转码为目的语的翻译行程中，赞助人关注的是文学的意识形态，而文学家们关注的是诗学，并认为文学家们所追求的诗学是受控于赞助人的意识形态下所行进的。而这套读本恰恰把作为外因的赞助人收编为策划者、选目者与翻译者的自我身份，从而使赞助人的意识形态与译者的诗学捆绑在一起，以此形成了两者的共谋关系，以推动这套读本达向其所预期的诗学目的。所以，我们于此再三强调，这套读本的翻译者就是选目者、选目者就是策划者，他们就是不受外力制约的自我赞助人。关于这一点，出版社给予了充分的尊重。

有趣的是，于潜在的逻辑上，这套读本把安德烈·勒菲弗尔的操纵派改写理论直接颠覆得散落涂地。在翻译理论上，作为外因成立的赞助人意识形态被这套读本的"译者诗学"解构了，这其实也是在隐喻中解构了译入语语境主流意识形态对"译者诗学"的干涉与限禁。因此，这套读本是"译者诗学"在自我赞助人的意识形态共谋下所进行的一种操纵性改写活动，"译者诗学"呈现为编译这套读本所选目的眼光与原则，呈现为译者对中外比较诗学文本所进行的操纵性改写活动，最终呈现为选目者与翻译者的诗学追求：即以他们的选目与翻译隐喻地设问与诠释了什么是比较诗学。

因此最后我想说的是，如果我们把要求文学翻译的信、达、雅带入到诗学翻译的领地，从某种程度上来说，我们不难感受到诗学翻译比文学翻译要困难得多，最终原因是比较诗学的翻译是理论文本的翻译，当然，其中还包括二次翻译等本身即不可译的理论现象；所以在这套读本的译入语文本中一定存在着误译、创造性翻译与过度翻译等现象，如果读者在自己的阅读中有所发现，请自查、自省、自译与自正，如是而已。

下面我想谈一谈这套读本的编辑体例等问题。除去我本人外，由于这套读本所

① 按：除去复旦大学中文系的青年学者之外，还有来自于其他大学的青年学者加盟，如北京大学、浙江大学、中山大学、同济大学、中国人民大学、苏州大学、首都师范大学、福建师范大学与温州大学等。再按：需要说明的是，本书出版获复旦大学中文系"985"三期学术著作资助项目支持。

汇集的作者都是中外学界的先进学人，并且他们的思考、书写与修辞风格各异，为了保持这套译入语读本整一的阅读概貌，我们对原文与译文都进行了相应的调整。第一，关于"西方卷"，除去个别国外人名因年代问题翻译有别而做了注释外，其他的尽量保持原著风格；对于脚注和相关注释的处理，我们保持了原文与原著的内容；对于一些重要的学术问题，我们另外以译者注的方式给予了说明，其他保持不变。第二，关于"中国卷"，所选文章与著作节选有注释不统一的问题，这是因为要保留原文的本来出注样态；需要说明的是，王国维等前辈学者的文章原来是用繁体字排版的，为了方便当下读者的阅读，特改为简体字，但没有对其内容做任何删改；对于 1949 年以前发表的文章，我们大都保留了原来的排版格式；而对于 1949 年以后发表的文章，我们按照当下的出版规范统一了格式，该卷所选文章与著作节选是按照作者的年龄来排序的。

让我们感动的是，我们在策划、选目、翻译与出版这套读本时，得到了海内外许多学者的支持与帮助，他们在第一时间为我们提供了选文与版权，并且向我们提供了非常有益的建议。特别是那些仙逝的大师学者，我们也积极通过他们的亲属与学生联系文章的版权问题，这也得到了相关人士的热情支持与诚恳帮助。当然，还有个别学者因诸种原因我们没有联系上，如果看到这套读本，请与出版社联系，我们将按照国家出版条例的规定支付稿费或赠送样书。最后，感谢首都师范大学出版社总编杨生平教授与编辑杨林玉女士对于这两部读本在策划、选目、翻译与出版过程中所给予的支持与帮助，也感谢曹洪洋、汪建峰两位博士后与钟厚涛、姜哲、郭西安三位博士在协助我工作时所付出的努力。

2014 年 3 月 12 日

撰写于复旦大学中文系光华楼西主楼 1005 工作室

古雅之在美学上之位置

王国维

“美术者天才之制作也”，此自汗德①以来百余年间学者之定论也。然天下之物，有决非真正之美术品，而又决非利用品者。又其制作之人，决非必为天才，而吾人之视之也，若与天才所制作之美术无异者，无以名之，名之曰“古雅”。

欲知古雅之性质，不可不知美之普遍之性质。美之性质，一言以蔽之，曰可爱玩而不可利用者是已。虽物之美者，有时亦足供吾人之利用，但人之视为美时，决不计及其可利用之点。其性质如是，故其价值亦存于美之自身，而不存乎其外。而美学上之区别美也，大率分为两种：曰优美，曰宏壮。自巴克及汗德之书出，学者殆视此为精密之分类矣。至古今学者对优美及宏壮之解释，各由其哲学系统之差别而各不同。要而言之，则前者由一对象之形式，不关于吾人之利害，遂使吾人忘利害之念，而以精神之全力沉浸于此对象之形式中，自然及艺术中普通之美，皆此类也；后者则由一对象之形式，越乎吾人知力所能驭之范围，或其形式大不利于吾人，而又觉其非人力所能抗，于是吾人保存自己之本能，遂超越乎利害之观念外，而达观其对象之形式，如自然中之高山大川、烈风雷雨，艺术中伟大之宫室、悲惨之雕刻像，历史画、戏曲、小说等皆是也。此二者，其可爱玩而不可利用也同，若夫所谓古雅者则何如？

一切之美皆形式之美也。就美之自身言之，则一切优美，皆存于形式之对称变化及调和。至宏壮之对象，汗德虽谓之无形式，然以此种无形式之形式，能唤起宏壮之情，故谓之形式之一种，无不可也。就美术之种类言之，则建筑、雕刻、音乐之美之存于形式固不俟论，即图画、诗歌之美之兼存于材质之意义者，亦以此等材质适于唤起美情故，故亦得视为一种之形式焉。释迦与马利亚庄严圆满之相，吾人亦得离其材质之意义，而感无限之快乐，生无限之钦仰。戏曲、小说之主人翁及其境遇，对文章之方面言之，则为材质；然对吾人之感情言之，则此等材质又为唤起美情之最适之形式。故除吾人之感情外，凡属于美之对象者，皆形式而非材质也。而一切形式之美，又不可无他形式以表之。惟经过此第二之形式，斯美者愈增其美，而吾人之所谓古雅，即此第二种之形式。即形式之无优美与宏壮之属性者，亦因此第二形式故，而得一种独立之价值。故古雅者，可谓之形式之美之形式之美也。

夫然，故古雅之致存于艺术而不存于自然。以自然但经过第一形式，而艺术则必就自然中固有之某形式，或所自创造之新形式，而以第二形式表出之。即同一形式也，其表之也各不同。同一曲也，而奏之者各异；同一雕刻、绘画也，而真本与摹本大殊。诗歌亦然。“夜阑更秉烛，相对如梦寐”（杜甫《羌村》诗）之于“今宵剩把银钉照，犹恐相逢是梦中”（晏几道《鹧鸪天》词），“愿言思伯，甘心首疾”（《诗·卫风·

① 汗德今译康德，全文同。

伯兮》)之于"衣带渐宽终不悔，为伊消得人憔悴"(欧阳修《蝶恋花》词)，其第一形式同，而前者温厚，后者刻露者，其第二形式异也。一切艺术无不皆然，于是有所谓雅俗之区别起。优美及宏壮必与古雅合，然后得显其固有之价值。不过优美及宏壮之原质愈显，则古雅之原质愈蔽。然吾人所以感如此之美且壮者，实以表出之之雅故，即以其美之第一形式，更以雅之第二形式表出之故也。

虽第一形式之本不美者，得由其第二形式之美(雅)，而得一种独立之价值。茅茨土阶，与夫自然中寻常琐屑之景物，以吾人之肉眼观之，举无足与于优美若宏壮之数，然一经艺术家(若绘画、若诗歌)之手，而遂觉有不可言之趣味。此等趣味，不自第一形式得之，而自第二形式得之无疑也。绘画中之布置，属于第一形式，而使笔使墨，则属于第二形式。凡以笔墨见赏于吾人者，实赏其第二形式也。此以低度之美术(如法书等)为尤甚。三代之钟鼎，秦汉之摹印，汉魏六朝唐宋之碑帖，宋元之书籍等，其美之大部，实存于第二形式。吾人爱石刻不如爱真迹，又其于石刻中爱翻刻不如爱原刻，亦以此也。凡吾人所加于雕刻书画之品评，曰"神"、曰"韵"、曰"气"、曰"味"，皆就第二形式言之者多，而就第一形式言之者少。文学亦然，古雅之价值大抵存于第二形式。西汉之匡、刘，东京之崔、蔡，其文之优美宏壮，远在贾、马、班、张之下，而吾人之嗜之也亦无逊于彼者，以雅故也。南丰之于文，不必工于苏、王；姜夔之于词，且远逊于欧、秦，而后人亦嗜之者，以雅故也。由是观之，则古雅之原质，为优美及宏壮中不可缺之原质，且得离优美宏壮而有独立之价值，则固一不可诬之事实也。

然古雅之性质，有与优美及宏壮异者。古雅之但存于艺术而不存于自然，即如上文所论矣。至判断古雅之力，亦与判断优美及宏壮之力不同。后者先天的，前者后天的、经验的也。优美及宏壮之判断之为先天的判断，自汗德之《判断力批评》后，殆无反对之者。此等判断既为先天的，故亦普遍的、必然的也。易言以明之，即一艺术家所视为美者，一切艺术家亦必视为美。此汗德所以于其美学中，预想一公共之感官者也。若古雅之判断则不然，由时之不同而人之判断之也各异。吾人所断为古雅者，实由吾人今日之位置断之。古代之遗物无不雅于近世之制作，古代之文学虽至拙劣，自吾人读之无不古雅者，若自古人之眼观之，殆不然矣。故古雅之判断，后天的也，经验的也，故亦特别的也，偶然的也。此由古代表出第一形式之道与近世大异，故吾人睹其遗迹，不觉有遗世之感随之，然在当日，则不能若优美及宏壮，则固无此时间上之限制也。

古雅之性质既不存于自然，而其判断亦但由于经验，于是艺术中古雅之部分，不必尽俟天才，而亦得以人力致之。苟其人格诚高，学问诚博，则虽无艺术上之天才者，其制作亦不失为古雅。而其观艺术也，虽不能喻其优美及宏壮之部分，犹能喻其古雅之部分。若夫优美及宏壮，则非天才，殆不能捕攫之而表出之。今古第三流以下之艺术家，大抵能雅而不能美且壮者，职是故也。以绘画论，则有若国朝之王翚，彼固无艺术上之天才，但以用力甚深之故，故摹古则优，而自运则劣，则岂不以其舍其所长之古雅，而欲以优美宏壮与人争胜也哉？以文学论，则除前所述匡、刘诸人外，若宋之山谷，明之青邱、历下，国朝之新城等，其去文学上之天才盖远，徒以有文学上之修养故，其所作遂带一种典雅之性质。而后之无艺术上之天才者，亦以其典雅故，遂与第一流之文学家等类而观之，然其制作之负于天分者十之二三，而负于人力者十之七八，则固不难分析而得之也。又虽真正之天才，其制作非必皆神来兴到之作也。以文学论，则虽最优美最宏壮之文学中，往往书有陪衬之篇，篇有陪衬之章，章有陪衬之句，句有陪衬之字。一切艺术，莫不如是。此等神兴枯涸之处，非以古雅弥缝之不可。而此等古雅之部分，又非藉修养之力不可。若优美与宏壮，则固非修养之所能为力也。

然则古雅之价值，遂远出优美及宏壮下乎？曰：不然。可爱玩而不可利用者，一切美术品之公性也。优美与宏壮然，古雅亦然。而以吾人之玩其物也，无关于利用故，遂使吾人超出乎利害之范围外，而惝恍于缥缈宁静之域。优美之形式使人心和平，古雅之形式使人心休息，故亦可谓之低度之优美。宏壮之形式常以不可抵抗之势力，唤起人钦仰之情；古雅之形式则以不习于世俗之耳目故，而唤起一种之惊讶。惊讶者，钦仰之情之初步，故虽谓古雅为低度之宏壮，亦无不可也。故古雅之位置，可谓在优美与宏壮之间，而兼有此二者之性质也。至论其实践之方面，则以古雅之能力能由修养得之，故可为美育普及之津梁。虽中智以下之人，不能创造优美及宏壮之物者，亦得由修养而有古雅之创造力。又虽不能喻优美及宏壮之价值者，亦得于优美宏壮中之古雅之原质，或于古雅之制作物中，得其直接之慰藉。故古雅之价值，自美学上观之，诚不能及优美及宏壮；然自其教育众庶之效言之，则虽谓其范围较大、成效较著可也。因美学上尚未有专论古雅者，故略述其性质及位置如右。篇首之疑问，庶得由是而说明之欤。

《红楼梦》评论

王国维

一　人生及美术之概观

老子曰：“人之大患，在我有身。”庄子曰：“大块载我以形，劳我以生。”忧患与劳苦之与生相对待也久矣。夫生者，人人之所欲；忧患与劳苦者，人人之所恶也。然则讵不人人欲其所恶，而恶其所欲欤？将其所恶者，固不能不欲；而其所欲者，终非可欲之物欤？人有生矣，则思所以奉其生。饥而欲食，渴而欲饮，寒而欲衣，露处而欲宫室，此皆所以维持一人之生活者也。然一人之生，少则数十年，多则百年而止耳。而吾人欲生之心，必以是为不足，于是于数十年百年之生活外，更进而图永远之生活，时则有牝牡之欲家室之累，进而育子女矣，则有保抱扶持饮食教诲之责，婚嫁之务。百年之间，早作而夕思，穷老而不知所终，问有出于此保存自己及种姓之活之外者乎？无有也。百年之后，观吾人之成绩，其有逾于此保存自己及种姓之生活之外者乎？无有也。又人人知侵害自己及种姓之生活者之非一端也，于是相集而成一群，相约束而立一国，择其贤且智者以为之君，为之立法律以治之，建学校以教之，为之警察以防内奸，为之陆海军以御外患，使人人各遂其生活之欲而不相侵害：凡此皆欲生之心之所为也。夫人之于生活也，欲之如此其切也，用力如此其勤也，设计如此其周且至也，固亦有其真可欲者存欤？吾人之忧患劳苦，固亦有所以偿之者欤？则吾人不得不就生活之本质，熟思而审考之也。

生活之本质何？欲而已矣。欲之为性无厌，而其原生于不足。不足之状态，苦痛是也。既偿一欲，则此欲以终。然欲之被偿者一，而不偿者什佰。一欲既终，他欲随之。故究竟之慰藉，终不可得也。即使吾人之欲悉偿，而更无所欲之对象，倦厌之情，即起而乘之。于是吾人自己之生活，若负之而不胜其重。故人生者，如钟表之摆，实往复于痛苦与倦厌之间者也，夫倦厌固可视为苦痛之一种。有能除去此二者，吾人谓之曰快乐。然当其求快乐也，吾人于固有之苦痛外，又不得不加以努力，而努力亦苦痛之一也。且快乐之后，具感苦痛也弥深。故苦痛而无回复之快乐者有之矣，未有快乐而不先之或继之以苦痛者也。由此苦痛与世界之文化俱增，而不由之而减。何则？文化愈进，其知识弥广，其所欲弥多，由其感苦痛亦弥甚故也。然则人生之所欲，既无以逾于生活，而生活之性质，又不外乎苦痛，故欲与生活与苦痛，三者一而已矣。

吾人生活之性质既如斯矣，故吾人之知识，遂无往而不与生活之欲相关系，即与吾人之利害相关系。就其实而言之，则知识者，固生于此欲，而示此欲以我与外界之关系，使之趋利而避害者也。常人之知识，止知我与物之关系，易言以明之，止知物之与我相关系者，而于此物中，又不过知其与我相关系之部分而已。及人知渐进，于是始知欲知此物与我之关系，不可不研究此物与彼物之关系。知愈大者，其研究逾远焉，自是而生各种之科学。如欲知空间之一部之与我相关系者，不可不知空间全体之关系，于是几何学兴焉(按西洋几何学 Geometry 之本义系量地之意，可知古代视为应用之科学，而不视为纯粹之科学也)；欲知力之一部之与我相关系者，不可不知力之全体之关系，于是力学兴焉。吾人既知一物之全体之关系，又知此物与彼物之全体之关系，而立一法则焉，以应用之，于是物之现于吾前者，其与我之关系，及其与他物之关系，粲然陈于目前而无所遁。夫然后吾人得以利用此物，有其利而无其害，以使吾人生活之欲，增进于无穷。此科学之功效也。故科学上之成功，虽若层楼杰观，高严巨丽，然其基址则筑乎生活之欲之上，与政治上之系统立于生活之欲之上无以异。然则吾人理论与实际之二方面，皆此生活之欲之结果也。

由是观之，吾人之知识与实践之二方面，无往而不与生活之欲相关系，即与苦痛相关系。有兹一物焉，使吾人超然于利害之外，而忘物与我之关系。此时也，吾人之心，无希望，无恐怖，非复欲之我，而但知之我也。此犹积阴弥月，而旭日杲杲也；犹覆舟大海之中，浮沉上下，而飘著于故乡海岸也；犹阵云惨淡，而插翅之天使，赍平和之福音而来者也；犹鱼之脱于罾网，鸟之自樊笼出，而游于山林江海也。然物之能使吾人超然于利害之外者，必其物之于吾人无利害之关系而后可，易言以明之，必其物非实物而后可。然则非美术何足以当之乎？夫自然界之物，无不与吾人有利害之关系，纵非直接，亦必间接相关系者也。苟吾人而能忘物与我之关系而观物，则夫自然界之山明水媚，鸟飞花落，固无往而非华胥之国，极乐之土也。岂独自然界而已，人类之言语动作，悲欢啼笑，孰非美之对象乎？然此物既与吾人有利害之关系，而吾人欲强离其关系而观之，自非天才，岂易及此？于是天才者出，以其所观于自然人生中者复现之于美术中，而使中智以下之人，亦因其物之与己无关系，而超然于利害之外，是故观物无方，因人而变；濠上之鱼，庄、惠之所乐也，而渔父袭之以网罟；舞雩之木，孔、曾之所憩也，而樵者继之以斤斧。若物非有形，心无所住，则虽殉财之夫，贵私之子，宁有对曹霸、韩干之马，而计驰骋之乐；见毕宏、韦偃之松，而思栋梁之用；求好逑于雅典之偶，思税驾于金字之塔者哉？故美术之为物，欲者不观，观者不欲；而艺术之美所以优于自然之美者，全存于使人易忘物我之关系也。

而美之为物有两种：一曰优美，一曰壮美。苟一物焉，与吾人无利害之关系，而吾人之观之也，不观其关系，而但观其物；或吾人之心中，无丝毫生活之欲存，而其观物也，不视为与我有关系之物，而但视为外物，则今之所观者，非昔之所观者也。此时吾心宁静之状态，名之曰优美之情，而谓此物曰优美。若此物大不利于吾人，而吾人生活之意志为之破裂，因之意志遁去，而知力得为独立之作用，以深观其物，吾人谓此物曰壮美，而谓其感情曰壮美之情。普通之美，皆属前种。至于地狱变相之图，决斗垂死之像，庐江小吏之诗，雁门尚书之曲，其人固氓庶之所共怜，其遇虽戾夫为之流涕，讵有子颓乐祸之心，宁无尼父反袂之戚，而吾人观之，不厌千复。格代[①]之诗曰：

What in life doth only grieve us.
That in art we gladly see.
(凡人生中足以使人悲者，于美术中则吾人乐而观之。)

此之谓也。此即所谓壮美之情。而其快乐存于使人忘物我之关系，则固与优美无以异也。

至美术中之与二者相反者，名之曰眩惑。夫优美与壮美，皆使吾人离生活之欲，而人于纯粹之知识者。若美术中而有眩惑之原质乎，则又使吾人自纯粹之知识出，而复归于生活之欲。如粔籹蜜饵，《招魂》、《七发》之所陈；玉体横陈，周昉、仇英之所绘。《西厢记》之《酬柬》，《牡丹亭》之《惊梦》，伶元之传飞燕，杨慎之赝《秘辛》，徒讽一而劝百，欲止沸而益薪。所以子云有"靡靡"之诮，法秀有"绮语"之诃。虽则梦幻泡影，可作如是观；而拔舌地狱，专为斯人设者矣。故眩惑之于美，如甘之于辛，火之于水，不相并立者也。吾人欲以眩惑之快乐，医人世之苦痛，是犹欲航断港而至海，入幽谷而求明，岂徒无益，而又增之。则岂不以其不能使人忘生活之欲，及此欲与物之关系，而反鼓舞之也哉！眩惑之与优美及壮美相反对，其故实存于此。

今既述人生与美术之概略如左，吾人且持此标准，以观我国之美术。而美术中以诗歌、戏曲、小说为其顶点，以其目的在描写人生故。吾人于是得一绝大著作，曰《红楼梦》。

二　《红楼梦》之精神

裒伽尔之诗曰：

Ye wise men, highly deeply learned,
Who think it out and know,
How, when and where do all things pair?
Why do they kiss and love?
Ye men of lofty wisdom, say
What happened to me then,
Search out and tell me where, how, when,
And why it happened thus.

(嗟汝哲人，靡所不知，靡所不学，既深且跻。粲粲生物，罔不匹俦，各齿厥唇，而相厥攸。匪汝哲人，孰知其故？自何时始，来自何处？嗟汝哲人，渊渊其知。相彼百昌，奚而熙熙？愿言哲人，诏余其故。自何时始，来自何处？)(译文)

① 格代，今译歌德。

哀伽尔之问题，人人所有之问题，而人人未解决之大问题也。人有恒言曰："饮食男女，人之大欲存焉。"然人七日不食则死，一日不再食则饥。若男女之欲，则于一人之生活上，宁有害无利者也，而吾人之欲之也如此何哉？吾人自少壮以后，其过半之光阴，过半之事业，所计画、所勤动者为何事？汉之成、哀，曷为而丧其生？殷辛、周幽，曷为而亡其国？励精如唐玄宗，英武如后唐庄宗，曷为而不善其终？且人生苟为数十年之生活计，则其维持此生活，亦易易耳，曷为而其忧劳之度，倍蓰而未有已？记曰："人不婚宦，情欲失半。"人苟能解此问题，则于人生之知识，思过半矣。而蚩蚩者乃日用而不知，岂不可哀也欤！其自哲学上解此问题者，则两千年间，仅有叔本华之《男女之爱之形而上学》耳。诗歌小学之描写此事者，通古今东西，殆不能悉数，然能解决之者鲜矣。《红楼梦》一书，非徒提出此问题，又解决之者也。彼于开卷即下男女之爱之神话的解释，其叙此书之主人公贾宝玉之来历曰：

> 却说女娲氏炼石补天之时，于大荒山无稽崖，炼成高十二丈，见方二十四丈大的顽石三万六千五百零一块。那娲皇只用了三万六千五百块，单单剩下一块未用，弃在青埂峰下。谁知此石自经锻炼之后，灵性已通，自去自来，可大可小。因见众石俱得补天，独自己无才，不得入选，遂自怨自艾，日夜悲哀。（第一回）

此可知生活之欲之先人生而存在，而人生不过此欲之发现也。此可知吾人之堕落，由吾人之所欲，而意志自由之罪恶也。夫顽钝者既不幸而为此石矣，又幸而不见用，则何不游于广莫之野，无何有之乡，以自适其适，而必欲入此忧患劳苦之世界，不可谓非此石之大误也。由此一念之误，而遂造出十九年之历史，与百二十回之事实，与茫茫大士，渺渺真人何欤？又于第百十七回中，述宝玉与和尚之谈论曰：

> "弟子请问师父：可是从太虚幻境而来?"那和尚道："什么幻境！不过是来处来，去处去罢了。我是送还你的玉来的。我且问你，那玉是从哪里来的?"宝玉一时对答不来。那和尚笑道："你的来路还不知，便来问我!"宝玉本来颖悟，又经点化，早把红尘看破，只是自己的底里未知，一闻那僧问起玉来，好像当头一棒，便说："你也不用银子了，我把那玉还你罢。"那僧笑道："早该还我了!"

所谓"自己的底里未知"者，未知其生活乃自己之一念之误，而此念之所自造也。及一闻和尚之言，始知此不幸之生活，由自己之所欲，而其拒绝之也，亦不得由自己，是以有还玉之言。所谓玉者，不过生活之欲之代表而已矣。故携入红尘者，非彼二人之所为，顽石自己而已；引登彼岸者，亦非二人之力，顽石自己而已。此岂独宝玉一人然哉？人类之堕落与解脱，亦视其意志而已。而此生活之意志，其于永远之生活，比个人之生活为尤切；易言以明之，则男女之欲，尤强于饮食之欲。何则？前者无尽的，后者有限的也；前者形而上的，后者形而下的也。又如上章所说生活之于苦痛，二者一而非二，而苦痛之度，与主张生活之欲之度为比例。是故前者之苦痛，尤倍蓰于后者之苦痛。而《红楼梦》一书，实示此生活此苦痛之由于自造，又示其解脱之道不可不由自己求之者也。

而解脱之道，存于出世，而不存于自杀。出世者，拒绝一切生活之欲者也。彼知生活之无所逃于苦痛，而求入于无生之域。当其终也，恒干虽存，固已形如槁木，而心如死灰矣。若生活之欲如故，但不满于现在之生活，而求主张之于异日，则死于此者，固不得不复生于彼，而苦海之流，又将与生活之欲而无穷。故金钏之堕井也，司棋之触墙也，尤三姐、潘又安之自刎也，非解脱也，求偿其欲而不得者也。彼等之所不欲者，其特别之生活，而对生活之为物，则固欲之而不疑也。故此书中真正之解脱，仅贾宝玉、惜春、紫鹃三人耳。而柳湘莲之入道，有似潘又安；芳官之出家，略同于金钏。故苟有生活之欲存乎，则虽出世而无与于解脱；苟无此欲，则自杀亦未始非解脱之一者也。如鸳鸯之死，彼固有不得已之境遇在，不然，则惜春、紫鹃之事，固亦其所优为者也。

而解脱之中，又自有两种之别：一存于观他人之苦痛，一存于觉自己之苦痛。然前者之解脱，唯非常之人为能，其高百倍于后者，而其难亦百倍。但由其成功观之，则二者一也。通常之人，其解脱由于苦痛之阅历，而不由于苦痛之知识。唯非常之人，由非常之知力，则洞观宇宙人生之本质，始知生活与苦痛之不能相离，由是求绝其生活之欲，而得解脱之道。然于解脱之途中，彼之生活之欲，犹时时起而与之相抗，而生种种之幻影。所谓恶魔者，不过此等幻影之人物化而已矣。故通常之解脱，存于自己之苦痛。彼之生活之欲，因不得其满足而愈烈，又因愈烈而愈不得其满足，如此循环，而陷于失望之境遇，遂悟宇宙人生之真相，遽而求其息肩之所。彼全变其气质，而超出乎苦乐之外，举昔之所执著者，一旦而舍之。彼以生活为炉，苦痛为炭，而铸其解脱之鼎。彼以疲于生活之欲故，故其生活之欲，不能复起而为之幻影。此通常之人解脱之状态也。前者之解脱，如惜春、紫鹃；后者之解脱，如宝玉。前者之解脱，超自然的也，神明的也；后者之解脱，自然的也，人类的也。前者之解脱，宗教的也；后者美术的也。前者平和的也；后者悲感的也，壮美的也，故文学的也，诗歌的也，小说的也。此《红楼梦》之主人公，所以非惜春、紫鹃，而为贾宝玉者也。

呜呼！宇宙一生活之欲而已。而此生活之欲之罪过，即以生活之苦痛罚之，此即宇宙之永远的正义也。自犯罪，自加罚，自忏悔，自解脱。美术之务，在描写人生之苦痛与其解脱之道，而使吾侪冯生之徒，于此桎梏之世界中，离此生活之欲之争斗，而得其暂时之平和。此一切美术之目的也。夫欧洲近世之文学中，所以推格代①之《法斯德》为第一者，以其描写博士法斯德之苦痛，及其解脱之途径，最为精切故也。若《红楼梦》之写宝玉，又岂有以异于彼乎？彼于缠陷最深之中，而已伏解

① 格代，今译歌德。

脱之种子，故听《寄生草》之曲，而悟立足之境；读《胠箧》之篇，而作焚花散麝之想，所以未能者，则以黛玉尚在耳。至黛玉死而其志渐决，然尚屡失于宝钗，几败于五儿，屡蹶屡振，而终获最后之胜利。读者观自九十八回以至百二十回之事实，其解脱之行程，精进之历史，明瞭精切何如哉！且法斯德之苦痛，天才之苦痛；宝玉之苦痛，人人所有之苦痛也。其存于人之根柢者为独深，而其希救济也为尤切。作者一一掇拾而发挥之。我辈之读此书者，宜如何表满足感谢之意哉！而吾人于作者之姓名，尚未有确实之知识，岂徒吾侪寡学之羞，亦足以见二百余年来吾人之祖先，封此宇宙之大著述，如何冷淡遇之也。谁使此大著述之作者，不敢自署其名？此可知此书之精神，大背于吾国人之性质，及吾人之沉溺于生活之欲，而乏美术之知识，有如此也。然则予之为此论，亦自知有罪也矣。

三 《红楼梦》之美学上之价值

如上章之说，吾国人之精神，世间的也，乐天的也，故代表其精神之戏曲小说，无往而不著此乐天之色彩，始于悲者终于欢，始于离者终于合，始于困者终于亨，非是而欲厌阅者之心难矣！若《牡丹亭》之返魂，《长生殿》之重圆，其最著之一例也。《西厢记》之以《惊梦》终也，未成之作也；此书若成，吾乌知其不为《续西厢》之浅陋也？有《水浒传》矣，曷为而又有《荡寇志》？有《桃花扇》矣，曷为而又有《南桃花扇》？有《红楼梦》矣，彼《红楼复梦》、《补红楼梦》、《续红楼》者，曷为而作也？又曷为而有反对《红楼梦》之《儿女英雄传》？故吾国之文学中，其具厌世解脱之精神者，仅有《桃花扇》与《红楼梦》耳。而《桃花扇》之解脱，非真解脱也。沧桑之变，目击之而身历之，不能自悟，而悟于张道士之一言；且以历数千里、冒不测之险、投缧绁之中所索之女子，才得一面，而以道士之言，一朝而舍之，自非三尺童子，其谁信之哉！故《桃花扇》之解脱，他律的也；而《红楼梦》之解脱，自律的也。且《桃花扇》之作者，但借侯、李之事，以写故国之戚，而非以描写人生为事。故《桃花扇》，政治的也，国民的也，历史的也；《红楼梦》，哲学的也，宇宙的也，文学的也。此《红楼梦》之所以大背于吾国人之精神，而其价值亦即存乎此。彼《南桃花扇》、《红楼复梦》等，正代表吾国人乐天之精神者也。

《红楼梦》一书，与一切喜剧相反，彻头彻尾之悲剧也。其大宗旨如上章之所述，读者既知之矣。除主人公不计外，凡此书中之人，有与生活之欲相关系者，无不与苦痛相终始，以视宝琴、岫烟、李纹、李绮等，若藐姑射神人，夐乎不可及矣。夫此数人者，曷尝无生活之欲，曷尝无苦痛？而书中既不及写其生活之欲，则其苦痛自不得而写之，足以见二者如骖之靳，而永远的正义，无往不逞其权力也。又吾国之文学，以挟乐天的精神故，故往往说诗歌的正义，善人必令其终，而恶人必离其罚，此亦吾国戏曲小说之特质也。《红楼梦》则不然，赵姨、凤姐之死，非鬼神之罚，彼良心自己之苦痛也。若李纨之受封，彼于《红楼梦》十四曲中，固已明说之曰：

[晚韶华]镜里恩情，更那堪梦里功名！那韶华去之何迅，再休题绣帐鸳衾。

只这戴珠冠，披凤袄，也抵不了无常性命。虽说是人生莫受老来贫，也须要阴骘积儿孙。气昂昂头戴簪缨，光灿灿胸悬金印，威赫赫爵禄高登，昏惨惨黄泉路近。问古来将相可还存？也只是虚名儿与后人钦敬。(第五回)

此足以知其非诗歌的正义，而既有世界人生以上，无非永远的正义之所统辖也。故曰《红楼梦》一书，彻头彻尾的悲剧也。

由叔本华之说，悲剧之中，又有三种之别：第一种之悲剧，由极恶之人，极其所有之能力，以交构之者；第二种，由于盲目的运命者；第三种之悲剧，由于剧中之人物之位置及关系而不得不然者，非必有蛇蝎之性质与意外之变故也，但由普遍之人物，普通之境遇，逼之不得不如是，彼等明知其害，交施之而交受之，各加以力而各不任其咎。此种悲剧，其感人贤于前二者远甚。何则？彼示人至最大之不幸，非例外之事，而人生之所固有故也。若前二种之悲剧，吾人对蛇蝎之人物与盲目之命运，未尝不悚然战慄，然以其罕见之故，犹幸吾生之可以免，而不必求息肩之地也。但在第三种，则见此非常之势力，足以破坏人生之福祉者，无时而不可坠于吾前；且此等惨酷之行，不但时时可受诸己，而或可以加诸人，躬丁其酷，而无不平之可鸣，此可谓天下之至惨也。若《红楼梦》，则正第三种之悲剧也。兹就宝玉、黛玉之事言之。贾母爱宝钗之婉嫕，而惩黛玉之孤僻，又信金玉之邪说，而思压宝玉之病；王夫人固亲于薛氏；凤姐以持家之故，忌黛玉之才，而虞其不便于已也；袭人惩尤二姐、香菱之事，闻黛玉"不是东风压西风，就是西风压东风"之语(第八十二回)，惧祸之及，而自同于凤姐，亦自然之势也。宝玉之于黛玉，信誓旦旦，而不能言之于最爱之之祖母，则普通之道德使然；况黛玉一女子哉！由此种种原因，而金玉以之合，木石以之离，又岂有蛇蝎之人物，非常之变故，行于其间哉？不过通常之道德，通常之人情，通常之境遇为之而已。由此观之，《红楼梦》者，可谓悲剧中之悲剧也。

由此之故，此书中壮美之部分，较多于优美之部分，而眩惑之原质殆绝焉。作者于开卷即申明之曰：

更有一种风月笔墨，其淫秽污臭，最易坏人子弟。至于才人佳人等书，则又开口文君，满篇子建，千部一腔，千人一面，且终不能不涉淫滥。在作者不过欲写出自己两首情诗艳赋来，故假捏出男女二人名姓，又必旁添一小人拨乱其间，如戏中小丑一般。(此又上节所言之一证)

兹举其最壮美者之一例，即宝玉与黛玉最后之相见一节曰：

那黛玉听着傻大姐说宝玉娶宝钗的话，此时心里竟是油儿酱儿糖儿醋儿倒在一处的一般，甜苦酸咸，竟说不上什么味儿来了。……自己转身要回潇湘馆去，那身子竟有千百斤重的，两只脚却像踏着棉花一般，早已软了，只得一步一步慢慢的走将下来。走了半天，还没到沁芳桥畔，脚下愈加软了。走的慢，且又迷迷痴痴，信着脚从那边绕过来，更添了两箭地路。这时刚到沁芳桥畔，却又不知不觉的顺着堤往向里走起来。紫鹃取了绢子来，却不见黛玉。正在那里看时，只见黛玉颜色雪白，身子恍恍荡荡的，眼睛也直直的，在那里东转西转，……只得赶过来轻轻的问道："姑娘怎么又回去？是要往哪里去？"黛玉也只模糊听见，随口答道："我问问宝玉去。"……紫鹃只得搀他进去。那黛玉却又奇怪了，这时不似先前那样软了，也不用紫鹃打帘子，自己掀起帘子进来。……见宝玉在那里坐着，也不起来让坐，只瞧着嘻嘻的呆笑。黛玉自己坐下，却也瞧着宝玉笑。两个也不问好，也不说话，也无推让，只管对着脸呆笑起来。忽然听着黛玉说道："宝玉！你为什么病了？"宝玉笑道："我为林姑娘病了。"袭人、紫鹃两个，吓得面目改色，连忙用言语来岔。两个却又不答言，仍旧呆笑起来。……紫鹃搀起黛玉，那黛玉也就站起来，瞧着宝玉，只管笑，只管点头儿。紫鹃又催道："姑娘回家去歇歇罢"。黛玉道："可不是，我这就是回去的时候儿了！"说着，便回身笑着出来了。仍旧不用丫头们搀扶，自己却走得比往常飞快。（第九十六回）

如此之文，此书中随处有之，其动吾人之感情何如！凡稍有审美的嗜好者，无人不经验之也。

《红楼梦》之为悲剧也如此。昔雅里大德勒①于《诗论》中，谓悲剧者，所以感发人之情绪而高上之，殊如恐惧与悲悯之二者，为悲剧中固有之物，由此感发，而人之精神于焉洗涤。故其目的，伦理学上之目的也。叔本华置诗歌于美术之顶点，又置悲剧于诗歌之顶点，而于悲剧之中，又特重第三种，以其示人生之真相，又示解脱之不可已故。故美学上最终之目的，与伦理学上最终之目的合。由是《红楼梦》之美学上之价值，亦与其伦理学上之价值相联络也。

四　《红楼梦》之伦理学上之价值

自上章观之，《红楼梦》者，悲剧中之悲剧也。其美学上之价值，即存乎此。然使无伦理学上之价值以继之，则其于美术上之价值，尚未可知也。今使为宝玉者，于黛玉既死之后，或感愤而自杀，或放废以终其身，则虽谓此书一无价值可也。何则？欲达解脱之域者，固不可不尝人世之忧患，然所贵乎忧患者，以其为解脱之手段故，非重忧患自身之价值也。今使人日日居忧患言忧患，而无希求解脱之勇气，则天国与地狱，彼两失之；其所领之境界，除阴云蔽天，沮洳弥望外，固无所获焉。黄仲则《绮怀》诗曰：

如此星辰非昨夜，为谁风露立中宵。

① 雅里大德勒，今译亚里士多德。

又其卒章曰：

结束铅华归少作，屏除丝竹入中年；
茫茫来日愁如海，寄语羲和快着鞭。

其一例也。《红楼梦》则不然，其精神之存于解脱，如前二章所说，兹固不俟喋喋也。

然则解脱者，果足为伦理学上最高之理想否乎？自通常之道德观之，夫人知其不可也。夫宝玉者，固世俗所谓绝父子、弃人伦、不忠不孝之罪人也。然自太虚中有今日之世界，自世界中有今日之人类，乃不得不有普通之道德，以为人类之法则。顺之者安，逆之者危；顺之者存，逆之者亡。于今日之人类中，吾固不能不认普通之道德之价值也。然所以有世界人生者，果有合理的根据欤？抑出于盲目的动作，而别无意义存乎其间欤？使世界人生之存在，而有合理的根据，则人生中所有普通之道德，谓之绝对的道德可也。然吾人从各方面观之，则世界人生之所以存在，实由吾人类之祖先一时之误谬。诗人之所悲歌，哲学者之所冥想，与夫古代诸国民之传说，若出一揆。若第二章所引《红楼梦》第一回之神话的解释，亦于无意识中暗示此理，较之《创世记》所述人类犯罪之历史，尤为有味者也。夫人之有生，既为鼻祖之误谬矣，则夫吾人之同胞，凡为此鼻祖之子孙者，苟有一人焉，未入解脱之域，则鼻祖之罪，终无时而赎，而一时之误谬，反复至数千万年而未有已也；则夫绝弃人伦如宝玉其人者，自普通之道德言之，固无所辞其不忠不孝之罪，若开天眼而观之，则彼固可谓子父之蛊者也。知祖父之误谬，而不忍反复之以重其罪，顾得谓之不孝哉？然则宝玉“一子出家，七祖升天”之说，诚有见乎所谓孝者，在此不在彼，非徒自辩护而已。

然则举世界之人类，而尽入于解脱之域，则所谓宇宙者，不诚无物也欤？然有无之说，盖难言之矣。夫以人生之无常，而知识之不可恃，安知吾人之所谓有，非所谓真有者乎？则自其反而言之，又安知吾人之所谓无，非所谓真无者乎？即真无矣，而使吾人自空乏与满足、希望与恐怖之中出，而获永远息肩之所，不犹愈于世之所谓有者乎？然则吾人之畏无也，与小儿之畏暗黑何以异？自已解脱者观之，安知解脱之后，山川之美，日月之华，不有过于今日之世界者乎？读《飞鸟各投林》之曲，所谓“一片白茫茫大地真乾净”者，有欤无欤，吾人且勿问，但立乎今日之人生而观之，彼诚有味乎其言之也。

难者又曰：人苟无生，则宇宙间最可宝贵之美术，不亦废欤？曰：美术之价值，对现在之世界人生而起者，非有绝对的价值也；其材料取诸人生，其理想亦视人生之缺陷逼仄，而趋于其反对之方面。如此之美术，唯于如此之世界，如此之人生中，始有价值耳。今设有人焉，自无始以来，无生死，无苦乐，无人世之挂碍，而唯有永远之知识，则吾人所宝为无上之美术，自彼视之，不过蛩鸣蝉噪而已。何则？美术上之理想，固彼之所自有；而其材料，又彼之所未尝经验故也。又设有人焉，备尝人世之苦痛，而已入于解脱之域，则美术之于彼也，亦无价值。何则？美术之价值，存于使人离生活之欲，而入于纯粹之知识。彼既无生活之欲矣，而复进之以美术，是犹馈壮夫以药石，多见其不知量而已矣。然而超今日之世界人生以外者，于美术之存亡，固自可不必问也。

夫然，故世界之大宗教，如印度之婆罗门教及佛教，希伯来之基督教，皆以解脱为唯一之宗旨。哲学家如古代希腊之柏拉图、近世德意志之叔本华，其最高之理想，亦存于解脱。殊如叔本华之说，由其深邃之知识论、伟大之形而上学出，一扫宗教之神话的面具，而易以名学之论法，其真挚之感情与巧妙之文字，又足以济之，故其说精密确实，非如古代之宗教及哲学说，徒属想象而已。然事不厌其求详，姑以生平所疑者商榷焉。夫由叔氏之哲学说，则一切人类及万物之根本，一也。故充叔氏拒绝意志之说，非一切人类及万物，各拒绝其生活之意志，则一人之意志，亦不可得而拒绝。何则？生活之意志之存于我者，不过其一最小部分，而其大部分之存于一切人类及万物者，皆与我之意志同。而此物我之差别，仅由于吾人知力之形式，故离此知力之形式，而反其根本而观之，则一切人类及万物之意志，皆我之意志也。然则拒绝吾一人之意志，而姝姝自悦曰解脱，是何异决蹄跨之水，而注之沟壑，而曰天下皆得平土而居之哉！佛之言曰："若不尽度众生，誓不成佛。"其言犹若有能之而不欲之意。然自吾人观之，此岂徒能之而不欲哉？将毋欲之而不能也。故如叔本华之言一人之解脱，而未言世界之解脱，实与其意志同一之说不能两立者也。叔氏无意识中亦触此疑问，故于其《意志及观念之世界》之第四编之末，力护其说曰：

> 人之意志，于男女之欲，其发现也为最著。故完全之贞操，乃拒绝意志，即解脱之第一步也。夫自然中之法则，固自最确实者。使人人而行此格言，则人类之灭绝，自可立而待。至人类以降之动物，其解脱与坠落，亦当视人类以为准。《吠陀》之经典曰："一切众生之待圣人，如饥儿之望慈父母也。"基督教中亦有此思想。珊列休斯于其《人持一切物归于上帝》之小诗中曰："嗟汝万物灵，有生皆爱汝。总总环汝旁，如儿索母乳。携之适天国，惟汝力是怙。"德意志之神秘学者马斯太哀克赫德亦云："《约翰福音》云：余之离世界也，将引万物而与我俱。基督岂欺我哉！夫善人固将持万物而归之于上帝，即其所从出之本者也。今夫一切生物，皆为人而造，又各自相为用；牛羊之于水草，鱼之于水，鸟之于空气，野兽之于林莽皆是也。一切生物皆上帝所造，以供善人之用，而善人携之以归上帝。"彼意盖谓人之所以有用动物之权利者，实以能救济之之故也。
>
> 于佛教之经典中，亦说明此真理。方佛之尚为菩提萨埵也，自王宫逸出而入深林时，彼策其马而歌曰："汝久疲于生死兮，今将息此任载。负余躬以遐举兮，继今日而无再。苟彼岸其余达兮，余将徘徊以汝待。"(《佛国记》)此之谓也。(英译《意志及观念之世界》第一册第四百九十二页)

然叔氏之说，徒引据经典，非有理论的根据也。试问释迦圆寂以后，基督尸十字架以来，人类及万物之欲生奚若？其痛若又奚若？吾知其不异于昔也。然则所谓持万物而归之上帝者，其尚有所待欤？抑徒沾沾自喜之说，而不能见诸实事者欤？果如后说，则释迦、基督自身之解脱与否，亦尚在不可知之数也。往者作一律曰：

生平颇忆挈庐敖，东过蓬莱浴海涛。何处云中闻犬吠，至今湖畔尚乌号。人间地狱真无间，死后泥洹枉自豪。终古众生无度日，世尊祇合老尘嚣。

何则？小宇宙之解脱，视大宇宙之解脱以为准故也。赫尔德曼人类涅槃之说，所以起而补叔氏之缺点者以此。要之，解脱之足以为伦理学上最高之理想与否，实存于解脱之可能与否。若夫普通之论难，则固如楚楚蜉蝣，不足以撼十围之大树也。

今使解脱之事，终不可能，然一切伦理学上之理想，果皆可能也欤？今夫与此无生主义相反者，生生主义也。夫世界有限，而生人无穷。以无穷之人，生有限之世界，必有不得遂其生者矣。世界之内，有一人不得遂其生者，固生生主义之理想之所不许也。故由生生主义之理想，则欲使世界生活之量，达于极大限，则人人生活之度，不得不达于极小限。盖度与量二者，实为一精密之反比例，所谓最大多数之最大福祉者，亦仅归于伦理学者之梦想而已。夫以极大之生活量，而居于极小之生活度，则生活之意志之拒绝也奚若？此生生主义与无生主义相同之点也。苟无此理想，则世界之内，弱之肉，强之食，一任诸天然之法则耳，奚以伦理为哉？然世人日言生生主义，而此理想之达于何时，则尚在不可知之数。要之，理想者，可近而不可即，亦终古不过一理想而已矣。人知无生主义之理想之不可能，而自忘其主义之理想之何若，此则大不可解脱者也。

夫如是，则《红楼梦》之以解脱为理想者，果可菲薄也欤？夫以人生忧患之如彼，而劳苦之如此，苟有血气者，未有不渴慕救济者也；不求之于实行，犹将求之于美术。独《红楼梦》者，同时与吾人以二者之救济。人而自绝于救济则已耳；不然，则对此宇宙之大著述，宜如何企踵而欢迎之也！

五　余　论

自我朝考证之学盛行，而读小说者，亦以考证之眼读之。于是评《红楼梦》者，纷然索此书之主人公之为谁，此又甚不可解者也。夫美术之所写者，非个人之性质，而人类全体之性质也。惟美术之特质，贵具体而不贵抽象。于是举人类全体之性质，置诸个人之名字之下。譬诸副墨之子，洛诵之孙，亦随吾人之所好名之而已。善于观物者能就个人之事实，而发见人类全体之性质。今对人类之全体，而必规规焉求个人以实之，人之知力相越，岂不远哉！故《红楼梦》之主人公，谓之贾宝玉可，谓之“子虚”“乌有”先生可，即谓之纳兰容若，谓之曹雪芹，亦无不可也。

综观评此书者之说，约有二种：一谓述他人之事，一谓作者自写其生平也。第一说中，大抵以贾宝玉为即纳兰性德，其说要非无所本。案性德《饮水诗集·别意》六首之三曰：

独拥馀香冷不胜，残更数尽思腾腾。今宵便有随风梦，知在红楼第几层？

又《饮水词》中《於中好》一阕云：

别绪如丝睡不成，那堪孤枕梦边城。因听紫塞三更雨，却忆红楼半夜灯。

又《减字木兰花》一阕咏新月云：

莫教星替，守取团圆终必遂。此夜红楼，天上人间一样愁。

“红楼”之字凡三见，而云“梦红楼”者一。又其亡妇忌日，作《金缕曲》一阕，其首三句云：

此恨何时已，滴空阶寒更雨歇，葬花天气。

“葬花”二字，始出于此。然则《饮水集》与《红楼梦》之间，稍有文字之关系，世人以宝玉为即纳兰侍卫者，殆由于此。然诗人与小说家之用语，其偶合者固不少。苟执此例以求《红楼梦》之主人公，吾恐其可以傅合者，断不止容若一人而已。若夫作者之姓名(遍考各书，未见曹雪芹何名)与作书之年月，其为读此书者所当知，似更比主人公之姓名为尤要，顾无一人为之考证者，此则大不可解者也。

至谓《红楼梦》一书，为作者自道其生平者，其说本于此书第一回“竟不如我亲见亲闻的几个女子”一语。信如此说，则唐旦之《天国喜剧》可谓无独有偶者矣。然所谓亲见亲闻者，亦可自旁观者之口言之，未必躬为剧中之人物。如谓书中种种境界，种种人物，非局中人不能道，则是《水浒传》之作者必为大盗，《三国演义》之作者必为兵家，此又大不然之说也。且此问题，实为美术之渊源之问题相关系。如谓美术上之事，非局中人不能道，则其渊源必全存于经验而后可。夫美术之源，出于先天，抑由于经验，此西洋美学上至大之问题也。叔本华之论此问题也，最为透辟。兹援其说，以结此论。其言(此论本为绘画及雕刻发，然可通之于诗歌小说。)曰：

人类之美之产于自然中者，必由下文解释之，即意志于其客观化之最高级(人类)中，由自己之力与种种之情况，而打胜下级(自然力)之抵抗，以占领其物质。且意志之发现于高等之阶级也，其形式必复杂。即以一树言之，乃无数之细胞，合而成一系统者也。其阶级愈高，其结合愈复。人类之身体，乃最复杂之系统也，各部分各有一特别之生活，其对全体也，则为隶属；其互相对也，则为同僚；互相调和，以为其全体之说明，不能增也，不能减也。能如此者，则谓之美。此自然中不得多见者也。顾美之于自然中如此，于美术中则何如？

或有以美术家为模仿自然者。然彼苟无美之预想存于经验之前，则安从取自然中完全之物而模仿之，又以之与不完全者相区别哉？且自然亦安得时时生一人焉，于其各部分皆完全无缺哉？或又谓美术家必先于人之肢体中，观美丽之各部分，而由之以构成美丽之全体。此又大愚不灵之说也。即令如此，彼又何自知美丽之在此部分而非彼部分哉？故美之知识，断非自经验的得之，即非后天的而常为先天的；即不然，亦必其一部分常为先天的也。吾人于观人类之美后，始认其美；但在真正之美术家，其认识之也，极其明速之度，而其表出之也，胜乎自然之为。此由吾人之自身即意志，而于此所判断及发见者，乃意志于最高级之完全之客观化也。唯如是，吾人斯得有美之预想。而在真正之天才，于美之预想外，更伴以非常之巧力。彼于特别之物中，认全体之理念，遂解自然之嗫嚅之言语而代言之，即以自然所百计而不能产出之美，现之于绘画及雕刻中，而若语自然曰：此即汝之所欲言而不得者也。苟有判断之能力者，必将应之曰是。唯如是，故希腊之天才，能发见人类之美之形式，而永为万世雕刻家之模范。唯如是，故吾人对自然于特别之境遇中所偶然成功者，而得认其美，此美之预想，乃自先天中所知者，即理想的也；比其现于美术也，则为实际的。何则？此与后天中所与之自然物相合故也。如此，美术家先天中有美之预想，而批评家于后天中认识之，此由美术家及批评家，乃自然之自身之一部，而意志于此客观化者也。哀姆攀独克尔曰："同者唯同者知之。"故唯自然能知自然，唯自然能言自然，则美术家有自然之美之预想，固自不足怪也。

芝诺芬述苏格拉底之言曰："希腊人之发见人类之美之理想也由于经验，即集合种种美丽之部分，而于此发见一膝，于彼发见一臂。"此大谬之说也。不幸而此说又蔓延于诗歌中。即以狭斯丕尔言之，谓其戏曲中所描写之种种之人物，乃其一生之经验中所观察者，而极其全力以模写之者也。然诗人由人性之预想而作戏曲小说，与美术家之由美之预想而作绘画及雕刻无以异。唯两者于其创造之途中，必须有经验以为之补助。夫然，故其先天中所已知者，得唤起而入于明晰之意识，而后表出之事，乃可得而能也。(叔氏《意志及观念之世界》第一册第二百八十五页至二百八十九页)

由此观之，则谓《红楼梦》中所有种种之人物，种种之境遇，必本于作者之经验，则雕刻与绘画家之写人之美也，必此取一膝、彼取一臂而后可。其是与非，不待知者而决矣。读者苟玩前数章之说，而知《红楼梦》之精神与其美学伦理学上之价值，则此种议论，自可不生。苟知美术之大有造于人生，而《红楼梦》自足为我国美术上之唯一大著述，则其作者之姓名与其著书之年月，固当为唯一考证之题目。而我国人之所聚讼者，乃不在此而在彼；此足以见吾国人之对此书之兴味之所在，自在彼而不在此也。故为破其惑如此。

摩罗诗力说[1]

鲁　迅

求古源尽者将求方来之泉，将求新源。嗟我昆弟，新生之作，新泉之涌于渊深，其非远矣。[2]

——尼佉①

一

人有读古国文化史者，循代而下，至于卷末，必凄以有所觉，如脱春温而入于秋肃，勾萌绝朕[3]，枯槁在前，吾无以名，姑谓之萧条而止。盖人文之留遗后世者，最有力莫如心声[4]。古民神思，接天然之閟宫，冥契万有，与之灵会，道其能道，爰为诗歌。其声度时劫而入人心，不与缄口同绝；且益曼衍，视其种人[5]。递文事式微，则种人之运命亦尽，群生辍响，荣华收光；读史者萧条之感，即以怒起，而此文明史记，亦渐临末页矣。凡负令誉于史初，开文化之曙色，而今日转为影国[6]者，无不如斯。使举国人所习闻，最适莫如天竺。天竺古有《韦陀》[7]四种，瑰丽幽敻，称世界大文；其《摩诃波罗多》暨《罗摩衍那》二赋[8]，亦至美妙。厥后有诗人加黎陀萨(Kalidasa)[9]者出，以传奇鸣世，间染抒情之篇；日耳曼诗宗瞿提(W. von Goethe)，至崇为两间之绝唱。降及种人失力，而文事亦共零夷，至大之声，渐不生于彼国民之灵府，流转异域，如亡人也。次为希伯来[10]，虽多涉信仰教诫，而文章以幽邃庄严胜，教宗文术，此其源泉，灌溉人心，迄今兹未艾。特在以色列族，则止耶利米(Jeremiah)[11]之声；列王荒矣，帝怒以赫，耶路撒冷遂隳[12]，而种人之舌亦默。当彼流离异地，虽不遽忘其宗邦，方言正信，拳拳未释，然《哀歌》而下，无赓响矣。复次为伊兰埃及[13]，皆中道废弛，有如断绠，灿烂于古，萧瑟于今。若震旦而逸斯列，则人生大戬，无逾于此。何以故？英人加勒尔(Th. Carlyle)[14]曰，得昭明之声，洋洋乎歌心意而生者，为国民之首义。意太利分崩矣，然实一统也，彼生但丁(Dante Alighieri)[15]，彼有意语。大俄罗斯之札尔[16]，有兵刃炮火，政治之上，能辖大区，行大业。然奈何无声？中或有大物，而其为大也喑。(中略)迨兵刃炮火，无不腐蚀，而但丁之声依然。有但丁者统一，而无声兆之俄人，终支离而已。

尼佉(Fr. Nietzsche)不恶野人，谓中有新力，言亦确凿不可移。盖文明之朕，固孕于蛮荒，野人狉獉[17]其形，而隐曜即伏于内。文明如华，蛮野如蕾，文明如实，蛮野如华，上征在是，希望亦在是。惟文化已止之古民不然：发展既央，隳败随起，况久席古宗祖之光荣，尝首出周围之下国，暮气之作，每不自知，自用而愚，污如死海。其煌煌居历史之首，而终匿形于卷末者，殆以此欤？俄之无声，激响在

① 尼佉，今译尼采。

焉。俄如孺子，而非喑人；俄如伏流，而非古井。十九世纪前叶，果有鄂戈理(N. Gogol)[18]者起，以不可见之泪痕悲色，振其邦人，或以拟英之狭斯丕尔(W. Shakespeare)，即加勒尔所赞扬崇拜者也。顾瞻人间，新声争起，无不以殊特雄丽之言，自振其精神而绍介其伟美于世界；若渊默而无动者，独前举天竺以下数古国而已。嗟夫，古民之心声手泽，非不庄严，非不崇大，然呼吸不通于今，则取以供览古之人，使摩挲咏叹而外，更何物及其子孙？否亦仅自语其前此光荣，即以形迩来之寂寞，反不如新起之邦，纵文化未昌，而大有望于方来之足致敬也。故所谓古文明国者，悲凉之语耳，嘲讽之辞耳！中落之胄，故家荒矣，则喋喋语人，谓厥祖在时，其为智慧武怒[19]者何似，尝有闳宇崇楼，珠玉犬马，尊显胜于凡人。有闻其言，孰不腾笑？夫国民发展，功虽有在于怀古，然其怀也，思理朗然，如鉴明镜，时时上征，时时反顾，时时进光明之长途，时时念辉煌之旧有，故其新者日新，而其古亦不死。若不知所以然，漫夸耀以自悦，则长夜之始，即在斯时。今试履中国之大衢，当有见军人蹀躞而过市者，张口作军歌，痛斥印度波阑之奴性[20]；有漫为国歌者亦然。盖中国今日，亦颇思历举前有之耿光，特未能言，则姑曰左邻已奴，右邻且死，择亡国而较量之，冀自显其佳胜。夫二国与震旦究孰劣，今姑弗言；若云颂美之什[21]，国民之声，则天下之咏者虽多，固未见有此作法矣。诗人绝迹，事若甚微，而萧条之感，辄以来袭。意者欲扬宗邦之真大，首在审己，亦必知人，比较既周，爰生自觉。自觉之声发，每响必中于人心，清晰昭明，不同凡响。非然者，口舌一结，众语俱沦，沉默之来，倍于前此。盖魂意方梦，何能有言？即震于外缘，强自扬厉，不惟不大，徒增欷耳。故曰国民精神之发扬，与世界识见之广博有所属。

今且置古事不道，别求新声于异邦，而其因即动于怀古。新声之别，不可究详；至力足以振人，且语之较有深趣者，实莫如摩罗[22]诗派。摩罗之言，假自天竺，此云天魔，欧人谓之撒但[23]，人本以目裴伦(G. Byron)[24]。今则举一切诗人中，凡立意在反抗，指归在动作，而为世所不甚愉悦者悉入之，为传其言行思维，流别影响，始宗主裴伦，终以摩迦(匈加利)文士[25]。凡是群人，外状至异，各禀自国之特色，发为光华；而要其大归，则趣于一：大都不为顺世和乐之音，动吭一呼，闻者兴起，争天拒俗，而精神复深感后世人心，绵延至于无已。虽未生以前，解脱而后，或以其声为不足听；若其生活两间，居天然之掌握，辗转而未得脱者，则使之闻之，固声之最雄桀伟美者矣。然以语平和之民，则言者滋惧。

二

平和为物，不见于人间。其强谓之平和者，不过战事方已或未始之时，外状若宁，暗流仍伏，时劫一会，动作始矣。故观之天然，则和风拂林，甘雨润物，似无不以降福祉于人世，然烈火在下，出为地囟[26]，一旦偾兴，万有同坏。其风雨时作，特暂伏之见象，非能永劫安易，如亚当之故家[27]也。人事亦然，衣食家室邦国之争，形现既昭，已不可以讳掩；而二士室处，亦有吸呼，于是生颢气[28]之争，强肺者致胜。故杀机之昉，与有生偕；平和之名，等于无有。特生民之始，既以武健勇烈，抗拒战斗，渐进于文明矣，化定俗移，转为新懦，知前征之至险，则爽然思归其雌[29]，而战场在前，复自知不可避，于是运其神思，创为理想之邦，或托之人所莫至之区，或迟之不可计年以后。自柏拉图(Platon)《邦国论》始，西方哲士，作此念者不知几何人。虽自古迄今，绝无此平和之朕，而延颈方来，神驰所慕之仪的，日逐而不舍，要亦人间进化之一因子欤？吾中国爱智之士，独不与西方同，心神所注，辽远在于唐虞，或迳入古初，游于人兽杂居之世；谓其时万祸不作，人安其天，不如斯世之恶浊阽危，无以生活。其说照之人类进化史实，事正背驰。盖古民曼衍播迁，其为争抗劬劳，纵不厉于今，而视今必无所减；特历时既永，史乘无存，汗迹血腥，泯灭都尽，则追而思之，似其时为至足乐耳。傥使置身当时，与古民同其忧患，则颓唐侘傺，复远念盘古未生，斧凿未经之世，又事之所必有者已。故作此念者，为无希望，为无上征，为无努力，较以西方思理，犹水火然；非自杀以从古人，将终其身更无可希冀经营，致人我于所仪之主的，束手浩叹，神质同隳焉而已。且更为忖度其言，又将见古之思士，决不以华土为可乐，如今人所张皇；惟自知良懦无可为，乃独图脱屣尘埃，惝恍古国，任人群堕于虫兽，而己身以隐逸终。思士如是，社会善之，咸谓之高蹈之人，而自云我虫兽我虫兽也。其不然者，乃立言辞，欲致人同归于朴古，老子[30]之辈，盖其枭雄。老子书五千语，要在不撄人心；以不撄人心故，则必先自致槁木之心，立无为之治；以无为之为化社会，而世即于太平。其术善也。然奈何星气既凝[31]，人类既出而后，无时无物，不禀杀机，进化或可停，而生物不能返本。使拂逆其前征，势即入于苓落，世界之内，实例至多，一览古国，悉其信证。若诚能渐致人间，使归于禽虫卉木原生物，复由渐即于无情[32]，则宇宙自大，有情已去，一切虚无，宁非至净。而不幸进化如飞矢，非堕落不止，非著物不止，祈逆飞而归弦，为理势所无有。此人世所以可悲，而摩罗宗之为至伟也。人得是力，乃以发生，乃以曼衍，乃以上征，乃至于人所能至之极点。

中国之治，理想在不撄，而意异于前说。有人撄人，或有人得撄者，为帝大禁，其意在保位，使子孙王千万世，无有底止，故性解(Genius)[33]之出，必竭全力死之；有人撄我，或有能撄人者，为民大禁，其意在安生，宁蜷伏堕落而恶进取，故性解之出，亦必竭全力死之。柏拉图建神思之邦，谓诗人乱治，当放域外；虽国之美污，意之高下有不同，而术实出于一。盖诗人者，撄人心者也。凡人之心，无不有诗，如诗人作诗，诗不为诗人独有，凡一读其诗，心即会解者，即无不自有诗人之诗。无之何以能解？惟有而未能言，诗人为之语，则握拨一弹，心弦立应，其声澈于灵府，令有情皆举其首，如睹晓日，益为之美伟强力高尚发扬，而污浊之平和，以之将破。平和之破，人道蒸也。虽然，上极天帝，下至舆台，则不能不因此变其前时之生活；协力而夭阏之，思永保其故态，殆亦人情已。故态永存，是曰古国。惟诗究不可灭尽，则又设范以囚之。如中国之诗，舜云言志[34]；而后贤立说，乃云持人性情，三百之旨，无邪所蔽[35]。夫既言志矣，何持之云？强以无邪，即非人志。许自繇[36]于鞭策羁縻之下，殆此事乎？然厥后文章，乃果辗转不逾此界。其颂祝主人，悦媚豪右之作，可无俟言。即或心应虫鸟，情感林泉，发为韵语，亦多拘于无形之囹圄，不能舒两间之真美；否则悲慨世事，感怀前贤，可有可无之作，聊行于世。倘其嗫嚅之中，偶涉眷爱，而儒服之士，即交口非之。况言之至反常俗者乎？惟灵均将逝，脑海波起，通于汨罗[37]，返顾高丘，哀其无女[38]，则抽写哀怨，郁为奇文。茫洋在前，顾忌皆去，怼世俗之浑浊，颂己身之修能，[39]怀疑自遂古之初[40]，直至百物之琐末，放言无惮，为前人所不敢言。然中亦多芳菲凄恻之音，而反抗挑战，则终其篇未能见，感动后世，为力非强。刘彦和所谓才高者菀其鸿裁，中巧者猎其艳辞，吟讽者衔其山川，童蒙者拾其香草。[41]皆著意外形，不涉内质，孤伟自死，社会依然，四语之中，函深哀焉。故伟美之声，不震吾人之耳鼓者，亦不始于今日。大都诗人自倡，生民不耽。试稽自有文字以至今日，凡诗宗词客，能宣彼妙音，传其灵觉，以美善吾人之性情，崇大吾人之思理者，果几何人？上下求索，几无有矣。第此亦不能为彼徒罪也，人人之心，无不泐二大字曰实利，不获则劳，既获便睡。纵有激响，何能撄之？夫心不受撄，非槁死则缩朒耳，而况实利之念，复黏黏热于中，且其为利，又至陋劣不足道，则驯至卑懦俭啬，退让畏葸，无古民之朴野，有末世之浇漓，又必然之势矣，此亦古哲人所不及料也。夫云将以诗移人性情，使即于诚善美伟强力敢为之域，闻者或哂其迂远乎；而事复无形，效不显于顷刻。使举一密栗[42]之反证，殆莫如古国之见灭于外仇矣。凡如是者，盖不止笞击縻系，易于毛角[43]而已，且无有为沉痛著大之声，撄其后人，使之兴起；即间有之，受者亦不为之动，创痛少去，即复营营于治生，活身是图，不恤污下，外仇又至，摧败继之。故不争之民，其遭遇战事，常较好争之民多，而畏死之民，其苓落殇亡，亦视强项敢死之民众。

千八百有六年八月，拿坡仑①大挫普鲁士军，翌年七月，普鲁士乞和，为从属之国。然其时德之民族，虽遭败亡窘辱，而古之精神光耀，固尚保有而未隳。于是有爱伦德(E. M. Arndt)[44]者出，著《时代精神篇》(Geist der Zeit)，以伟大壮丽之笔，宣独立自繇之音，国人得之，敌忾之心大炽；已而为敌觉察，探索极严，乃走瑞士。递千八百十二年，拿坡仑挫于墨斯科②之酷寒大火，逃归巴黎，欧土遂为云扰，竟举其反抗之兵。翌年，普鲁士帝威廉三世[45]乃下令召国民成军，宣言为三事战，曰自由、正义、祖国；英年之学生诗人美术家争赴之。爱伦德亦归，著《国民军者何》暨《莱因为德国大川特非其界》二篇，以鼓青年之意气。而义勇军中，时亦有人曰台陀开纳(Theodor Körner)[46]，慨然投笔，辞维也纳国立剧场诗人之职，别其父母爱者，遂执兵行；作书贻父母曰，普鲁士之鹫，已以鸷击诚心，觉德意志民族之大望矣。吾之吟咏，无不为宗邦神往。吾将舍所有福祉欢欣，为宗国战死。嗟夫，吾以明神之力，已得大悟。为邦人之自由与人道之善故，牺牲孰大于是？热力无量，涌吾灵台[47]，吾起矣！后此之《竖琴长剑》(Leier und Schwert)一集，亦无不以是精神，凝为高响，展卷方诵，血脉已张。然时之怀热诚灵悟如斯状者，盖非止开纳一

① 拿坡仑，今译拿破仑。
② 墨斯科，今译莫斯科。

人也，举德国青年，无不如是。开纳之声，即全德人之声，开纳之血，亦即全德人之血耳。故推而论之，败拿坡仑者，不为国家，不为皇帝，不为兵刃，国民而已。国民皆诗，亦皆诗人之具，而德卒以不亡。此岂笃守功利，摈斥诗歌，或抱异域之朽兵败甲，冀自卫其衣食室家者，意料之所能至哉？然此亦仅譬诗力于米盐，聊以震崇实之士，使知黄金黑铁，断不足以兴国家，德法二国之外形，亦非吾邦所可活剥；示其内质，冀略有所悟解而已。此篇本意，固不在是也。

三

由纯文学上言之，则以一切美术之本质，皆在使观听之人，为之兴感怡悦。文章为美术之一，质当亦然，与个人暨邦国之存，无所系属，实利离尽，究理弗存。故其为效，益智不如史乘，诫人不如格言，致富不如工商，弋功名不如卒业之券[48]。特世有文章，而人乃以几于具足。英人道覃(E. Dowden)[49]有言曰，美术文章之桀出于世者，观诵而后，似无裨于人间者，往往有之。然吾人乐于观诵，如游巨浸，前临渺茫，浮游波际，游泳既已，神质悉移。而彼之大海，实仅波起涛飞，绝无情愫，未始以一教训一格言相授。顾游者之元气体力，则为之陡增也。故文章之于人生，其为用决不次于衣食，宫室，宗教，道德。盖缘人在两间，必有时自觉以勤劬，有时丧我而惝恍，时必致力于善生[50]，时必并忘其善生之事而入于醇乐，时或活动于现实之区，时或神驰于理想之域；苟致力于其偏，是谓之不具足。严冬永留，春气不至，生其躯壳，死其精魂，其人虽生，而人生之道失。文章不用之用，其在斯乎？约翰穆黎[51]曰，近世文明，无不以科学为术，合理为神，功利为鹄。大势如是，而文章之用益神。所以者何？以能涵养吾人之神思耳。涵养人之神思，即文章之职与用也。

此他丽于文章能事者，犹有特殊之用一。盖世界大文，无不能启人生之閟机，而直语其事实法则，为科学所不能言者。所谓閟机，即人生之诚理是已。此为诚理，微妙幽玄，不能假口于学子。如热带人未见冰前，为之语冰，虽喻以物理生理二学，而不知水之能凝，冰之为冷如故；惟直示以冰，使之触之，则虽不言质力二性，而冰之为物，昭然在前，将直解无所疑沮。惟文章亦然，虽缕判条分，理密不如学术，而人生诚理，直笼其辞句中，使闻其声者，灵府朗然，与人生即会。如热带人既见冰后，曩之竭研究思索而弗能喻者，今宛在矣。昔爱诺尔特(M. Arnold)[52]氏以诗为人生评骘，亦正此意。故人若读鄂谟(Homeros)[53]以降大文，则不徒近诗，且自与人生会，历历见其优胜缺陷之所存，更力自就于圆满。此其效力，有教示意；既为教示，斯益人生；而其教复非常教，自觉勇猛发扬精进，彼实示之。凡苓落颓唐之邦，无不以不耳此教示始。

顾有据群学[54]见地以观诗者，其为说复异：要在文章与道德之相关。谓诗有主分，曰观念之诚。其诚奈何？则曰为诗人之思想感情，与人类普遍观念之一致。得诚奈何？则曰在据极溥博之经验。故所据之人群经验愈溥博，则诗之溥博视之。所谓道德，不外人类普遍观念所形成。故诗与道德之相关，缘盖出于造化。诗与道德合，即为观念之诚，生命在是，不朽在是。非如是者，必与群法僢驰[55]。以背群法故，必反人类之普遍观念；以反普遍观念故，必不得观念之诚。观念之诚失，其诗宜亡。故诗之亡也，恒以反道德故。然诗有反道德而竟存者奈何？则曰，暂耳。无邪之说，实与此契。苟中国文事复兴之有日，虑操此说以力削其萌蘖者，当有徒也。而欧洲评骘之士，亦多抱是说以律文章。19世纪初，世界动于法国革命之风潮，德意志西班牙意太利希腊皆兴起，往之梦意，一晓而苏；惟英国较无动。顾上下相迕，时有不平，而诗人裴伦，实生此际。其前有司各德(W. Scott)[56]辈，为文率平妥翔实，与旧之宗教道德极相容。迨有裴伦，乃超脱古范，直抒所信，其文章无不函刚健抗拒破坏挑战之声。平和之人，能无惧乎？于是谓之撒但。此言始于苏惹(R. Southey)[57]，而众和之；后或扩以称修黎(P. B. Shelley)[58]以下数人，至今不废。苏惹亦诗人，以其言能得当时人群普遍之诚故，获月桂冠，攻裴伦甚力。裴伦亦以恶声报之，谓之诗商。所著有《纳尔逊传》(The Life of Lord Nelson)今最行于世。

《旧约》记神既以七日造天地，终乃抟埴为男子，名曰亚当，已而病其寂也，复抽其肋为女子，是名夏娃，皆居伊甸。更益以鸟兽卉木；四水出焉。伊甸有树，一曰生命，一曰知识。神禁人勿食其实；魔乃侂[59]蛇以诱夏娃，使食之，爰得生命知识。神怒，立逐人而诅蛇，蛇腹行而土食；人则既劳其生，又得其死，罚且及于子孙，无不如是。英诗人弥耳敦(J. Milton)，尝取其事作《失乐园》(The Paradise Lost)[60]，有天神与撒但战事，以喻光明与黑暗之争。撒但为状，复至狞厉。是诗而后，人之恶撒但遂益深。然使震旦人士异其信仰者观之，则亚当之居伊甸，盖不殊于笼禽，不识不知，惟帝是悦，使无天魔之诱，人类将无由生。故世间人，当蔑弗秉有魔血，惠之及人世者，撒但其首矣。然为基督宗徒，则身被此名，正如中国所谓叛道，人群共弃，艰于置身，非强怒善战豁达能思之士，不任受也。亚当夏娃既去乐园，乃举二子，长曰亚伯，次曰凯因[61]。亚伯牧羊，凯因耕植是事，尝出所有以献神。神喜脂膏而恶果实，斥凯因献不视；以是，凯因渐与亚伯争，终杀之。神则诅凯因，使不获地力，流于殊方。裴伦取其事作传奇[62]，于神多所诘难。教徒皆怒，谓为渎圣害俗，张皇灵魂有尽之诗，攻之至力。迄今日评骘之士，亦尚有以是难裴伦者。尔时独穆亚(Th. Moore)[63]及修黎二人，深称其诗之雄美伟大。德诗宗瞿提，亦谓为绝世之文，在英国文章中，此为至上之作；后之劝遏克曼(J. P. Eckermann)[64]治英国语言，盖即冀其直读斯篇云。《约》又记凯因既流，亚当更得一子，历岁永永，人类益繁，于是心所思维，多涉恶事。主神乃悔，将殄之。有挪亚独善事神，神令致亚斐木为方舟，[65]将眷属动植，各从其类居之。遂作大雨四十昼夜，洪水泛滥，生物灭尽，而挪亚之族独完，水退居地，复生子孙，至今日不绝。吾人记事涉此，当觉神之能悔，为事至奇；而人之恶撒但，其理乃无足诧。盖既为挪亚子孙，自必力斥抗者，敬事主神，战战兢兢，绳其祖武[66]，冀洪水再作之日，更得密诏而自保于方舟耳。抑吾闻生学家言，有云反种[67]一事，为生物中每现异品，肖其远先，如人所牧马，往往出野物，类之不拉(Zebra)[68]，盖未驯以前状，复现于今日者。撒但诗人之出，殆亦如是，非异事也。独众马怒其不伏箱[69]，群起而交踶之，斯足悯叹焉耳。

四

裴伦名乔治戈登(George Gordon)，系出司堪第那比亚[70]海贼蒲隆(Burun)族。其族后居诺曼[71]，从威廉入英，递显理二世时，始用今字。裴伦以千七百八十八年一月二十二日生于伦敦，十二岁即为诗；长游堪勃力俱大学[72]不成，渐决去英国，作汗漫游，始于波陀牙，东至希腊突厥[73]及小亚细亚，历审其天物之美，民俗之异，成《哈洛尔特游草》(Childe Harold's Pilgrimage)[74]二卷，波谲云诡，世为之惊绝。次作《不信者》(The Giaour)[75]暨《阿毕陀斯新妇行》(The Bride of Abydos)二篇，皆取材于突厥。前者记不信者(对回教而言)通哈山之妻，哈山投其妻于水，不信者逸去，后终归而杀哈山，诣庙自忏；绝望之悲，溢于毫素，读者哀之。次为女子苏黎加爱舍林，而其父将以婚他人，女偕舍林出奔，已而被获，舍林斗死，女亦终尽；其言有反抗之音。迨千八百十四年一月，赋《海贼》(The Corsair)之诗。篇中英雄曰康拉德，于世已无一切眷爱，遗一切道德，惟以强大之意志，为贼渠魁，领其从者，建大邦于海上。孤舟利剑，所向悉如其意。独家有爱妻，他更无有；往虽有神，而康拉德早弃之，神亦已弃康拉德矣。故一剑之力，即其权利，国家之法度，社会之道德，视之蔑如。权力若具，即用行其意志，他人奈何，天帝何命，非所问也。若问定命之何如？则曰，在鞘中，一旦外辉，彗且失色而已。[76]然康拉德为人，初非元恶，内秉高尚纯洁之想，尝欲尽其心力，以致益于人间；比见细人蔽明，谗谄害聪，凡人营营，多猜忌中伤之性，则渐冷淡，则渐坚凝，则渐嫌厌；终乃以受自或人之怨毒，举而报之全群，利剑轻舟，无间人神，所向无不抗战。盖复仇一事，独贯注其全精神矣。一日攻塞特，败而见囚，塞特有妃爱其勇，助之脱狱，泛舟同奔，遇从者于波上，乃大呼曰，此吾舟，此吾血色之旗也，吾运未尽于海上！然归故家，则银釭暗而爱妻逝矣。既而康拉德亦失去，其徒求之波间海角，踪迹杳然，独有以无量罪恶，系一德义之名，永存于世界而已。裴伦之祖约翰[77]，尝念先人为海王，因投海军为之帅；裴伦赋此，缘起似同；有即以海贼字裴伦者，裴伦闻之窃喜，则篇中康拉德为人，实即此诗人变相，殆无可疑已。越三月，又作赋曰《罗罗》(Lara)，记其人尝杀人不异海贼，后图起事，败而伤，飞矢来贯其胸，遂死。所叙自尊之夫，力抗不可避之定命，为状惨烈，莫可比方。此他犹有所制，特非雄篇。其诗格多师司各德，而司各德由是锐意于小说，不复为诗，避裴伦也。已而裴伦去其妇，世虽不知去之之故，然争难之，每临会议，嘲骂即四起，且禁其赴剧场。其友穆亚为之传，评是事曰，世于裴伦，不异其母，忽爱忽恶，无判决也。[78]顾窘戮天才，殆人群恒状，滔滔皆是，宁止英伦。中国汉晋以来，凡负文名者，多受谤毁，刘彦和为之辩曰，人禀五才，修短殊用，自非上哲，难以求备，然将相以位隆特达，文士以职卑多诮，此江河所以腾涌，涓流所以寸折者。[79]东方恶习，尽此数言。然裴伦之祸，则缘起非如前陈，实反由于名盛，社会顽愚，仇敌窥覗，乘隙立起，众则不察而妄和之；若颂高官而厄寒士者，其污且甚于此矣。顾裴伦由是遂不能居英，自曰，使世之评骘诚，吾在英为无值，若评骘谬，则英于我为无值矣。吾其行乎？然未已也，虽赴异邦，彼且蹑我。[80]已而终去英伦，千八百十六年十月，抵意太利。自此，裴伦之作乃益雄。

裴伦在异域所为文，有《哈洛尔特游草》之续，《堂祥》(Don Juan)[81]之诗，及三传奇称最伟，无不张撒但而抗天帝，言人所不能言。一曰《曼弗列特》(Manfred)，记曼以失爱绝欢，陷于巨苦，欲忘弗能，鬼神见形问所欲，曼云欲忘，鬼神告以忘在死，则对曰，死果能令人忘耶？复衷疑而弗信也。后有魅来降曼弗列特，而曼忽以意志制苦，毅然斥之曰，汝曹决不能诱惑灭亡我。(中略)我，自坏者也。行矣，魅众！死之手诚加我矣，然非汝手也。意盖谓己有善恶，则褒贬赏罚，亦悉在己，神天魔龙，无以相凌，况其他乎？曼弗列特意志之强如是，裴伦亦如是。论者或以拟瞿提之传奇《法斯忒》(Faust)[82]云。二曰《凯因》(Cain)，典据已见于前分，中有魔曰卢希飞勒[83]，导凯因登太空，为论善恶生死之故，凯因悟，遂师摩罗。比行世，大遭教徒攻击，则作《天地》(Heaven and Earth)以报之，英雄为耶彼第，博爱而厌世，亦以诘难教宗，鸣其非理者。夫撒但何由昉乎？以彼教言，则亦天使之大者，徒以陡起大望，生背神心，败而堕狱，是云魔鬼。由是言之，则魔亦神所手创者矣。已而潜入乐园，至善美安乐之伊甸，以一言而立毁，非具大能力，曷克至是？伊甸，神所保也，而魔毁之，神安得云全能？况自创恶物，又从而惩之，且更瓜蔓以惩人，其慈又安在？故凯因曰，神为不幸之因。神亦自不幸，手造破灭之不幸者，何幸福之可言？而吾父曰，神全能也。问之曰，神善，何复恶邪？则曰，恶者，就善之道尔。神之为善，诚如其言：先以冻馁，乃与之衣食；先以疠疫，乃施之救援；手造罪人，而曰吾赦汝矣。人则曰，神可颂哉，神可颂哉！营营而建伽兰焉。卢希飞勒不然，曰吾誓之两间，吾实有胜我之强者，而无有加于我之上位。彼胜我故，名我曰恶，若我致胜，恶且在神，善恶易位耳。此其论善恶，正异尼佉。尼佉意谓强胜弱故，弱者乃字其所为曰恶，故恶实强之代名；此则以恶为弱之冤谥。故尼佉欲自强，而并颂强者；此则亦欲自强，而力抗强者，好恶至不同，特图强则一而已。人谓神强，因亦至善。顾善者乃不喜华果，特嗜腥膻，凯因之献，纯洁无似，则以旋风振而落之。人类之始，实由主神，一拂其心，即发洪水，并无罪之禽虫卉木而殄之。人则曰，爰灭罪恶，神可颂哉！耶彼第乃曰，[84]汝得救孺子众！汝以为脱身狂涛，获天幸欤？汝曹偷生，逞其食色，目击世界之亡，而不生其悯叹；复无勇力，敢当大波，与同胞之人，共其运命；偕厥考逃于方舟，而建都邑于世界之墓上，竟无惭耶？然人竟无惭也，方伏地赞颂，无有休止，以是之故，主神遂强。使众生去而不之理，更何威力之能有？人既授神以力，复假之以厄撒但；而此种人，又即主神往所殄灭之同类。以撒但之意观之，其为顽愚陋劣，如何可言？将晓之欤，则音声未宣，众已疾走，内容何若，不省察也。将任之欤，则非撒但之心矣，故复以权力现于世。神，一权力也；撒但，亦一权力也。惟撒但之力，即生于神，神力若亡，不为之代；上则以力抗天帝，下则以力制众生，行之背驰，莫甚于此。顾其制众生也，即以抗故。倘其众生同抗，更何制之云？裴伦亦然，自必居人前，而怒人之后于众。盖非自居人前，不能使人勿后于众故；任人居后而自为之前，又为撒但大耻故。故既揄扬威力，颂美强者矣，复曰，吾爱亚美利加，此自由之区，神之绿野，不被压制之地也。由是观之，裴伦既喜拿坡仑之毁世界，亦爱华盛顿之争自由，既心仪海贼之横行，亦孤援希腊之独立，压制反抗，兼以一人矣。虽然，自由在是，人道亦在是。

五

自尊至者，不平恒继之，愤世嫉俗，发为巨震，与对跖之徒争衡。盖人既独尊，自无退让，自无调和，意力所如，非达不已，乃以是渐与社会生冲突，乃以是渐有所厌倦于人间。若裴伦者，即其一矣。其言曰，硗确之区，吾侪奚获耶？（中略）凡有事物，无不定以习俗至谬之衡，所谓舆论，实具大力，而舆论则以昏黑蔽全球也。[85]此其所言，与近世诺威文人伊孛生（H. Ibsen）所见合，伊氏生于近世，愤世俗之昏迷，悲真理之匿耀，假《社会之敌》[86]以立言，使医士斯托克曼为全书主者，死守真理，以拒庸愚，终获群敌之谥。自既见放于地主，其子复受斥于学校，而终奋斗，不为之摇。末乃曰，吾又见真理矣。地球上至强之人，至独立者也！其处世之道如是。顾裴伦不尽然，凡所描绘，皆禀种种思，具种种行，或以不平而厌世，远离人群，宁与天地为侪偶，如哈洛尔特；或厌世至极，乃希灭亡，如曼弗列特；或被人天之楚毒，至于刻骨，乃咸希破坏，以复仇雠，如康拉德与卢希飞勒；或弃斥德义，蹇视淫游，以嘲弄社会，聊快其意，如堂祥。其非然者，则尊侠尚义，扶弱者而平不平，颠仆有力之蠢愚，虽获罪于全群无惧，即裴伦最后之时是已。彼当前时，经历一如上述书中众士，特未欷歔断望，愿自逖于人间，如曼弗列特之所为而已。故怀抱不平，突突上发，则倨傲纵逸，不恤人言，破坏复仇，无所顾忌，而义侠之性，亦即伏此烈火之中，重独立而爱自繇，苟奴隶立其前，必衷悲而疾视，衷悲所以哀其不幸，疾视所以怒其不争，此诗人所为援希腊之独立，而终死于其军中者也。盖裴伦者，自繇主义之人耳，尝有言曰，若为自由故，不必战于宗邦，则当为战于他国。[87]是时意太利适制于墺[88]，失其自由，有秘密政党起，谋独立，乃密与其事，以扩张自由之元气者自任，虽狙击密侦之徒，环绕其侧，终不为废游步驰马之事。后秘密政党破于墺人，企望悉已，而精神终不消。裴伦之所督励，力直及于后日，起马志尼[89]，起加富尔[90]，于是意之独立成[91]。故马志尼曰，意太利实大有赖于裴伦。彼，起吾国者也！盖诚言已。裴伦平时，又至有情愫于希腊，思想所趣，如磁指南。特希腊时自由悉丧，入突厥版图，受其羁縻，不敢抗拒。诗人惋惜悲愤，往往见于篇章，怀前古之光荣，哀后人之零落，或与斥责，或加激励，思使之攘突厥而复兴，更睹往日耀灿庄严之希腊，如所作《不信者》暨《堂祥》二诗中，其怨愤谯责之切，与希冀之诚，无不历然可征信也。比千八百二十三年，伦敦之希腊协会[92]驰书托裴伦，请援希腊之独立。裴伦平日，至不满于希腊今人，尝称之曰世袭之奴，曰自由苗裔之奴，[93]因不即应；顾以义愤故，则终诺之，遂行。而希腊人民之堕落，乃诚如其说，励之再振，为业至难，因羁滞于克茀洛尼亚岛[94]者五月，始向密淑伦其[95]。其时海陆军方奇困，闻裴伦至，狂喜，群集迓之，如得天使也。次年一月，独立政府任以总督，并授军事及民事之全权，而希腊是时，财政大匮，兵无宿粮，大势几去。加以式列阿忒[96]佣兵见裴伦宽大，复多所要索，稍不满，辄欲背去；希腊堕落之民，又诱之使窘裴伦。裴伦大愤，极诋彼国民性之陋劣；前所谓世袭之奴，乃果不可猝救如是也。而裴伦志尚不灰，自立革命之中枢，当四围之艰险，将士内讧，则为之调和，以己为楷模，教之人道，更设法举债，以振其穷，又定印刷之制，且坚堡垒以备战。内争方烈，而突厥果攻密淑伦其，式列阿忒佣兵三百人，复乘乱占要害地。裴伦方病，闻之泰然，力平党派之争，使一心以面敌。特内外迫拶，神质剧劳，久之，疾乃渐革。将死，其从者持楮墨，将录其遗言。裴伦曰否，时已过矣。不之语，已而微呼人名，终乃曰，吾言已毕。从者曰，吾不解公言。裴伦曰，吁，不解乎？呜呼晚矣！状若甚苦。有间，复曰，吾既以吾物暨吾康健，悉付希腊矣。今更付之吾生。他更何有？[97]遂死，时千八百二十四年四月十八日夕六时也。今为反念前时，则裴伦抱大望而来，将以天纵之才，致希腊复归于往时之荣誉，自意振臂一呼，人必将靡然向之。盖以异域之人，犹凭义愤为希腊致力，而彼邦人，纵堕落腐败者日久，然旧泽尚存，人心未死，岂意遂无情愫于故国乎？特至今兹，则前此所图，悉如梦迹，知自由苗裔之奴，乃果不可猝救有如此也。次日，希腊独立政府为举国民丧，市肆悉罢，炮台鸣炮三十七，如裴伦寿也。

吾今为案其为作思惟，索诗人一生之内閟，则所遇常抗，所向必动，贵力而尚强，尊己而好战，其战复不如野兽，为独立自由人道也，此已略言之前分矣。故其平生，如狂涛如厉风，举一切伪饰陋习，悉与荡涤，瞻顾前后，素所不知；精神郁勃，莫可制抑，力战而毙，亦必自救其精神；不克厥敌，战则不止。而复率真行诚，无所讳掩，谓世之毁誉褒贬是非善恶，皆缘习俗而非诚，因悉措而不理也。盖英伦尔时，虚伪满于社会，以虚文缛礼为真道德，有秉自由思想而探究者，世辄谓之恶人。裴伦善抗，性又率真，夫自不可以默矣，故托凯因而言曰，恶魔者，说真理者也。遂不恤与人群敌。世之贵道德者，又即以此交非之。遏克曼亦尝问瞿提以裴伦之文，有无教训。瞿提对曰，裴伦之刚毅雄大，教训即函其中；苟能知之，斯获教训。若夫纯洁之云，道德之云，吾人何问焉。盖知伟人者，亦惟伟人焉而已。裴伦亦尝评朋思(R. Burns)[98]曰，斯人也，心情反张[99]，柔而刚，疏而密，精神而质，高尚而卑，有神圣者焉，有不净者焉，互和合也。裴伦亦然，自尊而怜人之为奴，制人而援人之独立，无惧于狂涛而大儆于乘马，好战崇力，遇敌无所宽假，而于累囚之苦，有同情焉。意者摩罗为性，有如此乎？且此亦不独摩罗为然，凡为伟人，大率如是。即一切人，若去其面具，诚心以思，有纯禀世所谓善性而无恶分者，果几何人？遍观众生，必几无有，则裴伦虽负摩罗之号，亦人而已，夫何诧焉。顾其不容于英伦，终放浪颠沛而死异域者，特面具为之害耳。此即裴伦所反抗破坏，而迄今犹杀真人而未有止者也。嗟夫，虚伪之毒，有如是哉！裴伦平时，其制诗极诚，尝曰，英人评骘，不介我心。若以我诗为愉快，任之而已。吾何能阿其所好为？吾之握管，不为妇孺庸俗，乃以吾全心全情感全意志，与多量之精神而成诗，非欲聆彼辈柔声而作者也。夫如是，故凡一字一辞，无不即其人呼吸精神之形现，中于人心，神弦立应，其力之曼衍于欧土，例不能别求之英诗人中；仅司各德所为说部，差足与相伦比而已。若问其力奈何？则意太利希腊二国，已如上述，可毋赘言。此他西班牙德意志诸邦，亦悉蒙其影响。次复入斯拉夫族而新其精神，流泽之长，莫可阐述。至其本国，则犹有修黎(Percy Bysshe Shelley)一人。契支(John Keats)[100]虽亦蒙摩罗诗人之名，而与裴伦别派，故不述于此。

六

修黎生三十年而死，其三十年悉奇迹也，而亦即无韵之诗。时既艰危，性复狷介，世不彼爱，而彼亦不爱世，人不容彼，而彼亦不容人，客意太利之南方，终以壮龄而夭死，谓一生即悲剧之实现，盖非夸也。修黎者，以千七百九十二年生于英之名门，姿状端丽，夙好静思；比入中学，大为学友暨校师所不喜，虐遇不可堪。诗人之心，乃早萌反抗之朕兆；后作说部，以所得值飨其友八人，负狂人之名而去。次入恶斯佛大学[101]，修爱智之学，屡驰书乞教于名人。而尔时宗教，权悉归于冥顽之牧师，因以妨自由之崇信。修黎蹶起，著《无神论之要》一篇，略谓惟慈爱平等三，乃使世界为乐园之要素，若夫宗教，于此无功，无有可也。书成行世，校长见之大震，终逐之；其父亦惊绝，使谢罪返校，而修黎不从，因不能归。天地虽大，故乡已失，于是至伦敦，时年十八，顾已孤立两间，欢爱悉绝，不得不与社会战矣。已而知戈德文(W. Godwin)[102]，读其著述，博爱之精神益张。次年入爱尔兰，檄其人士，于政治宗教，皆欲有所更革，顾终不成。逮千八百十五年，其诗《阿剌斯多》(Alastor)[103]始出世，记怀抱神思之人，索求美者，遍历不见，终死旷原，如自叙也。次年乃识裴伦于瑞士；裴伦深称其人，谓奋迅如狮子，又善其诗，而世犹无顾之者。又次年成《伊式阑转轮篇》(The Revolt of Islam)。凡修黎怀抱，多抒于此。篇中英雄曰罗昂，以热诚雄辩，警其国民，鼓吹自由，掊击压制，顾正义终败，而压制于以凯还，罗昂遂为正义死。是诗所函，有无量希望信仰，暨无穷之爱，穷追不舍，终以殞亡。盖罗昂者，实诗人之先觉，亦即修黎之化身也。

至其杰作，尤在剧诗；尤伟者二，一曰《解放之普洛美迢斯》(Prometheus Unbound)[104]，一曰《煔希》(The Cenci)。前者事本希腊神话，意近裴伦之《凯因》。假普洛美迢为人类之精神，以爱与正义自由故，不恤艰苦，力抗压制主者僦毕多[105]，窃火贻人，受縶于山顶，猛鹫日啄其肉，而终不降。僦毕多为之辟易；普洛美迢乃眷女子珂希亚，获其爱而毕。珂希亚者，理想也。《煔希》之篇，事出意太利，记女子煔希之父，酷虐无道，毒虐无所弗至，煔希终杀之，与其后母兄弟，同戮于市。论者或谓之不伦。顾失常之事，不能绝于人间，即中国《春秋》[106]，修自圣人之手者，类此之事，且数数见，又多直书无所讳，吾人独于修黎所作，乃和众口而难之耶？上述二篇，诗人悉出以全力，尝自言曰，吾诗为众而作，读者将多。又曰，此可登诸剧场者。[107]顾诗成而后，实乃反是，社会以谓不足读，伶人以谓不可为；修黎抗伪俗弊习以成诗，而诗亦即受伪俗弊习之夭阏，此十九稘[108]上叶精神界之战士，所为多抱正义而骈殒者也。虽然，往时去矣，任其自去，若夫修黎之真值，则至今日而大昭。革新之潮，此其巨派，戈德文书出，初启其端，得诗人之声，乃益深入世人之灵府。凡正义自由真理以至博爱希望诸说，无不化而成醇，或为罗昂，或为普洛美迢，或为伊式阑之壮士，现于人前，与旧习对立，更张破坏，无稍假借也。旧习既破，何物斯存，则惟改革之新精神而已。十九世纪机运之新，实赖有此。朋思唱于前，裴伦修黎起其后，掊击排斥，人渐为之仓皇；而仓皇之中，即亟人生之改进。故世之嫉视破坏，加之恶名者，特见一偏而未得其全体者尔。若为案其真状，则光明希望，实伏于中。恶物悉颠，于群何毒？破坏之云，特可发自冥顽牧师之口，而不可出诸全群者也。若其闻之，则破坏为业，斯愈益贵矣！况修黎者，神思之人，求索而无止期，猛进而不退转，浅人之所观察，殊莫可得其渊深。若能真识其人，将见品性之卓，出于云间，热诚勃然，无可沮遏，自趁其神思而奔神思之乡；此其为乡，则爰有美之本体。奥古斯丁[109]曰，吾未有爱而吾欲爱，因抱希冀以求足爱者也。惟修黎亦然，故终出人间而神行，冀自达其所崇信之境；复以妙音，喻一切未觉，使知人类曼衍之大故，暨人生价值之所存，扬同情之精神，而张其上征渴仰之思想，使怀大希以奋进，与时劫同其无穷。世则谓之恶魔，而修黎遂以孤立；群复加以排挤，使不可久留于人间，于是压制凯还，修黎以死，盖宛然阿剌斯多之殒于大漠也。

虽然，其独慰诗人之心者，则尚有天然在焉。人生不可知，社会不可恃，则对天物之不伪，遂寄之无限之温情。一切人心，孰不如是。特缘受染有异，所感斯殊，故目睛夺于实利，则欲驱天然为之得金资；智力集于科学，则思制天然而见其法则；若至下者，乃自春徂冬，于两间崇高伟大美妙之见象，绝无所感应于心，自堕神智于深渊，寿虽百年，而迄不知光明为何物，又奚解所谓卧天然之怀，作婴儿之笑矣。修黎幼时，素亲天物，尝曰，吾幼即爱山河林壑之幽寂，游戏于断厓绝壁之为危险，吾伴侣也。考其生平，诚如自述。方在稚齿，已盘桓于密林幽谷之中，晨瞻晓日，夕观繁星，俯则瞰大都中人事之盛衰，或思前此压制抗拒之陈迹；而芜城古邑，或破屋中贫人啼饥号寒之状，亦时复历历入其目中。其神思之澡雪[110]，既至异于常人，则旷观天然，自感神闷，凡万汇之当其前，皆若有情而至可念也。故心弦之动，自与天籁合调，发为抒情之什，品悉至神，莫可方物，非狭斯丕尔暨斯宾塞[111]所作，不有足与相伦比者。比千八百十九年春，修黎定居罗马，次年迁毕撒[112]；裴伦亦至，此他之友多集，为其一生中至乐之时。迨二十二年七月八日，偕其友乘舟泛海，而暴风猝起，益以奔电疾雷，少顷波平，孤舟遂杳。裴伦闻信大震，遣使四出侦之，终得诗人之骸于水裔，乃葬罗马焉。修黎生时，久欲与生死问题以诠解，自曰，未来之事，吾意已满于柏拉图暨培庚之所言，吾心至定，无畏而多望，人居今日之躯壳，能力悉蔽于阴云，惟死亡来解脱其身，则秘密始能阐发。又曰，吾无所知，亦不能证，灵府至奥之思想，不能出以言辞，而此种事，纵吾身亦莫能解尔。嗟乎，死生之事大矣，而理至闷，置而不解，诗人未能，而解之之术，又独有死而已。故修黎曾泛舟坠海，乃大悦呼曰，今使吾释其秘密矣！然不死。一日浴于海，则伏而不起，友引之出，施救始苏，曰，吾恒欲探井中，人谓诚理伏焉，当我见诚，而君见我死也。[113]然及今日，则修黎真死矣，而人生之闷，亦以真释，特知之者，亦独修黎已耳。

七

若夫斯拉夫民族，思想殊异于西欧，而裴伦之诗，亦疾进无所沮核。俄罗斯当十九世纪初叶，文事始新，渐乃独立，日益昭明，今则已有齐驱先觉诸邦之概，令西欧人士，无不惊其美伟矣。顾夷考权舆，实本三士：曰普式庚[114]，曰来尔孟多夫[115]，曰鄂戈理。前二者以诗名世，均受影响于裴伦；惟鄂戈理以描绘社会人生之黑暗著名，与二人异趣，不属于此焉。

普式庚(A. Pushkin)以千七百九十九年生于墨斯科，幼即为诗，初建罗曼宗于其文界，名以大扬。顾其时俄多内讧，时势方亟，而普式庚诗多讽喻，人即借而挤之，将流鲜卑[116]，有数耆宿力为之辩，始获免，谪居南方。其时始读裴伦诗，深感其大，思理文形，悉受转化，小诗亦尝摹裴伦；尤著者有《高加索累囚行》[117]，至与《哈洛尔特游草》相类。中记俄之绝望青年，囚于异域，有少女为释缚纵之行，青年之情意复苏，而厥后终于孤去。其《及泼希》(Gypsy)一诗亦然，及泼希者，流浪欧洲之民，以游牧为生者也。有失望于世之人曰阿勒戈，慕是中绝色，因入其族，与为婚姻，顾多嫉，渐察女有他爱，终杀之。女之父不施报，特令去不与居焉。二者为诗，虽有裴伦之色，然又至殊，凡厥中勇士，等是见放于人群，顾复不离亚历山大时俄国社会之一质分，易于失望，速于奋兴，有厌世之风，而其志至不固。普式庚于此，已不与以同情，诸凡切于报复而观念无所胜人之失，悉指摘不为讳饰。故社会之伪善，既灼然现于人前，而及泼希之朴野纯全，亦相形为之益显。论者谓普式庚所爱，渐去裴伦式勇士而向祖国纯朴之民，盖实自斯时始也。尔后巨制，曰《阿内庚》(Eugiene Onieguine)[118]，诗材至简，而文特富丽，尔时俄之社会，情状略具于斯。惟以推敲八年，所蒙之影响至不一，故性格迁流，首尾多异。厥初二章，尚受裴伦之感化，则其英雄阿内庚为性，力抗社会，断望人间，有裴伦式英雄之概，特已不凭神思，渐近真然，与尔时其国青年之性质肖矣。厥后外缘转变，诗人之性格亦移，于是渐离裴伦，所作日趣于独立；而文章益妙，著述亦多。至与裴伦分道之因，则为说亦不一：或谓裴伦绝望奋战，意向峻绝，实与普式庚性格不相容，曩之信崇，盖出一时之激越，迨风涛大定，自即弃置而返其初；或谓国民性之不同，当为是事之枢纽，西欧思想，绝异于俄，其去裴伦，实由天性，天性不合，则裴伦之长存自难矣。凡此二说，无不近理；特就普式庚个人论之，则其对于裴伦，仅摹外状，迨放浪之生涯毕，乃骤返其本然，不能如来尔孟多夫，终执消极观念而不舍也。故旋墨斯科后，立言益务平和，凡足与社会生冲突者，咸力避而不道，且多赞诵，美其国之武功。千八百三十一年波阑抗俄[119]，西欧诸国右波阑，于俄多所憎恶。普式庚乃作《俄国之谗谤者》暨《波罗及诺之一周年》二篇[120]，以自明爱国。丹麦评骘家勃阑兑思(G. Brandes)[121]于是有微辞，谓惟武力之恃而狼藉人之自由，虽云爱国，顾为兽爱。特此亦不仅普式庚为然，即今之君子，日日言爱国者，于国有诚为人爱而不坠于兽爱者，亦仅见也。及晚年，与和阑[122]公使子覃提斯迮，终于决斗被击中腹，越二日而逝，时为千八百三十七年。俄自有普式庚，文界始独立，故文史家芘宾[123]谓真之俄国文章，实与斯人偕起也。而裴伦之摩罗思想，则又经普式庚而传来尔孟多夫。

来尔孟多夫(M. Lermontov)生于千八百十四年，与普式庚略并世。其先来尔孟斯(T. Learmont)[124]氏，英之苏格兰人；故每有不平，辄云将去此冰雪警吏之地，归其故乡。顾性格全如俄人，妙思善感，惆怅无间，少即能缀德语成诗；后入大学被黜，乃居陆军学校二年，出为士官，如常武士，惟自谓仅于香宾酒中，加少许诗趣而已。及为禁军骑兵小校，始仿裴伦诗纪东方事，且至慕裴伦为人。其自记有曰，今吾读《世胄裴伦传》，知其生涯有同我者；而此偶然之同，乃大惊我。又曰，裴伦更有同我者一事，即尝在苏格兰，有媪谓裴伦母曰，此儿必成伟人，且当再娶。而在高加索，亦有媪告吾大母，言与此同。纵不幸如裴伦，吾亦愿如其说。[125]顾来尔孟多夫为人，又近修黎。修黎所作《解放之普洛美迢》，感之甚力，于人生善恶竞争诸问，至为不宁，而诗则不之仿。初虽摹裴伦及普式庚，后亦自立。且思想复类德之哲人勖宾赫尔，知习俗之道德大原，悉当改革，因寄其意于二诗，一曰《神摩》(Demon)，一曰《谟哜黎》(Mtsyri)[126]。前者托旨于巨灵，以天堂之逐客，又为人间道德之憎者，超越凡情，因生疾恶，与天地斗争，苟见众生动于凡情，则辄施以贱视。后者一少年求自由之呼号也。有孺子焉，生长山寺，长老意已断其情感希望，而孺子魂梦，不离故园，一夜暴风雨，乃乘长老方祷，潜遁出寺，彷徨林中者三日，自由无限，毕生莫伦。后言曰，尔时吾自觉如野兽，力与风雨电光猛虎战也。顾少年迷林中不能返，数日始得之，惟已以斗豹得伤，竟以是殒。尝语侍疾老僧曰，丘墓吾所弗惧，人言毕生忧患，将入睡眠，与之永寂，第忧与吾生别耳。……吾犹少年。……宁汝尚忆少年之梦，抑已忘前此世间憎爱耶？倘然，则此世于汝，失其美矣。汝弱且老，灭诸希望矣。少年又为述林中所见，与所觉自由之感，并及斗豹之事曰，汝欲知吾获自由时，何所为乎？吾生矣。老人，吾生矣。使尽吾生无此三日者，且将惨淡冥暗，逾汝暮年耳。及普式庚斗死，来尔孟多夫又赋诗以寄其悲[127]，末解有曰，汝侪朝人，天才自由之屠伯，今有法律以自庇，士师盖无如汝何，第犹有尊严之帝在天，汝不能以金资为赂。……以汝黑血，不能涤吾诗人之血痕也。诗出，举国传诵，而来尔孟多夫亦由是得罪，定流鲜卑；后遇援，乃戍高加索，见其地之物色，诗益雄美。惟当少时，不满于世者义至博大，故作《神摩》，其物犹撒但，恶人生诸凡陋劣之行，力与之敌。如勇猛者，所遇无不庸懦，则生激怒；以天生崇美之感，而众生扰扰，不能相知，爰起厌倦，憎恨人世也。顾后乃渐即于实，凡所不满，已不在天地人间，退而止于一代；后且更变，而猝死于决斗。决斗之因，即肇于来尔孟多夫所为书曰《并世英雄记》[128]。人初疑书中主人，即著者自序，迨再印，乃辨言曰，英雄不为一人，实吾曹并时众恶之象。盖其书所述，实即当时人士之状尔。于是有友摩尔迭诺夫[129]者，谓来尔孟多夫取其状以入书，因与索斗。来尔孟多夫不欲杀其友，仅举枪射空中；顾摩尔迭诺夫则拟而射之，遂死，年止二十七。

前此二人之于裴伦，同汲其流，而复殊别。普式庚在厌世主义之外形，来尔孟多夫则直在消极之观念。故普式庚终服帝力，入于平和，而来尔孟多夫则奋战力拒，不稍退转。波覃勖迭[130]氏评之曰，来尔孟多夫不能胜来追之运命，而当降伏之际，亦至猛而骄。凡所为诗，无不有强烈弗和与踔厉不平之响者，良以是耳。来尔孟多夫亦甚爱国，顾绝异普式庚，不以武力若何，形其伟大。凡所眷爱，乃在乡村大野，及村人之生活；且推其爱而及高加索土人。此土人者，以自由故，力敌俄国者也；来尔孟多夫虽自从军，两与其役，然终爱之，所作《伊思迈尔培》(Ismail－Bey)[131]一篇，即纪其事。来尔孟多夫之于拿坡仑，亦稍与裴伦异趣。裴伦初尝责拿坡仑对于革命思想之谬，及既败，乃有愤于野犬之食死狮而崇之。来尔孟多夫则专责法人，谓自陷其雄士。至其自信，亦如裴伦，谓吾之良友，仅有一人，即是自己。又负雄心，期所过必留影迹。然裴伦所谓非憎人间，特去之而已，或云吾非爱人少，惟爱自然多耳等意[132]，则不能闻之来尔孟多夫。彼之平生，常以憎人者自命，凡天物之美，足以乐英诗人者，在俄国英雄之目，则长此黯淡，浓云疾雷而不见霁日也。盖二国人之异，亦差可于是见之矣。

八

丹麦人勃阑兑思，于波阑之罗曼派，举密克威支(A. Mickiewicz)[133]斯洛伐支奇(J. Siowacki)[134]克拉旬斯奇(S. Krasinski)[135]三诗人。密克威支者，俄文家普式庚同时人，以千七百九十八年生于札希亚小村之故家。村在列图尼亚[136]，与波阑邻比。十八岁出就维尔那大学[137]，治言语之学，初尝爱邻女马理维来苏萨加，而马理他去，密克威支为之不欢。后渐读裴伦诗，又作诗曰《死人之祭》(Dziady)[138]。中数份叙列图尼亚旧俗，每十一月二日，必置酒果于垅上，用享死者，聚村人牧者术士一人，暨众冥鬼，中有失爱自杀之人，已经冥判，每届是日，必更历苦如前此；而诗止断片未成。尔后居加夫诺(Kowno)[139]为教师；二三年返维尔那。递千八百二十二年，捕于俄吏，居囚室十余月，窗牖皆木制，莫辨昼夜；乃送圣彼得堡，又徙阿兑塞[140]，而其地无需教师，遂之克利米亚[141]，揽其地风物以助咏吟，后成《克利米亚诗集》[142]一卷。已而返墨斯科，从事总督府中，著诗二种，一曰《格罗苏那》(Grazyna)[143]，记有王子烈泰威尔，与其外父域多勒特迕，将乞外兵为援，其妇格罗苏那知之，不能令勿叛，惟命守者，勿容日耳曼使人入诺华格罗迭克。援军遂怒，不攻域多勒特而引军薄烈泰威尔，格罗苏那自擐甲，伪为王子与战，已而王子归，虽幸胜，而格罗苏那中流丸，旋死。及葬，縶发炮者同置之火，烈泰威尔亦殉焉。此篇之意，盖在假有妇人，第以祖国之故，则虽背夫子之命，斥去援兵，欺其军士，濒国于险，且召战争，皆不为过，苟以是至高之目的，则一切事，无不可为者也。一曰《华连洛德》(Wallenrod)[144]，其诗取材古代，有英雄以败亡之余，谋复国仇，因伪降敌陈，渐为其长，得一举而复之。此盖以意太利文人摩契阿威黎(Machiavelli)[145]之意，附诸裴伦之英雄，故初视之亦第罗曼派言情之作。检文者不喻其意，听其付梓，密克威支名遂大起。未几得间，因至德国，见其文人瞿提。[146]此他犹有《佗兑支氏》(Pan Tadeusz)[147]一诗，写苏孛烈加暨诃什支珂二族之事，描绘物色，为世所称。其中虽以佗兑支为主人，而其父约舍克易名出家，实其主的。初记二人熊猎，有名华伊斯奇者吹角，起自微声，以至洪响，自榆度榆，自槲至槲，渐乃如千万角声，合于一角；正如密克威支所为诗，有今昔国人之声，寄于是焉。诸凡诗中之声，清澈弘厉，万感悉至，直至波阑一角之天，悉满歌声，虽至今日，而影响于波阑人之心者，力犹无限。令人忆诗中所云，听者当华伊斯奇吹角久已，而尚疑其方吹未已也。密克威支者，盖即生于彼歌声反响之中，至于无尽者夫。

密克威支至崇拿坡仑，谓其实造裴伦，而裴伦之生活暨其光耀，则觉普式庚于俄国，故拿坡仑亦间接起普式庚。拿坡仑使命，盖在解放国民，因及世界，而其一生，则为最高之诗。至于裴伦，亦极崇仰，谓裴伦所作，实出于拿坡仑，英国同代之人，虽被其天才影响，而卒莫能并大。盖自诗人死后，而英国文章，状态又归前纪矣。若在俄国，则善普式庚，二人同为斯拉夫文章首领，亦裴伦分支，逮年渐进，亦均渐趣于国粹；所异者，普式庚少时欲畔帝力，一举不成，遂以铩羽，且感帝意，愿为之臣[148]，失其英年时之主义，而密克威支则长此保持，洎死始已也。当二人相见时，普式庚有《铜马》[149]一诗，密克威支则有《大彼得像》一诗为其记念。盖千八百二十九年顷，二人尝避雨像次，密克威支因赋诗纪所语，假普式庚为言，末解曰，马足已虚，而帝不勒之返。彼曳其枚，行且坠碎。历时百年，今犹未堕，是犹山泉喷水，著寒而冰，临悬崖之侧耳。顾自由日出，熏风西集，寒沍之地，因以昭苏，则喷泉将何如，暴政将何如也？虽然，此实密克威支之言，特托之普式庚者耳。波阑破后[150]，二人遂不相见，普式庚有诗怀之；普式庚伤死，密克威支亦念之至切。顾二人虽甚稔，又同本裴伦，而亦有特异者，如普式庚于晚出诸作，恒自谓少年眷爱自繇之梦，已背之而去，又谓前路已不见仪的之存，而密克威支则仪的如是，决无疑贰也。

斯洛伐支奇以千八百九年生克尔舍密涅克(Krzemieniec)[151]，少孤，育于后父；尝入维尔那大学，性情思想如裴伦。二十一岁入华骚户部[152]为书记；越二年，忽以事去国，不能复返。初至伦敦；已而至巴黎，成诗一卷，仿裴伦诗体。时密克威支亦来相见，未几而迕。所作诗歌，多惨苦之音。千八百三十五年去巴黎，作东方之游，经希腊埃及叙利亚；三十七年返意太利，道出曷尔爱列须[153]阻疫，滞留久之，作《大漠中之疫》[154]一诗。记有亚剌伯人，为言目击四子三女，洎其妇相继死于疫，哀情涌于毫素，读之令人忆希腊尼阿孛(Niobe)[155]事，亡国之痛，隐然在焉。且又不止此苦难之诗而已，凶惨之作，恒与俱起，而斯洛伐支奇为尤。凡诗词中，靡不可见身受楚毒之印象或其见闻，最著者或根史实，如《克垒勒度克》(Król Duch)[156]中所述俄帝伊凡四世，以剑钉使者之足于地一节，盖本诸古典者也。

波阑诗人多写狱中戍中刑罚之事，如密克威支作《死人之祭》第三卷中，几尽绘己身所历，倘读其《契诃夫斯奇》(Cichowski)一章，或《娑波卢夫斯奇》(Sobolewski)之什，记见少年二十橇，送赴鲜卑事，不为之生愤激者盖鲜也。而读上述二人吟咏，又往往闻报复之声。如《死人祭》第三篇，有囚人所歌者：其一央珂夫斯奇曰，欲我为信徒，必见耶稣马理[157]，先惩污吾国土之俄帝而后可。俄帝若在，无能令我呼耶稣之名。其二加罗珂夫斯奇曰，设吾当受谪放，劳役缧绁，得为俄帝作工，夫何靳耶？吾在刑中，所当力作，自语曰，愿此苍铁，有日为帝成一斧也。吾若出狱，当迎鞑靼[158]女子，语之曰，为帝生一巴棱(杀保罗一世者)[159]。吾若迁居殖民地，当为其长，尽吾陇亩，为帝植麻，以之成一苍色巨索，织以银丝，俾阿尔洛夫(杀彼得三世者)[160]得之，可缳俄帝颈也。末为康拉德歌曰，吾神已寂，歌在坟墓中矣。惟吾灵神，已嗅血腥，一嗷而起，有如血蝠(Vampire)[161]，欲人血也。渴血渴血，复仇复仇！仇吾屠伯！天意如是，固报矣；即不如是，亦报尔！报复诗华，盖萃于是，使神不之直，则彼且自报之耳。

如上所言报复之事，盖皆隐藏，出于不意，其旨在凡窘于天人之民，得用诸术，拯其父国，为圣法也。故格罗苏那虽背其夫而拒敌，义为非谬；华连洛德亦然。苟拒异族之军，虽用诈伪，不云非法，华连洛德伪附于敌，乃歼日耳曼军，故土自由，而自亦忏悔而死。其意盖以为一人苟有所图，得当以报，则虽降敌，不为罪愆。如《阿勒普耶罗斯》(Alpujarras)[162]一诗，益可以见其意。中叙摩亚[163]之王阿勒曼若，以城方大疫，且不得不以格拉那陀地降西班牙，因夜出。西班牙人方聚饮，忽白有人乞见，来者一阿剌伯人，进而呼曰，西班牙人，吾愿奉汝明神，信汝先哲，为汝奴仆！众识之，盖阿勒曼若也。西人长者抱之为吻礼，诸首领皆礼之。而阿勒曼若忽仆地，攫其巾大悦呼曰，吾中疫矣！盖以彼忍辱一行，而疫亦入西班牙之军矣。斯洛伐支奇为诗，亦时责奸人自行诈于国，而以诈术陷敌，则甚美之，如《阑勃罗》(Lambro)《珂尔强》(Kordyan)皆是。《阑勃罗》为希腊人事，其人背教为盗，俾得自由以仇突厥，性至凶酷，为世所无，惟裴伦东方诗中能见之耳。珂尔强者，波阑人谋刺俄帝尼可拉一世者也。凡是二诗，其主旨所在，皆特报复而已矣。

上二士者，以绝望故，遂于凡可祸敌，靡不许可，如格罗苏那之行诈，如华连洛德之伪降，如阿勒曼若之种疫，如珂尔强之谋刺，皆是也。而克拉旬斯奇之见，则与此反。此主力报，彼主爱化。顾其为诗，莫不追怀绝泽，念祖国之忧患。波阑人动于其诗，因有千八百三十年之举；馀忆所及，而六十三年大变[164]，亦因之起矣。即在今兹，精神未忘，难亦未已也。

九

若匈加利当沉默蜷伏之顷，则兴者有裴彖飞(A. Petöfi)[165]，沽肉者子也，以千八百二十三年生于吉思珂罗(Kiskörös)。其区为匈之低地，有广漠之普斯多(Puszta此翻平原)，道周之小旅以及村舍，种种物色，感之至深。盖普斯多之在匈，犹俄之有斯第孛(Steppe 此亦翻平原)，善能起诗人焉。父虽贾人，而殊有学，能解拉丁文。裴彖飞十岁出学于科勒多，既而至阿琐特，治文法三年。然生有殊禀，挚爱自繇，愿为俳优；天性又长于吟咏。比至舍勒美支，入高等学校三月，其父闻裴象飞与优人伍，令止读，遂徒步至菩特沛思德[166]，入国民剧场为杂役。后为亲故所得，留养之，乃始为诗咏邻女，时方十六龄。顾亲属谓其无成，仅能为剧，遂任之去。裴象飞忽投军为兵，虽性恶压制而爱自由，顾亦居军中者十八月，以病疟罢。又入巴波大学[167]，时亦为优，生计极艰，译英法小说自度。千八百四十四年访伟罗思摩谛(M. Vörösmarty)[168]，伟为梓其诗，自是遂专力于文，不复为优。此其半生之转点，名亦陡起，众目为匈加利之大诗人矣，次年春，其所爱之女死，因旅行北方自遣，及秋始归。洎四十七年，乃访诗人阿阑尼(J. Arany)[169]于萨伦多，而阿阑尼杰作《约尔提》(Joldi)适竣，读之叹赏，订交焉。四十八年以始，裴象飞诗渐倾于政事，盖知革命将兴，不期而感，犹野禽之识地震也。是年三月，墺大利人革命[170]报至沛思德，裴象飞感之，作《兴矣摩迦人》(Tolpra Magyar)[171]一诗，次日诵以徇众，至解末叠句云，誓将不复为奴！则众皆和，持至检文之局，逐其吏而自印之，立俟其毕，各持之行。文之脱检，实自此始。裴象飞亦尝自言曰，吾琴一音，吾笔一下，不为利役也。居吾心者，爰有天神，使吾歌且吟。天神非他，即自由耳。[172]顾所为文章，时多过情，或与众忤；尝作《致诸帝》[173]一诗，人多责之。裴象飞自记曰，去三月十五数日而后，吾忽为众恶之人矣，褫夺花冠，独研深谷之中，顾吾终幸不屈也。比国事渐急，诗人知战争死亡且近，极思赴之。自曰，天不生我于孤寂，将召赴战场矣。吾今得闻角声召战，吾魂几欲骤前，不及待令矣。遂投国民军(Honvéd)中，四十九年转隶贝谟[174]将军麾下。贝谟者，波阑武人，千八百三十年之役，力战俄人者也。时轲苏士[175]招之来，使当脱阑希勒伐尼亚[176]一面，甚爱裴象飞，如家人父子然。裴象飞三去其地，而不久即返，似或引之。是年七月三十一日舍俱思跋[177]之战，遂殁于军。平日所谓为爱而歌，为国而死者，盖至今日而践矣。裴象飞幼时，尝治裴伦暨修黎之诗，所作率纵言自由，诞放激烈，性情亦仿佛如二人。曾自言曰，吾心如反响之森林，受一呼声，应以百响者也。又善体物色，著之诗歌，妙绝人世，自称为无边自然之野花。所著长诗，有《英雄约诺斯》(János Vitéz)[178]一篇，取材于古传，述其人悲欢畸迹。又小说一卷曰《缢吏之缳》(A Hóhér Kötele)[179]，记以眷爱起争，肇生孽障，提尔尼阿遂终陷安陀罗奇之子于法。安陀罗奇失爱绝欢，庐其子垅上，一日得提尔尼阿，将杀之。而从者止之曰，敢问死与生之忧患孰大？曰，生哉！乃纵之使去；终诱其孙令自经，而其为绳，即昔日缳安陀罗奇子之颈者也。观其首引耶和华[180]言，意盖云厥祖罪愆，亦可报诸其苗裔，受施必复，且不嫌加甚焉。至于诗人一生，亦至殊异，浪游变易，殆无宁时。虽少逸豫者一时，而其静亦非真静，殆犹大海漩洑中心之静点而已。设有孤舟，卷于旋风，当有一瞬间忽尔都寂，如风云已息，水波不兴，水色青如微笑，顾漩洑偏急，舟复入卷，乃至破没矣。彼诗人之暂静，盖亦犹是焉耳。

上述诸人，其为品性言行思惟，虽以种族有殊，外缘多别，因现种种状，而实统于一宗：无不刚健不挠，抱诚守真；不取媚于群，以随顺旧俗；发为雄声，以起其国人之新生，而大其国于天下。求之华土，孰比之哉？夫中国之立于亚洲也，文明先进，四邻莫之与伦，蹇视高步，因益为特别之发达；及今日虽彫苓，而犹与西欧对立，此其幸也。顾使往昔以来，不事闭关，能与世界大势相接，思想为作，日趣于新，则今日方卓立宇内，无所愧逊于他邦，荣光俨然，可无苍黄变革之事，又从可知尔。故一为相度其位置，稽考其邂逅，则震旦为国，得失滋不云微。得者以文化不受影响于异邦，自具特异之光采，近虽中衰，亦世希有。失者则以孤立自是，不遇校雠，终至堕落而之实利；为时既久，精神沦亡，逮蒙新力一击，即砉然冰泮，莫有起而与之抗。加以旧染既深，辄以习惯之目光，观察一切，凡所然否，谬解为多，此所为呼维新既二十年，而新声迄不起于中国也。夫如是，则精神界之战士贵矣。英当十八世纪时，社会习于伪，宗教安于陋，其为文章，亦摹故旧而事涂饰，不能闻真之心声。于是哲人洛克[181]首出，力排政治宗教之积弊，唱思想言议之自由，转轮之兴，此其播种。而在文界，则有农人朋思生苏格阑，举全力以抗社会，宣众生平等之音，不惧权威，不跽金帛，洒其热血，注诸韵言；然精神界之伟人，非遂即人群之骄子，轗轲流落，终以夭亡。而裴伦修黎继起，转战反抗，具如前陈。其力如巨涛，直薄旧社会之柱石。余波流衍，入俄则起国民诗人普式庚，至波阑则作报复诗人密克威支，入匈加利则觉爱国诗人裴象飞；其他宗徒，不胜具道。顾裴伦修黎，虽蒙摩罗之谥，亦第人焉而已。凡其同人，实亦不必曰摩罗宗，苟在人间，必有如是。此盖聆热诚之声而顿觉者也，此盖同怀热诚而互契者也。故其平生，亦甚神肖，大都执兵流血，如角剑之士，转辗于众之目前，使抱战栗与愉快而观其鏖扑。故无流血于众之目前者，其群祸矣；虽有而众不之视，或且进而杀之，斯其为群，乃愈益祸而不可救也！

今索诸中国，为精神界之战士者安在？有作至诚之声，致吾人于善美刚健者乎？有作温煦之声，援吾人出于荒寒者乎？家国荒矣，而赋最末哀歌，以诉天下贻后人之耶利米，且未之有也。非彼不生，即生而贼于众，居其一或兼其二，则中国遂以萧条。劳劳独躯壳之事是图，而精神日就于荒落；新潮来袭，遂以不支。众皆曰维新，此即自白其历来罪恶之声也，犹云改悔焉尔。顾既维新矣，而希望亦与偕始，吾人所待，则有介绍新文化之士人。特十余年来，介绍无已，而究其所携将以来归者；乃又舍治饼饵守囹圄之术[182]而外，无他有也。则中国尔后，且永续其萧条，而第二维新之声，亦将再举，盖可准前事而无疑者矣。俄文人凯罗连珂(V. Korolenko)作《末光》[183]一书，有记老人教童子读书于鲜卑者，曰，书中述樱花黄鸟，而鲜卑沍寒，不有此也。翁则解之曰，此鸟即止于樱木，引吭为好音者耳。少年乃沉思。然夫，少年处萧条之中，即不诚闻其好音，亦当得先觉之诠解；而先觉之声，乃又不来破中国之萧条也。然则吾人，其亦沉思而已夫，其亦惟沉思而已夫！

一九〇七年作

译者注：

〔1〕本篇最初发表于1908年2月和3月《河南》月刊第二号、第三号，署名令飞。

〔2〕尼采的这段话见于《札拉图斯特拉如是说》第三卷第十二部分第二十五节《旧的和新的墓

碑》。

〔3〕勾萌绝朕　毫无生机的意思。勾萌，草木萌生时的幼芽；朕，先兆。白居易《进士策问·第二道》："雷一发，而蛰虫苏，勾萌达。"

〔4〕心声　指语言。扬雄《法言·问神》："言，心声也；书，心画也。"这里指诗歌及其他文学创作。

〔5〕种人　指种族或民族。

〔6〕影国　指名存实亡或已经消失了的文明古国。

〔7〕《韦陀》　通译《吠陀》，印度最早的宗教、哲学、文学典籍。约为公元前2500年至前500年间的作品。内容包括颂诗、祈祷文、咒文及祭祀仪式的记载等。共分《黎俱》、《娑摩》、《耶柔》、《阿闼婆》四部分。

〔8〕《摩诃波罗多》和《罗摩衍那》，印度古代两大叙事诗。《摩诃波罗多》，一译《玛哈帕腊达》，约为公元前七世纪至前四世纪的作品，叙述诸神及英雄的故事。《罗摩衍那》，一译《腊玛延那》，约为五世纪的作品，叙述古代王子罗摩的故事。

〔9〕加黎陀萨(约公元五世纪)　通译迦梨陀娑，印度古代诗人、戏剧家。他的诗剧《沙恭达罗》，描写《摩诃波罗多》中的国王杜虚孟多和沙恭达罗恋爱的故事。1789年曾由琼斯译成英文，传至德国，歌德读后，于1791年题诗赞美："春华瑰丽，亦扬其芬；秋实盈衍，亦蕴其珍；悠悠天隅，恢恢地轮；彼美一人，沙恭达纶。"(据苏曼殊译文)

〔10〕希伯来　犹太民族的又一名称。公元前1320年，其民族领袖摩西率领本族人从埃及归巴勒斯坦，分建犹太和以色列两国。希伯来人的典籍《旧约全书》，包括文学作品、历史传说以及有关宗教的记载等，后来成为基督教《圣经》的一部分。

〔11〕耶利米　以色列的预言家。《旧约全书》中有《耶利米书》五十二章记载他的言行；又有《耶利米哀歌》五章，哀悼犹太故都耶路撒冷的陷落，相传也是他的作品。

〔12〕耶路撒冷遂隳　公元前586年犹太王国为巴比伦所灭，耶路撒冷被毁。《旧约全书·列王纪下》说，这是由于犹太诸王不敬上帝，引起上帝震怒的结果。

〔13〕伊兰埃及　都是古代文化发达的国家。伊兰，即伊朗，古称波斯。

〔14〕加勒尔　即卡莱尔。这里所引的一段话见于他的《论英雄和英雄崇拜》第三讲《作为英雄的诗人：但丁、莎士比亚》的最后一段。

〔15〕但丁(1265—1321)　意大利诗人，欧洲文艺复兴时期文学上的代表人物之一。作品多暴露封建专制和教皇统治的罪恶。他最早用意大利语言从事写作，对意大利语文的丰富和提炼有重大贡献。主要作品有《神曲》、《新生》。

〔16〕札尔　通译沙皇。

〔17〕狉獉　这里形容远古时代人类未开化的情景。原作榛狉。唐代柳宗元《封建论》："草木榛榛，鹿豕狉狉。"

〔18〕鄂戈理(Н. В. Гоголъ，1809—1852)　通译果戈理，俄国作家。作品多揭露和讽刺俄国农奴制度下黑暗、停滞、落后的社会生活。著有剧本《钦差大臣》、长篇小说《死魂灵》等。

〔19〕武怒　武功显赫。怒，形容气势显赫。

〔20〕清末流行的军歌和文人诗作中常有这样的内容，例如张之洞所作的《军歌》中就有这样的句子："请看印度国土并非小，为奴为马不得脱笼牢。"他作的《学堂歌》中也说："波兰灭，印度亡，犹太遗民散四方。"

〔21〕什　《诗经》中雅颂部分以十篇编为一卷，称"什"。这里指篇章。

〔22〕摩罗　通作魔罗，梵文 Mára 音译。佛教传说中的魔鬼。

〔23〕撒但　希伯来文 Sātan 音译，原意为“仇敌”。《圣经》中用作魔鬼的名称。

〔24〕裴伦(1788—1824)　通译拜伦，英国诗人。他曾参加意大利资产阶级民主革命活动和希腊民族独立战争。作品多表现对封建专制的憎恨和对自由的向往，充满浪漫主义精神，对欧洲诗歌的发展有很大影响。主要作品有长诗《唐・璜》、诗剧《曼弗雷特》等。

〔25〕摩迦文士　指裴多菲。摩迦(Magyar)，通译马加尔，匈牙利的主要民族。

〔26〕地囱　火山。

〔27〕亚当之故家　指《旧约・创世记》中所说的“伊甸园”。

〔28〕颢气　空气。

〔29〕思归其雌　退避守弱的意思。《老子》第二十八章：“知其雄，守其雌，为天下谿。”雌，比喻柔弱；谿，溪谷。

〔30〕老子(约前 571 一?)　姓李名耳，字聃，春秋时楚国人，道家学派创始人。他政治上主张“无为而治”，向往“小国寡民”的氏族社会。著有《道德经》。

〔31〕星气既凝　德国哲学家康德在《自然历史和天体论》中提出的“星云说”，认为地球等天体是由星云逐渐凝聚而成的。

〔32〕无情　指无生命的东西。

〔33〕性解　天才。这个词来自严复译述的《天演论》。

〔34〕舜云言志　见《尚书・舜典》：“诗言志，歌永言，声依永，律和声。”

〔35〕关于诗持人性情之说，见于汉代人所作《诗纬含神雾》：“诗者，持也；持其性情，使不暴去也。”(《玉函山房辑佚书》)在这之前，孔子也说过：“诗三百，一言以蔽之，曰：思无邪。”(《论语・为政》)后来南朝梁刘勰在《文心雕龙・明诗》中综合地说：“诗者，持也，持人性情；三百之蔽，义归无邪。”

〔36〕自繇　即自由。

〔37〕屈原被楚顷襄王放逐后，因忧愤国事，投汨罗江而死。

〔38〕返顾高丘，哀其无女　屈原《离骚》：“忽反顾以流涕兮，哀高丘之无女。”高丘，据汉代王逸注，是楚国的山名。女，比喻行为高洁和自己志向相同的人。

〔39〕怼世俗之浑浊，颂己身之修能　屈原《离骚》：“世溷浊而不分兮，好蔽美而嫉妒”，“纷吾既有此内美兮，又重之以修能”。修能，杰出卓越的才能。王逸注：“又重有绝远之能，与众异也。”

〔40〕怀疑自遂古之初　屈原在《天问》中，对古代历史和神话传说提出种种疑问，开头就说：“遂古之初，谁传道之?”遂古，即远古。

〔41〕刘彦和(约 465—约 532)　名勰，字彦和，祖籍东莞莒县(今属山东)，世居南东莞(今江苏镇江)，南朝梁文艺理论批评家。著有文艺理论著作《文心雕龙》。这里所引的四句见该书《辨骚》篇。

〔42〕密栗　缜密，坚实。《礼记・聘义》：“(玉)缜密以栗，知也。”引申为确凿，无可辩驳。

〔43〕毛角　指禽兽。

〔44〕爱伦德(1769—1860)　通译阿恩特，德国诗人、历史学家。著有《德意志人的祖国》、《时代之精神》等。他 1806 年为避拿破仑入侵逃往瑞典，文中“乃走瑞士”，应为瑞典。

〔45〕威廉三世(Wilhelm Ⅲ，1770—1840)　普鲁士国王。1806 年普法战争中被拿破仑打败。1812 年拿破仑从莫斯科溃败后，他又与交战，取得胜利。1815 年同俄、奥建立维护封建君主制度的“神圣同盟”。

〔46〕台陀开纳(1791—1813)　通译特沃多・柯尔纳，德国诗人、戏剧家。1813 年参加反抗拿

破仑侵略的义勇军，在战争中阵亡。他的《琴与剑》(即文中说的《竖琴长剑》)是一部抒发爱国热情的诗集。

〔47〕灵台　心。《庄子·庚桑楚》："不可内于灵台"。

〔48〕卒业之券　即毕业文凭。

〔49〕道覃(1843—1913)　通译道登，爱尔兰诗人、批评家。著有《文学研究》、《莎士比亚初步》等。这里所引的话见于他的《抄本与研究》一书。

〔50〕善生　生计的意思。

〔51〕约翰穆黎(J. S. Mill，1806—1873)　通译约翰·穆勒，英国哲学家、经济学家。著有《逻辑体系》、《政治经济原理》、《功利主义》等。

〔52〕爱诺尔特(1822—1888)　通译阿诺德，英国文艺批评家、诗人。著有诗论《评论一集》、《评论二集》，诗歌《学者吉卜赛》等。这里所引"诗为人生评骘"一语，见他的《评华兹华斯》一文："归根结底，诗应该是生活的批判。"

〔53〕鄂谟　通译荷马，相传是公元前九世纪古希腊行吟盲诗人，《伊利亚特》和《奥德赛》两大史诗的作者。

〔54〕群学　即社会学。

〔55〕僢驰　背道而驰。《淮南子·说山训》："分流僢驰，注于东海"。

〔56〕司各德(1771—1832)　英国作家。他广泛采用历史题材进行创作，对欧洲历史小说的发展有一定影响。作品有《艾凡赫》、《十字军英雄记》等。

〔57〕苏惹(1774—1843)　通译骚塞，英国诗人、散文家。与华滋华斯(W. Wordsworth)、柯勒律治(S. Coleridge)并称"湖畔诗人"。他政治上倾向保守，创作上带有神秘色彩。1813年曾获得"桂冠诗人"的称号。他在长诗《审判的幻影》序言中曾暗指拜伦是"恶魔派"诗人，后又要求政府禁售拜伦的作品，并在一篇答复拜伦的文章中公开指责拜伦是"恶魔派"首领。下文说到的《纳尔逊传》，是记述抵抗拿破仑侵略的英国海军统帅纳尔逊(1758—1805)生平事迹的作品。

〔58〕修黎(1792—1822)　通译雪莱，英国诗人。曾参加爱尔兰民族独立运动。他的作品表现了对君主专制、宗教欺骗的愤怒和反抗，具有浪漫主义精神。作品有《伊斯兰的起义》、《解放了的普罗米修斯》等。

〔59〕侂　同托。

〔60〕弥尔顿的《失乐园》，是一部长篇叙事诗，歌颂撒但对上帝权威的反抗。1667年出版。

〔61〕凯因　通译该隐。据《旧约·创世记》，该隐是亚当和夏娃的长子，亚伯之兄。

〔62〕指拜伦的长篇叙事诗《该隐》，作于1821年。

〔63〕穆亚(1779—1852)　通译穆尔，爱尔兰诗人、音乐家。作品多反对英国政府对爱尔兰人民的压迫，歌颂民族独立。著有叙事诗《拉拉·鲁克》，音乐作品《爱尔兰歌曲集》等。他和拜伦有深厚友谊，1830年作《拜伦传》，其中驳斥了一些人对拜伦的诋毁。

〔64〕遏克曼(1792—1854)　通译艾克曼，德国作家。曾任歌德的私人秘书。著有《歌德谈话录》。这里所引歌德的话见该书中1823年10月21日的谈话记录。

〔65〕挪亚　通译诺亚。亚斐木，通译歌裴木。

〔66〕绳其祖武　追随祖先的足迹。见《诗经·大雅·下武》："昭兹来许，绳其祖武。"来许，后继者，指周武王。

〔67〕反种　即返祖现象，指生物发展过程中出现与远祖类似的变种或生理现象。

〔68〕之不拉　英语斑马的音译。

〔69〕不伏箱　不服驾驭的意思。《诗经·小雅·大东》："睆彼牵牛，不以服箱"。服箱，即驾

驭车箱。

〔70〕司堪第那比亚　即斯堪的那维亚半岛。公元八世纪前后，在这里定居的诺曼人经常发动海上远征，劫掠商船和沿海地区。

〔71〕诺曼　即诺曼底，在今法国北部。1066年，诺曼底封建领主威廉公爵攻克伦敦，成为英国国王，诺曼底遂属英国。这一年，拜伦的祖先拉尔夫·杜·蒲隆随威廉迁入英国。至1450年，诺曼底划归法国。显理二世，通译亨利二世，1154年起为英国国王。

〔72〕堪勃力俱大学　通译剑桥大学。

〔73〕突厥　指土耳其。

〔74〕《哈洛尔特游草》　通译《恰尔德·哈罗尔德游记》，拜伦早期的一部有影响的长诗。前两章完成于1810年，后两章完成于1817年。它通过哈罗尔德的经历叙述了作者旅行东南欧的见闻，歌颂那里人民的反抗斗争。

〔75〕《不信者》和下文的《阿毕陀斯新妇行》、《海贼》、《罗罗》，分别通译为《异教徒》、《阿拜多斯的新娘》、《海盗》、《莱拉》。1813年至1814年间写成，多取材于东欧和南欧，因此和其他类似的几首诗一起统称《东方叙事诗》。

〔76〕这段话见于拜伦的诗剧《沙旦纳伯勒斯》。

〔77〕拜伦的祖父约翰·拜伦(1723—1786)，曾任英国海军上将。

〔78〕这是19世纪英国历史学家和批评家麦考莱(Macaulay)在其论文《评穆亚的〈拜伦〉传》(1830年)中对拜伦的评论，见麦考莱《批评和历史论文集》(1852年)。

〔79〕刘勰关于人禀五才的话，见于《文心雕龙·程器》。五才(材)，古人认为金、木、水、火、土是构成一切物质的基本元素，人的禀赋也决定于这五种元素。寸析，原作寸折，曲折很多的意思。

〔80〕这段话见引于约翰·尼克尔著“英国文学家丛书”之一的《拜伦传》(1888年)。

〔81〕《堂祥》　通译《唐·璜》，政治讽刺长诗，拜伦的代表作。写于1819年至1824年。它通过传说中的西班牙贵族青年唐·璜在希腊、俄国、英国等地的经历，反映了当时欧洲的社会生活，抨击封建专制，反对外族侵略，但同时也流露出感伤情绪。

〔82〕《法斯忒》　通译《浮士德》，诗剧，歌德的代表作。

〔83〕卢希飞勒　通译鲁西反。据犹太教经典《泰尔谟德》(约为公元350年至500年间的作品)记载，他原是上帝的天使长，后因违抗命令，与部属一起被赶出天国，堕入地狱，成为魔鬼。

〔84〕下面这段话，见拜伦诗剧《天与地》第一部分第三场，是精灵对耶彼第说的。

〔85〕拜伦的这段话，见于1820年11月5日致托玛斯·摩尔的信。

〔86〕《社会之敌》　即《文化偏至论》中的《民敌》，通译《国民公敌》。下文的地主，指房主；剧末一段话，见《国民公敌》第五幕。

〔87〕拜伦的这段话见于1820年11月5日致托玛斯·摩尔的信。原文应为：“如果一个人在国内没有自由可争，那么让他为邻邦的自由而战斗吧。”

〔88〕墺　奥地利。

〔89〕马志尼(G. Mazzini，1805—1872)　意大利政治家，民族解放运动中的民主共和派领袖。他关于拜伦的评价见于所作论文《拜伦和歌德》。

〔90〕加富尔(C. B. di Cavour，1810—1861)　意大利自由贵族和资产阶级君主立宪派领袖，统一的意大利王国第一任首相。

〔91〕意之独立　意大利于1800年被拿破仑征服，拿破仑失败后，奥国通过1815年维也纳会议，取得了意大利北部的统治权。1820年至1821年，意大利人在“烧炭党”的鼓动下，举行反对

奥国的起义，后被以奥国为首的“神圣同盟”所镇压。1848年，意大利再度发生要求独立和统一的革命，最后经过1860年至1861年的民族革命战争取得胜利，成立了统一的意大利王国。

〔92〕希腊协会　1821年希腊爆发反对土耳其统治的独立战争，欧洲一些国家组织了支援希腊独立的委员会。这里指英国支援委员会，拜伦是该会的主要成员。

〔93〕拜伦的话，见他的《异教徒》一诗。

〔94〕克弗洛尼亚岛(Cephalonia)　通译克法利尼亚岛，希腊爱奥尼亚群岛之一。拜伦于1823年8月3日到达这里，次年1月5日赴米索朗基。

〔95〕密淑伦其(Missolonghi)　通译米索朗基，希腊西部的重要城市。1824年拜伦曾在这里指挥抵抗土耳其侵略者的战斗，后在前线染了热病，4月19日(按文中误为18日)在这里逝世。

〔96〕式列阿忒(Suliote)　通译苏里沃特，当时在土耳其统治的民族之一。拜伦在米索朗基曾收留了五百名式列阿忒族士兵。

〔97〕拜伦临终时的这些话，见拜伦好友托马斯·摩尔编写的《拜伦爵士书简及札记——附小传》(1892年)。

〔98〕朋思(1759—1796)　通译彭斯，英国诗人。出身贫苦，一生在穷困中度过。他的诗多反映苏格兰农民生活，表现了对生活的热爱和追求自由平等的思想。著有长诗《汤姆·奥桑特》、《快活的乞丐》和数百首短歌。文中所引评论彭斯的话，见拜伦1813年12月13日的日记。

〔99〕反张　意为矛盾。

〔100〕契支(1795—1821)　通译济慈，英国诗人。他的作品具有民主主义精神，受到拜伦、雪莱的肯定和赞扬。但他有“纯艺术”的唯美倾向，所以鲁迅说与拜伦不属一派。作品有叙事长诗《伊莎贝拉》，长诗《恩底弥翁》、《夜莺颂》、《希腊古瓮》等。

〔101〕恶斯佛大学　通译牛津大学。

〔102〕戈德文(1756—1836)　通译葛德文，英国作家，空想社会主义者。他反对封建制度和资本主义剥削关系，主张成立独立的自由生产者联盟，通过道德教育来改造社会。著有政论《政治的正义》、小说《卡莱布·威廉斯》等。雪莱读了葛德文的《政治的正义》一书，很敬佩，遂把《无神论之要》送与葛德文请求指导，后娶葛德文之女为妻。

〔103〕《阿剌斯多》和下文的《伊式阑转轮篇》，分别通译为《阿拉斯特》(写于1815年)、《伊斯兰起义》(写于1817年)。

〔104〕《解放之普洛美迢斯》和下文的《煔希》，分别通译为《解放了的普罗米修斯》、《钦契》。均写于1819年。

〔105〕僦毕多(Jupiter)　通译朱庇特，罗马神话中的诸神之父，相当于希腊神话中的宙斯。

〔106〕《春秋》　春秋时期鲁国的编年史，记载鲁隐公元年至鲁哀公十四年(前722—前481)二百四十二年间鲁国的史实，相传为孔子所修。

〔107〕雪莱的这些话，见约翰·奥丁登·西蒙兹为“英国文学家丛书”著《雪莱传》(1895年)。

〔108〕祺　即朞，本意是周年，这里指世纪。

〔109〕奥古斯丁(A. Augustinus，354—430)　迦太基神学者，基督教主教。著有《天主之城》、《忏悔录》等。

〔110〕澡雪　高洁的意思。《庄子·知北游》引述老子对孔子说的话：“汝斋戒，疏瀹而心，澡雪而精神。”而同汝；澡雪，意为洗洁，此处引申为高洁。

〔111〕斯宾塞(E. Spenser，1552—1599)　英国诗人。他的作品反映了资本主义上升时期积极进取的精神，在形式上对英国诗歌的格律有很大影响，被称为斯宾塞体。作品有长诗《仙后》等。

〔112〕毕撒(Pisa)　通译比萨，意大利中部城市。

〔113〕以上雪莱的话，均见约翰·奥丁登·西蒙兹《雪莱传》一书。

〔114〕普式庚（А. С. Пушкин，1799—1837） 通译普希金，俄国诗人。作品多抨击农奴制度，谴责贵族上流社会，歌颂自由与进步。主要作品有《欧根·奥涅金》、《上尉的女儿》等。

〔115〕来尔孟多夫（М. Ю. Лермонтов，1814—1841） 通译莱蒙托夫，俄国诗人。他的作品抨击农奴制度的黑暗，同情人民的反抗斗争。著有长诗《童僧》、《恶魔》和中篇小说《当代英雄》等。

〔116〕鲜卑 这里指西伯利亚。1820 年沙皇亚历山大一世因普希金写诗讽刺当局，原想把他流放此地；后因作家卡拉姆静、茹柯夫斯基等人为他辩护，改为流放高加索。

〔117〕《高加索累囚行》和下文的《及波希》，分别通译为《高加索的俘虏》、《茨冈》，都是普希金在高加索流放期间（1820—1824）所写的长诗。

〔118〕《阿内庚》 通译《欧根·奥涅金》，长篇叙事诗. 普希金的代表作，写于 1823 年至 1831 年间。

〔119〕波阑抗俄 1815 年后，沙俄控制了波兰王国，沙皇并兼任波兰国王。1830 年 11 月，波兰军队反抗沙皇的命令，拒绝开往比利时镇压革命，并举行武装起义，在人民支持下解放华沙，宣布废除沙皇尼古拉一世的统治，成立新政府。但起义成果被贵族和富豪所篡夺，最后失败，次年 9 月华沙复为沙俄军队占领。

〔120〕《俄国之谗谤者》和《波罗及诺之一周年》，分别通译为《给俄罗斯之谗谤者》、《波罗金诺纪念日》，都写于 1831 年。当时沙皇俄国向外扩张，引起被侵略国家人民的反抗。普希金这两首诗都有为沙皇侵略行为辩护的倾向。按波罗金诺是莫斯科西郊的一个市镇。1812 年 8 月 26 日俄军在这里击败拿破仑军队，1831 年沙皇军队占领华沙，也是 8 月 26 日，因此，普希金以《波罗金诺纪念日》为题。

〔121〕勃阑兑思（1842—1927） 通译勃兰兑斯，丹麦文学批评家，激进民主主义者。著有《十九世纪欧洲文学主潮》、《歌德研究》等。他对普希金这两首诗的批评意见，见于《俄国印象记》第三章。

〔122〕和阑 即荷兰。覃提斯是荷兰驻俄国公使赫克伦男爵的养子。

〔123〕芘宾（А. Н. Пъпин，1833—1904） 通译佩平，俄国文学史家。著有《俄罗斯文学史》等。

〔124〕来尔孟斯（约 1220—1297） 通译莱尔蒙特，苏格兰诗人。

〔125〕莱蒙托夫的这两段话，见于他 1830 年写的《自传札记》。《世胄裴伦传》，即穆尔所著《拜伦传》。

〔126〕《神摩》和《谟哜黎》，分别通译为《恶魔》、《童僧》。

〔127〕指《诗人之死》。这首诗揭露了沙俄当局杀害普希金的阴谋，发表后引起热烈的反响，莱蒙托夫因此被拘捕，流放到高加索。下文的末解，即最末一节，指莱蒙托夫为《诗人之死》补写的最后十六行诗；士师，指法官。

〔128〕《并世英雄记》 通译《当代英雄》，写成于 1840 年，由五篇独立的故事连缀而成。

〔129〕摩尔迭诺夫（Н. С. Мартынов） 俄国军官。曾是莱蒙托夫在彼得堡近卫军官学校的同学。他在官厅的阴谋主使下，于 1841 年 7 月在高加索毕替哥斯克城的决斗中，将莱蒙托夫杀害。

〔130〕波覃勖迭（F. M. von Bodenstedt，1819—1892） 通译波登斯德特，德国作家。他翻译过普希金、莱蒙托夫等俄国作家的作品。

〔131〕《伊思迈尔培》 通译《伊斯马伊尔·拜》，长篇叙事诗，写于 1832 年。内容是描写高加索人民为争取民族解放、反对沙皇专制统治的战争。

〔132〕拜伦的这些话，分别见于他的长诗《恰尔德·哈洛尔德游记》第三章第六十九节和第四章第一百七十八节。

〔133〕密克威支(1798—1855) 通译密茨凯维支，波兰诗人、革命家。他毕生为反抗沙皇统治，争取波兰独立而奋斗。著有《青春颂》和长篇叙事诗《塔杜施先生》、诗剧《先人祭》等。

〔134〕斯洛伐支奇(1809—1849) 通译斯洛伐茨基，波兰诗人。他的作品多反映波兰人民对民族独立的强烈愿望，1830年波兰起义时曾发表诗歌《颂歌》、《自由颂》等以鼓舞斗志。主要作品有诗剧《珂尔强》等。

〔135〕克拉旬斯奇(1812—1859) 波兰诗人。主要作品有《非神的喜剧》、《未来的赞歌》等。

〔136〕列图尼亚 通译立陶宛。

〔137〕维尔那大学 在今立陶宛首都维尔纽斯。

〔138〕《死人之祭》 通译《先人祭》，诗剧，密茨凯维支的代表作之一。写成于1823年至1832年间。它歌颂了农民反抗地主压迫的复仇精神，表现了波兰人民对沙皇专制的强烈抗议，号召为争取祖国独立而献身。

〔139〕加夫诺 立陶宛城市。密茨凯维支曾在这里度过四年中学教师生活。

〔140〕阿兑塞 通译敖德萨，今乌克兰南部的黑海港口城市。

〔141〕克利米亚 即克里米亚半岛，在今乌克兰南部黑海与亚速海之间，有许多风景区。

〔142〕《克利米亚诗集》 即《克里米亚十四行诗》，共十八首，写于1825年至1826年间。

〔143〕《格罗苏那》 通译《格拉席娜》，长篇叙事诗，1823年写于立陶宛。

〔144〕《华连洛德》 全名通译为《康拉德·华伦洛德》，长篇叙事诗，写于1827年至1828年间，取材于古代立陶宛反抗普鲁士侵略的故事。

〔145〕摩契阿威黎(1469—1527) 通译马基雅维里，意大利作家、政治家。他是君主专制政体的拥护者，主张统治者为了达到政治目的可以不择手段。著有《君主论》等书。密茨凯维支在《华伦洛德》一诗的开端，引用了《君主论》第十八章的一段话："因此，你得知道，取胜有两个方法：一定要又是狐狸，又是狮子。"

〔146〕密茨凯维支于1829年8月17日到达德国魏玛，参加8月26日举行的歌德八十寿辰庆祝会，和歌德晤谈。

〔147〕《佗兑支氏》 通译《塔杜施先生》，长篇叙事诗，密茨凯维支的代表作。写于1832年至1834年。它以1812年拿破仑进攻俄国为背景，通过发生在立陶宛偏僻村庄的一个小贵族的故事，反映了波兰争取民族独立的斗争。下文的华伊斯奇(Wojski)，波兰语，大管家的意思。

〔148〕普希金于1831年秋到沙皇政府外交部任职，1834年又被任命为宫廷近侍。

〔149〕《铜马》 今译《青铜骑士》，写于1834年。下文的《大彼得像》，今译《彼得大帝的纪念碑》，写于1832年。

〔150〕指1830年波兰11月起义失败。当年11月29日华沙起义，成立临时政府。次年9月沙皇军队占领华沙，进行大屠杀，并再次将波兰并入俄国版图。

〔151〕克尔舍密涅克 通译克列梅涅茨，在今乌克兰的特尔诺波尔省。

〔152〕华骚 即华沙。户部，掌管土地、户籍及财政收支等事务的官署。

〔153〕曷尔爱列须(El Arish) 通译埃尔·阿里什，埃及西奈半岛的濒海城市。

〔154〕《大漠中之疫》 今译《瘟疫病人的父亲》。

〔155〕尼阿孛 又译尼俄柏，希腊神话中忒拜城的王后。因为她轻蔑太阳神阿波罗的母亲而夸耀自己有七个儿子和七个女儿，阿波罗和他的妹妹月神阿耳忒弥斯就将她的子女全部杀死。

〔156〕《克垒勒度克》 波兰语，意译为《精神之王》，是一部有爱国主义思想的哲理诗。按诗中无这里所说伊凡四世的情节。

〔157〕马理(Mary) 通译马利亚，基督教传说中耶稣的母亲。

〔158〕鞑靼　这里指居住中亚细亚一带的蒙古族后裔。

〔159〕巴棱(1746—1826)　通译彼得·帕伦，沙皇保罗一世的宠臣，曾任彼得堡总督。他于1801年3月谋杀了保罗一世。

〔160〕阿尔洛夫(1734—1783)　俄国贵族首领。1762年，与二兄一起在彼得三世之妻叶卡捷琳娜授意下发动宫廷政变，其弟阿列克谢·阿尔洛夫逮捕处死了沙皇彼得三世。

〔161〕血蝠　又译吸血鬼。旧时欧洲民间传说：罪人和作恶者死后的灵魂，能于夜间离开坟墓，化为蝙蝠，吸吮生人的血。

〔162〕《阿勒普耶罗斯》和下文的《阑勃罗》、《珂尔强》，分别通译为《阿尔普雅拉斯》、《朗勃罗》、《柯尔迪安》。《柯尔迪安》是大型诗剧，斯洛伐茨基的代表作。写于1834年。

〔163〕摩亚(Moor)　通译摩尔，非洲北部民族。曾于1238年到西南欧的伊比利亚半岛建立格拉那陀王国，1492年为西班牙所灭。阿勒曼若是格拉那陀王国的最后一个国王。

〔164〕指1863年波兰一月起义。这次起义成立了临时民族政府，发布解放农奴的宣言和法令。1865年因被沙皇镇压而失败。

〔165〕裴彖飞(1823—1849)　通译裴多菲，匈牙利革命家、诗人。他积极参加了1848年3月15日布达佩斯的起义，反抗奥地利统治；次年在与协助奥国侵略的沙皇军队的战斗中牺牲。一说，据20世纪80年代后期发现的档案材料，他在瑟克什堡战役中失踪，随一批匈牙利战俘被俄军押往西伯利亚，约于1856年因肺结核病逝。他的作品多揭露社会黑暗，反映匈牙利人民的生活和解放斗争。著有长诗《使徒》、《勇敢的约翰》、政治诗《民族之歌》等。

〔166〕菩特沛思德　通译布达佩斯。

〔167〕巴波大学　应为中学，匈牙利西部巴波城的一所著名学校。

〔168〕伟罗思摩谛(1800—1855)　今译魏勒斯马尔提，匈牙利诗人。曾参加1848年匈牙利革命。著有《号召》、《查兰的出走》等。他曾介绍裴多菲的第一部诗集给国家丛书社出版。

〔169〕阿阑尼(1817—1882)　通译奥洛尼，匈牙利诗人。曾参加1848年匈牙利革命。主要作品《多尔第》三部曲(即文中所说的《约尔提》)写成于1846年。萨伦多，匈牙利东部的乡村。

〔170〕墺大利人革命　1848年3月13日，奥地利首都维也纳发生武装起义，奥皇被迫免去首相梅特涅的职务，同意召开国民会议，制订宪法，但并未解决重大社会问题。

〔171〕《兴矣摩迦人》　指《民族之歌》。“兴矣摩迦人”是该诗的首句，今译“起来，匈牙利人!”此诗写于1848年3月13日维也纳武装起义的当天。

〔172〕裴多菲的这段话，见于1848年4月19日的日记，译文如下：“也许在世界上，有许多更加美丽、庄严的七弦琴和鹅毛笔，但比我那洁白的鹅毛笔更好的，却绝不会有。我的七弦琴任何一个声音，我的鹅毛笔任何一个笔触，从来没有把它用来图利。我所写的，都是我的心灵的主宰要我写的。而心灵的主宰——就是自由之神!”(《裴多菲全集》第五卷《日记抄》)

〔173〕《致诸帝》　今译《给国王们》，写于1848年3月27日至30日之间。在这首诗里，裴多菲预言全世界暴君的统治即将覆灭。下引裴多菲的话，见于1848年3月17日的日记。

〔174〕贝谟(J. Bem，1795—1850)　通译贝姆，波兰将军。1830年11月波兰起义领导人之一，失败后流亡国外，参加了1848年维也纳武装起义和1849年匈牙利民族解放战争。

〔175〕轲苏士(L. Kossuth，1802—1894)　通译科苏特，1848年匈牙利革命的主要领导者。他组织军队，于1849年4月击败奥军，宣布匈牙利独立，成立共和国，出任新国家元首。失败后出亡，死于意大利。

〔176〕脱阑希勒伐尼亚(Transilvania)　通译特兰西瓦尼亚，当时在匈牙利东南部，今属罗马尼亚。

〔177〕舍俱思跋　通译瑟克什堡，1849 年夏沙皇尼古拉一世派出十多万军队援助奥地利，贝姆所部在这里受挫，裴多菲时任贝姆副官，在此役中牺牲(一说失踪)。

〔178〕《英雄约诺斯》　通译《勇敢的约翰》，长篇叙事诗，写于 1844 年。

〔179〕《缢吏之缳》　通译《绞吏之绳》，写于 1846 年。

〔180〕耶和华(Jehovah)　希伯来人对上帝的称呼。

〔181〕洛克(J. Locke，1632—1704)　英国哲学家。他认为知识起源于感觉，后天经验是认识的源泉，反对天赋观念论和君权神授说。著有《人类理解力论》、《政府论》等。

〔182〕治饼饵守阍圄之术　指当时留学生从日文翻译的关于家政和警察学一类的书。

〔183〕凯罗连珂(В. Г. Короленко，1853—1921)通译柯罗连科，俄国作家。1880 年因参加革命运动被捕，流放西伯利亚六年。写过不少关于流放地的中篇和短篇小说。著有小说集《西伯利亚故事》和文学回忆录《我的同时代人的故事》等。《末光》是《西伯利亚故事》中的一篇，中译本题为《最后的光芒》(韦素园译)。

与刘叔雅论国文试题书

陈寅恪

叔雅先生讲席，承命代拟今夏入学考试国文题目，寅恪连岁校阅清华大学入学国文试卷，感触至多。据积年经验所得，以为今后国文试题，应与前此异其旨趣，即求一方法，其形式简单而涵义丰富，又与华夏民族语言文学之特性有密切关系者，以之测验程度，始能于阅卷定分之时，有所依据，庶几可使应试者，无甚侥幸，或甚冤屈之事。阅卷者良心上不致受特别痛苦，而时间精力俱可节省。若就此义言之，在今日学术界，藏缅语系比较研究之学未发展，真正中国语文文法未成立之前，似无过于对对子之一方法。此方法去吾辈理想中之完善方法，固甚辽远，但尚是诚意不欺，实事求是之一种办法，不妨于今夏入学考试时，试一用之，以测验应试者之国文程度。略陈鄙意，敬祈垂教。幸甚！幸甚！凡考试国文，必考其文理之通与否，必以文法为标准，此不待论者。但此事言之甚易，行之则难。最先须问吾辈今日依据何种文法以考试国文。今日印欧语系化之文法，即马氏文通“格义”式之文法，既不宜施之于不同语系之中国语文，而与汉语同系之语言比较研究，又在草昧时期，中国语文真正文法，尚未能成立，此其所以甚难也。夫所谓某种语言之文法者，其中一小部分，符于世界语言之公律，除此之外，其大部分皆由研究此种语言之特殊现象，归纳为若干通则，成立一有独立个性之统系学说，定为此特种语言之规律，并非根据某一特种语言之规律，即能推之以概括万族，放诸四海而准者也。假使能之，亦已变为普通语言学音韵学，名学，或文法哲学等等，而不复成为某特种语言之文法矣。昔希腊民族武力文化俱盛之后，地跨三洲，始有训释标点希腊文学之著作，以教其所谓“野蛮人”者。当日固无比较语言学之知识，且其所拟定之规律，亦非通筹全局及有统系之学说。罗马又全部因袭翻译之，其立义定名，以传统承用之故，颇有讹误可笑者。如西欧近世语言之文法，其动词完全时间式，而有不完全之义。不完全时间式，转有完全之义，是其一例也。今评其价值，尚在天竺文法之下。但因其为用于隶属同语系之语言，故其弊害尚不甚显著。今吾国人所习见之外国语文法，仅近世英文文法耳。其代名词有男女中三性，遂造他她牠三字以区别之，矜为巧便。然若依此理论，充类至尽，则阿剌伯希伯来等语言，动词亦有性别与数别，其文法变化皆有特殊之表现。例如一男子独睡，为男性单数。二男子同睡，为男性复数。一女子独睡，为女性单数。二女子同睡，为女性复数。至若一男子与一女子而同睡，则为共性复数。此种文法变化，如依新法译造汉字，其字当为“倕女”。天竺古语，其名词有二十四啭，动词有十八啭。吾中国之文法，何不一一仿效，以臻美备乎？世界人类语言中，甲种语言，有甲种特殊现象，故有甲种文法。乙种语言，有乙种特殊现象，故有乙种文法。即同一系之西欧近世语，如英文名词有三格，德文名词则有四格。法文名词有男女二性，德文名词则有男女中三性。因此种语言，今日尚有此种特殊现象。故此种语言之文法，亦不得不特设此种规律。苟违犯之者，则为不通。并非德人作德文文法喜繁琐，英人作英文文法尚简单也。欧洲受基督教之影响至深，昔日欧人往往以希伯来语言为世界语言之始祖，而自附其语言于希伯来语之支流末裔。迄乎近世，比较语言之学兴，旧日谬误之观念得以革除。因其能取同系语言，如梵语波斯语等，互相比较研究，于是系内各个语言之特性逐渐发见。印欧系语言学，遂有今日之发达。故欲详知确证一种语言之特殊现象及其性质如何，非综合分析，互相比较，以研究之，不能为功。而所与互相比较者，又必须属于同系中大同而小异之语言。盖不如此，则不独不能确定，且常错认其特性之所在，而成一非驴非马，穿鑿附会之混沌怪物。因同系之语言，必先假定其同出一源，以演绎递变隔离分化之关系，乃各自成为大同而小异之言语。故分析之，综合之，于纵贯之方面，剖别其源流，于横通之方面，比较其差异。由是言之，从事比较语言之学，必具一历史观念，而具有历史观念者，必不能认贼作父，自乱其宗统也。往日法人取吾国语文约略摹仿印欧系语之规律，编为汉文典，以便欧人习读。马眉叔效之，遂有文通之作，于是中国号称始有文法。夫印欧系语文之规律，未尝不间有可供中国之文法作参考及采用者。如梵语文典中，语根之说是也。今于印欧系之语言中，将其规则之属于世界语言公律者，除去不论。其他属于某种语言之特性者，若亦同视为天经地义，金科玉律，按条逐句，一一施诸不同系之汉文，有不合者，即指为不通。呜呼！文通，文通，何其不通如是耶？西晋之世，僧徒有竺法雅者，取内典外书以相拟配，名曰“格义”(“格义”之义详见拙著“支愍度学说考”)，实为赤县神州附会中西学说之初祖。即以今日中国文学系之中外文学比较一类之课程言，亦只能就白乐天等在中国及日本之文学上，或佛教故事在印度及中国文学上之影响及演变等问题，互相比较研究，方符合比较研究之真谛。盖此种比较研究方法，必须具有历史演变及系统异同之观念。否则古今中外，人天龙鬼，无一不可取以相与比较。荷马可比屈原，孔子可比歌德，穿鑿附会，怪诞百出，莫可追诘，更无所谓研究之可言矣。比较研究方法之义既如此，故今日中国必先将国文文法之“格义”观念，摧陷廓清，然后遵循藏缅等与汉语同系语言，比较研究之途径进行，将来自可达到真正中国文法成立之日。但今日之吾辈，既非甚不学之人，故羞以“格义”式之文法自欺欺人，用之为考试之工具。又非甚有学之人，故又不能即时创造一真正中国文法，以为测验之标准。无可奈何，不得已而求一过渡时代救济之方法，以为真正中国文法未成立前之暂时代用品，此方法即为对对子。所对不逾十字，已能表现中国语文特性之多方面。其中有与高中卒业应备之国文常识相关者，亦有汉语汉文特殊优点之所在，可藉以测验高材及专攻吾国文学之人，即投考国文学系者。兹略分四条，说明于下。

(甲)对子可以测验应试者，能否知分别虚实字及其应用。

此理易解，不待多言。所不解者，清华考试英文，有不能分别动词名词者，必不录取，而国文则可不论。因特拈出此重公案，请公为我一参究之。

(乙)对子可以测验应试者，能否分别平仄声。

此点最关重要，乃数年阅卷所得之结论。今日中学国文教学，必须注意者也。

吾人今日当然不依文镜祕府论之学说，以苛试高中卒业生。但平仄声之分别，确为高中卒业生应具之常识。吾国语言之平仄声与古代印度希腊拉丁文同，而与近世西欧语言异。然其关于语言文学之重要则一。今日学校教学英文，亦须讲究其声调之高下，独国文则不然，此乃殖民地之表征也。声调高下与语言迁变，文法应用之关系，学者早有定论。今日大学本科学生，有欲窥本国音韵训诂之学者，岂待在讲堂始调平仄乎？抑在高中毕业以前，即须知"天子圣哲""灯盏柄曲"耶？又凡中国之韵文诗赋词曲无论矣，即美术性之散文，亦必有适当之声调。若读者不能分平仄，则不能完全欣赏与了解，竟与不读相去无几，遑论仿作与转译。又中国古文之句读，多依声调而决定。印欧语系之标点法，不尽能施用于中国古文。若读者不通平仄声调，则不知其文句起讫。故读古书，往往误解。大正一切藏经句读之多讹，即由于此。又汉语既演为单音语，其文法之表现，即依托于语词之次序。昔人下笔偶有违反之者，上古之文姑不论，中古以后之作，多因声调关系，如"听猿实下三声泪"之例。此种句法，虽不必仿效，然读者必须知此句若作"听猿三声实下泪"，则平仄声调不谐和。故不惜违反习惯之语词次序，以迁就声调。此种破例办法之是非利弊，别为一问题，不必于此讨论。但读此诗句之人，若不能分别平仄，则此问题，于彼绝不成问题。盖其人读"听猿实下三声泪"与"听猿三声实下泪"，皆谐和亦皆不谐和，二者俱无分别。讲授文学，而遇此类情形，真有思惟路绝，言语道断之感。此虽末节，无关本题宏旨，所以附论及之者，欲使学校教室中讲授中国文学史及词曲目录学之诸公得知今日大学高中学生，其本国语言文学之普通程度如此。诸公之殚精竭力，高谈博引，岂不徒劳耶？据此，则知平仄声之测验，应列为大学入学国文考试及格之条件，可以利用对子之方法，以实行之。

(丙)对子可以测验读书之多少及语藏之贫富。

今日学生所读中国书中，今人之著作太多，古人之著作太少。非谓今人之著作，学生不可多读。但就其所读数量言，二者之比例相差过甚，必非合理之教育，亟须矫正。若出一对子，中有专名或成语，而对者能以专名或成语对之，则此人读书之多少及语藏之贫富，可以测知。

(丁)对子可以测验思想条理。

凡上等之对子，必具正反合之三阶段。(平生不解黑智儿"一译'黑格尔'"之哲学，今论此事，不觉与其说暗合，殊可笑也。)对一对子，其词类声调皆不适当，则为不对，是为下等，不及格。即使词类声调皆合，而思想重复，如燕山外史中之"斯为美矣，岂不妙哉!"之句，旧日称为合掌对者，亦为下等，不及格。因其有正，而无反也。若词类声调皆适当，即有正，又有反，是为中等，可及格。此类之对子至多，不须举例。若正及反前后二阶段之词类声调，不但能相当对，而且所表现之意义，复能互相贯通，因得综合组织，别产生一新意义。此新意义，虽不似前之正及反二阶段之意义，显著于字句之上，但确可以想象而得之，所谓言外之意是也。此类对子，既能备具第三阶段之合，即对子中最上等者。赵瓯北诗话盛称吴梅村歌行中对句之妙。其所举之例，如"南内方看起桂宫，北兵早报临瓜步。"等，皆合上等对子之条件，实则不独吴诗为然，古来佳句莫不皆然。岂但诗歌，即六朝文之佳者，其篇中警策之俪句，亦莫不如是。惜阳湖当日能略窥其意，而不能畅言其理耳。凡能对上等对子者，其人之思想必通贯而有条理，决非仅知配拟字句者所能企及。故可藉之以选拔高才之士也。

昔罗马西塞罗 Cicero 辩论之文，为拉丁文中之冠。西土文士自古迄今，读之者何限，最近时德人始发见其文含有对偶。拉丁非单音语言，文有对偶，不易察知。故时历千载，犹有待发之覆。今言及此者，非欲助骈骊之文，增高其地位。不过藉以说明对偶确为中国语文特性之所在，而欲研究此种特性者，不得不研究由此特性所产生之对子。此义当质证于他年中国语言文学特性之研究发展以后。今日言之，徒遭流俗之讥笑。然彼等既昧于世界学术之现状，复不识汉族语文之特性，挟其十九世纪下半世纪“格义”之学，以相非难，正可譬诸白发盈颠之上阳宫女，自矜其天宝末年之时世装束，而不知天地间别有元和新样者在。亦只得任彼等是其所是，而非其所非。吾辈固不必，且无从与之校量也。尊意以为何如?

(原载一九三二年九月五日天津大公报文学副刊)

附　记

三十余年前，叔雅先生任清华大学国文系主任。一日过寅恪曰，大学入学考期甚近，请代拟试题。时寅恪已定次日赴北戴河休养，遂匆匆草就普通国文试题，题为“梦游清华园记”。盖曾游清华园者，可以写实。未游清华园者，可以想象。此即赵彦卫云麓漫钞九所谓，行卷可以观史才诗笔议论之意。若应试者不被录取，则成一游园惊梦也。一笑！其对子之题为“孙行者”，因苏东坡诗有“前生恐是卢行者，后学过呼韩退之。”一联(见东坡后集七赠虔州术士谢“晋臣”君七律)。“韩卢”为犬名(见战国策十齐策三齐欲伐魏条及史记七九范雎传)，“行”与“退”皆步履进退之动词，“者”与“之”俱为虚字。东坡此联可称极中国对仗文学之能事。冯应榴苏文忠诗注四五未知“韩卢”为犬名，岂偶失检耶?抑更有可言者，寅恪所以以“孙行者”为对子之题者，实欲应试者以“胡适之”对“孙行者”。盖猢狲乃猿猴，而“行者”与“适之”意义音韵皆可相对，此不过一时故作狡猾耳。又正反合之说，当时惟冯友兰君一人能通解者。盖冯君熟研西洋哲学，复新游苏联返国故也。今日冯君尚健在，而刘胡并登鬼录，思之不禁惘然！是更一游园惊梦矣。一九六五年岁次乙巳五月七十六叟陈寅恪识。

中西诗在情趣上的比较

朱光潜

诗的情趣随时随地而异，各民族各时代的诗都各有它的特色。拿它们来参观互较是一种很有趣味的研究。我们姑且拿中国诗和西方诗来说，它们在情趣上就有许多的有趣的同点和异点。西方诗和中国诗的情趣都集中于几种普泛的题材，其中最重要者有(一)人伦(二)自然(三)宗教和哲学几种。我们现在就依着这个层次来说：

(一)先说人伦　西方关于人伦的诗大半以恋爱为中心。中国诗言爱情的虽然很多，但是没有让爱情把其他人伦抹煞。朋友的交情和君臣的恩谊在西方诗中不甚重要，而在中国诗中则几与爱情占同等位置。把屈原、杜甫、陆游诸人的忠君爱国爱民的情感拿去，他们诗的精华便已剥丧大半。从前注诗注词的人往往在爱情诗上贴上忠君爱国的徽帜，例如毛苌注《诗经》把许多男女相悦的诗看成讽刺时事的。张惠言说温飞卿的《菩萨蛮》十四章为“感力相遇之作”。这种办法固然有些牵强附会。近来人却又另走极端把真正忠君爱国的诗也贴上爱情的徽帜，例如《离骚》、《远游》一类的著作竟有人认为爱情诗。我以为这也未免失之牵强附会。看过西方诗的学者见到爱情在西方诗中那样重要，以为它在中国诗中也应该很重要。他们不知道中西社会情形和伦理思想本来不同，恋爱在从前的中国实在没有现代中国人所想的那样重要。中国叙人伦的诗，通盘计算，关于友朋交谊的比关于男女恋爱的还要多，在许多诗人的集中，赠答酬唱的作品，往往占其大半。苏李，建安七子，李杜，韩孟，苏黄，纳兰成德与顾贞观诸人的交谊古今传为美谈，在西方诗人中为歌德和席勒，华滋华斯与柯勒律治，济慈和雪莱，魏尔伦与冉波诸人虽亦以交谊著称，而他们的集中叙友朋乐趣的诗却极少。

恋爱在中国诗中不如在西方诗中重要，有几层原因。第一，西方社会表面上虽以国家为基础，骨子里却侧重个人主义。爱情在个人生命中最关痛痒，所以尽量发展，以至掩盖其他人与人的关系。说尽一个诗人的恋爱史往往就已说尽他的生命史，在近代尤其如此。中国社会表面上虽以家庭为基础，骨子里却侧重兼善主义。文人往往费大半生的光阴于仕宦羁旅，“老妻寄异县”是常事。他们朝夕所接触的不是妇女而是同僚与文字友。

第二，西方受中世纪骑士风的影响，女子地位较高，教育也比较完善，在学问和情趣上往往可以与男子欣合，在中国得于友朋的乐趣，在西方往往可以得之于妇人女子。中国受儒家思想的影响，女子的地位较低。夫妇恩爱常起于伦理观念，在实际上志同道合的乐趣颇不易得。加以中国社会理想侧重功名事业，“随着四婆裙”在儒家看是一件耻事。

第三，东西恋爱观相差也甚远。西方人重视恋爱，有“恋爱最上”的标语。中国人重视婚姻而轻视恋爱，真正的恋爱往往见于“桑间濮上”。潦倒无聊、悲观厌世的人才肯公然寄情于声色，像隋炀帝、李后主几位风流天子都为世所诟病。我们可以说，西方诗人要在恋爱中实现人生，中国诗人往往只求在恋爱中消遣人生。中国诗人脚踏实地，爱情只是爱情；西方诗人比较能高瞻远瞩，爱情之中都有几分人生哲学和宗教情操。

这并非说中国诗人不能深于情。西方爱情诗大半写于婚媾之前，所以称赞容貌诉申爱慕者最多；中国爱情诗大半写于婚媾之后，所以最佳者往往是惜别悼亡。西方爱情诗最长于"慕"，莎士比亚的十四行体诗，雪莱和白朗宁诸人的短诗是"慕"的胜境；中国爱情诗最善于"怨"，《卷耳》、《柏舟》、《迢迢牵牛星》，曹丕的《燕歌行》，梁玄帝的《荡妇秋思赋》以及李白的《长相思》、《怨情》、《春思》诸作是"怨"的胜境。总观全体，我们可以说，西诗以直率胜，中诗以委婉胜；西诗以深刻胜，中诗以微妙胜；西诗以铺陈胜，中诗以简隽胜。

（二）次说自然　在中国和在西方一样，诗人对于自然的爱好都比较晚起。最初的诗都偏重人事，纵使偶尔涉及自然，也不过如最初的画家用山水为人物画的背景，兴趣中心却不在自然本身。《诗经》是最好的例子。"关关雎鸠，在河之洲"只是作"窈窕淑女，君子好逑"的陪衬。"蒹葭苍苍，白露为霜"只是作"所谓伊人，在水一方"的陪衬。自然比较人事广大，兴趣由人也因之得到较深广的意蕴。所以自然情趣的兴起是诗的发达史中一件大事。这件大事在中国起于晋宋之交约当公历纪元后五世纪左右；在西方则起于浪漫运动的初期，在公历纪元后十八世纪左右。所以中国自然诗的发生比西方的要早一千三百年的光景。一般说诗的人颇鄙视六朝，我以为这是一个最大的误解。六朝是中国自然诗发轫的时期，也是中国诗脱离音乐而在文字本身求音乐的时期。从六朝起，中国诗才有音律的专门研究，才创新形式，才寻新情趣，才有较精妍的意象，才吸哲理来扩大诗的内容。就这几层说，六朝可以说是中国诗的浪漫时期，它对于中国诗的重要亦正不让于浪漫运动之于西方诗。

中国自然诗和西方自然诗相比，也像爱情诗一样，一个以委婉、微妙、简隽胜，一个以直率、深刻、铺陈胜。本来自然美有两种，一种是刚性美，一种是柔性美。刚性美如高山、大海、狂风、暴雨、沉寂的夜和无垠的沙漠；柔性美如清风皓月、暗香、疏影、青螺似的山光和媚眼似的湖水。昔人诗有"骏马秋风冀北，杏花春雨江南"两句可以包括这两种美的胜境。艺术美也有刚柔的分别，姚鼐《复鲁絜非书》已详论过。诗如李杜，词如苏辛，是刚性美的代表；诗如王孟，词如温李，是柔性美的代表。中国诗自身已有刚柔的分别，但是如果拿它来比较西方诗，则又西诗偏于刚，而中诗偏于柔。西方诗人所爱好的自然是大海，是狂风暴雨，是峭崖荒谷，是日景；中国诗人所爱好的自然是明溪疏柳，是微风细雨，是湖光山色，是月景。这当然只就其大概说。西方未尝没有柔性美的诗，中国也未尝没有刚性美的诗，但西方诗的柔和中国诗的刚都不是它们的本色特长。

诗人对于自然的爱好可分三种。最粗浅的是"感官主义"，爱微风以其凉爽，爱花以其气香色美，爱鸟声泉水声以其对于听官愉快，爱青天碧水以其对于视官愉快。这是健全人所本有的倾向，凡是诗人都不免带有几分"感官主义"。近代西方有一派诗人，叫做"颓废派"的，专重这种感官主义，在诗中尽量铺陈声色臭味。这种嗜好往往出于个人的怪癖，不能算诗的上乘。诗人对于自然爱好的第二种起于情趣的默契欣合。“相看两不厌，惟有敬亭山”，“平畴交远风，良苗亦怀新”，“万物静观皆自得，四时佳兴与人同”诸诗所表现的态度都属于这一类。这是多数中国诗人对于自然的态度。第三种是泛神主义，把大自然全体看做神灵的表现，在其中看出不可思议的妙谛，觉到超于人而时时在支配人的力量。自然的崇拜于是成为一种宗教，它含有极原始的迷信和极神秘的哲学。这是多数西方诗人对于自然的态度，中国诗人很少有达到这种境界的。陶潜和华滋华斯都是著名的自然诗人，他们的诗有许多相类似。我们拿他们两人来比较，就可以见出中西诗人对于自然的态度大有分别。我们姑拿陶诗《归田园居》为例：

采菊东篱下，悠然见南山。山气日夕佳，飞鸟相与还。此中有真意，欲辩已忘言。

从此可知他对于自然，还是取“好读书不求甚解”的态度。他不喜“久在樊笼里”，喜“园林无俗情”，所以居在“方宅十馀亩，草屋八九间”的宇宙里，也觉得“称心而言，人亦易足”。他的胸襟这样豁达闲适，所以在“缅然睇曾邱”之际常“欣然有会意”。但是他不“欲辩”，这就是他和华滋华斯及一般西方诗人的最大异点。华滋华斯也讨厌“俗情”，“爱邱山”，也能乐天知尽，但是他是一个沉思者，是一个富于宗教情感者。他自述经验说：“一朵极平凡的随风荡漾的花，对于我可以引起不能用泪表现得出来的那么深的思想。”他在《听滩寺》诗里又说他觉到有“一种精灵在驱遣一切深思者和一切思想对象，并且在一切事物中运旋”。这种彻悟和这种神秘主义和中国诗人与自然默契相安的态度显然不同。中国诗人在自然中只能听见到自然，西方诗人在自然中往往能见出一种神秘的巨大的力量。

（三）哲学和宗教　中国诗人何以在爱情中只能见到爱情，在自然中只能见到自然，而不能有深一层的彻悟呢？这就不能不归咎于哲学思想的平易和宗教情操的淡薄了。诗虽不是讨论哲学和宣传宗教的工具，但是它的后面如果没有哲学和宗教，就不易达到深广的境界。诗好比一株花，哲学和宗教好比土壤，土壤不肥沃，根就不能深，花就不能茂。西方诗比中国诗深广，就因为它有较深广的哲学和宗教在培养它的根干。没有柏拉图和斯宾洛莎就没有歌德、华滋华斯和雪莱诸人所表现的理想主义和泛神主义；没有宗教就没有希腊的悲剧，但丁的《神曲》和弥尔顿的《失乐园》。中国诗在荒瘦的土壤中居然现出奇葩异彩，固然是一种可惊喜的成绩，但是比较西方诗，终嫌美中有不足。我爱中国诗，我觉得在神韵微妙格调高雅方面往往非西诗所能及，但是说到深广伟大，我终无法为它护短。

就民族性说，中国人颇类似古罗马人，处处都脚踏实地走，偏重实际而不务玄想，所以就哲学说，伦理的信条最发达，而有系统的玄学则寂然无闻；就文学说，关于人事及社会问题的作品最发达，而凭虚结构的作品则寥若晨星。中国民族性是最“实用的”，最“人道的”。它的长处在此，它的短处也在此。它的长处在此，因为以人为本位说，人与人的关系最重要，中国儒家思想偏重人事，涣散的社会居然能享到二千余年的稳定，未始不是它的功劳。它的短处也在此，因为它过重人本主义和现世主义，不能向较高远的地方发空想，所以不能向高远处有所企求。社会既稳定之后，始则不能前进，继则因其不能前进而失其固有的稳定。

我说中国哲学思想平易，也未尝忘记老庄一派的哲学。但是老庄比较儒家固较玄邃，比较西方哲学家，仍是偏重人事。他们很少离开人事而穷究思想的本质和宇宙的来源。他们对于中国诗的影响虽很大，但是因为两层原因，这种影响不完全是可满意的。第一，在哲学上有方法和系统的分析易传授，而主观的妙悟不易传授。老庄哲学都全凭主观的妙悟，未尝如西方哲学家用明了有系统的分析为浅人说法，所以他们的思想传给后人的只是糟粕。老学流为道家言，中国诗与其说是受老庄的影响，不如说是受道家的影响。第二，老庄哲学尚虚无而轻视努力，但是无论是诗或是哲学，如果没有西方人所重视的“坚持的努力”(sustained effort)都不能鞭辟入里。老庄两人自己所造虽深而承其教者却有安于浅的倾向。

我们只要把老庄影响的诗研究一番，就可以见出这个道理。中国诗人大半是儒家出身，陶潜和杜甫是著例。但是有四位大诗人受老庄的影响最深，替儒教化的中国诗特辟一种异境。这就是《离骚》、《远游》中的屈原(假定作者是屈原)，《咏怀诗》中的阮籍，《游仙诗》中的郭璞，以及《日出入行》、《古有所思》和《古风》五十九首中的李白。我们可以把他们统称为“游仙派诗人”。他们所表现的思想如何呢？屈原说：

> 惟天地之无穷兮，哀人生之长勤。往者余弗及兮，来者吾不闻。……漠虚静以恬愉兮，澹无为而自得。闻赤松之清尘兮，愿承风乎遗则。
>
> ——《远游》

阮籍在《咏怀诗》里说：

> 去者余不及，来者吾不留。愿登太华山，上与松子游。

郭璞在《游仙诗》里说：

> 时变感人思，已秋复愿夏。淮海变微禽，吾生独不化！虽欲腾丹谿，云螭非我驾。

李白在《古风》里说：

> 黄河走东溟，白日落西海，逝川与流光，飘忽不相待。……吾当乘云螭，吸景驻光彩。

这几节诗所表现的态度是一致的，都是想由厌世主义走到超世主义。他们厌世的原因都不外看待世相的无常和人寿的短促。他们超世的方法都是揣摩道家炼丹延年驾鹤升仙的传说。但是这只是一种想望，他们都没有实现仙境，没有享受到他们所想望的极乐。所以屈原说：

> 高阳邈以远兮，余将焉兮所程？

阮籍说：

> 采药无旋返，神仙志不符。逼此良可感，令我久踌躇。

郭璞说：

> 虽欲腾丹谿，云螭非我驾。

李白说：

> 我思仙人，乃在碧海之东隅。海寒多天风，白波连山倒蓬壶。长鲸喷涌不可涉，抚心茫茫泪如珠。

他们都是不满意于现世而有所渴求于另一世界。这种渴求颇类西方的宗教情操，照理应该能产生一个很华严灿烂的理想世界来，但是他们的理想都终于“流产”。他们对于现世的悲苦虽然都看得极清楚，而对于另一世界的想象却很模糊。他们的仙境有时在“碧云里”，有时在“碧海之东隅”，有时又在西王母所住的瑶池，据李白的计算，它“去天三百里”。仙境有“上皇”，服侍他的有吹笙的玉童，和持芙蓉的灵妃。王子乔、安期生、赤松子诸人是仙界的“使徒”。仙境也很珍贵人世所珍贵的繁华，只看“玉杯赐琼浆”，“但见金银台”，就可以想象仙人的阔绰。仙人也不忘情于云山林泉的美景，所以“青溪千馀仞”，“云生梁栋间”，“翡翠戏兰苕”都值得流连玩赏。仙人最大的幸福是长寿，郭璞说“千岁方婴孩”，还是太短，李白的仙人却“一餐历万岁”。仙人都有极大的本领，能“囊括大块”，“吸景驻光彩”，“挥手折荒木”，“拂此西日光”。升仙的方法是乘云驾鹤，但有时要采药炼丹，向“真人”“长跪问宝诀”。

这种仙界的意象都从老庄虚无主义出发，兼采道家高举遗世的思想。他们不知道后世道家虽托老学以自重，而道家思想和老子哲学实有根本不能相容处。老子以为“人之大患在于有身”，所以持“无欲以观其妙”为处世金针，而道家却拼命求长寿，不能忘怀于琼楼玉宇和玉杯灵液的繁华。超世而不能超欲，这是游仙派诗人的矛盾。他们的矛盾还不仅此，他们表面虽想望超世，而骨子里却仍带有很浓厚的儒家淑世主义的色彩，他们到底还没有丢开中国民族所特具的人道。屈原、阮籍、李白诸人都本有济世忧民的大抱负。阮籍号称猖狂，而在《咏怀诗》中仍有“生命几何时，慷慨各努力”的劝告。李白在《古风》里言志，也说“我志在删述，垂辉映千春”。他们本来都有淑世的志愿，看到世事的艰难和人寿的短促，于是逃到老庄的虚无清静主义，学道家作高举遗世的企图。他们所想望的仙境又渺不可追，“虽欲腾丹谿，云螭非我驾”，仍不免“抚心茫茫泪如珠”，于是又回到人境，尽量求一时的欢乐而寄情于醇酒妇人。“欲远集而无所止兮，聊浮游以逍遥”，在屈原为愤慨之谈，在阮籍和李白便成了涉世的策略。这一派诗人都有日暮途穷无可如何的痛苦。从淑世到厌世，因厌世而求超世，超世不可能，于是又落到玩世，而玩世亦终不能无忧苦。他们一生都在这种矛盾和冲突中徘徊。真正大诗人必从这种矛盾和冲突中徘徊过来，但是也必能战胜这种矛盾和冲突而得到安顿。但丁、莎士比亚和哥德都未尝没有徘徊过，他们所以超过阮籍、李白一派诗人者就在他们得到最后的安顿，而阮李诸人则终止于徘徊。

中国游仙派诗人何以止于徘徊呢？这要归咎于我们在上文所说过的哲学思想的平易和宗教情操的淡薄。哲学思想平易，所以无法在冲突中寻出调和，不能造成一个可以寄托心灵的理想世界。宗教情操淡薄，所以缺乏“坚持的努力”，苟安于现世而无心在理想世界求寄托，求安慰。屈原、阮籍、李白诸人在中国诗人中是比较能抬头向高远处张望的，他们都曾经向中国诗人所不常去的境界去探险，但是民族性的累太重，他们刚飞到半天空就落下地。所以在西方诗人心中的另一世界的渴求能产生《天国》、《失乐园》、《浮士德》诸杰作，而在中国诗人心中的另一世界的渴求只能产生《远游》、《咏怀诗》、《游仙诗》和《古风》一些简单零碎的短诗。

老庄和道家学说之外，佛学对于中国诗的影响也很深。可惜这种影响未曾有人仔细研究过。我们首应注意的一点就是：受佛教影响的中国诗大半只有“禅趣”而无“佛理”。“佛理”是真正的佛家哲学，“禅趣”是和尚们静坐山寺参悟佛理的趣味。佛教从汉朝传入中国，到魏晋以后才见诸吟咏，孙绰《游天台山赋》是其滥觞。晋人中以天分论，陶潜最宜于学佛，所以远公竭力想结交他，邀他入“白莲社”，他以许饮酒为条件，后来又“攒眉而去”，似乎有不屑于佛的神气。但是他听到远公的议论，告诉人说它“令人颇发深省”。当时佛学已盛行，陶潜在无意之中不免受有几分影响。他的《与子俨等疏》中：

> 少学琴书，偶爱闲静，开卷有得，便欣然忘食。见树木交荫，时鸟变声，亦复欢然有喜。尝言五六月中，北窗下卧，遇凉风暂至，自谓是羲皇上人。

一段是参透禅机的话。他的诗描写这种境界的也极多。陶潜以后，中国诗人受佛教影响最深而成就最大的要推谢灵运、王维和苏轼三人。他们的诗专说佛理的极少，但处处都流露一种禅趣。我们细玩他们的全集，才可以得到这么一个总印象。如摘句为例，则谢灵运的“白云抱幽石，绿篆媚清涟”，“虚馆绝诤讼，空庭来鸟鹊”，王维的“兴阑啼鸟散，坐久落花多”，“倚杖柴门外，临风听暮蝉”，和苏轼的“舟行无人岸自移，我卧读书牛不知”，“敲门都不应，倚杖听江声”诸句的境界都是我所谓“禅趣”。

他们所以有“禅趣”而无“佛理”者固然由于诗本来不宜说理，同时也由于他们所羡慕的不是佛教而是佛教徒。晋以后中国诗人大半都有“方外交”，谢灵运有远公，王维有瑗公和操禅师，苏轼有佛印。他们很羡慕这班高僧的言论风采，常偷“浮生半日闲”到寺里去领略“参禅”的滋味，或是同禅师交换几句趣语。诗境与禅境本来相通，所以诗人和禅师常能默然相契。中国诗人对于自然的嗜好比西方诗要早一千几百年，究其原因，也和佛教有关系。魏晋的僧侣已有择山水胜境筑寺观的风气，最早见到自然美的是僧侣(中国僧侣对于自然的嗜好或受印度僧侣的影响，印度古婆罗门教徒便有隐居山水胜境的风气，《沙恭达那》剧可以为证)。僧侣首先见到自然美，诗人则从他们的“方外交”学得这种新趣味。“禅趣”中最大的成分便是静中所得于自然的妙悟，中国诗人所最得力于佛教者就在此一点。但是他们虽有意“参禅”，却无心“证佛”，要在佛理中求消遣，并不要信奉佛教求彻底了悟，彻底解脱；入山参禅，出山仍然做他们的官，吃他们的酒肉，眷恋他们的妻子。本来佛教的妙义在“不立文字，见性成佛”，诗歌到底仍不免是一种尘障。

佛教只扩大了中国诗的情趣的根底，并没有扩大它的哲理的根底。中国诗的哲理的根底始终不外儒道两家。佛学为外来哲学，所以能合中国诗人口胃者正因其与道家言在表面上有若干类似。晋以后一般人常把释道并为一事，以为升仙就是成佛。孙绰的《天台山赋》和李白的《赠僧崖公》诗，都以为佛老原来可以相通，韩愈辟“异端邪说”，也把佛老并为一说。老子虽尚虚无而却未明言寂灭。他是一个彻底的个人主义者，《道德经》中大部分是老于世故者的经验之谈，所以后来流为申韩刑名法律的学问，佛则以普济众生为旨。老子主张人类回到原始时代的愚昧，佛教人明心见性，衡以老子的“绝圣弃知”的主旨，则佛亦当在绝弃之列。从此可知老与佛根本不能相容。晋唐人合佛于老，也犹如他们合道于老一样，绝对没有想到这种凑合的矛盾。尤其奇怪的是儒家诗人也往往同时信佛。白居易和元稹本来都是彻底的儒者，而白有“吾学空门不学仙，归则须归兜率天”的话，元在《遣病》诗里也说“况我早师佛，屋宅此身形”。中国人原来有“好信教不求甚解”的习惯，这种马虎妥协的精神本也有它的优点，但是与深邃的哲理和有宗教性的热烈的企求都不相容。中国诗达到幽美的境界而没有达到伟大的境界，也正由于此。

论中西画法的渊源与基础*

宗白华

人类在生活中所体验的境界与意义，有用逻辑的体系范围条理之，以表达出来的，这是科学与哲学。有在人生的实践行为或人格心灵的态度里表达出来的，这是道德与宗教。但也还有那在实践生活中体味万物的形象，天机活泼，深入"生命节奏的核心"，以自由谐和的形式，表达出人生最深的意趣，这就是"美"与"美术"。

所以美与美术的特点是在"形式"、在"节奏"，而它所表现的是生命的内核，是生命内部最深的动，是至动而有条理的生命情调。"一切的艺术都是趋向音乐的状态。"这是派脱(W. Pater)最堪玩味的名言。

美术中所谓形式，如数量的比例、形线的排列(建筑)、色彩的和谐(绘画)、音律的节奏，都是抽象的点、线、面、体或声音的交织结构，为了集中地提高地和深入地反映现实的形象及心情诸感，使人在摇曳荡漾的律动与谐和中窥见真理，引人发无穷的意趣，绵缈的思想。

所以形式的作用可以别为三项：

(一)美的形式的组织，使一片自然或人生的内容自成一独立的有机体的形象，引动我们对它能有集中的注意、深入的体验。"间隔化"是"形式"的消极的功用。美的对象之第一步需要间隔。图画的框、雕像的石座、堂宇的栏杆台阶、剧台的帘幕(新式的配光法及观众坐黑暗中)、从窗眼窥青山一角、登高俯瞰黑夜幕罩的灯火街市，这些美的境界都是由各种间隔作用造成。

(二)美的形式之积极的作用是组织、集合、配置。一言蔽之是构图。使片景孤境能织成一内在自足的境界，无待于外而自成一意义丰满的小宇宙，启示着宇宙人生的更深一层的真实。

希腊大建筑家以极简单朴质的形体线条构造典雅庙堂，使人千载之下瞻赏之犹有无穷高远圣美的意境，令人不能忘怀。

(三)形式之最后与最深的作用，就是它不只是化实相为空灵，引人精神飞越，超入美境；而尤在它能进一步引人"由美入真"，深入生命节奏的核心。世界上唯有最生动的艺术形式——如音乐、舞蹈姿态、建筑、书法、中国戏面谱、钟鼎彝器的形态与花纹——乃最能表达人类不可言、不可状之心灵姿式与生命的律动。

每一个伟大的时代，伟大的文化，都欲在实用生活之余裕，或在社会的重要典礼，以庄严的建筑、崇高的音乐、闳丽的舞蹈，表达这生命的高潮、一代精神的最深节奏(北平天坛及祈年殿是象征中国古代宇宙观最伟大的建筑)。建筑形体的抽象结构、音乐的节律与和谐、舞蹈的线纹姿式，乃最能表现吾人深心的情调与律动。

---

* 德国学者菲歇尔博士 Dr. Otto Fischer 近著《中国汉代绘画》一节，极有价值。拙文颇得暗示与兴感，特在此介绍于国人。又拙文《介绍两本关于中国画学的书并论中国的绘画》，可与此文参看。

吾人借此返于“失去了的和谐，埋没了的节奏”，重新获得生命的中心，乃得真自由、真生命。美术对于人生的意义与价值在此。

中国的瓦木建筑易于毁灭，圆雕艺术不及希腊发达，古代封建礼乐生活之形式美也早已破灭。民族的天才乃借笔墨的飞舞，写胸中的逸气(逸气即是自由的超脱的心灵节奏)。所以中国画法不重具体物象的刻画，而倾向抽象的笔墨表达人格心情与意境。中国画是一种建筑的形线美、音乐的节奏美、舞蹈的姿态美。其要素不在机械的写实，而在创造意象，虽然它的出发点也极重写实，如花鸟画写生的精妙，为世界第一。

中国画，真像一种舞蹈，画家解衣盘礴，任意挥洒。他的精神与着重点在全幅的节奏生命而不沾滞于个体形象的刻画。画家用笔墨的浓淡，点线的交错，明暗虚实的互映，形体气势的开合，谱成一幅如音乐如舞蹈的图案。物体形象固宛然在目，然而飞动摇曳，似真似幻，完全溶解浑化在笔墨点线的互流交错之中!

西洋自埃及、希腊以来传统的画风，是在一幅幻现立体空间的画境中描出圆雕式的物体。特重透视法、解剖学、光影凸凹的晕染。画境似可走进，似可手摩，它们的渊源与背景是埃及、希腊的雕刻艺术与建筑空间。

在中国则人体圆雕远不及希腊发达，亦未臻最高的纯雕刻风味的境界。晋、唐以来塑像反受画境影响，具有画风。杨惠之的雕塑是和吴道子的绘画相通，不似希腊的立体雕刻成为西洋后来画家的范本。而商、周钟鼎敦尊等彝器则形态沉重浑穆、典雅和美，其表现中国宇宙情绪可与希腊神像雕刻相当。中国的画境、画风与画法的特点当在此种钟鼎彝器盘鉴的花纹图案及汉代壁画中求之。

在这些花纹中人物、禽兽、虫鱼、龙凤等飞动的形象，跳跃宛转，活泼异常。但它们完全溶化浑合于全幅图案的流动花纹线条里面。物象融于花纹，花纹亦即原本于物象形线的蜕化、僵化。每一个动物形象是一组飞动线纹之节奏的交织，而融合在全幅花纹的交响曲中。它们个个生动，而个个抽象化，不雕凿凹凸立体的形似，而注重飞动姿态之节奏和韵律的表现。这内部的运动，用线纹表达出来的，就是物的“骨气”(张彦远《历代名画记》云：古之画或遗其形似而尚其骨气)。骨是主持“动”的肢体，写骨气即是写着动的核心。中国绘画六法中之“骨法用笔”，即系运用笔法把捉物的骨气以表现生命动象。所谓“气韵生动”是骨法用笔的目标与结果。

在这种点线交流的律动的形象里面，立体的、静的空间失去意义，它不复是位置物体的间架。画幅中飞动的物象与“空白”处处交融，结成全幅流动的虚灵的节奏。空白在中国画里不复是包举万象位置万物的轮廓，而是溶入万物内部，参加万象之动的虚灵的“道”。画幅中虚实明暗交融互映，构成飘渺浮动的絪缊气韵，真如我们目睹的山川真景。此中有明暗、有凹凸、有宇宙空间的深远，但却没有立体的刻画痕；亦不似西洋油画如可走进的实景，乃是一片神游的意境。因为中国画法以抽象的笔墨把捉物象骨气，写出物的内部生命，则“立体体积”的“深度”之感也自然产生，正不必刻画雕凿，渲染凹凸，反失真态，流于板滞。

然而，中国画既超脱了刻板的立体空间、凹凸实体及光线阴影，于是它的画法乃能笔笔灵虚，不滞于物，而又笔笔写实，为物传神。唐志契的《绘事微言》中有句云："墨沈留川影，笔花传石神。"笔不滞于物，笔乃留有余地，抒写作家自己胸中浩荡之思、奇逸之趣。而引书法入画乃成中国画第一特点。董其昌云："以草隶奇字之法为之，树如屈铁，山如画沙，绝去甜俗蹊径，乃为士气。"中国特有的艺术"书法"实为中国绘画的骨干，各种点线皴法溶解万象超入灵虚妙境，而融诗心、诗境于画景，亦成为中国画第二特色。中国乐教失传，诗人不能弦歌，乃将心灵的情韵表现于书法、画法。书法尤为代替音乐的抽象艺术。在画幅上题诗写字，借书法以点醒画中的笔法，借诗句以衬出画中意境，而并不觉其破坏画景(在西洋油画上题句即破坏其写实幻境)，这又是中国画可注意的特色，因中、西画法所表现的"境界层"根本不同：一为写实的，一为虚灵的；一为物我对立的，一为物我浑融的。中国画以书法为骨干，以诗境为灵魂，诗、书、画同属于一境层。西画以建筑空间为间架，以雕塑人体为对象，建筑、雕刻、油画同属于一境层。中国画运用笔勾的线纹及墨色的浓淡直接表达生命情调，透入物象的核心，其精神简淡幽微，"洗尽尘滓，独存孤迥"。唐代大批评家张彦远说："得其形似，则无其气韵。具其彩色，则失其笔法。"遗形似而尚骨气，薄彩色以重笔法。"超以象外，得其环中"，这是中国画宋元以后的趋向。然而形似逼真与色彩浓丽，却正是西洋油画的特色。中西绘画的趋向不同如此。

商、周的钟鼎彝器及盘鉴上图案花纹进展而为汉代壁画，人物、禽兽已渐从花纹图案的包围中解放，然在汉画中还常看到花纹遗迹环绕起伏于人兽飞动的姿态中间，以联系呼应全幅的节奏。东晋顾恺之的画全从汉画脱胎，以线纹流动之美(如春蚕吐丝)组织人物衣褶，构成全幅生动的画面。而中国人物画之发展乃与西洋大异其趣。西洋人物画脱胎于希腊的雕刻，以全身肢体之立体的描摹为主要。中国人物画则一方着重眸子的传神，另一方则在衣褶的飘洒流动中，以各式线纹的描法表现各种性格与生命姿态。南北朝时印度传来西方晕染凹凸阴影之法，虽一时有人模仿(张僧繇曾于一乘寺门上画凹凸花，远望眼晕如真)，然终为中国画风所排斥放弃，不合中国心理。中国画自有它独特的宇宙观点与生命情调，一贯相承，至宋元山水画、花鸟画发达，它的特殊画风更为显著。以各式抽象的点、线渲皴擦摄取万物的骨相与气韵，其妙处尤在点画离披，时见缺落，逸笔撇脱，若断若续，而一点一拂，具含气韵。以丰富的暗示力与象征力代形象的实写，超脱而浑厚。大痴山人画山水，苍苍莽莽，浑化无迹，而气韵蓬松，得山川的元气；其最不似处、最荒率处，最为得神。似真似梦的境界涵浑在一无形无迹，而又无往不在的虚空中："色即是空，空即是色。"气韵流动，是诗、是音乐、是舞蹈，不是立体的雕刻！

中国画，既以"气韵生动"即"生命的律动"为终始的对象，而以笔法取物之骨气，所谓"骨法用笔"为绘画的手段，于是晋谢赫的六法以"应物象形""随类赋彩"之模仿自然，及"经营位置"之研究和谐、秩序、比例、匀称等问题列在三四等地位。然而这"模仿自然"及"形式美"，即和谐、比例等，却系占据西洋美学思想发展之中心的二大中心问题。希腊艺术理论尤不能越此范围。(参看拙文：《哲学与艺术——希腊大哲学家的艺术理论》。)惟逮至近代西洋人“浮士德精神”的发展，美学与艺术理论中乃产生“生命表现”及“情感移入”等问题。而西洋艺术亦自 20 世纪起乃思超脱这传统的观点，辟新宇宙观，于是有立体主义、表现主义等对传统的反动，然终系西洋绘画中所产生的纠纷，与中国绘画的作风立场究竟不相同。

西洋文化的主要基础在希腊，西洋绘画的基础也就在希腊的艺术。希腊民族是艺术与哲学的民族，而它在艺术上最高的表现是建筑与雕刻。希腊的庙堂圣殿是希腊文化生活的中心。它们清丽高雅、庄严朴质，尽量表现“和谐、匀称、整齐、凝重、静穆”的形式美。远眺雅典圣殿的柱廊，真如一曲凝住了的音乐。哲学家毕达哥拉斯视宇宙的基本结构，是在数量的比例中表示着音乐式的和谐。希腊的建筑确象征了这种形式严整的宇宙观。柏拉图所称为宇宙本体的“理念”，也是一种合于数学形体的理想图形。亚里士多德也以“形式”与“质料”为宇宙构造的原理。当时以“和谐、秩序、比例、平衡”为美的最高标准与理想，几乎是一班希腊哲学家与艺术家共同的论调，而这些也是希腊艺术美的特殊征象。

然而希腊艺术除建筑外，尤重雕刻。雕刻则系模范人体，取象“自然”。当时艺术家竞以写幻逼真为贵。于是“模仿自然”也几乎成为希腊哲学家、艺术家共同的艺术理论。柏拉图因艺术是模仿自然而轻视它的价值。亚里士多德也以模仿自然说明艺术。这种艺术见解与主张系由于观察当时盛行的雕刻艺术而发生，是无可怀疑的。雕刻的对象“人体”是宇宙间具体而微，近而静的对象。进一步研究透视术与解剖学自是当然之事。中国绘画的渊源基础却系在商周钟鼎镜盘上所雕绘大自然深山大泽的龙蛇虎豹、星云鸟兽的飞动形态，而以卍字纹、回纹等连成各式模样以为底，借以象征宇宙生命的节奏。它的境界是一全幅的天地，不是单个的人体。它的笔法是流动有律的线纹，不是静止立体的形象。当时人尚系在山泽原野中与天地的大气流衍及自然界奇禽异兽的活泼生命相接触，且对之有神魔的感觉(《楚辞》中所表现的境界)。他们从深心里感觉万物有神魔的生命与力量。所以他们雕绘的生物也琦玮诡谲，呈现异样的生气魔力。(近代人视宇宙为平凡，绘出来的境界也就平凡。所写的虎豹是动物园铁栏里的虎豹，自缺少深山大泽的气象。)希腊人住在文明整洁的城市中，地中海日光朗丽，一切物象轮廓清楚。思想亦游泳于清明的逻辑与几何学中。神秘奇诡的幻感渐失，神们也失去深沉的神秘性，只是一种在高明愉快境域里的人生。人体的美，是他们的渴念。在人体美中发现宇宙的秩序、和谐、比例、平衡，即是发现“神”，因为这些即是宇宙结构的原理，神的象征。人体雕刻与神殿建筑是希腊艺术的极峰，它们也确实表现了希腊人的“神的境界”与“理想的美”。

西洋绘画的发展也就以这两种伟大艺术为背景、为基础，而决定了它特殊的路线与境界。

希腊的画，如庞贝古城遗迹所见的壁画，可以说是移雕像于画面，远看直如立体雕刻的摄影。立体的圆雕式的人体静坐或站立在透视的建筑空间里。后来西洋画法所用油色与毛刷尤适合于这种雕塑的描形。以这种画与中国古代花纹图案画或汉代南阳及四川壁画相对照，其动静之殊令人惊异。一为飞动的线纹，一为沉重的雕像。谢赫的六法以气韵生动为首目，确系说明中国画的特点，而中国哲学如《易经》以“动”说明宇宙人生(天行健、君子以自强不息)，正与中国艺术精神相表里。

希腊艺术理论既因建筑与雕刻两大美术的暗示，以“形式美”(即基于建筑美的和谐、比例、对称平衡等)及“自然模仿”(即雕刻艺术的特性)为最高原理，于是理想的艺术创作即系在模仿自然的实相中同时表达出和谐、比例、平衡、整齐的形式美。一座人体雕像须成为一“典范的”，即具体形象溶合于标准形式，实现理想的人像，所谓柏拉图的“理念”。希腊伟大的雕刻确系表现那柏拉图哲学所发挥的理念世界。它们的人体雕像是人类永久的理想典范，是人世间的神境。这位轻视当时艺术的哲学家，不料他的“理念论”反成希腊艺术适合的注释，且成为后来千百年西洋美学与艺术理论的中心概念与问题。

西洋中古时的艺术文化因基督教的禁欲思想，不能有希腊的茂盛，号称黑暗时期。然而哥特式(gothic)的大教堂高耸入云，表现强烈的出世精神，其雕刻神像也全受宗教热情的支配，富于表现的能力，实灌输一种新境界、新技术给与西洋艺术。然而须近代西洋人始能重新了解它的意义与价值。(前之如歌德，近之如法国罗丹及德国的艺术学者。而近代浪漫主义、表现主义的艺术运动，也于此寻找他们的精神渊源。)

15、16 世纪“文艺复兴”的艺术运动则远承希腊的立场而更渗入近代崇拜自然、陶醉现实的精神。这时的艺术有两大目标：即“真”与“美”。所谓真，即系模范自然，刻意写实。当时大天才(画家、雕刻家、科学家)达·芬奇(L. da Vinci)在他著名的《画论》中说：“最可夸奖的绘画是最能形似的绘画。”他们所描摹的自然以人体为中心，人体的造像又以希腊的雕刻为范本。所以达·芬奇又说：“圆描(即立体的雕塑式的描绘法)是绘画的主体与灵魂”。(按：中国的人物画系一组流动线纹之节律的组合，其每一线有独立的意义与表现，以参加全体点线音乐的交响曲。西画线条乃为描画形体轮廓或皴擦光影明暗的一分子，其结果是隐没在立体的幻象里，不见其痕迹，真可谓隐迹立形。中国画则正在独立的点线皴擦中表现境界与风格。然而亦由于中、西绘画工具之不同。中国的墨色若一刻画，即失去光彩气韵。西洋油色的描绘不惟幻出立体，且有明暗闪耀烘托无限情韵，可称“色彩的诗”。而轮廓及衣褶线纹亦有其来自希腊雕刻的高贵的美。)达·芬奇这句话道出了西洋画的特点。移雕刻入画面是西洋画传统的立场。因着重极端的求“真”，艺术家从事人体的解剖，以祈认识内部构造的真相。尸体难得且犯禁，艺术家往往黑夜赴坟地盗尸，斗室中灯光下秘密肢解，若有无穷意味。达·芬奇也曾亲手解剖男女尸体三十余具，雕刻家唐迪(Donti)自夸曾手剖八十三具尸体之多。这是西洋艺术家的科学精神及西洋艺术的科学基础。还有一种科学也是西洋艺术的特殊观点所产生，这就是极为重要的透视学。绘画既重视自然对象之立体的描摹，而立体对象是位置在三进向的空间，于是极重要的透视术乃被建筑家卜鲁勒莱西(Brunelleci)于 15 世纪初期发现，建筑家阿柏蒂(Alberti)第一次写成书。透视学与解剖学为西洋画家所必修，就同书法与诗为中国画家所必涵养一样。而阐发这两种与西洋油画有如此重要关系之学术者为大雕刻家与建筑家，也就同阐发中国画理论及提高中国画地位者为诗人、书家一样。

求真的精神既如上述，求真之外则求“美”，为文艺复兴时画家之热烈的憧憬。真理披着美丽的外衣，寄“自然模仿”于“和谐形式”之中，是当时艺术家的一致的企图。而和谐的形式美则又以希腊的建筑为最高的典范。希腊建筑如巴泰龙(Parthenon)的万神殿表象着宇宙永久秩序；庄严整齐，不愧神灵的居宅。大建筑学家阿柏蒂在他的名著《建筑论》中说：“美即是各部分之谐合，不能增一分，不能减一分。”又说：“美是一种协调，一种和声。各部会归于全体，依据数量关系与秩序，适如最圆满之自然律‘和谐’所要求。”于此可见文艺复兴所追求的美仍是踵步希腊，以亚里士多德所谓“复杂中之统一”(形式和谐)为美的准则。

“模仿自然”与“和谐的形式”为西洋传统艺术(所谓古典艺术)的中心观念已如上述。模仿自然是艺术的“内容”，形式和谐是艺术的“外形”，形式与内容乃成西洋美学史的中心问题。在中国画学的六法中则“应物象形”(即模仿自然)与“经营位置”(即形式和谐)列在第三第四的地位。中、西趋向之不同，如此可见。然则西洋绘画不讲求气韵生动与骨法用笔么？似又不然！

西洋画因脱胎于希腊雕刻，重视立体的描摹；而雕刻形体之凹凸的显露实又凭借光线与阴影。画家用油色烘染出立体的凹凸，同时一种光影的明暗闪动跳跃于全幅画面，使画境空灵生动，自生气韵。故西洋油画表现气韵生动，实较中国色彩为易。而中国画则因工具写光困难，乃另辟蹊径，不在刻画凸凹的写实上求生活，而舍具体、趋抽象，于笔墨点线皴擦的表现力上见本领。其结果则笔情墨韵中点线交织，成一音乐性的“谱构”。其气韵生动为幽淡的、微妙的、静寂的、洒落的，没有彩色的喧哗炫耀，而富于心灵的幽深淡远。

中国画运用笔法墨气以外取物的骨相神态，内表人格心灵。不敷彩色而神韵骨气已足。西洋画则各人有各人的“色调”以表现各个性所见色相世界及自心的情韵。色彩的音乐与点线的音乐各有所长。中国画以墨调色，其浓淡明晦，映发光彩，相等于油画之光。清人沈宗骞在《芥舟学画编》里论人物画法说：“盖画以骨骼为主。骨干只须以笔墨写出，笔墨有神，则未设色之前，天然有一种应得之色，隐现于衣裳环佩之间，因而附之，自然深浅得宜，神采焕发。”在这几句话里又看出中国画的笔墨骨法与西洋画雕塑式的圆描法根本取象不同，又看出彩色在中国画上的地位，系附于笔墨骨法之下，宜于简淡，不似在西洋油画中处于主体地位。虽然“一切的艺术都是趋向音乐”，而华堂弦响与明月箫声，其韵调自别。

西洋文艺复兴时代的艺术虽根基于希腊的立场，着重自然模仿与形式美，然而一种近代人生的新精神，已潜伏滋生。“积极活动的生命”和“企向无限的憧憬”，是这新精神的内容。热爱大自然，陶醉于现世的美丽；眷念于光、色、空气。绘画上的彩色主义替代了希腊云石雕像的净素妍雅。所谓“绘画的风俗”继古典主义之“雕刻的风格”而兴起。于是古典主义与浪漫主义，印象主义、写实主义与表现主义、立体主义的争执支配了近代的画坛。然而西洋油画中所谓“绘画的风格”，重明暗光影的韵调，仍系来源于立体雕刻上的阴影及其光的氛围。罗丹的雕刻就是一种“绘画风格"的雕刻。西洋油画境界是光影的气韵包围着立体雕像的核心。其"境界层"与中国画的抽象笔墨之超实相的结构终不相同。就是近代的印象主义，也不外乎是极端的描摹目睹的印象(渊源于模仿自然)。所谓立体主义，也渊源于古代几何形式的构图，其远祖在埃及的浮雕画及希腊艺术史中"几何主义"的作风。后期印象派重视线条的构图，颇有中国画的意味，然他们线条画的运笔法终不及中国的流动变化、意义丰富，而他们所表达的宇宙观点仍是西洋的立场，与中国根本不同。中画、西画各有传统的宇宙观点，造成中、西两大独立的绘画系统。

现在将这两方不同的观点与表现法再综述一下，以结束这篇短论：

(一)中国画所表现的境界特征，可以说是根基于中国民族的基本哲学，即《易经》的宇宙观：阴阳二气化生万物，万物皆禀天地之气以生，一切物体可以说是一种"气积"(庄子：天，积气也)。这生生不已的阴阳二气织成一种有节奏的生命。中国画的主题"气韵生动"，就是"生命的节奏"或"有节奏的生命"。伏羲画八卦，即是以最简单的线条结构表示宇宙万象的变化节奏。后来成为中国山水花鸟画的基本境界的老、庄思想及禅宗思想也不外乎于静观寂照中，求返于自己深心的心灵节奏，以体合宇宙内部的生命节奏。中国画自伏羲八卦、商周钟鼎图花纹、汉代壁画、顾恺之以后历唐、宋、元、明，皆是运用笔法、墨法以取物象的骨气，物象外表的凹凸阴影终不愿刻画，以免笔滞于物。所以虽在六朝时受外来印度影响，输入晕染法，然而中国人则终不愿描写从"一个光泉"所看见的光线及阴影，如目睹的立体真景。而将全幅意境谱入一明暗虚实的节奏中，"神光离合，乍阴乍阳"(《洛神赋》语)，以表现全宇宙的气韵生命，笔墨的点线皴擦既从刻画实体中解放出来，乃更能自由表达作者自心意匠的构图。画幅中每一丛林、一堆石，皆成一意匠的结构，神韵意趣超妙，如音乐的一节。气韵生动，由此产生。书法与诗和中国画的关系也由此建立。

(二)西洋绘画的境界，其渊源基础在于希腊的雕刻与建筑(其远祖尤在埃及浮雕及容貌画)。以目睹的具体实相融合于和谐整齐的形式，是他们的理想(希腊几何学研究具体物形中之普遍形象，西洋科学研究具体之物质运动，符合抽象的数理公式，盖有同样的精神)。雕刻形体上的光影凹凸利用油色晕染移入画面，其光彩明暗及颜色的鲜艳流丽构成画境之气韵生动。近代绘风更由古典主义的雕刻风格进展为色彩主义的绘画风格，虽象征了古典精神向近代精神的转变，然而它们的宇宙观点仍是一贯的，即"人"与"物"，"心"与"境"的对立相视。不过希腊的古典的境界是有限的具体宇宙包含在和谐宁静的秩序中，近代的世界观是一无穷的力的系统在无尽的交流的关系中。而人与这世界对立，或欲以小己体合于宇宙，或思戡天役物，伸张人类的权力意志，其主客观对立的态度则为一致(心、物及主观、客观问题始终支配了西洋哲学思想)。

而这物、我对立的观点，亦表现于西洋画的透视法。西画的景物与空间是画家立在地上平视的对象，由一固定的主观立场所看见的客观境界，貌似客观实颇主观(写实主义的极点就成了印象主义)。就是近代画风爱写无边天际的风光，仍是目睹具体的有限境界，不似中国画所写近景一树一石也是虚灵的、表象的。中国画的透视法是提神太虚，从世外鸟瞰的立场观照全整的律动的大自然，他的空间立场是在时间中徘徊移动，游目周览，集合数层与多方的视点谱成一幅超象虚灵的诗情画境(产生了中国特有的手卷画)。所以它的境界偏向远景。“高远、深远、平远”，是构成中国透视法的“三远”。在这远景里看不见刻画显露的凹凸及光线阴影。浓丽的色彩也隐没于轻烟淡霭。一片明暗的节奏表象着全幅宇宙的䌷缊的气韵，正符合中国心灵蓬松潇洒的意境。故中国画的境界似乎主观而实为一片客观的全整宇宙，和中国哲学及其他精神方面一样。“荒寒”、“洒落”是心襟超脱的中国画家所认为最高的境界(元代大画家多为山林隐逸，画境最富于荒寒之趣)，其体悟自然生命之深透，可称空前绝后，有如希腊人之启示人体的神境。

中国画因系鸟瞰的远景，其仰眺俯视与物象之距离相等，故多爱写长方立轴以揽自上至下的全景。数层的明暗虚实构成全幅的气韵与节奏。西洋画因系对立的平视，故多用近立方形的横幅以幻现自近至远的真景。而光与阴影的互映构成全幅的气韵流动。

中国画的作者因远超画境，俯瞰自然，在画境里不易寻得作家的立场，一片荒凉，似是无人自足的境界。(一幅西洋油画则须寻找得作家自己的立脚观点以鉴赏之。)然而中国作家的人格个性反因此完全融化潜隐在全画的意境里，尤表现在笔墨点线的姿态意趣里面。

还有一件可注意的事，就是我们东方另一大文化区印度绘画的观点，却系与西洋希腊精神相近，虽然它在色彩的幻美方面也表现了丰富的东方情调。印度绘法有所谓“六分”，梵云“萨邓迦”，相传在西历第三世纪始见记载，大约也系综括前人的意见，如中国谢赫的六法，其内容如下：

(1)形象之知识；(2)量及质之正确感受；(3)对于形体之情感；(4)典雅及美之表示；(5)逼似真相；(6)笔及色之美术的用法。(见吕凤子：《中国画与佛教之关系》，载《金陵学报》。)

综观六分，颇乏系统次序。其(1)(2)(3)(5)条不外乎模仿自然，注重描写形象质量的实际。其(4)条则为形式方面的和谐美。其(6)条属于技术方面。全部思想与希腊艺术论之特重“自然模仿”与“和谐的形式”洽相吻合。希腊人、印度人同为阿利安人种。其哲学思想与宇宙观念颇多相通的地方。艺术立场的相近也不足异了。魏晋六朝间，印度画法输入中国，不啻即是西洋画法开始影响中国，然而中国吸取它的晕染法而变化之，以表现自己的气韵生动与明暗节奏，却不袭取它凹凸阴影的刻画，仍不损害中国特殊的观点与作风。

然而中国画趋向抽象的笔墨，轻烟淡彩，虚灵如梦，洗净铅华，超脱暄丽耀彩的色相，却违背了“画是眼睛的艺术”之原始意义。“色彩的音乐”在中国画久已衰落。(近见唐代式壁画，敷色浓丽，线条劲秀，使人联想文艺复兴初期画家薄蒂采丽的油画。)幸宋、元大画家皆时时不忘以“自然”为师，于造化䌷缊的气韵中求笔墨的真实基础。近代画家如石涛，亦游遍山川奇境，运奇姿纵横的笔墨，写神会目睹的妙景，真气远出，妙造自然。画家任伯年则更能于花卉翎毛，表现精深华妙的色彩新境，为近代少有的色彩画家，令人反省绘画原来的使命。然而此外则颇多一味模仿传统的形式，外失自然真感，内乏性灵生气，目无真景，手无笔法。既缺绚丽灿烂的光色以与西画争胜，又遗失了古人雄浑流丽的笔墨能力。艺术本当与文化生命同向前进；中国画此后的道路，不但须恢复我国传统运笔线纹之美及其伟大的表现力，尤当倾心注目于彩色流韵的真景，创造浓丽清新的色相世界。更须在现实生活的体验中表达出时代的精神节奏。因为一切艺术虽是趋向音乐，止于至美，然而它最深最后的基础仍是在"真"与"诚"。

中国诗与中国画

钱钟书

一

这不是一篇文艺批评，而是文艺批评史上一个问题的澄清。它并不对中国旧诗和旧画试作任何估价，而只阐明中国传统批评对于诗和画的比较估价。

当然，文艺批评史很可能成为一门自给自足的学问，学者们要集中心力，保卫专题研究的纯粹性，把批评史上涉及的文艺作品，也作为干扰物而排除，不去理会，也不能鉴别。不过，批评史的研究，归根到底，还是为了批评。我们要了解和评判一个作者，也该知道他那时代对于他那一类作品的意见，这些意见就是后世文艺批评史的材料，也是当时一种文艺风气的表示。一个艺术家总在某些社会条件下创作，也总在某种文艺风气里创作。这个风气影响到他对题材、体裁、风格的去取，给予他以机会，同时也限制了他的范围。就是抗拒或背弃这个风气的人也受到它负面的支配，因为他不得不另出手眼来逃避或矫正他所厌恶的风气。正像列许登堡所说，模仿有正有负，“反其道以行也是一种模仿”(Grade das Gegentheil tun ist auch eine Nachahmung)；圣佩韦也说，尽管一个人要推开自己所处的时代，仍然和它接触，而且接触得很着实(On touche encore à son temps，et très fort，même quand on le repousse)[①]。所以，风气是创作里的潜势力，是作品的背景，而从作品本身不一定看得清楚。我们阅读当时人所信奉的理论，看他们对具体作品的褒贬好恶，树立什么标准，提出什么要求，就容易了解作者周遭的风气究竟是怎么一回事，好比从飞沙、麦浪、波纹里看出了风的姿态。

一时期的风气经过长时期而能持续，没有根本的变动，那就是传统。传统有惰性，不肯变，而事物的演化又迫使它以变应变，于是产生了一个相反相成的现象。传统不肯变，因此惰性形成习惯，习惯升为规律，把常然作为当然和必然。传统不得不变，因此规律、习惯不断地相机破例，实际上作出种种妥协，来迁就演变的事物。批评史上这类权宜应变的现象，有人曾嘲笑为“文艺里的两面派假正经”(ipocrisia letteraria)[②]，表示传统并不呆板，而具有相当灵活的机会主义。它一方面把规律定得严，抑遏新风气的发生；而另一方面把规律解释得宽，可以收容新风气，免于因对抗而地位摇动。它也颇有外交老手的“富于弹性的坚定”(elastic or flexible rigidity)那种味道。传统愈悠久，妥协愈多，愈不肯变，变的需要愈迫切；于是不再能委曲求全，旧传统和新风气破裂而被它破坏。新风气的代兴也常有一个相反相成的表现。它一方面强调自己是崭新的东西，和不相容的原有传统立异；而另一方面更要表示自己大有来头，非同小可，向古代也找一个传统作为渊源所自。例如西方17、18世纪批评家要把新兴的长篇散文小说遥承古希腊、罗马的史诗[③]；圣佩韦认为当时法国的浪漫诗派蜕变于法国16世纪的诗歌。中国也常有相类的努力。明、清批评家把《水浒》、《儒林外史》等白话小说和《史记》挂钩；我们自己学生时代就看到提倡"中国文学改良"的学者煞费心机写了上溯古代的《中国白话文学史》，又看到白话散文家在讲《新文学源流》时，远追明代"公安"、"竟陵"两派。这种事后追认先驱(préfiguration rétroactive)的事例[④]，仿佛野孩子认父母，暴发户造家谱，或封建皇朝的大官僚诰赠三代祖宗，在文学史上数见不鲜。它会影响创作，使新作品从自发的天真转而为自觉的有教养、有师法；它也改造传统，使旧作品产生新意义，沾上新气息，增添新价值。

一个传统破坏了，新风气成为新传统。新传统里的批评家对于旧传统里的作品能有比较全面的认识，作比较客观的估计；因为他具有局外人的冷静和超脱，所谓"当局称迷，傍观见审"(元行冲《释疑》)，而旧传统里的批评家就像"不识庐山真面目，只缘身在此山中"(苏轼《题西林壁》)。除旧布新也促进了人类的集体健忘，一种健康的健忘，千头万绪简化为二三大事，留存在记忆里，节省了不少心力。旧传统里若干复杂问题，新的批评家也许并非不屑注意，而是根本没想到它们一度存在过。他的眼界空旷，没有枝节零乱的障碍物来扰乱视线；比起他这样高瞰远瞩，旧的批评家未免见树不见林了。不过，无独必有偶，另一个偏差是见林而不见树。局外人也就是门外汉，他的意见，仿佛"清官判断家务事"，有条有理，而对于委曲私情，终不能体贴入微。一个社会、一个时代各有语言天地，各行各业以至一家一户也都有它的语言天地，所谓"此中人语"。譬如乡亲叙旧、老友谈往、两口子讲体己、同业公议、专家讨论等等，圈外人或外行人听来，往往不甚了了。缘故是：在这种谈话里，不仅有术语、私房话以至"黑话"，而且由于同伙们相知深切，还隐伏着许多中世纪经院哲学所谓彼此不言而喻的"假定"(suppositio)[⑤]，旁人难于意会。释袾宏《竹窗随笔》论禅宗问答："譬之二同邑人，千里久别，忽然邂逅，相对作乡语隐语，旁人听之，无义无味。"这其实是生活中的平常情况，只是"听之无义无味"的程度随人随事不同。批评家对旧传统或风气不很认识，就可能"说外行话"，曲解附会。举一个文评史上的惯例罢。

我们常听说中国古代文评里有对立的两派，一派要"载道"，一派要"言志"。事实上，在中国旧传统里，"文以载道"和"诗以言志"主要是规定个别文体的职能，并非概括"文学"的界说。"文"常指散文或"古文"而言，以区别于"诗"、"词"。这两句话看来针锋相对，实则水米无干，好比说"他去北京"、"她回上海"，或者羽翼相辅，好比说"早点是稀饭"、"午餐是面"。因此，同一个作家可以"文载道"，以"诗言志"，以"诗余"的词来"言"诗里说不出口的"志"。这些文体就像梯级或台阶，是平行而不平等的，"文"的等次最高。西方文艺理论常识输入以后，我们很容易把"文"一律理解为广义的"文学"，把"诗"认为文学创作精华的同义词。于是那两句老话仿佛"顿顿都喝稀饭"和"一日三餐全吃面"，或"两口儿都上北京"和"双双同去上海"，变成相互排除的命题了。传统文评里有它的矛盾，但是这两句不能算是矛盾的口号。对传统不够理解，就发生了这个矛盾的错觉。当然，相反地，也会发生统一的错觉，譬如我们常听说中国诗和中国画是融合一致的。

二

诗和画号称姊妹艺术。有人进一步认为它们不但是姊妹，而且是孪生姊妹。唐人只说："书画异名而同体"(张彦远《历代名画记》卷一《叙画之源流》)。自宋以后，大家都把诗和画说成仿佛是异体而同貌。郭熙《林泉高致》第二篇《画意》："更如前人言：'诗是无形画，画是有形诗。'哲人多谈此言，吾人所师。"冯应榴《苏诗合注》卷五〇《韩幹马》："少陵翰墨无形画，韩幹丹青不语诗。"孔武仲《宗伯集》卷一《东坡居士画怪石赋》："文者无形之画，画者有形之文，二者异迹而同趣。"张舜民《画墁集》卷一《跋百之诗画》："诗是无形画，画是有形诗。"释德洪觉范《石门文字禅》卷八：《宋迪作八景绝妙，人谓之"无声句"。演上人戏余曰："道人能作'有声画'乎？"因为之各赋一首》。岳珂《宝真斋法书赞》卷一三《薛道祖白石潭诗帖》："'画'以'有声'著，'诗'以'无声'名。'有声'者、道祖之所已知，'无声'者、道祖之所欲为而未能者也。"《宋诗纪事》卷五九钱鍪《次袁尚书巫山诗》："终朝诵公有声画，却来看此无声诗"；《全宋词》三四五三页陈德武《望海潮》："对无声诗，哦有声画，仪形已见端倪"；这两处的"有声画"指诗，而"无声诗"指景物，由画引申，指入画的真山真水。两者只举一端，像黄庭坚《次韵子瞻、子由题憩寂图》："李侯有句不肯吐，淡墨写作无声诗"；米友仁《自题山水》："古人作语咏不得，我寓无声缣褚间"；周孚《题所画梅竹》："东坡戏作有声画，叹息何人为赏音"；例子更多。舒岳祥《阆风集》卷六《和正仲送达善归钱塘》："好诗甚似无声画，昏眼羞同没字碑"；求对仗的平仄匀称，换"有"字为"无"字，出了毛病。"碑"照例有"字"，"没字碑"是自身矛盾语，恰好用作比喻，去嘲笑目不识丁；"画"压根儿"无声"，说"好诗似画"，词意具足，所添"无声"两字就不免修辞学所谓"赘余的形容"(redundant epithet)了[⑥]。南宋孙绍远搜罗唐以来的题画诗，编为《声画集》；宋末名画家杨公远自编诗集《野趣有声画》，诗人吴龙翰作序，说："画难画之景，以诗凑成；吟难吟之诗，以画补足"(曹庭栋《宋百家诗存卷一九》)。从那两部书名，可以推想这个概念的流行。

"无声诗"即"有形诗"和"有声画"即"无形画"的对比，和西洋传统的诗画对比，用意差不多。古希腊诗人(Simonides of Ceos)早说："画为不语诗，诗是能言画"[⑦]。嫁名于西塞罗的一部修辞学里，论"互换句法"(commutatio)的第四例就是："正如诗是说话的画，画该是静默的诗"(Item poema loquens pictura，pictura tacitum poema debet esse)[⑧]。达文齐干脆说画是"嘴巴哑的诗"(una poesia muta)，而诗是"眼睛瞎的画"(una pittura cieca)[⑨]。莱辛在他反对"诗画一律"的名著里，引了"那个希腊伏尔太(今译伏尔泰)的使人眼花缭乱的对照"(die blendende Antithese des griechischen Voltaire)，也正是那句希腊古诗，顺手又把他所敌视的伏尔太扫上一笔[⑩]。"不语诗"、"能言画"和中国的"无声诗"、"有声画"是同一回事，因为"声"在这里不指音响，而指说话，就像旧小说、旧戏曲里"不则(作)声"、"禁(噤)声！"的那个"声"字。古罗马诗人霍拉斯的名句："诗亦犹画"(ut pictura poesis erit)，经后人断章取义，理解作"诗原通画"[⑪]，仿佛苏轼《书鄢陵王主簿折枝》所谓："诗画本一律。"诗、画作为孪生姊妹是西方古代文艺理论的一块奠基石，也就是莱辛所要扫除的一块绊脚石，因为由他看来，诗、画各有各的面貌衣饰，是“绝不争风吃醋的姊妹”(keine eifersüchtige Schwester)[12]。

诗和画既然同是艺术，应该有共同性；它们并非同一门艺术，又应该各具特殊性。它们的性能和领域的异同，是美学上重要理论问题。我想探讨的，只是历史上具体的文艺鉴赏和评判。我们常听人有声有势地说：中国旧诗和中国旧画有同样的风格，体现同样的艺术境界。那句话究竟是什么意思？这个意思能不能在文艺批评史里证实？

三

那句在国画展览会上、国画史等著作里说惯、听惯、看惯的话，和“诗原通画”、“诗画一律”，意义大不相同。“诗原通画”、“诗画一律”是树立一条原理，而那句话只是叙述一个事实。前者认为：诗和画的根本性质是一致的；后者认为：在中国传统里，最标准的诗风和最标准的画风是一致的。假使前者成立，也许可以解释后者这个事实；假使后者成立，却还不够证明前者那条原理。对于前者，要求它言之成理，免于牵强理论；对于后者，要求它言之有物，免于歪曲历史。说破了，那句套话的意思就是：中国旧诗和中国旧画同属于所谓“南宗”，正好比西洋文艺史家说，莎士比亚的戏剧和鲁本斯(Rubens)、雷姆勃朗德(Rembrandt)的绘画同属于“奇崛派”(Barock)[13]。

中国画史上最有代表性、最主要的流派是“南宗”。董其昌《容台别集》卷四有一节讲得极清楚：“禅家有南北二宗，唐时始分。画之南北二宗，亦唐时分也，但其人非南北耳。北宗则李思训父子着色山水，流传而为宋之赵幹、赵伯驹、伯骕以至马、夏辈。南宗则王摩诘始用渲淡，一变钩斫之法，其传为张璪、荆、关、董巨、郭忠恕、米家父子以至元之四大家；亦如六祖之后，有马驹、云门、临济儿孙之盛，而北宗微矣。要之摩诘所谓‘云峰石迹，迥出天机，笔意纵横，参乎造化’者。东坡赞吴道子、王维画壁亦云：‘吾于维也无间然’，知言哉!”(参看同卷《文人画自王维始》一条，叙述更详)。董氏同乡书画家莫是龙《画说》一五条里有一条，字句全同；董氏同乡好友陈继儒《偃曝余谈》卷下有论旨相类的一条，坦白地把李思训、王维分别比为“禅家”北宗的神秀和南宗的惠能。南、北画家的区别，也可用陈氏推尊的王世贞的话来概括，《弇州四部稿》卷一五四《艺苑卮言·附录》卷三：“吴、李以前画家，实而近俗；荆、关以后画家，雅而太虚。今雅道尚存，实德则病。”这是明人鉴赏的常谈，清人承袭了，例如厉鹗说：“尝以词譬之画，画家以南宗胜北宗。稼轩、后村诸人，词之北宗；清真、白石诸人，词之南宗也”(《樊榭山房文集》卷四《张今涪红螺词序》)。清人论书法，把南、北宗的概念来判别流派，而且应用到董其昌本人身上：“太仆[归有光]文章宗伯[董]字，正如得髓自南宗”(姚鼐《惜抱轩诗集》卷八《论书绝句》三)；“尝与钱梅溪(泳)论书，画派分南、北宗，书家亦分南、北。如颜、柳一派，类推至于吾家文敏[张照]，是为北宗；褚、虞一派，类推至于香光，是为南宗”

(张祥河《关陇舆中偶忆编》)。近年来有人反对董其昌的分类，夏敬观先生《忍古楼画说》就批评说："余考宋、元以前论画书，未见有'南、北宗'之说。夫南、北画派诚有别，然必剿袭禅宗之各以名之，而'南'、'北'字均无所取义，盖非通人所为。李思训父子为唐宗室，王维太原祁人，均北人也。只张璪唐人，余皆宋人，安见唐时已分南北乎?"

画派分南北和画家是南人、北人的疑问，不难回答。某一地域的专称引申而为某一属性的通称，是语言里的惯常现象。譬如汉、魏的"齐气"、六朝的"楚子"、宋的"胡言"、明的"苏意"；"齐气"、"楚子"不限于"齐"人、"楚"人，苏州以外的人也常有"苏意"，汉族并非不许或不会"胡说"、"胡闹"。杨万里说："诗'江西'也，非人皆江西也"(《诚斋集》卷七九《江西宗派诗序》)；家铉翁说："奋乎齐鲁汴洛之间者，固中州人物也。亦有生于四方，奋于遐外，而道学文章为世所宗工，德业被于海内，虽谓之中州人物可也"《元文类》卷三八家铉翁《题中州诗集后》；四库辑本《则堂集》漏收)；更是文学流派名称的好例子。拘泥着地图、郡县志，太死心眼儿了。画派在"唐时"虽然未"分南北"，但唐人诗文评早借用了"南北宗"的概念。遍照金刚《文镜秘府论》南卷《论文意》："荀、孟传于司马迁，司马迁传于贾谊。乃知司马迁为北宗，贾生为南宗，从此分焉。"这位日本和尚居然讲司马迁而连《史记》都没看，不知道有《屈原、贾生列传》，但他也显然道听途说，拣得了唐人的一些谈屑。伪托贾岛撰的《二南密旨》，据《四库全书总目》卷一九七的提要："以《召南》'林有朴遬，野有死鹿'句，及鲍照'申黜褒女进，班去赵姬升'句，钱起'竹怜新雨后，山爱夕阳时'句，为南宗。以《卫风》'我心匪石，不可转也'句，左思'吾爱段干木，偃息藩魏君'句，卢纶诗'谁知樵子径，得到葛洪家'句，为北宗。"论画"剿袭禅宗之名"，或许"无所取义"，也还可以说有所借鉴。不过，真是"无所取义"么?

把"南"、"北"两个地域和两种思想方法或学风联系，早已见于六朝，唐代禅宗区别南、北，恰恰符合或沿承了六朝古说[14]。事实上，《礼记·中庸》说"南方之强"省事宁人，"不报无道"，不同于"北方之强"好勇斗狠，"死而不厌"，也就是把退敛和肆纵分别为"南"和"北"的特征。《世说·文学》第四记褚季野云："北人学问，渊综广博"，孙安国答："南人学问，清通简要"，支道林曰："圣贤固所忘言。自中人以还，北人看书如显处视月，南人看书如牖中窥日。"历来引用的人只知道"牖中窥日"仿佛"管中窥豹"，误解支道林为褒北贬南；而刘峻在这一节的注释里又褒南贬北，说什么北人"学广则难周，难周则识暗"，南人"学寡则易核，易核则知明"。支道林是仲裁者讲公道话。孙、褚分举南、北"学问"各有长处，支承认这些长处，而指出它们也各有流弊，长处就此成为缺点(lé defaut de la qualité)。我国有关"性格类型"(personality types)的最早专著、三国时刘劭《人物志·八观》里第七观是："观其所短，以知其所长"，支道林可以说是"观其所长，以知其所短"；"中人以还"的"中"不是《论语·雍也》"中人以下，中人以上"的"中"，而是《中庸》"中庸其至矣乎"的"中"，不指平常凑货、不出众，而指恰如其分、无偏差，就是《人物志·体性》所说："中庸之德……抗者过之而拘者不逮，抗拘违中。""中人"以下追求广博，则流为浅泛，追求精简，则流为寡陋；浮光掠影和一孔片面都是毛病，尽管病情不同，但都是《人物志·材能》所称“偏材之人”。《隋书·儒林传》叙述经学，说：“大抵南人约简，得其英华，北学深芜，穷其枝叶”；这就像刘峻的注解，也简直是唐后对南、北禅宗的惯评了。看来，南、北“学问”的分歧，和宋、明儒家有关“博观”与“约取”、“多闻”与“一贯”、“道问学”与“尊德性”的争论，属于同一典型。巴斯楷尔区分两类有才智的人(deux sortes d'esprit)：一类“坚强而狭隘”，一类“广阔而软弱”(I'esprit pouvant être fort et étroit, et pouvant être ample et faible)[15]。康德曾分析“理性”里有两种基本倾向：一种按照万殊的原则，喜欢繁多(das Interesse der Mannigfaltigkeit, nach dem Princip der Specification)；另一种按照合并的原则，喜欢单一(das Interesse der Einbeit, nach dem Princip der Aggregation)[16]。禅宗判别南北，可以说是两类才智或两种理性倾向在佛教思想里的一个表现。

南宗禅把“念经”、“功课”全鄙弃为无事忙，要把“学问”简至无可再简、约至不能更约，说什么“微妙法门，不立文字，教外别传”，“经诵三千部，曹溪一句亡”，“广学知解，被知解境风之所漂溺”(《五灯会元》卷一释迦牟尼章次、卷二法达章次、卷三怀海章次)。李昌符《赠供奉僧玄观》：“自得曹溪法，诸经更不看”；张乔《宿齐山僧舍》：“若言不得南宗要，长在禅床事更多。”都是说南宗禅省“事”，不看经卷，不坐禅床。南宗画的原则也是“简约”，以经济的笔墨获取丰富的艺术效果，以减削迹象来增加意境(less is more)。张彦远讲“疏体画”用笔不同于“密体画”，早说出这个理想：“笔才一二，像已应焉。离披点画，时见缺落，此虽笔不周而意周也”(《历代名画记》卷二《论顾陆张吴用笔》)；“周”是“周密”、“周到”、“周备”的“周”。他在本节里强调“书画用笔同”，我们不妨挪借另一个唐人论书法的话作为注解：“‘损’谓有余。……谓趣长笔短，常使意势有余，点画若不足”(《全唐文》卷三三七颜真卿《张长史十二意笔法记》)。“损”就是“见缺落”，“若不足”就是“不周”。当代卓著的美术史家论“印象派”(Impressionism)含蓄不露(suggestion)的手法，说：观画者不是无所用心，而是“更有事可做”(the artist gives the beholder increasingly“more to do”)，参与了作画者的创造(making, creation)，在心目中幻出(“conjured up” in our minds)那些未落迹象的景色(the inarticulate and unexpressed)[17]。也不外乎这个原则。休谟可能是首先拈示这种心理活动的哲学家，虽然他泛论人生经验，并未联系到文艺。他认为情感受“想象”的支配，“把对象的一部分隐藏不露，最能强烈地激发情感”(Nothing more powerfully excites any affection than to conceal some part of its object)；对象蔽亏不明(by throwing it into a kind of shade)，欠缺不全，就留下余地，“让想象有事可做”(leaves some work for the imagination)，而“想象为了完足那个观念所作的努力又能增添情感的强度”(the effort which the fancy makes to compleat the idea gives an additional force to the passion)[18]。把休谟的大理论和我们的小题目拍合，对象“蔽亏”正是“笔不周”，在想象里“完足”正是“意周”，“compleat”可算是“周”字的贴切英译。和石溪并称“二溪”的程正揆反复申明这一点。他的《青溪遗稿》似乎三百年来无人过问，不妨多引一些。卷一五《山庄题画》六首之三：“铁干银钩老笔翻，力能从简意能繁；临风自许同倪瓒，入骨谁评到董源。”卷二二《题卧游图后》：“论文字者谓增一分见不如增一分识，识愈高则文愈淡。予谓画亦然。多一笔不如少一笔，意高则笔减。何也？意在笔先，不到处皆笔[‘不’字直贯全句，等于‘非到处皆笔’]。繁皴浓染，刻划形似，生气漓矣。”卷二四《龚半千画册》：“画有繁减，乃论笔墨，非论境界也。北宋人千丘万壑，无一笔不减；元人枯枝瘦石，无一笔不繁。予曾有诗云云[即‘铁干银钩’那一首]。”同卷《题石公画卷》：“予告石溪曰：‘画不难为繁，难于用减，减之力更大于繁。非以境减，减以笔。’所谓‘弄一车兵器，不若寸铁杀人’者也。”卷二六《杂著》一：“画贵减不贵繁，乃论笔墨，非论境界也。宋人千丘万壑，无一笔不减；倪元镇疏林瘦石，无一笔不繁。”翁方纲《复初斋诗集》卷一二《程青溪〈江山卧游图〉》：“枯木瘦石乃繁重，千岩万壑翻轻灵”；就地取材，正用程氏自己的话来题他的画。吴雯《莲洋集》卷六《题云林〈秋山图〉》：“岂但秾华谢桃李，空林黄叶亦无多”，也是赞叹倪瓒的“力能从简”。值得注意的是，程氏借禅宗的“话头”来比喻画法。“弄一车兵器，不是杀人手段，我有寸铁，便可杀人，”那是宋代禅师宗杲的名言，儒家的道学先生都欣赏它的。例如朱熹《朱子语类》卷八就引用了，卷一一五教训门徒，又“因举禅语云：‘寸铁可杀人；无杀人手段，则载一车枪刀，逐件弄过，毕竟无益。’”南宗禅提倡“单刀直入”(《五灯会元》九灵祐又卷一一守廓章次等)，不屑拈枪弄棒，所谓：“只要单刀直入，不要广参”(《宗镜录》卷四一)，嘲笑“博览古今”的“百会”为“一尚不会”(《五灯会元》卷七洛京南院和尚章次)。那和“南人学问”的“清通简要”、“约简得英华”，只是程度上的差异。体现在造型艺术里，这个趋向就是绘画的笔墨“从简”、“用减”、“笔不周”。“南宗画”的定名超出了画家的籍贯，揭出了画风的特色，难道完全“无所取义”么？

那末，能不能说南宗画的作风也就相当于中国旧诗里正统的作风呢？

四

西洋文评家谈论中国诗时，往往仿佛是在鉴赏中国画。例如有人说，中国古诗“空灵”(intangible)、“轻淡”(light)、“含蓄”(suggestive)，在西洋诗里，最接近韦尔兰(Verlaine)[19]。另一人说，中国古诗简约隽永，韦尔兰的《诗法》算得中国文学里传统原则的定义(taken as the definition of the principle of Chinese literary tradition)[20]。还有人说，中国古诗抒情，从不明说，全凭暗示(lyrical emotion is nowhere expressed but only suggested)，不激动，不狂热，很少词藻、形容词和比喻(no excitement，no ecstasy，little or no rhetoric，few adjectives and very few metaphors or similes)，歌德、海涅、哈代等的小诗偶有中国诗的风味[21]。这些意见出于20世纪前期，然而到现在还似乎代表一般人的看法。透过翻译而能那样认识中国诗，很不容易。一方面也许证明中国诗的艺术高、活力强，它像人体有“自动免疫性”似的，也具备顽强的免译性或抗译性，经受得起好好歹歹的翻译；一方面更表示这些批评家有艺术感觉和本土文学素养。一个绘画史家也指出，歌德的《峰颠群动息》(Ueber allen Gipfeln ist Ruh)和海涅的《孤杉孑然立》(Ein Fichtenbaum steht einsam)两首小诗和中国画的情调融合(entsprechen jener lyrischen Stimmung)[22]。把中国旧诗和韦尔兰联系，最耐人寻味。韦尔兰宣称：最好是“灰黯的诗歌”，不着彩色，只分深淡(Rien de plus cher que la chanson grise. Pas de couleur，rien que la nuance)[23]。那简直就是南宗画风了：“画欲暗，不欲明；明者如觚棱钩角是也，暗者如云横雾塞是也”(董其昌《画眼》)。

一句话，在那些西洋批评家眼里，词气豪放的李白、思力深刻的杜甫、议论畅快的白居易、比喻络绎的苏轼——且不提韩愈、李商隐等人——都给“神韵”淡远的王维、韦应物同化了。西方有句谚语：“黑夜里，各色的猫一般灰色”(La nuit tous les chats sont gris)；据动物学家的研究，猫是色盲的，在白天看一切东西都是灰色(the daylight world is gray to the cat)[24]。正像人黑夜里看猫，猫白天看世界，西洋批评家看五光十色的中国旧诗都成为韦尔兰所向往的“灰黯的诗歌”(la chanson grise)。这种现象并不稀罕。习惯于一种文艺传统或风气的人看另一种传统或风气里的作品，常常笼统概括，有如中国古代隽语所谓“用个带草(怀素)看法，一览而尽”(见董说《西游补》)。譬如在法国文评家眼里，德国文学作品都是浪漫主义的，它的“古典作义”也是浪漫的、非古典的(unclassical)；而在德国文评家眼里，法国的文学作品都只能算古典主义的，它的“浪漫主义”至多是打了对折的浪漫(only half romantic)[25]。德、法比邻，又同属于西欧文化大家庭，尚且如此，中国和西洋更不用说了。

和西洋诗相形之下，中国旧诗大体上显得情感不奔放，说话不唠叨，嗓门儿不提得那么高，力气不使得那么狠，颜色不着得那么浓。在中国诗里算是“浪漫”的，和西洋诗相形之下，仍然是“古典”的；在中国诗里算是痛快的，比起西洋诗，仍然不失为含蓄的。我们以为词华够鲜艳了，看惯纷红骇绿的他们还欣赏它的素淡；我们以为“直恁响喉咙”了，听惯大声高唱的他们只觉得是低言软语。同样，束缚在中国旧诗传统里的读者看来，西洋诗里空灵的终嫌着痕迹、费力气，淡远的终嫌有烟火气、荤腥味，简洁的终嫌不够惜墨如金。这仿佛国际货币有兑换率，甲国的两毛零钱折合乙国的一块大洋。西洋人评论不很中肯，那可以理解。他们不是个中人，只从外面看个大概，见林而不见树，领略大同而忽视小异。我们中国批评家不会那样，我们知道中国旧诗不单纯是“灰黯诗歌”，不能由“神韵派”来代表。但是，我们也往往不注意一个事实：神韵派在旧诗传统里公认的地位不同于南宗在旧画传统里公认的地位，传统文评否认神韵派是标准的诗风，而传统画评承认南宗是标准的画风。在“正宗”、“正统”这一点上，中国旧“诗、画”不是“一律”的。

五

恰巧南宗画的创始人王维也是神韵诗派的宗师，而且是南宗禅最早的一个信奉者。《王右丞集》卷二五《能禅师碑》就是颂扬南宗禅始祖惠能的，里面说：“弟子曰神会，……谓余知道，以颂见托”；《神会和尚遗集·语录第一残卷》记载“侍御史王维在临湍驿中问和上若为修道”的对话。在他身上，禅、诗、画三者可以算是一脉相贯，“诗画是孪生姊妹”那句话用得惬当了。苏轼《东坡题跋》卷五《书摩诘〈蓝田烟雨图〉》说：“味摩诘之诗，诗中有画；观摩诘之画，画中有诗”；《凤翔八观·王维、吴道子画》说得更清楚：“摩诘本诗老，佩芷袭芳荪，今观此壁画，亦若其诗清且敦。”纪昀评点苏诗说：“‘敦’字义非不通，而终有嵌押之痕，”指摘得很对。“敦”字大约是深厚之“义”，可参看张彦远《历代名画记》卷一《论画山水树石》所谓“又若王右丞之重深”，但和“清”连用(collocation)，就很牵强，凑韵的窘态毕露了。

沈括《梦溪笔谈》卷一七：“书画之妙，当以神会，难可以形器求也。如彦远画评言：‘王维画物，多不问四时；如画花往往以桃杏芙蓉莲花同画一景。’余家所藏摩诘《卧雪图》有雪中芭蕉，此难与俗人言也。”现存《历代名画记》里没有关于王维这一节，画花“不问四时”却是画里一个传统；《卧雪图》也早遗失，但“雪中芭蕉”一事广布久传，为文评和画评提供了一个论证[26]。都穆《寓意编》：“王维画伏生像，不两膝着地用竹简，乃箕股而坐，凭几伸卷。盖不拘形似，亦雪中芭蕉之类也。”这幅画后来为孙承泽收藏，《庚子销夏记》卷一《唐王维伏生图》：“一老生伏几而坐，手持一卷。……都元敬尝在贵人之家见此图，惊欢不置。”从此“雪中芭蕉”不是孤零零的事件，“难以形器求”的画风又添了佐证，评鉴家更容易施展“挽回”(recuperation)的手段，不理会“俗人”们“拘形似”的惊疑和嘲笑。神韵诗派大师王士祯就在这一点上把王维的诗和画贯通。《池北偶谈》卷一八：“世谓王右丞画雪里芭蕉，其诗亦然。如‘九江枫树几回青，一片扬州五湖白’，下连用‘兰陵镇’、‘富春郭’、‘石头城’诸地名，皆辽远不相属。大抵古人诗画只取兴会神到。”名诗人兼画家金农更在这一点上把王维的画和禅贯通。《冬心集拾遗·杂画题记》：“王右丞雪中芭蕉为画苑奇构。芭蕉乃商飙速朽之物，岂能凌冬不凋乎？右丞深于禅理，故有是画，以喻沙门不坏之身，四时保其坚固也。余之所作，正同此意，观者切莫认作真个耳。”金农对“禅理”似乎不熟。禅宗有一类形容“不可思议”的“话头”，“‘雨下阶头湿，晴干水不流；鸟巢沧海底，鱼躍石山头。’前头两句是平实语，后头两句是格外谈”(《五灯会元》卷一八祖琦章次)；“格外谈”类似和西方古修辞学所谓“不可能事物喻”(adynata，impossibilia)[27]。例如“山上有鲤鱼，海底有蓬尘”，“腊月莲花”，“昼入祇陀之苑，皓月当天。夜登灵鹫之峰，太阳溢目。乌鸦似雪，孤雁成群”(《五灯会元》卷二道钦、卷三道膺、卷一四道楷章次)[28]。鸠摩罗什译《维摩诘所说经·佛道品第八》：“火中生莲华，是可谓希有”，正是这一类比喻，很早被道士一眼瞧中，偷入《老子化胡经·玄歌章第一〇》“我昔化胡时”那一首里：“火中生莲华，尔乃是至真”(《鸣沙石室佚书续编》)。假如雪里芭蕉含蕴什么“禅理”，那无非像海底尘、腊月或火中莲等等，暗示“希有”或“不可思议”。明季画家李流芳似乎领悟这个意思，《檀园集》卷一《和朱修能雪蕉诗》：“雪中蕉正绿，火里莲亦长”，就是把两种“不可能事物”结成配偶，使它们相得益彰了。

试举一首传诵的王维小诗，说明他的手法。《杂诗》第二首：“君自故乡来，应知故乡事。来日绮窗前，寒梅著花未？”赵殿成《王右丞集笺注》：“按陶渊明诗云：‘尔从山中来，早晚发天目，我居南窗下，今生几丛菊？’与右丞此章同一机杼，然下文缀语稍多，趣意便觉不远。右丞只为短句，有悠扬不尽之致。”批评不错，只是考订欠些。那首“陶渊明诗”是后人伪托的，上半首正以王维此篇为蓝本；下半首是：“蔷薇叶已抽，秋兰气当馥，归去来山中，山中酒应熟，”结句又脱胎于李白《紫极宫感秋》：“陶令归去来，田家酒应熟。”[29]王维这二十个字的最好对照是初唐王绩《在京思故园见乡人问》：“旅泊多年岁，老去不知回。忽逢门前客，道发故乡来。敛眉俱握手，破涕共衔杯。殷勤访朋旧，屈曲问童孩。衰宗多弟侄，若个赏池台？旧园今在否？新树也应栽。柳行疏密布？茅斋宽窄裁？经移何处竹？别种几株梅？渠当无绝水，石计总成苔。院果谁先熟，林花那后开？羁心只欲问，为报不须猜。行当驱下泽，去剪故园莱。”这首诗很好，和王维的《杂诗》在一起，鲜明地衬托出同一题材的不同处理。王绩相当于画里的工笔，而王维相当于画里的“大写”。王绩问得周详地道，可以说是“每事问”(《论语·八佾》)；王维要言不烦，大有“‘伤人乎？’不问马”的派头(《论语·乡党》)。王维仿佛把王绩的调查表上问题痛加剪削，删多成一，象程正揆论画所说“用减”而不“为繁”。张彦远说：“笔才一二，像已应焉。离披点画，时见缺落”；程正揆说：“意高则笔减，繁皱浓染，刻划形似，生气漓矣。”这种议论可以和王士祯的诗评对照。《香祖笔记》卷六：“余尝观荆浩论山水而悟诗家三昧，曰：‘远人无目，远水无波，远山无皴’”[30]。同书卷十：“‘《新唐书》如今日许道宁辈论山水，是真画也。《史记》如郭忠恕画天外数峰，略具笔墨，然而使人心服者，在笔墨之外也。’右王楙《野客丛书》中语，得诗文三昧；司空表圣所谓‘不着一字，尽得风流’者也。”《蚕尾集》卷七《芝廛集序》大讲“南宗画”的“理”，然后说：“虽然，非独画也，古今风骚流别之道，固不外此。”南宗画和神韵诗就是同一艺术原理在两门不同艺术里的体现了。

既然“诗家三昧”是“略具笔墨”、“不着一字”，那末，写景工密的诗、叙事流畅的诗、说理痛快的诗都算不得“风骚流别”里的上乘了。例如谢灵运和柳宗元的风景诗都是刻划细致的，所以元好问《论诗绝句》说：“谢客风容映古今，发源谁似柳州深！”自注：“柳子厚，宋之谢灵运。”宋长白恰好把谢灵运的诗比于北宗画：“纪行诗前有康乐，后有宣城。譬之于画，康乐则堆金积粉，北宗一派也；宣城则平远闲旷，南宗之流也”(《柳亭诗话》卷二八)。若把元好问的话引申，柳宗元也就是“北宗一派”。无怪王士祯《戏仿元遗山论诗绝句》对柳宗元有贬词：“风怀澄淡推韦、柳，佳处多从五字求。解识无声弦指妙，柳州那得并苏州！”“无声弦指妙”就是“不着一字，尽得风流”的另一说法。韦应物正是神韵派的远祖司空图推尊和王维并列的：“王右丞、韦苏州澄淡精致，格在其中，岂妨于遒举哉？”(《与李生论诗书》)；“右丞、苏州，趣味澄夐”(《与王驾评诗书》)。白居易的诗既能叙事井井，又会说理娓娓，和神韵派更是话不投机。司空图就说：“元、白力劲而气孱，乃都市豪估耳”(《与王驾评诗书》)；翁方纲《石洲诗话》卷一来了个补笔：“一自司空表圣造二十四《品》，抉尽秘妙，直以元、白为屠沽之辈。渔洋先生韪之，每戒后贤勿轻看《长庆集》。盖渔洋教人，以妙悟为主，故其言如此。”使神韵派左右为难的，当然是号称“诗圣”的杜甫。

神韵派在旧诗史上算不得正统，不像南宗在旧画史上曾占有统治地位。唐代司空图和宋代严羽似乎都没有显著的影响；明末、清初，陆时雍评选《诗镜》来宣传，王士祯用理论兼实践来提倡，勉强造成了风气。这风气又短促得可怜。王士祯当时早有赵执信作《谈龙录》，大唱反调；乾、嘉直到同、光，大多数作者和评论者认为它只是旁门小名家的诗风。这已是文学史常识。王维无疑是大诗人，他的诗和他的画又说得上"异迹而同趣"，而且他在旧画传统里坐着第一把交椅。然而旧诗传统里排起座位来，首席是轮不到王维的。中唐以后，众望所归的最大诗人一直是杜甫。借用克罗齐的名词，王维和杜甫相比，只能算"小的大诗人"(un piccolo-grande poeta)，而他的并肩者韦应物可以说是"大的小诗人"(un grande piccolo poeta)[31]。托名冯贽所作《云仙杂记》是部伪书，卷一捏造《文览》记仙童教杜甫在"豆垅"下掘得"一石，金字曰：'诗王本在陈芳国'"，更是鬼话编造出来的神话。然而作为唐宋舆论的测验，天赐"诗王"的封号和"子美集开诗世界"的歌颂(王禹偁《小畜集》卷九《日长简仲咸》)，可以有同等价值。元稹《故工部员外郎杜君墓系铭》早称杜甫超过李白，能"兼综古今之长"；宋祁虽然作诗深受"西昆体"的影响，而他的《新唐书·杜甫传赞》和元稹的《杜君墓铭》一致，并不像西昆体领袖杨大年那样"不喜杜工部诗，谓为'村夫子'"(刘攽《中山诗话》)[32]。《皇朝文鉴》卷七二孙何《文箴》："还雅归颂，杜统其众"；"统"正是"兼综"。杜甫《偶题》自说："文章千古事，得失寸心知。……法自儒家有，心从弱岁疲"(参看辛弃疾《念奴娇·答傅先之提举》："君诗好处，似邹鲁儒家，还有奇节")。后世评论家顺水推船，秦观《淮海集》卷一一《韩愈论》索性比杜甫于"集大成"的儒宗孔子。晁说之《嵩山文集》卷一四《和陶引辩》说："曹、刘、鲍、谢、李、杜之诗，《五经》也，天下之大中正也；彭泽之诗，老氏也"；吴可《藏海诗话》："看诗且以数家为率，以杜为正经，余为兼经也"；朱熹《语类》卷一三九称李、杜诗为学诗者的"本经"；陈善《扪虱新语》卷七："老杜诗当是诗中《六经》，他人诗乃诸子之流也"；吴乔《围炉诗话》卷二有"杜《六经》"的名称；蒋士铨《忠雅堂文集》卷一《杜诗详注集成序》："杜诗者，诗中之《四子书》也。"潘德舆《养一斋集》卷一八《作诗本经序》："三代而下，诗足绍《三百篇》者，莫李、杜若也。……朱子曰：'作诗先看李、杜，如士人治本经。'虽未以李、杜之诗为《经》，而已以李、杜之诗为作诗之《经》矣。窃不自量，辑李、杜诗千余篇与《三百篇》风旨无二者，题曰《作诗本经》。"潘氏另一书《李、杜诗话》卷二曾颂赞杜甫"集大成"，所以"李、杜"齐称也好比儒家并推"孔、孟"，一个"至圣"，一个"亚圣"，还是杜甫居上的。

这样看来，中国传统文艺批评对诗和画有不同的标准；论画时重视王世贞所谓"虚"以及相联系的风格，而论诗时却重视所谓"实"以及相联系的风格。因此，旧诗的"正宗"、"正统"以杜甫为代表。神韵派当然有异议，但不敢公开抗议，而且还口不应心地附议。陆时雍比较坦白，他在《唐诗镜·绪论》里对李、杜、韩、白等大家个个责难，只推尊王、韦两家，甚至直言不讳："摩诘不宜在李、杜下。"王士祯就很世故了。李重华《贞一斋诗说》记载："近见阮亭批抹杜集。乃知今人去古，分量大是悬绝，有多少矮人观场处，乃正昌黎所谓'不自量'也"(指韩愈《调张籍》："李、杜文章在，光焰万丈长。不知群儿愚，那用故谤伤。蚍蜉撼大树，可笑不自量!")。可见王士祯私下曾“批抹”杜诗，大加“谤伤”；他和门弟子的谈话——记录在《然灯纪闻》里——却称赞杜甫律诗是“究竟归宿处”。赵执信《谈龙录》透露了底细，说王士祯不便自己出面，只借嘴骂人：“阮翁酷不喜少陵诗，特不敢显攻之，每举杨大年‘村夫子’之目以语客。”李日华看到的“批抹”本，就是王士祯“酷不喜少陵诗”的物证。袁枚《随园诗话》卷三也说：“李、杜、韩、白俱非阮亭所喜，因其名太高，未便诋毁。”翁方纲《七言诗三昧举隅》作了解释：“渔洋先生于唐贤，独推右丞、少伯以下诸家得‘三昧’之旨；盖专以冲和淡远为主，不欲以雄鸷奥博为宗。先生又不喜多作刻划体物语，其于昌黎《青龙寺》前半，因微近色相而不取。”“刻划体物”和“近色相”那种说法，竟可以移评北宗画。王士祯《池北偶谈》有一条把王维、韩愈、王安石三家咏桃花源的诗比较一下，结论是：“读摩诘诗多少自在！二公便如努力挽强，不免面赤耳热”；这和翁方纲的话是互相发明的。

王士祯《蚕尾集》卷一〇《跋〈论画绝句〉》，很耐寻味。《论画绝句》的作者就是他标榜为齐名同调的宋荦，所谓：“当日朱颜两年少，王扬州与宋黄州”(参看《四库总目》卷一七三《西陂类稿》提要)。《跋》说：“近世画家专尚南宗，而置华原、营丘、洪谷、河阳诸大家。是特乐其秀润，惮其雄奇，余未敢以为定论也。不思史中迁、固，文中韩、柳，诗中甫、愈(自注：子美河南巩县人)，近日之空同、大复，不皆北宗乎？牧仲中丞论画，最推北宋数大家，真得祭川先河之义。”一眼粗看，好像他一反常态或尽除成见，居然推尊杜甫诗和北宗画了；仔细再瞧，原来他别有用心，以致寥寥不上百字的文章脱枝失节，前言不对后语。既然“画家专尚南宗”，那末不讲旁人，至少“洪谷子”荆浩“有笔有墨”的实践对南宗画派的成立大有贡献，他的《山水诀》或《画说》、《画法记》等又是南宗画理论的奠基石，他正被“尚”，那能说被“置”呢？既有“文中韩、柳”，就该接“诗中甫、白”，才顺理成章，为什么对韩愈那样偏爱，金榜两次题名，硬生生挤掉了李白呢？既反问“不皆北宗乎？”，就该接“牧仲最推北宗”，才合逻辑，为什么悄悄换了一个“宋”字呢？“北宋”画和“北宗”画涵义不同，董其昌所举“南宗儿孙之盛”里，就有巨然、郭忠恕、米芾三位“北宋”大家。《蚕尾集》同卷《跋元人杂画》里也把宋画概括为南宗：“宋、元人画专取气韵，此如宋儒传义，废注疏而专言义理是也。”王士祯用的是画评术语“南宗”、“北宗”，讲的是画家、文人的籍贯南方、北方，不是他们的风格。所以他特意注明杜甫是河南人；所以蜀人李白在“北宗”里无地可容，而另一河南人韩愈必须一身二任。李梦阳(“空同”)寄籍扶沟，何景明(“大复”)本籍信阳，又是两个河南人。三个非河南人——马、班、柳——是拉来凑热闹的，仿佛被迫为河南的临时“荣誉公民”。揭穿了这些花样，无非说河南商丘籍的宋荦是货真价实的“北[方大]宗[师]”。发了一通论画意见，请出历代诗文名家，无非旁敲侧击、转弯抹角地恭维那个“牧仲中丞”是大诗人，因此更要指出杜甫和他有同乡之谊，彼此沾光。貌似文艺评论，实质是挂了文艺幌子的社交辞令。在研究古代——是否竟可以说“古今”或“历代”？——文评时，正像在社会生活里，我们得学会孟子所谓“知言”，把古人的一时兴到语和他的成熟考虑过的议论区别开来，尤其把他的由衷认真的品评和他的官样套语、应酬八股区别开来。

六

诗、画传统里标准分歧，有一个很好的例证。上文引过苏轼《王维、吴道子画》，那首诗还有一段话，就是董其昌论南宗画时引为权威性的结论的。“吾观画品中，莫如二子尊。吴生虽妙绝，犹以画工论；摩诘得之于象外，有如仙翮谢笼樊。吾观二子皆神俊，又于维也敛衽无间言。”就是说，以“画品”论，吴道子没有王维高。但是，比较起画风和诗风来，评论家把“画工”吴道子和“诗王”杜甫归在一类。换句话说，画品居次的吴道子的画风相当于最高的诗风，而诗品居首的杜甫的诗风相当于次高的画风。苏轼自己在《书吴道子画后》里就以杜甫诗、韩愈文、颜真卿书、吴道子画相提并称。杨慎《升庵全集》卷六四又《外集》卷九四《画品》说：“吴道玄则杜甫。”方薰《山静居画论》卷上讲得更清楚：“读老杜入峡诸诗，苍凉幽迥，便是吴生、王宰蜀中山水图。自来题画诗，亦惟此老使笔如画。昔人谓摩诘‘画中有诗，诗中有画，’方之杜陵，未免一丘一壑。”苏轼《书吴道子画后》、《王定国诗叙》、《书唐氏六家书后》反复推杜甫为“古今诗人之首”，那是平常的正统见解。他的《书黄子思诗集后》却流露出异端情绪：“予尝论书，以谓锺、王之迹，萧散简远，妙在笔墨之外。至唐颜、柳始集古今笔法而尽发之，极书之变，……而锺、王之法益微。至于诗亦然。……李太白、杜子美以英玮绝世之姿，凌跨百代，……然魏、晋以来，高风绝尘，亦少衰矣。……诗人继作，虽间有远韵，而才不逮意。……司空图……诗文高妙，……自列其诗之有得文字之表者二十四韵，恨当时不识其妙。”苏轼论诗似乎到头来也倾向神韵派，和他论画很早就倾向南宗，标准渐渐合拢了。“萧散简远，妙在笔墨之外”，“有远韵”，“有得文字之表”，和“维也得之于象外”，词意一致。全祖望看出苏轼对李、杜的不满，在《鲒埼亭集》外编卷二六《春凫集序》里唤起大家注意，还补充说：“自唐以还，昌黎、东野、玉川、浪仙、昌谷，以暨宋之东坡、山谷、诚斋、东夫、放翁，其造诣深浅、成家大小不一，要皆李、杜之别子也。”董其昌称南宗画“儿孙之盛”那句话，这里恰用得上，而神韵派诗相形之下，只能像他说北宗画所谓“微”了。

对一个和自己的风格决然不同或相反的作家，爱好而不漠视，仰企而不扬弃，像苏轼对司空图的企慕，文学史上不乏这类特殊的事。例如白居易向往李商隐（参看《苕溪渔隐丛话》前集卷一六引《蔡宽夫诗话》），陆游向往梅尧臣，或歌德向往斯宾诺沙，波德莱亚向往雨果、巴尔扎克；给我印象更深的是，象征诗派祖师马拉美倾倒于自然主义小说祖师左拉的“空前的生活感”（son sens inouï de la vie）和他表达群众动态、人体美等的才能[33]。古希腊人说：“狐狸多才多艺，刺猬只会一件看家本领”[34]；当代一位思想史家把天才分为两个类型，莎士比亚、歌德、巴尔扎克等属于狐狸型，但丁、易卜生、陀思妥也夫斯基等属于刺猬型，而托尔斯太是天生的狐狸，却一心要作刺猬（Tolstoy was by nature a fox, but believed in being a hedgehog）[35]。我们也不妨说，苏轼之于司空图，仿佛狐狸忻羡刺猬，而波德莱亚之于雨果，则颇似刺猬忻羡狐狸。歌德和柯勒立治都曾讲到这种现象，叶芝也亲切地描述了对“相反的自我”（the most unlike, being my anti-self）的追求[36]；美学家还特地制定一条规律，叫什么“嗜好矛盾律”(Law of the Antinomy of Taste)[37]。这规律的名称是够庄严响亮的，但代替不了解释。在莫里哀的有名笑剧里，有人问为什么鸦片使人睡眠，医生郑重地回答：“因为它有一种催眠促睡力”(une vertu dormitive)。说白居易“极喜”李商隐诗文，是由于“嗜好矛盾律”，仿佛说鸦片使人睡眠，是由于“催眠促睡力”。实际上都是偷懒省事，不作出真正的解释，而只赠送了一顶帽子，给与了一个封号甚至绰号。

总结起来，在中国文艺批评的传统里，相当于南宗画风的诗不是诗中高品或正宗，而相当于神韵派诗风的画却是画中高品或正宗。旧诗和旧画的标准分歧是批评史里的事实。我们首先得承认这个事实，然后寻找解释、鞭辟入里的解释，而不是举行授予空洞头衔的仪式。

注释：

〔1〕列许登堡(G. C. Lichtenberg)：《隽语·散文·书信》(*Aphorismen, Essays, Briefe*)，巴德(K. Batt)编本70页。圣佩韦(Sainte-Beuve)《我的毒素》(*Mes Poisons*)，季洛(V. Giraud)编本197页；他这几句话也在《月曜日文谈》开卷第一篇里早说过(*Causeries du lundi*, t. I,“M. Saint-Mar Girardin”, pp. 15—16)，《我的毒素》的那一节也见《文谈》第11册495页《小记与随感》(Notes et pensées)136条。

〔2〕克罗齐(Croce)：《美学》(*Estetica*)，第10版495页。

〔3〕梅(G. May)：《小说在十八世纪的困境》(*Le Dilemme du roman au 18e siècle*)18—19页、33页。

〔4〕这是柏格森论古典主义文学是否含有浪漫主义成分所用名词，见《思想与流动》(*La Pensée et le mouvant*, 1934)23—24页。参看尼采论后起的艺术大师不由自主地(unwillkürlich)改变了前人艺术作品的评价和意义(*Menschliches, Allzumenschliches*, Ⅱ. i. §147, *Werke*, hrsg. K. Schlechta, Bd I, S. 793)，又论认识历史需要“事后追起作用的效能”(Rückwirkender Kräfte…*Die Fröhliche Wissenschaft*, I, §34, Bd. Ⅱ, S. 62)。艾略脱论新起作品能改换(alter)传统作品的位置(T. S. Eliot:“Tradition and Individual Talent”, *Selected Prose*, ed. J. Hayward,“Penguin”, p. 23)。艾略脱那节话是一般人引用惯的，但不如柏格森讲得透澈。博尔赫斯论卡夫卡的先驱者时，说：“事实上，每个作家都创造他的先驱者”(El hecho es que cada escritor *crea* a sus precursores——J. L. Borges:“Kafka y sus precursores”, *Otras Inquisiciones*, Alianza Emecee, 1979, p. 109)，正是柏格森的用意。博尔赫斯列举卡夫卡的“先驱者”，第二名是作《获麟解》的韩愈；这和卡奈谛(Elias Canetti)《另一审判》(*Der andere Prozess*)里赞美卡夫卡是唯一具有中国真精神的近代西方作家，都未必是咱们乐意听的好消息，然而必将成为研究者捕风捉影的好题目。参看《管锥编》568页。

〔5〕艾尔德曼(K. O. Erdmann)：《文字的意义》(*Die Bedeutung des Wortes*)第3版66—69页(ein Kapitel Scholastik)。

〔6〕参看昆体良(Quntilian)：《修辞原理》(*Institutio oratoria*)第8卷6章40节，《罗勃(Loeb)古典丛书》本第3册，324页。

〔7〕艾德门茨(J. M. Edmonds)：《希腊抒情诗》(*Lyra Graeca*)，罗勃本第2册，258页。参看哈格斯特勒姆(J. H. Hagstrum)：《姊妹艺术》(*The Sister Arts*)10又58页。

〔8〕西塞罗：《修辞学》(*Rhetorica ad Herennium*)第 4 卷 28 章，罗勃本 326 页。

〔9〕达文齐：《画论》(*Trattato della pittura*)16 章，米拉奈西(G. Milanesi)编本 12 页。近代一个意大利作家对这句话承而又转："这些画家的绘画不但是无言语的诗歌，而且是无声响的音乐"(La lor pittura non è soltanto una poesia muta，ma è anche una musica muta. ——D' Annunzio，*Il Fuoco*，ed. Fratelli Treves，p. 107)。这也透露，浪漫主义运动以来，音乐在艺术里的地位高升在诗画之上了。参看纪德(A. Gide)1926 年 5 月说批评家(I'abbé Brémond)把"诗如画"(ut pictura poesis)的标准变为'"诗如乐"(ut musica poesis)，《日记、回忆》(*Journal*，*Souvenirs*)，《七星(La Pléiade)丛书》本 1004 页。

〔10〕莱辛：《拉奥孔》(*Laokoon*)《前言》(Vorrede)，李拉(P. Rilla)编《莱辛集》第 5 册 10 页。

〔11〕霍拉斯：《论诗代简》(*Ars poetica*)361 行，参看《姊妹艺术》26，37，59-61 页。

〔12〕《拉奥孔》：第 8 章，82 页。

〔13〕沃尔则尔(O. Walzel)：《各门艺术的相互阐发》(*Wechselseitige Erhellung der Künste*) 95 页。

〔14〕据文廷式：《纯常子枝语》卷 9、卷 27 所引道士著作，宋后道家也分"南北宗"。原则是否和禅宗的分派相近，我没有去考究。

〔15〕巴斯楷尔：(Pascal)《思辩录》(*Pensées*)第 1 篇 2 节，季洛(V. Giraud)编本 50 页。

〔16〕《纯理性批判》(*Kritik der reinen Vernunft*)，艾尔德曼(B. Erdmann)校本，格鲁依德(W. de Gruyter)版 500 页，参看 495 页。当代心理学有关"性格型"的基本分类："外向"(extrovert)和"内注"(introvert)、"发散"(diverger)和"收聚"(converger)，也相发明。

〔17〕贡布里支(E. H. Gombrich)：《艺术与错觉》(*Art and Illusion*)第 5 版(1977)169 页。

〔18〕休谟：《情感论》(*Dissertation on the Passions*)第 6 节 6 条，见《道德、政治、文学论文集》(*Essays Moral*，*Political*，*and Literary*)，格林(T. H. Green)与格罗士(T. H. Grose)编本第 2 册 164 页。休谟的话很像后来莱辛《拉奥孔》第 3 章讲绘画该挑选富有生发余地的景象，"好让想象力自由游戏"(was der Einbildungskraft freies Spiel lässt)(前注 10 所引同书 28 页)。"工作"和"游戏"通常是对立的概念，但休谟说"留些工作(work)给想象去干"和莱辛说"让想象力游戏自如"，二者完全一致。中国古人所谓"得意忘言"、"貌异心同"、"莫死在句下"等，也许我们读外国书时还不妨记住。

〔19〕斯屈来欠(Lytton Strachey)：《一部诗选》(An Anthology)，见《人物与评论》(*Characters and Commentaries*)153 页。

〔20〕麦卡锡(Desmond MacCarthy)：《中国的理想》(The Chinese Ideal)，见《经验》(*Experience*)73 页。

〔21〕屈力韦林(R. C. Trevelyan)：《意外收获》(*Windfalls*)115—119 页。

〔22〕敏斯德保(O Münsterberg)：《中国艺术史》(*Chinesische Kunstgeschichte*)第 1 册 222 页。

〔23〕韦尔兰(Verlaine)：《诗法》(*Art poétique*)，《全集》梅赛因(A. Messein)版第 8 册 295 页。

〔24〕盖茨(G. S. Gates)：《近代的猫》(*The Modern Cat*)116 页。

〔25〕摩尔克尔(Gottfried F. Merkel)编：《浪漫主义与翻译艺术论文集》(*On Romanticism and the Art of Translation*)68 页；参看贝尔(Henri Peyre)：《法国古典主义》(*Le Classicisme français*) 183 页引圣佩韦和尼采，又吉尔曼(Margaret Gilman)：《法国人论诗》(*The Idea of Poetry in France*)163 页。

〔26〕参看《管锥编》1304—1305 页、《管锥编增订》99—100 页。宋代笔记像《冷斋夜话》、《猗觉寮杂记》、《懒真子》等，都讲到王维画"雪中芭蕉"；诗篇像惠洪《与客论东坡》七律、陈与义《题清

白堂》七绝之三、楼钥《慧画寒林七贤》五古、杨万里《寄题张商弼葵堂》七绝之一等，都用了这个典故。晁冲之《三月雪》："从此断疑摩诘画，雪中自合有芭蕉"(《风月堂诗话》卷下引)，是《具茨集》的逸诗。汤显祖《玉茗堂集·尺牍》卷四《答凌初成》说起一个笑话："昔有人嫌摩诘之冬景芭蕉，割蕉加梅。冬则冬矣，然非王摩诘冬景也!"叶德辉《观画百咏》卷二因李唐《深山避暑图》里画了"丹枫"，赞为"妙笔补天，得辋川不问四时之意"；正是利用"雪蕉"为借口。

〔27〕参看普来明格(A. Preminger)主编：《诗歌与诗学百科全书》(*Encyclopedia of Poetry and Poetics* 1965)，5页。

〔28〕参看《管锥编》600—606页。

〔29〕洪迈明知那首陶诗可疑，反说王维、李白分别运"用"过它。《容斋五笔》卷一《问故居》："此诗诸集中皆不载，惟晁文元家本有之。盖'天目'疑非陶居处，然李白云云，乃用此尔。王摩诘诗云云。"参看《竹庄诗话》卷四《问来使》引《西清诗话》。

〔30〕参看《管锥编》720—723页。

〔31〕克罗齐：《帕斯科里(Giovanni Pascoli)论》，见所作《评意大利文学》(*La Letteratura Italiana*)，桑松内(Mario Sansone)辑本第4册231页。

〔32〕《新唐书》讲到文艺，比《旧唐书》态度认真，说话也在行。如果依据《旧唐书》为信史，那末，唐代最大的诗人原来是——吴筠!《隐逸传》说他"词理弘通，文采焕发，每制一篇，人皆传诵。虽李白之放荡、杜甫之壮丽，能兼之者，其唯筠乎!"在整部书二百卷里，不论立专传还是人《文苑传》的诗人，谁都没有赢得那样赞叹备至的评语，(尽管那几句话全是从权德舆《吴尊师传》(《全唐文》卷五〇八)里搬来的)

〔33〕许德利希(F. Strich)：《艺术与生活》(*Kunst und Leben*)90—93页，参看238页论华尔夫林(H. Wöllflin)；比工(G. Picon)《阅读的效用》(*L'Usage de la lecture*)188—189页；马拉美(Mallarmé)《答问》(Réponses à des enquêtes sur l'évolution littéraire)，《全集》《七星丛书》本871页。

〔34〕参看《管锥编》564—565页。

〔35〕柏林(I. Berlin)：《俄罗斯思想家》(*Russian Thinkers*)22—24页。

〔36〕辛尼奥(G. F. Senior)与卜克(C. V. Bock)编注：《批评家歌德》(*Goethe the Critic*)8页；阿许(T. Ashe)编：《柯勒立治语录及其它》(*Table-Talk and Omniana*)236页；叶芝(W. B. Yeats)：《在月亮的友善的静寂中经过》(*Per Amica Silentia Lunae*)，见《散文集》(*Essays*)，麦克密伦(Macmilan, 1924)版484页，参看493页(the other self, the anti-self or the antithetical self)。

〔37〕凯恩茨(F. Kainz)：《美学这门科学》(*Aesthetics the Science*)，许惠勒(H. M. Schueller)英译本203—204页。"嗜好矛盾"固然常有，但还不够构成规"律"去颁布。白居易和李商隐的嗜好正是凑手的事例。白遵守那条"律"，他"晚极喜李义山诗文，尝谓'我死得为尔子足矣!'"；而李似乎无视那条"律"，对白的诗文没有相称的反应。《樊南文集》卷八洋洋千余言的《白公墓志铭》里半句不提白诗，甚至只说："姓名过海流入鸡林、日南有文字国"，而不肯换个字说"诗名"。当然，要辩解也很容易，譬如说：墓碑该讲功业品节等大事，顾不到词章末技，或说：李多活二三十年，准会"晚极喜"白的诗文。还可以找出其他理由；理由是凑数的东西，最肯与人方便，一找就到。

作诗与参禅

季羡林

诗与禅，或者作诗与参禅的关系，是我国文学史、美学史、艺术史、思想史等等中的一个重要问题。在一些与中国文化有关的国家，比如韩国和日本等等中，这也是一个重要的问题。我们甚至可以说，在东方文化中，这个问题也有重要的意义。因此，自来论之者众矣。

我于此道决非内行里手，只是喜欢涉猎一下而已。而且我的涉猎面虽广，却是浅尝辄止，一点也不够深入。仅就我涉猎所及，我发现，谈这个问题的典籍，一千多年以来，多得不得了。一直到今天，此风未息。论文专著，层出不穷。内容丰富，词彩动人，读起来令我如入山阴道上，目不暇接。但是，一旦掩卷沉思，则又似乎没有在脑海里留下多少东西，杂乱而浑沌，一点也不明朗。有的人钻研得很深；但是，人们如果想理出一点头绪，则又似乎抓不住一条纲，依然是杂乱而浑沌。这问题真有点像镜花水月，可望而不可即。我怅然懵然。记得西方某一位名人说过，读别人的书，就好像是让别人在自己脑袋里跑马。我让人在自己脑袋里跑马，次数之多，无法统计了。结果并没能跑出一个所以然来。我在怅然懵然之余，窃不自量力，索性让我自己在脑袋里跑一趟马，也许能跑出一点名堂来。既然不是内行里手，跑马难免跑出了圈子，跑入非想非非想中。好在精通此道的真正内行专家到处都有。我相信，他们会把我的马缰绳牢牢抓住的。

我想谈以下几个问题。

一　中国古籍中对诗禅关系的看法

作诗，这几乎是世界上所有的国家所共有的活动，而参禅则似乎只限于中国和同中国有文化渊源关系的少数几个国家。中国的禅宗，虽然名义上来自印度，实则完全是中国的产物。印度高僧菩提达摩被尊为东土初祖。据说当年灵山会上，如来拈花，迦叶微笑，师徒会心，灵犀一点。这种心法由迦叶传了下来，不知几年几代，传给了达摩。这故事本身就接近神话，印度和中国和尚编的那一套衣钵传承的几祖几祖，又是没法证实的。达摩带到中国来的“法”，当然也就虚无缥缈。反正中国后来的禅宗，同后汉安世高等带进来的禅学，根本不是一码事。总之，禅宗是在中国兴盛起来的。严格地说，禅宗是在五祖弘忍以后才畅行，而大盛于六祖慧能(638—713)。为什么单单在中国这块土地上，单单在中国的文化环境中，禅学才能兴旺发展？这个问题比较复杂，我在这里先存而不论。这篇论文写完时，读者也许能从字里行间得到答案。

在禅宗思想在中国兴起以前，中国的诗歌已经有了很长的历史。足证作诗与参禅没有必要的联系。但自禅宗思想流行以后，很多人都把作诗与参禅紧密地联系起来。这样的例子真正是举不胜举。我在下面只举出几个来，以便作三隅之反。

禅宗大盛于唐。初、中唐时期，许多大诗人受到禅宗的影响，在创作实践方面，援禅入诗，写了一些禅味极浓的诗。到了晚唐，在理论方面，有人又把诗与禅紧密联系起来。最著名的代表是司空图。他那许多著名的提法，什么“韵外之致”、“味外之旨”、“辨于味而后可以言诗”等等，是大家都熟悉的。司空图明确地认识到诗禅的一致。他这种以禅说诗的理论，对后世中国文艺理论的发展，有极大的影响。

到了宋朝，禅宗高度发展，广泛流行。士大夫谈禅成风。他们把诗与禅更加紧密地结合了起来。我举几个例子：

韩驹《陵阳先生诗》卷一《赠赵伯鱼》：

学诗当如初学禅，未悟且遍参诸方。一朝悟罢正法眼，信手拈出皆成章。

吴可《学诗诗》，《诗人玉屑》卷一：

学诗浑似学参禅，竹榻蒲团不计年。直待自家都了得，等闲拈出便超然。

龚相《学诗诗》，《诗人玉屑》卷一：

学诗浑如学参禅，悟了方知岁是年。点铁成金犹是妄，高山流水自依然。

戴复古《论诗十绝》，《石屏诗》卷七：

欲参诗律似参禅，妙趣不由文字传。个里稍关心有悟，发为言句自超然。[1]

这样的例子还很多，不再抄列。这里讲的大半是，参禅学诗都要下工夫，“功到自然成”，一朝悟透，诗句便能超然。至于禅的内容，基本上没有涉及。

钱钟书《谈艺录》[2]中，也引了许多关于诗禅关系的例子，并发表了很精辟很深刻的意见。请读者自行参阅，不再抄录。

唐宋时代开始的有关诗与禅的意见一直对后代文艺理论的发展以及诗歌的创作，起着广泛而深入的影响。我们甚至可以说，在中国文艺理论史上，如果没有援禅入诗的活动，中国诗歌的创作和理论，将会是另一种样子，其重要性可想而知。

二　诗与禅的不同之处

上面引证的唐宋诸家学说，都把诗与禅相提并论。其中必有道理，这是完全可以肯定的。诗与禅必有共同之处，这也是完全可以肯定的。在对共同之处作细致的分析之前，我认为有必要先对二者不同之处稍加阐述，这能够加深对共同之处的理解。

从表面上来看，诗与禅的不同之处，是非常明显的。禅宗最初是主张“不立文字”的。这其实是继承了佛家的传统。从历史上来看，释迦牟尼时代，文字还不流行。印度古代，包括婆罗门教在内，师徒都是口口相传。最初既无抄本，当然更谈不到印本。到了很晚的时候，印度教徒还不允许把他们的圣经宝典《吠陀》排印出版。佛教大藏经里面，有几部讲佛祖生平的经，讲到他年幼时学习了多少多少“书”(文字)。这些经都是晚出的，不代表释迦牟尼时代的真实情况。佛陀不重文字，经中屡有记载，如《大方广宝箧经》卷上云：“不著文字，不执文字”，等等[3]。所以我说，禅宗“不立文字”，是继承了印度佛教传统。后来禅宗却从“不立文字”发展成为“不离文字”。这又是为什么呢？这是一个颇为微妙的问题。下面我还会谈到。

禅是这样，诗则不同。钱钟书说：“了悟以后，禅可不著言说，诗必讬诸文字[4]。”

这就是诗与禅的不同之处。

三　诗与禅的共同之处

这是本篇论文讨论的重点。

作诗与参禅本来是两种迥乎不同的活动。我在上面已经说道，在禅宗兴起以前，中国诗歌已有极长的历史。在欧美国家，没有什么禅宗，也都有杰出的诗歌创作。可见诗与禅并没有必然的联系。但是在中国，在禅宗兴起和流行以后，在某些诗人身上，诗和禅竟变得密不可分。原因何在呢？这是一个非常有趣但又并不很容易回答的问题。我先笼统说上几句。禅宗的理论和实践进入中国诗，是同佛教思想进入中国哲学，几乎是同步的。二者都是滥觞于两晋南北朝，初盛于唐代，大盛于宋代。原因是明显的。佛教入华以后，给中国人提供了一个观察宇宙和人生的新角度，使人耳目为之一新。立即接受下来了。这种解释亦近常识，似乎可以不说；但是不说又似乎不行。不说则很多现象无法讲清楚，诗与禅就属于这一类。说完了这个笼统的解释，还有很多细致深入的解释要去做。可是这决不能毕其功于一役。在下面的论证中，很多地方都会碰到这种解释，要请读者自己去心领神会了。

对于诗与禅的共同之处，过去的中国诗人和学者和今天的中国诗人和学者，都发表了许多精辟的见解。一言以蔽之，他们发现，诗与禅的共同之点就在“悟”或“妙语”上。我举两个当代的造诣精深的学者的意见，以概其余。第一个是钱钟书。他在《谈艺录》二八《妙悟与参禅》这一节中说：

> 夫“悟”而曰“妙”，未必一蹴即至也；乃博采而有所通，力索而有所入也。学道学诗，非悟不进。或者不好渔洋诗，遂并悟而非之，真因噎废食矣。高忠宪《困学记》云：“平日鄙学者张皇说悟，此时只看作平常，自知从此方好下工夫耳。”陆桴亭《思辨录辑要》卷三云：“凡体验有得处，皆是悟。只是古人不唤作悟，唤作物格知至。古人把此个境界看作平常。”按刘壎《隐居通议》卷一论悟二可参阅。又云：“人性中皆有悟，必功夫不断，悟头始出。如石中皆有火，必敲击不已，火光始现。然得火不难，得火之后，须承之以艾，继之以油，然后火

> 可不灭。故悟亦必继之以躬行力学。”

下面还有非常精彩的意见，文长不具引。请读者自行参阅。钟书君的意见是切中肯綮的。我觉得陆桴亭认为“人性中皆有悟”，就有禅宗色彩。

第二位学者是敏泽。他在《中国美学思想史》[5]中写道：

> “禅”与“悟”宋代禅宗广泛流行，士大夫知识分子谈禅成风，以禅喻诗成为风靡一时的风尚。其结果是将参禅与诗学在一种心理状态上联系了起来。参禅须悟禅境，学诗需悟诗境，正是在“悟”这一点上，时人在禅与诗之间找到它们的共同之点。

敏泽的意见也是切中肯綮的。钟书君与敏泽异曲同工，一脉相承，都说到了点子上。我自无异议。

但是，我总还感到有点不满足。他们讲“悟”或“妙悟”，只讲了这一种思维活动，好像是一个没有宾语的不及物动词。这似乎有点空，需要补充一下，才能显得完整而切实。我觉得，至少有两个问题需要我们回答：

第一，什么叫“悟”？

第二，“悟”到了什么东西？

这都是相当重要的问题。据我涉猎所及，好像还没有哪个学者明确而完整地提出这样的问题，回答也就更谈不到。我现在不自量力，试着来回答一下这两个问题。

先谈第一个问题。《说文》：“悟，觉也。从心，吾声。”这说明，这个字是中国早就有的。可是自从佛教传入以后，在汉译佛经中，“悟”就变成了一个佛教术语，被赋予了以前不可能有的含义。从根本上来解决问题，我们先看一看，在梵文和巴利文中与汉文“悟”字相当的是些什么字。归纳起来，梵文和巴利文约略有三个动词与“悟”字相当：

第一个是√budh，前面可以加上词头 pra 等等，意思是“醒”、“觉”、“悟”；

第二个是√vid，前面可以加上词头 sam 等等，意思是“知道”；

第三个是√jña，前面可以加上词头 ā 等等，意思是“知道”。

其中以第一个√budh 为最重要。汉译“佛陀”，在梵文和巴利文中是 buddha，是√budh 的过去分词，意思是“已经觉悟了的人”，“觉者”，“悟者”。佛祖就是一个“觉者”、“悟者”。可见这个“悟”字的重要意义。我的第一个问题：什么叫“悟”？答案：这就叫“悟”。

第二个问题：“悟”到了什么东西？必须同上面说的这些东西联系起来，才能给予准确的答案。光是“悟”，决不能成佛，必定是“悟”到了什么重要的真理，才能成佛作祖。这是一个至关重要的关键。回答要分成两个层次：一个是小乘层次，算是低层；一个是大乘层次，是高层。释迦牟尼坐在菩提树下金刚座上，大彻大悟，成了佛。他悟到的当然还是小乘的真理。内容是什么？虽然他没有明说，其实还是颇为清楚的。他成佛后在鹿野苑首转法轮，讲的应该就是他不久前悟到的真理。关于首转法轮，各种语言的佛经上有大量的记载，说法虽不尽相同，内容基本上是一致的，其可靠性毋庸过分怀疑。为了把初转法轮的内容比较详尽地介绍出来，我从唐天竺三藏地婆诃罗译的《方广大庄严经》卷十一《转法轮品》中把如来说法的内容抄在下面：

> 如来于初夜时，默然而过。于中夜分，安慰大众，令生欢喜。至后夜已，唤五跋陀罗而告之言：汝等应知，出家之人有二种障。何等为二？一者心著欲境而不能离。是下劣人无识凡愚，非圣所行，不应道理，非解脱因，非离欲因，非神通因，非成佛因，非涅槃因。二者不正思惟，自苦其身而求出离。过现未来皆受苦报。比丘！汝等当舍如是两边。我今为汝说于中道。汝应谛听，常勤修习。何为中道？正见、正思惟、正语、正业、正命、正精进、正念、正定。如是八法名为中道。
>
> 佛告诸比丘：有四圣谛。何等为四？所谓苦谛、苦集谛、苦灭谛、证苦灭道谛。比丘！何等名为苦圣谛？所谓生苦、老苦、病苦、死苦、爱别离苦、怨憎会苦、求不得苦、五盛蕴苦、如是名为苦圣谛。何等名为苦集圣谛？所谓爱取有，喜与贪俱，悕求圣乐。如是名为苦集圣谛。何等名为苦灭圣谛？所谓爱取有，喜与贪俱，悕求圣乐，尽此一切。如是名为苦灭圣谛。何等名为证苦灭圣谛？即八圣道，所谓正见，乃至正定。此即名为证苦灭圣道谛。[6]

初转法轮的内容，大体上就是这个样子。后来初期佛教教义被归纳成三句话，称之为“三相”或者“三法印”：诸行无常，诸法无我，一切皆苦。释迦牟尼首转法轮，这三个法印几乎都包括在里面了。其中的“诸法无我”，是佛教重要教义，是佛教与婆罗门教斗争的重要武器。“无我”，梵文叫 anātman，意思是所谓“我”(ātman)是并不存在的，它是由初转法轮中讲到的五盛蕴(色、受、想、行、识)组成的，是因缘和合的产物，没有实体。这是释迦牟尼在菩提树下悟到的真理。佛教僧侣以及居士，如果想悟到什么东西，他们首先必须悟到“无我”。事实上中国人确已悟到“无我”了，比如徐增《唐诗解读》卷五说：“行到水穷处，去不得处，我亦便止，倘有云起，我便坐而看云起，坐久当还，偶值林叟、便与谈论山间水边之事。相与留连，则不能以定还期矣。于佛法看来，总是无我，行无所事。行到是大死，坐起是得活，偶然是任运，此真好道人行履，谓之好道不虚也。”[7]这是徐增对王维《终南别业》那一首著名的诗的解释。我认为是抓住要领的。

总之。我认为，要讲“悟”到什么，首先要悟到“无我”。[8]

但是，仅仅悟到这个程度，还是很不够的。佛教从小乘开始，随着社会的前进，逐渐向大乘过渡。大乘最根本的教条，从信仰上来说，是菩萨思想，要广渡众生，比起声闻乘来，要广大得多了。在教义方面，这表现在最早出现的《般若经》中。《般若经》的主要思想是，法无自性，即所谓法空的思想。“空”，梵文原文是 śūnya，意思是“空虚”。许多大乘的重要经典，如《法华》、《华严》等等，其主要思想都是建立在般若基础上的。所谓“般若性空”者即是。我在这里没有可能详细介绍大乘中观派、瑜伽行派的共同点和不同之点。不管是所谓“空宗”，还是所谓“有宗”，其根本教义都是讲空。中观派讲空讲得过了头，连“佛性”，“真如”等等都想空掉。这动摇了大乘的信仰基础，因此有宗就出来加以纠正或者补充。他们之间没有根本矛盾。

什么叫“空”呢?《中论》第二十四品说：“众因缘生法，我说即是空。亦为是假名，亦是中道义。”“法”，指的是事物。一切事物都是因缘生成，本身是不存在的，所以称之为空。佛家这一套烦琐哲学，同我现在要讨论的东西，没有多么重要的关系，姑且置而不论。

总之，要讲悟，悟到了“无我”，还不够，必须再提高一步，要悟到“空”。

我在上面回答了我提出来的两个问题：什么叫“悟”?“悟”到了什么东西?“悟”，同释迦牟尼在菩提树下悟得真理，是一脉相承的。悟得的东西低层次的是“无我”，高层次的是“空”。禅宗的思想基础是大乘空宗。因此悟空对中国禅僧和禅学诗人，是至关重要的。

中国禅宗的几个祖师爷所悟得的，也就是这个空。我从五祖弘忍和六祖慧能谈起。我现在根据《坛经》把他们两人一段公案简略地介绍一下。(六)上座神秀题偈：

身是菩提树，心如明镜台，时时勤拂拭，莫使有尘埃。

(七)五祖念了偈以后，对神秀说：“汝作此偈，见即未到，只到门前，尚未得入。”对他是不够满意的。(八)惠能是不识字的，也作了一偈，请一解书人题在壁上：

菩提本无树，明镜亦非台，佛性常清净[9]，何处有尘埃?

又偈曰：

心是菩提树，身为明镜台，明镜本清净，何处染尘埃?

五祖认为慧能悟道，便把衣钵传给了他，并且说：“法以心传心，当令自悟。”神秀和慧能的两偈，其区别一看便知：神秀悟空悟得不够。

“无我”的思想，“空”的思想，一旦渗入中国的诗歌创作，便产生了禅与诗密不可分的关系。禅与诗的关系是相互影响的，相互起作用的。正如元好问在《赠嵩山隽侍者学诗》中所说的：“诗为禅客添花锦，禅是诗家切玉刀。”[10]

四　禅与中国山水诗

禅与诗的密切联系首先或者主要表现在山水诗上。

为什么会产生山水诗呢?(我觉得，山水画的出现也与此有关。)

悟“无我”或者悟“空”，最好要有两个条件：一个是主观条件，指的是心灵中的悟解；一个是客观条件，指的是适当的自然环境，以远离尘嚣的山林为最理想。身处闹市也不是不可以静悟。陶渊明的诗：“结庐在人境，而无车马喧。问君何能尔？心远地自偏。”陶渊明是受道家思想影响的人。他也许有自己的一套修养方法，这里暂且不谈。佛家的禅僧或者接受参禅思想的诗人，据我的观察，有一套不同的办法。他们往往遁入深山野林最寂静，不受尘世干扰的地方去静悟。中国古诗说：“天下名山僧占多”，正表示了这种情况。但是，佛教初入中国的时候，并不是这个样子。传说是中国最早的佛寺白马寺，建筑在洛阳城外，并不在山中。[11]后来仍然有这城市中建庙的习惯，《洛阳伽蓝记》中记述的寺院，几乎都在城内。一直到了唐代，长安城中的寺院还是很不少的。此风流传，至清不衰。可见佛寺并非一定要建在山上。但这只是事情的一个方面。可能从晋代起，山林中建庙的风气就开始了。从此就开始了名山与名刹互相辉映的局面。中国的禅宗初祖达摩于梁武帝时期（六世纪前半）来华以后，在洛阳他不住在白马寺，而住在嵩山中的少林寺，可以透露个中消息。

既然讲到达摩，我索性把达摩的禅法以及大小乘禅法的区别也简略地介绍一下，以利于对中国禅宗的了解。禅，在印度有其根源，梵文是 dhyāna，巴利文是 jhāna，音译为“禅”，原意是“冥想”，英文叫 meditation。我在上面已经说过，传到中国来以后，汉末安世高的禅法属于小乘，与属于大乘的禅宗的禅法完全不同。小乘禅法有所谓色界四禅和无色界八定之说。“四禅”指的是静坐冥想时精神统一的四个阶段，梵文称之为 dhyāna-catuṣṭaya。为了把这一点说明白，我举一个具体的例子。释迦牟尼在临涅槃前，坐双树间进入禅定。《长阿含经·游行经》中说：

> 是故比丘！无为放逸。我以不放逸故自致正觉。无量众善，亦由不放逸得。一切万物无常存者，此是如来末后所说。于是世尊即入初禅定，从初禅起入第二禅，从第二禅起入第三禅，从第三禅起入第四禅，从四禅起入空处定，从空处定起入识处定，从识处定起入不用定，从不用定起起入有想无想定，从有想无想定入灭想定。

然后又倒转回来，从灭想定转到第一禅，又从第一禅依次回到第四禅，“从第四禅起，佛般涅槃。”[12]小乘禅定大体上就是这个样子。

综观释迦牟尼的一生，他并没有号召和尚普遍坐禅。有人说：“佛教在印度流传的时期，便提倡居山林坐禅。”[13]这是一种误解。灵鹫峰同佛祖有点关系，它只是王舍城附近的一座山峰。释迦牟尼对它并无偏爱。所谓灵山，到了大乘时期才屡见于佛典。常说的“灵山会上，如来拈花，迦叶微笑”，这是大乘捏造的。可能与大乘起源有关。这是一个很有趣的问题，这里暂且不谈。事实是，释迦牟尼成佛以后，到处奔波游行，弘宣大法。讲的不外是四圣谛、八正道、十二因缘等等。禅法还根本没有。在印度，开凿石窟，雕塑佛像，是晚起的事情。一直到后来，也并不提倡在山林中修建寺庙。“天下名山僧占多”的现象，在印度是没有的。玄奘游学的那烂陀寺，有悠久的历史，有崇高的地位。也是建筑在大平原上的。

我现在再回头来谈小乘禅与大乘禅的问题。根据汤用彤的意见，汉晋流行之禅法，大别有四：一曰念安般；二曰不净观；三曰念佛；四曰首楞严三昧。[14]其中一二属于小乘禅，三属于净土教，四是大乘禅。达摩的禅法属于大乘。达摩主顿悟，而在中国首倡顿悟者为竺道生，他们之间有一脉相承的关系，这是很自然的。达摩所修大乘禅法，名曰壁观。《灯录》引《别记》云：达摩教禅宗二祖说："外息诸缘，内心无惴。心如墙壁，可以入道。"[15]达摩大概认为，修这样的禅，最好远离尘世，因而不住在洛阳城内，而遁隐嵩山少林寺。达摩之后，二祖慧可、三祖僧璨、四祖道信、五祖弘忍、六祖惠能，连神秀在内，都提倡独宿孤峰，端居树下。三祖僧璨"隐思空山，萧然静坐"。四祖道信唯山林是讬。五祖弘忍提倡"栖神山谷，远避嚣尘"，等等[16]，由此可见，坐禅与山林的关系是多么密切。

我现在举一个具体的例子，来说明大乘顿悟与山林以及与山林有密切联系的山水诗的关系。这个例子就是谢灵运。

我们决不能说，谢灵运属于禅宗，因为禅宗初祖达摩在梁武帝时期(六世纪前半)来华活动，而谢灵运则是生活在 385 年至 433 年，比正式禅宗的建立要早很多年。但是禅宗思想决非一夜之间就从地里钻出来的，而是有一个长久的潜伏期。因此，如果说谢灵运的思想和行动有与后来的禅宗相通之处，那是符合实际情况的。

古今文艺理论家和文学史家都认为，晋宋之际在中国文学发展史上出现了一个很大的变化，这就是两晋的"玄言诗"为"山水诗"所取代。这并不是说，"玄言诗"一下子就消失了。那是不可能的。这是一个渐变的过程。无论如何，这个变化是极为显著的。刘勰在《文心雕龙·明诗》中说："宋初文咏，体有因革，庄、老告退，而山水方滋。"山水诗的开创者又是集大成者就是晋宋之际的谢灵运。

为什么独独一个虔信大乘空宗顿悟说，曾协助僧人们翻译整理《大般涅槃经》，显然学习过梵文，对梵文悉昙章有精深研究的谢灵运会成为山水诗的开路人呢？再从后来的，至少是唐代和宋代的许多山水诗人都与禅宗有密切联系这一点来看，佛教的顿悟与山水诗之间有一脉相通之处，就很显然了。

山水诗的形成，其原因绝不止一端。对于这个问题，蒋述卓发表了一些很好的意见。归纳起来，约有以下几点：第一，山水在此时已作为人类独立的审美对象而进入文学艺术领域；第二，玄学与佛学思辨性的理论及其方法给山水诗的产生提供了深厚的理论基础；第三，佛教在印度流传时期，便提倡居山林坐禅。这一点与实际情况不符，我在上面已经谈到了；第四，由对本体的探究与追求，也引发出了玄佛二家对自然山水理想寄托的契合，等等[17]。因为这在中国文学史上是一个比较重要的问题，所以论之者极众，学说五花八门，我在这里不一一列举了。

下面专谈谢灵运。

谢灵运是中国文学史上一个相当重要的诗人。他信佛[18]，写过一些关于佛教的文章，诗文中有佛教思想，更是非常明显的。他有时候把儒家经典同佛典相比，认为"必求性灵真奥，岂得不以佛典为指南耶？[19]沈约《宋书》为灵运立传(《列传》第二十七）。《传》中讲了一些他信仰佛教的情况，也讲到他对山林的爱好。“遂移籍会稽，修营别业，傍山带江，尽幽居之美。”这一点同唐代虔诚奉佛的王维完全一样，很值得注意。沈约把谢灵运的《山居赋》完整地收入《传》中。《赋》中讲到佛，讲到山水，讲到招提（佛寺）。谢灵运用了很多佛经典故，并自己注明出处。他“钦鹿野之华苑，羡灵鹫之名山”。（注：“鹿野，说四真谛处。灵鹫山，说《般若》、《法华》处。”）这说明，谢灵运精通佛典，相信的是大乘空宗的《般若》和《法华》。我在上面提到灵鹫山与大乘的关系。这里又提供了一个证明。《赋》中还说：“安居二时，冬夏三月。远僧有来，近众无缺。法鼓朗响，颂偈清发。”可见山中迎远僧，邀近众，击法鼓，做佛事之热闹情况。总之，《山居赋》充分体现了谢灵运信佛教，爱山水的心情。

谢灵运同佛教的关系还不止这一些。

谢灵运对梵语有研究。他对悉昙藏，对梵汉音训都有湛深的研究，对梵文字母的数目，更有自己独到的见解。日本僧人安然撰《悉昙藏》，引用了很多谢灵运的话。我从第一卷中引一条：

> 谢灵运云：诸经胡字，前后讲说，莫能是正。历代所滞，永不可解。今知胡语而不知此间语，既不能解。故于胡语中虽知义，不知此间语亦不能解。若知二国语，又知二国语中之义，然后可得翻译此义，以通经典。故睿法师昔于研采经义，又至南天竺国，经历年岁，颇了胡语。今就睿公是正二国音义，解释中胡字晓然。庶夫学者可无疑滞，粗为标列在后，差可推寻云尔也。[20]

此事又见于《佛祖统纪》二六《僧睿传》[21]，参看《高僧传》七《慧睿传》。可见谢灵运对佛经梵语确是下过一番功夫。对十四音，谢灵运也有自己的看法[22]。

谢灵运还自己在山中修建佛寺。《佛祖统纪》五三说：“谢灵运于石壁山建招提寺。”[23]谢灵运可以说是集佛典顿悟、作山水诗、于山中建寺这三件有联系的事情于一身。

因此，在他的山水诗中大量地反映出他那佛教思想，特别是般若空观的思想。关于这个问题，过去很多学者做过很精彩的分析，比如说，赖永海的《佛道诗禅》（143—145页）；蒋述卓的《佛经传译与中古文学思潮》（76—77页）。我在这里不一一具引。此外还有很多书谈到这个问题，都请读者自己去翻阅吧。我只想指出几个例子。在《佛影铭序》中，谢灵运说：“我无自我，实承其义。尔无自尔，必祛其伪。”我在前面讲要“悟”什么东西的时候，曾说，首先要悟“无我”，这是佛教最根本的教义之一，后来的“空”可以说是它的发展。在这里，谢灵运说到“我无自我”。正是禅宗初步的“悟”。当然其他所有的僧人，都必须相信“无我”。不过从谢灵运笔下看到“无我”，觉得绝非偶然而已。过去讨论谢诗与顿悟之间的关系的学者，曾举出了许多谢诗的名句。我个人觉得，谢灵运脍炙人口的名句“明月照积雪”，写的是白茫茫一片空蒙的景象，也可以归入反映他般若性空思想的诗句之中。甚至他那名闻千古的“池塘生春草”，倘若从佛教顿悟的观点上来加以解释，不也可以发前人未发之覆吗？

对于谢灵运的诗，要谈的还很多。限于篇幅，我就不再细谈了。总之，谢灵运是在禅宗建立和流行以前把大乘般若性空思想与山水诗结合起来的集大成者，对以后中国文学的发展有深入持久的影响。

到了唐代，禅宗已经建立起来，并且广泛地流行开来。山水诗的创作达到了空前的——也许是绝后的吧——水平。此时大家辈出。王、孟、韦、柳的山水诗彪炳千古。其中的魁首当然是王维。他酷爱山水，虔信佛教。他的辋川别墅同谢灵运的别墅，几乎完全是一模一样。这反映了他们之间的共同信仰与共同爱好，王维诗中所悟到的“无我”和“空”，较谢灵运诗中悟到的更鲜明，更深刻，更普遍。原因很简单：谢灵运时代禅宗还没有创立，而到了王维时代，则禅宗已大行于天下。对于王维的山水诗，古今学人论之者众矣。尽管意见不完全相同；但是都把王维的山水诗同禅悟联系起来。这些意见我不再重复。我只推荐几本我手头有的书，这些书都是最近若干年出版的。这些书是：林庚《唐诗综论》(1987 年，人民文学出版社)[24] 陈贻焮《论诗杂著》，1989 年，北京大学出版社；陈允吉《唐音佛教辨思录》，(1988 年，上海古籍出版社)；陈铁民《王维新论》，(1990 年，北京师范学院出版社)。以上诸书可供对此问题有兴趣者参考。

在唐代著名的山水诗人中，除了王维外，比较信仰佛教的还有柳宗元。在他的诗中也表现了同样的悟空的情趣。至于王维的好友孟浩然，他虽然不明显地归依佛教，诗中情趣颇有与王维相似之处。韦应物也可以作如是观。

到了宋代和宋代以后，山水诗仍然存在，山水诗与佛教禅悟的关系也依然存在。我在这里不详细谈了。我只想补充几句关于中国山水画的看法。我觉得，中国山水画的产生与发展，与中国山水诗的发展，基本上表现出同一规律。王维“诗中有画，画中有诗”，是一个再好不过的例子。

五　言意之辨

我在上面讲了四个问题，重点是诗与禅的不同之处和共同之处。我大胆地提出了什么叫“悟”？和“悟”到了什么东西？这样的问题，并给予了解答。我用自己的看法解释了诗与禅的关系，特别是禅与中国山水诗的关系，自认还能自圆其说。但是诗与禅的根本问题依然存在，还没有得到解决。进一步加以探讨，是不可避免的。我并非此道专家，但是对此道的文献却确实阅读了不少。可惜的是，就我浅见所及，没有发现哪一个是搔着痒处的。我不揣简陋，自己再大胆一下，提出一个看法，以求教于方家。

简而言之，我的看法，要从言意之辨谈起。

(一)言意之辨

言和意的关系，是几千年来困惑着中外许多大哲学家、大文学家，还有其他许多什么家的一个哲学、文学、心理学等等方面的重要问题，一直到今天也还没有得到真正的解决。所谓“言”，指的是人类的语言文字；所谓“意”，内涵颇为复杂。举凡人类的内心活动，感觉和知觉，思维和想象，情绪和情感，等等，都属于“意”的范畴。人们内心的审美经验，也属于这一类。这一些内心的活动，想要表达出来，手段可以有很多，音乐、舞蹈、绘画、雕塑等等都是，但是最普通最重要的则是语言文字。所有这一些手段，特别是语言文字，都不能完整地把“意”表达出来，总有不少的距离，于是来了矛盾，来了困惑，产生了“言意之辨”的难题。

中国古代老子和庄子已经发现了这个问题。老子说：“道，可道，非常道；名，可名，非常名。”不是说道不总是可道的吗？庄子说：“筌者所以在鱼，得鱼而忘筌。言者所以在意，得意而忘言。”这话说得非常清楚了。哲学家的话比较朴实。到了文学家、文艺理论家笔下，问题依然，说法却有了变化；说理的成分少了，描绘的成分增加了。中国古代文论中很有影响的“意境”或“境界”和形象的问题，也与此有关。把意境形象化，就产生矛盾。唐皎然的《诗式》讨论了这个问题。他所说的“采奇于象外”，“文外之旨”等等，可见一斑。司空图的《诗品》中碰到了同样的问题。他所说的“超以象外，得其环中”，含义相同。人们常争论的“形似”与“神似”的问题，归根结蒂，也产生于把人们心中的“意”如何外化，如何形象化的问题。王渔洋最欣赏的“不著一字，尽得风流”八字，说明他倾向神似，反对形似。也说明，他认为字的作用是极其有限的。宋代严羽的《沧浪诗话》，是以援禅入诗著名的。他大概在作诗与参禅中也遇到了言不尽意的麻烦。他不用或者没有能力用说理的或者叙述的方式来表达，而是采用了一些形象化的，美妙无比的比喻来表示，比如，他认为诗的妙处在于“不可凑泊，如空中之音，象中之色，水中之月，镜中之像”，在于无迹可求，在于言有尽而意无穷。唐人戴叔伦也发表了类似的看法：“诗家之景，如蓝田日暖，良玉生烟，可望而不可置于目睫之间。”禅家所说的“羚羊挂角，无迹可求”，也是这个意思。他们还说什么“言语道断”，“不立文字”等等，含义也一样。

类似的例子还可以举出很多很多来，看来用不着再一一列举了。诗人与禅客悟到了一些东西；但是，正如俗话所说的，好像是在茶壶里煮饺子，肚子里有，只是说不出来。原因究竟何在呢？

诗人与禅客，或者作诗与参禅，从表面上来看，是两种性质不同的活动。但是，既然共同点在一个“悟”字上，则所悟到的东西必有共同之处。作诗的“悟”，有技巧方面的问题；但是，更重要的是，与参禅一样，悟到的是“无我”，是“空”，是内容方面的东西。这些东西都是虚无缥缈的，抓不住看不到的。过去中外都有人企图加以解释，都有点似是而非。我现在想尝试着从言意的关系上来解决这个问题。最近由于一个偶然的机会，陶东风同志把他所著的《中国古代心理美学六论》[25]送给了我，读了其中的一论：《言意论》，觉得茅塞顿开。他结合中国的传统理论，利用了西方当前的一些理论流派的说法，对言意关系这个古老的问题，作出了崭新的解释，持之有故，言之成理，读之耳目为之一新。我现在就基本上根据陶东风的叙述，加上我自己的一些想法，来阐释一下作诗与参禅的问题。

所谓“意”，我在上面已经稍有解释，其内容并不像一般人想象得那样简单。人类意识经验是有不同的层次的。弗洛依德把它分为意识、前意识、无意识三个层次。人类经验中那些处于明确、简单的意识层次上的经验，与语言的关系比较紧密，较易传达，因而少有“言不尽意”的现象。但是那些飘忽不定、朦胧模糊、来去无踪的下意识、无意识的经验，则难以用言语来表达。有一种“非语言的思维之流”，这也是事实，无法否认。人们常说的“形象思维”，也表示类似的东西。理性的科学思维离不开语言，而一些转瞬即逝的印象，一股潜意识流程，则可以超语言而存在。

陶东风还引用了拉康的理论。拉康认为语言结构和人的意识结构、人格结构之间有一种对应，图示如下：

$$\frac{\text{能指(S)}}{\text{所指(S)}}=\frac{\text{表层}}{\text{深层}}=\frac{\text{显梦}}{\text{隐梦}}=\frac{\text{意识}}{\text{无意识}}=\frac{\text{超我}}{\text{本我}}$$

语言的操作相当于梦的操作。语言的表层即能指的字面意义，仅是人的心理活动的表层，深层的所指则隐藏不见。在表示的符号(能指)和被表示的意义(所指)之间，其关系仅仅是一种暗示，甚至毫无关系。被表示的东西总是作为“言外之意”而不能直接把握。[26]审美经验非常接近无意识、隐梦、深层经验。“言不尽意”的产生根源，即在于此。

陶东风引用的理论，粗略地说，就是这样。我认为，这样的理论是能够解决言意关系所产生的矛盾问题的。陶东风说：“普通的感官知觉是人类认知活动中的知觉，它满足于认识事物的不变的共同的特征，与此相对应的普通语言也就有了意义的相对稳定性、单一性和清晰性；而审美的知觉经验则是无限复杂和丰富的，语言无论如何是无法穷尽它的。这一方面导致文学家为此而创造另一种情感语言或叫文学语言，另一方面导致文学语言中有‘言不尽意’和‘言外之意’的现象。”[27]再结合我在本文中讨论的作诗与参禅中所碰到的“言不尽意”的现象来看一看，作诗的审美经验十分复杂，有时候并不处在意识的层次上，而参禅则多半是在深层活动，近乎下意识或潜意识的活动。只能用陶东风引用的新的学说，才能得到比较满意的解释，事情不是已经很清楚了吗?

(二)一个印度理论

写到这里，我想顺便介绍一个印度理论。以资对比。

印度古代有丰富的文艺理论宝库。公元9世纪至10世纪是发展的全盛时期，也可以说是一个新纪元，一个转折点。9世纪出了一位欢增(Ānandhvardhana)，名著叫《韵光》(Dhvanyāloka)。10世纪出了一位新护(Abhinavagupta)，名著叫《韵光注》和《舞论注》。他继承和发展了欢增的理论。这个理论的轮廓大体如下。词汇有三重功能，能表达三重意义：

一　表示功能　表示义(字面义，本义)

二　指示功能　指示义(引申义，转义)

三　暗示功能　暗示义(领会义)

这三个系列又可以分为两大类：说出来的，包括一和二；没有说出来的，包括三。在一和二也就是表示功能和指示功能耗尽了表达能力之后，暗示功能就发挥作用，这种暗示就是他们所谓的“韵”。这种暗示功能有赖于读者的理解力和想象力。读者的主观能动性在这里可以得到充分的发挥。印度理论家喜欢举的例子是“恒河上茅屋”。其表示义是“恒河上”，指示义或引申义是“恒河岸上”，暗示义是“凉爽”、“圣洁”。他们把诗分为三个层次：第一，真诗，以没有说出来的东西也就是暗示的东西为主；第二，价值次一等的诗，没有说出来的只占次要的地位；第三，没有价值的诗，把一切重点都放在华丽的语言上，放在雕琢堆砌上。[28]

我觉得，印度古代文艺理论家的这种理论，同我在本文中所讨论的言意关系问题，有相同或者相似之处。中国文艺理论家说，言不尽意；而印度理论家则更进一步说，只有无言，才能尽意。这是二者不同之处。值得注意的是，我在上面引用拉康的理论时说道，能指与所指的关系是暗示。在这里，印度理论家所强调的正是这个暗示。

(三)中国语言文字的作用

最后，我认为必须谈一谈中国汉语言文字在作诗和参禅中所起的作用。我也想由此来解释，为什么禅宗独独在中国产生而又得到了比较充分的发展，为什么独独在中国作诗与参禅产生了这样密切的关系。

我想从模糊语言学谈起。

模糊学是在20世纪60年代兴起的一门新科学，是一门新的边缘科学。是从数学、哲学、逻辑学、语言学等诞生出来的。“模糊语言的概念是模糊集合理论中最重要的进展之一”。[29] 详细情况我无法在这里介绍，请参阅伍铁平上引文以及其他论文。

稍一仔细思考，就会发现，人类语言中确有很多模糊的地方，词汇、语法等等，莫不皆然。“模糊”一词绝没有任何贬义。再引扎德的说法：模糊类是指“其界限不是泾渭分明地确定好了的类别”，或者换个说法，“模糊类是指该类中的成员向非成员的过渡(transition)是逐渐的，而非一刀切的。”[30] 语言中的现象正是这个样子。

模糊性是世界上所有的语言所共有的。但是诸语言之间，其模糊程度又是各不相同的。据我个人的看法，没有形态变化的汉语是世界上模糊性最强的语言。想要举例子，那真是俯拾即是。我先举一个简单的例子。温庭筠的两句诗“鸡声茅店月，人迹板桥霜”是脍炙人口的。其中既无人称，也没有时态，连个动词都没有，只是平铺直叙地列上了六种东西，其间的关系也是相当模糊的。但是，无论谁读了，都会受到感染。人们可以根据各自不同的人生经验，把这六种东西加以排列组合，总起来给人一种深秋旅人早晨登程的荒寒寂寞的感觉，具有极浓的艺术感染力。主人是谁呢？根本没有说出，然而又呼之欲出。如果用印欧语系的富于形态变化的语言来重新加以改写，六种东西的相互关系以及它们与“主人”的关系，会清楚很多很多，然而其艺术感染力不也相对地会减少很多很多吗？原因我认为就是，这种明确了的关系会大大地限制读者的想象力的发挥，这对于审美活动是不利的。[31]

陶东风在上引书中为了说明中国古代文学语言之不可穷尽性和朦胧性，举出了两首短诗，连同它们的英译文。一首是唐卢纶的《塞下曲》(“月黑雁飞高”)，一首是唐李白《静夜思》(“床前明月光”)。汉文原文时态不确定，人称不确定等等。一旦译成英文，这些东西都不可避免地要一一补齐，否则就不成其为文章。然而，这样一补，原文的不确定性和朦胧性也就丧失净尽，审美经验也就受到了影响。同样一首诗，两种语言产生了两种效果。其对比是再明显不过的了。[32]

陶东风没有从模糊语言这个角度来理解这个问题。把模糊理论引入，是我的做法。最近九年以来，我经常讲到一个问题：西方文化的思维模式是分析的，而东方(中国)文化的基本思维模式则是综合的。所谓“综合”，主要是要强调“普遍联系”和“整体概念”。从这两种不同的思维模式中产生出来的文明或者文化，是有所不同的。表现在语言方面，汉语和印欧语系的语言是最典型的代表。一些语言学家在这方面作过一些探索。比如申小龙就有非常精辟的见解。在他所著的《中国句型文化》[33]中，他提出了焦点视与散点视的观点。他说：“在某种意义上说，西方语言的句子是一种焦点视语言。……一般来说，西方语言句子的谓语必然是由限定动词来充当的。这个限定动词又在人称和数上与主语保持一致关系。句子中如果出现其他动词，那一定采用非限定形式以示它与谓语动词的区别。因此，抓住句中的限定动词，就是抓住句子的骨干。整个句子格局也就纲举目张。西方句子的这种样态，就像西方的油画一样，采用的是严格的几何形的焦点透视法。”在另一方面，“汉语句子的认知心理不是‘焦点’视，而是‘散点’视。”“汉语句子的思维不是采用焦点透视的方法，而是采用散点透视的方法，形成了独特的流水句的格局。这很像中国画的透视。”这观察是非常细致而准确的。这个中国汉语的特点还表现在其他方面，它是从中国的思维模式产生出来的。我在上面已经说道，世界上所有的语言都有程度不同的模糊性，而汉语则是模糊中之特别模糊者。

我再重复一遍：“模糊”一词决没有任何贬义。我们毋宁说，这种模糊性更能反映语言的客观情况。

汉语这种模糊性和作诗与参禅有什么联系呢？

我先谈作诗。诗人心中有了“情”，有了“意”，需要表达。但是古往今来的任何国家的任何诗人，不管多么伟大，也绝不可能言以尽意，总会碰到言不尽意的矛盾。他们只能把最精彩的东西保留在自己心中，成为千古重复了无数次的悲剧。谁也改变不了，而且永久也不会改变。这是说的作者。从读者方面来说，审美经验也是极难确定的，换句话说就是相当模糊的。根据接受理论，其关系是作者→作品→读者；然后是读者→作品→作者，是一个倒转过来的读者与作者相互猜谜的活动。刘勰在《文心雕龙》中有几句非常精彩的分析：“夫缀文者情动而辞发，观文者披文以入情，沿波讨源，虽出必显。”这种猜谜活动，确实是异常模糊的。中国古人说“诗无达诂”，可谓慨乎言之矣。

这样一来，模糊朦胧的语言，也许比明确清晰的语言，更具有魅力，更具有暗示的能力，更适宜于作诗，更能让作者和读者发挥自己的创造力。作为诗的语言，汉语在世界众语言中的地位，是无与伦比的。中国作诗，讲究“炼”字。在中国文学史上这样的例子多得很，什么“红杏枝头春意闹”，什么“春风又绿江南岸”，什么“云破月来花弄影”，什么“僧敲月下门”，等等，简直俯拾即是，为世界文学史中所仅见。这种情况是由汉语的特点所决定的，而汉语的特点又与它的不分词类，没有时态等等语法特点分不开的，换句话说，就是与它的模糊性分不开的。

现在再谈参禅。当年灵山会上，如来拈花，迦叶微笑。师徒二人葫芦里卖的什么药，我辈凡人，实在弄不清楚。禅宗在中国兴起以后，最初是不立文字；到了后来，发展成不离文字。个中消息，是颇值得参一参的。流传于许多《传灯录》中的所谓机锋，绝大部分是语言。从《祖堂集》到《五灯会元》，莫不皆然。这些机锋都是非常难以理解的。张中行先生怀着极大的勇气，居然把这些天书般的机锋整理成了十一类。我真是非常佩服。我现在借花献佛，从中抄出几个来，给读者一点感性的认识：

云门海晏禅师——僧问："如何是衲下衣事？"师曰："如咬硬石头。"(《五灯会元》卷三)

幽溪和尚——问："如何是祖师禅？"师曰："泥牛步步出人前。"(同上书，卷五)

抚州覆船和尚——僧问："如来是佛？"师曰："不识。"问："如何是祖师西来意？"师曰："莫谤祖师好！"(同上书，卷十)

庞蕴居士——后参马祖(道一)，问曰："不与万法为侣者是什么人？"祖曰："待汝一口吸尽西江水，即向汝道。"(同上书，卷三)

延寿慧轮禅师——僧问："宝剑未出匣时如何？"

师曰："不在外。"曰："出匣后如何？"师曰："不在内。"(同上书，卷八)

石头希迁禅师——僧问："如何是解脱？"师曰："谁缚汝？"问："如何是净土？"师曰："谁垢汝？"问："如何是涅槃？"师曰："谁将生死与汝？"(同上书，卷五)

清平令遵禅师——问："如何是有漏？"师曰："笊篱。"曰："如何是无漏？"师曰："木杓。"(同上书，卷五)

三平义忠禅师——讲僧问："三乘十二分教，某甲不疑。如何是祖师西来意？"师曰："龟毛拂子，兔角拄杖，大德藏向什么处？"(同上书，卷五)

金轮可观禅师——问："从上宗乘如何为人？"师曰："我今日未吃茶。"(同上书，卷七)

国清院奉禅师——问："十二分教是止啼之义，离却止啼，请师一句。"师曰："孤峰顶上双角女。"问："如何是佛法大意？"师曰："释迦是牛头狱卒，祖师是马面阿旁。"问："如何是西来意？"师曰："东壁打西壁。"(同上书，卷四)

保福可俦禅师——僧问："如何是和尚家风？"师曰："云有青天水在瓶。"(同上书，卷八)

兴教惟一禅师——问："如何是道？"师曰："刺头入荒草。"曰："如何是道中人？"师曰："干屎橛。"(同上书，卷十)[34]

中国禅宗机锋的例子，多得不得了。举出上面这一些来，可见一斑了。这里也有一个接受过程。说话者→说出来的话→听者。然后听者→说话者的话→说话者，倒转过来，以意逆志。听者猜到的谜，与说话者要说出来的谜，其间距离究竟有多大，那只有天晓得了。这同如来拈花，迦叶微笑一样，是永远摸不到底的。但是，只要说者认可，别人也就不必越俎代庖了。这些机锋语言，看来五花八门；但是，据我看，纲只有一条，这就是中国汉语的模糊性。参禅斗机锋，本来就是迷离模糊的。再使用中国朦胧模糊的语言，可谓相得益彰了。在这里，我必须补充几句。对斗禅机来说，汉语的模糊性同作诗不完全一样。它不表现在语法形态上，而表现在内容含义上。然而其为模糊则一也。

写到这里，我可以回答我在上面提出来的两个问题了：为什么禅宗独独在中国产生而又得到了比较充分的发展？为什么独独在中国作诗与参禅才产生了这样密切的关系？我们回答是，其中原因之一就是汉字的模糊性。

表现在禅机方面的，除了语言之外，还有动作，比如当头棒喝，拈杖竖拂，直到画圆相，做女人拜，等等，等等。因与语言无关，我就不谈了。

文章就算写完了。义理非吾所好，亦非吾所长，只是阴差阳错，成了一只被赶上了架子的鸭子，实非所愿，欲罢不能，不得已而为之。我在文章开始时说道，与其让别人在自己脑袋里跑马，不如自己来跑上一趟。现在终于跑完了。张中行先生自谦是“禅外谈禅”。我毫不自谦是“野狐谈禅”。“野狐”是否能看到真正内行人所看不到的东西呢？这就要请方家指正了。

1992 年 2 月 1 日写完

注释：

〔1〕例子都取自敏泽：《中国美学思想史》，第二卷，290—291 页，济南：齐鲁书社，1989。下面还有很多例子，读者可自行参阅。

〔2〕钱钟书：《谈艺录》(补定本)，第 84 节，北京：中华书局，1986。

〔3〕钱钟书：《谈艺录》，301 页，北京：中华书局，1986。

〔4〕同上书，101 页。

〔5〕敏泽：《中国美学思想史》，第二卷，290－291 页，济南：齐鲁书社，1989。

〔6〕《大正新修大藏经》3.607 b—c。

〔7〕转引自赖永海：《佛道诗禅》，156 页，北京：中国青年出版社，1990。

〔8〕《方广大庄严经》在讲完初转法轮以后，紧接着就讲到十二因缘。这也是原始佛教最重要的教义之一。在初转法轮时，释迦牟尼还不可能把自己的思想这样系统化。初转法轮在佛典中大量出现，请参阅德国梵文学者 Hermann Oldenberg 的名著 Buddha，sein Leben，seine Lehre，seine Gemeinde，Stuttgart und Berlin，1923. p. 142—149。

〔9〕许多本子作“本来无一物”，请参阅郭朋《坛经校释》，17 页，注八，北京：中华书局，1983。

〔10〕转引自赖永海：《佛道诗禅》，159 页，北京：中国青年出版社，1990。

〔11〕《清凉山志》载，东汉永平年间，印度和尚摄摩腾和竺法兰来华，在五台山上建造寺院。这完全是神话传说，一点历史根据都没有。

〔12〕《大正新修大藏经》1.26 b。这个故事屡见于佛经，梵文和巴利文经中也有。

〔13〕蒋述卓：《佛经传译与中古文学思潮》，《东方文化丛书》，66页，南昌：江西人民出版社，1990。

〔14〕汤用彤：《汉魏两晋南北朝佛教史》，767—769页，北京：商务印书馆，1938。关于小乘禅，参阅赖永海：《佛道诗禅》，35—37页，北京：中国青年出版社，1990。

〔15〕汤用彤：《汉魏两晋南北朝佛教史》，784页，北京：商务印书馆，1938。

〔16〕赖永海：《佛道诗禅》，141—142页，北京：中国青年出版社，1990。达摩禅有所谓“理入”与“行入”的说法，我不细谈，请参阅本书141页；及汤用彤《汉魏两晋南北朝佛教史》，785页。

〔17〕蒋述卓：《佛经传译与中古文化思潮》，《东方文化丛书》，58—71页，南昌：江西人民出版社，1990。

〔18〕钱钟书《管锥编》四，一六八，1291页，指出，谢灵运“从佛而未弃道。”处于大变革时期的诗人等，思想和信仰不可能十分纯粹，这是正常现象，丝毫无可怪之处。

〔19〕《法苑珠林》55，《大正新修大藏经》53，701 a。

〔20〕《大正新修大藏经》，84，371c。

〔21〕同上书，49，266c。

〔22〕同上书，84，377b—c。

〔23〕《大正新修大藏经》，49，344a。又见同书463c。

〔24〕林庚：《唐诗综论》一书中64—79页，《山水诗是怎样产生的》，在这里林庚提出了自己的看法，与我的看法完全不同。

〔25〕陶东风：《中国古代心理美学六论》，《心理美学丛书》，天津：百花文艺出版社，1990。

〔26〕同上书。75—76页。

〔27〕同上书。77页。

〔28〕季羡林：《佛教与中印文化交流》，《关于神韵》，215—226页，南昌：江西人民出版社，1990。

〔29〕美国学者扎德(Lofti Zadeh)的话，转引自伍铁平《模糊语言学和术语学》，《贵阳师专学报》，社会科学版，1991年第二期。

〔30〕同上。

〔31〕叶维廉：《寻求跨中西文化的共同文学规律》，63页，北京：北京大学出版社，1986；也分析了这首诗，可参阅。

〔32〕陶东风：《中国古代心理美学六论》，82—84页，天津：百花文艺出版社，1990。

〔33〕陶东风：《中国句型文化》，445—452页，长春：东北师范大学出版社，1991。

〔34〕张中行：《禅外说禅》，246—253页，哈尔滨：黑龙江人民出版社，1991。

谈诠释学

金克木

谈了符号学，势必还得谈谈诠释学。前者令人想到语义学、结构主义，后者又会涉及现象学、存在主义。看来这两门学问正在势头上。1980 年美国的心理人类学刊物曾论到诠释学应用于人类学问题。1981 年英国出版了法国当代哲学家黎克尔(Paul Ricoeur)的诠释学论文英译选集，1982 年随即再版。1982 年美国接连出了《结构主义和诠释学》、《诠释学中的符号学和主题学》，批评"新批评"派文论。我觉得《谈符号学》言犹未尽，只好再谈点外行人的话，向非专家的同志们介绍一点诠释学情况。既是谈，无非是一知半解，难免有不当之处，想来和前文一样仍能得到读者谅解和专家一笑的。

诠释学在英语中是 hermeneutics，和符号学 semiotics 的词源同是出于希腊文。希腊词源本来是指阿波罗神庙中对神谕的解说，后来应用于对《圣经》的诠释，属于语文学(philology)。以后在德国和法国引进了哲学领域。这也可以应用于文论。因为无论哲学的现象学或者文学的"新批评"都离不开"诠释"即"解说"问题，也就是对于对象的理解问题。所以语言学、符号学也牵连进去了，以至于人类学也要受到侵入，研究如何"解说"文化。1969 年有人大体上依照历史发展列举诠释学这个名称的应用：一、《圣经》的诠释；二、语文学的方法论；三、关于理解语言的科学；四、所谓 Geisteswissenschaften("精神科学"、人文科学，见下文)的方法论基础；五、关于存在及理解存在的现象学；六、"解说"的各体系，即人如何解译"神话"和"象征"符号的意义。由此可见，所谓诠释学是一步步由语言学走向哲学、文学以至人类学、人文科学或社会科学各方面的。这也同符号学一样是个开放性的研究。它也应用于政治学、科学史、精神分析学、宗教学。虽然它有独立的说明，却不像我们一般习惯了解的一门可开课和编教科书的独立学科。我觉得，若照我们的习惯，这两门学科也许称为"符号研究"和"解说研究"比较合适，可是那两个希腊语来源的名称还是译为"学"的好吧。

照我了解，诠释学也同符号学一样本是"百姓日用而不知"的事情的科学化和哲学化。到处都是符号，我们天天都在理解符号，正如天天读书都在理解书的本文(所谓"文本")的涵义一样。可是若问，我们究竟是怎么理解的呢？如何分别判断正确的和错误的理解？若以事实为准，那么什么是客观事实和实践？我们又如何认识并理解它？正解和误解的方法论问题是明显的，可是还要追到本体论的问题。现象学的哲学家对"理解"和"存在"的追究引出了唯心主义的现象学体系中各派的争论。诠释学自己似乎也要陷入自我循环出不去的死胡同。然而哲学的争论不能限制其实际的应用。这正如弗洛伊德本人的精神分析学的结论早已成为历史"古典"(他的《引论》的 20 世纪 30 年代初汉译本读的人也怕不多)，可是这种研究的影响所及却在国外至今未衰，而且到 20 世纪 80 年代还在文化心理学、政治心理学、心理人类学等方面有层出不穷的研究成果；尽管对这些研究弗洛伊德未必承认。存在主义、结构主义也是这样。倡导者讲的已不是创始者的话，同时自己也不见得同意后期的发展。这似乎和宗教有类似情形。又如语言学中的“共时”、“历时”和“表层”、“深层”现在几乎像“信息”和“反馈”一样用于许多方面，将成为普通用语了。各学科互相渗透，越分越细，越互相牵连，越迅速变化，往往“数典忘祖”。这也许是当前国际学术界的平常现象。若说这都是唯心主义作怪，话虽有理，可是唯物主义者若不对这些纠缠人心的现实问题作出正确合理解释而且为大家所信服的话，又怎么能改变这种现象呢？其实从符号理解涵义也可说是由表层达到深层，也是通过现象认识本质的问题。怎么理解、达到、认识？什么是涵义、深层、本质？哲学上说是客观和主观以及两者的关系问题。这是人类吵了不知多少年，从西方到东方有了不知多少人为此伤脑筋的问题。诠释学也是在应用中和理论上企图探索并解决这个问题。

举例来说，我在《谈符号学》中提到蔡元培的《石头记索隐》，说是“如同猜谜游戏”；接着又说，“谜其实也是一种符号”。我不是谈“红学”，更无对《索隐》一书及其方法评高低之意。“游戏”也不一定是贬词，例如语言学中还有“游戏说”。“索隐”找原型实际上也可以算是一种类似符号学的研究；而“索”得对不对，如何判断正确与误解，这就是诠释学的问题了。蔡元培判断《石头记》是一部康乾时代政治小说，同意的人可能多些。他说书中的某人就是历史上的某人，好像别人说的《儒林外史》中的马纯上就是历史上的冯粹中一样。后者似乎承认的人多而前者就未必。为什么？标准和原则在哪里？这需要讲诠释学了。又如法律和外交文件等等常有需要解释的问题。又如《论语》中的“学而时习之，不亦悦乎？”谁“学”、“习”、“悦”？“之”是指什么？为什么“学习”就会“悦”？从何晏、皇侃到朱熹以至于现代，各家解说有无规律？可不可以作点“分层研究”(断层分析)？又如，“屡战屡败”(贬义)和“屡败屡战”(褒义)，“事出有因，查无实据”(案已结束)和“查无实据，事出有因”(案未结束)，怎么一颠倒就出现不同解释，甚至相反？这类著名古代典故有无涵义？我国有浩瀚的各种“经”的注疏，有《尔雅》以来的训诂学，《乐记》以来的文艺理论，又有从《易经》阴阳、八卦以来的象征符号，有现在少数民族中还未绝迹的一些象征符号，有由旅游发展而来的不同文化接触中产生的新象征符号以及对这些符号的解说，如此等等，为什么不可以有中国的、在辩证唯物主义指导下的符号学和诠释学研究呢？我看我们不是不具备突破西方人出不来的循环圈子的可能。20 世纪的世界思潮已经显出西方大受东方的影响。现象学、存在主义、结构主义都是探讨东方(明显的是印度，而中国的还不明显)哲学传统中出现过的问题，不过西方用的是现代的方式、语言和科学形态，不是东方式的而已。21 世纪为什么不可以是中国思想对世界思潮更有贡献的世纪呢？古代的易、老、儒、墨、道、释等许多思想不是和当代中国文化一样日益受到国际上重视吗？人家苦于“语言”不通，我们大概是苦于不大清楚人家的现代“语言”，彼此对不上密码而各自解说。所以还是先了解一点人家的情况，然后再考虑自己应用吧。下面我就来贸然试介绍一点所知情况。专题论述仍有待于专家。

诠释学本来一直是研究对《圣经》等的解说，到了 19 世纪初才有德国一位神学家史莱玛赫尔(E. Schleiermacher, 1768—1834)将研究范围推广，并从对保罗书简的解说到对柏拉图对话集的解说都进行研究，提出理论。19世纪末20世纪初，德国哲学家狄尔泰(W. Dilthey, 1833—1911)又推进到了认识论。那时是在新康德派的哲学气氛之下，他想将诠释学的问题纳入他的着重历史过程的所谓“精神科学”或“人文科学”(德文原词见前)之内而探讨其可能性。20世纪的德国哲学家，存在主义哲学的创始人海德格尔(M. Heidegger, 1889—1976)及其弟子又推进到了本体论。诠释或理解就不仅是“知”的方式而是“存在”的一种形式了。20世纪60年代到70年代在德国哲学家之间，在诠释学者和法兰克福派意识形态批判论者之间，进行了一场争论，后来法国哲学家黎克尔也发了言。作为哲学研究，作为许多学科的方法论研究(作为“软件”)，大概现在还是开始而未到衰亡阶段。

这些人的哲学语言往往晦涩，不但和我们常用的不大相同，甚至从德文译法文和从法文译英文还要对一些译词附加说明，因此我想还是暂不作为哲学介绍他们关于笛卡儿、康德以来的老问题的新研究，先以黎克尔对“文本”(本文 text)的说法为例，具体说说这一家之言的一个要点。不过只求简要，难免干巴巴。

黎克尔在第二次世界大战时被俘，在德国得到允许读现象学者胡塞尔、存在主义者海德格尔、雅斯贝尔斯等人的著作。战后他研究了关于意志的哲学，考察了精神分析学，面对着结构主义；这些都引向关于语言的根本问题。他回答这些问题时进入了诠释学的哲学领域。首先当然要分别语言的“系统”和“话语”(discourse)。实际的“话语”中又要分别“事件”和“意义”。说话是一件事，一句话说完就完了，大家所了解的是一句话的意义。“意义”又分别为客观方面即句子本身的意义和主观方面即说话人想讲的意义。客观方面又分别为理想的“内涵”和现实的“所指”。一句话中的音素、语素(形素)、义素符号构成一个封闭符号系统，但只有句子本身不是符号而是一种创造。句子才能使这个符号系统世界与语言以外的世界联系。这种联系是“话语”的要点。这样来看待“话语”，就可看出日常说话中的创造和解说。创造的基础条件是词的内在多义性。符号学可以研究解决词的符号的一些问题，但是只有关于句子的语义学才能应付多义性的功能问题。因为词只是在句子中才有意义，而句子总是在“上下文”或“语境”中说出来的。多义性需要依靠这种“语境”行动来过滤，去掉多余的词义；这样才使多义的词能组合产生单义的句子。这就是创造。掌握这种“过滤”(“筛选”?)是“解说”的最初一步。因为词都有歧义，而其现实意义只有联系一定的上下文、一定的听众、一定的环境才能显现出来。(以上也用了“言语——行动”学说。)这又涉及所谓“隐喻”问题。“隐喻”使句子转变意义，这又涉及由句子构成的“文本”问题。这是从语义学转到诠释学的要点。前面引的《论语》的那句话可以为例。孔子若真说过这句话，当时的“话语”不会是和现在的“文本”一模一样的吧？那至少有“上下文”、“语境”。

“文本”(以下不再加引号)是什么？是“话语”的“著作”；这就是说，它是有结构的总体，它不能简化还原为构成它的各个成分即句子。这个总体是依照一些规则将“话语”变为一定文体如诗、剧、小说等；而每一文体有自己的特性，需要本类型的解说。写下的文本又不是先前的语言记录。说和写是“话语”的两个平等合法的方式。写下的“话语”带有一系列使文本脱离说话时条件的特点。黎克尔称之为“远化”(distanciation)。它有四种主要形态：一是所说的意义超出说话这件事；写下的是“意义”；“语言行动”变了。二是写下的话与原来的说话人有了距离。说话时说话人想讲的意义和当时讲出的话的意义时常重迭；写下的文本就不如此，文本的意义和原有的心理的意义分离了。三是写下的话和原来的听者有了距离。原先是有限的听众，现在是不定数的未知的读者。文本脱离了“上下文”，离开了产生它的社会历史条件。四是文本脱离了表面的“参照”(reference 大概兼有自然科学和社会科学双方的意义，也是符号学用语)的限制，有了与说话不同的“参照”“方面”(dimension，“维”、“元”、“度”，因为“参照”是“多维”的)。这就是说，说话时有一个现实环境，那是预定的，共同的，而现在没有了。这是黑格尔在《精神现象学》一开头就分析过的：“说没有了，所说留下来了。”这些“远化”对于解说写下的文本有很大关系。前两点“远化”形式指出写下的脱离了说话和说话人，这就表明作品的客观意义和作者的主观意图不是一回事。因此正确的理解不是简单回到作者的用意去。文本的意义需要作为整体重新构拟。可以有不止一种解说；彼此互相矛盾冲突是一个过程，其中没有“作者用意”的特殊地位。后两点“远化”形式指出，文本从对话人和对话环境中解脱出来以后产生了两种对待文本的态度。一是读者可以不顾其“参照方面”而把文本当作“没有世界的”一个封闭的实体。二是读者可以去揭露文本中不明显的“参照方面”。前一种态度是结构主义的，只用文本的内在关系解说。这是从自然科学以及语言学来的新的解说方式。后一种态度不是找寻文本后面隐藏的东西，而是去揭露或发现什么东西；探讨的不是文本的内在构成，而是它所指向的一个可能的世界。这样理解作品本文(文本)就是从它的意义转移到它的“参照”，从它所说的转移到它所说的关系到什么。因此，不像在过去的诠释学中解说和理解有矛盾，而是两者合一了，经过结构分析而形成了一个“诠释弧”。这个包容二者的“一”就是作为发现意义的“读”。(也许前者类似“汉学”而后者类似“宋学”?)

说来说去，好像并不新鲜，不过是分析“读书”而已。其中有些问题是在印度和中国的古代也讨论过的。可是若照原样说就仿佛有点莫测高深；照我上面所说也许还是有些晦涩。尽管我尽力避免，其中仍不免有我的解说。这就进了那个哲学死胡同：越想脱离主客观对立，又不愿以“上帝”或“梵”或“太极”或“绝对精神”之类来解决，就越难以自拔。美国“新批评”派所处的困境正是在文本的客观性上。1982 年出版的用符号学和诠释学去批评他们脱离“上下文”的书也首先指出这一点。

现在再略说一点诠释学怎么侵入其他学科。照说很简单，既可以将文本作为一个世界，当然也可以将某一世界作为一个文本；而且无论什么学科都有解说和理解的问题。话虽如此，实际却不简单。因为各家说法不一，所以仍继续上文介绍黎克尔的理论在历史学上的应用作为一例。

历史是一连串的事件，也就是行动，写下来便是历史书。若把行动看做一种文本，那就可以“客观化”为上述四种“远化”形式。这不仅史学，其他社会科学也可“如法炮制”。就历史说：一、行动这件事“客观化”为所作的事的意义。二、行动的解说并不依行动者的意图为转移。三、人的行动也像文本一样有其“内涵”，也有其“参照”；有内部结构，也有所指向的世界，可以由解说而揭露。历史行动既成为一种文本的“参照者”，就可以应用诠释学的“解说”理论。亚里士多德说悲剧是 mimesis(模仿)；这是创造性的模仿，比现实更高。着重了创造性就是指出了想象。个人的想象之外还有社会的想象。这就是集体的传统，意识形态(社会、民族的潜意识或无意识)。属于传统或离开传统是将“解说”理论用于历史的关键。写下的历史经验是有了距离的；这种“远化”表明应将“解说”引入历史科学。对历史的理解和对历史书的解说怎样联系？史书都声称自己是真实记述过去事件。但史书也同悲剧一样，其“模仿”与真实的行动世界有一种“参照”关系，因此也不免有想象，个人的和集体的。(左丘明和司马迁不是这样吗?)关于过去的历史揭露了现在的潜在的可能性。法文中 histoire(历史、故事)一词的双重涵义不是偶然的。复述过去的文本正是现在的现实的一部分。于是可以说，历史向我们展示了不同，因而也展示了可能；虚构(小说)向我们展示了非现实，却引导我们面向现实中的主要部分。

以上是引一个哲学家研究诠释学的一点理论为例，真是“管中窥豹”。至于在文学理论方面的应用，在诠释学中引进符号学，对结构主义的“客观性”与后期结构主义的“主观性”的批评，关于“文本”(text)和“上下文”(context)的问题，“叙述性”问题，解释和解说问题等等，其思想方式和文体可以依此类推。因为这些都是在争论中进行的，所以讲任何一个问题都必须了解近年来以至当前西方思想界的大致情况；而了解现在也需要略知过去。19 世纪的进化论和实证主义等出现时得意扬扬的自信气氛在 20 世纪逐渐消逝了。一开头就出现了索绪尔的语言学和弗洛伊德的精神分析学，将历史的观察引向纵深的追索。在哲学方面，柏格森和罗素各自开辟了互不相同的途径；现象学、存在主义、结构主义一一登上舞台。到第二次世界大战以后，各种问题的探讨和争论随科学技术发展和信息传播迅速而起了复杂变化。一派，甚至一个人，也会不久就前后不一致。有些所谓“学”或“主义”尽管基本著作难懂，未必有多少人读，但是辗转影响所及，几乎人人都知道而且都在引用。这情况并不是自今日始。例如鲁迅很早就译出日本厨川白村的《苦闷的象征》，当时在一些青年中很有影响，尽管那时我们并不懂其来源和意义。现在西方学术界、思想界争论很多，语言、文体往往和以前不大相同，甚至大不相同。每一问题的讨论往往牵涉其他，大有牵一发而动全身之概。20 世纪的语言学和心理学，加上当代科学技术的概念和词汇，使当前国际上的学术讨论与几十年前很不相同。我偶然看到几本新书和刊物总有一种感觉：这样的文章若逐字逐句译成汉文是不是会像当年佛教经论的译本那样呢？尤其是那些术语，特别是有术语涵义的普通词(如解释、解说等)，怎么译成汉文而不生误会呢？其实我提的问题正是符号学和诠释学的问题之一。翻译和外语教学都少不了遇上这类哲学性问题。还有，那些西方人和东方的日本人、印度人都在争吵些什么？为什么吵得那样起劲？例如印度神牛的问题在人类学界已争论并调查了将近二十年(1965 年起)。难道这都是吃饱饭无事干吗？还是与解决实际的迫切的经济和思想问题有关呢？不是也有不少人还照19世纪或20世纪前半一样作研究工作而有成绩吗？何必庸人自扰呢？我偶然见到了印度一位学者在1975—1977年“紧急状态”和书报检查撤销后的一篇文章，提到他在检查中漏出去未被注意的文章。他以政治心理学的观点公然论《英迪拉·甘地和印度政治文化》(出书在1980年，这时甘地夫人又执政了)。我觉得我连邻邦的学术界也还是不甚了解，深感有获得当代学术常识的必要。我深知自己的缺乏，又以为也许还有同感者，才不揣冒昧，不自量力，写这两篇小文，谈符号学和诠释学。

最后还得简略说一下前面提到的诠释学的“循环”。除了哲学方面主观客观问题外，照狄尔泰的说法，这个“循环”是：整体只能通过对其各部分的理解而理解，但是对其各部分的理解又只能通过对其整体的理解。具体说，理解一文本的主题需要把它作为产生它的文化的一部分来理解，而那种文化的性质又只有通过解说它所产生的各文本才能理解。后来海德格尔及其弟子又把这个“循环”从客观方面移向主观方面：任何人都不能跳出自己的由传统和历史规定的“上下文”。这是历史的限制。因此一个读者不能自由地达到狄尔泰所定下的“解说性的理解”的三步骤：转移(移到对象方面去)，构拟，再经验。换句话说，要了解别人，必须跳出自己；自己跳不出自己，如何能设身处地？这不像是庄周和惠施的关于鱼的辩论吗？可是并不相同。用他们的例子说：《圣经·旧约》，犹太教徒和基督教徒都读，对文本词句理解应能一致，但各有各的“上下文”，就不能对“文本外”的“预定”理解一致。马克思主义者读这同一文本就会理解到古代的阶级斗争，那两位教徒又不会同意。这样一来就要否定“绝对理性”可以超越历史，还会引向关于“上下文”的相对主义。从这几位德国人起，一直到其他一些国家的学者，为解决这类问题，各显神通。这还不能空谈，要结合实际。例如对但丁的《神曲》有人以诠释学观点作主题学的解说。我想，假若还没有把对《离骚》和《红楼梦》的探讨纳入这种诠释学的“框架”时，很难避开他们的从德文到法文到英文的术语而说清楚，只好不谈。

画蛇添足，再啰嗦几句。前面提到佛经，我不免想起“四大皆空”。这个“大”字是“大种”，即“地、水、火、风”四样宇宙基本元素，而这个“空”字是和数学的“零”一个字，不是“无”字。在中国多少年来有多少人说过这句话，是不是照印度原来的文本词义理解的呢？现在提出来，就会有“上下文”和“参照”问题。符号学者会说：这是符号的编密码问题。诠释学者会说：这是“解说”问题。结构主义者会说：“空”是内部结构关系。存在主义者会说：“空”是存在的一种形式。原来宣讲“空”的理论的龙树菩萨会怎样用现代语言说这句中国话呢？这当然是我的胡思乱想。但这难道不也是语言、翻译等等当前问题在我的老朽的头脑中的一种反映吗？怎么“反映”的？怎么“解说”呢？

中国诗学与禅学

陈世骧著　韩诗颖译

12世纪，中国南宋(1127—1279)的知识分子集体症候在某些特定的方面，是可以与笛卡尔之后的17世纪欧洲世界相比的。笛卡尔信仰几何学是绝对科学，并且建议运用几何学的规则，使各个可简化的学科分支达成清晰的认知，并履行几何学的演绎；可以与之类比的是，北宋的哲学家们信仰的是公式和图表，[①] 他们认为关于人类与宇宙的种种神秘现象都可以由数字、模型加以清晰地解释。无论在过去的儒学或是道学术语中，"道"的绝对真理在本质上隐匿于自然之中，但在南宋，"道"却被学者公开地讨论着，系统地阐释着，经验性地论证着。在这样的理性主义充斥的哲学背景下，文学——包括诗学——理应被理性化并且发扬其理性知识。文学应该是昌明道德理念、教化实用美德的工具，这曾在唐代一度激昂的文学理想于宋代演变成公认的文学口号。此时出现了大量的书籍手册探讨标准写作的技巧，例如吕祖谦《古文关键》、谢枋得《文章轨范》等等。一些很有影响力的中国学者所持的观点与17世纪晚期西欧社会思潮很相似，他们认为，即使不是诗人也可以列举作诗的准则，对于写好诗来说，学养比诗思更重要。张栻(1133—1180)是哲学领袖人物朱熹非常推崇的人物，他在看到一本诗集时相当不满，论及不满之缘由时，他说："诗人之诗，非学人之诗也。"(见盛如梓《庶斋老学丛谈》卷三)

直至南宋，某些精妙和透彻的诗学理论才从当时的气氛中萌生。然而奇迹并非出自一人之手，而是来自于总体时代思潮内的交流碰撞。很多诗人都以诗作表现出了理学的倾向，甚至一些理学家自身也著有这样的诗作。神秘主义成为了与时代巨潮理学相逆的横流，或者更准确地说，是巨潮之下的暗流汹涌。当散文化的理学思想正在流行，某些与之相异的诗学思想也开始产生影响，并且与著名的佛教神秘学派——禅宗(日语称之为Zen或Zenna，这源于梵语dhyana的中文翻译"禅"或"禅那"，在英语中，大致可以译为meditation，意为"沉思默想")形成同盟，之后这些观念就进一步巩固下来了。

由此，我们观察到哲学史中的一个引人注目的现象，这分别能够引起完全不同的结论和影响的两种思潮，理性主义和神秘主义，在同一时期，甚至同一批人身上水乳交融。毕达哥拉斯学派的数学哲学与古希腊神秘宗教之间的紧密联系是众所周知的，同样的，笛卡尔思想中神秘基督教信仰和其理性理论的并存也是如此。正如这些古代或现代的欧洲思想家们一样，北宋的哲学家们有着强烈的以数学方法探索和表现真理的倾向。更值得注意的是，他们提倡格物(ko wu)，推崇实证观察，显现出科学精神。但他们的最高目标，是为了实现"太和"(Grand Harmony)，以中国哲学家的习惯表达就是天人合一，正如同毕达哥拉斯学派的学者要达到世间万物的

① 如周敦颐(1017—1073)的"太极图说"和邵雍(1011—1077)的"皇极经世"。

富有神秘色彩的协调一致(apuovix)一样。中国哲学家们认为，这理想状态的实现依赖于人类的先天的精神力量，这本源的精神力量和笛卡尔提出的“天赋观念”非常相似。超验知识只能由这种精神力量直觉地获得，由此成为连接自我与宇宙的神秘经验。这种精神力量无法从正面定义。它有时被称为“德性”(inherent-virtue)，“德性”的最高形式并不来自视听。“德性所知不萌见于闻”（参见《全集》卷三《大心篇》），正如张载(1020—1077)所说的那样。它又会被称为“良知”(true knowledge)，这是由最伟大的宋代理学家精神继承人王守仁(1472—1529)提倡的，因为自孟子以来，良知被认为是“不虑而知者”(参见《孟子·尽心章句上》)。

因此我们可以看到，借助这种“德性”，可以获取超验的或是最“真实”的知识，这超验和真实的知识作为一种最高存在的神秘的体验或是“太和”被获取。这种知识，如果用宗教术语式的表述，将会和笛卡尔的“天赋观念”一样，成为体验到上帝终极存在的手段。或者，如果中国哲学家们有着毕达哥拉斯学派的宗教性，“太和”的理想可能就演化为基于灵魂不朽和超越彼岸世界的关怀。但是宋代的哲学家们是儒者，不言怪力乱神。他们哲学的神秘主义色彩不仅是来自于对道教和佛教的模仿，而且实在是受到了道与释二教的影响(参见冯友兰《中国哲学史》)。但是道教和佛教的种种做法却正是儒者们公开抨击的。因此，没有宗教的神秘主义就是他们奇异的境况，这严格说来在术语表达上是矛盾的。在他们之后，这矛盾在时代精神的分歧中渐渐得以缓解。尽管一方面理学家提倡的格物明显影响到了知识界学术的风范，体现于这个时代的学者严谨苛刻的推理，百科全书式的博学，和总体上平实朴素的世界观；另一方面，神秘主义匮乏宗教指涉的明确框架，却于诗学理论中探寻到了适合的表达。然而神秘主义如果并非源自于正式的宗教机构，也是不能与宗教体验脱离关系的。所以，当诗学中的神秘主义在宋代流行起来之后，便趋向一种除开自己心灵的启悟外没有理论、仪式、圣物或偶像的宗教，这种心灵的启悟可以让人认识到自身和宇宙的根本和谐。这首先要利用语言，但最终是超越语言的。与此同时，流行于当时的禅宗，抵制传统佛学的一切规矩、经典和教会习训，也正是和上述所言类似的宗教。因此，在北宋，几乎每位理学家都表现出强烈的对佛教的严厉批评，与之相反，诗学理论，特别是南宋时期发展起来的诗歌理论则是直接借禅宗术语来表述。

禅宗的早期发展史现已无从清晰辨明，这不仅是因为禅宗的开山祖师菩提达摩的记载被证明几乎是不可靠的，更归因于我们获得的对于在唐初推广禅宗最为重要的禅宗人物信息的不足。并且，拥有详细的历史发展记录也与禅宗的本初精神相悖，因为禅宗教派倡导一种超越普通文字逻辑和事实陈述的研习方法。

直至7世纪早期，即唐初，禅宗随着第六代师慧能的出现开始产生巨大的影响。在此之后的五百年间它孳乳繁荣，至宋它已经蔓延渗透到了中国知识界，并且由于其社会影响深入，它延伸分离出了不同的派系。宋代有所谓的“五家七宗”之称。不同的训习系统有着各种对于“兴感”的方法和操作。虽有这种种区分，一个真正的禅学者仍会认为这种区分是很肤浅的[①]，历史学家视这样的精细的系统化和正式化为禅宗本初活力的颓废，因为其本初的活力就在于不诉诸明确方法却依赖心灵启悟，包括即时片语、奥妙会话甚至是形体示意。

宋代发展出的诗学理论自然与当时任何一种教派分支之间的派系关系无涉，但本质上他们保存了禅学的这种本初精神。看似安静崛起的诗学理论实际上坚定地行使着反驳当时学者气的诗学和哲学的任务，就如同对于传统佛教达到智慧通明和肉体救赎的方法，即经典研习、繁琐论证和严苛戒律，禅学发起了看似安静、实则激烈的反动。在对于宇宙世界的奥秘的理想方面，宗教和文学其实是有着深刻的联系，尤其表现为捕捉和传达这宇宙的奥秘的方法以及如何培养训练这种技能的方法。

菩提达摩和他四大弟子的故事是很有说明性的。禅学者们反对"死句"，即缺少文外之意的句子，推崇"活句"，即其含义超出字面之外的句子(参见觉范《林间录》)。其次是境，瞬息而过的灵念并不会再次出现。在佛陀的极乐世界中，境就是展现的途径，而经过灵念开悟的头脑可以随时随地在平凡众生中同样看见通透的境。言和境之上更有第三层境界。在这第三层境界中，宇宙被抽象为一些物质和元素的概念，基于有，终于无。可以说出这层的第三个弟子似乎是到达了智慧的最高境界，这最高境界然而却反驳着他，因为他毕竟"说出"了。不说任何话的第四个和第五个弟子才是最值得赞赏的，因为最高境界是无言的。

即使在北宋，我们仍可以看到零星的禅学术语进入诗学评论的例子。在理学哲学的上升时期，诗学是被认作如禅学般的神秘深奥的。特别是一些禅学术语更能体现这样的特点，像是"悟"(enlightenment)和"参"(Self-Communing or Communion)。苏轼的好友李之仪(1038—1117)写过这样的对句(《赠祥瑛上人》见《姑溪居士后集》卷一)：

得句如得仙，
悟笔如悟禅。

但直至南宋，这样的形容才逐渐变得更加明确和普遍。

徐瑞(13世纪)奠定了诗学的最高理想：无言。无言的最高状态被作为中国典型的特色被徐瑞想象为理想的上古伟人的状态。他写有《论诗》诗：

大雅久寂寥，
落落为谁语？
我欲友古人，
参到无言处。

---

① 根据《景德传灯录》所说，伟大的弘辩法师在他与唐宣宗(810—859)的对话中，驳斥禅宗被分为南北两宗所具有的人为性。

但对诗学、对禅学，这样的最高境界也毕竟只是一种理想。在实践中，言语文字是不能废除的。但因为开悟过的头脑可以透过诸种平凡相看到境界和真实，这种理想使得对于言语的普通意义的超越性的追求成为不证自明的了，这是对于诗学非常重要的改变。戴复古(1167—?)在一首诗中缩写了这种感悟。(见《论诗十首》之一，《石屏集》卷七)

欲参诗律如参禅，
妙趣不由文字传。
箇里稍关心有悟，
发为言句自超然。

诗的语言具有暗示言外意的超远力量，在参悟琢磨诗的语言的时候，一定会想象得鱼忘筌、得意忘言是诗的语言的最高境界、最纯净的顶点。不妨设想这样一种情景，即诗中指涉的所有真与美都可以在无言中完全地看见、理解，需要假设一种通悟心灵的无言语言(wordless language)，或者有神论者所谓的神谕。维柯在谈论诗学和语言时，小心地实践着。他写道："凡人的语言多数是清晰可辨的，很少是不能领会的。"但是凡人的语言总是在追崇神的语言，因为凡人自身也承载着部分神性并且有可能变成英雄。在维科的充满隐喻的表述中，就是英雄的语言。"英雄的语言，由清晰可辨和沉默无语同等地组成。"①以更为平淡的禅宗的术语来进行同样的描述，就是"不在文字，不离文字"，这也是南宋诗学家经常借鉴的禅宗语言。

这一理论的最有力的阐述者是严羽(1180—1235)。由于其诗论大胆的原创性和神秘色彩，严羽的诗学言论通常都显得有些极端。严羽有着坚定的信念和激烈的见解。但如同禅学者的表述一样，他的理论也经常显现出模糊、隐秘、古怪和容易被误解的特点。为了清晰地、公正地了解他的观点，在这里我们需要直接从《沧浪诗话·诗辩》引用他的语句加以说明。他这样痛斥他同时代的诗人："近代诸公乃做奇特解会，遂以文字为诗。"

他的意思是，近代的诗人将"言语"自身作为他们作诗的目的。他接下去也否定了"以才学为诗"和"以议论为诗"。他认为，最好的诗歌应该是"不涉理路，不落言筌"的。他将这种诗描述为"兴"或"趣"，不能总结为伦理条规或是故事梗概，或延展成知识性的散文。它传达着很多种境界例如：

空中之音
水中之月

① 参见贝奈戴托·克罗齐(Benedetto Croce，1866—1952)的《维柯的哲学》，我的注意力最先锁定在维柯对欧洲知识分子历史、特别是对 Leonardo Olschki《意大利的天才》中"追求真理和科学的悲剧"的重要观点上。

相中之色
镜中之象

最后，他引用一句古语将兴趣的观念贯穿到诗学中，“言有尽而意无穷”。

他的诗学理论的总体论点无意是罗曼蒂克的，这也造成了这些论点的优点和缺点，罗曼蒂克的术语就是我们今天说的“浪漫主义”。他们可能会被猛烈的抨击，事实上，在历史上他们已经被这样批评过①，人们批评这类理论充满幻想、虚空、并且拒绝理性。但这些诗学家以简洁和神秘的方式所提倡的原则和信条，和 19 世纪欧洲浪漫主义诗学的夸大其辞大相径庭，却取得了可供比较的诗学成绩。正如我们已经在前文提到的一样，他们构成了与传统的形式主义和道德主义相抗衡的解放力量，同时也冲击了当时的理学。在追求表达随性自由的过程中，他们倡导以人类直觉和神秘为前提的表达的自然随意，这点正与浪漫主义构成呼应。即便他们没有想过背叛性地摧毁传统主义，也并没有那么做，但他们确实成功地改变了判断的标准和视野，并在传统中发现了新的价值。

与席卷整个世纪的欧洲浪漫主义运动狂暴风潮不同，中国的这场运动是微妙地渗透、贯穿了几个时代，如果这一运动可以被称之为运动的话。由于这场运动自身并未掺杂政治和社会理想，因此并未有很强的威力以及很广的范围。它只是诗学批评理论的纯粹的美学试验。因此在实际影响上，与欧洲浪漫主义运动只有少数的共同点。由于这场运动，中国诗学的两个伟大的传统被加强了：一是将自然作为即时个人的体验，二是充满暗示的诗歌的抒情性。毫无疑问，这两个传统都有着浪漫主义的烙印。但是可能出于宗教背景、国家生活以及气质的差别，中国诗学并不特别热爱欧洲浪漫主义所偏爱的荒蛮的自然以及异国风景。中国诗学所关心的更多的是在被沉思参悟的诗思捕捉和被激活的风景，它们对于人们来说是温和的，并且是完全熟悉的。中国的即兴自然的抒情主义也并不召唤着激情澎湃，却总是纯净地升华为非个人的视野，由拟人化的自然物象体现，无论是在总体上还是在细节上，个体自我与宇宙交融统一。在这个方面，宋代诗学呈现出禅宗提供的神秘主义特质，这种神秘主义特质一方面招致了理性主义和科学精神，另一方面又滋育了禅宗的高度发展。

① 钱谦益(1582—1664)在他的《唐诗英华序》中常常批评严羽；冯班(1602—1671)写过一篇长文《严氏纠谬》。

镜子和七巧板：当前中西文学批评观念的主要差异

杨周翰著　王宁译

本文试图对比并简略概述当前中西流行的两种差异极大的批评方法或倾向：其中一种我想用镜子来标志，另一种则用七巧板来标志。

当前中国文学批评的基本假说均基于这些理论：文学应当反映社会生活，它不能脱离社会生活，它有政治倾向性和教育目的。作家应当不断深入生活，特别要深入劳动人民的生活。因此，批评家主要关注的是作家是否深入了群众，是否成功地反映了社会生活。因此一些批评术语，诸如“世界观”、“倾向性”、“进步性”、“歌颂或暴露”、“本质”、“冲突与矛盾”、“认识价值”(在论及外国文学和中国古典文学作品时用的术语)，就经常出现在评论文章中，而批评家则主要探讨作家的生活态度和作品的思想内容；另一些术语，例如“现实主义”、“性格刻划”、“典型”、“体现”、“栩栩如生”、“细节”、“浪漫主义和理想化”等，则常用来探讨作品的美学形式。①

与此同时，我们却在西方现代文学批评中发现了一套与之迥然不同的术语。诚然，西方文学批评远远谈不上统一和相同，但照现在的情形来看，各种批评流派都有着一种相互渗透的趋向，因此就自然有一些共同的特色，在这些特征中，最主要者就是专注于文学作品的形式。诸如“肌质”、“模式”、“范围”、“平面”、“结构”、“构成”这类词已成了不可缺少的东西。这些词往往泄露了批评家对他所探讨作品的态度，犹如一位手拿手术刀的外科医师，时刻准备切开作品的各个部分，以找出一部作品的组成零件，也可以说，如同一个面对着七巧板的整套部件苦思苦想的人。

这两套批评术语的不同表明，中国批评家所专注的是反映在作品中的生活，而西方批评家则观照作品本身，不屑于费心探究作品的“外部因素”。前者大致与韦勒克教授归类的外部研究相近，后者则近似于内部研究。其原因可能有多种多样。也许在此作一简略的历史回顾并不多余。

儒家文学观可以用“诗言志”这公式来概括，这可以引申为“诗歌是思想或情感的表达”。诗在此指的是古代所有诗歌的总体，其中大多数收录在《诗经》里。根据这部诗集来看，“诗”实际上已含有超越个人感情或简单抒情之意，它既有社会意义，又有政治意义，因为诗在这里起着针砭时弊的“刺”的作用，也是赞美的工具。孔子后

① 这种观点的理论基础体现在毛泽东的《在延安文艺座谈会上的讲话》。该文认为，文学艺术的主要源泉是生活，而古典文学则是“流”，即次要的灵感；在评价一部文学作品时，政治标准第一，艺术标准第二；作品的历史进步性以及作者对人民大众的态度是衡量作品的尺度，根据这个尺度来判断一部作品的相对价值；同时也体现在列宁主义的“反映论”和恩格斯对现实主义的定义：“除了细节的真实外，再现典型环境中的典型人物”。(恩格斯谈及的是小说，即他所谓的“倾向性小说”，而当前的中国文学批评大多恰恰论及这种体裁。实际上，对现实主义的这种专注也体现在对中国古代文论的重新解释中：《文心雕龙》就被说成是一部论述现实主义的著作。批评家们实际上忘记了这一点，即从本意上说，中国文学在刘勰以前的漫长时期里，占主导地位的文学作品恰恰是抒情作品。)

来进一步扩大了诗的功用，说："诗可以兴，可以观，可以群，可以怨。"他所说的后三个功用不曾在学者中引起过多少争论，而第一个功用，"兴"，开始是一个技术性名词，意为受外部物体刺激而产生的灵感①，渐渐带有了道德和政治意义，指产生道德和政治意义的那种灵感。无论如何，诗作为知识(观)的来源，作为外交(群)的工具，作为社会批判(怨)的工具②，已牢牢确定下来了。后来又在《毛诗序》中进一步强调了这一概念："先王以是经夫妇，成孝敬，厚人伦，美教化，移风俗。"此后，把文学看做伦理、社会和政治教义的载体的种种观念都来源于此。最后由周敦颐(1017—1073)集中体现在"文以载道"这个口号中，赋予了文学功用以理论的和哲学的基础。

道家文学理论批评的影响直到公元3世纪才体现出来，而且它随之就成了至少主宰三百年之久的一个思潮。它完全摆脱了传统的伦理和社会偏见，提出了许多新的、重要的文学观念。这种概念的改变同佛教的传播同时出现。③ 有些观念显然是从儒家用语中沿袭来的，并产生了一些新奇的复杂意义。

例如，"气"这个词早在曹丕(187—226)那里就出现过了，当时他在评论徐幹诗歌的特征时使用了这个词，依他之见，"徐幹时有齐气。"将气的原则应用于文学批评是一个重要的变化，因为它把批评家的注意力从社会考察转移到了纯粹的审美观照。这个词也许直接取自孟子的"我善养吾浩然之气"，指的是一种道德自我修身，但曹丕的用法却隐含着诗人的气质，这种气质体现在诗人的风格里。同时，提出这一点也颇有意思：曹丕也像丹纳一样，似乎意识到了诗人的气质可以通过他所出生的环境来形成。曹丕在鉴赏同时代另一些诗人的作品时也使用了这个词。

中国古典文评脱离伦理—社会偏见的另一个新的现象是对"兴"的重新解释。陆机(261—303)在《文赋》中着重论述了作品中来自大自然的灵感。④ 并且形象地描绘了灵感是如何发生效应的："若夫应感之会，通塞之纪，来不可遏，去不可止，藏若景灭，行犹响起。"

道家批评家也像儒家批评家一样，敏锐地意识到了表达的难度——意义与口头或书面语之间的差异。儒家学派并未提出任何解决方法。⑤ 但值得一提的是，具有道家倾向的批评家，特别是陆机，从庄子那里吸取了灵感，他们试图在中国文学史上首次提出一种想象的理论，并借此提出一个解决方法。⑥ 陆机不仅把想象力描绘为打破时空束缚之能力，而且还用比喻的语言，描绘了想象何以发展为表达之实际

① 刘殿爵译为"刺激想象"(to stimulate the imagination)，见刘译：Confucius. The Analects，Penguin Classics，London，1979。

② 郑众：《周礼·大司乐》注"兴者以善物喻喜事。"郑玄：《周礼·大师》注"兴见今之美，嫌于媚谀，取善事以喻劝之。"

③ 批评家一般都认为，佛教，尤其是后来的变体禅宗，是真正的披着袈裟的道家或"玄学"。

④ 遵四时以叹逝，瞻万物而思纷；悲落叶于劲秋，喜柔条于芳春。

⑤ 《论语》"辞达而已矣"。孟子《万章上》"故说诗者，不以文害辞，不以辞害意；以意逆志，是为得之。"

⑥ 《文赋》"精骛八极，心游万仞……观古今于须臾，抚四海于一瞬。"

过程。[1]

刘勰（？465—？520）在庄子和《易经》的基础上，重申并进一步阐述了想象的理论。除了指出想象力具有不受束缚之能力外，刘勰还在下列文字中分析了想象力的效用：

> 故思理为妙，神与物游。神居胸臆，而志气统其关键，物沿耳目，而辞令管其机枢。机枢方通，则物无隐貌；关键将塞，则神有遁心。（刘勰：《文心雕龙·神思》）

刘勰在谈论想象和表达时所用的语言可能会引起不同的解释，因此这个问题一直弄不清楚。[2] 但是这种探求解决表达方法的尝试却给中国文学批评留下了颇有意思的并且很有成效的影响。最深邃、最微妙的东西恰恰是无法言传的，这又成了道家批评家的信条。我们可以从《道德经》的第一句中找到佐证："道，可道，非常道；名，可名，非常名。"这一观点对中国文学批评产生了深刻的影响。每一位诗人的最高愿望就是要取得文字以外的效果，同时这也是判断诗歌之价值的最高标准。这一美学原则可用简短一句话来概括："意在言外"。崇尚暗示，崇尚含蓄已成了中国古代诗歌的特点，在佛教或禅宗的教义里，这一观点被强调为"顿悟"，离言说相，离文说相。

我们可以说，人们已意识到，研究文学可以从心理学和语义学的角度入手，因此我们不妨设想，假如中国文学批评沿着道家—佛教传统发展下去，它也许会和西方批评走过的道路相汇合。但事实上，儒家的那种心理结构，如清醒的常识，永远着眼于现实，对人伦道德的深刻关注，长久以来一直有着占主导地位的影响。19世纪末20世纪初，首先是梁启超，接着是王国维从西方引进了"写实主义"（realism）这一术语，从而给中国漫长的传统以画龙点睛之笔。在某种意义上说来，当前的批评观念可以说正是那个传统的延续。

在西方，文学批评走的却是另一条迥然不同的发展路线。对马修·阿诺德的反动一直延续着，来自阿诺德阵营以及20世纪30年代左翼阵营（白壁德、莫尔、福斯特）的几次反击都是短暂的。然而，批评的局面总体上是由"形式主义"（用这个词最宽泛的意义来说）控制的。形式主义批评不屑于考虑文学的社会功能，因而不作道德判断。它是一股与现实主义和教育劝诫相悖的强有力潮流。为了简便起见，我不妨仅从现代莎士比亚评论方面举几个例子，因为莎士比亚有幸受到了几乎所有现代批评流派的考察。[3] 我想挑出"模式"（Pattern）这个词作为现代西方文学批评精神的特征，因为这个词有时由于其多重用法很难翻译成相应的中文：

---

① 《文赋》"选意按部，考辞就班，……罄澄心以凝思、眇众虑而为言，笼天地于形内，挫万物于笔端。"

② 邵耀成：《试论刘勰二层次的"创作论"》，见《古代文学理论研究》第五辑，上海：上海古籍出版社，1981。

③ 有关引文均引自阿尔文·B. 柯南编：《现代莎士比亚评论》，纽约，1970。

现实世界中含有的模式

强度之后的苍白结尾——许多其他诗歌都有这样的模式。

情节通常都按“如愿以偿”这个模式展开。

新喜剧所展示的是亚里士多德因果律的模式。

那些在喜剧中阻碍主人公取得最后胜利的人物……吝啬鬼，忧郁症患者，伪君子，书呆子，势利者……他们的行为都是按照一种外在的模式安排的，一望而知。

莎士比亚的喜剧遵循着一种深刻的“死亡—再生”这一仪式的模式而展开。

不管这个词在作品中作为主题的复现，或象征的再现，或甚至词语的有规律重复，还是人类行为的习惯性或不正常变化，或是社会或世界的组成方式，它们都被设想为一个由各部分组成的整体，这些部分可放在一起，亦可拆开。

梅纳德·麦克(Maynard Mack)教授那篇论证严密、写得极好的文章(《詹姆士一世时代的莎士比亚：略论悲剧的结构》，The Jacobean Shakespeare：Some Observations on the Construction of the Tragedies)可证实我的观点。麦克教授正确地批评了布拉德雷(Bradley)对莎士比亚悲剧结构的分析，布氏将其分析为“暴露、冲突、危机、灾难结局的组织安排；进程和场景的对比；经过多方面调节的起落的总体模式”，这样的分析至今仍是“对莎士比亚悲剧之外形所作的最好描绘”。但这种分析也“能用于粗制滥造之作”。麦克教授显然成功地作出了探讨其“内部结构”的尝试，他还探讨了“莎士比亚的……暗示、激发、隐含的才干”，因而“用间接的方式找出了前进的方向”。例如，他选取了《李尔王》中的弄人这一角色，认为这个弄人是某种“表明李尔王头脑里所想之事的戏剧性速记符号”，因为“他直到李尔王变得像弄人那样行为举止时才以一位有台词的人物之身份进入剧中，而且没等到李尔王清醒就不见了身影”。由此可见，弄人这个例子“向我们展示了戏剧结构的一些手法以及记载内部‘行动’进展的方法，尽管传统的批评范畴对之毫无提及，但这些手法和方法毕竟是莎士比亚戏剧创作的基本资源。”

与布拉德雷不同的是，麦克教授试图找出莎士比亚悲剧中的“真正的悲剧缪斯”。但是他也像布拉德雷那样，求助于结构分析的方法，但并未用暴露等措词，而是用“主题之再现”、“镜子的场景”和“心灵变化之循环”这一类措词来分析。

当然，历史学派也同样坚持这些，但它的历史概念与马克思主义的概念却大相径庭。

其次，历史学派批评家认为，历史反映在文学中，是由实际发生的事件和真实人物所组成，是由社会甚至政治机构所组成，而马克思主义批评家则认为，历史事件只是“社会发展规律”的表现。因此，在讨论文学作品对现实的反映时，他们就着重强调“本质”，而本质则具体体现在“典型”中。再者，马克思主义将现实作为冲突及其解决过程的概念也同历史学派的静止或进化论观点适成鲜明对比。再进一步说，历史学派也和形式主义学派一样，回避道德判断，仅仅意在达到“客观性”，而马克思主义批评则公开或含蓄地强调文学的教育作用。

还应补充一点，当前的中国文学批评倾向产生于诸多原因，其中20世纪50年代苏联学派的马克思主义文论的影响占主导地位。它播种并植根于一块有利于它生长的土壤里，因为在这块土地上，有着儒家思想占统治地位的文学批评传统，它历来就有政治——说教之取向，它也强调生活，强调现实功利性。这种批评倾向的合理之处在于，它坚持文学是一种社会现象，艺术作品不能脱离社会生活而存在于真空中。因此，它有助于读者把作品放在其社会背景下来理解。但在解释生活与艺术之关系时，它却容易流于简单化，因为它仅从一个单一的角度——尽管这个角度也很重要——认为，艺术只是写实的艺术，而常常忽视了这样一系列因素：创作的复杂过程，作者的文化修养，文化传统和思潮，作者和读者的心理，特别是艺术作品的结构及其语言因素。这样一来，中国文学批评实际上到了一个十字路口，如果要想在此前进一步，就得承认创作工作的复杂性。L. C. 奈茨(L. C. Knights)在批评布拉德雷学派时曾这样说过，“把莎士比亚主要看作一位伟大的创造人物的作家，是最不着边际的看法，却影响极大……他能够把这些人物‘逼真地’展现在我们面前……而诗意则是一种附加的优点。”这一评语可以很恰当地适用于当前的中国文学批评。然而，现已有迹象表明，中国批评家已开始意识到了文学的内部研究的重要性。

同样，西方文学批评似乎也到了一个十字路口。它虽能帮助读者更深刻地理解和欣赏作品，尤其是新批评派做到了这一点，但其中的一些不尽令人满意之处却在于，它本身也有其局限，它不愿超越文学作品的形式范围。另一位著名的莎士比亚评论家沃尔夫岗·克莱门(Wolfgang Glemen)在《莎士比亚剧作中的意象发之展》(Development of Shakespeare's Imagery)一书中指出：

> 我们以为，在将诗歌和历史现象划分和再划分为一个鸽笼般的系统之后，再在每一样东西上贴个标签，这样我们的理解力便达到了最终的目的，这是一个很奇怪的错误。这种刻板图解式的分类系统常常既破坏了有着活力的感受，使我们感受不到诗歌作品的整体性和五色缤纷的丰富性。

这恰是对西方文学批评的贴切的描述，尽管他所说的“整体性”和“丰富性”还可以商榷。在我看来，整体性应当是文学作品与生活的统一，丰富性也应当是生活本身的丰富多姿。例如，对于《尤利西斯》及其结构的评论，人们已写下不少文章，但可以说很少谈及社会力量对该书创作所产生的作用。如果这一点不阐明，文学批评就只能是不完整的，因为这样的阐明有助于读者更充分地理解这部作品。批评家有无社会意识，差别是很大的，因为他的观点直接影响着他的艺术分析。

我希望从以上的分析可以看出：对涉及文学批评的那些大问题进行的比较研究，与对具体的批评概念的比较研究一样，是颇有必要的，也可以说，对具体批评概念的比较研究应当导向对更重大的问题的研究，即研究批评后面的态度或哲学。由此可见，镜子式的探讨或七巧板式的研究都不尽完备，文学批评所需要的应当是一种综合研究，而非彼此排斥，应当择善而从，而不应偏向一面。

The Mirror and the Jigsaw：A Major Difference between Current Chinese and Western Critical Attitudes. 原载 Representations 4，Fall 1983，University of California，Berkeley.

（王宁　译）

附记：此文写于 1982 年，未能涉及结构主义和后结构主义。这两种新理论虽仍是形式主义的理论，但值得作进一步的比较研究。此外，本文也未涉及所谓的"新历史主义"批评，这一批评流派可以说是对形式主义批评的一种反作用，也值得作比较研究。

白话文与新诗

夏济安

一

今天来检讨五四以来白话文学的“成果”，也许还太早一点。这几十年内，我们也许还没有产生很多了不起的作品。但是大体而论，白话文的推行可以说已经成功。从小学生到专家学者，作文时大多采用白话作为工具。用白话文可以写出好文章，白话文中也确有好文章，这一点大约无须再为辩护。五四时代受攻击的“桐城谬种，选学妖孽”，大约早已销声匿迹。桐城派的古文，文选派的“美文”，现在恐怕没有多少人写了。即使偶然有一两篇“寿序”、“墓志铭”之类的应酬文章，还是在刻意模仿古人，一般人对之也不加重视。那种残余的古文不再有人去反对，因为白话文已经根深蒂固，不是少数写古文的人所能动摇的了。古文就像书法、刻图章、刺绣、昆曲(甚至平剧)等等国粹一样，日趋没落。善于斯道者，日渐凋零；青年人则没有兴趣步武前尘，再在这些“艺术”上面穷年累月的下工夫。而且这些国粹艺术，不下苦工夫还真是学不好。写古文的人少，古文的好坏，也不大有人关心。除了报上的电讯中，还有类似“艾森豪继又声称”、“杜勒斯一再强调台湾在太平洋战略地位上之重要性”那种欧化文言文之外，古文文章平常不大看得到。曾经千百年来无数才智之士穷毕生之力伊唔钻求的古文文章，就此没落而归于消失，不免使人觉得：文字大约真是在进化，现代的人就得写现代的文章。文字革命大约也是“顺乎天应乎人”那一种的革命，所以很快地就成功了。

用进化论来解释历史，在 19 世纪之末 20 世纪之初是盛极一时的，今天看来，已经没有什么新奇。那种看法里，所包含的乐观主义，更被很多人认为是浅薄。宇宙在变迁，旧的不能常住，新的必须产生，这大约是“真理”。但是假如说：新的一定胜过旧的，新的就是好的，把“新旧”和“好坏”混为一谈，那就把问题看得太简单了。今人所写的白话文章，是否胜过古人所写的文言文章，要答复这一个问题，我们必须在“新旧”之外，另找好坏的标准。

在开始提倡白话文的时候，恐怕有人把写白话文看得很容易，“我手写我口”，说怎么样的话就写怎么样的文章。“明白如话”应该就是白话文胜过文言文的地方。现在白话文大家已经写了几十年，真正和说话符合一致的文章，我们还很少见。文章和语言之间，大约总得有些差别。就语言而论，说话的人的个别差异也很大。小说里的对白，有时候非得像真人说话不可。但这是小说家苦心揣摩的结果，这是“艺术”，并不是任何人拿起笔来就可以把自己的话记录下来的。你若是叫一个苏州人用他的苏州话来写篇文章，我相信他宁可写一篇古文，也不愿做这么一件吃力的工作的。《海上花列传》里的苏白之妙，那是小说特殊的成就。有许多现成的字句可用，作者故意放弃不用，偏偏要去想象苏白该怎么说，而且是妓女和嫖客嘴里的苏白——这不是件容易的事。“冥顽不灵”或是“顽固不化”这种现成的成语，凡是读过几年书的，大多一索即得，可是用苏州话说来，同样的意义最巧妙的说法是“肚皮里横根门闩”。用苏白来写文章，不啻把你所读过的多少年书，完全丢掉，除了你的同乡和你自己的言语外，一无凭借。这样写文章，简直是“无中生有”是了不起的创造工作。这不是普通人所能应付。而且写文章如此费力，写完了还不一定有“广大的读者”能欣赏，也失掉了文字应用上的意义。

苏白难写，那是因为用苏白所写成的文章太少，写的人很难从前人作品中得到什么帮助。广东话就比较容易写，因为用广东话写的“文学”本来不少，尽管那种“文学”的水准并不高。有位朋友在香港住了几年，常常看广东人的小报，现在也能写广东话的小说了，“乜”、“冇”、“咁”等字，居然用来得心应手。这种惊人的成绩，固然和这位朋友的语言天才有关，但主要的原因，并不是他的广东话说得流利，而是他“读”了很多广东文章。他的成功，并不是“模仿语言”的成功，仍旧是“模仿文章”的成功。写文章的人，很难想起他自己的话是怎么“说”的；他一提起笔来，最容易想到的是：以前人是怎么“写”的。

苏白和广东话都是南方方言，这和我们的“国语文学”可以说很少关系。所谓“国语文学”者，当然是由“国语”而来，而国语则是一种类似北平话的语言，一种勉强的人为的东西。说起北平话，问题又不简单，据说“官话”和京油子的“贫嘴”不一样，德胜门和永定门的方言之间还有点小的差别。可是这种问题，无须我们写白话文的人去研究。我们有《红楼梦》、《儿女英雄传》、《七侠五义》以及《水浒》等用北平话或其他北方方言所写成的小说，五四时代的白话文作家，对于选词遣句等方面，才不致漫无标准。提倡白话文学的大师，当时的确也曾劝人读这种小说，作为“文章楷模”。白话文运动一开始，就是一种“文章改革”运动。当时的理论家并不认为完全照口语实录，就是作文。读书还是作文必要的准备，古人的作品还是可以给今人很多的帮助。只是值得模仿的古人，从韩愈柳宗元改成曹雪芹施耐庵而已。我们看看五四时代的白话文，浅近平易还说得上，真要说是同说话一模一样恐怕还成问题。提倡白话文学的大师，能够说得一口“括辣松脆”“京片子”的恐怕没有几个人，他们的文章叫北平人读起来恐怕还是不大对劲。本来，“肥皂”是各地都可以听得懂的名词，为什么一定要学北平人那样称之为“胰子”呢？北平话里的字眼，如“棒”，如“帅”，至今被认为是一种传神的“方言”，地位同苏白里的“像煞有介事”相仿，并不算是标准“国语”。北平人常用的，如“瞅”如“哏”等，始终还被排斥在“国语”字汇之外。你说白话文是模仿口语的，到底是模仿什么人的口语呢？

还有一件事情，值得注意的，是我们的口语在变。语言固然影响文字，文字也影响语言。我们常常忘记我们父亲或祖父那时候的“语言”，而把我们自己从书上读来的表现方式，当做“语言”来用。记得林语堂博士的英文小说《瞬息京华》在美国出版后不久，给一个人翻译出来。林博士对那本翻译大为不满，他说他小说里的人物所说的应该是北平话，而译文里的人物所说的是欧化白话。他所举的例子中好像有这么一条：译文里女儿对母亲说：“请你同意罢。”林博士说：这不是中国话，应该译作“您依了我罢”才对。“依”这个字真好，几十年前的中国人大约都说“依”而不说“同意”的。但是到了今天，“依”反而听不到了，“同意”则几乎天天可以听到。林博士所认为的欧化字眼的“同意”，硬是取得正统地位，把“依”字逐出我们的字汇。

倡导白话文的先知先觉大多是南方人，他们古书又读得相当多，因此他们非但写不出真正的北平白话，而且古文的“包袱”也丢不掉。古文的表现方式，随时会在他们笔底下流出来。再则白话可读的东西毕竟不多，几部旧小说读来读去也会腻的（何况旧小说里的白话只好算是“旧”白话，也可以说是古董了），于是乎翻译尚矣。翻译对于我们白话文学影响之大，实在远在旧小说以及难于凭藉的口语之上。影响的来源，倒不一定是某几部名著的名译，我所说的翻译，是不分好坏的，从学术文艺名著、大中学校教本，到报上的国际电讯、“西洋幽默”等止，其“总和”的影响，是非常之大的。而且愈是硬译直译，影响愈大。林纾严复的翻译，只可以说是替中国士大夫开拓一下眼界，它利用我们已有的文字习惯，并不改造我们的文字习惯。可是在林严以后的白话翻译，便不是这样了。起初大家看不惯，认为是“欧化”，有点“佶屈聱牙”；后来没有办法，勉强接受；再后来，反对欧化，痛恨佶屈聱牙的人，自己做起文章来，也学那套欧化佶屈聱牙的说法了。

我不在这里提倡硬译，事实上，我是反对硬译直译的。但是五四以来翻译作品，很多是硬译直译，那是不可否认的；而且一本极力避免硬译直译的翻译书里，也总难免杂有几个硬译直译的句子。还有报纸。艾森豪杜勒斯之流的演说稿子，译在报上，我们读起来常常觉得是篇深奥的论文，不像是篇大家都应该听得懂的演说。这也不能怪报馆里的编译先生，他们常常须要在深夜两三个钟头里译完一篇几千字的文章，作为第二天早晨我们的精神粮食，仓促成章，读者无法向他们苛求。但是硬译还有一注很大的来源，那就是学校的英文教室。采用直接法教学的英文先生恐怕人数不多，而且直接法是否是最好的方法，尚待研究。大部分英文先生讲解英文时，总得借助于中文，而英文许多说法，是中文所没有的。英文先生怎么办呢？只好硬译直译了。于是英文很简单的关系代名词 Who，到了中文就成了“这个人”。假如一个句子里关系代名词有好几个，先生讲起来，就“这个人”、“这件衣服”、“这种颜色”等不断的“这个”下去了。碰到一些更道地的先生，连小小冠词都不肯放过，于是“这个”“一个”之声更不绝于耳。青年人“洁白的心灵”中，从小受到这种熏染，英文又是如此重要的科目，他说起中文来难免走了样。而且英文的班级愈低，先生的讲解愈详细，学生所受的影响也愈深。此外，学生记英文生字是一桩苦事，他们除了记拼法以外，还要记解释。解释有些是抄自黑板，有些得自英文课本后面的附注，有些是从字典里面翻查而来。这些中文解释便又形成学生的字汇。例如 consent 最好的翻译，在某些情况下，可能是“依”，但是恐怕没有一本英汉字典，会把“依”字放进去的。常见的解释是“同意”，学生就死记住“同意”，到了后来，中英文在脑筋里混淆起来，碰到要说“依”的地方，就想不起“依”，只想起“同意”了。英文形容词本来都可能有很简单的中文翻译，但是学生当初记这些字的时候，把累赘的解释记在心里，以后累赘的说法反而把简单的赶走了。beautiful 译成“美丽的”，不译成

“美”，也许还说得过去；但是 white 不译成“白”，而译成“白色的”，就令人诧异的了。a white horse，应该是“一匹白马”，但是在很多英文课上，成了“一只(‘匹’字渐将淘汰)白色的马。”这些英文学生，他年可能成为翻译家，他们的翻译作品要不“硬”不“死”，亦戛戛乎其难哉。

这种现象，也许有待纠正之处；但是我在这里不想提出关于翻译的意见，只是想指出翻译对于白话文的影响。翻译之所以有“硬译”“死译”，其责任一部分当然该由翻译家来负；另外一部分责任，恐怕要归给中文本身。中文的许多好处，英文所不能表达的，固然有的是；但是英文的好处，中文所不能表达的，恐怕也有很多。(我们是在讨论中文的“欧”化问题，单拿英文来举例恐怕还不够，但是一切“欧”语中，以学英文的人数最多，英文的影响应该最大而且也最有代表性。)硬译的人，压根儿不承认，或者是忘记：我们习用的文字，也可以表达外国文字里面的很多思想；他们根据外国的句法结构，创造许多奇怪或累赘的词，写出一种“欧化”的文字。欧化文字很多人是看不惯的，但是请不要忘了这点事实：我们固然排斥了很多欧化说法，但是这几十年来，我们的文章，我们的说话已经是欧化得很可观了。女儿请母亲“同意”，骑“一只白色的马”，我洗“我的手”，也许是欧化的坏影响。但是我们添了很多新的句法，这种句法即使并不使我们的思想更为严密，至少也使我们的表现方式更为丰富。我们固然很可惜地丢掉了一部分旧有的字和词，但是我们的字汇在另一方面也扩大了。这些新添的词，可能也是我们新思想的基本。随便拿起一篇现在人的文章，就可以发现许多欧化的痕迹。即以三月八日《联合报》的社论为例：

> 女权运动是十九世纪最大的成就，但女权运动却是跨进廿世纪以后才达到高潮。妇女们为了纪念她们解脱历时漫长的社会枷锁，终于在四十八年前的今天产生了这一妇女节。年逢此日，全世界妇女都以高度兴奋的情绪，去欢度其自己的节日。……

这几句写得并不特别好，但是读者大致还可以觉得这几句话相当流利，并不佶屈聱牙。事实上，这一篇文章受欧化的影响很明显。“妇女们为了纪念她们解脱历时漫长的社会枷锁，”“为了”下面假如只用一个动词“纪念”，“纪念”下面跟一个受词，这是中国习惯的说法；但是这里在“纪念”之后，又来一个动词“解脱”；“社会枷锁”之前，还有一个长长的形容片语“历时漫长的”，而“历”又是一个动词。这许多动词重复的用，而且文法的关系又如此的复杂：“纪念”云云是“为了”的受词，“解脱”云云是“纪念”的受词，“枷锁”又是“解脱”的受词。这样层层相套，我们真觉得要像读英文文法时候那样，用图解来替它分析一下了。

再说这几句所用的字吧。“女权”、“运动”、“世纪”、“情绪”这些新名词，清末的人也许看不惯，现在我们是把它们认为中文字汇的一部分了。尤其可注意的是“跨进廿世纪”的“跨”字，这个字古文作家大约是摒弃不用的，用在这里这是个“暗喻”：我们好像“跨进一间房间”似的，跨进了 20 世纪。古文作家不肯用这个字，他们就很难想到这个譬喻，他们的想象就受了限制。(可惜这种用法已经成了滥调了。)

报纸的社论不一定是好文章，但是至少是我们习以为常的文章。假如拿近50年来报纸社论文体的演变研究一下，也许可以看出来：中国文章是如何的在演变。三月十二日《中央日报》“创刊二十八周年迁台湾八周年纪念特刊”里就有一些有趣的例子。年纪轻的读者也许不知道：迟至民国二十七年，《中央日报》的社论还用古文写的。那时的古文和于右老“民呼”、“民吁”的古文，似乎又不一样。民国二十七年《大公报》的社论已经是用白话写了。当时的《大公报》社论读的人很多，无形中成了白话文的“范作”。我记得“搞”和“垮”两个字都是《大公报》社论首先应用，大家仿效，现在在白话文里这两个字是很常见到的了。

现在的白话文实在是“雅俗兼收，古今并包，中西合璧”的一种文体。白话文的句法，很多是英文句法的模拟；古文的句法也还保留一部分，前引《联合报》社论中“年逢此日”这四个字就是例子。字汇方面，新名词之层出不穷，那是不必说的。白话的字汇其实很大，它的好处是不避俚俗，“搞”和“垮”都可以入文，方言俗话里的字眼可以给我们应用的那就多得不可胜数了。(近年台北的晚报已经开始用“查某郎”、“阿拔生”等有地方色彩的话。)前引《联合报》社论中说“男子应该当兵，女子不必当兵，”用文言说来，“当兵”应该是“从戎”；亦文亦白的是“从军”；“当兵”那是纯粹口语。还有一点不可忽略的是：白话文里承袭了大量的古文辞藻。古文中有许多说法，简洁而传神，写白话文的人实在不忍心把它们抛弃。再则古文的句法和古文的字汇用在白话文里，容易给人一种典雅的感觉，写文章而要讲究“风格”，有时候还不得不迁就古文。前引社论中就有这样的句子：“即以身殉革命的秋瑾，和……黄八妹……吴剑雄女士等，又何莫非女中豪杰，而无让于须眉。”“千千万万的妇女胼手胝足，负载于途，几乎与男子同任操作之劳。”

《联合报》那篇社论，用了“当兵”这样的“白话”，又用了“为了纪念她们解脱历时漫长的社会枷锁”这样的欧化句法，又袭用了“何让于须眉”、“同任操作之劳”这样的古文老调；如此东拼西凑，读者似乎应该有乱七八糟的感觉。可是我们早就习惯于这种“兼收、并包、合璧”的写法。白话文的好处不在它的“白”，而在它的兼文、白、中、西之长。这种白话文，其实离开许多人的口语也不远。我们读过几年书的，现在又离乡背井来到香港或台湾来的，试问谁还能够讲纯粹的家乡话？“母亲的语言”(mother tongue)大约只有母亲会讲，儿女已经讲他或她自己的一套新语言了。我们的新语言是受翻译文学、报纸的电讯和社论、学校教科书(国文之外，尚有公民史地等)，课堂里英文先生的讲解，以及有声电影里的“文艺对白”等等的影响的，这些影响竟超过了母亲的影响。我们的话里，多用“的了吗呢”，少用“之乎者也”，但是我们的“的了吗呢”，和北平人的用法不完全一样，我们所说的通常只是混合南北方言“蓝青官话”式的“的了吗呢”。我们的话里，有国语，也有四川、上海等别地的方言。我们走了这么多地方，接触到这么多人，我们的话难免要“博采各地之长”。此外我们还读过书，我们的话里有古文，也有欧化句法。我们所讲的是“混合式”白话，所写的也是混合式的白话文章，这样也不能说我们不是“我手写我口”。现在新时代的女性所说的就是这种白话，她们假如做了母亲，我们敢相信下一代的白话，和《水浒》、《红楼》的白话，更要大异其趣。正如劳贞一先生所说：清末章回小说体文字，不堪再用。

白话文里有各种不同的因素，一般讨论文章的人所提出的见解，其实只是想在各种因素之中，求得一种平衡，不要使某一种因素有畸形的发展。有些人自己说话里就有欧化句法，可是他们讨厌文章的某种欧化句法。有些人憎厌古文滥调，有些人认为某些俚俗之字，不堪入文。也有偏激之士，特别着重某一种因素。如有些人极力强调欧化的重要，认为只有欧化才可以使思想严密，文章合乎逻辑。有些人则在"白话文学"之外，别创"口语文学"，认为非直接模仿口语，文学没有"生命"。其实白话文大致已经定了型，短期内很难再有大变动。白话文到了今天，成了这样一种混杂的东西，也许是五四时代提倡白话文的大师始料所不及。但是白话文的地位已经确立，写古文的人日少一日，最近或十年内的文章，大致将是和前引《联合报》社论相类似的"集古今中外于一堂"的东西。

二

这样一种文章，我认为是有前途的。这几十年来的散文，比起过去的古文来，已经可以说有一点进步。当然我们的句法也许还不够精练，我们的用字也许还不够妥帖，我们的文字可能没有悦耳的节奏，我们也可能因为通俗而成为庸俗，但是我们在修辞上造诣的不足，可能在章法的开阔、思路的周密、表达方式的新颖上面取得补偿。这里的优劣论，当然是拿文言的好文章和白话的好文章来比，至于坏文章，那么文言和白话双方都有，"今文之弊"，数起来也不会比"古文之弊"来得少的。

因为古今社会之不同，今人的白话文章和古人的文言文章之间更有其他的差别。古人的诏令奏章，现在恐怕是没有了；另一方面，古人的政论文章也没有现在的多。过去即使在"处士横议"的时代，因为没有像现在的报纸杂志那样可以容纳大量"舆论"的出版物，那些"横议"只有一小部分能够以文章的方式被保存下来。报纸杂志上的文章，流传得很快，作者和读者间的关系也比较密切。现在的文章，假如要"载道"，那就可以载到更多更远的地方去；假如要"言志"，也可以使更多的人知道你的志。当年左思的《三都赋》不知有多少"豪富之家竞相传写"，遂使"洛阳纸贵"；今天《中央日报》据说每天销五万份，台北的纸价也并不因此高涨。我们虽然没有确切的数字统计，但是我们可以假定：以百分比来说，现在写文章的人和读文章的人都比过去的多。文章既然成了"众人之事"，文章要不通俗也不可能。所谓"通俗"，不单是指文字改用了白话，而是说我们更尊重"人人皆具的良知"。我敢说我们现在文章的说理比较过去透彻，作者的态度也比较谦虚。周密而畅达的长篇说理文章，现在常常可以看得到，那种文章的作者知道他不是写来发泄自己的牢骚的，也不是给友好们私下钞写传观的，他有确定的读者，他必须把道理说清楚，才能使人家心悦诚服。古人的文章，可能吞吞吐吐含混不清不肯轻易以"玄机"示人，也可能东拼西凑甚少新见只是标榜权威以自高身价，这一种的文章很难为近代的读者所接受，写这种文章的人也因此日少一日了。

我在前面只是拿古文和今文相比，范围还是限于中国一国。事实上，这种比较已经有点不伦不类。现在写文章的人，眼睛是朝着外国看的。现在的政治论文，与其说是承继荀卿、韩非、贾谊《过秦论》、陆贽《奏议》的传统，还不如说是罗素、杜威、拉斯基的中国翻版。其他各种学术论文情形亦大致如此：内容可能有独特的贡献，但是文章的体裁、材料的安排、推理的方式大多是从洋人那里学来的。论说文章，我们还可以说是"中国古已有之"，至于戏剧小说，那是更非模仿洋人不可。中国从来大约只有歌舞剧，没有话剧。话剧是洋人的东西。中国的章回体小说，自从民国以来，沦落为"礼拜六派"，似乎不为爱好文学之士所重视。所谓"新小说"的形式体裁，大部分得自外国小说。至于短篇小说，那是另有技巧，和唐人传奇、"三言二拍"等颇有不同，中国近代短篇小说的技巧也是学洋人的。

西洋的影响对于中国新文学如此之大，我们评论文学，也不宜采取一国的标准，而不得不采取世界标准。西洋的影响，无疑更超过六朝以后印度的影响。中国学梵文的人从来就不多，佛教的三藏只好以翻译的形式和中国人相见。假如唐朝也有像民国那样的学校制度，中学里以梵文为必修课，大学生大致能够直接阅读梵文，那么中文也许早就"梵化"，以唐人的理智和想象力发展之高，我们也许早就产生几部"史诗"和分析极端细密的哲学论文了。我说这句话，并不是看低我们自己的抒情诗和语录体哲学文章的地位。我所要指出的是：以唐代中西交通之繁，中国在文化上所接受的外来影响，还没有今天这么繁杂；到了清末以后，中国才和世界发生更密切的关系。我们现在讨论文学，不会再说"以六经为指归"那样的话了，我们承认六经的地位，但是我们也承认荷马、但丁、莎士比亚的地位。这几个西洋人，为列国万流所景仰，他们的诗同中国的诗一样的"可以兴，可以观，可以群，可以怨"。我们于接受六经的遗产之外，更接受他们的遗产，这对于中国文化的前途，是只有好处没有坏处的。我们并不是"数典忘祖"，我们只是承认西洋的经典和中国的经典同有其价值。文学上的派别很多，文学家的气质趣味等也可以因人而异，只要过去的文学作品有人读，每个文学家都会找到他自己的"祖宗"。

这种折衷的看法，当然并无新奇之处。事实上，折衷(或者用一个含义较坏的词：混杂)正是五四以来文学的特色。我在前面说过：这几十年来也许还没有产生过很多了不起的作品；但是假如这个时代的文学史还值得一写的话，写这部文学史的人将发现我们所受的影响的复杂。白话文本身就是一件混杂的东西，前面已经说过了。我们的思想除了原有的三教九流之外，更添了外国的诸子百家。我们的文学批评可能是根据法国人德国人的观点。我们的小品文可能冶袁中郎和兰姆于一炉。我们的小说家可能向《红楼梦》学对话，向哈代学结构，向巴尔扎克学景物描写。这种混杂的现象，也许为写文学史的人所不喜：这样的文学哪里还找得到"民族的特色"呢？但是他虽然不喜欢，还是非得把这种事实记录下来不可。否则他的文学史恐怕要没有东西写了。

三

现有的白话文学，将来当然还要变，要变成怎么样一个东西，现在不敢说。影响我们文学前途的，除了文字本身的因素之外，还有文化、社会、政治等种种因素，因素太复杂，即使他能准确的分析现有的现象，也不一定能完全准确的推测到未来会发生些什么事。不过我们在期待着白话文学杰作的产生，“杰作”或者可以说是“经典”(Classics)。白话文已经是一种很够日常应用的工具，但文字不仅是实用的工具，也是艺术创造的工具。我们的白话文“运动”是已经成功了，但是白话文好作品的产生，尚有待于我们的努力。说“努力”其实也只是无可奈何的鼓励话，“努力”可以逼懒人多出产几篇文章，“努力”可以督促学养不充实的人多读几部书，“努力”可以使率尔操觚的人多注意些文字的细节；但是第一流的文学并不是大家努力就能产生出来的。这得有赖于“天才”，而天才多少得同“天”沾上一点关系，不是人力所可强为的。

这几句话的调子也许太低，我似乎对于白话文学的前途并不充满“乐观的信仰”。可是这种不乐观的看法，并不是自我所创；《文学杂志》一卷四期梁文星先生《现在的新诗》和六期周弃子先生《说诗赘语》两篇文章的语调里，似乎都带有一点惶惑，一点忧虑。引起他们的不安的，是新诗的前途。像现在这样的新诗，梁周二位先生是不十分满意的。我们最好的散文，也许可以同古人的散文相比，但是我们很好的新诗，不一定比得上古人二三流的诗。假如梁周二位先生是复古派，倒可以振振有词的斥新诗为胡闹，大家索性写旧诗算了。(事实上，现代的旧诗和唐宋人相比，恐怕也是“瞠乎其后”。新诗是“穷”后的“变”，只是“变”得还没有十分“通”。)可是他们在理论上是主张现代人应该写新诗的，在情感上是同情新诗人的，惟其“爱之深”，于是“责之严”。新诗假如没有更好东西写出来，这不但是新诗的不幸，连整个白话文学的成就，都要使人发生疑问。我在前面说“我们期待杰作的产生”，我心目中的杰作是诗的杰作。

散文当然也有它的艺术，但是散文通常有其实用的价值，我们接受了文章的内容，文章的好坏有时候可以不加考虑。一篇坏文章偶然也还有其他可取的地方，一首坏诗则一无可取，只好使人摇头。但是好诗是文字艺术最高的表现；一国文字的精微、气势、情韵、色彩、节奏、巧妙等等性质，大多是在诗里才可以得到完美的统一，或是充分的发挥。一国文字是否能成为“文学的文字”，就是看这种文字里有多少种“美”的性质，而这些“美”的性质能够提高到什么程度。我国旧诗的成就，使得中国文字成为一种很美的文字；因此之故，旧诗不但今天还有这么多人在留恋，在海外都有人喜欢。中国旧诗曾经“征服”过日本和韩国，现代英美诗通过庞德(Ezra Pound)、魏莱(Arthur Waley)等的介绍，都或多或少的接受中国旧诗的影响。这是中国文学的光荣。前人的造诣，使我们这一代的人觉得惭愧。我们且慢为白话文运动的成功觉得欣喜。假如白话文只有实用的价值，假如白话文只为便于普及教育之用，白话文的成就非但是很有限的，而且将有日趋粗陋的可能。假如白话文不能成为“文学的文字”，我们对于白话文，始终不会尊重。对于文字之美的爱好，是文明人精神生活里很重要的一部分，我们假如在白话文学里得不到“美”的满足，我们只有到旧文学里去找；而懂洋文的人，只好去崇拜洋人了。梁文星先生说：“我们现在写诗，不是个人娱乐的事，而是将来整个一个传统的奠基石。”问题恐怕比梁先生所说的还要严重。我们现在写诗，是考验白话文能不能“担负重大的责任”，白话文能不能成为“美”的文字。假如不能，白话文将证明是一种劣等的文字；白话文既是大家写作的工具，那么中国文化的前途也就大可忧虑的了。

说起文字的“美”，现代的读者不免想起堆砌、过分的雕琢、浓妆艳抹等等畸形现象来。这是很大的错觉。我们既然认为堆砌等等是丑，那么美一定另有所指。文字的美是什么东西，或者是我们应该努力达到哪一种的美，这不是本文所能详细讨论，或者是，我根本不能答复。文字上的功夫，和堆砌等等无关；平易自然固然是美，裔皇典雅也是美；春花怒放是美，老树盘根也是美。有时候，一个句子更动了几个字，就可以化腐朽为神奇，化不美为美。《水浒传》里，潘金莲向武松调情，连用了几个“叔叔”，后来忽然直称为“你”，金圣叹读到此处，大为赞赏。普通的小说家写这一段事情，大约不是“你”字用到底，就是“叔叔”用到底。这样当然不能说是“丑”，但是只好说是平平无奇，没有什么“美”。好几个“叔叔”之后，忽然来个“你”，这就是文字的美。美有时候就是这么简单。

前面的例子，虽然不是从诗里得来，但我们不论用白话作文或作诗，读到古人文章这种精彩之处，都可以得到一点启发。新诗的成就所以如此有限，我想同五四时代偏激浅薄的文学理论有关。五四是个“革命”的时代，那时候忙着要“推翻”、要“打倒”；“建设”或者为“将来的传统奠基”这种问题大家是不大在意的。那时候写诗的人，似乎只是拾华滋华斯的浪漫派理论的牙慧，认为“诗是强烈情感的自然流露”。人都有情感，情感有时候很强烈的，情感又是要流露的，你不是会写字吗？你不是会造句吗？那么白纸上写上黑字，让你的情感自然流露好了。郭沫若之流的新诗，大约就是这样写成的。这种理论，我不想在这里讨论。我只要指出这点事实：华滋华斯自己的长诗《序曲》(The Prelude)并不是“自然流露”的产物，而是他几乎花了一辈子功夫修改重写的结果。浪漫派诗人并不把写诗看得这么容易。

梁先生和周先生都强调“形式”之重要，这几十年来的确也有不少新诗人在摸索着诗的形式。白话诗应该用什么形式最适合，我不写诗，这种纯技巧的问题我不能答复。但是不论用哪种形式，诗有三点要素我们是不得不特别强调的：一是结构，二是节奏，三是用字。假如这三点上有所不逮，不论你有多少“诗意”，恐怕还是写不出好诗来。这三点的重要性，前人早已讲过。即使“独标妙悟”的严羽在《沧浪诗话》里也说：“其用工有三：曰起结，曰句法，曰字眼。”新诗之所以拿不出很多好东西来，大约并不是我们的新诗人的情调、胸襟、“灵感”、“境界”等等不如古人；就人论人新诗人里恐怕也不乏可爱可敬的人物；但是就诗论诗，功夫不够，新诗也就比不上旧诗了。

我在前面说过，白话文是古今中外混杂的东西，但是混杂在散文里还不觉其弊；

在诗里面白话的混杂性便增加了诗人的困难。侍候一个主人容易，侍候十个主人困难。现在写旧诗的人，或则“瓣香杜老”，或则“低首涪翁”(语见成惕轩先生《楚望楼诗自叙》)，跟定一个人，问题倒简单。新诗人则徘徊于古今中外如许诗人门前，反而不知道应该落入什么“形式”。何况新诗人的师傅，不单是成名的大诗人而已。他写的是白话诗，他的话多少要接近口语，他还得向农夫大兵、民谣俚谚去学习。这一下他当然更无所适从了。

文字的混杂性不一定是诗的阻碍，有时候反而是给诗人的一种挑战，使他克服困难，创造内容更丰富的作品。莎士比亚就是拿拉丁文长字和盎格罗撒克逊短字杂用的。英国17世纪“玄学诗”和很多现代英美诗里，粗俗人的话和科学名词，顶简单的字和很难很僻的字，都可以杂用入诗。最重要的还是诗人要有“文字的感觉”。他能够辨别什么样的字可以入诗，什么样的不可以。大致陈腔滥调总该避免，而陈腔滥调是不分文言白话的。“怎奈”“那堪”本来也许都是白话的字眼，但是经过这许多次使用之后，新诗里如再用这样的字，看了总叫人不舒服。至于白话的新滥调这里也不必举例了。

散文和诗有一点不同。散文是叫人看的，诗是叫人读的。散文读起来好听的固然很多；有许多散文，不读出声音来，也无妨它的文字的美。但是诗而经不起“读”，大约总不是好诗。这就说到节奏。诗的节奏是变化无穷的，古今中外诗体的变迁，大致都是诗人寻求新的节奏的结果。现在新诗人最大的失败，恐怕还是在文字的音乐性方面，不能有所建树。周弃子先生那篇文章里说：新诗是很少人能背诵的。原因恐怕还是新诗读起来不大好听，读起来不美，肯用心去背的当然更没有人了。“云儿在飘，花儿在笑”，“冲锋，冲锋，冲锋!”这样的“诗句”大约不难背诵，但是这种小学生唱歌式的节奏，对于新诗是没有多大帮助的。新诗人的确也曾在中国的平仄和英国的抑扬里，想找到诗句节奏的方法，但是他们为什么不到“口语”里去找呢?中国人的说话里，自然有它的节奏。口语里的节奏还是未经大量发掘的“宝藏”。我在批评彭歌的《落月》的时候，曾指出这样一句话里的音乐性：(见本书《彭歌的〈落月〉兼论现代小说》)

再回去？那决不可能。

这句话可能有别种说法：“我决不回去。”“我再也不回去了。”“我是不可能再回去的了。”这几种说法之中，要以彭歌先生所用的这一种节奏最美。节奏的起伏本来关联着情感的起伏，像这样一句话里，先扬起一个问题，表示惊讶诧异，(“这种话你怎么说得出来的?”)然后接着一个斩钉截铁地拒绝。这样一个拒绝，因为节奏上的起落，比平平的说“我决不回去”更有力量。这样一句话当然还不好算是诗，但是诗人假如肯用他的耳朵，肯静心谛听一般人的说话，他不难找到他诗里应该用的节奏——一种和旧诗或唱歌大不相同的节奏，一种更能表达现代人复杂情感的节奏。

关于诗篇的结构，我没有多少意见可以贡献。但是近代英美批评家认为一首诗不但在思想方面和音调方面是一个整体，连譬喻意象(images)，都要有系统的组织起来。照这个标准来写诗，诗人除了灵魂、心，和敏锐的感觉之外，还需要一副供制衡、选择、判别、组织之用的头脑。没有这样的头脑(或者用梁文星先生的字：intellect)，他仍旧可能有诗的灵感，但是很难写出好诗。我们未来的大诗人一定是这些条件都具备的。非但如此，他可能是精通了各种旧有的形式，而自创一格的人。他能写旧诗——不论是杜甫式的或是黄山谷式的，他能填词，他能谱曲，他能写十四行，他能写但丁的三行体，品达的颂体，古典诗人的hexameter…。他经过各种"赏试"之后，将要发现：这些诗体大约都不是最适合中国白话诗的诗体。然后他再创造出中国新的诗体。他的诗体将要为后人所宗法，他的作品就成了"经典"。因他的倡导，中国人才找到自己新的声音。他"费尽脑汁"给后人"预备好了形式和规律"，后人写诗，就毋需再像我们这样的彷徨摸索。这样中国就会产生更多更好的诗。雪莱把诗人比做是"立法者"，照希腊文原义，poet本有"制作者"之意；或者套用周弃子先生的说法，这样一个诗人将是我们的皮鞋匠，从此以后我们又有皮鞋可以穿，不用光着脚走路了。至于现有的新诗人，他们也许是"赤脚"的，但是请不要忘记：他们也在替我们做皮鞋，可惜这双皮鞋是太难产了。

中国诗论中的形式直觉

周珏良

中国传统诗论中特别是数量极大的诗话中常常使用许多诗意的语言，如神思、韵味、沉郁、顿挫等等，其涵义令人不易捉摸，因之引起误解，好像这种诗论是即兴式的，印象式的，不像近代西方诗论那样重分析，"科学性"强。

本文提出"形式直觉"这一概念，认为这是解除误解，理解我国传统文论的关键，以下将就这一概念进行阐述。

我将用一些引文来开始。

宋朝诗人陈与义(简斋)有这么一首诗：

朝来庭树有鸣禽，红绿扶春上远林。
忽有好诗生眼底，安排句法已难寻。①

英国浪漫诗人济慈曾写过：

When I behold, upon the night's starred face,
Huge cloudy symbols of a high romance,
And think that I may never live to trace
Their shadows with the magic hand of chance. ②

在我国历史上第一篇系统地论述文艺创作问题的《文赋》中，作者晋人陆机说：

其始也，皆收视反听，耽思傍讯，精骛八极，心游万仞。其致也，情曈昽而弥鲜，物昭晰而互进。③

《文心雕龙》"神思"篇里说：

---

① 《诗人玉屑》，商务印书馆国学基本丛书本，120—121页，1938，又见《简斋诗集》。

② Keats, "When I have fears that I may cease to be"。见 John Keats: *The complete Poems* (Penguin Poets, 1973)，121页。译文如下：

每当我在繁星的夜幕上看见
传奇故事的巨大的云雾征象，
而且想，我或许活不到那一天，
以偶然底神笔描出它们的幻相。

(查良铮译)

③ 张少康：《文赋集释》，28页，上海：上海古籍出版社，1984。《文选》王臣注：翰曰："文情出自不明而至鲜明也。情既鲜明，物亦明而互进，其文乃成也。"

文之思也，其神远矣。故寂然凝虑，思接千载；悄焉动容，视通万里。吟咏之间，吐纳珠玉之声；眉睫之前，卷舒风云之色。其思理之致乎？

在其他艺术的评论里也有类似的说法，如世传后汉蔡邕（132—192）的《笔论》中说：

书者散也，欲书先散怀抱，任情恣性，然后书之；若迫於事，虽中山兔毫不能佳也。夫书，先默出静思，随意所适，言不出口，气不盈息，沉密神采，如对至尊，则无不善矣。为书之体，须入其形，若坐若行，若飞若动，若往若来，若卧若起，若愁若喜，若虫食木叶，若利剑长戈，若强弓硬矢，若水火，若云雾，若日月，纵横有可象者，方得谓之书矣。（陈思：《书苑菁华》书法上，《秦汉魏四朝用笔法》）

苏东坡（1037—1101）记文与可论书竹说：

故画竹必先得成竹於胸中，执笔熟视，乃见其所欲画者，急起从之，振笔直遂，以追其所见，如兔起鹘落，少纵即逝矣。（苏轼：《筼筜谷偃竹记》）

后山诗话："渊明不为诗写其胸中之妙耳。"

在西洋的艺术论中也有类似的议论，如近代音乐大师斯特拉文斯基（Igor Fedorovich Stravinsky，1882—1971）关于音乐创造曾说过这一段话：

All creation presupposes at its origin a sort of appetite that is brought on by the foretaste of discovery. This foretaste of the creative act accompanies the intuitive grasp of an unknown entity already possessed but not yet intelligible，an entity that will not take a definite shape except by the action of a constantly vigilant technique. ①

所有的创作活动开始都使人似有所见，感到似乎发现了什么东西，而有探索的欲望，伴随着这种感觉的是对某种已经得到但还不清楚的对一种不知名物的直觉掌握，而赋予这不知名物以明确的形式则除依靠随时得心应手听候使用的技巧之外别无他法。

近代美国学者批评家、已故芝加哥大学教授 R. S. 克兰（R. S. Crane）先生在谈到

① 1940 年在哈佛大学所作诺顿讲座（Norton Lecture）中语，原文是法文。转引自 Helen Vendler。

写文章得心应手时的体会时有这样一段话：

> A kind of intuitive glimpse of a possible subsuming form for the materials, or at least those I attached most importance to, which I had assembled in my mind and notes—a form sufficiently coherent and intelligible, as a form in my mind, so that I could know at once what I must or could do, and what I need not or ought not to do, in what order and with what emphasis in the various parts, in developing my arguments and putting them into words. ①
>
> 某种一瞬间直觉感到的可能统帅我在心里或笔记中存储的，或者我最注重的那些材料的一种形式，这也是在我心中相当完整清楚的一种形式，有了它我就马上可以知道在展开论证和以文字表达出来时我必须或可能做什么和不必或一定不要做什么，各部分孰先孰后，和重点该放在那里等等了。

他还说这不是他一个人特有的经验，他的许多小说家、戏剧家和诗人的朋友都说这也是他们成功地进行创作时的经验。

以上引文中所说写作中的"生"于"眼底"而有待"安排句法"的好诗；星空中的崇高的浪漫诗篇的"huge cloudy symbols"(巨大而朦胧的象征)；"情瞳眬而弥鲜，物昭晰而互进"的境界；"吟咏之间，吐纳珠玉之声；眉睫之前，卷舒风云之色"的状况；书法中要"先散怀抱，任情恣性，然后书之"；陶渊明所写的"胸中之妙"；绘画中的"胸有成竹"；音乐创作中的"the intuitive grasp of an unknown entity already possessed but not yet intelligible"(对已达到但尚不清楚的一种不知名物的直觉掌握)；写文章的"subsuming form"(统帅一切的形式)等，这一切所指的其实质是什么？其重要性何在？

它们所讲的，统言之都是我称之为"形式直觉"或"形式直感"的这件事。这是在艺术创作中(诗、书、画、音乐都如此)，特别是创作者在创作过程中，而又特别是在"心手俱畅"、"逸兴横飞"的高潮状况中所经常感到的。其实不止于是艺术创造，在日常生活中有许多现象也是类似的。如女士们化妆，这里涂涂，那里抹抹，眉毛这里描长一点，那里描短一点，口红这里多一点，那里少上点，这无形之中就有一个有关审美的"形式"在那里主宰，具体是什么，很少有人能说出来，但是总直觉到有一种东西在那里，使人觉得不怎么怎么样就不舒服。这种感受和艺术创造有精粗高低的区别但基本性质是一样的，都是一种"形式直觉"。对艺术创造的这个特点我们还可以引证哲学家的话。德国哲学家莱布尼茨(Gottfried Wilhelm Leibniz, 1646—1716)曾说："鉴赏力和理解力的差别在于鉴赏力是由一些混乱的感觉组成的，对于这些混乱的感觉我们不能充分说明道理。它(鉴赏力)和本能很近似……""我们

① R. S. Crane: *The Languages of Criticism and the Structure of Poetry*. University of Toronto Press, 1953, p. 141。

不一定能找到一件事物之所以令人愉快的究竟何在，它给我们的究竟是哪种美，它是通过心灵而不是通过理解力去感觉的。”（着重点是作者加的。）莱布尼茨又说：“例如我们看到画家和其他艺术家对于什么好和什么不好，尽管很清楚地意识到，却往往不能替他们的这种审美趣味找出理由。如果有人问到他们，他们就会回答说，他们不欢喜的那种作品缺乏一点‘我说不出来的什么’。”①当然所引的莱布尼茨这里的话的前半是从“鉴赏力”和“审美趣味”的角度出发的，而本文以前所引的各个例子则是从创造活动的角度出发的。作家和艺术家根据对形式的直觉进行创作，而读者、观众或批评家则要以心灵来直觉地（或者如莱布尼茨所说，近乎“本能地”）感觉体现在作品中的艺术形式。两者牵涉的都是“形式直觉”的问题，不过角度不同而已。可以说无形式直觉则无艺术创作；无形式直觉也不能真正欣赏文学艺术。在这里要说明一点，我在本文中用的“形式”一词不是指通常所说的形式和内容二分的“形式”，而是亚里士多德“四因论”里所讲的“形式因”的形式。另外，有一个常用的名词“形象直觉”也和我说的“形式直觉”不同：前者含义狭，后者含义广；后者可以包括前者。例如前引的“忽有好诗生眼底”，或者“胸有成竹”固然可以说是“形象直觉”，但是，“情曈昽而弥鲜，物昭晰而互进”和“吟咏之间，吐纳珠玉之声；眉睫之前，卷舒风云之色”，陈后山所说的陶渊明的“胸中之妙”和斯特拉文斯基所说的“unknown entity already possessed but not yet intelligible”（已达到但尚不清楚的不知名物），就不是形象可包括的了。

克罗奇也讲艺术直觉，但他把感觉和表现结合起来，都认为是人内心的活动，而我们普通说的表达他称之为“外现”（externalization）或“传达”（communication），认为是实用活动，而非艺术活动。（朱光潜：《克罗齐哲学评述》及 Hazard Adams 所选。）

这种“形式直觉”是一切艺术创作和艺术欣赏的根本，也可以说是创作的开始和终结。因为心中若没有一个形式（不管它如何朦胧、模糊）在那里，则创作没有指针，不知所追求的是什么，而经过创作的过程出了成品之后越接近创作之始的形式就越成功，越能使作者满意。但成品的形式（也可叫做艺术效果）完全符合作者心中的原始形式的情况是非常少的。《文心雕龙》“神思”篇里说：

> 方其搦翰，气倍辞前，暨乎篇成，半折心始。何则？意翻空而易奇，言徵实而难巧也。

这就是说拿起笔的时候文思汹涌，文气旺盛，远超出文辞能表达的。也就是说，直觉到的形式非常鲜明、丰富，但写成文后比开始的想象要差得很多。这是因为想象力（“意”可以作如此解）可以自由驰骋，有奇妙的感受。但具体用文字写出来时，或

---

① 此处各段引文均出自北京大学哲学系美学教研室编：《西方美学家论美和美感》，84—85页，北京：商务印书馆，1980。

用笔墨、音符表现出来时，因为所用媒介不可能像玄想那样自由驰骋，其效果比起心中原有的形式就要差得多了。英国诗人雪莱也有类似的说法，他在《诗辩》一文里谈到作诗的灵感时说：

…for the mind in creation is as a fading coal, which some invisible influence, like an inconstant wind, awakes to transitory brightness: this power arises from within, like the color of a flower which fades and changes as it is developed, and the conscious portions of our nature are unprophetic either of its approach or its departure.

因为，在进行创作时，人们的心灵宛若一团在冷却下来的煤火，某种不可见的势力，像变化无定的风，常煽起它暂时的光焰；这种力量是内发的，有如花的颜色随着它的开谢逐渐褪落，逐渐变化，而我们天赋的意识力并不能预测它的来去。①

然后跟着说：

but when composition begins, inspiration is already on the decline, and the most glorious poetry that has ever been communicated to the world is probably a feeble shadow of the original conceptions of the poet...

但一开始写作，灵感就开始低落，而提供给世上的最光辉的诗篇也许不过是诗人最初立意的无力的影子而已……

雪莱这句话的最后一部分和刘勰所说的"暨乎篇成，半折心始"的思想是一致的。形式直觉对创造既然如此重要，我国传统诗论和其他艺术论以此为中心概念也就不足奇了。但是问题并不止于此。

我国近代哲学家、已故冯友兰教授曾说过，在古代中国，哲学是教人成为"人"的，② 同样我们也可以说，中国的诗论、文论以及其他的艺术论其主要精神是使人成为诗人或书家、画家的。南宋词人姜夔(白石)在他的《白石道人诗说》(何文焕：《历代诗话》)里说：

诗说之作，非为能诗者作也，为不能诗者作而使之能诗。能诗而后能尽我之说，是亦为能诗者作也。

这就是说，他写诗话是为教不会作诗的人作诗，同时也是为了已会作诗而需要深入

① 转引自 F. R. Leavis: *Revaluation*, 纽约：1947, 209 页。

② 冯友兰著、舒又光译：《中国哲学简史》，16 页，北京：北京大学出版社，1985。

的人进一步把诗作好。不止是姜白石，很多的诗话和论作诗的文章都是教人作诗的。了解了这一点对中国诗论的特点就容易理解，而不会像西方某些研究中国诗论的人那样抱怨中国某些诗论常常“使用高度诗的语言，不是提供理性概念，而是表达本质上就无法清楚界说的直觉感受”，[①] 使人不易掌握的了。

创作通过对形式的直觉而开始，如本文开头的那些引文中所指出的那样，因之要学习创作自然要培养这种直觉的能力，要能直觉地掌握“形式”。这里说的形式可以是一种境界，即景物、心境(王国维说)，也可以是一种风格，如司空图在《诗品》中所举的“雄浑”、“典雅”、“自然”、“清奇”等。也可以是前面引过的斯特拉文斯基所说的某种直觉掌握了但尚说不出来，要在创造过程中逐步成形的某种东西。形式的直觉对艺术创作是起决定性作用的。它既然如此重要，所以中国的诗论，特别是在数量最多的诗话体作品中，牵涉到这方面的最多，又因为这是直觉的问题，所以难用理性的语言分析解释，而最好能用诗的语言或诗的例子去启发人去体会感受。而且既然诗话(也可引申到其他诗论)是为作诗的人而作，而作诗的人总是能体会形式直觉，否则他就是未入门，因之也不需要讲得那么啰嗦，在关键地方三言两语，指明直觉的感受该是什么，也就够了。这里并不要求什么理性概念。因为那和创作并无直接联系。这并非玄虚之谈，也并非不可捉摸。进行艺术实践的人(作诗、作画、写字)，通过多作，多看，多读，经过行家指点，或自己研读谈艺的著作，只要有了一定的功力就逐渐地会有这种直觉。

这和宋朝严羽所说的“妙语”颇相类似而不全同。钱钟书先生在《谈艺录》(廿八“妙悟与参禅”条)里说：“夫‘悟’而曰‘妙’，未必一蹴即至也；乃博采而有所通，力索而有所入也。学道学诗，非悟不进。”[②]要达到“悟”要下工夫，要“博采”，“力索”，要达到形式直觉也要下工夫。不能“悟”就不能提高。就这里所讲的来说，就是不下工夫就不能达到形式直觉，而不能达到形式直觉，作诗、作画、写字也就不能进步。当然“悟”也有程度；有大悟也有小悟。同样形式直觉也有程度，从初步能有直觉到高度直觉有个过程，过程长短要看功力，也要看天分。为什么像李贺和济慈这样的诗人，活得不长，创作时间也很短(济慈的最好的诗差不多都是在一年多时间内写成的)，而他们的作品却经过几百年无数的学者、批评家研究还没有研究完。这是因为他们天分过人，人家要花十分功力的，他们花上一分就达到了，所以达到悟、达到形式的直觉快，成就也早。当然就是天才也不是能百分之百的“顿悟”或者说“一蹴而至”的；天分差的人也可能终身不悟。但是从直观感到的若想用分析的理性的语言来说明那可就要费力而不一定讨好了。所以像济慈这样的英年早逝的诗人生前一年多时间内写出的诗要经过一百多年几代的学者、批评家研究分析还没有研究完就不足怪了。

---

① “using highly poetic language to express not so much intellectual concepts as intuitive percepts which by their very nature defy clear definition.”James Liu(刘若愚)：*Chinese Theories of Literature*，p. 6，芝加哥大学出版社，1975。

② 钱先生有详尽的阐述，这里不多引证。

什么“悟”呀，什么“直觉”呀，这些话很不好捉摸，很不好掌握，是否是故弄玄虚？如果造成这种印象，那就是我多少犯了一个错误，即想用理性的语言来解说基本上需要从感性上体会的东西。其实要通过实践而达到能有“形式直觉”并非甚难事，而且达到之后，哪怕功力尚浅也会感觉到所体会的东西是很实在的，是摸得到的，并不玄虚。功力渐深之后更会有前引的陆机《文赋》中说的“其致也，情曈昽而弥鲜，物昭晰而互进”的境界，那就更为鲜明具体了。关于这一点我们还可以结合具体的例子来讲一下。清末陈廷焯作《白雨斋词话》，其中说：“作词之法，首贵沉郁，沉则不浮，郁则不薄。”“沉郁”，这就是作者提出要学词的人所追求的一个具体境界，也就是我们谈了半天的“形式直觉”的形式。他又接着说：“所谓沉郁者，意在笔先，神余言外。写怨夫思妇之怀，寓孽子孤臣之感。凡交情之冷淡，身世之飘零，皆可于一草一木发之，而发之又必若隐若见，欲露不露，反复缠绵，终不许一语道破。匪独体格之高，亦见性情之厚。”这是对“沉郁”的理论上的解释，只简短几句。中国谈诗大抵如此。因为是对写诗、学诗的人谈的，所以理论的谈论不如在实践中的直觉感受。而且谈的人大多是诗人，对象也是诗人或者学作诗的人，是同行对同行，因之要言不烦，点到即可。若是教授写教科书，如美国的《读诗指南》(*Understanding Poetry*)那就要从头到尾，一一仔细讲明，不厌其烦了。我国也有类似的书如唐僧皎然的《诗式》，宋僧惠洪的《天厨禁脔》等，不过这些书也是为了教人作诗的，而外国书则是教人读诗的，有所不同。

因之陈廷焯就举出许多作品能体现沉郁境界的词人，意思是要学者去读，去体会。他说：“唐五代词，不可及处正在沉郁。宋词不尽沉郁，然如子野、少游、美成、白石、碧山、梅溪诸家，未有不沉郁者。即东坡、方回、稼轩、梦窗、玉田等，似不必尽以沉郁胜，然其佳处，亦未有不沉郁者。”他还举出具体的词为例，如说：“稼轩‘更能消几番风雨’一章①，词意殊怨，然姿态飞动，极沉郁顿挫之致。起处‘更能消’三字是从千回万转后倒折出来，真是有力如虎。”他这首词举得极妙，如反复地读，不断体会，可大有助于直觉掌握“沉郁顿挫”这一境界。他还把词人作了比较以启发学词者，如说：“迦陵(按：指清初的陈维崧，字其年)词气魄绝大，骨力绝遒，填词之富，古今无两，只是一发无余，不及稼轩之深厚沉郁。”又说：“迦陵词不患不能沉，患在不能郁。不郁则不深，不深则不厚，发扬蹈厉，而无余蕴，究属粗才。”这是从反面举例来阐明“沉郁”的意思，对学词者更有启发。当然陈其年的词所以不郁、不深、不厚也只有读了他的词才能知道的了。这里只引他一首，以见一斑：

点绛唇：“夜宿临洺驿”

晴髻离离，太行山势如蝌蚪。稗花盈亩，一寸霜皮厚。赵魏燕韩，历历堪

---

① 辛弃疾《摸鱼儿》：“更能消几番风雨，匆匆春又归去。惜春长怕花开早，何况落红无数。春且住，见说道，天涯芳草无归路。怨春不语。算只有殷勤、画檐珠网，尽日惹飞絮。长门事，准拟佳期又误。蛾眉曾有人妒。千金纵买相如赋，脉脉此情谁诉？君莫舞，君不见玉环飞燕皆尘土。闲愁最苦。休去倚危栏，斜阳正在，烟柳断肠处。”

回首。悲风吼，临洺驿口，黄叶中原走。

用白雨斋这个路子讲诗词还有别人，如清末况周颐的《蕙风词话》里提出作词有三要：重、拙、大。在外国的文评里最接近这种直觉的评论方法的要数英国19世纪的人批评家阿诺德(Matthew Arnold，1822—1888)的"试金石"(touch stone)论了。在《诗的研究》("The Study of Poetry")一文里他提出若能将名作的字句，不管多短的篇章，甚至是一行一句熟记于胸中，用来作试金石以测验诗的好坏是再好没有的方法。

他举的例子如下：

1. E'n la sua volontade à nostra pace.
(In his will is our peace.)Paradiso
2. Shakespeare：Hamlet
If thou didst ever hold me in
thy heart,
Absent thee from felicity awhile,
And in this harsh world draw
thy breath in pain
To tell my story...
3. Milton：
And courage never to submit or
yield
And what is else not to be overcome...

他讲的虽然是欣赏诗的方法，但是在通过熟读名作以直觉地掌握其所以为名作之处(这就类似我们所说的"形式直觉"，因此阿诺德没有提出如"郁"、"重、拙、大"这类范畴来)，然后用来比较其他的诗以定优劣的方法，就和我们一直在此谈论的我国传统文论的方法精神上颇为一致了。但是这类诗论在我接触到的西方文论中不多，所以我认为把"形式直觉"作为中国诗论的一个特点，掌握住这一点以研究中国诗论就不会发生那种通常的误解。而且如果把这个办法应用到研究其他国，如西方的诗上也可能会别开生面的。"来而不往非礼也"，文化交流也应是有来有往的。

刘勰的譬喻说与歌德的意蕴说

王元化

在艺术形象问题上，歌德的“意蕴说”也包含着内外两个方面。外在方面是艺术作品直接呈现出来的形状，内在方面是灌注生气于外在形状的意蕴。他认为，内在意蕴显现于外在形状，外在形状指引到内在意蕴。歌德在《自然的单纯模仿·作风·风格》一文中，曾经把“艺术所能企及的最高境界”说成是“奠基在最深刻的知识原则上面，奠基在事物的本性上面，而这种事物的本性应该是我们可以在看得见触得到的形式中去认识的”(据古柏英译本迻译)。歌德把艺术形象分为外在形状和内在意蕴，似乎和刘勰的“拟容取心”说有着某种类似之处，不过，它们又不尽相同，其间最大区别就在于对个别与一般关系的不同理解上。

《比兴篇》：“称名也小，取类也大。”这一说法本之《周易》。《系辞下》：“其称名也小，其取类也大，其旨远，其辞文，其言曲而中。”韩康伯《注》云：“托象以明义，因小以喻大。”孔颖达《正义》云：“其旨远者，近道此事，远明彼事。……其辞文者，不直言所论之事，乃以义理明之，是其辞文饰也……其言曲而中者，变化无恒，不可为体例，其言随物屈曲，而各中其理也。”从这里可以看出，前人大抵把《系辞下》这句话理解为一种“譬喻”的意义，这种看法和刘勰把此类当做“明喻”、“隐喻”看待是有相通之处的。(首先把《系辞下》这句话运用于文学领域的是司马迁，他评述《离骚》说：“其称文小而其旨大，举类迩而见义远。”这一说法也给予刘勰以一定影响。)

刘勰的形象论可以说是一种“譬喻说”。《比兴篇》“称名也小，取类也大”，《物色篇》“以少总多，情貌无遗”，是两个互为补充的命题。“名”和“类”或“少”和“多”都蕴涵了个别与一般的关系。刘勰提出的拟容切象和取心示义，都是针对客观审美对象而言，要求作家既摹拟现实的表象，也揭示现实的意蕴，从而通过个别去表现一般。然而，这里应该看到，刘勰对个别与一般关系的理解不能不受到他的思想体系的制约，以致使他的形象论本来可以向着正确方向发展的内容受到了窒息。由于他认为天地之心和圣人之心是同一的，因此，按照他的思想体系推断，自然万物的自身意义无不合于圣人的“恒久之至道”。这样，作家在取心示义的时候，只要恪守传统的儒家思想就可以完全揭示自然万物的内在意义了。自然，刘勰的创作论并不是完全依据这种观点来立论的。当他背离了这种观点时，他提出了一些正确的看法。可是他的拟容取心说却并没有完全摆脱这种观点的拘囿，其中就夹杂着一些这类糟粕。例如，《比兴篇》开头标明“诗文弘奥，包韫六义”，接着又特别举出“《关雎》有别，故后妃方德。尸鸠贞一，故夫人象义”作为取心示义的典范。(《金针诗格》也同样本之儒家诗教，把“内意”说成是“美刺箴诲”之类的“义理”。)从这里我们可以看出，尽管刘勰在理论上以自然界作为取心示义的对象，但是他的儒家偏见必然会在实践意义方面导致相反的结果。因为在儒家思想束缚下，作家往往会把自己的主观信条当做现实事物的本质。因此，很容易导致这种情况：作家不是通过现实的个别事物去表现从它们自身揭示出来的一般意义，而是依据先入为主的成见，用现实的个别事物去附会儒家的一般义理，把现实事物当做美刺箴诲的譬喻。因而，这里所反映出来的个别与一般的关系，也就变成一种譬喻的关系了。(例如《诗小序》说“关雎，后妃之德也。鹊巢，夫人之德也”，就是这方面的一个典型例证。)

歌德的“意蕴说”并不像刘勰的“譬喻说”那样夹杂着主观色彩。他曾经这样说：“在一个探索个别以求一般的诗人和一个在个别中看出一般的诗人之间，是有很大差别的。一个产生出譬喻文学，在这里个别只是作为一般的一个例证或例子，另一个才是诗歌的真正本性，即是说，只表达个别而毫不想到或者提到一般。一个人只要生动地掌握了个别，他也就掌握了一般，只不过他当时没有意识到这一点罢了，或者他可能在很久之后才会发现。”(《歌德文学语录》第十二节)歌德这些话很可以用来作为对于“譬喻说”的批判。歌德反对把“个别只是作为一般的一个例证或例子”的譬喻文学，强调作家首先要掌握个别，而不要用个别去附会一般，表现了对现实生活的尊重态度。这一看法是深刻的，对于文学创作来说也是有重要意义的。事实上，一般只能从个别中间抽象出来。作家只有首先认识了许多个别事物的特殊本质，才能进而认识这些个别事物的共同本质。就这个意义来说，歌德要求作家从个别出发，是可以避免“譬喻说”以作家主观去附会现实这种错误的。

不过，我们同时也应该看到，歌德的“意蕴说”是存在着过去现实主义理论多半具有的共同缺陷的。他对于个别与一般关系的理解带有一定的片面性。在作家的认识活动中，他只注意到由个别到一般这一方面，而根本不提还有由一般到个别这一过程。人类的认识活动，由特殊到一般，又由一般到特殊，是互相联接的两个过程。人类的认识总是这样循环往复地进行。歌德恰恰是把这两个互相联接的过程分割开来。他在上面的引文中赞许“只表达个别而毫不想到或者提到一般”的诗人，以为这样的诗人在掌握个别的时候，没有意识到一般，或者可能在很久以后才会发现一般。但是，由个别到一般，又由一般到个别，这两个互相联接的过程是不可分割的。事实上，完全排除一般到个别这一过程的认识活动是并不存在的。作家不是抽象的人，他在掌握个别的时候，他的头脑并不是一张白纸，相反，那里已经具有一般的烙印了。在作家的具体认识活动中，这一阶段由个别到一般的过程，往往是紧接着上一阶段由个别到一般的过程。在这种情况下，不论作家自觉或不自觉，他必然会以他在上一阶段所掌握到的一般，作为这一阶段认识活动的指导。因此，这一阶段由个别到一般的过程，也就和由一般到个别的过程互相联接在一起了。作家的认识活动总是由个别到一般，又由一般到个别这两个互相联接的过程，循环往复地进行着。只有这样，他的认识活动才可能由上一阶段过渡到这一阶段，再由这一阶段过渡到下一阶段，形成不断深化运动。

事实上，作家的创作活动同样不能缺少由一般到个别的过程。作家的创作活动是把他在认识活动中所取得的成果进行艺术的表现。他在动笔之前，已经有了酝酿成熟的艺术构思，确立了一定的创作意图。因此，他的全部创作活动都是使原来存在于自己头脑中的创作意图逐步具现。创作意图是普泛的、一般的东西，体现在作品中的人物和事件是具体的、个别的东西。任何作家的创作活动，都不可能像歌德所说的那样“只表达个别而毫不想到或者提到一般”。作家总是自觉地根据自己的创作意图去进行创作的。人类劳动并不像蜜蜂造蜂房那样，只是一种本能的表现，而是自觉的、有目的的、能动的行为。作家的创作活动也具有同样的性质。否认作家的创作活动是根据自己的创作意图出发，就会否定作家的创作活动的自觉性和目的性。

艺术和科学在掌握世界的方式上是各有其不同特点的。艺术家不像科学家那样从个别中抽象出一般，而是通过个别去体现一般。科学家是以一般的概念去统摄特殊的个体，艺术家则是通过特殊的个体去显现它的一般意蕴。艺术形象应该是具体的，科学概念也应该是具体的，科学家在作出抽象规定的思维进程中必须导致具体的再现，正像《政治经济学批判导言》所说的，由抽象上升到具体的方法是唯一正确的科学方法。不过，这里所说的具体是指通过逻辑范畴以概念形态所表述出来的具有许多规定和关系的综合。科学家把混沌的表象和直观加工，在抽出具体的一般概念之后，就排除了特殊个体的感性形态。而艺术家的想象活动则是以形象为材料，始终围绕着形象来进行。艺术作品所呈现的一般必须呈现于感性观照，因此，艺术家对现实生活进行艺术加工，去揭示事物的本质，并不是把事物的现象形态抛弃掉，而是透过加工以后的现象形态去显示它们的内在联系。不过，在艺术作品中所表现的现象形态已不同于原来生活中的现象形态，因为前者已经使直观中彼此相处、互相独立的杂多转化为具有内在联系的多样性统一。这就是由个别到一般与由一般到个别这一认识规律体现在艺术思维中的特殊形态。艺术形象的具体性就在于它既是一般意义的典型，同时又是特殊的个体。它保持了现实生活的细节真实性，典型性即由生活细节真实性中显现出来，变成可以直接感觉到的对象。在这里，由个别到一般，再由一般到个别，这两个认识过程不是并列的。作家的认识活动只能从作为个别感性事物的形象出发。在全部创作过程中，并不存在一个游离于形象之外从概念出发进行构思的阶段。因此，由一般到个别的认识功能，不是孤立地单独出现，而是渗透在由个别到一般的过程之中，它成为指导作家认识个别的引线或指针。对于由个别到一般、再由一般到个别这一认识规律，可以有两种不同的理解：一种理解是把它们截然分割为孤立排他的两个互不相干的独立过程。例如，所谓表象——概念——表象的公式，就是意味着在艺术创作过程中存在着一个摒弃形象的抽象思维阶段，而艺术创造就在于把经过抽象思维所获得的概念化为形象。这可以说是一种“形象图解论”，它是反对形象思维的。另一种理解则相反，认为由个别到一般，再由一般到个别，不是孤立排他的，而是互相联接、互相渗透的。后一种理解才是辩证的观点。

从西方文论看中国词学

叶嘉莹

我们已曾就中国词学之传统，对词之特质做了扼要的探讨，以为词与诗之主要差别，乃在于词更具有一种深微幽隐引人向言外去寻绎的“要眇”之特质。而且还曾就词之发展过程，将此种“要眇”之特质分做了“歌辞之词”、“诗化之词”及“赋化之词”三种不同的类型。并曾指出张惠言之以比兴寄托说词的方式，较适用于第三类的“赋化之词”；王国维之以感发联想说词的方式，较适用于第一类的“歌辞之词”；至于第二类的“诗化之词”，则是虽然也以具有深微幽隐的“要眇”之特质者为佳，然而却并不须以比兴及联想向作品本身之外去寻绎，而是就在作品本身所写的情事之中，就已经具含了“要眇”之特质了。以上我所做的这些探讨和归纳，可以说主要都是以中国传统词说为依据的。只可惜中国文学批评一向缺少逻辑严明的理论分析，因此虽有一些极精微的体会，却都只形成了一些模糊影响的概念，而不能对其所以然的道理做出详细的说明。而近来我却发现这些传统词学，与西方现代的一些文论颇有暗合之处，因此下面我便将借用一些西方文论来对中国这些传统的词说略做反思和探讨。不过，在引用西方理论之前，我却要首先做一个简单的声明，那就是本文既不想对西方理论做系统性的介绍，也不想把中国词学完全套入西方的理论模式之中，我只不过是想要借用西方理论中的某些概念，来对中国词学传统中的一些评说方式，略做理论化的分析和说明而已。

首先我要提出来一谈的是西方的阐释学(Hermeneutics)，此一辞之语源盖原出于希腊罗马神话中赫默思(Hermes)一字，赫默思为大神宙斯(Zeus)与美亚(Maia)所生之子，是一位为神传达信息的使者。因此西方遂将诠释《圣经》中神的语言的学问，称为 Hermeneutics，本意原是解经之学。而另外自亚里士多德开始，欧洲也原有一个对古典加以阐释的传统。其后经德国的神学家与哲学家施来尔玛赫(F. Schleiermacher)及狄尔泰(W. Dilthey)等人把二者加以发扬和融汇，于是原来的解经之学，遂脱离了教条的束缚，而发展成为一种可以普遍适用于哲学与文学之解释的总体的阐释学。本文因主题及篇幅所限，对此自无法做详细之介绍。我现在只想把中国传统词学与西方阐释学的一些暗合之处，略加叙述。第一点我要提出来一谈的是西方对《圣经》的阐释，往往至少有两层意义，因为经文中常有一种喻言的性质，因此说经之人对于经文遂至少要做出两层解释，第一层是对于经文之语法及辞意等字面之解释，第二层是对其精神内涵的寓意的解释(圣奥古斯丁在其《基督教教义》一书中，甚至曾将之分为“字面的”、“寓言的”、“道德的”及“神秘的”四重含义，以过于繁复，兹不具论)。如果以这一点特色与中国词学传统相比较，则如我在前一节之所论述，中国词与诗的差别，就在于词更具有一种幽微要眇引人向更为深远之意蕴去追寻的特质。这正是张惠言之所以提出了意内言外的比兴寄托之说，王国维之所以提出了在神不在貌的境界之说的缘故。可见对于词的欣赏和评说都更贵在能透过其表面的情意而体会出一种更深远的意蕴。像这种对于两层意蕴的追寻和探索，我以为这正是中国词学与西方阐释学的第一点暗合之处。第二点我要提出来一谈的，则是阐释学中的多种解释的可能性，西方的阐释学，其最初之本意原是要推寻出经文中神的旨意，或古代作品中的作者之本意。可是在实践的发展中，他们却发现自己面临了一个重大的困难，那就是每一个诠释人都有其时代与个人之背景的种种限制，因此当他们对于不同时间不同空间不同之作者的作品做出诠释时，自然就免不了会产生出种种偏差，于是从作品中所体会出来的，遂往往不一定是作者的本意(Meaning)，而只是诠释者自作品中所获得的一种衍义(Significance)。而且不仅不同的诠释人可以自作品中获得不同的“衍义”，甚至同一位诠释人在不同的时空背景下阅读同一篇作品，也可以因不同的背景而获得不同的衍义。如果以阐释学中这种衍义之说与中国传统词学相比较，则如张惠言之说温庭筠的《菩萨蛮》词，谓其“照花前后镜”四句有“《离骚》初服之意”，王国维之说李璟的《山花子》词，谓其“菡萏香消翠叶残”二句有“众芳芜秽美人迟暮之感”，像这种解说，依阐释学言之，自然就都可以被视为一种衍义。而这种衍义的评说，既可以因诠释人的时空背景之不同而做出种种不同的解说，因此常州词派之周济和谭献二人，遂又提出了“仁者见仁、智者见智”，与“作者之用心未必然，而读者之用心何必不然”之说。于是晏殊之《蝶恋花》词之“昨夜西风凋碧树”三句，遂既可以被王国维评说为“成大事业大学问者”的“第一种境界”，又可以被王国维评说为有“诗人忧生”之意。像这种衍义的评说，我以为也正可以用西方阐释学来加以说明。这是中国传统词学与西方阐释学的第二点暗合之处。第三点我要提出来一谈的，则是阐释学中阐释之依据的问题，而一切阐释的依据当然都在所阐释的“文本”(Text，一译为本文)，是“文本”为阐释者提供了材料，且提供了各种阐释的可能性。如果以此一点与传统词学相比较，则如张惠言之评温庭筠的《菩萨蛮》词，就曾提出说：“‘照花’四句，《离骚》初服之意。”可见“照花”四句便是张惠言之评说所依据的“文本”。王国维之评李璟的《山花子》词，也曾提出说：“‘菡萏香消’二句，大有众芳芜秽美人迟暮之感。”可见“菡萏香消”二句也就是王国维之评说所依据的“文本”。这自然可以说是传统词学与西方阐释学的第三点暗合之处。只是我们虽然承认了张惠言与王国维之评说各有其所依据的文本，然而这些文本何以竟会引发了他们所诠释的那些“衍义”，则还是一个应该探讨的问题。因此下面我们便将再征引一些其他的西方理论，来对这方面的问题也略加论述。

所谓“文本”，其组成的因素自然是文本中所使用的语言，而语言则是传达信息的一种符号。因此我们现在就将对西方的符号学(Semiotics)也略加介绍。本来早在我所写的《从符号与信息之关系谈诗歌的衍义之诠释的依据》一文中，我对符号学已做过简单的介绍，而且曾引用符号学的一些理论，对张惠言之以比兴寄托说词的依据也作过简单的分析(见《迦陵随笔》之七)。约言之，则根据瑞士符号学之先驱者结构语言学家索绪尔(Ferdinand de Saussure)之说，作为表意符号的语言，其作用主要可以归纳为两条轴线，一条是语序轴(Syntagmatic Axis)，另一条是联想轴(Associative Axis)。语序轴指语法结构的次序而言，当然是构成语言之表意作用的一种重要因素。但索氏认为语言之表意作用除了这在语言中实在出现的语序轴以外，还要考虑到每一语汇所可能引起的联想的作用。一些有联想关系的语汇可以构成一种系谱(Paradigm)。如果以中国文学为例证，则如我们要叙写一个美丽的女子，则我们便可以联想到“美人”、“佳人”、“红粉”、“蛾眉”等一系列的语谱。而语谱中的每一个语汇都可以提供给说话人一种选择，当我们选择此一语汇而不选择彼一语汇时，这其间就已经有了一种表意的作用了。而且当这些语汇依语法次序排列成一个语串之时，则此一语串除去依语序轴之次序所表明的语意以外，便还可以由联想轴之作用而隐含有另一组潜伏的语串。索氏的此一理论，实在为以后的学者提供了不少可提供发挥的基础。至于把符号学用之于对于诗歌的研讨，则以雅克慎(Roman Jakobson)和洛特曼(J. M. Lotman)二人之说最为值得注意。雅克慎原为国际上著名的语言学家，并曾结合语言学与符号学来探讨诗学。他曾以索绪尔的二轴说为基础，而发展出一种语言六面六功能的理论(此说过繁，此处不暇介绍，暂时从略)，其中之一就是所谓诗的功能(Poetic Function)，这种功能之形成，主要就是由于把属于选择性的联想轴的作用，加在了属于组合性的语序轴之上，于是就使得诗歌具有了一种整体的象征的复合的多义的性质，这自然就使得我们对于诗歌的内涵和作用，有了更为丰富也更为深入的认识和了解。不过，雅氏也曾对语言的交流提出了一项重要的条件，那就是说话人(addresser)和受话人(addressee)双方必须具有相当一致的语言的符码(code)。其后另一位俄国的符号学家洛特曼(J. M. Lotman)则更把符号学从旧日的形式主义及结构主义中解放出来，使之与历史文化相结合，并且接受了信息交流的理论(Information Theory)，而提出了更进一步的说法。洛氏认为人类不仅用符号来交流信息，同时也被符号所控制，符号的系统也就是一个规范系统。而且此种规范系统还可以分为两个层次：我们日常普通所使用的语言，是第一层的规范系统；而当我们把文学、艺术及各种风俗、习惯加之其上，于是就形成了第二层的规范系统。因此当我们研析一篇文学作品时，就不应只注意其第一层的规范系统，还应注意其外在时空的历史文化背景所形成的第二层的规范系统。同时洛氏还曾把符号分成了理性的认知(cognition)与感官的印象(sense perception)两种不同的性质。前者多属于已经系统化了的符号，后者则多属于未经系统化的符号。前者可以给人知性的乐趣，后者则可以给人感性的乐趣。通常一般人读诗都只注意诗篇之语汇在语序轴上所构成的表面的信息与意义，而依洛氏之说，则无论是语序轴或联想轴所可能传达的信息，无论是知性符号或感性符号，甚至诗篇外的历史文化背景，都可以视为诗歌的一个环节。因此洛氏的理论遂把诗篇所能传达的信息的容量大幅度地扩展了。

以上我们既然征引了一些西方符号学之说，说明了在语言符码中之联想轴的重要性，也说明了这些符码系统与历史文化背景有着密切的关系，现在我们就可以借用这些理论来对张惠言说词之依据略加说明了。即如我们在前文所举出的张惠言对于温庭筠《菩萨蛮》(小山重叠)一词中“照花”四句的评说，此四句词原文本是“照花前后镜，花面交相映。新贴绣罗襦，双双金鹧鸪。”如果只从语序轴表面的叙写来看，则此四句词原不过只是写一个女子的簪花照镜及其衣饰之精美而已。可是张惠言却从其中看出了"《离骚》初服之意",那便因为就中国历史文化之传统而言,则《离骚》中既多以"美人"喻为"君子",而且常以美人之修容自饰来比喻君子之高洁好修。《离骚》中"初服"一句,原文就是:"进不入以离尤兮,退将复修吾之初服。"据王逸注即曾云:"退、去也,言已诚欲遂进竭其忠诚,君不肯纳,恐重遇祸,将复去修吾初始清洁之服。"而其所喻示的则是贤人君子之不遇者的一种高洁美好的品德。所以紧接著"初服"一句,《离骚》就写了一大段"芰荷为衣"、"芙蓉为裳"、"缤纷繁饰"、"芳菲弥章"的衣服容饰之美。可见张惠言之说温词以为其有屈子《离骚》之意,他所依据的原是由于文本中一些语码所提示的带有历史文化背景的联想轴的作用(温氏此一词中的语言符号,如其"画眉"、"照镜"等叙写皆可以有引人联想之符码作用。请参看《迦陵随笔》之八《温庭筠〈菩萨蛮〉词所传达的多种信息及其判断之准则》一文)。而像张惠言的这种说词方式,实在可以说是中国词学以比兴寄托说词的一个传统方式,即如鲖阳居士之说苏轼《卜算子》(缺月挂疏桐)一词(见张惠言《词选》所引)谓其"'缺月'刺明微也,'漏断'暗时也……"云云,端木采之说王沂孙《齐天乐》(一襟馀恨宫魂断)一词谓其"'宫魂'句点出命意'乍咽''还移'慨播迁也"云云(见四印斋刻《花外集》王鹏运跋文),他们所采用的就都是以文本中某些语码来比附为某种托意的方式。这种解说方式,从表面看来虽然似乎也是一种可以使词之诠释更为丰富的衍义,但实际上却反而是给词之诠释更加上了一层拘执比附的限制。关于这种诠释的缺点,西方符号学家也已曾注意及之。即如艾考(Umberto Eco)在其《读者的角色》(The Role of the Reader)一书之《诗学与开放性作品》(The Poetics of the Openwork)一节中,就曾认为西方阐释学中像这种以道德性(moral)、喻托性(allegorical)及神秘性(anagogical)来做解释的中古时期的说诗方式,是一种被严格限制了的僵化的解说,事实上已经背离了诗歌之自由开放的多义之特质。在中国词学中,张惠言这一派比兴与寄托的常州词论之所以往往受到后人的讥评,就也正是由于这种缘故(请参看《迦陵随笔》之九《兴于微言与知人论世》一文)。因此王国维遂批评张氏之说词为"深文罗织",而王氏自己遂发展为一种更重视读者之联想的更富于自由性的说词方式。下面我们便将对王氏说词之方式,也借用西方之文论来略加论述。

如果以王氏说词之方式与张氏说词之方式一加比较,我们就会发现其间实在有两点极大之差别。其一是张氏之说词其所依据的主要是一种在历史文化中已经有了定位的语码,这一类语码在文本中是比较明白可见的;而王氏之说词则并不以这种已有定位的语码作为依据,此其差别之一。其次则张氏之说词乃是将自己之所说直指为作品之本意与作者之用心;而王氏则承认此但为读者之一想,此其差别之二。从以上两点差别,我们已可清楚地见到,张、王二氏不仅是在说词方式上有着明显的不同,而且在批评的重点方面,也已经有了极大的转移。张氏的批评主要仍是以追求和诠释作者之用心与作品之原意为评说之重点;而王氏则已经转移到以文本所具含之感发的力量,及读者由此种感发所引起的联想为评说之重点了。为了要对王氏说词的方式也略加理论化的分析,因此我们就不得不对另一些西方文论也略加介绍。首先我要提出来一谈的，就是西方的接受美学(法文为 Rezeptionsasthetik，英译为 Aesthetic of Reception)。此一学派源起于联邦德国的康茨坦斯大学(University of Konstangin Southern Germany)。当时该大学有一批学者经常聚会，如尧斯(Hans Robert Jauss)及依塞尔(Walfgang lser)诸人皆在其中。他们曾把一些共同讨论的主题，写为论文发表在一本名为《诗学与诠释学》的杂志(Poetik und Hermeneutik)中，所谓"诗学"与"诠释学"虽然研究的重点不同，前者重在对于诗之性质及其内在结构的分析，而后者则重在对于意义的解说，但经由诗学的分析实在可以产生出对于诠释的重大影响，因此二者间自然有一种密切的关系。而所谓"接受美学"就是综合了诗学与诠释学而发展出来的一种新兴的文学批评理论。而且在发展的过程中还曾结合了结构主义与现象学的一些影响，因此牵涉的问题颇为广泛，本文对此不暇详述。我现在只想对此一派文学理论所提出的读者之重要性略加介绍。约言之，盖早自捷克的结构主义学者莫卡洛夫斯基(Jan Mukarovsky)就已曾提出了艺术品有待读者或欣赏者来加以完成的说法，他认为一切艺术品在未经读者或欣赏者的再创造以前，都只不过是一种艺术成品(Arte fact)而已，一定要经过读者或欣赏者的再创造来加以完成，然后此一艺术品才成为一种美学的客体(Aesthetic Object)(见莫氏所著《结构、符号与功能》(Structure, Sign and Function)。)而波兰的现象学哲学家英格顿(Roman Ingarden)则认为作品本身只能提供一个具含很多层次的架构，其中留有许多未明白确定之处，要等读者去阅读时，才能将之加以具体化的呈现。而且一切作品都必须经由读者或欣赏者以多种不同之方式加以完成，才能产生一种美感经验，否则此一艺术品便将毫无生趣(参看英氏所著《文艺作品的认知》(The Cognition of the Literary work of Art)及《文艺作品的本体性、逻辑性及理论性探讨》(The Literary Work of Art: An Ivestigation on the Borderline of Ontology, Logic, and Theory of Literature)。)而接受美学的学者依塞尔在其《阅读过程——一个现象学的探讨》(The Reading Process: A Phenomenological Approach)一文中，遂明白地提出了文学作品的两极(Two Poles)之说。他认为文学作品具有两个极点，一方面是艺术的(Artistic)，一方面是美学的(Esthetic)。前者指的是作者所创作的文本，后者则指的是阅读此一文本的读者。因此我们对文学的研讨，就不应该只把重点放在作者的文本上面，而应该对于读者的反应也同样加以重视。依氏又曾主张，读者对作品的反应不能被严格地固定在一点之上，而阅读的快乐也就正在其不被固定的活动性和创造性。而另一位接受美学家尧斯，在其《关于接受美学》(Toward an Aesthetic of Reception)一书中，则更提出了一种主张，以为一篇诗歌的内涵可以在读者多次重复的阅读中，呈现出多层含义，而且读者的理解并不一定要作为对作品本文之意义的解释和回答。此外还有一位意大利的接受美学的学者墨尔加利(Franco Meregalli)，在其《论文学接受》(La Reception Literaire)一文中，则曾把读者分为若干类，第一类是普通的读者，他们只看作品表面的意思；第二类是超一层的读者，他们在阅读时对于作品带有一种分析和评说的意图；而还有第三类的读者，他们都只把作品当成一个出发点，从而透过自己的想象可以对之做出一种新的创造性的诠释。墨氏称此类读者对其所阅读的文本是造成了一种创造性的背离(La trahison créatice，英译应为 creative betrayal)。(墨氏此文见于法文之《比较文学杂志》(Reune de Lilterature Comparèe)1980 年第二期，134—149 页)。

当我们对以上这些理论有了简单的认识以后，我们就会发现王国维说词之方式与这些理论确实有不少暗合之处。其一，接受美学主张一切艺术作品都有待于读者来完成，如果不然，则此一作品便只是一件艺术成品而毫无生趣。王氏之以“众芳芜秽美人迟暮之感”来说李璟的《山花子》词，又以“三种境界”来说晏、欧诸人的小词，主要就都是透过了读者的感发，而给作品赋予了一种新鲜的生趣。这可以说是与此一派理论的第一点暗合之处。其二，接受美学以为一篇作品可以对读者呈现出多层含意，而且读者的理解和诠释并不一定要作为对作品本文之意义的解释和回答。因此王氏对晏、欧诸人之小词，遂可以既将之评说为“成大事业大学问者”的一种境界，又可以将之评说为有诗人“忧生”“忧世”之心。这可以说是与此一派理论的第二点暗合之处。其三接受美学既曾提出读者对于文本之诠释可以透过自己之想象而形成一种创造性的背离。因此王氏在以三种境界说晏、欧诸人之小词时，遂也曾提出说：“遽以此意解释诸词，恐晏、欧诸公所不许也”。可见王氏对自己的解说之背离了作品的原意，也原是有所认知的。这可以说是王氏词说与此一派理论的第三点暗合之处。如果只从以上几点来看，则读者对作品之接受与诠释，乃似乎可以享有绝大之自由了。但事实上却也并非全然如此。因此接受美学还有一则极重要的理论，那就是一切诠释都必须以文本中所蕴含的可能性为依据。关于这一方面，依塞尔在其《阅读活动——一个美学反应的理论》(The Act of Reading—A Theory of Aèsthetic Response)一书之序文中，就曾提出他对于文本与读者之关系的看法，以为是文本提供了一种可能的潜力(potential effect)，而这种潜力是在读者阅读的过程中加以完成的。因此美感的反应乃是在文本与读者的交互作用中，所产生的一种辩证的关系。如此看来，则旧日之只重视作者与作品而忽略了读者之美感反应的文学批评，固然是一种偏差；而如果只重视读者的反应而忽略了作品之文本的根据，则其所做出的诠释势必也将形成荒谬妄诞而泛滥无归，则同样也是另外一种偏差。因此我们在承认了王国维之以一己感发之联想来说词的方式以后，就还应该更对其在文本方面的依据也略加探讨。

说到文本中的依据，当然就要以实践的批评为例证，而西方的著作则往往偏重理论的成分多，而实践的例证少。即使有一些例证，如依塞尔对于班彦(John Bunyan)和司考特(Walter Scott)等人著作的分析，乃大多以小说为主，而缺乏讨论诗歌的范例。至于尧斯则虽然曾经讨论过法国波特莱尔(Charles Baudelaire)的一首诗歌，然而东西方的文化背景和语言特质既都有很大的不同，因此我们也不能生硬地便把西方的个例来作为我们的典范。如此则我们在探讨王国维说词方式在文本中的依据之时，便不得不再对中国古典诗歌之特质一加回顾。本来关于此一问题，我在《王国维》一书中于论及《境界说与中国传统诗说之关系》一节内，已曾对中国古典诗歌之传统及特质做过简单的论述。另外我在《中国古典诗歌中形象与情意之关系例说》一篇文稿内（见《迦陵论诗丛稿》），也曾把中国诗论与西方诗论之差别做过一番比较。约言之，则西方的创作与批评都较重视有心的设计与安排，而中国的创作与批评则较重视自然的感动和兴发，这正是何以在中国诗论中特别重视“兴”的作用，而在英文的批评术语中乃竟然找不到一个与之相当的语汇的缘故。现在我们如果要把西方的接受美学与读者反应论引用到对中国古典诗歌的评说中来，我们自然也就不能不重视中国传统中之所谓“兴”的作用。而且中国诗论中之所谓“兴”原来乃是可以兼指作者与读者而言的。就作者而言，所谓“兴”者，自然是指作者“见物起兴”所引起的一种感发；而就读者而言，所谓“兴”者，则是指读者在阅读时由“诗可以兴”而引起的一种感发。“诗可以兴”最早见于《论语》，本是孔子论诗的一句话。关于孔门说诗之重视读者读诗时之“兴”的感发作用，我在《比兴之说与诗可以兴》一篇文稿中已曾有所讨论，兹不再赘（见《迦陵随笔》之十）。总之，孔门说诗所著重的，乃是读者要能从诗歌中引起一种感发和联想。这种读诗和说诗的方式，与西方的接受美学及读者反应论虽然也有可以相通之处，然而基本上却又并不完全相同。这自然因为就阅读现象而言，无论古今中外的读者在接受作品中所传达的信息时，都必然会引起某种反应，这原是人类认知过程中之一种共性，所以基本上有可以相通之处。但对于如何接受和反应，以及如何对之做出诠释，则因为古今中外之文化历史背景不同，自然也会因此而产生极大之差别。我以为王国维的说词方式，可以说就是在理论上，虽与西方文论有可以相通的暗合之处，而在实践中则实在是带有中国传统的“诗可以兴”的深远之影响的一种重视诗歌之感发作用的说词方式。因此当我们要为王氏说词方式之个例找出其文本中之依据的时候，我们自然就不得不对其文本中所蕴含的感发之潜能加以重视。所谓感发之潜能是与文本中每一个符号所呈现出来的形式和作用都有着密切之关系的，这种鉴别需要一种极细致的感受和体察，当然不似张惠言一派说词所依据的在文化历史已有定位的语码之明白可见。因此要想说明王氏说词之方式在文本中的依据，我们就要对其所依据的文本做一番深细的观察和探讨。

关于王氏说词方式在文本中之依据，我在《感发之联想与作品之主题》及《三种境界与接受美学》两篇文稿中，本已曾论述及之（见《迦陵随笔》之十二及十三）。约言之，则李璟《山花子》一词之所以引起了王氏的“众芳芜秽美人迟暮”之慨，乃是因为在“菡萏香消翠叶残，西风愁起绿波间”二句文本中，原来就蕴含了足以引起王氏此种感发的一种潜能。首先是“菡萏”一辞在此一文本中的作用和效果。原来“菡萏”乃是荷花之别名，见于《尔雅·释荷》。不过，每个不同的语汇都各有其不同的品质，也各自带有其不同的作用。即以“菡萏”与“荷花”而言，它们所指向的名物虽然相同，然而其所传达的品质方面的感受则有所不同。“荷花”一辞予人之感受较为通俗，也因此而显得更为写实；而“菡萏”一辞则因其较为古雅，因此乃别有一种高贵而疏远的感觉。于是此一辞汇乃因其推远了现实之距离，而似乎具含了一种象喻的意味。再看“翠叶”二字，所谓“翠叶”者，自然是指绿色的荷叶，如果说“绿叶”，自亦未尝不可；可是如果以“绿叶”与“翠叶”相比较，我们就会感到“绿叶”似较为浅薄而庸俗，而把“绿”字换成了“翠”。则不仅把绿色表现得更为鲜明具体，而且还可以由“翠”字所引起的“翡翠”“翠玉”等联想而表现出对于珍贵美好之品质的一种喻示。因此“翠叶”二字在与开端之“菡萏”一辞的相呼应之间，遂造成了一种珍贵美好之品质的重叠出现，于是遂使得此种品质形成为此一句文本中足以引起读者象喻之联想的重点。何况与此“菡萏”及“翠叶”二者相映衬的，还有中间的一个“香”字。此一“香”字所提示的，也同样是一种芬芳美好的品质，因此也就更增强了此一句中的象喻的意味。同时更可注意的则是夹在这种珍贵美好之名物的叙写之中，诗人所用的两个述语，一个是“消”字，一个是“残”字。这两个动词的重叠出现，遂同样也因其质量的增强，而使得其所叙写的销毁和残破的现象，也同样具含了一种象喻的意味，如此则“菡萏香消翠叶残”七个字一口气读下来时，遂自然就使得读者产生了一种恍如见到无数珍贵美好的事物都同时走向了销毁和残破的感受。至于次句的“西风愁起绿波间”，则“西风”一辞本身就带有一种萧瑟和摧残的暗示，而且西风吹起的所在，所谓“绿波间”，实在也就是前一句中之“菡萏”的美好之生命的托身之所，所以此一句的叙写，也就更加强了首句所喻示的一切珍贵美好之生命都已走向销毁残败之无可遁逃的整个场景之悲剧感。是则仅就此二句文本中所蕴含的足以引起读者感发的潜能而言，固已足可说明王氏对此二句词之评说的依据了。而如果我们若更结合了中国的历史文化背景来看，则秋日草木之萧瑟凋零，本来也早就有一种悠久的象喻的传统。早在《诗经·小雅·四月》中，就曾有过“秋日萋萋，百卉具腓。乱离瘼矣，奚其适归”的句子，表现了由秋日之百卉凋伤所引发和象喻的在乱离中无所遁逃的哀感。另外在《离骚》中也曾有过“惟草木之零落兮，恐美人之迟暮”的句子，则是把芬芳美好的植物与象喻着贤人君子的美人相结合，藉草木之零落而喻示了才人志士之生命落空的悲慨。其后宋玉之《九辨》则更写有“悲哉秋之为气也，萧瑟兮草木摇落而变衰”的句子，于是“悲秋”在中国文学传统中，遂形成一个经常出现的“母题”(motif)，所以唐代的杜甫乃写下了“摇落深知宋玉悲”的句子，可见草木之摇落一直是引起诗人感发的因素，而诗歌中对草木摇落的叙写，也就一直成为一个使读者引起感发的重要因素了。因此王国维遂谓李璟之“菡萏香消”二句“大有众芳芜秽美人迟暮”之感，这其间便不仅是有文本之依据，而且也是有历史文化背景为之依据的了。只不过王氏所依据的乃是文本中所蕴含的一种感发的潜能，而并不只是语言中的符码而已。像王氏的这种说词方式，当然需要对文本中语言符号的每个成分的功能都要有精微细致的感受和辨别的能力，然后才能对文本中的潜能做出正确的发挥；而不致流入于荒谬的妄说。关于语言符号中这种精微细致的质素之重要性，艾考在其《一个符号学的理论》(A Theöry of Semiotics)一书中，曾经特别提出过所谓“显微结构”(Microstructure)一辞，来与所谓“符码”(code)一辞相对举。他以为“符码”所传达者乃是一种已经定型的意义(established meaning)；而“显微结构”所传达的则不仅是表面的意义，而且是符号本体中所具含的一种质素(elements)，而也正是这种质素给用以表达的语言符号提供了一个更为基本的表达形式。所以从表面看来张惠言从语言符号之带有文化定位的语码所做出的阐释，虽然似乎更有可信的依据；但事实上则王国维对词之评说，有时却似乎反而更能掌握住文本所传达的某些基本的质素。

我在《感发之联想与作品之主题》一文中，在讨论李璟这一首《山花子》时，就曾提出说："此词显意识之所写，固原为闺中思妇之情，这种情事自表面看来与'美人迟暮'之喻托虽然似乎是截然不同之二事，但自《古诗十九首》之写思妇之情，就曾写过'思君令人老，岁月忽已晚'的话。李璟此词在'菡萏香消'二句之后，便也曾写了'还与韶光共憔悴'的话。是则思妇之恐惧于韶华流逝容颜衰老之情，在本质上与'众芳芜秽美人迟暮'的悲慨之情，固也原有其可以相通之处。……而王国维之所说乃正为一种'在神不在貌'的直探其感发之本质之评说。"并且我还曾自此推论说："就作者李璟所处身的南唐之时代背景而言，其国家朝廷在当日固正处于北方后周的不断侵逼之下，因此这首词之'菡萏香消'二句所表现的一切都在摧伤之中的凄凉衰败的景象，也许反而才正是作者李璟在隐意识中的一份幽隐的感情之本质。而王国维却独能以其锐感探触及之，这实在正是王国维说词的最大的一点长处与特色之所在。"而且艾考在其《一个符号学的理论》一书中，于论及符号学的主体(subject)之时，也曾提出过一种看法，以为符号的主体(也就是使用符号的人——作者)是可以经由符号的活动来加以界定的。因此王氏乃透过"菡萏"二句语言符号的某些特殊质素，从而引起了一种与主体意识之本质相暗合的感发，这当然就不仅是个人之锐感，而且也是在符号学中足以为之找到理论之依据的了。

经过上面的论述，我们已可清楚地见到王国维之以感发说词的方式，从表面看来虽然似乎只是个人一己读词时偶发之联想，但实际上则是既可以为之找到西方理论的依据，而且同时也是有中国传统之重视感发的深厚之根基的。本来我们对王国维说词之方式的讨论，原可到此即告一结束；只是我们在前文中，既然还举有其他两则王氏说词的例证，当然我们就应该对此也略作交代。只是为了篇幅所限，我们不能再对之做详尽的分析，现在只简单说明如下：第一点我们要加以说明的，当然是王氏以"三种境界"来评说晏殊诸人之小词之一则词话的文本之依据，关于此点，我在《文本之依据与感发之本质》一篇文稿中，已曾有所论述(见《迦陵随笔》之十四)，兹不再赘。第二点我们要加以说明的，则是王氏以"诗人之忧生"及"诗人之忧世"来评说晏殊及冯延巳二人之词的一则词话。在这则词话中，实在包含了两个例证。前一个例证是说"'我瞻四方，蹙蹙靡所骋'，诗人之忧生也。'昨夜西风凋碧树，独上高楼，望尽天涯路'似之"；后一个例证是说"'终日驰车走，不见所问津'，诗人之忧世也。'百草千花寒食路，香车系在谁家树'似之"。现在我们先看前一个例证，在这个例证中王氏所举引的"我瞻四方"二句，原出于《诗·小雅·节南山》之第七章。这一篇诗是《诗经》中少数有主名的作品之一。作者在此诗之末一章，曾明白地写有"家父作诵，以究王讻"的诗句，清楚地表现了此诗之有讽刺之意。只不过历代说诗人对其所刺之对象，则颇有不同的说法，或以为是刺幽王，或以为是刺师尹。总之无论其所刺者为何人，我们从这首诗中所叙写的"天方荐瘥，丧乱弘多"、"昊天不佣，降此鞠讻"、"不吊昊天，乱靡有定"等诗句看来，这首诗乃是一首忧危念乱之诗，殆无可疑。至于"我瞻四方、蹙蹙靡所骋"二句，则据《毛传·郑笺》云"蹙蹙、缩小之貌。我视四方土地日见侵削于夷狄，蹙蹙然虽欲驰骋无所之也"。是其所喻言者，自然乃是诗人对自己生于乱世不得顺遂其意志的一种慨叹，也就是王氏所云“忧生”之意。而晏殊的“昨夜西风”几句词，则就其表面所写之情事来看，其所写者固原为伤离怨别的对远人怀念之词，与所谓“忧生”之意实在本不相干，不过若自其语言符号中所蕴含的更深一层的基本质素言之，则“昨夜西风”一句所表现的寒劲之“西风”对于“碧树”的摧残，固正有如诗人所遭受到的外界危乱之苦厄，而“独上高楼”二句所表现的登高望远之情意，便也似乎与诗人之意欲有高远之追寻而无法实践的悲慨大有可以相通之处。而这很可能也就是王氏之所以认为此数句词与《节南山》一诗之“我瞻四方”二句一样，同是有“忧生”之意的缘故了。而另一方面则此种登高望远的追寻向往之情，当然与“成大事业大学问者”的“第一种境界”，在本质上也有相通之处，因此王氏在另一则词话中，遂又曾以“第一种境界”说之。从表面看来，其所说的意思虽有不同，但却同样有文本中所传达的一些基本的质素为依据。我在前文介绍西方接受美学之时，曾经提到所谓文本中的“潜能”，也就是文本中本来就蕴含有多种解说的可能性。另外我在《三种境界与接受美学》一文中，也曾提出说“按照西方接受美学中作者与读者之关系而言，则作者之功能乃在于赋予作品之文本以一种足资读者去发掘的潜能。而读者的功能则正在使这种潜能得到发挥的实践。”所以王国维在“三种境界”一则词话中，乃又曾提出说“此等语皆非大词人不能道”，那便因为只有最为优秀的诗人才能对其所使用的文本赋予如此多层次的潜能。也惟有最优秀的读者才能从所阅读的文本中，发掘出如此多层次的潜能。若就此点而言，则王国维无疑的乃是一位最优秀的读者和说词人。他对晏殊之“昨夜西风”几句词所做的两种不同的评说，就是一个最好的证明。其次，我们再看这一则词话中的第二个例证，在这则词话中王氏所举的“终日驰车走，不见所问津”二句，原是陶渊明《饮酒》诗末一首中之诗句。关于陶氏《饮酒》诗之托意深远，当然已早为世人之所共同认知。尤其末一首既为此一组二十首诗之总结，故其感慨乃尤为深至。若从此诗前半所写之“羲农去我久，举世少复真。汲汲鲁中叟，弥缝使其淳”，及“如何绝世下，六籍无一亲”诸句来看，则此诗之有“忧世”之意，殆无可疑。黄文焕《陶诗析义》(卷三)说此两句诗，即曾云“伥伥迷途，不知以六籍为津梁”。又云：“既不亲六籍，终日奔走世俗，夫复何为。”是则此二句盖慨叹世人之劳劳奔走而未能得一正途之意。而冯延巳《鹊踏枝》词之“百草千花寒食路，香车系在谁家树”二句，就表面所写之情事言之，则本意盖原写游子在外之游荡不返，与所谓“忧世”之意本不相干。不过，如果不只看其表面之意义，而从其所蕴含之更深一层的感发质素而言，则冯氏此二句词固原也表现有一种在百草千花之中游荡而却茫然不知其止泊之所的迷惘和悲哀。而这很可能也就是王氏之所以认为冯氏此数句词与陶诗之“终日驰车走”二句一样，同是有“忧世”之意的缘故了。而当我们讨论过王氏这几则说词之例证以后，我们就会发现王氏之以衍义说词的方式，除去其所依据者多为文本中更为基本的一种感发之质素以外，还有一点值得注意之处。那就是他所说的衍义，无论是“众芳芜秽、美人迟暮”、“成大事业大学问”的“三种境界”，或“忧生”与“忧世”之意，它们所指向的都是有关人生的一些基本的态度与哲理，而并不以个别的一人一事为拘限。凡此种种当然都是使得王氏之词说显得比张氏之词说既更能探触到一篇作品之本质，也显得更为开阔通达的缘故。只是王氏却也由此而养成了一种偏好，遂特别欣赏五代宋初之某些专以感发取胜的属于第一类歌辞之词的作品，而却对于以思索安排取胜的属于第三类赋化之词的作品有了成见，因此在其《人间词话》中乃对南宋的姜、史、吴、王诸家词大加贬抑，这就未免也有失于偏狭之弊了。

经过以上对于张惠言与王国维二家词说之讨论和分析，我们可以说是对于他们以衍义来说词的方式，都既有了理论的认知，也有了实例的考查。如果我们要在此为之下一结论的话，则我们自不难加以归纳说：张氏说词所依据者，大多为文本中已有文化定位的语码，而其诠释之重点则在于依据一些语码来指称作者与作品的原意之所在。像他这种以思考寻绎来比附的说法，自然可以说是属于一种“比”的方式。至于王氏说词所依据者，则大多为文本中感发之质素，而其诠释之重点则在于申述和发挥读者自文本中的某些质素所引生出来的感发与联想。像他这种纯以感发联想来发挥的说法，自然可以说是一种属于“兴”的方式。张氏之方式适用于对第三类有心以思索安排取胜的赋化之词的评说，而王氏之方式则适用于对第一类以自然感发取胜的歌辞之词的评说。至于属于第二类的诗化之词，则如我在《从中国词学之传统看词之特质》一节中之所言，这一类词乃是不需要在诗篇的本意之外更去推寻什么衍义，而就在其本意的叙写中，就已经蕴含了一种曲折深蕴的属于词之特美了。因此对这一类词的评说所采用的实在应该是一种属于“赋”的方式。而也就因为这个缘故，遂使人觉得对于如何欣赏这一类词乃反而更没有一种模式可以依循。我想这很可能也就是何以在中国词学传统中，对于这一类诗化之词一直认为是别调，而且也一直未能产生出一位有如张、王二家对其他两类词之评说的理论大师来的原因之所在吧。只是为了使本文对于中国词学之探讨更臻完整起见，我们在下面便将对这一类诗化之词应该如何加以评说的方式，也略加理论的探讨和个例的说明。

一般而言，我以为对此一类诗化之词的评赏，似乎应注意以下两个方面，第一我们要认识的是此一类词既已经有了与“言志”之诗相近似的诗化之倾向，其所叙写之情志也已成为了作者显意识中的一种明白的概念，因此自然就不再容许读者以一己之联想对之做任意的比附和发挥。可是作为一种“词”的文学型类(Genre)，这一类诗化之词中的好的作品，就也仍需要具含一种属于词之特质的曲折含蕴之美。因此遂必然要求其在所表达的情志之本质中，就具含有此种特美，而读者在评说这一类词时，当然也就最贵在能对此种在内容本质中所具含的曲折含蕴之特美能有深入的掌握和探讨。此其一。第二，我们也要认识到，除去情志之本质方面所含蕴之美以外，这一类作品，作为“词”的文类而言，在表达形式方面便同样也需要具有一种曲折含蕴之美。如此写出的作品才能算是这一类诗化之词中的成功的作品。此其二。关于这一类词的评赏，我在《论辛弃疾词》一文中曾经做过一点尝试(见《唐宋词名家论集》)。首先我曾对辛词情意方面之本质，提出了“万殊一本”之说，以为“辛词中感发之生命，原是由两种互相冲击的力量结合而成的。一种力量是来自他本身内心所凝聚的带着家国之恨的想要收复中原的奋发的冲力；另一种力量则是来自外在环境的，由于南人对北人之歧视以及主和与主战之不同，因而对辛弃疾所形成的一种谗毁摈斥的压力。这两种力量之相互冲击与消长，遂在辛词中表现出了一种盘旋激荡的多变的姿态”。我以为这种在情意之本质方面的特色，乃是形成了辛词的曲折含蕴之美的一项重要原因。再则我对于辛词在表达方面的艺术特色，也曾做了一点分析和说明，我以为辛词之富于曲折含蕴之美，就其表达之艺术方面言之，约可归纳为以下几点特色：其一是在语言方面既常以古典之运用而造成一种艺术距离，又常以骈散之变化及句读之顿挫而造成一种委婉之姿态；其次则在形象方面既能以状语与述语传达出一种感发之作用，又能将静态之形象拟比为动态之形象而有生动之描述，更能将具体之形象拟比为抽象之概念而加深其意境，且能将自然景物之形象及历史事件之形象与所叙写之情事完全融汇为一体，互相感发映衬而造成一种既丰厚深隐而又极直接强大的感人的力量，这自然是形成了辛词的曲折含蕴之美的又一项重要原因(在《论辛弃疾词》一文中，我曾举出其《水龙吟·过南剑双溪楼》及《沁园春·灵山齐庵赋》二词，对以上各种特色做过极具体而详尽的说明，读者可以参看，兹不再赘)。

如果想对以上这种重视作品中情意之本质的评赏方式，也找一点西方文论来作为参考的话，则我以为近年来西方新兴起的所谓“意识批评”(Criticism of consciousness)或有可参考之处。此一批评学派曾受有近代西方哲学中现象学(Phenomenology)之影响，而现象学所重视的原是主体意识与客体现象相接触时之带有意向性的意识活动(consciousness asintentional)，因此意识批评所重视的也就正是在文学作品中所呈现的这种意识活动，只不过有一点要说明的，就是意识批评所着重的并不是作者在创作时的现实之我的心理分析；他们所要探讨的乃是作品之中所表现的一种意识形态(Patterns of consciousness)亦有人称之为动机的形态(Patterns of impulse)，或经验的形态(Patterns of experience)，或感知的形态(Patterns of perception)。而且他们以为很多伟大的作者，我们都可以从他们的一系列作品中，寻找出这一种潜藏的基本的形态。本来当这一种意识批评才开始兴起时，曾经颇受到以前所流行的所谓新批评(new critcism)一派的讥评，认为他们忽略了作品的独立性和作品的美学价值。其实我以为西方很多文论本来各有其探索之一得，也各有其长短之所在，原可以互相参考而并行不悖。因此所谓意识批评其所重视的虽是作品中之意识形态，然而其他各派批评的理论学说，也未尝不都可以藉为参考。即如我在论述辛稼轩词时，对其万殊一本的本质之探讨，虽有近于意识批评之处，然而当我对其艺术特色加以探讨时，则又似乎与新批评颇有相近之处了。而且我以为正是新批评的所谓细读(close reading)的方式，才使我们能对作品的各方面做出精密的观察和分析，因此也才使我们能对作品中之意识形态得到更为正确和深入的体认。可见新批评一派所倡导的评诗方式，确有其值得重视之处。只是新批评把重点全放在对于作品的客观分析和研究，而竟将作者与读者完全抹煞不论，而且还曾提出所谓“意图谬误说”(Intentional fallacy)及感应谬误说(Affective fallacy)，把作者与读者在整个创作过程及审美过程中的重要作用都加以全部否定，这就不免过于偏狭了。所以我虽然早在五十年代所写的说诗的文稿中，就已曾用细读的方式作为分析的依据，但却对新批评之完全抹煞作者与读者，且不顾历史文化背景的狭隘的观点，一向未能接受。我一直认为西方各派的文论各有其优劣短长之所在，也正如中国各派的诗论词论，也各有其优劣短长之所在，而无论对任何一家一派之说，如果只知生硬死板的盲从都是偏颇而且狭隘的。本文的尝试就是想从一个较广也较新的角度，把中国传统的词学与西方近代的文论略加比照，希望能藉此为中国的词学与王国维的词论，在以历史为背景的世界文化的大坐标中，为之找到一个适当而正确的位置。不过，因为我自己学识的限制，和写作之时间与篇幅的限制，虽然已写得如此冗长，却仍感到有许多偏狭不足之处。也只好等待广大的读者再加以补充和指正了。

一九八八年五月二十七日

中西文学理论综合初探

刘若愚著　杜国清译

任何一位认真从事文学研究的人以及认为自己是文学批评家的人，一定会遇到一些问题：在理论上，有关于文学及文学批评之性质与功用的问题；在方法论上，有关于解释与评价[①]的问题，因为追问自己所研究的是什么，是为了什么，该怎么研究它，以及研究它希望达到什么目的，这是极其自然而且值得的。在试图回答这些问题时，批评家必须(除非他从来不读别人的著作)从千头万绪的文学理论和批评方法中做一抉择，或者将其中一些试加综合(除非他能发明一套完全独创的体系)。当批评家所关心的文学，既不使用他本国语言也不产生于他本身的文化背景，或者当批评家试图将他本国语言的文学以外国语言解释给外国读者时，这些问题显得更为尖刻而且更加复杂。更糟的情形也许是：有人(像我自己)试图向西洋读者解释传统的中国文学，因为以英文写作的法国或德国批评家，能够假定与他的读者共有一种共同的文化遗产，而不必感到与他本国的文化断绝，然而以英文写作的中国批评家却无法在他试想解释的作者、作为批评家(兼为读者与作者)的自己以及他的读者之间，假定有不仅关于文学，甚至关于人生、社会和现实的共同知识、信仰和态度；而且由于过去数十年来在中国发生的社会、政治和文化巨变，他也不能自认为是当代中国文化现象中的一部分。然而，这样的批评家仍然能够享有当然的入场权(entrée)，近观中国过去的文化，而且，由于融会了一些西方的文化，其立场反而可以阐明前者而对后者有所贡献。

作为一个向西洋读者介绍中国传统文学的解释者，我一向认为中国的文学批评(Chinese literary criticism)与对中国文学的批评(the criticism of Chinese literature)之间的关系是一个至关重要的难题，而且一直致力于中国和西洋的批评概念、方法和标准的综合。我过去在这一方向上的一些努力，在此不妨稍加回顾，以便表明我目前的方向和意图，尽管这样做可能给人一种印象，以为是受了写自传欲的驱使。

在《中国诗学》(*The Art of Chinese Poetry*)中，我略述了作为境界与语言之双重探索的诗的理论。[②] 这个理论一部分来自我那时称为“妙悟派”(Intutionalists)的一些批评家——严羽(约 1180—1235)、王夫之(1619—1692)、王士禛(1634—1711)以

---

① 我使用“批评”(criticism)一词，像通常的用法一样，包括理论探讨与实际批评两方面，而不跟从韦勒克(René Wellek)与沃伦(Austin Warren)在《文学理论》(*Theory of Liteyature*)一书(第三版，纽约：1962 年，第 38—54 页)中所提议的，将文学的研究分为文学理论、文学批评与文学史三部分。我也没跟从赫施将“批评”一词限于评断或评价，而与“解释”(interpretation)形成对比的区别(《解释的正确性》[*Validity in Interpretation Haven*. 1967])，因为我认为解释与评价是实际批评的两个主要部分。而且，我将使用“批评家”(critic)一词，有时候指理论家，而有时候指实际的批评家。

② 见《中国诗学》(*The Art of Chinese Poetry*，London and Chicago，1962)。此后引称“刘著：1962 年；第 91—100 页”。事实上，我在这之前曾在《中国诗的三种“境界”(*Three Worlds in Chinese Poetry*)》这篇文章中使用过“境界”(world)一词，见香港大学《东方文化》(*Journal of Oriental Studies*)，香港：1956。

及王国维(1877—1927)——而一部分来自象征主义以及象征主义后的西洋诗人批评家，像马拉美和艾略特。同时，在方法论上，我对中国诗的讨论受了一些“新批评家”(New Critics)，主要的是理查兹(I. A. Richards，1893—1979)和燕卜荪(William Empson，1906—1984)的影响。后来我在《中国的诗论试探》(*Towards a Chinese Theory of Poetry*)[①]这篇论文中，对这个理论稍加澄清和发展，其中我论及(不一定同意)不同的批评家，像柯林伍德、理查兹、韦勒克、奈特(G. Wilson Knight，1897—1985)，以及韦姆萨特(W. K. Wimsatt，1907—1975)。在这以前，我对现象学的批评(phenomenological criticism)或美学(aesthetic)毫无所知，直到两三年前在阅读一些现象学理论家，尤其是法国美学家杜夫海纳以及波兰哲学家英伽登时，我才发现到他们的一些观念和我自己之间的类似点，虽然他们的观念的发展，其精微和复杂远非我所及。例如，当我写道：“每一首诗表现它独自的境界”，而这境界“同时是诗人的外界环境的反映与其整个意识的表现”[②]，或者当我写道：“当诗人寻求表现一个境界于诗中，他在探索语言的种种可能性，而读者，依照诗的字句结构的发展，重复这过程而再创造了境界”时[③]，我并不知道英伽登和杜夫海纳在描述文艺作品的境界时表现了多少类似的见解进而，我写道：“在我看来，一首诗一旦写成，在有人读它，且根据读者再创造那首诗的能力而多少加以实现之前，只具有可能的存在”[④]，而不知道杜夫海纳已经一再认为：只有当被读者所认知，且被读者的认知所神圣化(consecrated)时，一首诗才真正地存在[⑤]；而且英伽登虽然强烈反对心理主义(psychologism)，却承认：“任何(文艺作品的)具体化都属于相应的主观经验，且当，而且只有当这些经验存在时才存在”。[⑥] 又，当我建议将一首诗的结构称为“复调的”(polyphonic)较之“层叠的”(stratified)[⑦]更为妥当时，我对英伽登的文艺作品层叠结构的理论并无直接的认识，除了韦勒克关于它的简短说明(韦氏的说明，后来我才知道，英伽登曾斥为误解)，[⑧] 我也不知道英伽登本人曾用过“polyphonic”这

---

① 见《比较文学与总体文学年鉴》(*Yearbook of Comparative and General Literature*，Bloomingion，1966)，后收入《李商隐的诗》(*The Poetry of Li Shang-yin*，Chicago，1966)199—206页，稍加修改，此后称“刘著1969年”。

② 同上书，96页。

③ 同上书，202页。

④ 同上。

⑤ 见杜夫海纳著：《诗意》(*Le poetique*，paris. 1963)，6页；《语言与哲学》(*language and philosophy*. H. B. Veatch英译，Bloomington，1963)，80页；《审美经验的现象学》(*Phenomenlogie de l experience esthetique*，第二版，巴黎：1967；此后引称“杜夫海纳：1967年”)679页(Edwards S. Casey等英译，Evanston，1973，554页)。

⑥ 见英伽登著：《文学作品》(*The Literary Word of Art*，*Goorge G. Grabwicz*英译，Evanston，1973，此后引称“英伽登：1973年”)357页。类似的看法见于其他作者，例如Georges Poulet在《阅读的现象学》(*Phenomenology of Reading*)一文中，《新文学史》(*New Literary History*，此后引稿N. L. H)第一卷第一期，秋季，1969年，53—68页。

⑦ 同上书，203页。

⑧ 同上书，74—83页。

个词，虽然指的是他所谓的“有审美价值的性质”(aesthetic value qualities)而不是一篇作品的结构。

这些类似点，我觉得，并非纯粹是偶然的巧合，而是(尽管我可能间接地受到这些理论家，或者影响到他们的一些更早的西方理论家的影响)可能一部分来自这些西洋理论家与某些中国批评家之间的相似性；而我自己的一些见解自觉或不自觉地来自这些中国批评家(尤其是我从前称为“妙悟派”的那些，而现在我宁称为持有形而上学观点的批评家(critics holding metaphysical views)。这些相似性也可能来自现象学与道家之间根本哲学的相似性，而后者对上述中国批评家具有深远的影响。这种相似性是什么，我在《中国文学理论》(*Chinese Theories of Literature*)中已指出一些，在此只能给予很简短的概要。

第一，认为文学是宇宙之“道”的表现，这种中国人的形而上学概念与杜夫海纳认为艺术是“存在”(Being)之表现这种概念是可以并比的，而道家的“道”本身的概念，与海德格尔所阐明的现象学存在主义的“存在”概念(phenomenological-existential concept of Being)是可以并比的。第二，持有形而上学文学理论的一些中国批评家(即使他们可能并非只持有这种理论而排斥其他)，主张物我合一和情景不分，正像有些现象学家主张“主体”(“subject”)与“客体”(“object”)合一，“知觉”(“noesis”)与“知觉”对象(“noema”)不分一样。第三，受道家影响的中国批评家与现象学家都提倡一种二度直觉，那是在对现实中止判断之后达到的。最后，两者都承认语言的矛盾性(paradoxical nature)——作为一种不充分而又必需的方式用以表现难以表现者，以及再发现主观性与客观性的区分并不存在的、概念之前与语言之前的意识状态。①

的确，主体和客体合一的观念可能是中国传统思想的根本，正如文言文的某些特性所暗示的。一则，在文言文里没有相当于“I am”的语句，最接近的相对语是“有我”；这与“有树”这种陈述句是属于同一类的，而与自我中心的“I am”形成对照。一个西洋语言的作者如果想表现与这类似的观念，他不得不打破文法，正像兰波说的“Je est un autre”(我是别人)一样。当然，严格说来，“有”的意思是“have”，可是将“有我”解释为“Someone or something has me”那就太荒谬了。② 甚至在现代中文里，“I am”的相当语句——“我是”，通常需要一个补语，得说“我是什么什么的”，除非是西洋语言的直译。表现“I am”或“I exist”的“我存在”这种句子，是为了翻译像“Cogito ergo sum”(我思故我在)这种西洋哲学语句而创出的新语。进而，在文言文里，尤其是在诗里，动词的主语经常没有加以表明，这暗示着中国传统的思考是朝向现象学论的，而非起源论的。然而，进一步追究这个论题将超出本文的范围。

在《中国文学理论》的导言中，我表明我的目的之一是“为中西批评观点之综合铺

① 刘若愚著：《中国文学理论》(*Chinese Theories of Literatre*, Chicago，57—62页，1975)。

② 更详细的讨论，见葛瑞汉的《中国古文中的“存在”》(*“Being”in Classical Chinese*)，收入W. M. Vorhaar所编的《动词“Be”及其同义词》(*The Verb“Be” and Its Sytottyms*)一书，Dordrecht，1967。

出比向来的更为适当的途径，以便为中国文学的实际批评提供一个妥当的基础"①。现在我想进一步完成这个目的，试图将中国(尤其是形而上学观的)与西方(尤其是现象学论的)的文学理论的要素综合起来。我将致力于发展我自己的理论，而不是将中西的观念并列在一起而以机械的方式加以统合。由于没有人能够意识到他所有的想法的来源，也没有人能够确知，自己类似的想法别人(他没读过的)没有表现过，因此我并不自称我的理论代表中西理论各占一半的完美混合，或者它是百分之百的独创。然而，在我受这两方面传统影响的范围内，我的理论建设即是综合的工作；而且只要我的一些想法不是自觉地借自其他任何人，而我的综合方法也不是借自他人，我的理论就可能具有一些独创性。在本文中，我将只论文学的基本性质和功用(或本体论)，而不讨论像体裁(genre)和风格(style)这种论题：后者我认为是属于"文学分论"(literary theory)方面，而不属于"文学本论"(theory of literature)方面②。我也将不讨论文学批评的方法论，这个问题我希望将来再处理。

虽然我目前主要关心的是在文学的本体论，我的探讨将涉及对创造行为以及阅读经验的一些考究；因为我虽然同意英伽登认为创造的心理学与文艺作品的本体论是不同的两门学问，但对于他的主张"作者在创造作品时的经验并不构成创造品的任何部分"③这点却抱有疑问。总之，假如文艺作品是——如英伽登所定义的——互主观的(intersubjective)，纯粹是意识的对象，它起源于作者方面的意识的创造行为④，那么完全基于以阅读为一种审美经验的现象学，而排除对创造行为的任何考虑的文学本体论，似乎都是片面的。因此我将从作者与读者的观点来考究文学，即使我对创造经验的说明难免是带有揣测成分的。

对文学理论系统化又作一次尝试，在有些人看来可能是堂·吉诃德式的。在专论"什么是文学"的一期《新文学史》(*New Literary History*)中，有几位批评家表示反对这种尝试，而他们的议论不能被忽视。法国结构主义批评家托多洛夫(*Tzvetan Todorov*)赞成以各类不同言辞的类型论(*typology*)来代替概括的文学理论，其结论认为"或许文学并不存在"⑤，因为令人满意的文学定义尚未发现。这种不必要的悲观结论我们不必同意，因为正如语言哲学家已指出"宗教"、"诗"和"猫"这种字眼也不可能有精确的定义⑥，但这并不表示宗教、诗和猫就不存在。而且，虽然托多洛夫可能有正当的理由批评韦勒克和弗莱没有阐明文学的结构与其功用之间的关系，

① 刘若愚著：《中国文学理论》(*Chinese Theories of Literatre*, Chicago，5页，1975)。

② "文学本论"(theory of literature)与"文学分论"(literaly theory)的区别。

③ 见英伽登著：《文学作品》(*The Literary Word of Art*, *Goorge G. Grabwicz* 英译，Evanston，1973)22页。

④ 同上书，随处。简要见译者对英伽登著：《文学作品的认识》(*The Cognition of the literary Work of Art*，Ruth Ann Crowloy 与 Kenneth R. Olsen 英译，Evanston，1973)一书的导论，尤其是15页。

⑤ 见托多洛夫：《文学概念》(*The Notion of Literature*)一文，NLH，第五卷第一期，秋季，1973，16页。

⑥ 见阿尔斯顿(William P. Alston)著：《语言哲学》(*Philosophy of Language*，Eoglewood Cliffs，1964)，88—95页。

他却没有理由批评他们至少试图将结构的定义与功用的定义结合在一起，或对将来任何类似的试图表示不以为然。即使就像托多洛夫所相信的，文学的结构定义事实上不可能，功用的定义，正像他所承认的，却仍然可能达到，而排除将功用的定义与结构上的一些考虑结合在一起的可能性是没有理由的。同样的，对于费什(Stanley E. Fish)反对“文学语言”(literary language)与“普通语言”(ordinary language)之区分所提出的颇有说服力的议论，我们可以这样回答：错误不在于试图划出这种区分，而在于根据结构加以区分。换句话说，与其试图将文学与另一种(或其他各种)语言分开，我们应该试将文学与达成其他功用的语言分开。总之，即使我们承认文学单纯地是“语言，在其周围我们决心画出一个框架，一个标示着以特殊的自觉考察语言所经常具有之资源的框架”[①]，我们仍然面临着这样的问题：“什么时候我们应该画出这样的框架?”显然，我们不能回答说：“当我们认为一篇语言是文艺作品的时候。”(这将陷于循环论法)然而根据这种观点，不可能有其他的方法来区别一件文艺作品。像斯特恩(J. P. Stern)那样，认为文学是“那堆以字句表现的作品，它的每个主要代表(example)决定它本身的解释与分析的样式”，且加上“无可争论的事实：这就是一向所谓文学”[②]，这样的说法也是不行的，因为(且不问非文学的作品，像法律文件以及科学论文，是否也可以决定其本身的解释与分析的样式这个问题)这等于是一个套套逻辑(tautology)：文学亦即被称为文学的东西。我们不妨再问：被谁?每一个人？在《都市重建之文献(literature)》或《避孕免费说明书(free literature)》中使用“literature”一词的那些人可以吗？假如不是每一个人，那么决定什么作品属于文学而什么作品不属于文学的“文学团体”的会员资格，应该交给谁呢？而且，指着一堆作品回答“什么是文学”这个问题，就像回答“什么是狗”这问题时说：“长耳狗、德国狼狗、狮子狗等等，都是狗”，这一点儿也没说出狗像什么。犬属动物之特性的概括描述，不管多么不完全，倒是较为可取的。总之，即使我们永远达不到确定的回答，假如每个批评家都将他自己所谓的文学说明白，倒是有帮助的，其结果不会是另一个套套逻辑(赘述)：“文学亦即我所称为文学的东西”，但却具有这样的形式：“我所谓的文学亦即具有如此如此功用的东西”，或者“我所谓的文学亦即具有如此如此特性的东西”，或是这两者的结合。我以下所试图做的，正是这种功用定义与结构定义的结合，这种结合可以称为“双焦点的研究法”(bifocal approach)。

我将以两个假定开始，我想不会有人反对：亦即文学是一种艺术以及文学是语言写成的，虽然我知道把文学与绘画、雕刻、音乐等等同属于“艺术”，在西方其起源是比较近代的事，而在中国其起源更是最近时代的事；我更知道口传文学的存在，它可能使以下关于文学的一些说法不能不有所修正。然而，假如这两个假定得到接受，那么照理任何妥当的文学理论对于文学当做艺术与语言的双重性格必须加以充

① 费什著：《普通语言有多普通?》(*How Ordinary is Ordinary Languages?*)一文，NLH，第五卷第1期，秋季，1973年，52页。

② 斯特恩著：《闭塞、泄露、结论》(*Occlusions, Disclosures, Conclusion*)一文，同上，167页。

分的考虑。这又使得从功用上与结构上考察文学成为必要，因为文学与其他艺术享有相同的主要功用，但在结构上与其他艺术不同(因为它的表现媒介是语言)，而与语言的其他用途享有共同的语言结构(虽然每一件作品的结构，就与其他任何作品不同这点而言，都是独特的)，可又与语言的其他用途在功用上不同。换句话说，文学可以定义为艺术功用与语言结构的交搭。这并不是说文学不能达成其他(亦即，非艺术的)功用，像社会的、政治的以及道德的功用；这些功用作者可能自觉地在作品中企图完成，但是这些功用并非一件作品所以是艺术作品的原因，正像商朝的铜器和希腊的古瓮可能具有作为容器完成实用之功用的目的，但这种功用并非是它们所以是艺术作品的原因。相反的，一个作家可能对自己作品的艺术功用并无自觉，但这并不妨碍我们讨论它的艺术功用。

然则，什么是文学的主要艺术功用？这点我认为主要的是双重的：第一，(在作者方面)通过创造想象的境界而扩大现实，(在读者方面)由再创造想象的境界而扩大现实；第二，作者与读者双方对创造冲动的满足。为了详细说明这种文学的艺术功用的概念，我们可以一个四元(tetradic)的架构加以考察①。那是由一件文艺作品的各种情况必然含有的四个要素间的相互关系所构成的，亦即：世界、作家、作品以及读者，可用下图加以说明②：

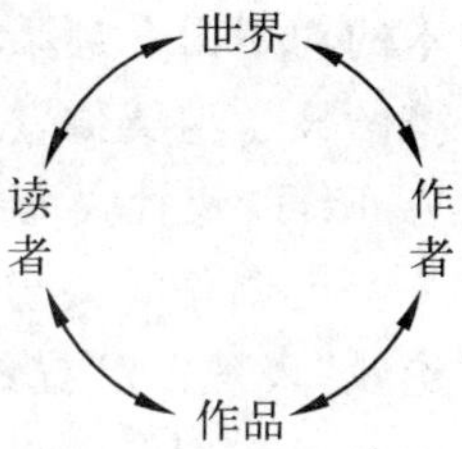

在这图中"世界"是指"实在的"或时空的世界，包含自然世界与每个人所生存的人类社会或文化世界(胡塞尔的 Kulturwelt)。外界与自我的交互作用构成每一个人的经验世界或生存世界(胡塞尔的 Lebenswelt)。在创造的过程中，作者探索他本身的"生存世界"，以及在他的想象中的其他的、可能的世界，而从这种探索中他创造出一个境界，那是以字句结构表现出来的。这个创境(created world)在现实世界中并不、且永远不存在；它最初存在于作家的意识中，而一旦被创造出来，则可能存在于时空之外，让读者的意识再加以创造出来。如此，从一件作品的字句结构中呈现出来的境界与作家的"生存世界"并不一样，后者只不过是为作品的创造提供"机缘"(occasion)而已③；那是他的"生存世界"与创造经验融合而因此变质。作家的"生存世界"我们是否能够知道是个问题，但是我们可以假定它的存在，正像我们可以假定别人的"生存"(being)的存在一样，即使这是我们不能够完全知道的。总之，假如一个作家的"生存世界"确实不可知，这将使传记作家的工作，而不是批评家的工作变成不可能的：批评家所关心的是作品的创境。

① "四元的"(tefradic)一词，来源于康恩(Robetr G. Cohn)的"四极"(tetrapolar)。关于他对这个词的用法，见《交点》(*Nodes*)一文，第一部与第二部，*Diacritics* 季刊，春季与夏季，1974。

② 参照艾伯拉姆斯著：《镜与灯》(*The Mirror and The Lamp*，New York，1958)一书，6—7 页，以及刘若愚著：《中国文学理论》(*Chinese Theories of Literatre*，Chicago，1975)9—12 页。

③ 关于"机缘"(occasion)，见克尔恺郭尔(Sren Kierkegaard)著：《或此或彼》(*Either/Or*)一书(D. F. 与 L. M Swonson 英译，牛津，1946 年)，第一部，193—195 页；斯特恩所引，见 217 页注 20，166 页。

由于创境从来不存在于现实的世界中，它是现实的扩展，这点与王国维以及我自己早期的见解不同。王国维说："有造境，有写境此'理想'与'写实'二派之所由分。"(王国维:《人间词话》)我从前不同意这一说法，认为那不是"理想"与"写实"之间的分别，而是大诗人与次要诗人之间的分别。① 然而，我现在认为每一件真正的文艺作品都具有它的创境，它构成了现实的扩展，正像真正艺术作品的每一幅画都具有它的创境一样。甚至在蒙眼画(trompe l'oeil painting)②中的一个苹果，只存在于艺术家所创造的想象世界中，具有它独自的时间和空间，而不存在于现实世界中。因此，它构成了苹果或"苹果性"(appleness)之现实的扩展。当然，作为想象世界之一部分的画出来的苹果，其存在不该与画布上的颜色物质混为一谈，正像一首诗中的树与一篇小说中的人物之存在，不能与现实世界中纸上印刷的有形存在混为一谈一样。

文艺作品的创境，并不是一个新的概念。正像艾伯拉姆斯所论证的，诗中别有天地(the poem as heterocosm)的概念开始于 18 世纪，且已成为西方的一个批评常识③。然而，在这儿所提议的，并非像浪漫主义的别有天地(heterocosm)的概念，隐含着神——创造主以及艺术家——创造者之间的类推。倒不如说，"创造的"(created)一词是用以区别"制作的"(made)；"创造"(creating)与"制作"(making)之间的区别，已经柯灵伍德加以解释清楚④。因此，认为艺术家是创造者，并不是说"将艺术的功用提升到某种神圣的程度，或者使艺术家变成一种神"。⑤ 我们可以将这种创境的概念与英伽登的"表现"(represented)或"描绘"(portrayed)的世界(dargestellte Wellt)以及杜夫海纳的审美对象之世界的概念与中国的一些前例作一比较。

英伽登对文艺作品之境界的描述，有时候流露出艺术模仿观的痕迹，例如当他论及"表现"或"描绘"对象(dargestelltern gegenstandè 的"代表功用"(reprasentation funktion)时，或者当他下这样的评论时："文学作品中'出现'的人物并非仅带有像《恺撒》⑥、《华伦斯坦》⑦《理查德二世》⑧等名字，而是在某种意义上也应该'成为'曾

---

① 刘若愚著：《中国诗学》(*The Art of Chinese poetry*，London and Chicago，1962)99 页。

② "蒙眼画"(trompe I'oeil painting)，描写之精密足以蒙骗眼睛，误以为是实物的立体法，多为静物画。——译者注

③ 艾伯拉姆斯著：《镜与灯》(*The Mirror and The Lamp*，New York，1958)，272—285 页。

④ 见柯林伍德著：《艺术原理》(*The Principles of Art*，Oxford，1938)一书，128—230 页。

⑤ 同上。

⑥ 恺撒(Gaius Jolius Caesar，102B. C. ～44B. C.)，罗马的将军，政治家。公元前 66 年与 Pompey Crassus 行三头政治，统一罗马。后以独裁政治为 Brutus 所暗杀。文艺复兴以后，以恺撒为题材的作品不少，主要的有莎士比亚的 *Julius Caesar*，查普曼(Chapman)的 *Caesar and Pompey*，萧伯纳(G. B. Shaw)的 *Caesar and Cleopatra* 等。——译者注

⑦ 华伦斯坦(Albreche Wenzel Eusebius Von Wallenstein，1583—1634)；奥国的将军，三十年战争的名战士，最后为瑞典国王。被 Gustavus Adolphus 所败(1632)，为部将所刺杀。Schiller 以其悲剧命运为题材，写下悲剧三部曲(*Wallensteins Lager*，1778；*Die Piccolomini*，1799；*Wallensteins Tod*，1799)。柯勒律治翻译了其中的后二部。——译者注

⑧ 理查德二世(Richard Ⅱ，1367—1400)：英格兰国王(在位 1377—1399)，金雀花王朝最后的王，废位后在狱中为刺客所杀。莎士比亚以他为题材的历史悲剧出版于 1597 年。——译者注

经有这种名称而且曾经实际存在过的人物。”[①]然而，以我看来，文学作品中的人物是一个真实的历史人物恺撒，或是一个朦胧的、半历史人物像麦克白(Macbeth)[②]，或是一个纯粹虚构的像大卫·科波菲尔(David Copperfield)[③]，或者甚至是一个神话人物像气精(Ariel)[④]，这与它的艺术性和价值是无关的，正像一幅画的题材是一个真实的历史人物像亨利八世(Henry Ⅷ)[⑤]，或是一个朦胧的、半历史人物像荷马(Homer)[⑥]，或是一个纯粹虚构的像艾多尼斯(Adonis)[⑦]或者甚至是一个神话中的创造物像圣·乔治(St. George)杀死的龙[⑧]与它的艺术性和价值无关一样。我并不否认我们关于历史人物的先见会影响到我们对于出现这人物的作品的反应，但是我认为这种知识并不是不可缺少的。即使从来没听过恺撒的人，从莎士比亚的戏剧本身，也不会看不出他的死的历史意义；而且大概马洛的观众对于历史上的帖木儿毫无所知[⑨]，伏尔泰(Voltaire，1694—1778)的观众对于历史上的《中国孤儿》(*Orphan of China*)也一样[⑩]。文学作品中历史人物的描写与真实的人物(为了论辩，假定这是可知的)具有多少类似，这是关于它的历史价值的问题，是与它的艺术价值问题不同的问题，正如一幅画像与坐着让人画的人有多少相似，是与它的艺术价值问题不同的问题，即使我们能够回答前一问题，虽然我们不常有那种根据[⑪]。要之，我相信虽然一件文艺作品的创境与真实的世界具有必然而不定的关系，它的艺术性与价值并不依赖于它与真实世界相似的程度。

然而，英伽登对文学的基本概念似乎不真是模仿观。因为他说，在每一件文学作品中有一种“多少确定了的背景，它与表现出的对象，构成一个存在界(ontic sphere)”。[⑫] 这个“存在界”似乎与王国维所说的“境界”以及我所说的“创境”(created

① 见英伽登著：《文学作品》(*The Literary Word of Art*，*Goorge G. Grabwicz* 英译，Evanston，1973)243 页。

② 麦克白著：莎士比亚的四大悲剧之一的主人公。虽然取材于苏格兰的历史，剧中超自然的要素颇为淳厚。——译者注

③ 大卫·狄更斯(C. Dickens)的小说《块肉馀生录》(*David Copperfield*)中的主角。——译者注

④ 气精(Ariel)：莎士比亚的《暴风雨》(*Tempest*)中出现的精灵。——译者注

⑤ 亨利八世(Henry Ⅷ，1491—1547)英格兰国王(1509—1547 在位)，莎士比亚的历史剧中的主人公。——译者注

⑥ 荷马(Homer)希腊最早的叙事诗人，《伊利亚特》(*Iliad*)与《奥德赛》(*Odyssey*)的作者。其生卒年代与生地，诸说纷纭。传说中是盲目的老人，吟游四方。——译者注

⑦ 阿多尼斯(Adonis)：希腊神话中的美少年，爱与美的女神 Aphrodite 的恋人。——译者注

⑧ 圣·乔治(Saint George)：英格兰的守护圣徒，4 世纪初殉教于巴勒斯坦。传说中以退治龙知名。嘉德勋章(the Garter)刻着他的形象。——译者注

⑨ 马洛，英国剧作家。他的戏剧作品《帖木儿大帝》，于 1587 年上演。——译者注

⑩ 伏尔泰(Voltaire，1694—1778)，法国启蒙期最大的文学家、哲学家。纪君祥的元曲《赵氏孤儿》于 1735 年由 Father Joseph Premare 译成法文，伏尔泰据此加以改编，在欧洲大受欢迎。——译者注

⑪ 关于文学与现实之间关系的进一步讨论，以及稍有不同的见解，见林登博格(Herbert Lindenberger)的《历史剧》(*Historical Drama*，Chicago，1975)一书，尤其是 1—29 页。

⑫ 见英伽登著：《文学作品》(*The Literary Word of Art*，*George G. Grabwicz* 英译，Evanston，1973)218 页。

world)类似。而且，英伽登尽力地指出："表现出的对象"(represented objects)所具有的"现实"的特性，不该"与真正存在的真实对象的存在特性(ontic character)视为同一"，而且"认为表现出的对象毫不具有现实的特性，或者认为它们带有另一种存在样式(亦即，理想的存在的样式)，那是显然错误的"。[①] 在我看来，这似乎比萨特坚持审美对象之不真实性的主张[②]略胜一筹，因为虽然哈姆雷特和奥菲利娅(Ophelia)并非"真实的"人物[③]，他们并非"不真实的"——像梦和幻觉是不真实的那样。这是我为什么认为创境是现实的扩展，而不认为是非现实的缘故。

至于杜夫海纳对文艺作品之境界的概念，确实不是模仿论的，因为他认为"作者全力以赴的不是描写或模仿某一预先存在的世界，而是唤起他所再创造的世界"[④]而且，他认为审美对象的世界是由"代表的世界"(monde representé)与"表现的世界"(monde exprimé)所构成的；后者是前者的灵魂，而前者是它的躯体。在说明这种审美对象的世界时，杜夫海纳显示出与某些中国批评家的相似性。第一，当他论及"境界气氛"(atmosphere de monde)，那是"文字所不能翻译但在唤起感觉中将本身传达出来的某种特质"[⑤]，他使人想起谈到"气象"(可译为"atmosphere")的一些中国批评家。例如，姜夔(约1155—约1221)论到"大凡诗自有气调、体面、血脉、韵度"。(In general, poetry must have its own atmosphere, countenance, veins, and tone.)(见《白石道人诗说》,《历代诗话》所收，第1页。)严羽提到"气象"，认为是诗之法有五之一，且称赞古诗"气象混沌，难以句摘"(见《沧浪诗话》)而王国维以"境界"一词作为他的批评的主要术语，有时候也谈到"气象"(见《人间词话》)。虽然他并没有说明这两者之间的关系，但如果我们认为一首诗的"气象"发自它的"境界"，而前者是表征后者的一种难以描述的特质的话，这种推论似乎是合理的。进而，杜夫海纳强调审美对象的世界中主观的一伶。他以为，审美对象是一个"拟似主体"(quasi subject)，而且它表现出个人的世界观(Weltanschauung)，它"不是一种教义，而是所有的人都具有的生命的形而上要素，所有的人在个性中显露出来的处世方式"。[⑥] 以有点类似的方式，一些中国批评家也强调感受性的个别模式(personal mode)，而以一种不可名状的韵味在诗中显露出来。例如，姜夔说："一家之语，自有一家之风味，如乐之二十四调，各有韵声乃是归宿处。"(The poetry of each master has its own flavor, just as each of the twenty-four modes of music has its own tone, which is where the music comes to rest.)(见《白石道人诗说》，第4页；刘著：1975年所引，第45页。)王士禛引用这段话，主张神韵；我在别处已指出，它不仅

---

① 见英伽登著：《文学作品》(*The Literary Word of Art*, *Goorge G. Grabwicz* 英译，Evanston，1973)221页。

② 见萨特著：《想象的心理学》(*The Psychology of Imagination*，London，1950)一书，221—217页。

③ 奥菲丽娅著：莎士比亚的悲剧《哈姆雷特》中的女主人公，哈姆雷特的恋人。——译者注

④ 杜夫海纳著：《审美经验的现象学》(*Phenomenlogie de l experience esthetique*，第二版，巴黎，1967)，244页(英译，186页)。

⑤ 同上书，235页(英译，178页)。

⑥ 同上书，235页(英译，177页)。

包含对现实的妙悟，且含有个人的韵调(见刘著：1975 年，第 43～45 页。)。然而，我们应该注意到的是，感受性的这种个别模式或者艺术中的人格(artistic persona)是作品所内在具有的，不应该与创造作品的历史上或经验上的人物混为一谈。或者，以雅克·马里顿(Jacques Maritain，1882—1973)的术语来说，“创造的自我”(creative self)不应该与“自我中心的自我”(self-centered ego)混为一谈。① 因此，当杜夫海纳将审美对象的境界与作者的世界视为同一时②，我们应该了解“作者的世界”是指他在作品中所创造的境界，而不是他实际的“生存世界”。将个别作品的境界与作者全部作品(whole corpus)的整个境界加以区别，似乎也是适当的；后者是他所创造的所有个别作品的所有境界的聚合。

关于创造活动的概念，虽然中国作家不像西洋作家那样时常强调，我们在中国诗与批评中却可以发现到这种概念的一些例子，诗人、批评家陆机(261—303)描写创造的过程时，提出：

> 课虚无以责有，叩寂寞而求音。③
>
> Tax non-being(or emptiness) to demand being, Knock on silence to seek sound.

“鬼才”诗人李贺(790—816)在赞颂两位文章巨公时，写下这有名的诗句：

> 笔补造化天无功。(见《李长吉歌诗》(上海，1958 年)，第 154 页。)
>
> Their pens supplement creation, Heaven can claim no credit.

批评家谢榛(1495—1575)响应陆机，写道：

> 诗本乎情景。孤不自成，两不相背。凡登高致思，则神交古人；穷乎遐迩，系乎忧乐。此相因偶然，着形于绝迹，振响于无声也。④

批评家叶燮(1627—1703)也阐明创造活动的概念：

> 当其有所触而兴起也，其意、其辞、其句劈空而起，皆自无而有，随在取

---

① 马里顿著：《学术与诗中的创造直觉》(*Creative Intuition in Art and Poetry*，New York，1935)一书，141—245 页。

② 杜夫海纳著：《审美经验的现象学》(*Phenomenlogie de l experience esthetique*，第二版，巴黎：1967)234—256 页(英译，177，196 页)。

③ 见《文赋》，《陆士衡集》所收(《四部备要》)，2 页；刘著：1975 年所引，70—73 页。

④ 《四溟诗话》，见《历代诗话续编》，卷三，2 页。

之于心；出而为情、为景、为事。①

关于"World"(境界、世界)一词，另有数点可加以澄清。第一，在我从前的著作中，我主要的关心在于中国诗，它大部分是非叙述的与非戏剧的，因此我用这个词一般是指诗人内在经验与外在现实的融合。然而，一如前面所指出的，我现在注意到作家本身的"生存世界"与他在作品中所创造的境界不是同一的，而两者如不加以区别可能陷入"意图谬误"②的老套。第二，虽然我试想将"境界"的概念扩展到中国戏剧和小说③，可是我还没明白地叙述戏剧或小说的境界与抒情诗的境界怎样不同。在此加以说明也许是适当的，即使区别可能看起来很明显。戏剧或小说创作的境界，首要地不是由叙述者的内在经验与外在现实之融合所构成，而是想象中的人物、情况、事件、地点等的综合；其次，是由所想象的人物的内在经验，与想象中的"外在世界"的融合，因为每一个人物可能都有他自己的"生存世界"，即使是想象中的，它构成了在首要的创境中的次要创境。可能还有其他的次要境界，像剧中剧的境界或故事中的故事的境界。而在理论上，这个过程可以无限地继续下去：例如，当小说中的人物做了一个梦时，梦境也就成为第三层境界。④

且再回到从作家的观点来看文学的艺术功用：作家创造一个想象境界的过程，是一个语言化(verbalization)的过程(或语言性的具体化[verbal incarnation])，它包含对作为艺术媒介之语言的种种可能性的探索与一个独特的字句结构的创造(独特的意义已经指出，亦即，与任何其他作品的字句结构并非同一，而不是说具有独特的语言特征，正像每一个人是独特的，是说与其他任何人并非同一，而不是说具有独特的生理上或精神上的特质)。亦即当这种过程成功地完成时，它满足了作家的创造冲动，且达到了对作家而言文学的艺术功用的第二个主要部分。这种创造冲动不同于任何有意的动机——社会的、政治的、道德的或金钱的——这些动机，作家可能具有，但是不能说明他对艺术媒介的选择，而且它们时常是不存在的。然则，他为什么要写作呢？我同意杜夫海纳，认为作家或艺术家并非只为了自我表现的欲望而创作；然而，我觉得杜夫海纳认为自然要透过作家表达意义的想法太过于将自然拟人化(anthropomorphic)虽然在创作的行为之前，艺术家觉得似乎有些什么东西要求产生出来，可是我想这只是一种朦胧的直觉，创造冲动的一种幽微的激动，而不是自然真的透过艺术发挥它的意志。人类想创造一些什么，而且看见创造结果好时感

---

① 《原诗·内篇》，见《清诗话》，2页。

② 意图谬误：新批评家韦姆萨特与比亚兹莱认为：理解诗的意义与判断诗的价值时不能不知道诗人的意图，这种想法是一种谬误，认为作品本身所具有的意义与作者在作品中所意图表现的意义，应该加以区别。——译者注

③ 见《境界与语言：中国文学传统》(*Worlds and Language: the Chinese Literary Tradtion*)一文，收入汤因比(Arnold Toynbee)所编《半个世界：中国和日本的历史文化》(*Half the world: The History and Culture in. China and Japan*, London, 1973)。

④ 参看英伽登著：《文学作品》(*The Literary Word of Art*, *Goorge G. Grabwicz* 英译，Evanston，1973)222页。

到一种特别的满足，这似乎是极其自然的。一个小孩不为了什么而画出了他认为最完美的圆圈时，感到与达·芬奇(Leonardo da Vinci)完成蒙娜丽莎(*Mona Lisa*)时可能感到的那种满足，尽管这两个"作品"在质上不可相比。同样的，只要一个作家满意地创造了一件字句结构，这行为就满足了他的创造冲动；这作品是否具有任何艺术价值，一部分在于它是否能使别人也感到同样的满足。这将使我们进而从读者的观点来考察文学的艺术功用。

一如已经提到的，一件文艺作品具有可能的存在而等待读者加以实现(或者以英伽登的术语来说，具体化[concretization])，因此与其同麦克里希(Archibald MacLeish，1892—1982)一样，认为"一首诗不是该有意思，而是该是一首诗"(A poem should not mean，but be.)，也许我们应该说："一首诗不是该是，而是该变成一首诗。"(A poem should not be，but become.)从读者的观点看来，"变成"(becoming)的过程，似乎矛盾地是创造过程的相反，也是重复。就读者从作品的字句结构中再创造境界而言，这过程是反语言化(deverbalization)，即是语言化(verbalization)的相反过程；然而，就读者追随着构成字句结构的文字而言，读是写的一个近似的再演。我说"近似"，因为显然读者的经验不可能真正与作者的经验完全一致，然而这两者必然是类似的。正如杜威(John Dewey，1859—1952)所说的：

> 如要感觉，观者必须创造他自己的经验。而他的创造必须包括与原作者所经过的相当的种种关系。它们不可能完全一样。但在感觉者，正像在艺术家方面，一定具有全体要素的一个秩序，那是，在形式上，虽然不是在细节上，与作品的创造者自觉地经验过的组织的过程一样的。①

再创造作者所创造的境界时，读者扩展了他本身的"生存世界"与他对现实的认知，如此，文学作品达成了对读者的艺术功用的第一个主要部分。利科(Paul Ricoeur)似乎也表现出类似的看法，他说：

> 对于我们，境界是由文学作品所揭开的涉指(references)的全体。如此，我们谈论关于希腊的"境界"，不再是指出那些人所生活过的是怎样的情况，而是指出一些非固定的涉指，这些涉指在最初的情况消灭之后仍然存在，而且今后被提供为可能的生存方式，作为我们生存在这世上的象征的次元。对我而言，这是一切文学的涉指：不再是对话所固定涉指的环境(Umwelt)，而是我们所读的、了解的、喜爱的每一篇文学作品的非固定的涉指所投影的"世界"(Welt)。了解一篇文学，是同时点亮我们自己的情况，或者，可以说是，在我们的情况

① 见杜威著：《作为经验的学术》(*Art as Experience*，New York，1934)54页。一部分引用见Wolfgang Iser的《阅读过程现象学的研究法》(*The Reading Process：a Phenomenological Approach*)一文，N，L H，第三卷第二期，冬季，1972年，293页。在写了以上各节之后，我无意中在史丹纳(George Steiner)的《巴别之后》(*After Babsl*，New York 1975)一书中，发现到对这一观点的赞同，见26页。

的叙述句中，加进使我们的“环境”变成“境界”的一切意义。使“环境”进入“境界”的这种扩大使我们能够谈论文学所展开的涉指——涉指展开境界，这么说也许更适当。①

假如我对他的了解没错，他所谈论的“世界”，是由我们从我们所读的、了解的、喜爱的一切文学作品中，再创造出来的每个境界所构成的，而每个读者从各个作品中所再创造的境界，是由该作品中非固定的涉指所展开的可能性之实现的一个例子。在此也许有必要提醒注意：“展开”(open up)这两个字的解释不该太拘泥。一件作品只有对有能力积极反应的读者才“展开”境界很明显，它不会对作品的语言毫无所知的人，或者对有能力但是漫不经心的读者展开任何境界的。所谓“显灵”(Epiphany)，只有有资格的人才看得见。

读者所再创造的境界，不该被误认为是作者的“生存世界”，因为作品不再固定地涉指作者的实际情况或环境，而是不固定地涉指可能存在的所有类似的情况。即使一篇作品含有涉及实际人物、事件、地点、日期等的引涉(而中国文学尤其充满这种似乎固定的引涉)，它并不能使为作品的创造提供机缘的实际情况再现。它所能做的是让我们经验一个与原来的情况相似的想象中的境界。文学不是能够使过去复活的时间魔术机，不如说，它是一张魔毯，能够将我们载到存在于时间之外的境界。由于超越了作家在写作时的实际情况，文学作品超脱时间而进入超时间的永恒(timelessness)。

这不是说文学只处理具有普遍性的东西，而是说它透过特殊性显示出普遍性，或者，采用赫施对“意思”(meaning)与“意义”(significance)所做的区分，② 它超越了它的局限意思(local meaning)而获得了普遍的意义(universal significance)。这是为什么我在别处说“一首诗的境界是主题的具体表现与个别化”③的理由，也许也是为什么一首诗能够像韦姆萨特所描述的，成为一个“具体的普遍”(concrete universal)④的理由。

正像读者再创造一篇作品的经验与作家创造它的经验是类似但不能被视为相同的一样，读者所再创造的境界与作家所创造的境界，也是类似但不能被视为同一的(或者，至少它不能够被证明为同一)。这两者相交的程度，由种种因素来决定(且不管作者在字句结构中表现境界时，获得多大的成功这个问题)：读者的语言能力、关于作家的文化世界的知识、与作家的气质的同感，以及一个人的知觉力、想象力、理解力和内省的运用。一般而言，读者的“生存世界”与作家的越是相交，再创造的境界也将越类似原来的创境；同时，每个人的“生存世界”植根于他的文化世界，但

① 见利科著：《文本的模型》(*The Model of the Text*)一文，NLH，第五卷第一期，秋季，1973年，96页。

② 费什著：《普通语言有多普通?》(*How Ordinary is Ordinary Languages?*)一文，NLH，第五卷第1期，秋季，7—9页，1973。

③ 刘若愚著：《北宋大家词》(*Major Lyticists of the Norther Sung*，Princeton，1974)，6页。

④ 见韦姆萨特著：《文学的象型》(*The Verbal Icon*，Lexington，1967)，69—83页。

不是完全由文化世界所决定。

让我们再进一步从读者的观点来考察文学的艺术功用的第二个主要部分。当我们阅读一篇文学作品时，不论是朗读或默念，我们不能不对自己说出特定的某些话，并追随特定的某种程序。如此，在某一程度上，我们是在重复作家将这些特定的话纳入这一特定程序的经验(修改的可能性并不影响问题，因为在那种情形下，我们可以被认为是在重复作家写出最后定稿的经验)。当我们读完之后，假如那是一篇成功的作品，我们将会体会到这些正是适当的字句在正是适当的程序里，而这种体会将给我们一种满足感，相当于作家在完成作品且认为不错时的满足感。这种满足感，以及重复作家之创造经验，是满足读者的创造冲动的原因。这种“满足”(satisfaction)的感觉，不一定与“快感”(pleasure)一样：即使一篇作品使我们震惊或恐怖，我们仍然“满足”于作家运用了适当的文学“谋略”(strategy)产生了所要的效果。而且，当我们因一篇文学作品而感到震惊或恐怖时，那种感觉与所描写的事件中实际发生的并不一样：当格洛斯特(Gloucester)的眼睛被挖出来时，我们感到恐怖，但是我们并不想去阻止康沃尔(Cornwall)和里根(Regan)；而要是真的发生，我们会去阻止一样。① 柯勒律治的“怀疑自愿中止”(willing suspense of disbelief)论②，在此有助于说明。

在阅读时我们重复写作的过程，这点甚至可以在最简单的句子中被证明是真的。当我们读到“我觉得冷”这一句子，即使我们不读出声来(亦即我们在心里说这句话)，我们在重复着说这些字的说话行为，而不是只接受有人觉得冷这一“情报”(message)。假如阅读只不过是传译信息的行为，假如，比方说，阅读“我是否将你比为夏日”(Shall I compare thee to a summer's day)这一诗句③，只不过是给我们一条信息，说莎士比亚在怀疑他是否应该将他的爱人(也许是 Lord Southampton?)比拟为夏日，到底这一信息对我们有什么可能的兴趣？在我看来，我们阅读这一诗句，而且觉得有趣，是因为：第一，它使我们进入这首十四行诗的想象境界，而且体验到说话者(不一定是作者)被想象为说出这句话时的心境；第二，它给予我们重复作者所安排的这些字，而且体会到这些字正是最适当的字被安排以最适当的程序的那种满足感。我不是说我们欣赏这一字句，纯粹是为了声调之美而与意义无关；相反的，我们的满足一部分是由于声调增强了意义这一事实。例如，长母音使我们念得慢，好像我们(当我们念时与说话者合而为一)想使时间的流逝缓慢下来，而使这短暂的“summer's day”停留久一点儿。关于阅读，我刚才所说的，就我们对音乐甚至某些视觉艺术的经验而言，也显然是真的。我们观赏中国书法与一些中国画所获得的满

---

① 格洛斯特(Eaarl of Gloucester)：莎士比亚的悲剧《李尔王》(*King Lear*)中的人物。因同情受到冷遇的李尔王，两眼被康沃尔公挖出。——译者注

② “怀疑自愿终止”(Willing suspense of disbelief)；见《文学评价》(*Biographai Literaria*，1817)第十四章。——译者注

③ “我是否将你比为夏日”(Shall I compare thee to a summer's day)：见莎士比亚十四行诗第十八首。——译者注

足，我认为主要的不是由于线条与笔画之间的空间关系，而是由于在我们心中重复艺术家运笔之动作的时间经验。总之，我相信审美经验是一种创造经验的取代。读情诗不是恋爱的代替，而是写情诗的近似替代动作，正像观赏一幅苹果画，不是吃苹果或观赏苹果的代替，而是画苹果的近似替代动作。

在这里，可以提出一个问题：一件文艺作品是否必须达成以上所讨论的这两部分的艺术功用？这个问题乍看之下可能提出一个难题，因为有的作品——尤其是小说与戏剧——投射出生动的境界，但却是用简单或者甚至粗拙的语言写成的；而另有些作品，尤其是散论短文，似乎并不投射任何境界，而语言却受称赞。这个问题可以这么解决：艺术功用的这两部分事实上是互为因果的。假如一篇作品成功地投射出境界，这一事实证明作者成功地运用了作为艺术媒介的语言，而这将给予我们一种满足感。相反的，假如一篇作品由于创造出字句结构而满足了我们的创造冲动，这点本身亦即文字表现之现实的扩展，更何况事实上新的字句表现的创造，由于增加了向来不存在的现象，也是现实的扩展。例如，当韩愈(768—824)在他那篇反佛教与反道教的文章《原道》中说道：(孔子之)道"黄老于汉魏"，他不仅由于并用了黄(帝)和老(子)这两个道家创始者的名字当作动词意指"道家化"(Taoisize)，并且创造了一个新的现象，使某种东西"黄老"(Huang-Lao-ing something)①，这是从来没有过的。莎士比亚的"it out-herods Herod"(比暴君更暴君)②也是一个类似的例子，只是《哈姆雷特》并不需要这点作为文艺作品的资格。

即使如此，我承认，仍然有些作品并没达到艺术功用的任何一部分，而一般仍被认为是"文学"，像儒家经典中的某些作品以及其他中国哲学和历史的某些作品。这些作品如果归类于更适当的一些类别，像"历史"、"哲学"、"教育"或"修辞学"，我们相信没有任何理由会失去它们的地位。毕竟，现代的科学著作一般不被认为是"文学"，可是人们似乎并不因此对这些著作较不敬畏。假如有些中国传统著作必须借重"文学"名义以保持人们的尊重，这可能是因为它们已失去了作为经典或历史著作的权威(西方的一个类似情况是"作为文学的圣经"，这在欧洲中世纪是不可想象的)。上面所说的这类著作，仍然可以凭借它们所完成的任何非艺术的功用，像提供知识、劝说和娱乐而被阅读和看重。认为一篇作品不是文艺作品，并不一定就是说它是无价值的，或者价值少于文艺作品。换句话说，我使用"文学"一词，不是作为规范词，而是作为叙述词。

进而，我注意到文学理论应该足以概括不只是"好的"文学，而且是"坏的"文学。然而，坏文学与非文学之间的区别很难划分，因为假如我们要将所有文学作品以优劣的次序一直安排下来，我们会最后达到零点，于是可能最坏的文学作品将无法与非文学作品辨别，正像任何颜色到了可能最淡的程度，将无法与无色区别。而且假

① 在英文里我不能不使用语尾的变化(inflections)，虽然语尾的变化在中文里并不存在。

② "it out-herods Herod"其残忍暴虐甚于犹太暴君 Herad，莎士比亚的造语，见《哈姆雷特》第三幕第二景。——译者注

如这种作品也没达到任何非艺术的功用，那只能称之为非作品或无。

在考察了文学的艺术功用之后，按理说，我们应该将注意力转到文学的语言结构。然而，我并不打算对这点详加讨论，理由如下：第一，我们以上的讨论事实上包括了一些结构上的考察，因为功用与结构的关系是互为因果的：是文学作品的语言结构使作品完成艺术的功用(以及它也能完成的任何非艺术的功用)；是艺术的功用(与它也能完成的任何非艺术的功用)决定它的语言结构，不论这功用是否是作者自觉地意图的。第二，英伽登对文艺作品之结构的说明已如此详尽，我无法希望再增加任何说明，或者在简短的概要中给予正当的说明。然而，关于用语方面，我试想提出两点，不是为了标示异议，而是为了避免可能从他对某些术语的使用中产生出来的任何误会。

首先，英伽登将文艺作品的结构叙述为层叠(stratified)结构，含有四层：一层是语言的声调形成；一层是意义的单位(或字句的意义)；一层是表现出的对象(或者，由事态、意图的字句关系所表现的对象)；另一层是组织化的样态(或者，这些对象在作品中呈现的样态)。“层叠”这字眼给人的印象，可能令人误以为文学作品的结构是静态的(static)，但它事实上是动态的(dynamic)，因为这四“层”(我宁称之为“要素”)是同时互相作用的。英伽登本人也曾讨论到文学作品的时间次元，可是他理论的这一面却时常被忽视①。我仍然认为“复调”(polyphonic)这个词是比“层叠”更好的描述词；尽管我的一本书的书评家认为它是“一个美妙的譬喻，但是就文学理论而言是相当无用的”②，尤其像上文所述的英伽登本人的用法。

其次，在我看来，“表现出的对象”，(represented objects)和“组织化的样态”(schematized aspects)并不属于作品的字句结构，而是属于从这种结构中呈现出来的创境。诚然，英伽登没有特别说明他所描述的结构纯粹是关于语言的，但是为了更加明了起见，最好也许是讨论“创造出的对象”(相当于英伽登的“表现出的对象”)以及它们作为语言外的(supralinguistic)要素所呈现的样态，这些样态是创境的构成要素，并不是语言结构的层次。

以上所提议的文学理论的大要暗示着：一件文艺作品是指涉的，也是自我指涉的，是离心的也是向心的③，是能指(signifiant)也是所指(signifié)。换句话说，一件文艺作品的字句结构，既超越它本身同时也将注意力引向它本身：在超越它本身时，它现出创境，那是现实的扩展，而在将注意力引向它本身的过程中，它满足了作者与读者的创造冲动。这个理论当然无意作为“文学是什么”这一问题的最后解答，只不过是一个有助于发现的原则，而批评中国传统文学的方法论可以奠基其上。假如别的批评家，不论关心的是中国文学或任何其他文学，发现它是适用的，这自然

① 英伽登著：《文学作品》(*The Literary Word of Art*, *George G. Grabwicz* 英译，Evanston，1973)一书的导论，58页。

② 见《西岸人文科学评论》(*Western Humanities Review*)，1970年3月，355页。

③ 关于这些术语，见弗莱的《批评的剖析》(*Anatomy of Criticism*，New York，1970)一书。尤其是73—82页。

是莫大欣慰；假如，在另一方面，他们不以为然，因此而再检讨他们自己的假设，形成他们自己的理论，那么我也做了一些有用的贡献。

附注：我对米凯·杜夫海纳教授与赫伯特·林登博格(Herbert Lin denberger)教授看过这篇论文的早期原稿深表感谢。后者提出重要的问题，其中有些我在这篇修订稿中试加以回答。

诗学悖论与悖论诗学

刘若愚著　邱　霞译

本论文标题与布鲁克斯(Cleanth Brooks)的“诗的语言是悖论语言”没有什么关系，在此特指诗学的悖论本质。悖论诗学源于语言的悖论，是因为意识到语言和诗的悖论本质而产生的一种诗学。基本而言，语言的悖论有两种形式：第一种，悖论源于认为语言必需而又指责语言不够充分之间的矛盾，我们需要语言作为人类交流的媒介，然而东西方诗人、批评家、哲学家却常在抱怨语词无法传达终极存在、最深切的情感、最崇高的美(当然，他们抱怨语言不充分的论辩本身也成为悖论例证之一)；第二种，悖论源于认为可以不用语言来表现终极存在、最深厚的情感，或崇高的美，但论点本身必须用语言表明。语言与行为之间是矛盾的。释迦牟尼一拈花，他的门徒迦叶立因顿悟而微笑。二人均一言未发，这固然很好，但重述这个故事，认为这是可以不用语言而交流的最佳例证的人，却不得不使用语言。

首先，我将简略描述中国古代哲学家有关语言悖论本质的认识，是如何影响到其后的诗人和批评家们的。这些诗人和批评家们都认识到诗歌与诗学的悖论本质，并在此基础上发展出了悖论诗学；其次，我会提及西方的一些与此相对或者相应的思想观念。语言悖论在早期道家著作《老子》和《庄子》中极为突出。① 为了行文的方便，我有时会用公认的作者名指代两部作品，而不一定非要确信老子的历史存在，或者思考庄子是否独享《庄子》一书的著作权。有关语言悖论的最著名的话语传统上出现于《庄子》一书的开篇：

> 道可道，非常道
> 名可名，非常名②

换句话说，老子认识到语言是必须的：

> 吾不知其名，强字之曰道。强为之名曰大。③

如果借用索绪尔(Ferdinand de Saussure)的术语，老子给“道”命名就是一种“言语”(parole)行为，而理想的“名”则是假想的“语言”(Language)的一部分。老子似乎肯

---

① 传统上，老子被认为是比孔子(前 551—前 479)年长的同代人，但现代学者倾向于认为《老子》一书完成于公元前 4 世纪。《庄子》被归于庄周名下，庄周可能生活在公元前 4 世纪。两本书实际上都是选集，不是由一个人写成。

② 原文摘自高亨编：《老子正估》，1 页，北京：中华书局，1956。《老子》的英译本多到不可胜数，本书中所有英译出自笔者本人。

③ 高亨编：《老子正估》，25 页，北京：中华书局，1956。

定言语的必然性，但否认语言作为一种永恒体系的可能性。“知者不言，言者不知”,[①] 这非常像艾皮米尼地斯(Epimenides)的悖论——一个克里特人宣布“所有克里特人都是说谎者。”[②]或许我们可用如下的方式来解构老子的悖论：既然老子说过，他不是知者，因此他说的话不能当真，这包括“言者不知”。因此，“知者不言，言者不知”不能作为论据证明老子是不知的。

《庄子》中有许多段落讨论第一种形式的语言悖论：“夫道未始有封，言未始有常”,[③]“道之为名，所假而行”,[④]“筌者所以在鱼，得鱼而忘筌；……言者所以在意，得意而忘言。吾安得夫忘言之人而与之言哉!”[⑤]庄子不仅再现了语言的悖论，而且暗示了解决或超越悖论的方法。他以质疑，甚至否定“言”与“不言”有差别这种方式解决或超越悖论。他在一段文字中写道：“夫言非吹也，言者有言，其所言者特未定也。果有言邪？其未尝有言邪？其以为异于鷇音，亦有辩乎，其无辩乎?”[⑥]另一段又提到：“言而足，则终日言而尽道；言而不足，则终日言而尽物。道物之极，言默不足以载；非言非默，议其所极”。[⑦] 但是，他在另一个地方又表示“不言则齐，齐与言不齐，言以齐不齐也，故曰无言。言无言，终身言，未尝不言；终身不言，未尝不言。”[⑧]或许，我们可模拟老子的“道常无为而无不为”[⑨]而提出“人常无言而无不言”。

即便是通常情况下都很积极入世的儒家学者，也无法完全逃离语言的悖论。孔子曾说：“予欲无言”！其门徒子贡立刻就问到：“子如不言，则小子何述焉?”孔子回答：“天何言哉！四时行焉，百物生焉；天何言哉”?[⑩] 显然，他也必须用语言来表示语言不是必须的。孟子在表示自己的两个长处是“知言”、“善养浩然之气”之后，就被自己的门徒问到：“何谓气?”孟子回答：“难言也。”[⑪]但话虽如此，他却随即开始了对“气”的一大串描述。这正像老子刚表示“道”不可名，接下来却又用各种方式描述“道”一样。

后世的众多著述都受到前面我们引用的这些来自道家、儒家经典语句的影响，

---

① 高亨编：《老子正估》，56页，北京：中华书局，1956。

② 引自侯世达：《哥德尔、艾舍尔、巴赫》(Douglas R. Hofstadter, *Godel*, *Escher*, *Bach*, New York, 1979, p. 17.)。

③ 《庄子引得》(哈佛燕京学社国学系列)(*Chuang Tzu yin-te*, in *Harvard-Yenching Institute Sinological Series*, 5/2/55.)。另见，华兹生的英译本《庄子全集》(Burton Watson, trans. *The Complete Works of Chuang Tzu*, New York, 1968, p. 43.)。

④ 《庄子引得》，73/25/80，另见，华兹生 . p. 293。

⑤ 《庄子引得》，75/26/48，另见，华兹生 . p. 302，本处英译的最后一句得益于华兹生的英译。

⑥ 《庄子引得》，4/2/23，另见，华兹生 . p. 39，我的翻译与前人不同的地方在于我根据马其昶(1855—1929)的意见把第一句当做一个修辞问题。

⑦ 《庄子引得》，73/25/81，最后一句我采用不同的读音。

⑧ 《庄子引得》，75/27/6，我的英译再次追随马其昶，不同于前人的翻译。

⑨ 《老子》，37。

⑩ 《论语》(*The Analects of Confucius*, XVII. 17.)。

⑪ 《孟子》，2A，6。

并出现了大量这些语句的变体。所有这一切，足以表明他们对语言悖论性质的认识。人们可以预期，这样的认识必然会最终抵达对悖论本身的认识，或者进一步说是一种对诗学元悖论(metaparadox)的认识。既然诗常被认为是语言最高贵最富有表现力的形式，那么如果诗都无法逃离它悖论性的本质，用同一种媒介——语言来讨论诗又怎能不包含更多的悖论呢？例如，用语言讨论诗的悖论就在陆机(261—303)的《文赋》“序言”中得到真实再现：

> 余每观才士之所作，窃有以得其用心。夫放言谴辞，良多变矣，妍蚩好恶，可得而言。每自属文，尤见其情。恒患意不称物，文不逮意。盖非知之难，能之难也。故作《文赋》，以述先士之盛藻，因论作文之利害所由，托日殆可谓曲尽其妙。至于操斧伐柯，虽取则不远，若夫随手之变，良难以辞逮。盖所能言者具于此云。[①]

陆机首先采用读者的视点表达了他对自己理解能力的信心。他相信自己不但能理解前人的作品，更能理解他们写作时的运思过程。这种自信源于他本身作为诗人的体验，使他能与前代诗人形成共识。而这种共识，又反过来使诗人陆机能作为批评家陆机批评诗歌，同时仍然是一位诗人。陆机对诗学的悖论性质的认识在他的用典中也清晰地呈现出来：“操斧伐柯”[②]出自《诗经》的一首诗。同时，他也用到庄子轮扁的寓言，轮扁无法用语言向他人展示自己是如何“得之于手应于心”。[③]

后来的诗人中认识到诗的悖论本质的是陶潜(365—427)，他用以下诗句作为一首名诗的尾句：

> 此中有真意，欲辩已忘言。[④]

批评家刘勰(465—522)赞扬语言和文学的力量，而他在《序志》篇的末尾却异常谦虚地承认：“但言不尽意，前圣所难；识在瓶管，何能规矩。茫茫往代，既沈余闻；渺渺来世，谅尘彼观也”。[⑤] 这段话出自有史以来最伟大的汉语文学理论典籍的作者之口，无疑是对诗学悖论最为漂亮的承认。

最终，悖论诗学出现了。它可以简要概括为“以少言而多言”，更极端点就是“以

---

① 原文出自《魏晋南北朝文学史参考资料》(香港：1961)，pp. 252—75。此前的翻译包括陈世骧译，载白芝编《中国文学选集》(*Anthology of Chinese Literature*，New York，1965.)，以及方志彤(Achilles Fang)译本，载《哈佛亚洲研究》(Harvard Journal of Asiatic Studies. Vol. 14，1951.)，重印本见毕晓普编：《中国文学研究》(John Bishop. ed. *Studies in Chinese Literature*，Cambridge，Mass.，1965.)。

② 高本汉：《诗经》(Bernhard Karlgren，*The Book of Odes*，Stockholm，1974，p. 102.)。

③ 《庄子引得》，36/13/70，另见华兹生 . pp. 152—153。

④ 原文出自《靖节先生集》[*Ching-chieh hsien-sheng chi*(SPPYed.)]。

⑤ 原文出自王利器编：《文心雕龙注疏》(北京，1952，p. 130.)，另见施友忠译：《文心雕龙》(Vincent Shih. trans. *The Literary Mind and the Carving of Dragons*，New York，1959，pp. 7—8.)。

无言而尽言”。这一规则在司空图(837—908)的“不着一字，尽得风流”[①]中得到了最好的表达。笔者认为司空图的意思是：不着一字于任何一个特定的对象，就能完全获得自然生命的动态之“神”。司空图也提倡“味在咸酸之外”。[②] 这引起了许多后来批评家的共鸣。例如，严羽(1180—1235)就认为好诗应当“言有尽而意无穷”，只有“不落言筌”的诗才是最好的诗。[③] 悖论诗学对诗人和批评家的影响主要是通过一种在中国文学中普遍的审美倾向得以表明：诗人们爱含蓄胜过明晰，爱间接胜过直接，爱暗示胜过描述。

在西方，直到19世纪末，诗人、批评家、哲学家都通常对语言既持肯定态度，认为语言同上帝和理性有关；又持否定态度，认为语言是对“终极存在”隔了两层的模仿。那些对语言持肯定意见的人自然不会用悖论的眼光看待语言，而那些对语言持否定意见的人，在哀叹语言不够充分的同时自然无法摆脱第一形式的语言悖论。柏拉图必须要用文字来记载自己对书面文字的不信任，[④] 而柏拉图坚持的“名无固宜”(Names are in no case stable)[⑤]与老子的“名可名，非常名”、庄子的“言未始有常”都极为相似。

西方诗人中，但丁抱怨“思想征服了语言”，[⑥] 让我们想起陆机一直害怕“言不逮意”。语言的悖论也令人惊诧地出现于马洛(Christopher Marlowe)的《帖木儿》(*Tamburlaine*)中，他在下面的诗句中表示诗人的语言不足以为他所用：

要是诗人曾拥有所有的笔，
哺育全部思想的情愫
点燃心灵的每一次甜蜜
头脑和冥想系于令人钦羡的主题。
如果他们能在永恒的诗之花蕊中
展现所有沉沉的精髓
从中，犹如从镜里
我们看到人类智慧的顶点。

---

① 原文出自郭绍虞编：《诗品集解》(香港：1965)，以及朱宝全(Tsu Pao-ch'uan)《司空图诗品注释及译文》(香港，1966)。此前的翻译有翟理思译，载《中国文学史》(H. A. Giles. tr. *A History of Chinese Literature*, New York, 1923.)；布鲁诺·波尔佩译(Bruno Belpaire, *Tang Kien Wen Tse*, Paris, 1957.)；杨宪益、戴乃迭译，载《中国文学》，北京：第7期，1963；叶维廉译(Wai-lim Yip. tr. *Stony Brook*, 3/4, 1969.)；余宝琳译《司空图诗品》，载缪文杰编《中国诗与诗学》(Pauline Yu, “Ssu-k'ung Tu's Shih-P'in”, Ronald Miao ed. *Chinese Poetry and Poetics*, San Francisco, 1978.)。

② 见刘若愚：《中国文学理论》(James J. Y. Liu, *Chinese Theories of Literature*, Chicago, 1975, p. 103.)。

③ 《庄子引得》，39页。

④ 《斐德罗篇》引自维姆萨特·克里斯·布鲁克斯《文学批评简史》(“Phaedrus”. William K. Wimsatt, Jr, Cleanth Brooks. *Literary Criticism*: *A Short History*, New York, 1965, p. 64.)。

⑤ 《柏拉图十三封书信》(L. A. Post, tr. *Thirteen Epistles of Plato*, Oxford, 1925, p. 410.)。

⑥ 转引自钱钟书《管锥编》(Ch'ien Chung-shu, *Kuan Chui Pien*, Peiking, 1979, p. 408.)。

要是所有这一切贯穿于一首诗
所有一切都融合于无价的美
然而，难道这一切都只能徘徊于诗人焦灼的头颅
一旦进入文字，就味同嚼蜡？①

这一段被史文朋(A. C. Swinburne)赞美为“最值得称羡的段落之一，或许的确是由最伟大的诗人之一写出的，文学世界中最好的，对文学艺术的光荣欢欣的赞扬，同时又优雅地屈服于它永恒的局限”。② 它是诗的悖论最优美的例证。莎士比亚(Shakespeare)以更为朴实的方式在一封写给友人的十四行诗中证明了同样的悖论：

只要人们能呼吸，眼能看
此诗就会流传，并赋予你生命。[十四行诗(Sonnet. XVIII.)]

而在另一首十四行诗中，他假装没有描绘美的能力：

至于我们，此刻凝视这些目前的日子，
有眼惊羡，但却没有语言用以称赞它。[十四行诗(Sonnet. CVI.)]

语言悖论在马拉美(Stéphene Mallarmé)的诗中同样扮演了重要角色。马拉美一方面相信诗歌语言魔咒般的力量，认为这种力量能创造一个新的存在；但另一方面，他常常在面对空白时绝望于语言明显的无能。最后，他似乎接受了无法避免的语言悖论，因为他在给致友人的信中写道：“可我们都是失败者，摩克罗！我们怎能不失败，当我们以有限衡量无限?”正如我曾在别处指出的，这段话与庄子的“吾生也有涯，而知也无涯。以有涯随无涯，殆已。”[《中国文学理论》(*Chinese Theories of Literature*, p. 56.)]惊人地相似。或许正是马拉美认为语言能创造一个现实的观念，导致了语言是存在，或至少所有存在都是人类能够认知的，以及“不必关心诗意味着什么，只需问诗是什么”这样的一些观念。“新批评”家们虽然强调要反对“移述邪说”(heresy of paraphrase)，但仍然无法不“移述”他们讨论的诗。

20世纪有的西方诗人视诗的语言为自我指涉的语言，建议我们多关注诗的词句，这和庄子“得意忘言”的建议正好相反。也有少数西方哲学家的观点与中国哲学家、诗人的观点类似：维特根斯坦(Wittgenstein)就用了一个与庄子鱼筌的寓言非常相似的隐喻，在他的《逻辑哲学论》(*Tractatus Logico-Philosophicus*)末尾，他把自己的文字比作梯子，读者一旦上楼就可以把梯子抛弃。③ 海德格尔(Martin Heideg-

① 《帖木儿大帝》(*Tamburline the Great*, Part I, Act V, Scene ii, lines pp. 98—110.)。

② 史文朋：《莎士比亚的时代》(Swinburne, *The Age of Shakespeare*, London, 1908, p. 2.)。

③ 《逻辑哲学论》(*Tractatus Logico-Philosophicus*, with English tr. by D. F. Pears and B. F. Mcginness, London, 1961, p. 151.)。

ger)关于言说与沉默之间的议论也让我们想到庄子的“道物之极，言默不足以载；非言非默，议有所极”①

人们还可以从一些剧作家如贝克特(Samuel Beckett)、尤金·尤奈斯库(Eugene Ionesco)的作品中发现悖论诗学。当贝克特被问到他的作品与他明显认为语言无法传达意义这一认识之间是否存在矛盾时，他回答：“你要我怎么办呢？先生，这是措辞，仅此而已。”②正如马丁·伊斯林(Martin Esslin)所说，“贝克特的全部作品都是一种给难以名状者命名的努力。”“或许，贝克特使得语言作为一种传达根本原理的工具贬值了，但他却用自己的作品证明他本人正是语言作为一种艺术媒介的大师。”③同样的，尤奈斯库的《秃头歌女》(*The Bald Soprana*)全是有关语言交流的缺失，而他写作该剧却暗示他相信自己的作品与观众之间的交流是可能的。这一意见同样也适用于萨特(Jean-Paul Sartre)的《禁闭》(*Huis Clos*)。

限于篇幅，本文没有时间进一步讨论当下的论辩，但我乐意指出：解构(deconstruction)只是螺钉的最新一次转向，而不是压垮诗学悖论与悖论诗学的最后一根稻草。

---

① 海德格尔：《通往语言的道路》(Martin Heidegger, *On the Way to Language*, Peter D. Herze, tr, New-York, 1971, p. 44.)。

② 马丁·伊斯林著《荒诞戏剧》(Martin Esslin, *The Theatre of the Absurd*, New York. 1961, p. 44)。

③ 同上书，pp. 44—46。

西方的中国文学研究：最新发展、当前倾向、未来展望

刘若愚①著　邱　霞译

想要以单篇论文的篇幅对当今中国文学的研究做一次全球性的鸟瞰几乎不可能。撇开涉及的材料数量众多，涉及的语言范围之广不论，要一口气对那些写于极不相同的社会和文化环境，同时又出于对文学学术研究的本质、目的完全不同的认识而写出的众多论著做出评论也极为困难。因此，本文的分析将被限制在西方世界的中国文学研究范围。在这里，西方不应该被理解为严格的地理意义上的西方，而只是语言文化意义上的西方。本文只分析那些用西方语言写成的、译成的、主要面向西方世界的，而不论作者的国籍、著述的出版地在哪里。另外，本文将不涉及中国、日本、苏联和东欧学者用他们自己国家的语言写成的作品。此外商需澄清的是：本文的研究不是要列一份参考书目，因此不可能收罗殆尽。我们只能把焦点放在那些明显能代表某种值得注意的研究倾向的论著。因此，没有提到某一部作品，并不意味着我们不尊重该作品；而提到的作品，也并不一定意味着笔者完全赞同该作品的意见。本文将以时间为序，对 1960 年以来出版的西方中国文学研究著述加以分析，同时还会提到极少数正在进行或筹划中的论著。最后，笔者会冒险对该领域未来可能的发展方向做出展望。

西方中国文学研究的第一个、也是最显著的倾向是研究领域的扩大：无论是就学者专攻的领域、已出版、未出版的著述所涉及的研究范围而言，还是就相关领域的学术会议、研讨课、专题讨论会的数量而言都是如此。这里可略举几例如下：《亚洲研究》(*The Journal of Asian Studies*)1962 年的年度文献目录清单中，中国文学条目之下只有 15 本专著(除两本俄文著作之外)和 46 篇论文。而在 1971 年的文献目录(是目前可得的最新统计资料)清单中，总论中国文学的目录下就有 16 本专著(除两部俄文著作、一部匈牙利著作，以及一篇被误认为是专著的论文之外)、12 篇论文(包括一篇被列入专著目录的)、6 篇学位或博士论文；次目录“小说”下：有 16 本专著(除一部俄文的之外)、8 篇论文、4 篇学位或博士论文；次目录“诗”下，有 18 部专著、15 篇论文(其中一篇与诗无关的除外)、7 篇学位或博士论文。所以，1971 年的总数是 50 部专著、35 篇论文、17 篇学位或博士论文。这些著述大多是英文的，也有少数是法文、德文、荷兰文、瑞典文的。

笔者上面罗列的数据与京都大学人文研究调查中心编撰的“年度东方研究书目”不完全吻合。京都大学统计的 1962 年西语中国文学研究专著(不计俄文著作在内)共

① 刘若愚(James J. Y. Liu，1926—1986)斯坦福大学中文及比较文学教授。本文系美国亚洲研究协会(The Association for Asian Studies，以下简称 A. A. S)中国和内亚地区理事会(China and Inner Asia Regional Council)承办的“最新研究”系列论文第一篇，得到美国学术团体协会(American Council of Learned Societies)基金资助，同时感谢斯坦福大学东亚研究中心的赞助，用以支付本文打字费用。

23本，论文12篇；1971年统计的专著39本，论文22篇。这种差异主要是因为两种统计书目都没有完全列出当年实际出版的论著。京都大学书目包括用意大利文写成的作品，而《亚洲研究》所统计的书目不包括意大利文的。因此，即使本文的分析不包括翻译的著作以及旧书再版的情况，中国文学研究著述在数量方面的激增仍让人印象深刻。

与此相应，1963年美国亚洲研究协会年会上，中国文学和中国历史分在同在一个专题讨论组。而到了1973—1974年度的几次会议上，中国文学则根据研究领域的差异分为三个专题讨论组。其他众多的学术会议、研讨课、专题研讨会的情况，我们或许可以由美国学术理事会中国文明研究委员会主办的两次学术会议为例管窥一二。第一次是1967年，在百慕大举行的讨论中国文学不同文类的会议。第二次是1970年，在维京群岛圣克洛伊岛举行的讨论中国文学批评的会议。前者与会论文已由白芝(Cyril Birch)主编，以《中国文学文类研究》(*Studies in Chinese Literary Genres*)为名出版。[①] 后者由李又安(Adele Rickett)主编，即将出版。

伴随中国文学研究领域数量的增长，有一种倾向(至少在美国如此)正日渐明显：即认为中国文学研究本身是一门学科，而不再是汉学(Sinology)的一部分。为了避免误会，可以略作澄清。那些(包括笔者在内)宁愿认为自己是专门研究中国文学的批评家、文学史专家而不愿被称为汉学家的人，绝没有贬低其他学科(如语文学、历史)重要性的意思。传统上，这些学科在一直属于"汉学"的研究范围。与此相反，我们认为语文学和历史知识是研究中国文学的必须前提。但尽管如此，我们依然认为自己的研究重点是文学，是文学作为一种独立自由的文化现象的本质特征及其发展过程。尽管文学不可能绝对独立，但我们绝不把文学作品当做社会文献、语言资料加以研究。语文学家、历史学家或其他学科的学者当然可以自由使用文学作品作为信息的来源，但他们的研究不属于文学研究；与此相若，研究文学的学者在阐释中国文学时也可以自由应用语文学和历史学的研究成果，但他们最为关心的并不是理解中国历史或者中国语言。

伴随中国文学研究领域数量的增长而出现的另一个主要倾向是：人们对中国文学的不同文类、不同时代的作品产生了更为多样化的兴趣。1960年前，西方对中国文学的兴趣局限于早期——从周代到唐代的诗、赋、古文、骈文。但现在学者们的研究已经涉及中国文学的不同种类，而且时间跨度长达三千余年，从《诗经》一直到当下。

当然，这并不是说每一种文类、每一历史时期都得到了同样多的关注。在此之前的文类研究中，被忽略的主要有如下几种：词，从前只能从数量有限的翻译和一两篇论文中了解到，现在已成为几部专著的研究对象(包括罗郁正(Irving Yucheng Lo))有关南宋词人辛弃疾的研究[②]和我的《北宋主要词人》(*Major Lyricists of the*

① Berkeley：Studies in Chinese literary Genres，University of California Press，1974.

② New York：Twayne，1971.

Northern Sun)，[①] 还有了多篇论文或博士论文。如叶嘉莹(Chia-ying Yeh Chao)的《吴文英词：一种现代解读》("Wu Wen-ying's Tz'u. A Modern View")，[②]、林顺夫(Lin Shuen-fu)的"姜夔词的一种结构分析"("A Structural Analysis of Chiang K'uei's Songs"，)[③]Isabella Liou-yi Yuh 的"柳永、苏轼、早期词发展及其他"("Liu Yung，Su Shih，and Some Other Aspects of the Develop-ment of Early Tz'u Poetry")。[④]

"散曲"——指元代和明代的歌曲或与音乐结合的词曲。施文林(Wayne Schlepp)的《散曲：技巧及意向》(*San-chu：Its Technique and Imagery*)[⑤]首次以西方语言对散曲进行了整体研究。"杂剧(或元代北戏)"，首次在时钟雯(Chung-wen Shih)的《中国戏剧的黄金时代：元杂剧》(*The Golden Age of Chinese Drama. Yuan tsa-chu*)以西方语言进行了完整而详尽的研究。[⑥] 对这两种文类研究做出贡献的还有柯迂儒(J. I. Crump)、杜为廉(A. W. E. Dolby)、章道犁(Dale Johnson)、刘君若(Liu Chun-jo)等人。[⑦] 古代方言小说在 20 世纪 60 年代以前除了普实克(Jaroslav Pru-osek)[⑧]开创性的努力之外，还没有得到广泛研究，而现在已引起了众多的关注。近年来，有关这一文类(获更大类的古典小说)做出了大量极有价值的批评的、历史的、文本的、传记式的以及书目研究的是杜德桥(Glen Dudbridge)、韩南(p.D. Hanan)、夏志清(C. T. Hsia)、伊维德(W. L. Idema)、李田意(T. Y. Li)、柳存

---

① Princeton：Princeton University Press，1974.

② 《哈佛亚洲研究》(*Harvard Journal of Asiatic Studies* [hereafter cited as *HJAS*]，Vol. 29，1969.)。

③ 博士论文(Ph. D. dissertation，Princeton，1972.)。

④ 博士论文(Ph. D. dissertation，University of Washington，1972.)。

⑤ Madison：University of Wisconsin Press，1970.

⑥ Princeton：Princeton University Press，1975.

⑦ 例如柯迂儒：《元代戏剧的规则和技艺》(Crump，"*The Conventions and Craft of Yuan Drama*，" in *Journal of the American Oriental Society* [hereafter cited as *JAOS*]，Vol. 91，No. 1，1971.)，杜为廉《关汉卿》(Dolby，"Kuan Han-ch'ing，" in *Asia Maaor* [hereafter *AM*]，Vol. 16，Pts. 1—2，1971.)，章道犁《元代戏剧咏叹调形式的一个方面》(Johnson，"One Aspect of Form in the Arias of Yuan Opera，" in *Michigan Papers in Chinese Studies*，No. 3，1969.)，《元代戏剧的音韵》("The Prosody of Yuian Drama，" in *Toung Pao* [hereafter *TP*]，Vol. 56，Nos. 1—3，1970.)，刘君若《马致远小令平行结构的一些观察》("Some Observations on the Parallel Structure in Ma Chih-yUan's Hsiao-ling，" in *Tsing Hua HsiUeh-pao* [hereafter *THHP*]，n. s.，Vol. 7，No. 2，1969.)。

⑧ 普实克的一些早期论文已重新收录于他的《中国历史与文学》(PrMs'ek，*Chinese History and Literature*，Prague：Academia，and Dordrecht：Reidel，1970.)。

仁(Liu Tsun-yan)和普实克等人①。

文学批评(严格说来并不是一种文学种类，但或许可以顺便在此提及)自六十年代以来已经引起了前所未有的关注，除文论著述的翻译之外②，还出现了多部研究中国文学理论和批评的专著、专题论文集和大量论文。涉及中国古代文论的是我的《中国诗艺》(*The Art of Chinese Poetry*)③，涉及外国对中国文学理论影响的有佛克马(D. W. Fokkema)的《中国文学教条与苏联的影响，1956—1960》(*Literary Doctrine in China and Soviet Influence*，1956—1960)、④杜博妮(Bonnie S. McDougall)的《西方文论进入现代中国导论，1919—1925》(*The Introduction of Western Literary Theories into Modern China*，1919—1925)⑤。

还有几种论著专门研究批评家个人：如马汉茂(Helmut Martin)"李笠翁戏剧理论"("Li Li-weng tuber das Theater")⑥、高利克(Marian Gliik)的《矛盾与现代中国文学批评》(*Mao Tun and Modern Chinese Literary Criticism*)，⑦王靖宇(John Ching-yu Wang)的《金圣叹》(*Chin Sheng-t'an*)⑧、卜立德(David E. Pollard)《对文学的一次中国式注目：传统中的周作人文学价值论》(*A Chinese Look at Literature：the Literary Values of Chou Tso-jen in Relation to the Tradition*)⑨，最后面这两部著作也涉及对整个中国批评传统的观照。其他如周策纵(Tse-tsung Chow)主编的《文林：中国人文研究》(*Wen-lin：Studies in the Chinese Humanities*)⑩缪文杰主编的有关中国文学批评的特辑《东西方文学》(*Literature East and West*)⑪，以及颜元叔主编的在台湾出版的《淡江评论》(*Tamkang Review*)上的各种专题论文。除开上述这

---

① 杜德桥：《西游记：十六世纪中国小说的先驱》(Dudbridge，*The Hsi-yu chi. 'a Study ofAntece-dents of the Sixteenth-Century Chinese Novel*，Cambridge，England：Cambridge University Press，1970.)，韩南《早期中国短篇小说：一种批评理论纲要》(Hanan，"The Early Chinese Short Story：a Critical Theory in Outline，" in *HJAS*，Vol. 27，1967.)，夏志清：《中国古典小说史》(Hsia，*The Classic Chinese Novel*，New York：Columbia University Press，1968.)，伊维德：《中国短篇小说与评话》(Idema，"Storytelling and the Short Story in China，" in *TP*，Vol. 59，Nos. 1—5，1973.)，李田意：《中国小说：中英文世界的参考书目》(T. Y. Li，*Chinese Fiction：a Bibliography of Books and Articles in Chinese and English*，New Haven：Yale University Far Eastern Publications，1968.)，柳存仁：《吴承恩的人生与事业》(Liu Tsun-yan，*Wu Ch'eng-en. 'His Life and Career*，Leiden：Brill，I967-reprinted from TP，Vol. 53，Nos. 1—3，1967.)，普实克《话本的起源与作者》(PrMs'ek，*The Origin and the Authors of the Hua-pen*，Prague：Academia，1967.)。

② 严羽的《沧浪诗话》已由德博译为德语(Gunther Debon. tr. *Tsang-lang's Gespriche iuber die Dichtung*，Wiesbaden：Otto Harrassowitz，1962.). 王国维：《人间词话》已由涂经诒英译出版(Ching-I Tu. tr. *Poetic Remarks in the Human World*，Taipei：Chung Hua Book Co.，1970.)。

③ London：Routledge and Kegan Paul，and Chicago：University of Chicago Press，1962.

④ The Hague：Mouton，1965.

⑤ Tokyo：Center for East Asian Cultural Studies，1971.

⑥ 博士论文(Ph. D. dissertation，Heidelberg，1966.)。

⑦ Wiesbaden：Franz Steiner，1969.

⑧ NewYork：Twayne，1972.

⑨ Berkeley：University of California Press，1973.

⑩ Madison：University of Wisconsin Press，1968.

⑪ Vol. 16，No. 3，1972，实际出现于1974。

些，以及一些还没有来得及出版的和前述提及的这些有关的论文之外，还有一些博士论文对批评家刘勰(6世纪)①、王士祯(1634—1711)②和王国维(1877—1927)③进行了专门研究。对中国文学理论及批评的持续关注还可通过大量即将出版或计划出版的论著证明：新近创刊的由成中英(Chung-ying Cheng)主编的《中国哲学杂志》有中国美学专刊。缪文杰正编辑一部预计有三卷的有关中国诗歌与诗学的论文集，还有我的一部名为《中国文学理论》的专著正在筹备中。④

最近一段时间，学界特别重视的中国文学历史时期是晚唐、宋及20世纪。几位晚唐诗人在葛瑞汉(A. C. Graham)流传广泛的译作《晚唐诗》(*Poems of the Late T'ang*)中得到介绍，⑤ 该书于1965年出版，从那以后直到今天，西方已有了一些晚唐诗人的批评性或传记式研究。李贺(790—816)特别受青睐，不仅他现存的诗作全被傅乐山(J. D. Frodsham)译为英文，⑥ 而且他还是过去几年里完成的四篇博士学位论文的研究对象。⑦

与李贺同时代但比李贺略早的韩愈(768—858)、孟郊(751—814)也同样是几篇已经完成的博士论文的研究对象。⑧ 比李贺略晚的同时期诗人李商隐(813—858)在我的专著《李商隐诗》(*The Poetry of Li Shang-yin*)中得到翻译及批评性研究。⑨

---

① 季博思：《文心雕龙的文学理论》(Donald Gibbs, "*Literary Theory in the Wen-hsin-tiao-lung*," Ph. D. dissertation, University of Washington, 1970.)传记部分已出版，"刘勰——《文心雕龙》的作者"("Liu Hsieh, *Author of the Wen-hsin tiao-lung*," in *Monumenta Serica*, Vol. 29, 1970—71.)。

② 林理彰：《传统与综合：诗人与批评家王士祯》(Richard J. Lynn, "*Tradition and Synthesis: Wang Shih-chen as Poet and as Critic*," Ph. D. dissertation, Stanford, 1971.)。

③ 李又安：《王国维〈人间词话〉：中国文学批评研究》(Adele A. Rickett, "*Wang Kuo-wei'sJen-chien tz'u-hua, a Study of Chinese Literary Criticism*," Ph. D. dissertation, University of Pennsylvania, 1967.)，涂经诒《王国维文学批评研究》(Ching-I Tu, "*A Study of Wang Kuo-wei's Literary Criticism*," Ph. D. dissertation, University of Washington, 1967.)涂经诒也发表了一篇论文"《人间词话》诸方面"(Ching-I Tu . "*Some Aspects of the Jen-chien tz'u-hua*," in *JAOS*, Vol. 93, No. 3, 1973.)。

④ Chicago: University of Chicago Press, 1975.

⑤ Harmondsworth, England: Penguin, 1965.

⑥ 《李贺诗》(*The Poems of Li Ho*, Oxford: Clarendon Press, 1970.)。

⑦ 例如，Margaret T. South的博士论文"李贺：元和时期(806—821)的一位学者官员"(Margaret T. South's Li Ho, "a Scholar-official of the Yu'an-ho Period [806—821]," Adelaide: Libraries Board of South Australia, 1967)，另一篇是马龙·罗宾孙的"李贺诗的用词"(Maureen A. Robertson, "Poetic Diction in the Works of Li Ho," University of Washington, 1970.)，以及Michael B. Fish的"李贺诗的神话主题"(Michael B. Fish, "Mythological Themes in the Poetry of Li Ho," Indiana University, 1973.)，杜国清"李贺的诗，一种批评研究"，(Kuo-ch'ing Tu, "The Poetry of Li Ho: a Critical Study," Stanford, 1974.)。早期将李贺与济慈相比的论文，参见下文注释。另见，E. G. Pul leyblank，"李贺诗韵律的种类，"(E. G. Pul-leyblank, "The Rhyming categories of Li Ho," in *THHP*, n. s., Vol. 7, No. 1, 1968.)，Naotaro Kudo《李贺的人生与思想》(Naotaro Kudo, *The Life and Thoughts of Li Ho*, Tokyo: Waseda University, 1968.)。

⑧ 陈幼石：《古文家韩愈》(Diana Yu-shih Chen Mei, "*Han YU as a Ku-wen Stylist*," Ph. D. dissertation, Yale, 1967.)，宇文所安《梅尧臣与韩愈的诗》(Stephen Owen, "*The Poetry of Meng Chiao and Han Yu*," Ph. D. dissertation, Yale, 1972.)，麦克劳德《中国巴洛克传统中的孟郊诗》(Russell McLeod, "*The Poetry of Meng Chiao in the Chinese Baroque Tradition*," Ph. D. dissertation, Stanford, 1973.)。

⑨ Chicago: University of Chicago Press, 1969.

宋诗(包括诗及词)研究方面：有华兹生(Burton Watson)翻译的苏轼(苏东坡，1037—1101)和陆游(1125—1210)的诗词，① 以及Kōjirō Yoshikāwa的《宋诗导论》(*An Introduction to Sung Poetry*)。② 还有两篇研究梅尧臣的博士论文，一篇德文，一篇英文，③ 有关宋代诗词的研究情况大致介绍到这里。有关20世纪中国文学的研究和翻译的大量论著中，或许可提及夏志清(C. T. Hsia)有里程碑意义的《中国现代小说史》(*A History of Modern Chinese Fiction*)④、Pru'sek编辑的《现代中国文学研究》⑤，以及几部现代中国诗歌翻译选。⑥

与研究兴趣的多样化相比，研究方法的多样性则不那么引人注目。20世纪60年代以前，西方的中国文学研究方法普遍被设想为翻译、注释、历史—传记式研究。但60年代以后，这些传统方法之外又增加了许多新的现代批评方法。尽管有可能同一论著常会同时用到两种或两种以上的方法，但为更清楚地说明相关情况，我们或许只能逐一分析。首先，从历史最悠久的方法——翻译谈起，不论这种翻译有无注解。在西方语境下研究中国文学，部分翻译是不可避免的，也是必需的。翻译本身就是一种阐释，因此，翻译在中国文学研究中享有合法地位。

在最近的中国文学翻译中，有的收录原文，且有音译、逐字译、注解。如霍克思(David Hawkes)的《杜诗入门》(*A Little Primer of Tu Fu*)⑦、时钟雯的《窦娥冤》(*Injustice to Tou* 0)⑧以及笔者的《北宋主要词人》；有的未收录原文，也没有音译、逐字译，但提供全部注解，如海陶玮(J. R. Hightower)的《陶潜诗》(*The Poetry of T'ao Chien*)及《李商隐诗》(*The Poetry of Li Shang-yin*)选译；其余的有些译本仅作了少量注解，如华兹生翻译的大量中国诗，还有大量散体小说的翻译也是如此。由于这三种翻译方法是基于不同的研究目的，因此也就适应了不同层次的需求。

从上面可看出，中国诗的翻译有两种对立的倾向：一种或许可以称为"归化"(naturalization)，即尝试把中国诗翻译为一种英语诗，合乎既存的英语语言传统；

---

① 《苏东坡：宋代诗选》(*Su Tung-p o: Selections from a Sung Dynasty Poet*, New York: Columbia University Press, 1965.)，《随心所欲的老人：陆游诗文选》(*The Old Man Who Does as He Pleases.'Selections from the Poetry and Prose of Lu Yu*, New York: Columbia University Press, 1973.)。

② Cambridge, Mass.: Harvard University Press, 1971.

③ 莱比德的德文论文已出版(Peter Leimbigler, Wiesbaden, Otto Harrassowitz, 1970)，齐皎瀚的英文博士论文(Jonathan Chaves, Columbia, 1971)。

④ New Haven: Yale University Press, 1961.

⑤ Berlin: Akademie-Verlag, 1964.

⑥ 余光中：《中国新诗》，(Yu Kuang-chung, *New Chinese Poetry*, Taipei: Heritage Press, 1960.)，许芥昱《二十世纪中国诗》(Kai-yu Hsu, *Twentieth Cen-tury Chinese Poetry*, New York: Doubleday, 1963.)，叶维廉《中国现代诗》(Wai-lim Yip, *Modern Chinese Poetry*, Iowa City: University of Iowa Press, 1970.)，米歇尔·鲁瓦《墙上的玫瑰：中国的西化诗歌》(Michelle Loi, *Roseaux sur le mur: Les poetes occidentalistes chinois*, Paris: Gallimard, 1971.)，张明晖《现代中国诗》(Julia C. Lin, *Modern Chinese Poetry*, Seattle: University of Washington Press, 1972.)，荣之颖《台湾现代散文》(Angela Jung Palandri, *Modern Verse from Taiwan*, Berkeley: University of California Press, 1972.)。

⑦ Oxford: Clarendon Press, 1970.

⑧ Cambridge, England: Cambridge University Press, 1972.

另一种可以称为“异化”(barbarization)，即尝试改变英语的结构和风格以保留中国成分。[①]

现在，让我们分析一下历史—传记式研究方法，这一方法已经从韦利(Arthur Waley)、孔庆翔(William Hung)及其他人著名的作品中得到肯定和长期使用。近来主要采用这一方法的几部研究中国文学的专著有总论中国文学的柳无忌(Liu Wu-chi)《中国文学导论》(*An Introduction to Chinese Literature*)[②]，也有研究一个特定历史时期的作品(如吉川英治(Yoshikawa)的《宋诗导论》(*An Introduction to Sung Poetry*)。但在专门研究作家个体的论著——如吴德明(Yves Hervouet)的(*Un poete de cour sous les Han：Sseu-ma Siang-jou*)(该书也包括一些文学分析)[③]、傅乐山(J. D. Frodsham)的《沉沉怨流：谢灵运的诗与人生》(*The Mur-muring Stream. the Life and Works of Hsieh Ling-yun*)、[④] 芮效卫(David T. Roy)的《郭沫若：早期岁月》(*Kuo Mo-jo：the Early Years*)[⑤]以及近来多本 Twayne 出版社的世界作家书系，其中一些已在前面提到过，有时现代心理学维度已被添加到传统的传记式研究方法上，如在李欧梵(Oufan Lee)的《中国现代作家中浪漫的一代》(*The Romantic Generation of Modern Chinese Writers*)中。[⑥]

一些(有时能)与历史—传记式研究方法结合的研究方法是主题学的方法，它主要强调一种历史感，或只在文学历史范围内予以关注的历史感。鉴于研究者分析用另一种语言写成的文学的主题比分析其文体或风格更为容易，但令人惊讶的是，该方法尚未如预期的那样得到广泛应用。唯一用一本专著研究贯穿中国文学史上不同文类中一个主题的发展演变的，迄今为止只有笔者的《中国之侠》(*The Chinese Knight Errant*)[⑦]。其他采用了主题学的方法，但篇幅较小的是李祁(Li Chi)的“中国文学中‘隐士’概念的变迁”(“The Changing Concept of the Recluse in Chinese Literature”)[⑧]，霍克思的“追寻女神”(“The Quest of the Goddess”)，[⑨] 傅汉思(Hans H. Frankel)的“唐诗对‘过往’的凝思”(“The Contemplation of the Past in T'ang Poetry”)[⑩]，薛爱华(Edward H. Schafer)的《神女：唐代文学中的龙女和雨姑娘》(*The*

---

① 笔者曾在一篇论文中谈到这些倾向，题名“目的与方法的对立：归化或者异化?”(“Polarity of Aims and Methods：Naturalization or Barbarization?”)提交到第六届东西方文学关系大会，论文即将在《比较文学与总体文学年鉴》刊发(*Yearbook of Comparative and General Literature*)。

② Bloomington：Indiana University Press，1966.

③ Paris：Presses Universitaires de France，1964.

④ Kuala Lumpur：University of Malaya Press，1967.

⑤ Cambridge，Mass.：Harvard University Press，1971.

⑥ Cambridge，Mass.：Harvard University Press，1973.

⑦ London：Routledge and Kegan Paul，and Chicago：University of Chicago Press，1967.

⑧ *HJAS*，Vol. 24，1962—63.

⑨ *AM*，Vol. 13，1967.

⑩ 芮沃寿，杜希德编：《唐代方方面面》(Arthur F. Wright and Denis Twitchett，eds.，*Perspectives on the Tang*，New Haven：Yale University Press，1973.)。

Divine Woman. *Dragon Ladies and Rain Maidens in T'ang Literature*)[①]。这方面更常见的是研究同一部著作的主题，或者同一作家的系列作品主题，相关研究中值得注意的是夏志清的"汤显祖戏剧中的时间和人的境遇"("Time and the Human Condition in the Plays of T'ang Hsien-tsu")。[②]

另一种与主题学研究方法有关联，或许也极易与历史方法相联系的是文类研究的方法。除前文已经提到的研究不同文类的论著之外，还有一些成果需要界定——或至少需要进一步阐明的是某一文类的显著特征(例如傅汉思对"乐府"的研究，韩南(Hanan)的方言短篇小说研究，夏志清的军事小说研究，我自己对词的研究)。[③] 鉴于不同文类出现于中国文学史上的不同时期，而且定义一种文类常需要联系在它之前出现，之后相随的文类，因此这些主要研究不同文类本质特征的著述无疑对学界深入理解中国文学史有帮助。其他有助于了解文类历史发展的研究包括桀溺(Jean-Pierre Dieny)的《中国古诗溯源：汉朝抒情诗研究》(*Aux origines de la poesie classique en Chine*)[④]、华兹生(Burton Watson)的《中国诗》(*Chinese Lyricism*)，[⑤] 这两者都主要研究中国诗。

文类研究还涉及主题学，包括形式与风格的考量，它不像别的研究集中于研究文学的形式和风格。因此文类研究的种种方法或许都可以归为"分析方法"(analytical approach)一类，用以把握不同种类的分析方法。这些分析方法可以单独使用，也可联合使用，而不必局限于研究形式要素。

分析性研究而不是历史性研究中国诗歌的开创性尝试是《中国诗艺》(*The Art of Chinese Poetry*)，该书初版于1962年。从那以后，西方出现了大量强调词语分析(verbal analysis)的论著。这方面值得注意的是高友工(Yu-kung Kao)、梅祖麟(Tsu-lin Mei)合著的两篇长文："杜甫的'秋兴'：语言学批评实践之一"("Tu Fu's 'Autumn Meditations': an Exercise in Linguistic Criticism")和"唐诗的句法、字词和意象"("Syntax, Diction, and Imagery in T'ang poetry")。[⑥] 程纪贤(Cheng Chi-hsien)题名"Analyse formelle de l'ceuvre poetique d'un auteur des Tang. Zhang Ruo-Xu"的专题短篇论文，研究了张若虚的两首长诗。[⑦] 这些论文主要关心字词、句法、意象、韵律及其相互作用的分析。在其他论著中，词语分析方法常与对作家思想，作家对"世界"(world)的探索，他的"Lebanswelt"的研究结合在一起(如《李商隐诗》、《北宋主要词人》和林顺夫对姜夔词的研究)。

以上分析的著述以及其余大量相关论著，无不受到当代西方文学批评各种流派

---

① Berkeley: University of California Press, 1973.

② 狄百瑞编：《明代思想中的自我与社会》(Wm. Theodore de Bary, ed., *Self and Society in Ming Thought*, New York: Columbia University Press, 1970.)。

③ 全部收录于白芝(Birch)——参见注释2。

④ Leiden: Brill, 1968.

⑤ New York: Columbia University Press, 1971.

⑥ *HJAS*, Vol. 28, 1968; ibid., Vol. 3I, 1971.

⑦ Paris: Mouton, 1970.

的强烈影响，同样也受到其他学科诸如语言学、哲学、心理学的影响。可以随机举例如下：陈纪贤承认他受惠于著名法国结构主义者罗兰·巴特(Roland Barthes)，高友工和梅祖麟也承认他们受惠于瑞恰兹(I. A. Richards)、燕卜荪(William Empson)、弗莱(Northrop Frye)他们也提到但并不总是表示赞同的批评家、哲学家还有休姆(T. E. Hulme)、欧内斯特·费诺罗萨(Ernest Fenollosa)、苏珊·朗格(Susanne Langer)和卡希尔(Ernst Cassirer)。弗莱的叙述模式理论影响到韩南等人的研究。埃里克森(Erik Erikson)的心理分析影响到李欧梵。

弗莱的原型批评理论在如下的一些著作中的影响显而易见：浦安迪(Andrew H. Plaks)的"《红楼梦》中的原型和讽喻"("Archetype and Al-legory in the Hung-Lou Meng")①、白保罗(Frederick p. Brandauer)的"《西游补》批评研究"("A Critical Study of the Hsi-yu pu")该书受 Joseph Campbell 的《千面英雄》(*The Hero With a Thousand Faces*)影响极大) ②、缪文杰(Ronald Miao)的"唐代边塞诗：一种原型批评实践"("'T'ang Frontier Poetry: an Exercise in Archetypal Criticism")。林顺夫受到批评家、哲学家苏珊·朗格、Barbara Herstein Smith 的影响，也间接受到现象学家(根据他使用 *Lebenswelt* 一词推断)的影响。艾布拉姆斯(M. H. Abrams)分析西方文学理论的图表已经被季博思(Donald Gibbs)、林理彰(Richard Lynn)、卜立德(David Pollard)和王靖宇(John Wang)等人采用，同时也是 1972 年美国亚洲研究协会年会上一个专题讨论小组的主题。除此而外，一些文学理论名著如韦勒克(Rene Wellek)与沃伦(Austin Warren)合著的《文学理论》(*Theory of Literature*)，维姆萨特的《词语雕像》(*The Verbal Icon*)、罗伯特·司格勒斯(Robert Scholes)的《叙述的本质》(*The Nature of Narrative*)对学习中国文学的西方学生的影响几乎与它们对学习西方文学的学生影响一样大。

把当代西方文学批评方法用于中国文学无疑会涵括比较的维度，另外也有一些更为明确的比较研究——如陈颖(David Y. Chen)的"李贺与济慈"("Li Ho and Keats")③、刘绍铭(Joseph S. M. Lau)的《曹禺：契诃夫与奥尼尔无可奈何的学生》(*the Reluctant Disciple of Chekov and O'Neill*)④、詹姆斯·米勒(James W. Miller)的"英国浪漫主义与中国自然诗"("English Romanticism and Chinese Nature Poetry")⑤。这种应用默认在中国和西方文学之间存在可资比较的特征和实质，用于比较的标准也适用于二者。这里暂不考虑这些假设是对还是错，只是提请学界注意这种比较方法所产生的三种有益的效果：第一，它带给中国文学许多新鲜的见解。第二，它把中国文学置于更广阔的视域，避免了文化沙文主义或狭隘的理解。第三，它使中国文学更贴近普通民众(非专家)。

---

① 博士论文(Ph. D. dissertation, Princeton, 1972)。

② 博士论文(Ph. D. dissertation, Stanford, 1973)。

③ 博士论文(Ph. D. dissertation, Indiana University, 1962)。

④ Hong Kong: Hong Kong University Press, 1970.

⑤ *Comparative Literature*, Vol. 24, No. 3, 1972.

就最后一点推而广之，正是由于专修中国文学的学生及比较学者的努力，近年来西方文学研究者、比较文学学者才更多地注意到中国文学，并对中国文学产生了兴趣。例如，著名语言学家雅各布逊(Roman Jakobson)就写过一篇有关中国"律诗"的论文。① 杰出的比较文学学者纪延(Claudio Guillén)在他的专著《文学作为系统》(Literature as System)②和论文"平行诗形式因素的一些观察"("Some Observations on Parallel Poetic Form")③中多次提到中国文学。此外，许多学术期刊和文学前沿杂志例如《新文学史》(*New Literary History*)、《批评》(*Criticism*)、《语言与风格》(*Language and Style*)、《诗》(*Poetry*)、《帕耳那索斯》(*Parnassus*)、《法国小说评论》(*Nouvelle Revue Frangaise*)、《如是》(*Tel Quel*)近年来也刊载了多篇有关中国文学的研究论文和书评。

但另一方面，应用西方的批评方法研究中国文学也引发了一些严肃的质疑意见：当完全来自西方文学的批评方法和标准被用于中国文学研究时，它在多大程度上有效的？鉴于两种文学在极不相同的文化环境中产生，我们应该完全忽略古代中国的批评概念和标准吗？我们能不能只是因为中国古代批评概念和标准过于模糊或已经过时就把它抛诸脑后？如果不是这样，古代中国的批评思想及标准在多大程度上可以被我们理解和接受？世界上可以有普遍性的文学本质和特征，普遍的可用于评价所有文学作品的标准吗？我们应该满足于历史、文化的相对主义④，还是应该追求超越历史和文化的障碍？这些问题每一个都极难回答，这里我们也无法给出简单浮浅的答案。但如果所有从事中国文学研究的严肃的学者都能自问这些问题，并给出个人的实验性回答，将会对问题的解答很有帮助。最少可以避免由于无法定义的术语和未曾说明的假定而导致不必要的误解，也不必冒着强迫统一的危险就能使各种意见得到卓有成效的交流。进一步讲，我们可以期待尝试将中国和西方文学理论、批评概念、方法进行综合，以便为中国文学研究提供一个理论的根基和实践的方法论。尽管这听起来似乎只是一个白日梦，但笔者仍然堂吉诃德式的觉得这非常可能，而且自己正努力往这个方向前进。

还有一些更加具体的任务：还有很多重要的中国文学作品仍未被翻译成西方语言，或者说我们缺乏足够的翻译。例如，宋代以后的诗作几乎无人翻译，元、明、清戏剧也多半无人涉及，大量中国古代小说没有翻译成西方语言。当然，目前已有一些令人振奋的迹象表明这些空白即将被填补。曾被忽略的宋代以后的中国古诗将在一定范围内在柳无忌、罗郁正(Irving Lo)主编的，即将出版的《葵晔集》(*Sunfow-*

---

① 《中国律诗的模块设计》("*The Modular Design of Chinese Regulated Verse*," J. Pouillon and p. Miranda, eds., *Echanges et communications, melanges offerts a Claude Levi-Strauss*, The Hague: Mouton, 1970.)。

② Princeton: Princeton University Press, 1971.

③ *Tamkang Review*, Vol. 2, No. 2 and Vol. 3, No. I, 1971—72.

④ 见佛克马：《文化相对主义与比较大学》(D. W. Fokkema, "Cultural Relativism and Comparative Literature," ibid., Vol. 3, No. 2, 1972.)。

er Splendor)[①]中国诗歌选译本中得到弥补。该书包括由元、明、清和20世纪文人写作的众多诗、词、散曲。其他正在筹备中的作品还包括林理彰翻译的《元代维族诗人贯云石的诗和散曲，1286—1324》*shih and san-ch'ii of the YUan Uighur poet Kuan Yun-shih* (*Hsiao-yun-shih Hai-ya*，1286—1324)、黄秀魂(Shirleen Wong)对清代诗人龚自珍(1792—1841)的研究。[②] 汤显祖(1550—1617)《牡丹亭》、孔尚仁(1648—1718)《桃花扇》全译本将在近年出现现今仅有其中几场戏的英译，载于H. C. Chang 的《中国文学：流行小说及戏剧》(*Chinese Literature. Popular Fiction and Drama*)中。[③] 白芝正在翻译《牡丹亭》，而他对《桃花扇》译本(由陈世骧(Shih-hsiang Ch'en)与英语诗人哈罗德·阿克顿(Harold Acton)合译的修订本已经被出版社接受。[④]

小说方面：霍克思计划用四卷本全译曹雪芹的《石头记》——更广为人知的书名是《红楼梦》，普遍被视为中国最伟大的小说，译名为《石头的故事》[⑤]。第一卷的出版无疑是个好兆头。Anthony Yu 计划以三卷本全译《西游记》[⑥]，以“向西方的旅程”为书名(此前西方读者都是通过韦利的缩译本《猴》知道这个故事)。Nghiem Toan 和科·路易(Louis Ricaud)的法译《三国志演义》(书名 *Les Trois Royaumes*)[⑦]，已出版的前三卷45章，预计会在第四卷结束，这样就有了60章的翻译，余下另外60章没有翻译[⑧]。希望富有事业心的学者愿意重新英译该书，英语世界的读者仍然通过C. H. Brewitt-Tay 1925年的译本阅读该故事。同样期待《水浒传》、《金瓶梅》的全文翻译。20世纪中国文学的翻译近年来已有众多，未来无疑仍会持续大量涌现。

今后另一个可能的任务是撰写一部全面、详细的最新中国文学批评史，鉴于我们已有了足够多的介绍中国文学的专著例如海陶维的《中国文学诸论题》(*Topics in Chinese Literature*)[⑨]，该已经超过二十年里一直被西方学生用于了解中国文学。还有柳无忌新近出版的《中国文学导论》(*An Introduction to Chinese Literature*)，这样一部中国文学批评史专著的缺失无疑令人关注。然而写作这样一部书或许超过了任何个体学者的能力，它可能需要专攻中国文学不同时期、不同文类，但对文学史持有相同看法的学者共同协作才能完成。进一步而言，或许某些人会认为这种提法不现实，但既然研究中国历史的学者们已经写出了一部《剑桥中国史》(*Cambridge History of China*)，我们这些已经落后太多的研究中国文学的学者们甚至都不能这样设想一下吗？或许我们也能承担起一个与此相似的任务。

---

① 预计由 New York：Doubleday 1975年10月出版。

② 预计由 Twayne World Authors Series 出版。

③ Edinburgh：Edinburgh University Press，1973.

④ 即将由 University of California Press 出版。

⑤ Harmondsworth，England：Penguin，1973.

⑥ 第一卷将于1976年出版。

⑦ 有于儒伯(Robert Ruhlmann)的导论(Saigon：Societe des etudes indochinoises，1960.)

⑧ 信息由于儒伯教授提供。

⑨ Cambridge，Mass.：Harvard University Press，1950.

最后提出几点建议：希望能有一种专门研究中国文学的英文杂志。现在关注亚洲的东方研究学术期刊主要定位一方面在语文学和古代史，另一方面在社会科学和现代史。研究中国文学的论文只能偶尔在其中某些期刊发表，而另外一些期刊则从未刊登过研究中国文学的文章。那些主要关注西方文学的杂志，尽管有时也能发表一些有关中国文学的论文，但很显然不能期望它们发表高层次的技术性研究论文，毕竟它们有不同的读者定位。因此，一本新的学术期刊，可以为本领域的学者们——尤其是更年轻的一代提供一个交流不同意见的平台，为他们的著作提供一个发表的管道，将会是对这一切实需要的回应。再者，与其他学科相比，既然已经有了英文的《中国哲学杂志》(*Journal of Chinese Philosophy*)、《中国语言学报》(*Journal of Chinese Linguistics*)，也应该可以预期一本专门研究中国文学的学术期刊吧。

当然，我们还能设想到一些其他任务：例如词典编撰、书目索引、字词索引，尽管所有这些对研究本身可能并没有多大作用，但它们却有助于中国文学研究。因此，最终的益处是显而易见的。

西方的中国文学研究已经、并将仍然兴盛繁荣。展望未来，尽管我们没有理由自满，而且还面临着尚未解决的方法论争议；但我们仍满怀信心地期待下一个十年或在其他未知岁月里，西方的中国文学研究将会取得更为辉煌的进步。

中西诗学中的镜子隐喻

乐黛云

一

类比是人类认识世界的重要途径。一个比喻，如果偶尔提及，那只是在特定时间和空间说明某一问题；如果在某一领域被多次提到，并成为反复说明某种理论的依据，那么，它本身就成为构筑这一理论的组成部分。在这种情况下，研究这种比喻就成为理解这种理论的一个方面。在中西诗学中，镜子属于这样一种比喻。

西方从柏拉图开始，就用镜子作为比喻来说明文学艺术的模仿特性。他认为艺术家就像旋转着镜子的人一样，“拿一面镜子四面八方地旋转，你就会马上造出太阳、星辰、大地、你自己、其他动物、器具、草木……”①。在他看来，绘画、诗歌、音乐、舞蹈、雕塑都是模仿，有如镜子中的景象。在柏拉图之后，镜子这个隐喻在诗学领域内长期被沿用，并派生了多方面的意义和用法。

沿着柏拉图的思路，镜子被许多西方诗学家用来比拟映照出周围世界的艺术作品。相传曾是古罗马著名修辞学家西赛罗的名言，喜剧是“生活的摹本，习俗的镜子，真理的反映”②这句话曾被广泛引用；荷马的史诗《奥德修纪》被称为“人类生活的明镜”③；莎士比亚被认为“应该受到这样的称赞：他的戏剧是生活的镜子”④。

但是，镜子隐喻毕竟是用两维的平面来反映多维的生活，当19世纪长篇小说兴起，反映的生活更为复杂时，镜子的隐喻就被赋予了动态的性质。例如法国著名作家司汤达就说：“一部小说是一面在公路上奔驰的镜子”⑤，意思是说文学应在运动中反映生活。卡夫卡在讨论毕加索的画时更指出毕加索的艺术“是一面像表一样‘快走’的镜子”，“记下了尚未进入我们意识范畴的变形”。⑥

然而，文学艺术毕竟不只是反映客观世界，它与作者的思想感情密切相关。16世纪英国诗人马洛已开始指出诗歌不仅反映周围的客观现实，同时也反映了诗人主观的心灵，他说：“诗就像永不凋谢的花朵，从诗中我们可以看到人类智慧的最高成就，就像镜子中反映的一样。”⑦浪漫主义的前驱，德国诗人歌德进一步借少年维特

---

① 柏拉图：《理想国》，《文艺对话集》，112页，上海：新文艺出版社，1957。

② 这句话曾广泛被引用，相传出自古罗马演说家、修辞学家西赛罗（前106—前43）之口。参阅G.G.史密斯编：《伊丽莎白时期批评文选》第1卷369—370页。

③ 亚里士多德：《修辞术》，《亚里士多德全集》第9卷，503页，北京：人民大学出版社，1994。

④ 塞缪尔·约翰逊：《莎士比亚戏剧集·序言》，《西方文论选》，527页，上海：上海文艺出版社，1963。

⑤ 转引自《诗与诗学百科全书》，640页，普林斯顿大学出版社，1986年英文版。

⑥ 转引自冯宪光：《艺术毕竟是一面映照人生的镜子》，《文艺报》1990年6月30日。

⑦ 转引自艾布拉姆斯著，郦椎牛，张照进，重庆生译，王宁校：《镜与灯》，363页，北京：北京大学出版社，1989。

之口，喊出："啊！要是我能把它再现出来，把这如此丰富、如此温暖地活在我心中的形象，如神仙似的哈口气吹到纸上，使其成为我灵魂的镜子，就像我的灵魂是无所不在的上帝的镜子一样，这该有多好啊！"①这里，歌德强调的是作品不仅反映外在世界，而且也反映作者的灵魂，而作者的灵魂又像镜子一样，映照着上帝的意志。英国浪漫主义诗人雪莱进一步指出："诗是生活的惟妙惟肖的意象，表现了它的永恒的真实。"他认为一个史实故事也可能像镜子一样反映现实，但那往往是模糊的，不够鲜明的，而且会以它的平淡歪曲了本应是美的对象："诗歌也是一面镜子，但它把被歪曲了的对象化为美"②。雪莱赋予镜子隐喻新的含义：这不是一面普通的镜子，而是能够把被歪曲的对象化为美的镜子，它只反映生活中的美好方面。列宁在谈到"托尔斯泰是俄国革命的一面镜子"时，他也是在不只一般反映而且反映某些本质方面这个意义上来应用镜子隐喻的。列宁提出问题说："把这位艺术家(指托尔斯泰)的名字与他所显然没有了解，显然避开的革命联在一起，初看起来，也许显得是奇怪和勉强的。分明不能正确反映现象的东西，怎能叫它作镜子呢?"列宁指出，托尔斯泰的作品里"反映出革命的某些本质的方面"，"的确是我们革命中的农民的历史活动所处的各种矛盾状况的一面镜子"。③ 可见列宁所用的镜子隐喻也不只是反映浅层的现象，而且有深入反映本质的作用。

无论是反映周围生活，反映作者主观思想感情，还是反映美，反映本质，西方诗学都常用镜子来比喻作品。作为镜子，首先被强调的特征是逼真，不仅是表面的逼真，而且是实质的逼真；不仅逼真地反映外在世界，而且也逼真地反映内在心灵；不仅是静态的反映，也是动态的反映。

二

镜子，在中国诗学中也是一个贯穿始终，经常被用来说明文学艺术本质的隐喻。但是用法与西方很不相同。比柏拉图早一百多年，老子就已经用了镜子这个隐喻，他用镜子来比喻人心。《道德经》第十章："涤除玄览，能无疵乎！"高亨注说："览、鉴古通用……玄者，形而上也，鉴者镜也……玄鉴者，内心之光明，为形而上之镜。能照察事物，故谓之玄鉴。"④老子认为人心就像镜子一样，必须洗涤除尘，免去瑕疵。比柏拉图晚一百年左右，庄子进一步指出："至人之用心若镜，不将不迎，应而不藏，故能胜物而不伤。"(庄子：《应帝王》)他认为人心能和镜子一样公正完美地反映周围的事物，而镜子所以能起这种作用就因为它的不偏不隐。庄子又说："水静则明烛须眉，平中准，大匠取法焉。水静犹明，而况精神！圣人之心静乎！天地之鉴

① 转引自艾布拉姆斯著，郦稚牛，张照进，重庆生译，王宁校：《镜与灯》，60页，北京：北京大学出版社，1989。

② 同上书，196页。

③ 列宁：《列甫·托尔斯泰是俄国革命的镜子》，《马克思、恩格斯、列宁、斯大林论文艺》，北京大学中文系内部编印，111、117页，1972。

④ 高亨：《老子正诂》，24页，北京：古籍出版社，1956。

也，万物之镜也。”(庄子：《天道》)只有保持一颗圣人才有的明静的心，才能细致、正确地理解世界万物，所以说：“抱大圣之心，以镜万物之情”(《淮南子·齐俗》)。

自从佛教传入中国，镜子的比喻又多了一层含义，那就是“空”和“虚”。东晋时期的长安僧肇(385—414)认为：“夫至人虚心冥照，理无不统。怀六合于胸中，而灵鉴有余；镜万有于方寸，而其神常虚。”(《肇论·涅槃无名论·妙存第七》)这显然和庄子所说的“至人之用心若镜”一脉相承。但他所强调的不仅是镜子“不将不迎”的“正”，和“应而不藏”的“真”，而是首先强调了镜子的“虚”。正因为镜子本身的空无一物，它才有“怀六合”，“镜万有”的可能；如果它先有了某种映像或污迹，就不能如实地反映世界了。

唐末，洞山良介禅师在他所传的《宝镜三昧》中更进一步认为镜(心)、形(物)、影(镜像)三者都是虚幻，他说：“如临宝镜，形影相睹。汝不是渠，渠正是汝。”①形不是影，影却正是形。如果“以镜照镜”，虚幻的形影就会至于无限。《楞严经》和《华严经》都谈到佛教讲经场所，常在四面八方安置许多圆镜，“方面相对”，“使其形影，重重相涉”，“交光互影，彼此摄入”，以说明世间万物都是一理在镜像中的反映，有如“月映万川”：作为“理”的“月”，只有一个，作为事象，映于“万川”的月影却可以无限。《宋高僧传》记载法藏和尚为了说明同一道理，曾取十面镜子，“八方安排，上下各一，相去一丈余，面面相对，中安一佛像，燃一炬以照之，互影交光，学者因晓刹海(瞬息万变的世界)摄入无尽之意”②。

类似的比喻道家也有。唐末道士谭肖所著《化书·道化第一》就说：“以一镜照形，以一镜照影，镜镜相照，影影相传；是形也，与影无殊，是影也，与形无异。”总之，形影相照，全属虚幻。

三

中国诗学受佛、道的影响极深。当诗论家用镜子作为隐喻时，也是一方面强调其“静”，一方面强调其“虚”。明代诗论家谢榛就曾以镜子来比喻诗人之心。他说：

> 夫万景七情，合于登眺，若面前列群镜，无应不真。忧喜无两色，偏正唯一心，偏则得其半，正则得其全。镜犹心，光犹神也。③

除“静”之外，镜子的“真”与“正”也作为特征被强调出来。只有一颗纯真而正直的诗人之心才能描绘出客观和主观的“万景七情”。用镜子来比喻诗人之心的“静”与“真”和“正”，这样的用法在中国诗学中经常出现，直到20世纪，著名现代诗人郭沫若，还在类似的意义上用了镜子的比喻。他说：“我想诗人的心境譬如一湾清澄的海水，

① 普济：《五灯会元》，784页，北京：中华书局，1984。

② 赞宁：《宋高僧传》，89页，北京：中华书局，1987。

③ 谢榛：《四溟诗话》，71页，北京：人民文学出版社，1961。

没有风的时候，便静止着，如像一张明镜，宇宙万汇的印象都涵映在里面……”①

不仅明静，还要虚空。明代哲人王阳明的弟子徐爱曾说：“心犹镜也，圣人心如明镜，常人心如昏镜。”“昏镜”就是镜中已有他物而不能“空明”，因此，王阳明说：“圣人之心如明镜，只是一个明，则随感而应，无物不照，未有已往之形尚在，未照之形先具者……只怕镜不明，不怕物来不能照。”有了“已往之形”或“先具之形”，镜子就成了“昏镜”，必须在“磨上用功”，“磨镜而使之明”。② 从诗学上来说，就是必须要有像明镜一样“虚”和“空”的心镜，才能写出好诗。因此，陆机强调创作之始，首先就要“收视反听”，才能“耽思旁讯”，才能“精骛八极，心游万仞”。(陆机：《文赋》)意思是说，只有不视不听，心不外驰，才可沉思广求，以至精神驰骛于八极，心灵浮游于万仞。苏东坡在《送参寥诗》中也说：

欲令诗语妙，无厌空且静。
静故了群动，空故纳万镜。

像镜子一样“静”和“空”的心境是审美创作的重要条件。

综上所述，中国诗学通常不是用镜子来比喻作品，而是比喻作者的心。如果说西方诗学的镜子隐喻强调的是逼真、完全、灵动，中国诗学的镜子隐喻是强调空幻、平正、虚静。

另外，中国典籍对镜子还有另一种用法，根据这种用法，镜子既不是喻作品也不是喻作者之心，而是比喻向作者提供作者自我形象的周围环境。墨子在他著名的论文《非攻》中，很早就说过：“君子不镜于水而镜于人，镜于水，见面之容，镜于人则知吉与凶。”唐太宗也常说：“夫以铜为镜，可以正衣冠；以古为镜，可以知兴替，以人为镜，可以明得失，朕常保此三镜以防己过。”③这和当代精神分析学代表人物拉康所说的“镜像阶段”当然有本质的不同，但用镜子隐喻来说明客体对主体的映照这一点却是相似的。拉康认为六个月至两岁半之间的儿童通过自己在镜子中的影像认识自己。最初，他把镜子中的影像看做一个现实事物，后来把它看做他人的影像，最后才把它与自己身体联系起来，主体形成了自己基本的人格同一性，因此，拉康说：

镜像阶段是一个戏剧，根据对空间的确认，这个戏剧的内在动力逐渐把儿童从身体的不完整形象导向我们称为他的身体的整体性的外科形状学的形式。④

后现代主义文学进一步认为主体“我”这个概念正是由语言和社会赋予的，恰如镜子

① 郭沫若：《论诗三札》，《沫若文集》第10卷，205页，北京：人民文学出版社，1959。

② 王阳明：《传习录》，《王阳明全集》，12、20页，上海：上海古籍出版社，1992。

③ 转引自《太平御览》，3177页，北京：中华书局，1960。

④ 转引自杜声锋：《拉康结构主义精神分析学》，130页，台北：台湾远流出版社，1988。

给儿童提供了自己的形象，动物没有语言，他们就很难知道自己是什么模样。人总是在语言和对他人(社会)的模仿中形成自己的自我。这和中国的“镜于人”、“镜于古”也有某些相通之处。

钱钟书先生把中国和西方关于镜子隐喻的多层含义综合在一处，作了极富启发性的描述。在他的一篇早期论文中有这样一段意味深长的话：

> 我们对于世界的认识，不过是一种比喻的、象征的，像煞有介事的诗意的认识。用一种粗浅的比喻，好像小孩子要看镜子的光明，却在光明里发现了自己。人类最初把自己沁透了世界，把心攒进了物，建设了范畴概念。这许多概念慢慢地变硬、变定，失掉本来的人性，仿佛鱼化了石。到自然科学发达，思想家把初民的认识法翻了过来，把物来统治心，把鱼化石的科学概念来压塞养鱼的活水。①

“小孩子要看镜子的光明，却在光明里发现了自己”，这既包含拉康的“镜像阶段”的意味，也包含了中国的“镜于人”、“镜于古”的意味。关于鱼化石的比喻进一步说明了各种通过语言表现出来的规范和模式原是人造的，开始时只是一种诗意的认识，后来却反过来“僵化”，“固定”了人的“自我”。“孩子在镜子里发现自己”应有两层含义：一层是说原属于“非我”的“客观”的一切概念其实是人类自造的；另一层是说人类通过语言建设起来的“范畴概念”，有如镜子为人类的自我提供了模式。因为人类自我的形成无法离开语言和对他人的仿效。由此可见，孩子在镜子中所发现的自己，既是自己又不是自己，它包含着他人眼光中的自己，也包含他人认为自己应该是如此的自己。这里，镜子所比喻的，就是形成和塑造(通过仿效)自我的语言和社会。

四

如上所述，中国和西方虽然用法不同，但都有把镜子喻为映照人类自身的客观世界的。前面所谈西方多以镜子喻作品，中国多以镜子喻人心，也无非是大体而言，事实上中国也有以镜子喻作品，西方也有以镜子喻人心的，但其用法也往往截然相异。例如意大利著名画家达·芬奇就曾明确指出：

> 画家的心，应该像一面镜子，永远把它所反映事物的色彩摄进来。前面摆着多少事物，就摄取多少形象。明知除非你有运用你的艺术对自然所造出的一切形状都能描绘(如果你不看它们，不把它们记在心里，你就办不到这一点)的那种全能，就不配作一个好画师。

他还强调：

① 钱钟书：《中国固有的文学批评的一个特点》，《文学杂志》第4期，1937年8月。

> 画家应该研究普遍的自然，就眼睛所看到的东西多加思索，要运用组成每一事物的类型的那些优美的部分。用这种方法，他的心就会像一面镜子，真实地反映面前的一切。①

显然达·芬奇也是用镜子来比喻艺术家的心。但这和中国的用法全然不同，他强调的不是镜子的空、幻，恰恰相反，而是它反映复杂色彩、形象、类型的能力。中国诗学中也有用镜子来比喻作品而不是比喻作者之心的，如严羽《沧浪诗话》："诗者，吟咏情性也……如空中之音，相中之色，水中之月，镜中之象，言有尽而意无穷。"谢榛《四溟诗话》认为："诗有可解、不可解，若水月镜花，勿泥其迹可也。"这里虽然用镜子比作品，但所强调的仍然是"空幻"。明代诗论家胡应麟在《诗薮》中说：

> 譬如镜花水月：体格声调，水与镜也；兴象风神，月与花也，必水澄镜朗，然后花月宛然，讵容昏鉴浊流，求睹二者？

胡应麟把文学作品分成两部分，一部分是"体格声调"，即声调、格律、辞藻、章句等所构成的诗的"载体"(水与镜)；另一部分则是体现在这一载体之中的"兴象风神"，即诗人想要传达给读者的形象、兴味、联想、寓意、精神等等(月与花)。胡应麟认为前者必须清朗、澄明，才能将后者加以呈现，虽用镜子比喻作品的形式，但强调的是明静，而不是西方诗学用镜子隐喻时通常强调的完全、逼真。

再拿"以镜照镜"来说，也可以看出全然不同的用法。例如德国新教教义的先驱者爱克哈特(Meister Eckhart，1260—1327)，德国著名的诗人、戏剧家黑贝尔(Friedrich Hebbel，1813—1863)，爱尔兰伟大诗人、剧作家叶芝(William Butler Yeats，1865—1939)等都曾用过"以镜照镜"的比喻。但他们都不是像佛典、道籍那样用这个例子来说明"理"和"事"的深奥玄理，而是用来说明并无创造力的相互模仿，例如叶芝说："你的通信人引我的话说辛格先生的作品过于文饰，满是以镜照镜反映出来的形象，他是正确的。"②中国文论中也有类似叶芝的用法，清代李元复的《常谈丛录》就曾批评司空图的《诗品》以诗体谈诗艺难以充分说明，他说："《诗品》原以体状乎诗，而复以诗体状乎所体状者，是犹以镜照人，复以镜照镜。"(李元复：《常谈丛录》，《谈艺录》，第 371 页。)但是，大部分中国诗家却在佛、道典籍的基础上用"以镜照镜"来比喻一种复杂交错的意境。正如钱钟书所说："己思人思己，己见人见己，亦犹甲镜摄乙镜，而乙镜复摄甲镜之摄乙镜，交互以为层累也。"(钱钟书：《管锥篇》，第 115 页。)他举了许多实例，最明显的如张问陶《船山诗草》第 14 卷《梦中》："己近楼前还负手，看君看我看君来"，王国维《苕华词·浣纱溪》："试上高峰窥皓

① 达·芬奇：《笔记》，《西方文艺理论名著选编》，161 页，北京：北京大学出版社，1985。

② 转引自钱钟书：《补遗》，《谈艺录》，371 页，北京：中华书局，1984。

月，偶开天眼觑红尘，可怜身是眼中人。”其实，日本镰仓初期的禅师明惠上人关于月亮的一首和歌也是同样的意思：“心境无翳光灿灿，明月疑我是蟾光”，就是“我”以纯洁的心面对明月（甲镜摄乙镜），“我”是甲镜，“月”是乙镜；第二句，“明月疑我是蟾光”，明月因“我”明静如月的心境而误以为“我”就是月亮本身。作为乙镜的明月摄取了“我”（甲镜）的面对明月（甲镜之摄乙镜），而“我”（甲镜）又进一步理解了月亮对我的理解。这就有了三层意思：甲镜摄乙镜，乙镜摄“甲镜之摄乙镜”。这正是佛家所讲的“镜镜相照，影影相传”。这就不是叶芝所讲的反复模仿，而是钱钟书所讲的互为层累，层层相映，引向更为深邃的缥缈虚无。

五

为什么西方总是用镜子来强调文学作品的逼真、完全、灵动，而中国却往往用镜子来形容作者心灵的空幻、平正和虚静呢？为什么即使是西方艺术家也同样用镜子来比喻心灵，中国诗学家也同样用镜子来比喻作品时，其所强调的内容仍然如此不同呢？甚至用同一个比喻“以镜照镜”来比喻诗学现象时，其美学之间的距离仍然如此遥远呢？

这可能与传统的中西思维方式的不同有关。一般说来，西方传统思维方式往往强调主观与客观的二元对立。主体独立于客观世界并为它赋形和命名。认识世界是一个对外在于主体的客观对象进行观察、分析、切割、反映和综合的过程。人要超越自身，只有依靠外在的力量，如上帝的拯救。因此，西方诗学所强调的也就是如何逼真、完全、灵动地反映这一认识和超越的过程；中国传统思维方式认为主体与客体世界原属一体，所以强调“反求诸己”，强调“尽心、知性、知天”，“天道”本来就存乎人心，穷尽人心，乃知天理，对世界的认识不假外求，而只要从内心去发掘。人要超凡入圣，也无须从外在的力量去探求，而只要从人内在的本性去领悟。因此，最要紧的是一颗空灵、虚静、澄明的心。中国诗学所强调的也就不是如何去视、听、观察、反映世界，而是“收视反听，耽思旁讯”，也就是说，“不视不听，静思以求”。

另一方面，中国古人还常常用一种“负”的方式来进行思维。近人冯友兰先生认为：“真正形上学的方法有两种，一种是‘正’底方法；一种是‘负’底方法。‘正’的方法是用逻辑分析法讲形上学；‘负’底方法是讲形上学不能讲。讲形上学不能讲，也是一种讲形上学的方法。”①例如画月，用“正”的方法画，则他不用线条或色彩来画月亮本身，而是在纸上“烘云”，即画许多云彩，而在所画的云彩中留一圆形或半圆形空白。他画的月亮正在他所不曾画的地方。这种“负”的方法是中国传统的一种思维方式。在古远的《道德经》中，老子就举了很多例子，谈“无”的作用。例如说：“埏埴以为器，当其无，有器之用。”意思是用陶土制成饮食的器皿，真正起作用的并不是陶器本身，而是陶器所构成的空间。中国传统诗学强调的也是“不涉理路，不落言筌”，“不着一字尽得风流”等等，也就是说中国传统诗学主要关注的不是语言实体本

① 冯友兰：《新知言》，《贞元六书》，869 页，上海：华东师范大学出版社，1996。

身，而是语言所构成的各个层次的空间。因此，当用镜子来作比喻时，中国诗学首先强调的就是镜子的虚幻和空无一物。

综上所述，我们是不是可以说中西诗学关于镜子隐喻的不同用法正是反映了中西思维方式和中西诗学着重点之不同呢?

唐诗的语言

高友工　梅祖麟

至此，我们已从各个方面逐一比较意象语言和推论语言：不连续和连续，客观的和以我为中心的，感官意识和理性理解，绝对时空和相对时空。然而，是否存在一种贯穿上述区别的中心线索呢？对这两种代表不同经验方式的语言作如此描述是否合理？在这一章，我们将根据卡西尔的理论对此作出回答。

意象语言是不可分割的，而推论语言则恰恰相反，这是二者的根本区别，所有其他差异都是由此而来的。

“愿意中止怀疑”是对诗的意象部分应该具有的态度。根据这种态度，意象是真实的，而且根本不存在真伪的区别；诗的意象部分只能间接欣赏而无法直接观照，因为它是诗人观察世界的结果。虽然儿童已不得不步入物我对立的关系之中，而这时诗人的自我与其所面对的世界仍停留在原始的同一状态。对于神秘主义者、神经病患者、原始人、儿童及怀有童心的诗人来说，当下此时就是一切时间，它是能被赋予愉快、至福和意象的唯一时刻，而这被赋予的一切则以尽可能浓缩和纯粹的形式表现出来。对世界的客观认识需要经验、长期观察以及放弃对当下此时的执着，即使月亮消逝在地平线上，它也仍在那里；不论以新月或满月的面目出现，它仍是同样的月亮。对幼儿来说，月亮只不过是一个触手可及的东西；而对于诗人，月亮那玲珑剔透、玉洁冰清而又微寒袭人的特征更为重要，这种全神贯注，心醉意迷的态度，使物体溶化于它的各种特征之中，正是在这种态度中，每一个事物或每一种感觉都能吸引每一分钟的注意，或者像基尔凯戈尔(kierkegaard)所说的：“心的纯净在于渴求某一事物”。在诗中，这种态度是以不连续的节奏、并列的意象和独立句法表现出来的。意象语言包含了一种纯真无瑕的声音，曾经发出这种声音的孩子就在我们每一个人身上，可是我们却怯于认出他来。

但是，万物同一的观念对童真世界的统治并不能持久，世界从自身分离出来，自我从本我分离出来，但诗人那永存的童心却顽强地坚持着这种不断损毁的同一。正如诺曼·雅各布森(Roman Jakobson)所说的那样：诗中充满了对等原则，“诗的作用是把对等原则从选择带入组合之中”。使一切事物对等化，正是企图重建已经倾覆的原始同一的一种努力。对于传达信息的普通语言来说，充分的区别与对立是必不可少的，而在诗中，单个的语言特征则被暂时用来构成支配性的对等原则，于是，节奏与韵律成为音和重音的对等；对称成为语法结构的对等；中国传统诗歌中的词类则是一种意义的对等；隐喻也是一种意义的对等(例如，把船比作犁，海比作田，所以可以说“船在海上耕耘”。)在下一篇文章中，对等将作为一个关键性的概念而被详细阐述。

但是，对等只是诗歌所遵循的原则之一，如果就此止步，诗将只能被视为儿童时代的复归而不配称为生活的镜子——一种被看做是真实、稳定的生活。差异是不可避免的，重新统一那些差异是句法的作用之一，尤其是那种以推论语言为特征的句法，而且在实现这种作用的过程中，句法成为推演衔接(discursive articulation)的工具。所谓推演意味着为了扩展而放弃集中，作品的字面内容仅仅被当做起点，而不是注意的焦点；所谓衔接，就是详细说明每一部分，并明确指出它们之间的关系。如果说愉悦原则支配了意象语言，那么，现实原则就支配了推论语言——一种以饱经沧桑的声音说出的语言，这声音则出自一个历尽忧患的成人。

推演衔接作为一种语言方式绝不可能达到浓缩和强烈的效果。对于像埃兹拉·庞德和赫伯特·里德这样的批评家来说(后者曾用德文词“Dichtung”来指“凝练”和“浓缩”)，推论语言属于散文而不属于诗歌。这个观点也许不无可取之处，它对于现代诗歌也必定产生了一些影响，但事实却是：推论语言在英语诗中一直扮演着重要的角色；而在近体诗中，几乎所有的尾联都是用推论语言写的。

由于以推演衔接为潜在原则，推论语言在近体诗的尾联出现时，总是伴随着感觉意义的淡化，它所获得的是认识与理解。我们再看看前面所引的苏轼那首诗：被那种玉洁冰清的特征所吸引就意味着被意象语言的魅力所征服；了解了月亮依然如故，我却四处漂泊的事实，也就理解了月亮对于我的意义和关系。指出时间、地点、人称——正像近体诗的尾联所表现的那样——就是推演衔接的一种方式，因而也就是相对的连续时间的引入方式。

详细说明每一部分并使之相互联系，这需要足够的媒介，正因如此，推论语言常以流水对的特殊形式出现，从而获得十个或十四个音节的表现空间。连续的节奏部分属于推论语言的副产品，部分算是统一化的手段。自我和世界的分裂是一种需要抚慰的创伤，尾联以推论语言促成了统一(如苏轼的那首咏月诗)。结果，诗人不仅看到了这个世界，也自觉地看到了处于这世界中的自己；与意象部分那种纯粹客观的模式相比，这种以我为转心的转变，赋予尾联以一种强烈的个人基调。

意象语言以其同一性和强烈性，表现出片断的和不连续的倾向；推论语言则恰好相反，它是以统一性和整体性为目标的。然而，在两者之间，还有一个中间地段，这就是及物动词句。按照费诺罗萨的观点，及物动词句是自然中力的转移的反映，同时又是使两个彼此脱节的名词相互连接的一种方式。动词“to be”(是)、“to be like”(象)、“to appear”(出现)、“to connect”(连接)、“to break”(破裂)则是另外一些连接名词的方式。由于差异的(differentiated)和无差异的(undifferentiated)两种经验方式的根本对立，也由于以名词形式出现的名词蕴含着向心趋力，两个名词间的任何静态关系都处于一种微妙的平衡状态，而上述那些动词所具有的向自己对立面意义转化的倾向正是这种张力性统一的征兆。

意象语言的原始同一性应与推论语言所实现的重新统一区别开来。“浮云游子意”是一种对等形式，它的对等是由肌质关系实现的。在这种肌质关系中，意象保持了它的强度和独立；但是，“浮云游子意”又是一种推演衔接，它详细说明了每个部分并指出了它们的相似关系。系词和“象”“似”之类的动词是概念性最强的动词，它们仅仅在尾联出现，使之成为近体诗中意象语言和推论语言分工的标志。

我们前面所谈的大部分内容，卡西尔在他的《语言与神话》中至少已作了原则性的预言。所不同的是，卡西尔主要关心的是与语育、艺术一起构成基本象征形式的神话。诚然，它们是殊流同源的。从柏拉图开始，认为神话产生与诗歌创造有密切联系的观点已经为人们普遍接受。因此，在下面这段引文中，只要用“推论语言”和“意象语言”分别代替“理性思维”和“神话思维”，就可以明白它的意义及其与本文的关系。

> 正如我们所见的那样，理性思维的目标主要是传达那种产生于孤独之中的感觉经验或直觉经验的内容，它使这些内容超出自身的狭隘局限，在一个无所不包的范围内，按照确定的顺序，与其他事物组合、比较、连接。它的行进方式是“推演式”，在这种行进中，它把直接内容仅仅看做一个起点，由此出发，它可以从各个方向遍历整个印象领域，直到这些印象都被纳入一个统一的概念、一个封闭的体系时为止。在这个体系中，不再有任何独立的观点，所有的观点都互相联系，彼此牵涉，而且相互启发，互为解释，因此，每一个分离的事件都被一条无形的思想之线束缚在整体之中。这种思维方式的理论意义在于它所具备的整体性(totality)特征。
>
> 从最基本的形式着眼，神话思维不具备这种特征。事实上，理性统一的特征是与神话思维的精神背道而驰的。因为在神话思维中，思维不能自由地处理直觉内容，以使它们互相联系、对比，它反而是被那些突如其来的直觉所吸引、所迷惑；它满足于直接经验，可感的现在，并以之为最重要的，其他一切在此面前都变得不值一提。对一个理解力完全服从于这种神话—宗教态度的人来说，整个世界似乎湮灭了，那些控制了他宗教情绪的直接内容，无论它们是什么，都能充斥于他的意识，以至于除此之外，再无其他事物存在。“自我”把一切精力都倾注于这唯一的对象，忘我地生活在其中。在这里，我们看到的是直觉经验的极限，而不是它的扩大；是趋于集中的冲动而不是向越来越大的范围拓展；是密集的凝缩而不是广泛的分散。这种把所有力量都指向一点的集中，正是神话思维和神话产生的先决条件。(《语言与神话》pp. 32—33)

现在，我们回到本文开始时所提的问题：诗中的句法作用是什么？唐纳德·戴维曾对此提出三种回答：T. E. 休姆的非诗性句法、E. 费诺罗萨的动作性句法，苏珊·朗格的音乐性句法。戴维自己的观点是：诗中的句法是推演衔接的工具，它与散文中的句法并无太大的区别。(见《衔接之能》第十三、十四章)

当我们从目前所处的地位看这些论争时，不禁想起盲人摸象的故事。当然，这样评价是不公正的。首先，除了朗格，这些人对象征派诗或后象征派诗的态度是截然相反的，而且，他们的宣言只是纲领性的；但他们所关心的问题是现实的：“句法应在诗中发挥怎样的作用?”或者“现代诗应是怎样的面貌?”、“它应有怎样的句法形式?”第二，他们的争论主要集中于英语诗，而英语较之汉语显得更加繁冗、松散，至少在诗性语言中是这样。随之而来的结果就是：能够用汉语相当自然地表现的事物(如通过句法实现的名词意象的独立)，用英语表达就显得不自然或不可能；反之亦然。

进行了这些解释之后，剩下的问题就是：近体诗中的句法作用究竟如何？我们从两个角度来讨论了这个问题：一方面，我们是从名词、动词和句子的角度提出这个问题的，即把句法分解成一个个构成因素。当然，即使把这个问题分开讨论，答案也不是简单的。因此，在讨论名词意象时，我们不得不考虑独立句法；在研究动词时，又要牵涉到个别动词的语义，如此等等。另一方面，上述三位理论家对句法作用提出了三种不同的观点：构成意象，摹拟动作，推演衔接。我们真诚地接受这些观点，并且在近体诗中分别找到相应的例证。无论如何，多元论的观点应是最合理的，在一首近体诗中，不同的部分应有不同的句法，这些句法也就起着不同的作用。尤其需要指出的是：意象语言与推论语言的对立是基本的，我们试图描绘出它们各自的特征，并以两种不同的思维模式使之联系起来。正因为如此，这篇文章的题目应该是：“唐诗的语言”。

中国古典诗中的传释活动

叶维廉

这里，我打算用近人周策纵先生的一首旧诗作起点，来提出文言文用字、用词和语法所构成的传意特色，然后进而观察一般中国古典诗里(作者)传意和(读者)应有的解读、诠释的活动(以下简称为“传释活动”)。

这篇文章，一面是我的“语法与表现”一文[①]的延伸，一面是打开中国古典传释学[②]哲学基础的探讨。这个探讨包括我们对物象、事象的初识，即所谓“指义前”的印认和我们因人际、物际、时空的离合等等因素而从物象、事象本身而引申出一连串意义的架构，以及这些架构篡夺了物象、事象而另成一种我们解读、诠释依据的体系。[③] 在这个探讨中，在一些关键地方，我们将用适度的比较方法，譬如与印欧语系语法的比较，或白话与文言的比较，其目的是要使传统传意、表达的策略更彻底地呈现。

我用的例子，是周策纵先生的一首“妙绝世界”(周策纵语)之“字字回文诗”。在我讨论之前，我必须先声明：回文诗当然是打破语法限制的极端例子，并不能代表一般中国古典诗所见的语法；但我并无意把一般古典诗的语法和回文诗的语法对等，而是以回文诗中语法所呈现的“完全灵活性”作为一种衡量的指标，来看诗的字句能自语法解放的程度，及其求解放的哲学、美学的含义与依据。让我先把诗[④]“呈”“现”：

舟 绕 乱 沙 白 岸 晴 芳 树 椰 幽 岛 艳 华 月 淡 星 荒 渡 斜

---

① 原题“中国古典诗与英美现代诗——语言与美学的汇通”(1973)见《饮之太和》(台北：1980)25—84 页；另题“语法与表现”见《比较诗学》(台北：1983)27—86 页。

② 一般称“诠释学”“解释学”，在西方，因系由解释圣经发展出来，又有“解经学”之称。这里决定用传释学，是要兼及作者的传意方式与读者解释之间互为表里又互为歧义的复杂关系。

③ 本篇只处理前半部，后半部将另文处理。

④ 1967 年 12 月 18 日作，原刊《当代文艺》。

要一首诗不管从哪一个字开始哪一个方向读去都能够成句成诗，属于印欧语系的英文办不到，白话往往也不易办到。印欧语系的语言缺乏文言所具有的灵活语法。以上这首诗，英文只能作逐字的诠释，但无法连成句；要连成句，中间要增加不少细分的元素，如名词前的冠词(a，the)，如定位定关系的前置词、连接词(On the bank；When the sun...，the sand becomes...)，如主词决定动词的变化(We do；He does)，如单数复数决定动词字尾变化(This man says；These men say)，如现在、过去、将来的行动由代表现在、过去、将来时态的动词去表达(he does；he did；he will do)……(以上都是英文语法中最基本的常识)，都是非常严谨、细分的，有时到僵硬的地步。没有了这些元素便不能成句，有了它们句子便因着词性的定性而定向、定义；英文中的法则，其任务是要把人、物，物、物之间的关系指定、澄清、说明。但有了这些元素，要像周诗那样"回文"便完全不可能。反过来看，周诗之能如此，正是因为文言中不一定要冠词(事实上文言诗中极少用)，不需要代名词作为主词，甚至不需要连结元素如前置词、连接词而自然成句。另外英文的主词——动词——受词的结构，中文里也用，但并非必需；没有动词也可以成句。动词因为没有时态的语尾变化，所以在用的时候，不会把行动限死在特定的时空里，不似英文那样。更重要的是，文言中很多字可以兼含数种词性，如"日落江湖白"的"白"字，既可以是形容词(白色的状态)也可以是动词(转成白色的活动)，是一而二、二而一的现象，如果用英文来讲就要分成"are white"和"whiten"，只能"限指"其一。中文因为词性的多元性或模棱性，所以换了一个位置字样不变词性的作用可以改，如"晴岸白沙乱"的"乱"字，近似"日落江湖白"的"白"字，既含"状态"亦含"活动"二义；但回文到"岸白沙乱绕"或"白沙乱绕舟"时，便成为副词，是对动词而发，如果用英文来讲，便要用 confusedly，当然便无法回文了。

以上所拈出的差异，是一看便知的。我们之不厌其烦地缕述，是要提出一个更重要的问题：为什么文言可以超脱英文那类定词性、定物位、定动向、属于分析性的指义元素而成句，而英文就不可以？这种灵活语法下的传意方式与我们解读、诠释应取的态度和僵硬语法下的传意方式和所要求的解读、诠释有什么根本的差别？如果有，其哲学美学依据是什么？

我一开头便说这首回文诗是打破语法限制很极端的例子，并不能代表一般中国古典诗所见的语法，但我们不能否认，文言诗中很多句子中的语法有近似的高度的灵活性。在我们分别讨论之前，让我再进一步看看这种灵活性在这首诗所形成的效果。

首先，这种灵活性让字与读者之间建立一种自由的关系，读者在字与字之间保持着一种"若即若离"的解读活动，在"指义"与"不指义"的中间地带，而造成一种类似"指义前"物象自现的状态。我们在这首诗的前面，那些字，仿佛是一个开阔的空间里的一些物象，由于事先没有预设的意义与关系的"圈定"，我们可以自由进出其间，可以从不同的角度进出，而每进可以获致不同层次的美感。我们仿佛面对近似水银灯下事物、事件的活跃和演出，在意义的边缘上微颤。这种观、感过程和真实世界所经历的有相当的近似。我们在真实世界的事物里，也可以自由进出，可以从不同的角度进出，而获致事物不同空间的关系和感受。在我们进入一个境之前，事物与事物之间是无所谓“关系”的。在真实世界里，一所茅屋，一个月亮，如果你从远处平地看，月可以在茅屋的旁边；如果你从高山看下去，月可以在茅屋下方；如果从山谷看上去，月可以在茅屋顶上……但在我们进入景物定位观看之前，这些“上”、“下”、“旁边”的空间关系是不存在的；事实上，景物的关系会因着我们的移动而变化。文言文常常可以保留未定位、未定关系的情况，英文不可以；白话文也可以，但倾向于定位与定关系的活动。“鸡声茅店月，人迹板桥霜”就是没有决定“茅店”与“月”的空间关系；“板桥”与“霜”也绝不只是“板桥上的霜”。没有定位，作者仿佛站在一边，任读者直观事物之间，进出和参与完成该一瞬间的印象。

定位定关系的思维活动与习惯，可以拿西洋传统画中的透视来说明。所谓透视，即画面前面的房子大，后面的房子愈来愈小，最后没入所谓“视灭点”；这个结果，就是定位看的关系。其次，透视也讲光源，所以也讲明暗法。反观中国画，如郭熙所说：“山近看如此，远数里看又如此。每远每异。所谓山形步步移也。山正面如此。侧面又如此。背面又如此。每看每异。所谓山形面面看也。如此是一山兼数十百山之形状，可得不悉乎。山，春夏看如此。秋冬看又如此。所谓四时之景不同也。山朝看如此。暮看又如此。阴晴看又如此。所谓朝暮之变态不同。如此是一山而兼数十百山之意态。可得不究乎。”中国画家，在山中遨游数月，甚至数载，对欲呈现的山有亲如挚友的印证，然后把全面感受重造在一张画面上，在结构上避开单一的视轴，而设法同时提供多重视轴来构成一个整体的环境，观者可以移入遨游。换言之，观者并未被画家任意选择的角度所左右；观者仿佛可以跟着画中所提供的多重透视回环游视。为了保持这种回环或多重透视，画家有时用留白(但不是人为的，而利用自然的景物如云雾)来造成距离的幻觉，或利用山形曲线所具有的幻觉性，微妙地由一个景所含有的透视倾向转移到另一个透视倾向。由于画家要交还给观者他应有的活动性，除了幻化了透视倾向以外，还避免了光源和明暗法，到了倪瓒，甚至完全透明无碍。

中国古典诗里，利用未定位、未定关系、或关系模棱的词法语法，使读者获致一种自由观、感、解读的空间，在物象与物象之间作若即若离的指义活动。我在“语法与表现”里，曾经提出“松风”“云山”等中国古典诗中常见的词语，并说英文大多译作 winds in the pines(松中之风)或 winds through the pines(穿过松树的风)，这种解读把“松风”所提供的“置身其间”、物象并发(既见松亦感风)的全部环境缩改为单线的说明。又如“云山”常被解读为 clouded mountains(云盖的山)，clouds like mountains(像云的山)或 mountains in the clouds(在云中的山)，但事实上，就是因为“云”与“山”的空间关系模棱，所以能够同时兼容了三种情况。像这样我们习以为常的词语，呈现在我们感受心镜中的，是玲珑明澈的两件物象，我们活跃在其间，若即若离地，欲定关系而又不欲定关系。类似的词语，在中国诗中甚多，现在列举一些：

"岸花"飞送客，"樯燕"语留人(杜甫)
"楼雪"融城湿，"宫云"去殿低(杜甫)
"楼云"笼树小，"湖日"落船明(杜甫)
"风林"纤月落(杜甫)
"涧户"寂无人(王维)
"溪午"不闻钟(李白)

前五例的情况和"松风""云山"类同，其中"宫云"与"涧户"的空间关系最难决定。前者不知应否解读为"绕着宫的云"还是"托着宫的云"，后者不知"户在涧边"还是"户在涧的上方"还是"户俯视溪涧"。李白的句例最突出，"溪"是空间，"午"是时间，我们应该解读作"在溪边，正午时，听不见钟声"吗？我们定位、定时以后的损失是什么？在原诗里，如果顺着对仗来看，又使我们有另一种考虑，前句是"树深时见鹿"，照对仗的习惯，既然树(名词——物象)深(形容词——状态)，那么"溪"对"树"是名词——物象，但"午"对"深"可以是形容词或代表状态的字吗？"溪""午"都是现象中并置的二态，定了位定了时，便限指一种观点，如是便破坏了近似置身其间的可能。我们再看两句诗被如此解读后的损失，便可以明白我为什么要在词语的模棱上做文章。

落花人独立　微雨燕双飞

如果解读成"落花里有一个人独立着，微雨里有成双的燕子在飞"，或再简化些如"有人独立在落花里，有燕子双飞在微雨中"。这样的解读我们总觉得不妥，好像损失了很多东西。原因是：在文言的句法里，景物自现，在我们眼前演出，清澈、玲珑、活跃、简洁，合乎真实世界里我们可以进出的空间。白话式的解读里(英译亦多如此)，戏剧演出没有了，景物的自主独立性和客观性受到侵扰，因为多了个突出的解说者在那里指点、说明"落花'里'，'有'人……"。

但偏偏，我们年轻人的入门书《千家诗》和《唐诗三百首》，部部都采取了这种解读方法，而把原有的传意活动，中国诗独特的观物、感物、表物的精华一扫而光，如

"云霞出海曙"被解读为
云霞从海上映出一片曙光

从视觉活动很强的"云霞出海"到"曙"(兼含"状态"与"时间")的印认，是很直接的感受，为了解决"曙"的词性(注释人决定它只能作"曙光"解)而歪曲了"出"的意义，然后硬把其他的物象的空间关系"定"下来，而破坏了作者"传意"的目的和读者应有

的“感受”的活动程序。又如

“潮平两岸阔”被解读为
潮水涨起与两岸相平，显得更加开阔了

原是读者(也是观者)可以直观直感“潮平”与“两岸阔”的两个景象的，偏偏多了个解人，生怕读者不知道“潮平”与“两岸阔”的关系。这种关系应是读者先“感”而后“思”的，不应先“思”而后“感”。同理

“青天无片云”不可以或不必要解读成天上没有一片浮云
“风林纤月落”不可以或不必要解读为在风吹的树林里纤细的月缓缓落下

或者有人说，坊间《唐诗三百首》的语译都是由不正统的人为了读者的方便而做的，真正读诗的人不需要这种解读。事实上，以上的句例确实没有语译的必要，读者也自然可以直观而感的；但为什么又有这么多人提倡语译语解，而把原是“若即若离的、定位与不定位、指义与不指义之间”的自由空间改为单线、限指、定位的活动呢？这可以说是受了西方思想压迫后的一种矫枉过正的现象。

民初以来，五四左右，就有不少人开始指责中国语言缺乏逻辑，说中国画缺乏透视，仿佛西方的语言的逻辑和透视才是表达的正途似的。不少语言学家便着想把中国语言“削足适履”地要配合西方的文法来说明，除了袭用了西方“关系决定性”很强的标点符号以外，还处处使到活泼泼而不必尽合文法的口语变为字字合文法的语言(画透视的一节这里暂不讨论)，影响所及，便是“中国诗句西方文法化”，如王力先生的《汉语诗律学》(1962，1979)。王力先生的学问我极其景仰，他在《汉语诗律学》所提出的句形与文法关系，对后学者启发的地方仍然是很丰富的；但在语法的解释上，我觉得有商榷的必要。

在该书的第十六、十七、十八、十九节里，用的基本上就是西方文法的架构去分析中国诗的句法

fN—V—fN (f＝形容词　N＝名词　V＝动词)
圆荷浮小叶　细麦落轻花

像这样的句法，中英文一般是共通的，问题不大。但像我前面讨论的例子，却不是这些文法架构可以解决的。由于王氏急于使句子合乎因果关系的逻辑，有很多句子的解读便无意中落入了《唐诗三百首》语解的窠臼，如

“高鸟长淮水　平芜故郢城”便注为
高鸟可寻，群渡长淮之水；平芜数里，环攒故郢之城(P.262)

"春浪棹声急　夕阳花影残"便注为

春浪方生，棹声遂急；夕阳转淡，花影渐残(P. 261)

都是以"思"代"感"(或先"思"后"感")的解读方式，与原句的视觉活动有违。最不妥当的是杜甫这两句：

"绿垂风折笋，红绽雨肥梅"被读为

风折之笋垂绿，雨肥之梅绽红(P. 256)

在诗人的经验里，情形应该是这样的：诗人在行程中突然看见绿色垂着，一时还弄不清是什么东西，警觉后一看，原来是风折的竹子。这是经验过程的先后。如果我们说语言有一定的文法，在表现上，它还应配合经验的文法。"绿—垂—风折笋"正是语言的文法配合经验的文法，不可以反过来。"风折之笋垂绿"，是经验过后的结论，不是经验当时的实际过程。当王力先生把该句看为倒装句法的时候，是从纯知性、纯理性的逻辑出发(从这个角度看我们当然可以称它为倒装句法)，如此便把经验的真质给解体了。

所谓经验的真质当然是很复杂的，其中哲学、心理、文化的因素可以大做文章，决非一言两语可以交代清楚的。但就我们接触外物的一些基本情况(即一般普通常识可以了解的)，起码可以注意到下列一些层次。

首先，我们和外物的接触是一个"事件"，是具体事物从整体现象中的涌现，是活动的，不是静止的，是一种"发生"，在"发生"之"际"，不是概念和意义可以包孕的。

因为，在我们和外物接触之初，在接触之际，感知网绝对不是只有知性的活动，而应该同时包括了视觉的、听觉的、触觉的、味觉的、嗅觉的和无以名之的所谓超觉(或第六感)的活动，感而后思。有人或者要说，视觉是画家的事，听觉是音乐家的事，触觉是雕刻家的事……而"思"是文学家的事。这种说法好像"思"(即如解释人与物、物与物的关系和继起的意义，如物如何影响人，或物态如何反映了人情)才是文学表现的主旨。事实上，"思"固可以成为作品其中一个终点，但绝不是全部。要呈现的应该是接触时的实况，事件发生的全面感受。视觉、听觉……绝非画家、音乐家独有的敏感，诗人(其实一般人)在接触外物时都必然全面能感受到。

差别是在媒介的选择上，颜色与线条、音符可以做的，语言确是不能依样做到；但就是不能做到，作为一个表现者，我们就应放弃其他感觉给我们的印象吗？语言，在适当的安排下，可以提供我们"类似"视觉过程的经验，其中的一个方法，便是不要让"思"的痕迹阻碍了物象涌现的直接性。"绿垂风折笋"是涌现的直接，是视觉过程的把捉。是先"感"而后"思"。"风折之笋垂绿"的意思有没有？有。但是，是事件发生之后的结论，是思"含"在感内。有了这样的认识，我们必须排拒王力先生的一

些解读的说明如

> “空外一鸷鸟　河间双白鸥”只读作
> 空外有一鸷鸟　河间有双白鸥(P. 260)
>
> “大漠孤烟直”只读作
> 大漠的孤烟(是)直(的)(P. 262)

两个句例都是视觉性极强烈的意象，而且近似电影镜头水银灯的活动。例一：“空外”(镜头向上)“一鸷鸟”(镜头拉近鸟)，“河间”(镜头向下)“双白鸥”(镜头拉近白鸥)。一个“有”字，便把一个解人插在观者与景物之间指点、说明。打个比喻，向一个外国人描写高粱酒如何好，说它是洋酒 A 加洋酒 B 的味道，终不如你把一瓶打开让他闻闻试试，然后他可说“似洋酒 A 加洋酒 B”。原句是作者站开一边请你直尝，王解是酒味的描写。例二：“大漠”(横阔开展的镜头)“孤烟”(集中在无垠中一点一线)“直”(雕塑意味)。一个“的”字便把这绘画性、和水银灯的活动化为平平无奇单线的叙述与描写。

在事件发生之际，时间空间是一体的，正如我说话的时候，我动手势的时候，既是空间的也是时间的。在实际的经验里，所谓时间、空间、因果原是不存在的，我们把一个原是浑一不分的整体现象打破，然后将一些片面的事物选出，再把它们利用人为的分类观念——时间、空间、因果——串连起来，定位、定义。中国古典诗人，因为了解到思维中这些元素会减缩我们原有的较全面的感觉，所以在表物的过程中“尽量”保持语法中的自由——所谓“若即若离”的指义行为。中国诗中视觉活动强烈的例子特多，自有其哲学、美学的因由。现在再列一些句子，不打算详论，只加一些简短的说明。

> 1. 日落江湖白　潮来天地青——王维
> 2. 星临万户动——杜甫
> 3. 野旷天低树——孟浩然
> 4. 岸花飞送客——杜甫
> 5. 国破山河在——杜甫

都不应该、事实上也无需只解作“日落时”、“潮来时”、“当星临”、“因野旷”、“岸花飞中”或“国虽破”，这样解读就是把原是时空未分的直观视觉事物或改为时间的标记，或改为因果式的主属关系，或改为状态、条件的说明。

上面的第五例“国破山河在”，我曾在《庞德的〈国泰集〉》(Ezra Pound’s Cathay)首先提出这里面两个视觉事象的并置与罗列，即是艾森斯坦所提出的“蒙太奇”。电影中的“蒙太奇”技巧，在西方现代文学、艺术中影响至巨，而“蒙太奇”技巧的发明，却是从中国六书中的“会意”而来。①

在艾氏的《电影拍摄原理与象形文字》(1929)一文里，他说“会意”是一种交合或组合活动，“两个象形元素的交合不应视为一加一的总和，而是一个新的成品，即是说，它具有另一个层面、另一个程度的价值；每一象形元素各自应合一件事物；但组合起来，则应合一个意念……这就是‘蒙太奇’，是的，这正是我们在电影里所要做的，把意义单一、内容中立的画面(镜头)组合成意念性的脉络与系列”。(P.29)以柏克曼的《野草莓》中的一个镜头为例：电影中的老人在赴京城的途中，经过他诞生的故居，正当他从坡上向下看他的故居时，他孩提时的形象和他现在的形象同时出现在同一镜头上，互相对峙着。这是两个不同时间的经验并置在同一的舞台上，中间，无需通过说明与解释，便呈现了其间所潜孕着的张力与冲突，而时间与人事的变迁与变幻都尽在“不言”中。

中国古典诗中这种传意方式最丰富，所以我们才有“只可意会，不可言传”、“意在言外”、“辞不尽意”的说法。而“意”字，在中国批评中界说了又界说，还是没有一个定论；但，我们以为不应该有定论，尤其不可像有些论者那样把“意”直解为“义”，直解为“某字代表某义”；这样单一的观点，是逻辑思维的后遗症。显然，在形象与形象之间，可以引发许多层面的思绪。所谓“意”，实在是兼容了多重暗示性的纹绪；也许，我们可以参照“愁绪”、“思绪”的用法，引申为“意绪”，都是指可感而不可尽言的情境与状态。“意”是指作者用以发散出多重思绪或情绪、读者得进以体验这些思绪或情绪的美感活动领域。这个领域，要用语言去“存真”，必须在活动上“近似”诗人观、感事物时未加概念前的实际状况，因而中国传统批评中亦强调“如在目前”。以下的句例，像前面讨论的例子一样，都具有水银灯活动的明澈视觉性：

①野渡无人舟自横
②月落乌啼霜满天
③孤帆远影碧空尽
④残月晓风杨柳岸
⑤星垂平野阔　月涌大江流

(试作语译，原有的视觉性、水银灯活动的趣味或绘画性便完全失去；当然，对中国人来说，这些诗句根本没有语译的必要，但是，用这种方法去解读的人很多，而呈现在白话诗里，类似语译后的句式也自是不少，都是太涉理路：

①空无一人的野渡上一条小舟独自横放着
②月落时乌鸦在满天的霜中啼叫
③一片孤帆远远的影子向碧空里尽没

① 见 Sergei Eisenstein，*Film Form and Film Sense* (New York，1942)第 29 页。事实上，比他更早提出的是影响英美现代诗最深的梵诺罗莎(Fenollosa)“作为诗的传达媒体的中国字”一文。见我的 *Ezra Pound's Cathay*(Princeton，1969)。

④根本不能译

⑤星垂下顿觉平野开阔　月涌出仿似随大江流动）

所谓绘画意味、电影的视觉性，其实还包括了雕塑意味，尤其是我们观看雕塑的活动程序。看一件雕塑，我们要环走不断地换角度来看，才可以得到雕塑的全面感受，而电影镜头的移转，在活动上当然可以给我们类似的感受。事实上，绘画中的这种感受，中国画中做得最多，做得最好，完全超越了西方直线式的时间观念和透视。一般山水画中的多重视轴，我在上面已论及；另外中国的长的手卷如《溪山清远》(夏圭)或《清明上河图》(张择端)，我们用手一段一段地打开来看，“透视”不知不觉地变换，正似电影环走或移行，不黏于定时定位，比多视轴的挂卷更为自由。比照于诗，由于文字原来便是属于时间的媒体，由一形象移到另一形象，是轻而易举的事；但由于文言文可以超脱语法的限制，使到形象独立并置；这样便还给了读者(观者)应有的活动性。简单的句例如“涧户寂无人”(“涧”与“户”之间的空间关系由读者参与决定，如见前论)，如“鸡声茅店月”(“店”与“月”的空间位置亦是由读者参与决定)，如“灯影秋江寺”(其理类同)。整首诗的，如

枯藤老树昏鸦
小桥流水人家
古道西风瘦马
夕阳西下
断肠人在天涯

——马致远

在读者(观者)的想象空间中，有待空间位置实际的安排，或者应该说，有待读者想象的“眼睛”重新“排演”。如果我们仔细地“分析”(记着，这是后发的，先“感”后“思”)，可以分为近景慢慢地推向远景至天涯。但这样，正好证明中国诗，在许多重要的关键时，不是诉诸“抽思”的解读，而是诉诸我们全面的感受。在这一个例子里，就是绘画式、电影式的传意方式。另如柳宗元的《江雪》，先来个鸟瞰全景(千山鸟飞绝、万径人踪灭)，然后移向万象中的一个单独的物象(孤舟蓑笠翁，独钓寒江雪)，在读者的心间所引起的活动亦类似。

把语法中定位、定义解放到完全灵活的极端例子，是回文诗。再回到周策纵那首，可以有四十种解读的可能性，亦即是说，这首诗的二十个字，仿如一个“领域”里的二十件事物，我们可以进出二十次，向不同的方向，而得四十种印象：

1 2 3 4 5　6 7 8 9 10　11 12 13 14 15　16 17 18 19 20

1 星淡月华艳，岛幽椰树芳，晴岸白沙乱，绕舟斜渡荒。

2 淡月华艳岛，幽椰树芳晴，岸白沙乱绕，舟斜渡荒星。

3 月华艳岛幽，椰树芳晴岸，白沙乱绕舟，斜渡荒星淡。
4 华艳岛幽椰，树芳晴岸白，沙乱绕舟斜，渡荒星淡月。
5 艳岛幽椰树，芳晴岸白沙，乱绕舟斜渡，荒星淡月华。
，，，，， ，，，，， ，，，，， ，，，，，
6 岛幽椰树芳，晴岸白沙乱，绕舟斜渡荒，星淡月华艳。
7 幽椰树芳晴，岸白沙乱绕，舟斜渡荒星，淡月华艳岛。
8 椰树芳晴岸，白沙乱绕舟，斜渡荒星淡，月华艳岛幽。
9 树芳晴岸白，沙乱绕舟斜，渡荒星淡月，华艳岛幽椰。
10 芳晴岸白沙，乱绕舟斜渡，荒星淡月华，艳岛幽椰树。
，，，，， ，，，，， ，，，，， ，，，，，
11 晴岸白沙乱，绕舟斜渡荒，星淡月华艳，岛幽椰树芳。
12 岸白沙乱绕，舟斜渡荒星，淡月华艳岛，幽椰树芳晴。
13 白沙乱绕舟，斜渡荒星淡，月华艳岛幽，椰树芳晴岸。
14 沙乱绕舟斜，渡荒星淡月，华艳岛幽椰，树芳晴岸白。
15 乱绕舟斜渡，荒星淡月华，艳岛幽椰树，芳晴岸白沙。
，，，，， ，，，，， ，，，，， ，，，，，
16 绕舟斜渡荒，星淡月华艳，岛幽椰树芳，晴岸白沙乱。
17 舟斜渡荒星，淡月华艳岛，幽椰树芳晴，岸白沙乱绕。
18 斜渡荒星淡，月华艳岛幽，椰树芳晴岸，白沙乱绕舟。
19 渡荒星淡月，华艳岛幽椰，树芳晴岸白，沙乱绕舟斜。
20 荒星淡月华，艳岛幽椰树，芳晴岸白沙，乱绕舟斜渡。
21 22 23 24 25 26 27 28 29 30 31 32 33 34 35 36 37 38 39 40

在这首诗里(或应说在这四十首诗里)，我们已经不能用"一字含一义"那种"抽思"的方式来读(或者看)这首诗；每一个字，像实际空间中的每一个事物，都与其附近的环境保持着若即若离、可以说明而犹未说明的线索与关系，这一个"意绪"之网，才是我们接受的全面印象。

我们开头便说过，回文诗中的语法是极端的例子，不可与一般古典诗中的语法对等。但我们不能否认，在适度解放的情况下，中国古典诗的语法，利用"若即若离，可以说明而犹未说明的线索与关系"，而向读者提供了一个由他们直接参与和感受的"如在目前"的意境，这，也是一个不移的事实。

这时，我们应该提出一个更重要的美学问题来。文字作为一种表义的媒体，真的可以完全做到"不涉理路"吗？完全可以做到不定位、不定时、不定义吗？

在许多"机要"的层面上，我们的答案是肯定的。如诗中不必用人称代名词，不说"我""做什么"，而直书"做什么"，像李白这首：

玉阶生白露
夜久侵罗袜
却下水晶帘
玲珑望秋月

是“谁”却下水晶帘？是“谁”望秋月？诗中的环境提供了一个线索：是一个深夜不能眠的宫女。但没有用“她”或“我”这类的字，有一个特色，那便是让读者保持着一种客观与主观同时互对互换的模棱性；一面我们是个观众，看着一个命运情境的演出在我们的眼前，一面又化作宫女本身，扮演她并进入她的境况里，从她的角度去感受这玉阶的怨情。一者是景、一者是情，一时不知何者统领着我们的意识。我们可以说，“情景交融”的来源之一，便是主客既合且分、既分且合的状态。

事件之前不加人称代名词的另一个意义，还可以用西方画的透视作反面的说明。透视的产生是：画家定位定向地看。画家“领”着观者透过他所选择的观点方向去看。加上人称代名词，便是“以我观物”，也是定观点定方向的作法，如“我轻轻地来，我轻轻地去”便是(西洋诗、早期的白话诗这类句法最常见)；不定透视(如中国山水画)、不定人称代名词(如许多中国诗)便是画家、诗人安排好景物以后，站在一旁，让读者(观者)进入遨游，感受。

另一个“机要”的层面，便是中文中动词里超脱了时态的变化。这一点，仍然可以用西方语言很重视的时态变化来作反面的说明，像英文中的现在式、过去式、将来式，是刻意的要我们意识到“时态”，I walked——我(过去)走过。这便是定时——昨日“如此”，今日“不同”或者“仍如此?”是激发读者分析性思维，指导、领导读者思维方向的元素。中文没有时态的变化，是因为在诗人的意识中，经验，或应该说所呈示的经验是常新的，是大家都可以参与的。则在明显的“事过境迁”的情况之下，在文字的层面上，仍不流露分析性的痕迹：

凤去台空江自流

用英文来说，便有下列的趋势：The phoenix had gone(过去完成式)；The terrace is empty(现在式)；The river still blows on alone(现在及展向将来的含义)。用白话来说明这英文的句子是：“凤去了，台现在是空的，江仍然继续流着。”文言原句中当然也含有这个意思，但却着重其“演出性”，仿佛是一个继起的“现在”在眼前作戏剧性的演出，所谓“事过境迁”的意义是后发的，是在观者直接接触经验之后。这个经验过程可以用电影中的时间来说明，电影用的是活动的形象，文字中所用的“过去”“现在”“将来”的标志(如“他来了之后”，“在他来之前”)在电影语言里是不存在的；我们只有一连串不断继起的“现在”。所谓时间的变化，不在电影语言本身，而在观者“感”后的“抽思”。

"不决定人称代名词"，使我们主客自由换位，使情境开放，任我们参与创造；"没有时态变化"，使原是作者过去的经验得以常新的面貌直接演出在我们目前。这是语言中不定位、不定时的一些重要的美感效果。

回到前面的问题来，文字作为一种表义的媒体，真的可以完全做到"不涉理路"吗？完全可以做到不定位、不定时、不定义吗？

答案是：不能。虽然我们说：文言的语法有高度的灵活性，作为一种语言，自然无法"完全"超脱"理路"。就以周策纵这首(妙绝世界的)"字字回文诗"来看，有很多句子还是呈现着"勉强"和"生硬"，这不是诗才的问题，而是语言本身必有的限制。

一般来说，一首诗中还是脱离不了"说明"(情或理)与"演出"两面。说明物我关系的如孟浩然的《春眠》："春眠不觉晓，处处闻啼鸟，夜来风雨声，花落知多少?"最后一句是所谓"抒情、抒怀"句，把感受点出、说明。高友工与梅祖麟先在他们合著的一篇《唐诗中的语法、用字与意象》一文中①，提出"意象"与"命题"两极，但如果我们权衡这两极在中国诗中的比重，我们会发现"意象"部分(或景物、事件演出的部分)占我们感受网的主位，而属于"命题"的部分一般来说只占次要的位置，有时甚至被景物演出所吸收。以王维的《山居秋暝》为例：

空山新雨后
天气晚来秋
明月松间照
清泉石上流
竹喧归浣女
莲动下渔舟
随意春芳歇
王孙自可留

最后一句来自楚辞招隐士："王孙兮归来，山中兮不可久留"。是说情句。但在我们的感受中，仍以前面六句景物事件的演出为中心，是这首诗美感活动的主要关注。至于一反"王孙……不可久留"的"王孙自可留"，只是前面六句呈现的"清逸"境界再进一步的肯定而已。

则以惯于说情的杜甫，亦有大幅度的景物、事件的演出：

风林纤月落
衣露净琴张
暗水流花径

① Kao Yu-Kung and Meil Tsu-in, "Syntax, Diction and Imagery in Tang Poetry", Harvard Journal of Asia Studies, vol. 31(1971), p. 58.

春星带草堂
检书烧烛短
看剑引杯长
诗罢闻吴咏
扁舟意不忘

——夜宴左氏庄

最后的“说情”或“命题”，是含在另一个事件里。事实上，杜甫有不少诗，是把“说情”完全含在景物演出之中的，如《初月》：

光细弦欲上
影斜轮未安
微升古塞外
已隐暮云端
河汉不改色
关山空自寒
庭前有白露
暗满菊花团

杜甫利用了观察时空间的移动带来经验的飞跃，先看天上的初月(上)，由光引至古塞(下)，跟着“河汉不改色”(天)，转到“关山空自寒”(地)(以上是远景)，然后突然一转“庭前有白露，暗满菊花团”(拉近眼前)。注意：“轮未安”、“古塞”、“关山空自寒”是“实景实写”，但也暗含了边塞寒苦不安之情。在我们读者的经验过程里，完全是感受为先，抽思在后。在这首诗中，读者甚至不愿意作抽思的活动，因为这抽思的活动会破坏和减缩了实际的美感状况。

类似“初月”这种空间移动的飞跃，任景物在眼前演出的诗，如李白的《黄鹤楼送孟浩然之广陵》、柳宗元的《江雪》都是利用空间的移动、景物的递次出现来包含物我的关系与意义。至于利用景物纯然的出现来构成“静境”、“逸境”、“清境”……者，在王维的诗中更是比比皆是，在此不另录。

则在“叙事”的诗中，中国古典诗人也“偏爱”戏剧意味的活动。我们试举杜甫的《闻官军收河南河北》为例：

剑外忽传收蓟北
初闻涕泪满衣裳
却看妻子愁何在
漫卷诗书喜欲狂
白日放歌须纵酒

青春作伴好还乡
即从巴峡穿巫峡
便下襄阳向洛阳

八句诗，其疾如风，层层快速转折，如音乐中的快板，几乎无暇抽思，虽然在文字的层面上有说明性的元素。

认识了中国古典诗人对“演出性”的偏爱和“先感后思”的要求，我们才可以了解被王力先生列为“申说式”、“原因式”的句法(P. 271)传意的真质。

沙明连浦月　帆白满霜船(申说式)——白居易
草枯鹰眼疾　雪尽马蹄轻(原因式)——王维
日落江湖白　潮来天地青(原因式)——王维

照王力先生所偏重的解读，以下的句例自然也是“原因式”或“因果式”了：

天晴一雁远　海阔孤帆迟——李白
鸟归花影动　鱼没浪痕圆——悟清
花浓春寺静　竹细野池幽——杜甫
潮平两岸阔　风正一帆悬——王湾
星垂平野阔　月涌大江流——杜甫

但事实上，在我们初读之时，只有景物继起的出现和演出，所谓“原因”、“因果”是后发的结论。这点是重要的，就是说，我们和外物接触，是无法避免“关系的建立或说明”，但要为该瞬接触“思发前”的状态存真，中国古典诗人“常常”利用“若即若离、可以说明而犹未说明”的语法，还给读者“初次印认”的机会，把“说明”含孕在“景物继起的出现和演出”里。假如我们说“意在言外”是作者传意的方式，那么“言在意中”便是读者接受的状况。这是中国古典诗中与众不同的说明方式。我们绝对不可以用“因如何所以如何”的思维方式去解读这些句子。

现在让我们看一首“说明性”很显著的诗——杜甫的《旅夜书怀》：

细草微风岸
危樯独夜舟
星垂平野阔
月涌大江流
名岂文章著
官应老病休
飘飘何所似

天地一沙鸥

有不少读者有这样的倾向，由于后面四句的“命题”出发去解释前面的景，而集中在“危樯独夜舟”一句，作为作者“沙鸥飘飘”的自况。这样的解读过程虽不能说错，但有显著的不足。这首诗，像其他的中国古典诗一样，是依从一种近似电影镜头活动的方式向我们呈示，在我们接触之初，“危樯独夜舟”是一种气氛，有许多可能意义的暗示。独，在我们初触之际，只是一种状态的直描，是独一，但不马上就提供“孤零零”的含义。到“星垂平野阔”“月涌大江流”，使到原是狭窄的夜，和夜中的一点(独舟)，突然开放与光明起来，使原来较凝滞的状态，突然活跃起来。而在这空间活泼的展开里，我们仿佛被镜头引带着朝向开阔明亮的夜之际，一个声音响起：“名岂文章著，官应老病休，飘飘何所似”，一个带感情，活泼泼的戏剧的声音(不是一个人平白地向你说教)，而此际，镜头一转“天地一沙鸥”，由于前面有开阔的空间和自然活泼的活动，这只沙鸥，一面承着“飘飘何所似”，有了“孤零漂泊”的暗示，但也兼含了广阔空间自然活动的状态——休官后的自由。由此可见，景物演出可以把枯燥的说理提升为戏剧性的声音。

结　语

中国古典诗的传释活动，很多时候，不是由我，通过说明性的策略，去分解、串连、剖析原是物物关系未定、浑然不分的自然现象，不是通过说明性的指标，引领及控制读者的观、感活动，而是设法保持诗人接触物象、事象时未加概念前物象、事象与现在的实际状况，使读者能够在诗人隐退的情况下，重新“印认”诗人初识这些物象、事象的戏剧过程。为了达成这一瞬实际活动状况的存真，诗人利用了文言特有的“若即若离”、“若定向、定时、定义而犹未定向、定时、定义”的高度的语法灵活性，提供一个开放的领域，使物象、事象作“不涉理路”、“玲珑透彻”、“如在目前”、近似电影水银灯的活动与演出，一面直接占有读者(观者)美感观注的主位，一面让读者(观者)移入，去感受这些活动所同时提供的多重暗示与意绪，所以我们的解读活动，应该避免“以思代感”来简化、单一化读者应有的感印权利，而设法重建作者由印认到传意的策略，好让读者得以作较全面的意绪的感印。

后　记

我在本文的前面，提到中国古典传释学哲学基础的探讨，说这个探讨包括我们对物象、事象的初识，即所谓“指义前”的印认，和我们因人际、物际、时空的离合等等因素而从物象、事象本身引申出一连串意义的架构，以及这些架构篡夺了物象、事象而另成一种我们解读、诠释的体系。本文所提出的，可以说只是第一个层次，即读者通过语言试图进入作者传意领域应该注意的基本问题。传释学所牵涉层次甚多，譬如，我们读一首诗时，实在是游离、进出于过去许多同类的诗歌里，这一个层次的活动，我已经在本书《秘响旁通：文意的派生与交相引发》一文中论及，本文中提到的“玉阶怨”，尤其要加上这一个层次的考虑。其次，所谓引申的架构篡夺了物象、事象的初识印象，最显著的例子是儒家解读民歌体的诗经时所外加的道德、政治的解释，这些解释反宾为主地支配了后来诗人取义于诗经形象的传义范围。这种情况也发生在易经上，譬如乾坤的关系原是互相平等的，引申到君臣、父子、夫妻的关系时便篡改了原意。所以，意义架构的形成还牵涉到“权力”，为了其巩固与垄断要作专横的歪曲与质变。道家为了从这些结构中解放出来而力求回归物之原体自然而然的本样亦非无因的。中国传释学在其间所发生的整个辩证过程，是需要好几篇文章才可以解决的。本文最初只想以“道家传释学”作开始，后因觉得从哲学先开始还不如从具体经验先启窦，才决定先写这一个语言印认的层面。计划中的文章，还要讨论到中西传释学中“预解”(英文称之为 preunderstanding)的来源及其形成的历史、哲学因素，要讨论了这一个层次，我们才可以认识到所谓“传释的循环”(hermeneutical circle)的复杂性。这个后记好像“预支”了许多，但不说明，便会有人误解本文只为一种传释活动而设。我希望这个后记可以消减读者的一些悬疑。

诗学中的两极范式：中西方文学的前提

欧阳桢著　朱　骅译

东西方文学比较正日益繁盛，然而方法论和比较的逻辑问题在这一领域内却几乎没引起多少关注。那些诱人而有趣的问题，如中国有没有悲剧？为什么中国没有史诗？虽然能引发人们的兴趣却不能给人们带来真正的启发。当然，人们不会注意到这些问题中内含的偏见。几乎没有人正面问过，为何西方没有王朝历史？为何西方没有类似于《诗经》的典籍？在西方有等同于律诗和杂剧的文学形式吗？如果说质疑西方这方面的缺失让你感觉荒诞，那么我们必须想到一种可能性，即开始的那几个问题也许同样毫无意义。

有些推断最终没有结果也没有意义，因为这些推断没有关注到提出那些问题时未作反思的态度——也可以说是未作自我反思——所内含的前提与方法论的根本混乱。那些表述涉及一些大问题，任何可能的解答都被内在的混乱阻扰了，这一混乱使任何“真知灼见”显得不可能也毫无意义。用通俗的话来说，这是“苹果和橘子”的问题：我们如何用苹果的标准评判橘子，用橘子的标准评判苹果？我们清楚地看出，在试图解释为什么一种形式不如另一种完善这一命题时所具有的方法论上的荒谬，因为我们自己既不是苹果也不是橘子，从类属方面说，在涉及水果的时候我们是公正的，但从我们受制于文化语境这一视角来看，这种中立性却行不通，我们在无意中采取了西方（譬如说，苹果）或东方（譬如说，橘子）的参照点。我们所做的评判的前提本身就是研究的对象，而不是一个纯粹的参照点。①

在本文中我要探讨的正是这一“伪普世性”（pseudo-universals）领域——不是为了建立一个不偏不倚的参照点（事实上在任何情况下都不可能存在），而是要建立一个多元的透视点，即便不能全部清除曲解和偏见，也可以有效地减少这种情况。我将这些参照点预想为极性相对而不是类属相对，以便强调它们并非由“是/不是”二元逻辑运作的僵化的概念包。这一策略也防止了过度简化，即虚构出的文化单一性的错误。我们关注文化的复杂性，尽管文化间存在总体的差异，但各文化内部也存在着不同的群体和多样化的视角，因此任何有关参照物的大规模讨论——不管是“西方”的还是“中国”的——都必须是应景的和有条件的，我们的分析只能提供一个大概的轮廓。不可避免会有个别的例子偏离标准概念，也会有一些特例考验普遍的认识。智性的努力不是为了创立严格的对比，而是要看清区分的意义，这样每个传统的特性也许就会在比较中清晰地浮现出来。

脱离语境的比较，不考虑前提范式的比较等问题的根源在于没有调节前景中的对象，使之适应差异巨大的背景。有意义的深刻见解能揭示被“前景化”的对象和被

---

① 人们不可避免地使用自己的经验作为参照或作为出发点，但这不同于将这一参照点看成是任何研究和任何研究者的普世而绝对的认识论所犯的错误。

“背景化”的语境之间的关系。将对象从它们的文化语境中剥离出来，并将它们同迥异的文化语境中的其他对象进行比较，此做法只是一种无谓的重复，比较的结果对于理解被比较的任何一方都没有意义，因为真正重要的是对象和其语境的关系。在讨论文化实体的时候，本体论分析的根本错误也许不那么明显，因为我们受到语言的欺骗，以为抽象的概念是超越文化的。说苹果不是橘子不等于说清楚了苹果是什么，也不能解释为什么一个人选择“橘子”而不是，譬如说“三角形”，作为参照点来表明苹果是什么。太多的“东—西方”比较让我们想到了“水果色拉”——对于味蕾来说很美味，但对思想来说没什么营养。

我将详察的两极范式分成四个群来讨论：① 外在范式(modal)、概念范式(conceptual)、类属范式(generic)和哲学范式(philosophical)。外在范式强调了工具性，即工具对产品的影响。改进技术意味着对某种可能性和前景的潜在强化，但没有引起人们注意的是技术对所能生产出来的产品的影响，人们也许会说这是技术带来的偏见。一些例子，譬如活字的统一性(带来“铅版”和“翻版”)，或者说话语的短暂性与文字的长久性的对比，都可以说明以上情况。换句话说，人们使用的工具决定了风格、形式和所生产的产品的意义——要么因为技术限制(譬如原始工具)，要么因为技术提高(譬如现代设备)。② 外在范式方面的考虑提醒我们要反省地审视我们描绘现实所使用的工具和改变现实所使用的工具。用来描绘、创造和改变现实的基本而原始的工具是语言本身。

概念范式指的是话语中体现各领域本质的“优势性”术语。在科学领域，它就是量化；在数学领域，它就是逻辑；在实证主义中，它就是可证明性；在经验论中，它就是经验和实验；在经济学中，它就是物质幸福；在舞蹈中，它就是移位；在艺术中，它就是视觉；在音乐中，它就是聆听。各种语言都有自认为重要的方面，彼此并不一致。西方语言区分数、时态，有的还区分性属，但东方的亚洲语言并非如此。另一方面，对语言学家所谓的“体”，中国和日本有更明确的意识，这包括对敬语和社会等级的细致入微的关注。中国的代词更像是属类名词，常常为个人关系所决定，而不是被中性的第一、第二、第三人称这样的亲疏程度所决定。这不是坚称汉语中没有时态，西方语言中没有敬语，而是说不同语言的侧重点是不一样的，这些差异影响到某些体现领域特点的优势术语。换句话说，我们对世界的理解影响着

---

① 我没有理由认为非得只有四个群，但这四个群似乎都有足够的例证来保证分开的研究。

② 任何使用过“文字处理器”的人都经受过这样的诱惑，想花时间(和精力)“整饰”一个文本，仅仅因为比起殚精竭虑生产另一种思想或另一种(还没有被程式化)见解来，“整饰”工作更容易把握，更容易解决文本的物理外貌的问题。写作教师对这种现象很熟悉也很绝望，学生们过度关注用“文字处理器”编排的作业的外形的完美，却忽略了内容的智性的贫乏。广告是另一个例子，在广告中“介质”被错误地当成了“信息”本身；然而，从更深层次的分析来看，如麦克卢翰(McLuhan)所坚持认为的那样，“媒介”就是“信息”。我们只需留意一下在现代市场上“包装”的重要性就明白这一点。“包装”利用了大众搞不清无形的质量的本质和有形的质量象征物之间的区别。

我们认知世界的方式。[①] 一位纸厂工头看森林的方式肯定不同于一位徒步旅行者，一位将军对和平的展望肯定也不同于一位牧师。

类属范式关注话语的形式，即交流、表达和创造的类型。“封闭的”和“开放的”形式开始的时候只是艺术史中的描述性术语，但他们在文学中也同样具有实用性。在类属偏向的观念之后隐藏着一些明确的有关形式本身的设想。是否有偏见认为形式固定的文本优于形式不固定的文本？是否意思比文本的组织和连贯性更重要？是否人们对意思的偏爱，譬如对文本的组织、连贯性和体系的热衷中所表现出的那样，会诱发产生“伪意思”的形式（譬如在科学文献、星相学和统计学中），而这只不过肯定了意思的轮廓而不是本质？是否这些例子告诉我们，理解并不是获取了新的意思而不过是对我们已经知道的意思轮廓提供安慰性强化？不管是在机械工程学、数码技术、控制论还是人工智能等领域的发展中，分析性思维的成功激发了人们对分类方法的信赖和忠诚，似乎智性的条理化所反映的是真理而不是一种权宜之计。合法性被错误地假定为能通过可操纵性或者可检索性得以证明。我们先前曾引用过 M. H. 亚伯拉姆斯（M. H. Abrams）那简洁却令人难忘的陈述：“分析性思维这一地域性病症是条目分类法的硬化（hardening）。”研究类属范畴就是关注硬化为信仰或教条或赞美诗或真理之前的范畴。

哲学范式指的是世界观，weltanschauungen，决定着一个人探索的视界和范围。每个论断中都有指示性的分界线，可能明显，可能含蓄，可能是有意的，也可能是自觉的。哲学探究提出的问题中就有对智慧本身进行研究的分界线。譬如，这包括玄学思想和神秘思想吗？是致力于发现普遍还是个别？如果是一般，那么是具体的还是抽象的？如果是个别，那么是现象的还是本质的？

外在范式（Modal Paradigms）

让我们转向外在范式，首先关注书写工具。在西方，自草纸引入之后书写就使用一种削尖而有斜角的工具，在结实的表面刻画留下痕迹。这样划出的线条在笔画的宽幅上是有限的。然而，在中国，[②] 从所能记忆的时间起，书写工具就是毛笔，而承载书写的介质不是像树皮或草纸那样光滑的表面，而是有纹理和吸收性的材料，譬如米纸或丝帛。毛笔划出的线条是多变的，书写工具的运动是流畅而轻盈的。硬笔需要力量，通过施压留下痕迹；而毛笔正好相反，只要同表面轻触即可留下印迹。比之硬笔，毛笔的线条变化更加繁复，运笔的节奏更加开阔，更加风格化的东西就

① 我们可以思考英语和德语中表示“知道”这一词意的方式的差异。在英语中，同一个词 know 可以用来表示知晓一个领域，认识一个人，或掌握一项技能；但在德语中，要表示一个人知晓某一领域，就必须使用 wissen；要表示认识一个人，就必须使用 kenner；要表示掌握某项技能就必须使用 konnen。这是否意味着一定有一种内含三个子集的“知晓”（know），就像在英语中那样，或者一定有三种彼此不同的“知晓”行为，就像在德语中那样，而这些行为绝不相同（尽管也许在类属上很接近）？人们可以举一个在意思上存在细微差异但正好相反的例子。在英语中“history”表示纪年性记述，“story”表示记事性记述，但在法语中二者合并为 histoire，在德语中合并为 Geschichte，在意大利语种合并为 historia。

② 在本研究中，有关中国的论断也在很多方面适用于韩国和日本，因为这些文化沿袭了中国的模式。

可能得到认可，而这在硬笔中是行不通的。西方强调形式明晰，运笔整饬(penmanship)，而中国强调书写风格(汉语中只有书法之说，而无运笔整饬之谓)。实际上，对于一些人来说，譬如李梦阳(1472—1529)，认为“作文一如书法”(composing literature is like calligraphy)。①

这些技术细节能够深刻地阐释和说明东西方大不同的美学考量。在西方，文学和绘画是各自独立的艺术，② 而在中国、韩国和日本，二者是一个艺术整体。善画者亦善治文，这似乎纯然天成，原因在于二者使用的工具都同样是毛笔。文学和其他艺术的关系曾经在西方产生广泛的争议，让西方始终游移不定，对这一关系进行系统而有意义的研究，以及先锋艺术将似乎不相干的艺术形式融合为一个新的艺术形式的尝试，在西方存在着理解上的困难，但对中国的美学家来说这一困难似乎不可思议。他们看到一首诗写在一幅画上感到毫不足怪。实际上，如果画上无诗，他会认为这幅画尚未完成。

在中国，拉奥孔(Laokoon)和新拉奥孔(New Laokoon)的警告要么无意义，要么多此一举。在中国的语境中阅读莱辛(Lessing)关于“可见与不可见”的存在和行为的著名论述，会体验到一种断裂感。“荷马，”莱辛写道“创造了两种存在和行为，可见与不可见的。绘画没有能力呈现这种差别，一切都是可见的，而且被看到的方式只有一种。”③

作为艺术，绘画的特性在于使一切可见——由是推知，它不可能呈现任何不可见的事物——这一观点是建立在西方绘画观之上的。完工的西洋画的画布表面全部涂满颜料，即便是无物的空间也必须画出来。然而，中国画并不遵守这个技术清晰性的原则，水墨并不沾染该空出的地方。实际上，就一幅中国画而言，画与未画的部分几乎一样多。中国人不会接受莱辛有关绘画只能画出可见部分的断言，因为大量中国艺术的审美所要表现的恰恰是不可见。中西方的表现方法存在对比——传统西方绘画要求即便是空白处也必须着颜料，因此即使是无人的空荡荡的景色，画布上也必须全部涂上颜料，否则就被认为画作未完成。然而，在中国画中，不仅画纸的表面留有很多空白，而且一些描绘真正事物的地方——不管是天空、水、云或空气——皆空无一色。(这里我们也许看到一种反讽：即使中西方都使用毛制画笔，审美趣味也大相径庭。西方偏爱油彩，中国偏爱水墨，功效迥异。)

再举一些更加近代的例子。像“die wechselseitige Erhellung der Kunste”(不同艺术的交互辉映)这样的观点认为，艺术形式的区分方法在一切文化中都相同，也以同样的方法被认可。艺术形式的“互相辉映”，以及瓦格纳(Wagner)提出的“Gesa-

---

① 刘若愚：《中国文学理论》(James J. Y. Liu. *Chinese Theories of Literature*. Chicago and London: The University of Chicago Press, 1975. p. 91.)。

② 意大利的米开朗琪罗和英国的布莱克二人在文学和视觉艺术方面都是杰出的天才，是不同于普遍情况的特例。

③ 莱辛：《拉奥孔》(Gotthold Ephraim Lessing, *Laocoon*, trans. Robert Phillimore. London: Macmillan, 1874. p. 127.)。

mtskunstwerk”概念所内涵的不同艺术形式的融合，不管是在艺术书籍中还是在具象诗中，在西方都被认为打破成规，大胆创新。然而，在中国这种做法却仅被认为是传统的，自然而然的。公元八世纪的唐代诗人王维，尽管其画作已经失传，曾就文学与艺术的关系留下一句名言——画中有诗，诗中有画。这一看法典型地代表了诗歌与绘画在中国的共生关系，二者在西方却是各自独立的艺术。在中国，不需要理论的澄清与分析性综合以证明艺术融合的合法性。多少个世纪以来，诗歌、绘画、书法就一直被当作“笔的艺术”为世人欣赏。

中西方诗学基础的另一个外在差异涉及承载情感与思想的工具——情感产生之处与理性生发之源。在西方，二者传统上被分别归属于作为器官的“心”(heart)和作为实体的“思”(mind)。我们已讨论过中西方对情与思差异的不同看法。在中国，心与思功能合一的传统——将心与思看成一个整体——影响了中国人对诗歌的定义。“诗言志”是对中国诗歌所下的最早的断语，一般的翻译会曲解其意思，因为“诗言志”既可合理地译为“Poetry expresses intention”(诗言意)，这是通常的译法，也可以译为“Poetry expresses emotions”(诗言情)。“志”这个字从字形上说由表示“学者或士兵”的“士”和表示“心—思”的“心”组成，但任何一方都不足以表达“诗言志”的原意，因为在汉语中诗既可以表达无“情”之思，亦能表达无“思”之情。然而，最常见的情况是，“诗言志”中暗含着价值判断，即好诗所表达的是情与思的交融。

中国的美学和中国的伦理教义普遍不相信纯粹的“思”与纯粹的“情”。在西方看来，心遏制着思的冷漠，思遏制着心的热情，但即使这一看法中也存在偏见，因为这一看法认为二者必须以共生的方式彼此依存。但在中国，情况却截然相反，中国观念认为所谓的两个功能不是两个而是一个。二者的分离，不管是具体的还是抽象意义的，违背了万物的整体性，造成打破自然秩序的变形。① 这不完全是艾略特(Eliot)提出的“摆脱情感”(dissociation of sensibility)，但本质是一样的，因为传统的中国人看不出理智(sense)与情感(sensibility)二分的意义何在。我们用不着去思考哪一种观点正确，即“心与思”或“思与心”之间究竟相关还是不相关，也许结果证明二者之间并不彼此对立。②

心与思的另一种分离是约翰·罗斯金(John Roskin)批评真假情感时提出来的。很有趣的是，这样的批评居然是这位对绘画有敏锐的辨别力同时对诗歌又有极高鉴赏力的人提出来的。他坚持认为，思起着稳定心的作用。他对诗人的等级划分建立在这一关联点上：

---

① 《孟子》中有彼此相近的两篇展示了“心”这个词所涵盖的广度。当被问及他的思想是否会受外界干扰时，孟子回答说：“四十不动心”。然而，数段之后他又说：“人皆有不忍人之心。”

② 尽管那些在西医传统中训练出来的医生中的多数人对“整体治疗”(holistic medicine)仍持怀疑态度，但西方医学新近的发展复活了先前被抛弃的关于思想和身体互相影响的观念。见丹尼尔·格尔曼的文章《思想之于身体》，载《纽约时报杂志》，(Daniel Goleman, “The Mind Over the Body,” *New York Times Magazine*, 27 September 1987, p. 36ff.)

> 我们有三个等级的诗人：一类是正确认知世界的诗人，他绝不感情用事(feel)，于他而言，樱草花绝对就是樱草花，因为他不爱这花；第二类是错误认知世界的诗人，因为他感情用事。于他而言，樱花草可以是星星，可以是太阳，可以是仙女的盾牌，也可以是一位被遗弃的少女，唯独不是樱花草；最后一类是尽管会感情用事却能正确认知世界的人。于他而言，不管围绕着樱花草有多少种联想，也不管有什么样的激情，樱花草只能是樱花草——一种平常的枝繁叶茂的小花。①

这一段中的排除式分类法也许值得讨论，而不是一带而过。首先，这里的分类尽管似乎显得客观，但罗斯金使用樱花草作为判断的引子显得主观；第二，他认为隐喻的、象征的或寓言的倾向源于"情"，而非源于"思"；第三，他既没有考虑到有人因为理性而认知错误，也没有考虑到有人因为感性而认知正确。② 最后，罗斯金将诗人排出一个令人难忘的等级。那些毫不感情用事的人根本不是诗人；那些感情用事却认知错误的人是第二等诗人；那些尽管感情用事却认知正确的人是第一等诗人。

对诗人的等级划分源于罗斯金对"情感谬误"(pathetic fallacy)这一概念所做的影响重大的讨论。他将"情感谬误"描述为"我们对外界事物的不正确印象"，是一种病态，这使我们以为活力源于倦怠，感性源于冷漠。此后的文学评论者往往倾向于鄙弃体现"情感谬误"的诗作，让人想起罗斯金自己的论断："我相信，如果我们深入详察这种情况，我们将发现最伟大的诗人通常并不承认这种谬误，也就是说，只有第二等级的诗人才对此很热衷。"更进一步解读罗斯金的文章《现代画家》(*Modern Painters*)，我们会发现就罗斯金这方面来说，"情感谬误"的意思是相当含混的。他引用了柯尔律治(Coleridge)的一篇"病态"(morbid)的文章，却宣称喜欢这篇文章，而且认为他所举证的蒲柏(Pope)所译的荷马史诗中的意象绝对不是"情感谬误"。罗斯金提醒我们"真理的精神即使在我们沉醉于谬误之中时也必定引导着我们。"

这些思考是有关人们品位发展的醒目的例证，让我们对美学产生重要而深刻的见解。当然，多数现代评论者会认同罗斯金对蒲柏的那些乏味的比喻的谴责，以及他那几乎充满歉疚感的对柯尔律治的"变态"意象的喜爱。然而当我们将这些关心应用到一首非常著名的中国诗歌中时，却惊讶地发现根本派不上用场。杜甫的《春望》开头几句经常为人所引用：

> Country mined, mountains and rivers remain，国破山河在，
> City in spring, grass and trees are thick. 城春草木生。

---

① 哈罗尔德·布罗姆编：《约翰·罗斯金的文学批评》(Harold Bloom ed. *The Literary Criticism of John Ruskin*. New York: Anchor Books, 1965. p. 66.)

② 罗斯金的观点前后并不一致。在这里，他批评的第二等诗人是那些因为感性而认知错误的人，而他赞美的第一等诗人是那些尽管感性却认知正确的人。然而在其他地方，他又将第一等的诗人描述为"情之烈，思之深，见之真"(who feel strongly, think strongly, and see truly)的人。

Moved by the times, flowers spill tears, 感时花溅泪，
Hate being apart, birds startle the heart. 恨别鸟惊心。[1]

将痛苦移情到“花”，正是罗斯金所说的“病态”的“情感谬误”的例证，然而这却是读者在最受人敬佩的中国诗作之一中读到的。[2] 暗含在诗行中的是一个臆想，即“花”是能够流泪的，要是让罗斯金判断，这就是“谬误”。[3]

人们面对一个认识困境：要么罗斯金对夸张性修辞的定性错了，要么杜甫必须降级，至少在这个例子中从“第一等诗人”的位阶上下来，因为他跌进了“情感谬误”中。但这种非此即彼的二元对立真的有必要吗？或者有一种居中的可能性？人们无须抛弃诗歌以证明某种批评上的深刻见解，也无须削弱深刻的批评见解以维持自己对珍爱的诗歌的景仰。罗斯金的思想根基是心智高于情感：真理被严格地看做是智性活动的结果，情感只会歪曲真理，遮蔽真理，压制真理，其本身却不能成为发现真理的工具。如果说人们偏爱真理胜于激情，那么显然思考必然优于感觉。然而，即使我们不能接受完全相反的情况，我们也必须承认存在着“虚感”(false feelings)和“真感”(true feelings)，而这又会导致要么矛盾，要么多余的“假真理”(false truths)或“真真理”(true truths)。在杜甫所属的中国传统中，这样的二分法和区别，即使不是古怪的，也无论如何是陌生的。

有两种调节法可以解决这一困局。首先，如果心与思之间没有截然的分界，那么在思想的能力与情感的能力之间就不可能有等级之分，因此在思想的论断与心灵的论断之间就没有本质的差别，二者皆可由“志”代表，而“志”既表示“想”(intention)也表示“欲”(conation)。第二，人类在感受性方面没有真正的排他性，并不以过度的泛灵论迎合万物有感的展望。罗斯金对“情感谬误”的分析中有智性的自渎成分，他假定人类情感以自己的方式优先存在，然后指出将这些情感归之于非人之物不妥当。但无论是中国语言还是中国人，并不以如此的方式看待情感。有关情感的语词本身也许就是从外部世界中借来的比喻，由此提供了表达情感的一套词汇。“愁”这个表示“忧伤、忧郁、痛苦”的字，将表达“思—心”(mind-heart)的字根“心”和表示“秋天”的“秋”结合在一起。我们复杂的现代认知方式不能忽视一个事实，即情感语汇在传统上是抽象概念，其存在和特性之难以名状是众所周知的。(思考一下“爱”、“恨”、“羡慕”等我们熟悉的词汇，我们能识别它们，却无法定义它们。)“秋在心头”的那种感觉也许正是我们所能有的最具体、最准确，也最综合的对哀伤的释

---

① 我对“感时”的译法做了一定的个人化处理，因为这个短语既可以理解为“为时所感”，也可理解为“感动之时”。

② 实际上罗斯金最初在他的文章中给“情感谬误”加了一个脚注，引用了和这里几乎相同的几句诗。诗选自丁尼生(Tennyson)的《莫德》(*Maud*)：“门旁的西番莲流下/一颗闪烁的泪珠”(There has fallen a splendid tear / From the passion-flower at the gate)。

③ 不少人在解读这首诗时认为，只有人类才会流泪，因此这些泪是人为花而流，这种解释让我觉得怪异。

义。汉语词“愁”包括了因时光流逝而产生的伤感，因事物消殒而滋生的哀恸，因荒凉的冬季到来而心生的恐惧，以及人生苦短的暗示——所有这一切都很容易以一种秋日情怀为人所识别(当然这里是指其季节中有秋季的民族与气候带)。这种人类情感和自然界之间的“对应”关系(resonance)在许多传统的中国文论家的论述中屡见不鲜，最著名的如王士祯(1634—1711)和王国维(1877—1927)。①

将人类的情感加之于无生命的自然物中，远非一种谬误，而只是情感之源的复位，是语义资本回流到意思的源头。当然，在杜甫的诗中，这种移情更加有力，因为人类之乱与自然之稳的对比让位于“泪”这个词中的变与稳所具有的融合与和谐。诗意完全源于人类文化过度偏离自然，这就说明为什么一方在消散，另一方却长存。

对于汉语中是否存在“非真实条件句”(counterfactuals)，语言学家们争论不休。与其争论，还不如就中西方诗歌中的虚拟性和指示性环节是否普遍做一个预期的检验来得更有趣。从这个角度，我们看到的是另一个例子，显示西方的某些区别性定义非常不适用于中国情况。以前读者们将诗中的第一人称和写这首诗的历史性存在的诗人等同起来，这种错误的臆断鲜明地体现在威廉·维姆萨特(William Wimsatt)于一代之前所写的文章《刻意的谬误》(*The Intentional Fallacy*)中，但如今这种观点在西方已不如“新批评”到来之前那样根深蒂固。即使读者不再错误地将第一人称叙述者同历史性存在的诗人等同，读者们仍然能假想一个“隐含作者”。然而，在多数中国诗歌中，诗人——尽管对照“刻意的谬误”而具有论据的正确性——就是那个第一人称叙述者。

中国诗歌中常常出现的作者个人生平记述标志着诗歌创作的时间和激发此诗创作的事件，而事件实际上就记录在诗中，让我们觉得那刻意将诗中的“我”和诗人区别开来的复杂的西方分析法似乎受到反驳，或者说这种分析法和中国抒情诗无关。研究中国诗歌的学者们(不管中国的还是西方的)都已习惯于将李白、杜甫同他们诗中的第一人称等同起来(尽管李白比杜甫更多使用第一人称，白居易对第一人称的使用则更显而易见)。在中国，“艺术”(art)这个概念比之西方显得更加个人，也不那么装腔作势。作诗不是某些具有特殊禀赋的人的天职，而是任何读书人的一项技艺。当然，中国读书人的诗作往往只不过是一种练习，即使遵循严格的韵律法则，也很少达到艺术的层次，受到的关注也不超出几个至交和熟人。

在中国古代，诗不是专门的“诗人”的创作，而是“文人”写的，即那些能识文断字的个人。人们认为“文人”能够写诗，他们也的确时不时写上几首。诗的主题自然

---

① 对于王士祯的研究，参看德贝利主编的《新儒学》(W. T. DeBary ed. *The Unfolding of Neo-Confucianism*. New York: Columbia University Press, 1975.)；对于王国维的研究，参看里克特的《王国维的〈人间词话〉：中国文学批评研究》(Adele Austin Rickett, *Wang Kuo-wei's Jen-Chien tz'u-hua: A Study in Chinese Literary Criticism*. Hong Kong: Hong Kong University Press, 1977.)和涂经怡：《〈人间词话〉译注》(Wang Kuo-wei, *Poetic Remarks in the Human World*, *Jen Chien tz'u hua* trans. Tu Ching-I. Taipei: Chung Hwa Book Co., 1970.)；要了解中国传统诗歌中隐含的人与世界的对应主题，参看孙珠琴《感受情景：中英诗歌中的借景抒情》(Cecile Chu-Chin Sun, *A Sense of Scene: Depictions of Scene as Expressions of Feeling in Chinese and English Poetry*. Ph. D. Disser., Indiana University, 1982.)

是他生活的一些事件和感受。除非是为罕见的情况所左右，他不会主动去建构一个完全由自己想象的复杂的神话世界；他倾向于仅仅在自己个人化的诗作中影射这样一个神奇的世界。如果说在一个更加广泛的范围内还有什么宏图大志，那就是存在一些涵纳这些宏图大志的具体形式，而这些形式也只有那些得到授权的人才能用得上。王公大臣可能在朝廷上向皇帝写一些请愿和劝谏的东西，心怀不满的官员可能会在私密场合以寓言的形式发发牢骚，个人可能私底下写一些委婉的批评或哀叹生活状况，这些批评隐晦地指责那些朝廷命官。但所有这些表述都是谦逊而个人化的。像维吉尔、但丁那样在一部想象性的文学作品中写出整个文化史的诗人，在中国语境下是不可想象的。与"种族的良知"(conscience of the race)这个说法最接近的对应文体也许是始于司马迁和他的《史记》的断代史。然而，这些记述从不伪称内容怎样原创，行文多么优雅，立意多么显赫，或者说叙述多么令人难忘。

在我们思考"刻意的谬误"的时候，这些提醒是必要的。研究中国文学的学生在遭遇新批评的非难之时也遇到一个困局。正如维姆萨特在他那发人深省的文章中写道：

> 一首诗的意思也许肯定是个人的，因为诗表达的是人格或精神状态，而不是像苹果那样的实体对象。但即便是一首短小的抒情诗也是充满戏剧性的，是讲话者对一个情况(不管多么普遍)所作出的回应(不管诗写得多么抽象)。我们应该将诗的思想和态度直接归因于戏剧性的讲话者。只要通过传记式的推理就知道这讲话者是否就是作者本人。①

将这些观点应用于西方作家似乎无懈可击，因为西方传统将艺术家看成是缪斯的宠儿，然而这种说法一旦置于中国的语境中就很不相宜，因为中国传统并不将读书人和文学家做清晰的区别。中国语境不强调艺术的模仿(poiesis)，也不将文学视为诗人的想象力的虚构，反而强调作者的自传式的情绪和作者权威的声音。

维姆萨特认为每一首抒情诗中都暗含着戏剧性，这一概念同中国读书人的美学，实际上和他们的修养是冲突的。在他看来，任何一种自我戏剧化，即使不那么令人讨厌，也是不妥当的。夸大自我的重要性违背了中国的古老教义，不管这是儒家还是道家的教义，因为二者都强调智慧的重要性，并将谦虚看做一种美德。中国古代抒情诗是相当个人化的话语形式。这些诗通常是朋友间的特定交流或祈愿。维姆萨特对"公共"或"私下"的区分，并不那么容易融入中国的情况。他所谓的"公共"概念是指一种语言的使用者所能领会的诗的那层意思，而"私下"概念在他看来是诗的特异性，这不是懂这种语言就能领会的，而是要通过个人间的接触。以是观之，中国古代诗歌既是公共的也是私下的。

---

① 威廉·维姆萨特：《语言符号》(William Wimsatt, *The Verbal Icon*. New York: Noonday Press, 1954. p. 5.)

如果我们没有忘记在古代中国，读者也是作者，作者与读者之间并不像今天这样在类属上严格区分，我们可以认为中国诗是“公共”的。在中国，文人圈子的共同性要远高于文艺复兴之后西方读者间的共同性。许多例子表明，中国诗人要么为自己写，要么为某一个和他非常相似的人写。至少从特定的背景和知识方面来看，他们彼此相似。然而中国诗人也是非常“私下”的，但并不像在布莱克(Blake)，或克里斯多夫弗·斯玛特(Christopher Smart)，或 T. S. 艾略特(T. S. Eliot)诗中表现出的那样神秘和晦涩。他的私密性体现在他所选择的书写领域而不是意思的领域。他想当然认为他的暗示会被理解，因为他明白谁是读者，他的暗示并闪烁其词地掩盖意思，而是委婉地强化了意思的不可言喻性。

概念范式(Conceptual Paradigms)

杜甫的《春望》显露出东西方比较中的另一个分裂处。第一行“国破山河在”是比喻还是“反比喻”(antimetaphor)？这里有一个对比，但这里并不符合所谓的比喻的定义——一个名词或描述性词汇被转换为一个并不完全适合的客体。[①] 然而毫无疑问，这行诗的确体现了一种比喻的同源性，即使这只是隐含的。我们不妨想想其他一些隐含比喻的对比修辞，譬如“人遭罪，天依旧”(Human beings suffer, but life goes on)、“人常乱，天常静”(The world of man is everywhere in turmoil, yet Nature is serene)。这些对比也许是深刻的，但并不能让读者感觉到强烈的诗意，因为它们并不能像“国破山河在”那样一下子抓住读者的感情，两个对立事物在同一句诗中的结合暗示着情况怎样才是合理的，即人世之变须与自然之变一致。这里存在一个对比，而不仅仅是并列，由此形成了整首诗的道德力量。这句诗还有另外一层意思：“山河在”不仅是对人类历史乱象的反控，而且也暗示了一个避开纷乱的安息所。这一行诗在特征上尽管不能定性为一个比喻，却是汉语中所谓“比”的一个最好例证。严格地说，“比”意指“对比”，但习惯上，同时也是误导性地，被翻译成“比喻”。

这个例子所提出的问题的复杂性并不是简单地由不准确对等翻译造成的，它们实际上是前提和范式的根本差异的结果。将人类世界的变化以一种一厢情愿的想象或幻想的方式与自然进行类比——也就是说，故意赋予一个客体某些并不真正属于它的特性，就是假定每一客体的自主性，和由此推论出的关系的原创性。但如果人类世界的变化和自然界被认为同根同源，情况又如何呢？如果世界被认为是一个整体，既内含人类世界也内含人类世界之外的世界，那么将人类世界的特质赋予非人类的客体就不是一种错误，因为人类的特质源于自然，有关人类的话语，有关人类情感的词汇皆源于自然。我们回顾一下华兹华斯的诗：

One impulse from a vernal wood 来自一株春木的脉动
Can teach you more of man 可教你更解人事

① “比喻”的释义参见《牛津通用词典》，1955。

Of moral evil and of good 更解德之善恶
Tan all the sages can 远甚智者为多

先前我们也许将这一情感看做是浪漫主义哲学，也许将其当做一种虚拟的暗喻，而现在我们可以将其看做是一个词源学的以及认识论的事实。

中国早期修辞学中的另外两个概念甚至比“比”更令人困惑。“赋”既被定义为“描绘性的”，也被定义为“解释性的”，二者似乎很难等同；“兴”被解释为“激发灵感”、“开始”、“振奋”等，而其本质上是一种“联想”模式。① 在任何情况下，这些术语都不对应于西方的比喻。尽管“比”在比较中既包含了明喻也包含了暗喻，但并不仅限于此。“赋”、“比”、“兴”的概念并不清晰对应任何西方的比喻修辞类型。更进一步说，三者传统上总括了来自《诗经》的特定诗歌类型：风、雅、颂。古代文本的注释显示，这些术语远远偏离了西方的修辞术语。西方的比喻所表示的是想象的技术，由它们的结构特征所决定；而中国的为文概念是有机而说教式的，这些概念由它们对人的行为影响和产生的向善力量所决定。

“赋”铺陈今世善恶之箴言；“比”概观今世之苛政，以比拟之法言不敢直言之事；“兴”观今世之美，鄙谄媚之态，誉贤德之举，促世人效仿；“风”扬立德养道之理；“雅”论今世之义士，为后世立标尺；“颂”详言今世贤德，盛誉其美。②

这里好几点值得注意。首先，风、雅、颂、赋、比、兴不仅仅是文学写作的技术语汇，它们还是一种道德倾向和道德价值的具体化；第二，它们不是形式的分类，而是一种起影响的，有益德行的方式；第三，它们潜在地代表了一种道德美学原则，一种伦理的光彩：善即美。尽管和柏拉图推演的逻辑不一样，但结论却是柏拉图式的。

如果将“六艺”细分为“风雅颂”这一形式类群和“赋比兴”这一功能类群，这些术语的使用就进一步复杂起来。“风”的意义接近于“传播”，一种快乐的表演，这些歌谣既具有民俗性，也具有音乐性；“雅”被相当不雅地解释为品味的判断依据(elegantiae)；“颂”可以合理而准确地译为“赞颂”或“赞美诗”。无论怎么说，这三种类型不是中国古代诗歌形式分类的全部，“赋比兴”也不是古代诗歌功能分类的全部。实际上，这三者之间也不是互相排斥的。一个生动有效的“比”，就像“赋”一样，可以既是描绘性的，也是解释性的，它同时可能像“兴”一样激发灵感，提升意趣。它们是诗的不同方面，而非不同类属。

在西方诗学中，灵感、类比和描绘并不是明显具有相同范围的类属。灵感是一

① 刘若愚：《中国文学理论》(James J. Y. Liu. *Chinese Theories of Literature*. Chicago and London：The University of Chicago Press，1975. pp. 109—110.)

② 欧阳帧在原文中提及引文出自《辞海》(cihai)中的“周礼”(zhouli)词条，但并没有加注。译者翻遍了国内各种版本的《辞海》和《词源》，没有发现作者所引用的这种对“风雅颂赋比兴”的解释。译者也查了“六艺(义)”、“诗经”等多个相关词条，都没有发现作者此处引用的解释，故译者只能根据原文自译，希望读者能帮助提供原文出处。

种精神状态，类比是一种心智过程，描绘是一种写作形式。尽管在翻译中有着种种尝试，试图将赋、比、兴看做互补性的类属，但它们却终究无法分门别类，因为它们并不像明喻、暗喻、象征或寓言那样可以被看做是区别性的修辞条目(一条暗喻清晰地区别于象征，一条明喻不可能同时是寓言)。

在中国的诗学术语和西方术语之间有两种断裂(disjunctions)。一是它们在意思上并不一致，它们体现了不同的诗学范式。这不等于说中国的术语在分析能力方面是不充分的，而是说它们的产生是为了不同的目的，是以一种不那么技巧性，却更具有趣味性的写作模式为前提条件的。

中西方语言概念间的另一个断裂涉及词类。西方传统语法习惯上要讲授词类、时态和词形变化。但仅仅以西方语言对主语的划分来看，我们发现有三个标准型的单数格(第一、第二和第三人称)和三个标准型的复数格(第一、第二和第三人称)。例如，在英语中只有一种情况允许主语省略：第二人称的祈使句(如“回家!”)。换句话说，主语的省略是一种关于格的形态指示标志。然而，在古汉语中，主语的省略不仅是可能的，而且是习惯性的。人们也许会问，西方语法中那三种划分是否在此行得通，有没有可能汉语句子中的未明主语并不千篇一律地明确指称第一、第二和第三人称？很显然，当一个句子的主语是“我”，而这个主语“我”又是彼此意会的，这个自称常常就会省略，但正式语体会要求自称的“我”以一种自谦的方式清楚地予以指示。我们注意到妻子对丈夫自称“妾”，大臣对皇帝自称“臣”，皇帝对百姓自称“朕”，百姓对皇帝自称“蚁”。过多的自称所引起的问题在于，它们所起的实际作用是否属于第一人称的范围。西方语言中“我”所内含的主体性的不言自明的前提是，听者知道第一人称所指的是谁，但这种主体性却不能统摄这些中国的自称。这些自称更像是专有名词，在大多数语言中远比第一人称主语更能标示出某种特定的关系。实际上，人们也许会产生疑问，“第一人称”这一概念本身是否具有中立性，是否摆脱了某种价值偏见。

汉语中当然也有第一、第二、第三人称，也有主语的单数和复数形式——然而汉语中这些指称之间的区别并不等同于它们在西方语言中的区别。在西方语言中，人、数和时态的类属是构成语法结构的必需部分(或者，至少说，人们是一直如此认识它们的)。以人们对“双眼”、“双颊”、“双脚”或“双手”中的“双”(意为“二”、“对”)的通常理解为例，这些“双”通常被直译为“two eyes”(或更离奇地译为“a pair of eyes”)、“two cheeks”、“two feet”、“two hands”。此短语中隐而未言的意思是，这里涉及的是一个人而不是(具体或抽象的)脱离身体的某个部分。如果将“她双眼看着我”译为“Her two eyes looked at me”，尽管字面上是忠实的，在英语语义层面上却是怪异的，因为这种表达方式过度精确，结果暗示一个人有可能生有不只两只眼。英语中只需要“Her eyes looked at me”(她的眼睛看着我)就可以了，未予明确但毫不含糊地指出她所用的是两只(而不是更多的)眼睛。之所以提出这个微小的语义误差，目的在于理解英汉和汉英中的单、复数概念。英语中的单数“眼”(eye)和复数“眼”(eyes)并不对等于汉语中的“眼”和“双眼”，前者是暗含于英语中的一种词形和结构的区别，后者似乎是汉语中的一个特别的指示语、一个限制性修饰语。对于英语中的(1)eye、(2)eyes、(3)one eye、(4)two eyes、(5)three eyes，汉语可以提供除(2)以外的所有对等译文(1) 眼、(3) 单眼、(4)双眼 、① (5)三眼，汉语中没有“eyes”的天然对等语。人们无法凭空确定复数，只能通过制定某一具体的复数来实现(二或更多)。

简而言之，人们想要知道研究语言所用的基本术语是否其本身也受文化制约。某些非西方语言，譬如汉语和日语，是否因为它们在词形上没有数和时态的区别性变化就可以认为有缺陷？西方语言是否因为强调条分缕析而有时候却又不能实现，就可以被认为是过度而武断的呢？一个简单的例子就可以清楚地展示这个观点。当我们说“It is raining”(下雨)时，没有人质疑这个句子的语法正确性——这里主语、谓语齐全。但从逻辑角度看，我们可以问代词“it”的先行词是什么，因为每个代词必须指代一个前面的名词，课堂里老师就是这么教给我们的。除非是在一个纯粹凭空想象的上下文中，这样一个先行名词是空缺的，但这并不妨碍我们使用这种表达方式，也不妨碍我们理解这样的句子。②

有一种倾向认为分析性术语应该放之四海而皆准，因此质疑那种不能轻易获得精确定义的直觉性术语的有效性。③ 这个问题没有比在东—西比较中显得更突出了。没有像亚里士多德那样写作(或思考)不是刘勰的错！传统的中国文人随心漫谈，却不会思考如何沿着逻辑路径清晰地表达他们的论点，这对于学习中国传统文化的西方学生来说毫无裨益可言。的确，中国文学批评缺乏亚里士多德或康德所具有的那种惊人的严格分类能力，它承认自身的随意性，承认源于笔记传统的倾向，将深刻见解看做是“文学评点”(literary jottings)，而不是有关理论主题的综合性分析。中国文学传统中没有自我标榜的“集大成”(summas)之作。因为对于一位中国文人来说，哪怕他确实达到了博大精深的程度，要将自己表现为一种无所不知的宝库，这种做法体现的是令人震惊的智慧缺陷(姑且不论其形式的缺陷)，是一种不可思议的愚蠢之举。④ 这不仅仅是一个文化风格的问题，而是反映了对认知和知识的两种完全不同的态度，中国人在传统上景仰那些大智若愚的人，而西方则对思辨型哲学家的成就情有独钟，其知识是从基于某些认识论前提的具有说服力的必然性中推论而来。

---

① 有趣的是，汉语中“two eyes”有两种说法：一是“双眼”，一是“两眼”。这里“两”是表示基数词。“两眼”这个名词短语常常并不在描写人的行为时使用，然而全科医生、外科医生和科学研究人员在将眼睛作为研究、检查或实验的对象时，可以使用这个短语。

② 吉尔伯特·赖尔(Gilbert Ryle)和 J. L. 奥斯汀(J. L. Austin)在日常语言的分析方面已做了令人瞩目的探索。

③ 语言学家自身已经开始对其术语的普遍性和精确性，以及语言特性的分类法提出质疑。参见戴维·克里斯托尔《语言学》。(David Crystal, *Linguistics*, Harmondsworth: Peguin Books, 1971. pp. 57—76.)

④ 例如，现代中国最博学的学者钱钟书给自己的四卷本巨著低调地取名为《管锥篇》。

类属范式(Generic Paradigms)

我们所讨论的中西方语法类属概念的断裂——不管是人称、数、还是时态——影响了中西方的对比。在今天的西方，人们所熟知的三大文学类型——抒情诗、小说和戏剧——也许并不适合西方的每一部重要或影响深远的作品，① 但其分类法是标准的而且非常有用(尤其是在美国)，以是得以广泛流行。如果我们审视对这三类文学所做的传统的分析(不用说为之辩护了)，我们发现它们完全对应于弗莱(Frye)提出的三个"表现之源"(radicals of presentation)。首先是抒情诗，是第一人称范畴，诗中的诗人是对自己言说——以米尔(Mill)的深刻见解来看——只是被读者偷偷听到其心声；第二类是小说，涉及第二人称，是故事讲述者面对观众言说；第三类是戏剧，是隔开一定距离的叙事作品，这里有一个合二为一的作者与叙事者，有一个观众，但需要依靠作为第三方的演员将"作者—叙事者"想要传递给观众的内容表演出来。这种三分法之所以令人信服，部分原因在于这种分法很方便地在每一文类和第一、第二、第三人称的语法划分之间建立了对应关系。但如果对语法中"三位一体上帝"(three-person'ed God)般的第一人称的各种区分不是至高无上的，那么这些"表现之源"的模式不可能证明是可信的，或者说对于其语言并不基于三分类型范式的文学来说并不适用。

中国诗歌并不那么简单而无可争议地归入西方的"抒情诗"范式。《诗经》中的谣曲同西方的抒情诗之间有共同的呼告特点；《九歌》因其对灵魂的召唤，对神和鬼的祈求，尤其体现出和西方文学传统间令人瞠目的相似性。西方文学中的这一传统已被那些早先向缪斯祷告的诗歌神圣化了。但不管是《诗经》中的谣曲，还是《楚辞》中的民歌，只要不是寓言性的，都不是个人的情感表达。这些书写中没有西方的抒情诗中常见的任何个人的或偏离常规的东西。这里没有具体的传记式的(但丁的)贝德丽采，没有直接提到的著名历史人物。当然这种在具体指涉方面的弱化并不能阻止无数代学者和读者将个人理解投射到诗中。我对读者所体验到的这些诗的个人力量和诗的历史性作者的个体表达能力之间做一个区别。《诗经》中的民间诗歌是程式化的创作，却是用公共的形式表达个人的渴望；与之相对，《楚辞》中的诗歌，虽然作者是历史人物屈原，表达的是个人的反控与冤屈，却是将主观情感实体化为客观的，超越诗人个人经历的，人人可以领会的意象。《离骚》也许是中国诗歌中最个人化的诗歌，但即使这样一部主观性如此强烈的作品，也只是接近于人们在西方浪漫主义抒情诗中所联想到的"崇高自我"(egotistical sublime)。

另一方面，唐代的咏史诗在其私密性和影射性方面竟然有着令人震惊的内心表达和强烈的个人情感特色。其自传性题铭强化了每一首诗与历史时间以及具体生平活动的紧密关系。然而，读者在阅读这些诗歌时并没有获得从西方抒情诗中预期获得的情感。读者读西方抒情诗时是"偷听"(overhearing)第一人称在自言自语，而中

① 这三类排除了小品文、自传(除非是叙事类型的)、日记、谚语和格言等。

国诗中的诗人是在对另一个身份相似的诗人言说，常常可以从题铭中看出听者是谁。作为读者，我们是将自己置于诗人同时代人的位置，有着共同的经历以及诞生这首诗的现实语境。读者不仅不是在“偷听”，而是被要求参与诗的逻辑论证，深化其影射，回忆诗中所记的当时状况，回应作者对诗中所列之事的反应与回顾(通常以应和诗的形式)。中国抒情诗不同于西方抒情诗，中国抒情诗不使用孤立的向宇宙诉说的第一人称“我”，通常诗是完全指向一个第二人称，这个对象有时是暗示的，有时是明确的，他就是诗的接受者，写诗的目的就在于得到他的欣赏与回应。在中国抒情诗中，更多的是与第二人称的交流而不是第一人称的独白。

在传统中国文学中，作者与读者，诗人与读诗者之间的区分并不如西方文学研究中那么讲究。如果将抒情诗看做是“被偷听”的诗，那么传统中国诗歌中的对话性就被忽略了。这种区分的结果却决不可忽略，因为如果抒情诗是一种有待“被偷听”的诗，那么某种告解倾向就会得到宽恕，而这如果直接言说将会令人难堪；相反，中国诗歌对于西方读者来说因而显得不够勇敢，在修辞方面太随意，在话语方面太平常也太墨守成规。然而，随意性正是中国诗歌的绝佳之处，尽管在遣词的感觉上有点儿令人费解。它抓住的是那一瞬间(moment)，从不表露任何超越这瞬间的宏大意图，也没有奢望普遍性的真理，其洞见不外乎是把握“当下”(thisness)的愿望。借用佛教的术语来说，其内在性也许可以称作“立地成佛”(the Tathagata of the moment)。简单地说，中国诗歌总倾向于那些琐细的和寻常的题材，而西方诗歌则渴望超验的和不同凡响的题材。对多数西方哲学家来说，普世性是至高无上的，但对多数中国人来说，普世性是次要的和世俗的。这不是哪个“更伟大”(greater)或哪个“更鄙下”(lesser)的问题，① 而是一个调节的问题，人们必须从一个参照基础转向另一个。

当然，不要指望对一个文学传统来说适用的类属区别会同等地适用于另外的文学传统。像“骈文”这样的形式根本就无法轻易归类，因为这种形式包括了戏剧对话、叙事和内在的抒情诗特性。②

西方戏剧同宗教仪式有着深刻的联系，不管是形式的“三一律”(three unities)，如在新古典主义时期那样，还是瓦格纳提出的“gesamtskunstwerk”概念，都对生活抱有一种“悲剧感”(tragic sense of life)，体现了统一性。西方戏剧传统的主线是以情节或者说主题为中心的，充分考虑到暗含观众，希望观众认同情节发展，以便在“虚拟”(virtual)情节中获得情感的净化，苏珊·朗格(Susanne Langer)将之定义为既像生活，却又明确不是生活。中国传统戏剧是奇观剧(a theatre of spectacle)，并不指望观众认同悲剧角色而获得观众所投射的同情。它是离现实最遥远的一种戏剧，

---

① “伟大”这个概念体现了其自身的价值偏见，显示了我所认为的“偏见层级”(bias of scale)，我将这个观点阐释在一篇论文中(未完成)，在 1986 年 3 月 22 日于密歇根州安娜堡举办的美国比较文学协会上宣读，论文题目为《改变经典：非西方文学的挑战》(*Changing the Canon*: *The Challenge of Non-Western Literature*)。

② 日本的“連歌”也许可以说在连续的一首诗中融合了抒情诗和片段式叙事，结合了诗和小说的趣味。日本的诗歌日记传统也是将旅行记述和抒情呼告合二为一。

和日常生活保持距离，发展的不是一般的想象而是狂想，占主体的是奇观，而不是"通过同情与恐惧产生的情感净化"。不仅不追求统一，中国戏剧展示的是多样性和异质性：人物扮演、歌唱、舞蹈、杂技和服装各领风骚。蒙古人在元朝引入的戏剧形式是杂剧，其字面意思为"拼杂的戏剧"。中国戏剧中更多的是狂欢而不是情感净化。

跨文化比较要公正，不能预先断定中国戏剧是不连贯的，而西方戏剧是统一的。它们所涉及的是两种不同的策略，西方戏剧是为了让观众投入其中，中国戏剧是为了让观众震撼。曾让布莱希特(Brecht)钦佩不已的中国戏剧的"间离效果"(alienation)避开了任何模拟生活的企图，或者说不让观众信以为真，觉得舞台上所看到的就是生活。恰恰相反，中国戏剧所表演的远高于生活。

我在其他地方已提到过，中西方在小说和叙事作品的范式方面存在类属的断裂。① 西方小说从片段式开头发展开去，追求一个有机统一的最终目标，亨利·詹姆斯(Henry James)的后期小说尤其能证明这一点。② 中国小说保留了口头叙事的结构，甚至模仿这种结构，以便从不那么体面的白话源头中寻求方法。这种模式将叙事呈现为线性发展，就像环环相扣的链子，而不是一个由开头、中间和结尾组成的三维整体。

哲学范式(Philosophical Paradigms)

在西方思想中，抽象/具体这类二元对应关系(不管其说法是理想/现实，或抽象/具体，或实体/现象)占主导模式，这反映了一种试图对类属范围进行有效区分的想法。类属的成立取决于每一类属是否有一个自足的存在域。要想将理想与现实，或抽象与具体，或实体与现象合并，即使不是不可能，也是难以把握的。在任何时候，这种合并都会损害概念内涵的清晰度。如果概念的清晰度受损，那么概念的可用性也同样不复存在。

更进一步说，有效性论证逻辑和认识论逻辑强调了对应关系作为真值函数的一个因子的可信度。如果有二元对应关系存在，就比没有对应关系更容易建立起有效性，尽管无法提供先前的证据以证明二元对应关系作为有效性保证所起的作用。有可能对应关系是启发性因子，而不是逻辑因子——也就是说，它以信心鼓动人的心智，它强化了我们既有的知识，所以更容易理解，而不是因为这种对应关系具有本

---

① 参见《尝杏：中国小说研究方法》，安德鲁·普拉克斯主编：《中国的叙事：批评与理论论文集》("A Taste for Apricots: Approaches to Chinese Fiction," in *Chinese Narrative: Critical and Theoretical Essays*, ed. Andrew Plaks. Princeton: Princeton University Press, 1977. pp. 53—69.)

② 亨利·詹姆斯的晚期小说，尤其是《使者》(*The Ambassadors*)，其完美性被归因于一切都恰如其分，一分不多，一分不少，但这种说法目前不再靠得住。参见罗伯特·E. 杨：《〈使者〉中的一个错误》(Robert E. Young, "An Error in *The Ambassadors*," *American Literature* 22, 1950—1951. pp. 245—253.)、里奥·埃德尔：《对"〈使者〉中的一个错误"的续论》(Leon Edel, "A Further Note on 'An Error in *The Ambassadors*'," American Literature 23, 1951—1952. pp. 128—130.)和罗伯特·E. 杨：《对〈使者〉的最后一点看法》(Robert E. Young, "A Final Note on *The Ambassadors*," *American Literature* 23, 1951—1952. pp. 487—490.)

质的有效性。不采用二元对应关系模式的思想受到人们的怀疑，被看做一种偏差，而不被看做有自身合理性的论据。通过在此界（this-worldly realm）与彼界（other-worldly realm）之间假设对应关系以获取知识的做法，与柏拉图的宇宙观何其相似。在柏拉图的观念中，恒常的理念世界与变动的现实世界共时存在。这种永恒与非永恒，普遍与特殊，推演与归纳，长时与短暂等对应概念广泛渗透于西方的哲学与诗学中。

这种区分在翻译《道德经》的第一句时造成严重问题：

道可道非常道名可名非常名

"常"这个词同时兼有"频繁"和"恒久"两层含义，前者意味着事件短暂而不断重复，后者意味着"坚持不懈，持之以恒"。要将这句译成英语需要作出一个不幸的也是不可能的选择。翻译时要么强调其抽象的意指，要么强调其具体的意指。简而言之，译者要么必须像柏拉图那样强调恒在，要么像佛教徒那样强调无常。以下是几个译例：

The Tao (Way) that can be told of is not the eternal Tao;
The name that can be named is not the eternal name. ①

The Tao that may be called Tao is not the invariable Tao;
The names that can be named are not invariable names. ②

The Way that can be told of is not anUnvarying Way;
The names that can be named are not unvarying names. ③

The Tao that can be trodden is not the enduring and unchanging Tao;
The name that can be named is not the enduring and unchanging name. ④

这些译例不得不系统性地做出曲解的选择，因为中国哲学的潜在前提，不管道家或儒家，都是一种不依赖二元对应关系而以某种"内在共通性"（resonant imma-

① 陈荣捷主编：《中国哲学汇编》（Wing-tsit Chan ed., *A Sourcebook in Chinese Philosophy*. Princeton: Princeton University Press, 1963. p. 139.）

② 冯友兰：《中国哲学史》第一卷《哲学家的时期》（Fung Yu-lan, *A History of Chinese Philosophy*. *Vol. I: The Period of the Philosophers*, trans. Derk Bodde. Princeton: Princeton University Press, 1952. p. 178.）

③ 亚瑟·韦利译：《诗经》（Arthur Waley trans., *The Book of Songs*. New York: Grove Press, 1960. p. 141.）

④ 理雅各：《中国有关神灵的观念》（James Legge, *The Notions of the Chinese Concerning God and Spirits*. Hong Kong, 1852. p. 48.）

nence)为论证基础的认识论。真之为真是因为寻常，论之为实是因为可据事说事，理之成理是因为可援例为证，而非演绎推论。

《论语》对中国人的持久影响力完全凭借其贴近生活的例证、话语的具体性和有效性论证的直接性。相比于西方思辨哲学传统，孔子可能被认为相当普通。为了防止比较研究落入文化多余论(cultural supererogation)和文化简化论(cultural reductionism)的陷阱，① 我们应该注意到孔子明确拒绝冥想他所不知之事。究竟认为孔子的做法是科学的谨慎，哲学的谨严，还是智性胆识的匮乏，想象力的缺失，取决于人们如何评估从柏拉图到康德到黑格尔到尼采到胡塞尔到海德格尔的西方思辨哲学所取得的创新和成就。如果说孔子没有创立任何复杂而影响深刻的体系，至少我们不能指责他将妄想出的建构物强加给智性的信徒们而犯下错误。正是古代中国的哲学天才，这其中包括儒家、道家以及后来的新儒学在内的哲学家们，他们从具体中看到抽象，从实践中发展理论，从日常中看到永恒，将现象与本质看成整体。从中国的观点来看，《道德经》的第一句在英语中应该译为：

> The Tao (Way) that can be told of is not the commonplace and eternal Tao.

在诸多传统中国文本中都可以看到"内在共通性"概念，例如《汉诗外卷》、《庄子》、《文心雕龙》等。中国哲学不依靠抽象理性或二元对应关系服人，而是诉求于读者明确的经验，我们可回顾《孟子》中的一段：

> 故曰，口之于味也，有同耆焉；耳之于声也，有同听焉；目之于色也，有同美焉。至于心，独无所同然乎？心之所同然者何也？谓理也，义也。圣人先得我心之所同然耳。故理义之悦我心，犹刍豢之悦我口。(《孟子·告子上》)

这里不仅有类比，也不仅显示对应关系。说服力所依赖的不仅是对尝、听、看这些事实的承认，因为每个有口、耳、眼的人都能做到。要注意到引文轻松越过人们在尝、听或看方面存在的知觉偏差(如 De gustibus non est disputandem，美在观看者眼中。)似乎读者思想中所要寻求证明的是"理"，是"义"，但却用尝、听、看这些自然的(因此也是真实的)说法表达出来。其论点在于，如果你能尝，能听，能看，那么你必须承认"理"和"义"的确凿性。这些经验的确凿性、内在性，迫使我们承认所提出的抽象概念的确凿性。论据只是加强了我们的经验，因为如果可能，我们每个人都能体验"刍豢之悦我口"，因此我们也就无法否认"理"和"义"的存在。这一话语所诉求的是我们经验的直接性，而不是超越我们自身经历之外的抽象原理。论据的层次是令人回味的："圣人先得我心之所同然耳。"

---

① 文化多余论通过假定自身文化前提的普遍性而断定自身文化的优越性；文化简化论则因怕招致怨恨而不敢做优劣比较，故假定所有文化都具有同等价值和卓越之处，并论证各文化的优势的合理性。

某些中国文本有一种从真实经验中产生不可知思想(mystery)的倾向，这也许可以和柏拉图想象一个对应于具体经验的抽象世界的做法相对照，或者和亚里士多德通过分析具体特例以发现抽象的普遍真理相对照。对于许多重要的中国哲学家来说，抽象和具体的区分是不成立的：真理来自于实际经验，而不是与之不相干。下例是出自《列子》中的一个片段，也许能解释中国人通过具体意象得出抽象概括的能力：

故有生者，有生生者；有形者，有形形者；有声者，有声声者；有色者，有色色者；有味者，有味味者。生之所生者死矣，而生生者未尝终；形之所形者实矣，而形形者未尝有；声之所声者闻矣，而声声者未尝发；色之所色者彰矣，而色色者未尝显；味之所味者尝矣，而味味者未尝呈：皆无为之职也。①

这段话坚决认为日常的经验和确定性是唯一的现实，并且对于抽象出来的，从未存在的一切有一种根深蒂固的怀疑。

古代中国的哲学文本，不管是儒家抑或道家的文本，同亚里士多德主义者、经验主义者、逻辑实证主义者有着共同的观点，都认为只有以实际经验为基础的真理才可信。中国哲学同西方观点的分歧在于，古代中国话语中有一种倾向，要求任何观念都必须能用俗世的方式感知到，而不仅仅得到抽象的和智性层面的承认。刘勰的《文心雕龙》中的一个例子可以证明这一点：

傍及万品，动植皆文：龙凤以藻绘呈瑞，虎豹以炳蔚凝姿；云霞雕色，有逾画工之妙；草木贲华，无待锦匠之奇。夫岂外饰，盖自然耳。

如果认为刘勰仅仅想在自然之美与文采之间建立一个比喻，很可能产生对文本的严重误读，尽管翻译很容易提供这样一种诠释。对比的贴切之处并不在于自然的特性和文学的特性之间的对应关系，而在于人们对自然的反应和人们对文学的反应之间的相似性。人们接受对比的有效性，不是通过视之为一个比喻，虚拟性地将两个无关的东西相提并论，而只是通过平铺直叙地将人们对自然和对文学的反应完全等同，其特征就是同源。

通过对比，人们也许会设想一种对应关系的诗学(a poetics of correspondence，如柏拉图)，以及一种共通关系的诗学(a poetics of resonance，如王士祯，1634—1711)。在前一种情况下，诗歌通过对具体细节有时作寓言性的，有时作隐喻性的描绘，由此建立一种真理。诗所描绘和保留的经验总是指向其他——可能是道德真理，可能是审美之美，也可能是浪漫情怀。阅读中国诗歌的西方读者常常徒劳地寻找“观点”(point)，尤其当读者阅读的是译文的时候，因为中国诗既不是柏拉图意义上的，也不是亚里士多德意义上的“模仿”(mimesis)——也就是说，中国诗不是隔了两层的

① 格兰汉姆译：《列子》(A. C. Graham trans. *The Book of Lie-tzu*. London: John Mrray, 1960. p. 20.)

对理想现实的模仿，也不是想象力的创造。中国诗是对某个特定时刻的记录和再现，是这一时刻在语言中的复活。

对于中国哲学家来说，真理总是有条件的，知识总是折中的。他们几乎没有愿望去推断超越人类经验之外的真理，甚至宇宙经验也是用熟知的人类现实进行解释。我们可以一方面假设某种生活的真理，另一方面假设某种生存之道，也许我们可以看到一个模仿模式(a model of mimesis)和一个内在性模式(a model of immanence)的对比。在模仿模式中，未知被看做与已知形成对应关系。只要对应关系成立并能不断重复，这个模式就是真的，而且是有效的。在内在性模式中，唯一的现实就是当下的一切。在第一个模式中，真理是可以引证的，可发现的，即使捉摸不定，但也是可表达的；在第二个模式中，"道"是无时不在的，其存在是不可否认的，但"道"却不能演绎，其奥秘不能被发现，其意思不能被阐述。真理是可反复验证的，可以获得的，是强有力的："了解真理方可获得自由"(Know the Truth and it will set you free.)。但"道"却是无法模仿的，无法复制的："道可道非常道"。

结论

我们对两极范式的概览，如果说成功的话，并没有做招人怨恨的比较。探索这种两极性的目的在于扩展讨论的基础，不是从一方视角或另一方视角展开，而是从双视角展开。我们的"期待的地平线"(horizon of expectations)中必须包括不止一个透视方法。其结果并不像某些懒惰的知识分子想当然以为的那样，是价值的相对性，而是一个更加有力，实际上更加开放的对多元价值的承认，并接受那些不言自明的前提。每一系列前提，正如斯蒂芬·配普(Stephen Pepper)所说的"世界假设"(world hypotheses)，强调了现实的另一面。作为西方传统的共同继承者，我们是多样化透视的获益者，但伴随全景透视而来的是一个挑战，要检查我们之间的近视行为。有着绝佳视力的盲从者并不比有着完美视域的盲人更好。

两个传统的优势与局限在对比中会更加明显。我们的任务不是放弃自己的遗产，而是要去和别人的遗产比较，真正地发现自己的传统，将之置于一个不同的语境背景中审视。一直被认为是普世皆然的情况常常只不过是人们自己地方范围内习见的传统，但习见不等于处处皆然。对于一地之寻常之事，可能对另一地不寻常。我们可能继续追求不可知思想，我们甚至可能将自己的臆想称为真理。其实，我们的发现也许只适用于我们的理论建构其上的那些事实，但在建构任何恒久的理论的过程中，在开拓任何恒久的理解的过程中，分析与直觉必须成为一个整体：模仿范式必须和共通性范式结合。

涉及东西方的比较文学的研究解决了一个启发性认识论(heuristic epistemology)的问题。如果物理学家和记者习以为常地承认 18 世纪理性主义者和 19 世纪逻辑实证主义者所夸耀的客观性已不能成立，承认所有话语都受说话者的影响与聆听者的曲解，承认一切知识所反映的不仅仅是我们知道了什么，而且也反映了谁是知者。如此一来，我们如何获得严格的知识追求所要求的公平公正状态呢？当然，从人类科学的视角看，答案就是采用多元化的视角。我们承认自己主观到什么程度，并有意识地估量自己主观到什么程度，我们的客观性就达到什么程度。只有我们将他者的主观视角看做我们的，我们才能开始超越这一主观性。我们的客观性才成为对许多视点的理解而不是否定我们自己的视点。因为分析性直觉，我们必须采纳一种概略的和全景的透视。我们必须实事求是地看待自己，通过审视和理解他者，我们也要反过来看待自己。

赋比兴的语言结构

——兼论早期乐府以鸟起兴之象征意义

周英雄

《论语·阳货》第十九论诗曰：

> 诗可以兴，可以观，可以群，可以怨，迩之事父，远之事君，多识于鸟兽草木之名。①

前四项说明诗的本质；后三项指陈诗的社会意义。而尤其重要的是，兴居首位，开宗明义点出了诗的第一要义。何晏引孔安国的注释，说此处的兴是“引譬连类”。也就是我们常说的“托物言志”的意思。就表现方式来说，诗这种曲喻的方法，显然有异于散文的平铺直叙；诗的语言往往较为侧重艺术的表达方式，而一般实用散文的措辞，则较注意文字的表情达意；也甚至可以说，诗的语言是欲彰还盖，而散文的文辞则是透剔明亮的。这点容后再以更明确的语言结构加以分析。

兴的应用可以说是研究中国诗词的核心问题，因为“托物言志”不仅和修辞有直接的关系，更间接牵涉到诗人处理物我的基本人生观。研究中国诗词，若能以兴为枢纽，进而循历史的一轴，追踪此一修辞与文学观之演化，则或能将中国诗词的精义，作更精确的界定。历来论者对兴屡有发见，代代不乏真知灼见，然大抵只涉及作品中赋、比、兴的分类，甚少深入理论的研讨。读者审视前人的归类与笺注，常有聚讼纷纭，莫衷一是之叹。且历来论著，概以文人作品为着眼点，对于民间作品中兴的应用往往置之不顾，迹近舍本求末。民国以来，虽然民歌的搜集与整理、研究都可以说鼎盛一时，而兴的诗法也屡被论及，然一般都认为兴是就近取物，提供韵脚，以供下行继起之用，这种论点近乎机械论，无法囊括兴法错综复杂的语法与语义结构。

针对以上两种缺欠，本文拟先就兴的各派说法略加整理，并从语言结构的观点，试作较为明确之分类，并另参照汉、魏、南北朝若干乐府中，以鸟起兴的例子，以资证实兴独特的联想方式。

一

《诗大序》曰：“诗有六义：一曰风、二曰赋、三曰比、四曰兴、五曰雅、六曰颂。”②风、雅、颂是文体；赋、比、兴是诗法。不过文体与诗法之分始于唐人孔颖达：“风、雅、颂者，诗篇之异体。赋、比、兴者，诗文之异辞耳。赋、比、兴是诗

---

① 何晏：《论语集解》(《四部丛刊》)卷九。

② 《毛诗郑笺》(《四部备要》)卷一。

之所用，风、雅、颂是诗之成形。”[①]原则上，风、雅、颂仅指《诗经》之三大分类，后世作品大抵不依此标准分类。[②]赋、比、兴则包涵了文学创作之三大方向。但实际上，后人谈赋、比、兴通常仅局限于《诗经》，陈沆作《诗比兴笺》，虽将比、兴加以延伸，使其涵盖各代各类的作品，奈陈氏的论点概不出载道言志之说，偏颇不全之处在所难免。我们研究诗法若能脱出前人的窠臼，将赋、比、兴当做活的体系，也就是诗人行文运笔的修辞趋向，则对中国诗词的修辞，或将有更客观，更深刻的认识。以下将赋、比、兴三大诗法略加分析，比较。

在未析论赋、比、兴之前，我们须先藉现代语言学的若干观点，把语言的特点略加分析，以便澄清它与日常的自然语言(natural language)之区别。前面提及，诗的语言与散文的语言相形之下，显得隐晦而不透明。诗的语言除了表情达意之外，更也注重表达的方式。其语言不仅有所指，且有所自指，此即西洋人所谓的“语言自我宣扬”(Language calling attention to itself)；诗人使用语言文字，巧尽心思，希望读者不仅领会指涉的本义，且同时注意文字的结构，与笔触的质地等等。相反的，实用散文但求辞达，表现的方式因此退居其次。当然，此两大文类(诗与实用散文)文体也并非截然分明；诗的语文即常搀有散文成分，比例多少不一，如古诗所含的散文成分就远比律诗要多；而散文同样也含有诗的成分，唐、宋的文赋或古文，读来起伏有致，即是借重诗的效果；甚至连一般的实用文牍，作者在行文遣词之际，也无不用心铺文摛采。所以说，上述的论点虽一分为二，而又二合为一，充分显示了语言的两元性：既有相当一致的体系与统一性，却也蕴含各种文体的可能性；作者运笔作文写诗可以畅所欲言，不必拘泥于某一特定的表现方式。至于数千年以来，文类的观念牢不可破，主要的原因是文人与读者之间，有了不成文的章法，与语言文字的本质并无直接的关系。不过话又说回来，诗既为文明的产物，也可以说是一种精神的典章制度(institution)，因此谈诗自然不能不顾约定俗成的传统。下面就语言的功用，看诗词用字造句的趋向。

俄人罗曼·雅克慎(Roman Jakobson)认为，凡人开口谈话或执笔为文，均牵涉到下列三个因素：一、发言或执笔的人；二、听众或读者；三、发言或执笔者就事就物发表他的看法。此三因素构成一个表情达意的三角，涵盖了我、你与他(它)三大传播的要素。根据这个三分法来看文学，作品如侧重作者本人的感怀，则抒情的成分重；如侧重读者，则劝喻与载道的意味较浓；但如一味着墨描写第三人称之人物与景象，作品则无疑会铺陈，而发展成叙述甚或史诗式的篇什。[③] 按此分类，中

---

① 《毛诗正义》(《四部备要》)卷一之一。

② 间亦有好古者，以今附古，袭用此一分类，以品第后人之作。郑樵即为一例。他说：“武帝立郊祀，乃立乐府，采诗夜诵，则有赵、代、秦、楚之讴，莫以声为主，是时去三代不远，犹有雅、颂之遗风。”(《正声序论》)据此，郑樵更进而依风、雅来区分乐府：“《上之回》、《圣人出》，君子之作也，雅也；《艾如张》、《雉子班》，野人之作也，风也。”(《乐府总序》)。俱见《通志略》第十一《乐略》第一(《国学基本丛书》)。

③ “Closing Statement：Linguistics and Poetics,” *Style in Language*, ed. Thomas A. Sebeok(Cambridge, Mass.：M. I. T. Press，1960)，pp. 353—358.

国的文学可粗分为：抒情的唐诗、宋词；实用的箴铭、颂赞、哀辞、祝祭等(祝祭乃将飘渺不可捉摸的神祇，视为身在现场的对象，即"祭如在，祭神如神在。"〔《论语》卷三《八佾》〕因此也属第二人称)；以及以平铺直叙擅长的古赋。

上述分法源自卡罗·布勒(Karl Bühler)，拿来解释人类微妙的传播情况，未免显得粗陋。雅克慎有鉴于此，因此进而提出一个比较精细的体系。人际的传播因此又增加了下列各因素：一、讯息(message)；二、媒介(contact)；三、符码(code)。讯息指传达意念的语言文字，如本文所使用的是正式的议论文字；媒介指语言文字所赖以传达的实际工具，即授受双方用以相互联系的具体工具或心理认同，如本文使用的印刷文字(当然，原稿所使用的是手抄书写体)；符码指双方所共同使用的语言系统，如本文所使用是中文这个整体的体系。从文学的观点来看，上述三因素分别加以侧重，则能提高不同的语言特性：一、重视讯息之功能，则诗意必将转浓，这点容后再加详论；二、加强媒介之功效，则能保障语言表达之畅通无阻。近体诗之尾联，常用论断句总结全诗，诗境也因此由外而推移至内；即从景的描述，进入情的结论。在此转折之际，唐、宋诗人往往利用"可怜"、"怜"、"请看"与"闻道"等来动人以情，并进而达到一个"耳提面命"的效果。[①] 事实上，尾联固然利用这些字来加强诗人与读者之间的媒介功效，其他地方也不乏此例，如：

> 君不见黄河之水天上来，奔流到海不复回。
> 君不见高堂明镜悲白发，朝如青丝暮成雪。
>
> 李白《将进酒》(《李太白诗集》卷三)

李白之所以用"君不见"起句，用很浅显的话解释就差不多等于："你懂我的意思吧？"又如出现在诗的中间部分的：

> 章台街里芳菲伴，且问宫腰损几枝。
>
> 李商隐《回中牡丹为雨所败》(《王谿生诗笺注》卷一)

用意也不外要使读者介入诗的情境中，以免失之"曲高和寡"。三、作者为了求言皆尽意，常利用语言来自我解说，这种解说有如歇后语，用之不当常有"画蛇添足"之病，诗中使用此类澄清式的措辞(metalingual rhetoric)常被视为败笔。对仗中之"合掌"一事两用，即属此类。例：

> 宣尼悲获麟，西狩涕孔丘。
>
> 刘琨《重答卢堪诗》(《汉魏六朝一百三家集、晋刘越石集》)

---

① 见梅祖麟与高友工：《论唐诗的语法、用字与意象》，黄宣范译，并收于黄著《语言学研究论丛》，261—350页，台北：黎明出版社，1974。

明明上下同指一事，却又敷演成两句。《文心雕龙》卷七《丽辞》即曰："若斯重出，即对句之骈枝也。"当然，解说性的文字如能善加利用，也未尝不能收到特殊的效果，如：

> 听雨寒更彻(一作"尽")，开门落叶深。
>
> 无可上人《秋寄从兄贾岛》(《全唐诗》卷八一三)

宋·释惠洪《诠斋夜话》卷六评曰："唐僧多佳句，其琢句法，比物以意，而不指言某物，谓之像外句。如无可上人诗曰：'听雨寒更尽，开门落叶深'，是以落叶比雨声也。"①此处的下句既能解说，又能收悬宕之效果。

语言的表达与措辞方式，显然便是诗的精华所在，这便是上面所说有关讯息本身的侧重。常人说话或下笔，主要的目的在于达意，对文字的质地与结构并不加特别注意；同样的，听众与读者对语言文字的质地也不太计较，一般人听了一句话，看了一张便条，所留意到的往往是语言背后的涵义，而非语言本身。但相反的，诗人所苦心经营，所关注的却正是语言的质地。诗人往往想尽办法，要把语言本身及背后的涵义加以隔离，以便读者可以从容优游于文字之间。席格·伯克哈特(Sigurd Burckhardt)就说：

> 诗最重要的技巧——特别是押韵、节奏与隐喻——其本质及其最基本的功用，都或多或少是要把文字从意义，或纯粹指涉的束缚中解放出来，并赋予或归还其骨肉之躯…… 诗人能在文字与意义之间打进一个三角楮(意即破坏两者之间的直接关系——译注)。同时也尽可能减低文字的指称力量，防止读者从文字表面，不加思索即跃至所指陈的事物上。②

本文所将探讨的，即是此类"破坏性"的技巧，并以传统赋、比、兴的分法诠释隐喻的两大应用体系。③

二

赋与比、兴严格说来分属两类：赋仅牵涉文字与句法的经营，即修辞学上所谓的文字喻(figure of speech)；比、兴则牵涉到字句实际意义的转移，作者往往是"指东"而"道西"，也可以说是修辞学上所谓的思想喻(figure of thought)。下面且就此

---

① 见《诗话丛刊》，1667—1668页，台北：弘道出版社，1971。

② 取自 Morton W. Bloomfield，"The Syncategorematic in Poetry：From Semantics to Syntactics，"*To Honor Roman Jakobson*(The Hague：Mouton，1967)，p. 313.

③ 常人总以为诗的语言，不外是点缀性的，对于思想的传达，或对于现象的体认，功效都很有限。显然这种看法值得商榷，我们日常生活中即有许多的反证：数字是纯科学的，也是各种纯科学之基础，但数学所使用的语言可以说是无所指涉的。同样的，哲学探讨真理，也要藉重旁敲侧击的方式。

一分类，探讨诗法个别发展的趋向。

赋是直话直说，不求罕譬而喻，且常明白地劝善戒恶。孔颖达说：

> 赋之言铺，直铺陈今之政教善恶。①

除了载道言志的功效之外，赋也能抒情、叙事与状物。《文心雕龙》卷二《诠赋》篇说：

> 赋者，铺也，铺采摛文，体物写志也。

赋既能体验外在的现实，也能内观一己的心态。而“辞达”也非赋的最高准则；因为赋固然是平铺直叙，力求晓畅，然赋既为文学语言，自有其表情达意之特殊形式。

赋属文字喻，而文字喻的基本技巧，依奎恩特利安(Quintilian)可分：一、增益(addition)；二、删省(ellipsis)；三、平行(parallel)。② 今人郑郁卿指出赋使用迂词法、反复法、并置法、错综法、对照法与层递法等积极，放大语言的方法，③ 与上述的分类大抵契合。玆就前述之三分法，各举中文诗句一例，以供参考：

甲、增益

> 下武维周，世有哲王。三后在天，王配于京。
> 王配于京，世德求作。永言配命，成王之孚。
> 成王之孚，下土之式。永言孝思，孝思维则。
>
> 《大雅·下武》

利用顶真体(“王配于京/王配于京”……“成王之孚/成王之孚”)，可以造成首尾相应，一气呵成的效果。此外，诗人思索诗句之际，使用此一复沓式的增益法，可以给他相当的缓冲，让他有充分的时间思考。

乙、删省

> 片云天共远，永夜月同孤。
>
> 杜甫《江汉》(杨伦注《杜诗镜铨》〔《国学基本丛书》〕卷十九)

“片云”与“天共远”之间删省了字辞；而“永夜”与“月同孤”之间也有语义上的空当。结果是造成一语多义的境界，效果之佳恐非西洋诗法所能企及。梅祖麟与高友工一文中，更进一步将促成孤立的句法条件，区分为“散漫性”句法、“多义性”句法、与

---

① 《毛诗正义》(《四部备要》)卷一之一。

② *Princeton Encyclopedia of Poetry and Poetics* (Princeton: Princeton University Press, 1965), pp. 273—74.

③ 《诗集传之赋比兴研究》(6—15页，台北：文津出版社，1976。)

"破坏性"句法，可见删省功用之一斑。①

丙、平行

草枯鹰眼疾，雪尽马蹄轻。

王维《观猎》(《王右丞集注》卷八)

"草"对"雪"；"枯"对"尽"；"鹰眼"对"马蹄"；"疾"对"轻"。透过一系列的对比，诗人把出猎时的景象，一上，一下；一鸟瞰，一走览，把野外的一动一静尽收眼底了。对比与平行可以说是诗歌的一大特色。雅克慎与山姆·拉梵(Samuel Levin)对此都有详细的立论，② 而使用对仗更是中国近体诗的一大特征。对仗除了能制造工整美，更能相互呼应，形成一个小艺术单元，并进而反映了中国阴阳互为用的二元思想方式。③

赋的应用，名目虽然繁多，但概括而论，赋是率直的抒情、写景或状物，说山是山，说水是水。历代诗词发展过程中，赋虽是诗法的主干(比、兴往往依附于赋，或藉赋而衔合)，但有关赋的争议向来不多，且历代诗话词话亦罕论及。有关比与兴的议论不但多，而且争议也多。苏辙《诗论》说："欲观于诗，必先知乎兴之不可与比同，而无强为说。"(见《诗集传之赋比兴研究》22－23 页。)依此可见两者混淆之一斑。再说言外意诸学说的主张，从修辞观点看，也都与比兴有密切的关系。④

三

从最浅显的修辞观念说，比就是明言一物，而实指他物。古人作诗以"金乌"代替"太阳"，以"章台"代替"柳"，都是应用比。比的应用范围极广，上述的两例现在已属通俗的比，由于新意不多，诗趣也因此不高。诸如此类的比，我们日常生活中也屡见不鲜。我们常听说，语言是诗的化石，指的便是这种使用过度，兴味已失的比。中国类书中也胪列了许多现成的比，如"孔雀"可以"文禽"代之；"鸳鸯"可以"匹鸟"称之；"燕子"可以"元鸟"或"玄鸟"名之，这些都是现成的比，谈不上创新，与"以马喻马"的通病，也只是五十步与百步之分罢了。然而比的应用之妙在乎一心，诗人若能出人之所未料，对比善加经营，则能奏异中见同，同中见异之效。理查兹(I. A. Richards)早于 *The Philosophy of Rhetoric*(1936)一书中即将隐喻(metaphor)分为三个部分：本义(tenor)、喻义(vehicle)与背景(ground)。比所表达的言

---

① 《论唐诗的语法、用字与意象》，见《语言学研究论丛》，275 页。

② 雅克慎的看法除见于"Closing Statement：Linguistics and Poetics"之外，另发表于"Poetry of Grammar and Grammar of Poetry,"*Lingua*，21(1968)，pp. 597－609；拉梵之力作见 *Linguistic Structures in Poetry*(The Hague：Mouton，1962)。

③ 关于中国思想之二元性，请参阅 Shin-pyo Kang，"The Structural Principle of the Chinese World View,"*The Unconscious in Culture*, ed. Ino Rossi(New York：E. P. Dutton，1974)，pp. 198－208.

④ 黄维梁：《中国诗史上的言外之意说》，《诗学》第二辑(1976)，73—130 页，对言外意诸说有颇为清晰精譬之整理。

外意，也就是喻义，诗人未将本义标明，读者因此只能就背景而加推敲。如：

微旸下乔木，远色隐秋山。

马戴《落日怅望》(《全唐诗》卷五五五，又名《秋夜宿西林寄贾岛》)

《冷斋夜话》卷六第二句作“远烧入秋山”，则该句明言远处野火燎原，实指的本义则有赖上句阐明了。再举《诗经》为例：

采采芣苢，薄言采之。
采采芣苢，薄言有之。

《芣苢》

诗句的本意显然逾越了动作本身，因为采撷车前子的动作，也象征妇人有喜之欢愉心情。闻一多更进一步指出“芣苢”一语双关，明指草木，而暗指胚胎(藉同音词的效果)。[①] 换句话说，此处之比，明言车前子，暗喻怀胎之喜，也就是“意在言先，意在言外。”

比也常用在劝喻与讽世的作品中。诗人为求委婉含蓄，所谓“言之者无罪，闻之者足以戒，”(《诗大序》，见《毛诗正义》卷一)乃用迂迴的方式指事。孔颖达即指出：“比，见今之失，不敢斥言，取比类以言之。”[②]即使浅显如民间歌诗与童谣，也不乏以比讽谏时事之作。[③] 兹举众所熟悉的一个童谣为例：

千里草，何青青，十日卜，不得生。

《献帝初京都童谣》，见《古谣谚》卷六。

这首歌谣原出《后汉书》，而《后汉书》卷二三之《五行志》即释此歌曰：

案千里草为董，十日卜为卓，凡别字之体，皆从上起，左右离合，无有从下发端者也。今二字如此者，天意若曰，卓自下摩上，以臣陵君也。青青者，暴盛之貌也。不得生者。亦旋破亡。

在政治迫害的阴影下，街陌诗人也只得弃明就暗，以此极端曲折的比，道出“董卓陵上必亡”的心声。这便是比最基本，最实用的技巧。

---

① 见《神话与诗》(《闻一多全集》之一)1559页，北京：中华书局，中《芣苡》一文，343—350页。

② 《毛诗郑笺》卷一。

③ 当时的童谣切不可与近代或欧美之童谣(nursery rhyme)混为一谈，因前者带相当浓厚的象征与载道意味，虽名为儿童歌谣，可能实为时人讥评时事，愤愤不平之作。汉时阴阳之说盛行一时，因此这类童谣常被视为诗妖之作，连王充对此都深信不疑。

比的语言既求表情达意，却又“欲语还休”。然人类的语言本来既求自白又求自隐，所以比有这种双重，近乎矛盾的特性，也就不足为奇了。况且比通常也具有积极的修辞作用。《文心雕龙》卷八《比兴》篇说：

> 且何谓为比？盖写物以附意，扬言以切事者也。

同时，比的实际应用也繁复多变。《比兴》篇又说：

> 夫比之为义，取类不常，或喻于声，或方于貌，或拟于心，或譬于事。

宋陈骙更强调比的重要性，他说：

> 易之有象，以尽其意，诗之有比，以达其情。文之作也，可无喻乎？博采经传，约而论之，取喻之法，大概有十。
>
> 《文则》(《国学基本丛书》)卷上

这十类包括：直喻、隐喻、类喻、诘喻、对喻、博喻、简喻、详喻、引喻与虚喻。今人研究比的用法，则更细分为数十类，这种条分缕析的情形，与西洋有关隐喻繁复的分法，可以说是不谋而合。相反的，论者对兴的讨论则未成定论，可以说是人言言殊，与西洋有关换喻(metonymy)研究的稀少，也有相当的巧合，不能不引人深省。

四

历来学者大都将比、兴相提并论；《文心雕龙》比、兴同篇，陈沆释诗名为《诗比兴笺》，都是明显的例证。这个现象固然显示比、兴之间类同之处，但也反映出比、兴，分割不易与纠缠不清的现象。本文试用近代语言学，有关语言两大趋势的理论，来说明比属于“替代”(substitution)，兴属于合并(combination)。

根据20世纪早期日内瓦语言学家费德南·瑟许(Ferdinand de Saussure)的看法，语言可分两个层次：语言(*langue*)与言辞(*parole*)。前者为众人约定俗成，用以表达意念的语言体系，因此也是抽象的概念系统；后者为说话动笔的人，按照前项体系，私自发声成文的实际应用，因此是具体的表现。[①] 雅克慎进而根据此一二分法，将人类发声成文之过程与体系作另一二分法：一、选择(selection)，或称替代(substitution)，如选用适当的语音或字辞即属此轴；二、合并(combination)，或称接连(contiguity)，如将已选定之音或辞加以合并即属此轴。兹举一简单例证来说明这两个步骤。如某人脑中有一意念，如：“恶人投降了”想加以发表。于是在未开

① *Course in General Linguistics*, trans. and ed. Wade Baskin(London: P. Owen, 1959).

口之前先从“恶人”这个概念的体系中，选用一个适合的语辞，如果他的态度是不耻这些人的所作所为，他选用的很可能是“流氓”或“歹徒”；另外从“投降”这个体系中，他也可能选用“举起双手”，甚至“跪地求饶”。然后第二步便加以合并，于是产生：“流氓举起双手”或“歹徒跪地求饶”等完整的句子。由于不同的选择与不同的合并，于是产生了无穷无尽的组合。就范围来讲，选择不单只限于音、字或词，就连句型、字序、语气等等都需要选择；同理，合并也非限于主词与述语的合并，其范围可从音与音，而至字与字，词与词，甚至句与句之间的合并。

就比兴之分来说，比即是选择与替代的语言表现，如前举以“文禽”代替“孔雀”便是。兴是合并与接连的文字技巧，如《诗经·关雎》：

> 关关雎鸠，在河之洲，窈窕淑女，君子好逑。

“淑女”显而易见并不替代“雎鸠”，两个意象一前一后相互合并使用，这便是合并的应用。

上述的分法，原则上虽然可行，但却不可视为一成不变的标准。诗句往往是比、兴并用(“比而兴”或“兴而比”都不乏其例)。何况诗词的精神与外貌，代代都有差异，如以僵硬的修辞来处理诗法，不啻是削足适履。

五

用最简单的方法解释，兴就是“起”，也就是以兴启首，然后将诗章再加以发挥，以迄终篇。朱子解兴说：

> 兴者，先言他物，以引起所咏之词也。①

所指的便是篇章实际发展的先后次序。此外，诗歌用词遣字，其内涵无非是内情与外景，而兴便是启外以求达内的程序。孔颖达说：

> 兴者启也；取譬引类，起发己心，诸文诸举草木鸟兽以见意者，皆兴辞也。②

将草、木、鸟、兽陈列诗中，不仅是诗的表现方式，也是诗的实际功效。前举《论语·阳货》篇将兴列为首位，而让“多识于草木鸟兽之名”殿后，正印证了诗的本质与功用不可分割的道理。

兴也常被视为诗教之方法。孔颖达又说：

① 《诗集传》(《四部丛刊》)卷一。

② 《毛诗正义》卷一之一。

兴，见今之美，嫌于媚谀，取善事以劝之。①

这种以善恶为准绳的兴义，似不足为训。徐复观在《释诗的比兴——重新奠定中国诗的欣赏基础》一文中，即指出以"见今之失"或"见今之美"分比兴是行不通的。他举例说明，《柏舟》按《郑笺》的分法是兴，但不牵涉"见今之美"；同理，《螽斯》是比，但也绝非"见今之失"。②

我们前面提过，兴是启于外而达于内，这与比的"写物以附意，扬言以切事。"(《文心雕龙·比兴》)显得混淆不清。要澄清这个问题，我们似可以历来学者所公认的"比显而兴隐"(《文心雕龙·比兴》)为出发点。比明而易知，诗人因此可依类同的方法，寻求比的对象，如《文心雕龙·比兴》所举的例子便是浅显易循的情形：

故金锡以喻明德，珪璋以譬秀民，螟蛉以类教诲，蜩螗以写呼号，澣衣以拟心忧，席卷以方志固。③

兴义相反的就显得无迹可寻了。往往令人有"见首不见尾"之叹。黄侃说：

自汉以来，词人鲜用兴义，固缘诗道下衰，亦由文词之作，趣以喻人，苟览者恍惚难明，则感动之功不显，用比忘兴，势使之然。④

兴义之所以晦涩，根据前述的语言二分法，主要的原因是兴藉重合并与接连，而诗法使用合并与接连，并不像文法那样有规章可循，因此乍看显得芜乱无章。

语言的单元分语音、字、词、句、段等由小而大的不同单位。在各个不同的单位层次上，合并与接连的功能也随着改变；单位愈小，相形的，合并与连接的自由也愈小，反之则愈大。我们且举一浅显的例子来说明合并自由幅度的大小：中国国语的子音，只有/n/与/η/两鼻音可放在一个字尾部分，如"安"、"今"、"清"等字的字尾音即是。⑤ 如有人突发奇想，把其他子音放在字尾，则听者绝无法听懂。字音合并的规则很严，但句子的组成则有相当幅度的自由。下列各句，句法虽异，文意大致相同：⑥

---

① 《毛诗正义》卷一之一。

② 《中国文学论集》，92页，台北：学生书局，1974。

③ 见《比兴》篇卷八。

④ 《文心雕龙札记》之《比兴第三十六》(香港：新亚书院中国文学系，1962)，171页。

⑤ 舌尖音ㄗ、ㄘ、ㄙ与卷舌音ㄓ、ㄔ、ㄕ、ㄖ有时被误认为可以单独发音，但事实上这些子音之后皆跟有母音。

⑥ 强调之部位不同，语义也略有差异，但本意基本上是相同的。

一、我打开了盒子。

二、盒子我打开了。

三、盒子被我打开了。

四、我把盒子打开了。

至于诗的合并，那更是可以说“海阔天空”了，任何传统的章法，都可能被视为窒碍创作，因而被扬弃而不用。徐复观认为兴与诗文的主要部分，两者之间的关系是未经反省，未经理智安排的组合，所指的就是这种自由，这种了无痕迹的合并。[①]

兴既属合并，而诗人应用合并又享有极大的自由，因此如欲追究诗句的原意，文学的考古是必要的。我们也唯有探溯文学创作之时代，认识诗人与读者所共认的联想程序，方能拨云见日，明了兴的真面目。陈世骧的力作《原兴：兼论中国文学特质》，即是这种考古。[②] 而王靖献研究口语创作所使用的母题(oral theme)，藉比较的方法，所披露的也正是《诗经》时代，约定俗成的创作与联想方式。[③]

六

以上提纲挈领，简单说明赋、比、兴的差异：赋仅就日常语言加以浓缩与放大；比、兴则牵涉到意义的转移，也就是言非所指；至于比、兴的区分，比是明指一物，实言他物，是语义的选择与替代，属于一种“类似的联想”；兴循另一方向，言此物以引起彼物，是语义的合并与接连，属于一种“接近的联想”。[④]

论者研究兴义，最常引用的例证，无疑是《诗经》的《关雎》。最早，而且是最具权威的诠释，应当推《小序》：

> 关雎乐得淑女，以配君子，忧在进贤，不淫其色，哀窈窕，思贤才，而无伤善之心焉，是关雎之义也。[⑤]

根据这项解释，一、二两句仅以写景方式，来衬托三、四两句中诗人的情思。从结构的观点来说，鸟只供起兴，而诗人把重点放在男女相悦之情。这种看法虽然正确，却忽略了兴的真义。严格说来，兴的修辞，既不全在兴句，也不尽在本文(又称应

---

① 由于诗句合并自如，各人对兴的诠释，往往也因时因地而异。甚至“物同而感异”或“事异而情同”的情形也不少。如《邶》、《鄘》两风中的《柏舟》，依黄侃的看法：一喻仁人不用，一譬女子之有常。而《豳风》《九罭》之鱼与鸿，虽事异，但却同喻下土小国，君子不宜久留。见《文心雕龙札记》，170页。另见徐复观《中国文学论集》，105页，台北：学生书局，1974。

② 见《陈世骧文存》，219—266页，台北：志文出版社，1972。

③ 详参 *The Bell and the Drum: Shih Ching as Formulaic Poetry in an Oral Tradition*(Berkeley and London: University of California Press, 1974).

④ 原文出自王静芝《诗经通释》(台北：辅仁大学出版社，1968)，引于裴普贤：《诗经研读指导》之《诗经兴义的历史发展》一文，300，台北：东大出版社，1977。

⑤ 《毛诗郑笺》卷一。

句)，而是蕴藏在两者之间，是一种若有若无，虚实参半的关系中，因此读者在赏观兴义之际，必须同时注意到三个层次：兴句、应句及两者之间的关系。这种关系，根据郑郁卿的看法，可再分成三种感情的流露与联想：

一、意象的继起，或称即兴。原意象与继起意象无必然的因果关联。

二、移情作用。包括人性化或物性化的转移。

三、象征作用。抽象概念用间接的表达方式，利用某种媒介而加以表现。(《诗集传之赋比兴研究》，53—55 页。)

《关雎》的联想过程，依这三个路线，都可产生个别的涵义：从无所取义的趁韵，到物我合一，以至于君臣之道的教喻等等，不一而足。

按前面提过的二分法，联想方式也可分两类：类似(similarity)与接连(contiguity)。前者是以甲代乙，也是异中取同；后者是因甲而想乙，甲、乙是互相衔接的。兴的联想很显然属于后者，是一种广义的换喻行为。雎鸠相向而鸣，与君子淑女之两情相悦，在初民物我不分的宇宙里，可以说是同属一体，两者之间的关系是相互衔接的。我们如参照格兰言(Marcel Granet)有关《诗经》的社会学研究结果，或许可以说鸟与人同居一处，共参宇宙间阴阳匹配的永恒仪式。① 陈世骧《原兴》一文也指示，兴的修辞原为上古宗教仪式中或劳动过程中所用的歌唱。(《陈世骧文存》，219—266 页。)据此我们也可以推论，兴句所咏之事物与应句的内涵，在早期诗文初创之际，是水乳交融，不可分割的整体。这正说明了为何兴之为用，自汉、魏以后也就日渐式微的现象。因为在历史发展的过程中，社会分工日趋繁细，当初人与人，甚至人与物之间，共属一体的观念也跟着逐渐消失了。唐、宋以还，诗人因此只好改变兴的应用，将兴由句与句的关系，进一步浓缩为句内子句的对立，构成一种即兴的并列，如李白的“浮云游子意”，把白云与浪子的乡愁并排，用来勾划出情景交融的境界，并烘托出人与物之间的共通性。(《诗经研读指导》，第 300—327 页。)

下面在未讨论鸟飞鸟栖的主题之前，试将古今释兴之说，略加整理，讨论。裴普贤将释兴之说分成四派：传笺兴喻派、兴以情立派、兴声无义派与综合分析派。这四派各以《毛诗郑笺》，刘勰、郑樵与朱熹为代表。第一派视“温柔敦厚”为兴的手段及目的；第二派主张兴起情，而比附理，因此兴句与应句之间的关系是暗的，是直觉的；第三派认为兴“不可以事类推，不可以义理求”(郑樵《六经奥义》)；第四派以兴为诗的精义所在，因此包罗万象，包括兴、兴而比、比而兴、赋而兴、赋而兴又比、赋其事以起兴等。(《诗经研读指导》，313—322 页。)上述四派可加再精简，如将第一、二派合并为一，则可分成下列三派：一、兴有所取义；二、兴无所取义；三、兴比交融。下面略就此三分法，参照民间歌诗，一一讨论。先谈兴无所取义。

无所取义可再分两类：一、兴以趁声协韵；二、就近取物。这两种说法，以民国早期采集整理民谣之学者，如顾颉刚、钟敬文、朱自清等人提倡最力。且举一首顾颉刚收集的民歌为例：

① *Festivals and Songs of Ancient China*(London：Routledge，1932).

阳山头上竹叶青，新做媳妇像观音。①

“青”与“音”合韵，兴句本身不含任何意义，它只能够算是一种缓冲，免得一张口就触及人际间的问题，显得突兀。严格说来，兴无所取义，只限于某一程度。事实上，凡是好的诗歌，韵脚或多或少都孕含有语义的价值。就以“青”、“音”相押而论，我们大可把“竹叶青”与“像观音”视为对等的单位：观音身居紫竹林，与阳山的竹林似乎是不谋而合；可是相反的，观音身心闲适，普度世人，与新媳妇初至夫家那种临渊履薄的心情，恰成一强烈的对比。

歌唱者因见阳山而起兴，顺口谄出人间的悲欢离合。论者身为局外人，不知其中的关连，因此误以为兴无所取义。但对当地居民来说，兴句与应句的关系虽非绝对的因果关系，但在他们尚未发声成歌之前混然不分的心态中，兴应两句是紧贴的，是不可分割的。从修辞的观点来看，凡是以因代果，以果代因，以地易人、以大喻小、因小见大等等的换喻行为，前后两项都是相互衔接的，也是相互取代的。用一个例子说明，我们说“人手不够”，以手代人，手跟人是接合在一起的。这种修辞往往假定前后两项，由另一较大的观念所笼罩，如上举的一例中，人与手之上另有一抽象的人的概念驾驭其上，这个概念很大，包括人为社会动物、人类守望相助的本性，甚至社会的阶级结构等等。再如杜甫写诸葛亮的成就，用八阵图来换喻，在诸葛与八阵图之上立刻出现了一个不可名状的观念，包括天下三分的乱世，诸葛鞠躬尽瘁的忠诚等等。而读者看杜诗的时候，必然先从八阵图出发，透过此一具体的意象进入一个抽象的整体，然后才仰望诸葛亮一生的功名成就。这种由小而大而小的联想方式，与比喻由大而小而大的方式正好相反。② 也正因如此，换喻由小而大而小，中间经过一个较为模糊的层次，因此比较费解。兴义之所以难能也是理所当然。不过与其说兴无取义，不如说是兴义取之不易。

有所取义派也可以分两类：兴喻派与兴以情立派。兴喻派是纯理性的解说，甚至于以道德解诗，“关雎，后妃之德也”(《诗小序·周南》)就是一个例子。在汉代讽谏的风气弥漫之下，这种解说的存在也不足为奇。因此问题并不在于这种解说的正谬，我们应该澄清的倒是：这种解兴的方法是否正确？依我个人的看法，兴喻派的缺点不在于将兴当做载道言志的工具，而在于忽略兴的语言本质；将道言诗，兴义因此荡然无存，而比义倒而跃然纸上了。也可以说兴喻派的缺点是方法论的问题，而不是人生观的问题(任何一个时代的人都有他们诠经的特权，不容后人置喙)。以《关雎》为例，兴喻派认为鸟鸣即等于乐得淑女，至于两者之间的语法、语义关联，

① 收于朱自清：《中国歌谣》(与杨荫深《中国俗文学概论》合订)(台北：世界书局，1974)，200 页。原载于《歌谣周刊》。

② 请见 Jonathan Culler, *Structuralist Poetics* (Ithaca, New York: Cornell University Press, 1975), pp. 180—81. 比喻的过程是这样的：人(大)有脚(小)，这部分与桌子着地部分(小)相同，因此桌子(大)亦有脚。

则不加深究。这种现象到了清人陈沆，索性不分比、兴，情形也就更加严重了。兴以情立派与兴喻派正好背道而驰。刘勰的“比显而兴隐”可以说是这一派的中心旨趣。而“隐”的观念由早期刘勰的“起情”，到了钟嵘的“文已尽而意无穷”，(《钟嵘诗品》(《四部备要》)卷上。)则更演变成“言外意”的批评理论了，而兴也附带由诗法晋升为诗境。这派批评往往空灵有余，落实则嫌不足。事实上，言外之意岂只凭藉兴的技巧？比若能精心设计，言外之意又何尝不沛然自出？再说赋的各种方法，如使用得法，也同样能发挥超逾言荃的含意。

不管是兴有所取义或兴无所取义，基本上都属纯粹论，都把兴当做纯粹的修辞格，与比是截然不同，绝不互相产生作用的。朱子将兴一分为六，(裴普贤《诗经研读指导》，264 页。)基本上已体认到兴法应用之微妙与复杂。本文不拟逐项讨论朱子的分法，仅拟以较为具体的语言学观念，探讨比、兴相辅相成，交叉为用的情形。

根据上述雅克慎的看法，语义的联想方式，与语言的实际发展格式，可分替代与合并。文学、艺术(包括电影)都会因个人的个性、社会风尚及民族性格而各偏向一方。如浪漫文学与象征主义文学偏重替代，而写实主义文学则趋向合并；超现实主义艺术偏重替代，而立体派作品则倚重合并；电影之特写属于替代，而蒙太奇则归合并。[①] 不过这两个方向并非泾渭分明的，重叠的现象不仅有，而且还是诗歌语言的特色。在“Closing Statement：Linguistics and Poetics”一文中，雅克慎提出了一项发人深省的见解，他说：

> The poetic function projects the principle of equivalence from the axis of selection into the axis of combination. [②]
>
> (语言的)诗歌功能，把对等原理，从选择(即替代)一轴，射向合并(即接连)一轴。

在日常生活中，替代与选择是遵照对等原理的，以“狗”代“犬”，表示两字是对等的，但字、词、句的合并就不然了。在诗歌中，这种二分法可就不十分可靠了，选择与取代固然讲对等，而合并也讲对等，小至一行之内平仄的排比，大至行与行之间的对仗，也都讲究对等，因此一首诗之内所有同性质的音、字、词、句、行虽前后合并，也都另有替代的关系，并进而造成全诗前后呼应，结构错综复杂的现象(一般实用散文则仅有直线的发展，无此前呼后应的情形)。中国诗词中之双声、叠韵、叶韵固是明显的例子，而对仗与平仄在近体诗中所占的重要位置，更是雅克慎讲点的最佳例证。他自己从民歌中挑了一个例子：

---

① Roman Jakobson and Morris Halle, *Fundamentals of Language* (The Hague: Mouton, 1956), pp. 77—78.

② *Style in Language*, p. 358.

Tabák da bánja	kabáfl da bába—	odná zabáva①
烟草跟澡堂	酒吧跟女人	唯一的享受

这个俄国谚语行与行之间，语言平行而工整。就字词的层次来说，第一、二行使用交错法："烟草"配"女人"，"澡堂"配"酒吧"；前对都是喜爱的对象，后对都是喜爱的场所。经过这一番交叉搭配之后，对象与场所混然而成一体。最后一句("唯一的享受")可以说是合零为整，达到享受的最高境界了。事实上，男人要是同时把这四样乐事一并都享受过，那也可以说是快乐胜神仙了。

兴的活动可分明与暗两个层次。从明的层次看，是合并，是连串前后，因"起"字可解为刺激之后所引发的即时反应。"关雎"之鸟与人有前后的关系，而人的"好逑"可说是因鸟对鸣沙洲所引发的即兴反应。这便是兴的明层次。就暗的层次说，兴的活动与换喻有关，兴句的某部分与应句的某部分有雷同之处，因此经过由小而大而小的程序。严格说来，这种情形明为兴，而实已兴兼比了。以简单的程式来表示：甲与乙前后为邻，甲与乙部分重叠，甲为乙所替代。"关关雎鸠，在河之洲"与"窈窕淑女，君子好逑"前后为邻，但鸟与人同属于一个原始的、阴阳匹配的宇宙，有雷同之处，也因此人的境遇遂得以替代鸟的对鸣。

兴句与应句通常是前后相随，但这并非一成不变的。兹列徐复观所举变例数则于下：

甲、君子于役，不知其期；曷至哉，鸡栖于埘。日之夕矣，牛羊下来。君子于役，如之何勿思。

(《王风·君子于役》)

"日之夕矣"与"牛羊下来"为兴句，但位于诗中。(严格说，"鸡栖于埘"也应算为兴的一部分，都影射天黑，应该日入而息。)

乙、椒聊之实，蕃衍盈升。彼其之子，硕大无朋。椒聊且，远条且。

(《唐风·椒聊》)

"椒聊且，远条且"属兴，在文后。②

兴句和位置既然前后不一，那么兴句与一般赋句又如何区别呢？读者可循下列两个方法：

---

① "Subliminal Verbal Pattern in Poetry," *Studies in General and Oriental Linguistics*, presented to Shirô Hattori, ed. R. Jakobson and S. Kawamoto (Tokyo: TEC Co., 1970), p. 305.

② 《中国文学论集》，112—114 页。关于第二个例子，裴普贤有不同的看法，他认为若将感叹句视为兴，则将泛滥不可收拾(见《诗经研读指导》，309 页)。不过此处的兴事实上并非一般的感叹句，这是一种民歌上与副歌类似的技巧，一前一后，控制了全诗的气氛，与陈世骧的兴正好不谋而合。

一、兴的旨趣在于兴句与应句之间的关系，而这种关系，若隐若现，正如徐复观所说的不经“理路的连络”，及刘勰所谓的“隐”。赋句的本义尽在句子本身，而赋句相互之间的关联也通常是清晰可见的。

二、兴句与应句的关系既然是暗的，联想的方式因此是跳跃的。而赋既是平铺直叙，发展的格式也因此是直线的。

第一点其实也可以口语套语的理论来解释。民间诗人在口头创作之际，既非一字不易背诵前人的作品，也非全盘创新；事实上他脑中有一套活的诗法（poetic grammar），这套诗法虽是经年累月，代代相传的大众遗产，但他使用起来灵活无比，正如常人张开说话，绝不会有文法错误，也绝不用多加思索。诗人有了这套诗法，等于有了整套的零件，小至套辞、套句、大至套章，一应俱全，任他随意拼凑、调配①。上述三种套语中，以套章与兴关系最大。套章就是口头诗人在创作过程中，所使用的现成大单元。其本质或抒情，或描写，或叙事，但其内在的逻辑则是完整的。如南斯拉夫的长篇叙事诗中，有关发信与披挂胄甲的套章即一再出现，所用的文字容有差异，但中心意旨是不变的。

王靖献用套语方法研究《诗经》，颇发前人之所未见，而他对套章的见地更是独特；他不仅把这种研究带进中国抒情诗的领域，而更从短小的诗篇中整理出诸如“谷风”、“柏舟”与“黄鸟”等套章。这些套章大抵是代代相传，人人耳熟能详的母题，出现次数频繁，而含义也大致不变，如“谷风”这个意象描写弃妇自叹夫妻原先恩爱，后因夫家发达，丈夫遂不念往昔患难夫妻之情，而将妻子休还；“柏舟”影射女子不愿听从“媒妁之言，父母之命”，又不得亲长的谅解，因此只好祈助于天地。这种套章的用法也就是兴的一种。②

七

下面试就民间歌诗中，以鸟之飞翔或栖止为意象的兴，来探讨兴实际的语义活动，以期了解“兴隐”的真正涵义，并进而试探民间文学中“言外意”的真谛。此地谈鸟目的乃希望能纠正两项偏失，并证明：一、兴应两段之间的关系，并非全然无迹可寻，兴应的衔接事实上都是具体可见的；二、兴应的关系尽管是晦暗的，但却可经由神话（mythopoeic）的方法，推测两段之间的对应（homologous）关系。此处研讨鸟飞鸟栖的口语母题，本可使用套语、套章的方法，但因汉、魏乐府留有数目有限，外加内容与主题不甚一致，套语研究虽非全无可能，③ 但成果有限，无法就统计结果，而推断出一个整体的文类面貌。再说以鸟起兴的篇章数目更是寥寥无几，如遽

① 请见 Albert B. Lord, *The Singer of Tales*（New York：Atheneum，1973）.

② *The Bell and the Drum*：*Shih Ching as Formulaic Poetry in an Oral Tradition*.

③ 傅汉思（Haus H. Frankel）曾就《孔雀东南飞》作过调查，发现全诗大抵都属套语，请参阅“The Formulaic Language of the Chinese Ballad，‘Southeast Fly the Peacocks，’”*Bulletin of the Institute of History and Philology*，39（1969），pp. 219－444. 另 Gary Williams 之论文（“A Study of the Oral Nature of the Han Yüeh-fu，”Diss. Washington，Seattle，1973.）也曾就汉代乐府作过套语分析。

下结论，未免失之牵强。

《焦仲卿妻》(又名《孔雀东南飞》，见《乐府诗集》卷七三)以"孔雀东南飞，五里一徘徊"启首，毫无疑问是兴。而这个兴最明显的功用便是趁韵("徊"gwar 与下起的"衣"iər 相押)，这便是声音的贴近，也是一种广义的，语音的换喻。从更深的层次看，从兴句与应句的象征关系来说，诗人藉这个修辞而把外在的自然界投入人间界，甚至投入人的内心世界。接着鸟兴的是一组点数句：

十三能织素　十四学裁衣　十五弹箜篌　十六诵诗书　十七为君妇

这组迹近汇报的叙述，表面上与兴句并无关联。但事实上从鸟飞到织布，循的是一定的联想程式。王运熙提出《太平御览》卷八二六《织布》中的一则《古艳歌》的残文为佐证：

孔雀东南飞　苦无寒衣　为君作妻　中心恻悲　夜夜织作　不得下机①

孔雀原属南方之禽，秋冬之交理应南迁避寒(虽然，有些孔雀不属于候鸟)，由于天寒而联想到寒衣的制作，也可以说是顺理成章的。《焦仲卿妻》与《古艳歌》的起式大抵相同，都以鸟飞为起兴，而以织布后应。从这个春秋代序，季节推移，有所感而作的层次，我们可以再往深一层，探讨以孔雀为织布花纹之主题。孔雀羽毛鲜艳，当代文人歌咏布匹上孔雀花纹之诗作也不乏见：

裙裁孔雀罗，红绿相参对

隋·丁六娘《十索》(《乐府诗集》卷七九)

浮云西北起，孔雀东南飞

梁·简文帝《咏中妇织流黄》(《乐府诗集》卷三五)

由此可见，孔雀与织布与当时有相当密切的关联。《焦仲卿妻》的作者采用此一兴首，恐非毫无根由。

《焦仲卿妻》之首兴，用法容有牵强之处，但其尾兴则极其自然，转合之间毫不见痕迹，在仲卿与兰芝殉情而死之后：

两家求合葬　东西植松柏　左右种梧桐
枝枝相覆盖　叶叶相交通　中有双飞鸟
自名为鸳鸯　仰头相向鸣　夜夜达五更

① 《论孔雀东南飞的产生时代、思想、艺术及其他问题》，见《乐府研究论文集》第二集(香港：龙门，1970)，120—123页。

此处之鸳鸯共栖是否纯兴，可能见仁见智。不过如按兴为言有尽意无穷之说，则此处之转接可解为：夫妻相殉以死，但其情则萦迴不断，因此须将主观的情，再度投向客观的景，以求尽其馀味。如此说得以成立，我们就可以更进一步，说明此处之兴乃故事情节之分支；也就是说，鸳鸯共栖是仲卿夫妻生离死别这出悲剧的一段，人亡与鸟栖两个情节可以说是相互贴附的，符合上述合并与换喻的定义。稍后我们讨论兴而比时，将可从韩凭夫妇殉死而转化为鸳鸯一节，看出兴的应用，需要一番的苦心经营，才能收控驭读者反应之功，并非常人所说的随兴之作。

《鸡鸣》(《乐府诗集》卷二八)一诗描写兄弟功名显赫，从朝廷休沐返家，回顾所畜鸳鸯一节，与前述《焦仲卿妻》颇有异曲同工之效：

舍后有方池　池中双鸳鸯　鸳鸯七十二
罗列自成行　鸣声何啾啾　闻我殿东厢

方池与鸳鸯皆为兄弟寓所庭院的一部分，因此也是兴应对应，相衔成趣。

兴句中的意义，通常既是写实又是象征。从写实言，兴句与应句首尾相衔，而前后的意象也有相当的关联，前述的孔雀与鸳鸯，一属织布的图纹，一属庭院的鸟禽，就是写实的关联。从象征言，兴句并非纯粹就物言物。"孔雀东南飞"这对兴句，历来许多学者都认为与《艳歌何尝行》(一曰《飞鹄行》，见《乐府诗集》卷二九)有关：

飞来双白鹄　乃从西北来　十十五五　罗列成行　妻卒被病　行不能相随　五里一返顾　六里一徘徊

《焦仲卿妻》则将这个本事压缩成两句，但基本象征意象(夫妻被迫仳离)则保持不变。也可以说，兴句的繁简长短，与其基本象征意义无关，因为传统的约束力量颇大，而作者与读者之间也可以说是"心有灵犀"，因此联想的形态也必然是共通的。我们甚至可以从以鸟起兴的例子中，找到明言鸟禽，而实指天体的情形。《陇西行》(一曰《步出夏门行》，见《乐府诗集》卷三七)表面上是以鸟起兴：

天上何所有　历历种白榆　桂树夹道生　青龙对道隅
凤凰鸣啾啾　一母将九雏　顾视世间人　为乐甚独殊

此段乍看似为描写林中栖鸟之情景，但事实上"白榆"、"桂树"、"青龙"、"凤凰"与"九子"都属天上的星座，这种"就近取物"的兴法，无非是要便利联想，与"维南有斗，不可簸扬；维北有斗，不可以挹酒浆"(《诗经·小雅·大东》)所用的，一样都是虚实交错的手法，目的不外要藉谐趣，而将天上与人间结合为一体。兹再举一例，以说明虚实相随的兴章。《有所思》(《乐府诗集》卷十六)描写女有意而男无情，灰心之馀，女子遂将本欲赠予男子之“双珠玳瑁簪”，“拉杂催烧之”，而后“当风扬其灰”，希望从此以往“勿复相思”。尽管如此，女方之情显然藕断而丝连，诗句于是在终篇之前数行，一转而入兴界：

妃呼狶　秋风肃肃晨风飔　东方须臾高知之

一解“晨风”可能实指清晨之风，果如此则此段兴意不浓。但另一解“晨风”可指鹞、鹯一类猛禽，如此则思妇之情跃然而出，与“孔雀东南飞”所影射的男女仳离相去不远，而与《诗经》之《晨风》也有同工之妙：

鴥彼晨风　郁彼北林　未见君子　忧心钦钦　如何如何

上举的兴例，固然是“因所见闻”而发，但与所咏本词之间也有写实的关联。这一点可以藉雅克慎所举的例子再加说明。俄国有一首婚礼歌曲，其中描写新郎之来临，常有下列两句：

A brave fellow was going to the porch,
Vasilij was walking to the manor.
有个勇汉走向门廊　瓦西力区迈向大邸

这两行之前常冠以：

Not a falcon was flying beyond the hills.
没一只老鹰飞越山外

这行以无代有(其实有若干唱法根本把原文中的“没”字部分省略)，以新郎(即勇汉，或瓦西力区)代替飞禽，两者的关系是替代的，也就是比。且看《周南·螽斯》类似的比法：

螽斯羽　诜诜兮　宜尔子孙　振振兮

“尔”字如指人类，则后两句替代前两句，而前两句也不过以虫象征人，暗示人若能共聚而不妒忌，则子孙必然繁多。“诗经”以虫代人，俄国婚礼颂以禽代人，都属比。不过俄国婚礼颂的首行又有另一种唱法：

A fierce horse was coming at gallop to the court.

一匹悍马奔向宫廷

这样一来，以人代马固然是未尝不可，但如把人、马视为一体，则景象之描写必然更加生动：马之来临载来了新郎，而马停蹄之后，新郎(勇汉)下马，由宫廷这个大范围，走向区域特定的门廊，终于直扣大邸，准备登堂入室，迎娶新娘。透过这几个步骤，则婚礼的描写必然更加紧凑，至少比以马拟人是要生动多了。[①] 就换喻的程序说，此处由马而进展至一抽象的骑士观念(包括健壮的体魄、锄恶扶弱的精神与财富、地位等等)，而后落实描写瓦西力区抵达女家，过程恰合由小而大而小的步骤。像第一行这种若连不连的情形，称之为兴句，其实也无不当之处。

上举的俄国歌诗到底属于民谣，因此修辞的方法与项目，都比较单纯。《诗经》的形式与内涵都相当完整与华丽，修辞也因此比一般民间歌诗要复杂。虽然如此，《诗经》所用的兴，大致上也都循一定的格式。陈世骧认为常以为兴的事物，“不外大自然的日月山川，原野飞禽，草木鱼虫，或人为的器具，如船舶、钓竿、农具；外加野外操作的活动如采拾野菜、砍伐柴薪、捕捉鸟兽，以及少数的制衣织布等。”(《陈世骧文存》，248 页。)可见兴与人日常生活关系之密切。赵制阳在“兴体辨说”一文中，提出了更具体的定例：

> 叙亲朋宴飨者，常以所见之食物起兴，如《小雅·鱼藻》前三章，《南有嘉鱼》前三章。叙征夫游子，常以野外的景物起兴，如《小雅·鸿雁》首章，《邶风·燕燕》前三章。叙吉庆喜事，常以美盛的物类起兴，如《周南·桃夭》，《郑风·野有蔓草》。叙困苦悲愤，常以败落荒原的景物起兴，如《唐风·葛生》前二章，《小雅·蓼莪》后二章，《王风·中谷有蓷》。叙两地相思，常以所见的自然风物起兴，如《陈风·月出》，《秦风·蒹葭》，《召南·殷其靁》。[②]

显而易见，兴应两段之间的联想有必然的程式，但此类关联，或含蓄，或象征，或因年代湮远，因此读者无法尽知其中的因果。

兴应两段首尾相衔，构成一个语义或语法的单元，如乙句继甲句而起，而甲乙又合并成一个饶富诗趣的单位，这是两段之间明显的关系。除此之外，兴应也另有一种相贴的关系；上述的首尾相贴合并关系之外，另有一种首贴首，尾贴尾的取代关系，这就是前人说的兴而比，用雅克慎的说法就是：合并而替代。朱子解兴应之间的关系，惯用“言彼——则——；此——则(或‘以’)——”的形式。如改写成逻辑推想的程序，则如：甲之于乙正如丙之于丁。[③] 因此甲乙与丙丁之间也就有了相当

---

① “Closing Statement：Linguistics and Poetics,”*Style in Language*，pp. 369－370.

② 原出赵制阳：《诗经赋比兴综论》(台北：枫城)。转载郑郁卿：《诗集传之赋比兴研究》，229—230 页。

③ 这种中断式的类推(discontinuous analogy)有异于持续性的类推(continuous analogy)，后者循甲之于乙正如乙之于丙的形式。中断式的类推应用在文学上，可以说反映出诗人物我共通的人生观，因此人际的关系可以藉大自然的关系来界定。

的自由，两段的关系也因此不一定是写实的。不过从另一个角度看，兴法以口头文学使用得最多，而研究口头文学，方法与书写文学应有所不同，前者应以广义的社会学方法，藉大量作品的排比对照才能看出原意；同理，口头文学中的兴也绝无法选定一个作品，而希望就作品论作品，理出兴的真谛。

汉、魏乐府以鸟起兴，通常可分两大类：鸟单飞影射夫妇仳离，人伦乖常；而鸟双栖则暗指男女好合，家庭协和。王靖献在《说鸟》一文中，即指出鸟媒背后的象征爱情意义，《离骚》中的鸠，与《关雎》中的雎鸠都是情爱的表征，鸟因此甚至被视为淫恶的。不过正如《离骚》的鸟有鸩与鸠之分，而屈原之取鸩而舍鸠，正反映他当时守正不阿的决心。我们此地要藉另一种方法，以鸟的行为，而不依鸟的种类，来看鸟背后所蕴含的象征意义。

随着日月的运转，节序的更替，若干鸟类为求生存也只好南北迁徙，如魏明帝《短歌行》(《乐府诗集》卷三十)所说的：

翩翩春鸾　端集吾堂　阴匿阳显　节运自常

民间歌诗也不乏此例。季鸟除了定期迁徙之外，并且结群，甚至成双飞行。例：

春鸟翻南飞　翩翩独翱翔　悲声命俦匹　哀鸣伤我肠

《伤歌行》(《乐府诗集》卷六二)

再说候鸟迁徙不仅为了避寒暑，也更为了择偶。许多飞禽往往在飞行中择偶，而抵达巢区时，泰半皆已成双作对了。[①] 古人婚礼用雁贽，可以说是取其成双作对的象征意义，《白虎通义》卷四即说：

取其随时南北，不失其节，明不夺女人之时也。

《焦仲卿妻》之孔雀独飞，《艳歌何尝行》之黄鹄因妻卒被病，不能相随，因此独自南迁，这两个例子都暗示夫妻不该离而离，违背天理，也违背伦常。

鸟单飞象征仳离，但鸟双飞则象征男女好合，性的意味相当明显。这项神话意义，我们甚至可以从民间信仰中，取得印证。《古谣谚》即有下列记载：

鹭鸶相逐成胎

杨慎的注解："埤雅三苍云。苍鹅也。善高飞。似雁。目相击而孕。吐而生子。其色苍白。庄子所谓白鹅相视。眸子不运而风化者也。今鹭亦相随受卵。是亦风化。谚

① 季鸟在迁移季节期间，生殖腺特别发达，因此繁殖与迁徙可以说是一体的两面。见郑作新《中国的鸟类》：105—117页，香港：商务出版社，1969。

曰：‘鹭鸶相逐成胎’是也。”杜文澜也举了一个例子，说“鹳影接而怀卵。”[①]《北户录》也有这么一项记载：“孔雀不必疋偶，但音影相接便有孕，如白鹢相视而孕，或曰鸩鸣上风，雌鸣下风亦孕。”[②]《本草纲目》也有类似的记载：“禽……其交也，或以尾膵，或以睛睨，或以声音或合异类。”[③]凡此都给我们相当的启示：鸟双飞的背后都可能含有相当的性爱象征意义。《艳歌何尝行》的雌鸟因病而无法相随，而雄鸟（即诗中前半部的说话人）则无法留下照料，因为他须要随群迁徙，所以“踌躇顾群侣”，雌鸟见状，知道雄鸟或将无法坚守他的节操，因此自誓“妾当守空房，闭门下重关，生当相会见，亡者会黄泉。”王僧虔《技录》引《乐府解题》曰：“《鸩鹄》虽遇相知，终伤生别离也。”[④]至于《焦仲卿妻》之男女关系，向来论者皆谓兰芝不得于其母而出，但无子而遭遣的可能性也不小。（七弃之一云：“无子弃，绝世也。”[⑤]）兰芝入门两三年，临行向丈夫家人一一告辞，可是独未道及亲身所出的子女，这是第一点可疑之处。而仲卿入禀其母，希望他能改初衷，他对母亲说：“共事二三年，始尔未为久。”言下之意似乎要他母亲宽缓若干时日，这是第二点。再说仲卿殉情之前，对母亲说的一席话，也值得我们深加考虑：

今日大风寒　寒风催树木　严霜结庭兰
儿今日冥冥　令母在后单　故作不良计
勿复怨鬼神　命如南山石　四体康且直

“令母在后单”似也暗示，家族单传，仲卿之后恐将无以为继了。

鸟飞以应节运，但鸟单飞则有乖夫妇之伦常。这项象征意义不仅限于夫妻，一般的人际关系也同样如此。《艳歌行》（《乐府诗集》卷三九）既谈到夫妻，也涉及家庭之外的社会关系：

翩翩堂前燕　冬藏夏来见　兄弟两三人　流宕在他乡
故衣谁当补　新衣谁当绽　赖得贤主人　览取为吾组
夫婿从门来　斜柯西北眄　水清石自见　石见何累累
远行不如归

这首诗藉鸟飞而牵引出两个主题：

一、兄弟羁旅他乡。

鸟的飞迁是顺应节气，正反衬出人流落他乡之苦。《晋书》一项有关吕光的记载可作

① 见卷三（上册，34页）。
② 段公路著（《古今说部丛书》），卷一。
③ 李时珍著（《国学基本丛书》），卷四七。
④ 见《乐府诗集》卷三九。
⑤ 杨树达：《汉代婚丧礼俗考》，46页，台北，华世出版社，1976。

佐证：

> 光初徙西海郡人于诸郡，至是谣曰：
> 朔马心何悲　念旧中心劳　燕雀何徘徊　意欲还故巢
> 顷之，遂相扇动，复徙之于西河乐都。①

汉《相和歌辞》之《长歌行》(《乐府诗集》卷三十)也同样用鸟来影射外游的浪子：

> 凯风吹长棘　夭夭枝叶倾　黄鸟飞相追　咬咬弄清音

“凯风”一词典出《诗经》，《毛诗郑笺》(卷二)解《凯风》一诗为：“美孝子也，卫之淫风流行，虽有七子之母，犹不能安其室，故美七子能尽孝道，以慰其母，而成其志尔。”而此处《长歌行》语中亦明言：“游子恋所生。”因此，也可以说鸟飞为兴，引发游子的孝思。

二、夫妻不睦。

《长歌行》以鸟起兴，若也引发了一个情节：妇人为助游子而导致丈夫之不悦，因此客人自申清白，以洗破坏家庭和睦之嫌。就这一点而论，此处鸟飞之兴与《陇西行》之鸟栖，情形正好相反。《陇西行》之“好妇”待客进退得体，既不怠慢客人(“伸腰再拜跪，问客平安不”)，也不僭越本分(“送客亦不远，足不过门枢”)，在诗人口中，这位“健妇”甚至胜过男子汉。

从《长歌行》与《陇西行》二例，我们可以看出鸟禽或飞或栖，所引发的本词区别相当之大。下面拟再就鸟栖，列举数例。《焦仲卿妻》一诗，在夫妻分别赴水及投缳之后，诗人的情感尚未全抒，因情节一转而入鸳鸯，原文此处不再重引。《列异传》有此与鸳鸯有关的记载：

> 宋康王埋韩凭夫妇，宿夕文梓生有鸳鸯。雌雄各一，恒栖树上，晨夕交颈，声音感人。(见《渊鉴类函》卷四二六。)

夫妻死后情爱不减，因此物化为匹鸟，而“交颈”一节，除表示情爱深厚之外，另有性爱的象征。《古谣谚》(卷三)引杨慎所引的俗谚说：

> 鸳交颈而感

《古诗十九首》之《客从远方来》：

---

① 《晋书》卷一二二《载记》第二十二，3060页，北京：中华书局，1974。

客从远方来　遗我一端绮　相去万馀里　故人心尚尔
文彩双鸳鸯　裁为合欢被　著以长相思　缘以结不解

更是道尽了男女的恩爱，其中的性爱意味当然也不言而喻了。反观《焦仲卿妻》，他们生不得偕老，但死后却能物化为鸳鸯相向而鸣，对比更是鲜明，而“行人驻足听，寡妇起彷徨”两句，更衬托出这对再生夫妻是如何受人艳羡，如何叫寡妇惶恐。

上例引鸳鸯双栖，所牵涉的只有夫妇二人。底下一例甚至与整个家庭、家族之和谐有关。《鸡鸣》有关鸳鸯群栖的例子已经引述，此处另引类似的一例。《相逢行》(《乐府诗集》卷三四)：

兄弟两三人　中子为侍郎　五日一来归　道上自生光
黄金络马头　观者盈道傍　入门时左顾　但见双鸳鸯
鸳鸯七十二　罗列自成行　声音何噰噰

这首诗所描写的，同样可以分两部分来讲：

一、兄弟三人的成就。

中子官居侍郎，五日一休沐归来，私邸之摆设豪华无比。《渊鉴类函》也有这么一项类似的描写：

霍光园中凿大池，植五色睡莲，养鸳鸯三十六对，望之若舒锦。

以权动一时之霍光之家园来加比拟，则更烘托出三个兄弟的成就。而三人能聚居一处，共享天伦之乐，更属难能可贵。

二、兄弟手足之情。

“桃生露井上，李树生桃傍，虫来啮桃根，李树代桃僵，树木身相代，兄弟还相忘”。这六行把兄弟间的情，表现得毕露无遗。

三、天下太平。

诗的另一部分又说：“鸡鸣高树颠，狗吠深宫中，荡荡何所知？天下方太平，刑法非有贷，柔协正乱名”。天下大治，民用富庶，游子更无远游之理。

鸳鸯双栖的象征意义，与上述的三种人际关系，可以说是相互契合的。除了这三项“男有分”的意义之外，鸳鸯双栖也另引发了“女有归”的另一个主题。三个兄弟入门先看到鸳鸯七十二，由鸟而兴起了天伦之情。当他们进入屋子以后，见到的又是一片祥和：

大妇织绮罗　中妇织流黄　小妇无所为　挟瑟上高堂
丈人且安坐(一作“大人”)　调丝方未央

先言三子，后言三妇；三子在外各有所掌，而三妇在内也各有所司。家中织作与丝竹之声，不绝于耳。

鸳鸯双栖的象征意义，不仅笼罩了全诗各个层次的人际关系(君臣、兄弟、社会、与父子、夫妇、妯娌)，鸳鸯的“中”兴(全诗三十行，鸳鸯出现于第二十行之后)，更能承先启后，转外为内。再说鸳鸯的象征意时，除双栖之外，总数本身也有相当的重要性。霍光园中的三十六对，与此地的七十二只，数目并非偶然的巧合，而是具有象征的意味。七十二代表整数，古籍中颇不乏见，兹转载闻一多所列之例数则：

> 上经配天，下经配地，阴道八，阳九，以阴行阳，故七十有二首。
>
> 《史记》卷八《高祖本纪》
>
> 高祖为人，隆准而龙颜，善须髯，左股有七十二黑子。
>
> 严遵《道德指归论》卷一《说目》

由于汉朝五行思想风行一时，如将一年三百六十日加以五等分，结果便得七十二。《史记正义》释“高祖左股有七十二黑子”曰：

> 七十二黑子者，赤帝七十二之数也。木、火、土、金、水各居一方，一岁三百六十日，四方分之，各得九十日，土居中央，并索四季各十八日，俱成七十二日，故高祖左股七十二黑子者，应火德七十二之征也。有一本“七十四”者，非也。①

七十二代表极数，而鸳鸯七十二则将人伦关系的种种，尽皆涵盖其中了。《陇西行》的兴段明写鸟栖，但暗指天上的星座，目的也不外要用这种委婉的方法，藉天上有条不紊的秩序，来影射人际不容违背的礼仪，而“健妇”的一举一动，也可以说符合天理的运行。

上述的例子在在都证明鸟兴除了引起应段之外，另也兼有比的效用，影射人间的悲欢离合。这种暗比的功用，若能有鸟飞与鸟栖两项截然不同的兴双管齐下，则更能收前呼后应之效。《焦仲卿妻》以“孔雀东南飞”起兴，而以鸳鸯双栖为尾兴。颇能驾驭全诗的气氛。《乌生》(《乐府诗集》卷二八)描写母乌本生于南山之岩，今率八九子栖息于桂树间，突为秦氏游荡子所杀，死后魂魄遂“飞扬上天”，而诗人在体会乱世无常之际，将情感又投入另一个鸟兴：“唶哦！黄鹄摩天极高飞，后宫尚得烹煮之。”鸟飞之尾兴象征普天之下，人类无可避免的死亡悲剧。

鸟飞鸟栖的象征意义，当然并非一成不变，反例也不少，如《乌鹊歌》：

① 《史记》卷八《高祖本纪》，343页，北京：中华书局，1969年。另参杨希枚《论神祕数字七十二》，《国立台湾大学考古人类学刊》，12—47页。

南山有乌　北山张罗　乌自高飞　罗当奈何
乌鹊双飞　不乐凤凰　妾是庶人　不奉宋王

乍看鸟双飞象征夫妇恩爱逾恒，与我们上述鸟飞表示分离的用法不同。但根据《彤管集》对此诗的解释：

韩凭为宋康王舍人，妻何氏美，王欲之，捕舍人，筑青陵之台，何氏作《乌鹊歌》以见志，遂自缢。(《古诗源笺注》卷一)

因此双飞只是一厢情愿，事实上夫妻两人已作死别的准备，何氏作歌的时候是形单影只的。再说我们前引《列异传》，曾说韩凭夫妇死后物化为鸳鸯双栖，更证明双飞仅为希望，双栖才是两人最后的归宿。

其他的反例可略分两类：一、上述的例子都属口头创作，因此联想的程序是一定的。文人的作品相反的巧尽心思，因此不局限于鸟飞鸟栖的固定象征意义。文人诗中鸟的母题往往是写实的，与兴义无关；二、兴义全为比所取代，并演变成赋，如：

愿为双飞鹄，高飞还故乡

《古诗》(《古诗源笺注》卷二)

愿为双黄鹄，奋翅起高飞

《古诗十九首·西北有高楼》

以"愿"字启首，兴义已荡然无存。

八

本文以结构民俗学为出发点，从最基本的语言结构，探源索本，追论赋、比、兴的功用，因此对象仅限于汉魏乐府。本文的重点原不在中国后代诗词中兴义之活用，实际的讨论也无法顾及兴法演变的过程，但这两个问题都是中国诗词极端重要，而又有待整理的项目。学者如能循具体的方法，将中国诗词中的兴法，加以并时性与贯时性的处理，则中国文学之精义或能更得发扬光大。

文章憎命达：再议瞿佑及其《剪灯新话》的遭遇①

孙康宜

近年来，有关瞿佑（1347—1433）的文言小说集《剪灯新话》，已有不少中外学者们做过颇为深入的研究。在这篇文章里，我要进一步从文人的命运及其作品的遭遇、政治涵义、“跨国界”(transnational) 的文化影响等方面，② 来重新探讨作者瞿佑及其《剪灯新话》的多层意义。

首先，要重新探讨瞿佑的《剪灯新话》，必须从它的接受史谈起。应当说明的是：《剪灯新话》是中国历史上最早具有跨国界影响力的古典小说集。它从15世纪开始就风行于韩国，后来也一直在日本和越南盛传，然而唯独在中国，反随着时间的推移渐趋淹没。《剪灯新话》之所以长期在中国境内被遗忘，追根究底，实与它曾被明朝政府查禁有关。

有关自我审查、传抄、刊刻诸问题

不过，当初瞿佑的《剪灯新话》迟迟没有刊印，完全是由于瞿佑本人的“自我审查”(self-censorship)，而非来自官方的阻止。该书早已于明初洪武十一年(即1378年)完成，但根据瞿佑的自序，他在写成《剪灯新话》之后，只敢“藏之书笥，不欲传出”。他自称，这是因为书中“涉于语怪，近于诲淫”。但我相信，瞿佑的“自我审查”，主要还是怕触犯政治，因为书中的确含有不少影射作者对明朝官府的批评。瞿佑在年幼时即遭遇朝代变迁和动乱，一旦入明之后又值严酷的朱元璋统治时代，因此见证了许多文人因“莫须有”的罪名而遭到杀戮和贬谪。例如，瞿佑显然对诗人高启(1336—1374)因文字而招惹杀身之祸一事感到不平，所以他在《剪灯新话》的首篇《水宫庆会录》里，就委婉地反映了这种愤慨。故事中描写一个名叫余善文的潮州文人，他一直怀才不遇，但有一天南海的海龙神广利王突然邀请他到了海龙国，请他为海底新建的宫殿作一篇“上梁文”。余善文的“上梁文”果然写得十分精彩，所以他备受广利王的礼遇。广利王不但设宴答谢余善文，请他题诗传盛事，而且还特赠珠宝，作为诗文的报酬。这个故事情节显然是将文人在人间与海龙国的不同遭遇作了强烈的对比。故事的背景虽在元朝末年的至正年间，但它的真正寓意可能指向高启

---

① 作者简介：孙康宜(1944—)，女，美籍华裔学者，耶鲁大学东亚语文系教授。

本文作者要特别感谢朱浩毅先生和李纪祥教授在收集和讨论有关《剪灯新话》诸种材料方面的帮助。同时，在准备这篇文章的过程中，我也得到王瑷玲、Jeongsoo Shin (申正秀)、Tao Yang (杨涛)和康正果等人的帮助，在此一并致谢。

② 有关《剪灯新话》及其跨国界的文化影响，可参考拙作：Kang-I Sun Chang, “The Circulation of Literary Knowledge Between Ming China and Other Countries in East Asia: The Case of Jiandeng xinhua,” paper presented at the NACS Conference held at the University of Stockholm, Stockholm, Sweden, June 11—13, 2007. (See http: nacsorg. com/stockholmconf).

的事件；尤其是，瞿佑与高启是年龄相当的同代人，《剪灯新话》成书时才是高启死后四年。在洪武年间高启的冤狱乃是人们私下谈论最多的话题之一：原来高启因写了一篇“上梁文”(为恭贺新任的苏州知府魏观修复苏州府完工)，因其中含有“龙蟠虎踞”之语，而被斩腰示众。[①]杜甫诗中所谓“文章憎命达，魑魅喜人过。应共冤魂语，投诗赠汨罗”，[②]正可以用来参照瞿佑对诗人高启悲剧命运之感慨。诚然，高启一事不得不令人想到：自古文章似乎特别憎恶命运通达的文人，因此文人才屡遭不幸，总让奸邪小人(魑魅)陷害，到头来只能和屈原的冤魂叙谈，只能作诗投赠汨罗。因此，同样撰的是“上梁文”，现实中高启的遭遇和小说里余善文的遭遇是截然不同的。这种强烈的对比，乃是瞿佑小说的特殊表现手法之一。因此，在《剪灯新话》里，我们也经常读到有关文人在世间受害，却在冥世受到重用的主题（如《修文舍人传》)。与是非颠倒的今世不同，冥世总是正义之所在——在《令狐生冥梦录》的故事中，我们目睹无数罪人正在受酷刑的折磨，有些被“剥皮刺血，剔心剜目”，有些让“毒虺噬其肉，饥鹰啄其髓”，所有人都按罪状的种类而受应有的惩罚。可以说，其情况之悲惨不下于但丁《神曲》中所描绘的地狱情景。另外，在《永州野庙记》里，那条长年作乱的“朱冠白蛇”(蛇妖)最后被英明的冥王押入地狱，才从此去妖除害。相信有些明初的读者会把故事中的“朱冠白蛇”读成朱元璋的化身，因为朱元璋早年曾以率红巾贼造反起家(虽然这种读法不能证明作者本人确有此意)。

问题是，在瞿佑当年所处的政治环境中，任何文本都会因得罪那个心怀猜忌的皇上，而招来杀身之祸。所以，在写完《剪灯新话》之后，瞿佑只得把书稿藏在家中，不敢立刻公开刊印。但不久有读者想借阅这部小说集，而且要求的人愈来愈多(“客闻而观者众”)，瞿佑无法“尽却之”，于是书稿就在朋友之间流传了起来。后来书稿“传之四方”，就有了各种不同的抄写本和刻本。[③]到目前为止，有关《剪灯新话》初刊于何年何月，还是众说纷纭——有人以为此书初刊于 1381 年，也有人认为不会早于 1389 年。[④] 但最近又有学者重新作了考证，以为初刻本大约出现在洪武年末建文年初——亦即 1400 年左右。[⑤] 总之，尽管瞿佑始于“自我查禁”，但多年后此书终于

---

① 洪武七年，高启和魏观两人同时在南京被斩腰示众。参见李盛华选注：《高启诗选》，8 页，北京：中华书局 2005。笔者最近发现，乔光辉也认为瞿佑有关“上梁文”的描写乃是受高启案件的启发。见乔光辉：《明代剪灯系列小说研究》，188 页，北京：中国社会科学出版社 2006。

② 杜甫：《天末怀李白》。注释请见梁鉴江选注，刘逸生主编：《杜甫诗选》，32 页，香港：三联书店香港分店，1984。

③ 瞿佑自序：见瞿佑等著，周楞伽校注：《剪灯新话》外二种，3 页，上海：上海古籍出版社，1981；瞿佑，“重校《剪灯新话》后序”(1421)，见“古本小说集成”编委会编：《剪灯新话》，据日本内阁文库藏韩国刻本《剪灯新话句解》上下两卷影印，7 页，上海：上海古籍出版社，1981。

④ 例如，李庆认为该书初刊于 1381 年——见李庆：《瞿佑生平编年辑考》，《中国文哲研究通讯》，1994 年 6 月第 4 卷第 2 期，第 164 页。但有些学者以为这时的《剪灯新话》仍以抄本流传，并未正式刊行——见薛贞芳、林风，《中国第一部禁毁小说〈剪灯新话〉摭谈》，《安徽大学学报》(哲学社会科学版)，1995 年第 4 期，第 22 页。其他另有学者则认为《剪灯新话》的初刊本不会早于 1389 年，见乔光辉在其《明代剪灯系列小说研究》中的转述(第 25 页)。

⑤ 见乔光辉：《明代剪灯系列小说研究》，192—193 页。

透过传抄和“镂刻”，而传播四方。然而，值得注意的是，为了避免触犯政治，瞿佑从一开始就在自序里(写于1378年)小心地为自己辩解。他首先强调《剪灯新话》所含的道德寓意——既然《诗经》、《书经》、《易经》和《春秋》等圣贤典籍都含有虚构的成分，那么《剪灯新话》也可以藉其小说的形式向世人“劝善惩恶”，因而“言者”自然“无罪”，而“听者”也“足以戒之”。①瞿佑另外还请友人为他写序，以为助阵——例如，凌云翰的序(写于1380年)强调《剪灯新话》“动存鉴戒，不可谓无补于世”。后来，又有小说家桂衡于1389年为该书写序，再次提出其“褒善贬恶”的功能。②

这种以宣扬道德为策略的方法十分管用，因为至少当瞿佑在世时，《剪灯新话》尚未遭到政府的查禁。(当然，瞿佑的后半生还是难逃“文章憎命达”的命运，因为他终于由于“诗祸”而下狱，长年被流放——详情见下文)。事实上，尽管他后来因文字而惹祸，《剪灯新话》在当时读者群中，还颇为流行。甚至有些作者们也争相模仿(例如，1420年李昌祺的《剪灯余话》和1427年赵弼的《效颦集》即为当时著名的仿作)。在明代前期的文人中，瞿佑算是最有才情的作家之一，他著作等身，从诗词文赋到治经阅史、笔记等，无所不包。至于他的文言小说集《剪灯新话》之所以特别得到读者们的欢迎，显然与书中所描写的故事之生动有关。

然而，如上所说，身为文人的瞿佑还是难逃法网。在永乐皇帝登基后的第六年(即1408年)，瞿佑不幸被捕入狱，在锦衣卫狱中度过数年，随后又流放保安(今河北省内)，被迫服苦役长达18年之久。关于瞿佑下狱的原因，有人说是由于“诗祸”，有人以为是瞿佑给永乐皇帝之弟朱橚做“长史”时，由于“辅导失职”而犯了王法。但现代学者李庆则主张“诗祸”和“辅导失职”是“同一问题有关联的两个侧面”。这可能是因为朱橚所撰的《元宫词》与瞿佑《咏物诗》中“倚红偎翠”的诗风颇为相似，而这种诗风正与永乐“提倡儒学”的精神相悖。可见在当时永乐皇帝正在对诸王进行整肃的情况下，瞿佑因他的特殊诗风而被告“辅导失职”。③ 总之，由于朱橚的连累，瞿佑后半生不幸被长期流放，一直到1425年高龄79岁时(即永乐皇帝去世、洪熙帝即位那年)才因太师英国公张辅的帮助而终于获释；但在此之数月前，瞿佑的妻子已在家乡过世，诗人为之痛苦莫名。当时瞿佑给妻子的祭文云：“花冠绣服，享荣华之日浅；荆钗布裙，守困厄之时多……”。④ 后来，瞿佑终于在82岁时由张辅的家中回到故乡，发现其幼子也已过世，颇感凄凉。⑤

在瞿佑那段漫长的流放期间，尤其令人惋惜的乃是：诗人之被放导致其文学作

---

① 瞿佑自序：《剪灯新话》外二种，3页。

② 有关瞿佑的自序和友人为《剪灯新话》所写的序，见《剪灯新话》外二种，3—5页。

③ 李庆：“瞿佑及其时代——日本内阁文库所藏瞿佑《乐全稿》探析”，《中华文史论丛》，第53辑，273页，上海：上海古籍出版社，1994。有关瞿佑的“偎红倚翠”诗风，见钱谦益：《列朝诗集小传》，“瞿长史佑”条，第1册，189页，上海：上海古籍出版社，1983。但事实上，早在钱谦益以前，田汝成(1500？—1563?)已在他的《西湖游览志余》中用“偎红倚翠”来形容瞿佑的诗体——引自陈田：《明诗纪事》，第2册，801页，台北：鼎文书局影印，1971。

④ 瞿佑：《归田诗话》卷上，《历代诗话续编》，第三册，1253页，北京：中华书局，1983。

⑤ 李庆：《瞿佑生平编年辑考》，第173页。

品的大量流失；他过去所苦苦经营的二十多种著作稿本大多已“散亡零落，略无存者”。再者，由于手头早已没有这些书的稿本，有关过去的经验也逐渐“不能记忆”。这一切都使得晚年的瞿佑感到“心倦神疲”，只能“付之长叹息而已”。[①] 然而，为了迫使自己尽量追忆，他还是努力撰写了《归田诗话》(1425 年序)，将自己过去“平日耳有所闻，日有所见”的经历写了出来。[②]同时，在极端的孤寂中，他也不断“追忆旧章”，开始编撰《咏物新题诗集》，“以备遗忘”。[③]然而，最让他耿耿于怀的乃是，《剪灯新话》的原稿已不知去向。有一回，当朋友唐岳向他询及《剪灯新话》时，他只感叹地答道：“旧本失之已久，自恨终不得见矣”。[④]

但 1420 那年，友人胡子昂(即过去在锦衣卫狱中一同受苦受难的友人)于 5 月间到保安来访，给瞿佑在失望中带来了新的希望。在那次来访中，胡子昂谈及《剪灯新话》，并说他从前在四川时曾请人抄写过《剪灯新话》全书，但其中错误不少，想请瞿佑从新校订一遍。瞿佑自然喜出望外，因为《剪灯新话》在市面上早已失其“真本”。盖多年来，该书的版本已变得十分混乱，真假难分。这是因为，某些“好事者”在传播此书的过程中，经常抄写“失真”，甚至连“镂刻者”也“既略弥甚”，以致错误颇多。[⑤] 所以胡子昂不久即托唐岳把《剪灯新话》抄本带给瞿佑，请瞿佑校订并写“重校剪灯新话后序。”这就是所谓的 1421 年重校本，其卷末收有瞿佑的“题剪灯录后绝句四首”，[⑥] 其中有两句诗写道：

不知异日灯窗下
还有人能识此心

可惜的是，瞿佑在世期间，这本《剪灯新话》重校本似乎并没得到刊印的机会。[⑦]这或许因为胡子昂突于 1422 年去世，故无人联系有关刊刻之事。(此“重校本”后来由瞿佑的侄子瞿暹出资刊印，此为后话)。然而，值得欣慰的是，瞿佑有幸长寿，又身历六朝（即元顺帝、明太祖、建文帝，明成祖、明仁宗、明宣宗六朝），目睹了从元末到明初的社会大动乱及朝廷中翻云覆雨的变化。因此，他于 1425 年获释之后，虽年已近八旬，仍能手不释卷，将自己宝贵的人生阅历化为文学，晚年一共完成了《乐

① 瞿佑：《重校〈剪灯新话〉后序》(1421)，见《剪灯新话》，据日本内阁文库藏韩国刻本《剪灯新话句解》上下两卷影印，第 7 页。

② 瞿佑：《归田诗话自序》，《历代诗话续编》，第 3 册，1234 页。

③ 见李庆：“瞿佑生平编年稽考，”172 页。

④ 唐岳：“剪灯新话卷后志”，见《剪灯新话》，据日本内阁文库藏韩国刻本《剪灯新话句解》上下两卷影印，5 页。

⑤ 瞿佑：“重校《剪灯新话》后序”(1421)，见《剪灯新话》，据日本内阁文库藏韩国刻本《剪灯新话句解》上下两卷影印，7 页。

⑥ 同上书，9 页。

⑦ 关于此《重校本》是否及时刊行，学术界仍未得到定论。例如，李庆以为重校本曾于 1421 年出版。见李庆：《瞿佑生平编年稽考》，171 页。

全诗集》(1428)、《东游集》(1429)、《咏物新题诗集》(1429),《乐全续集》(1430)等多部书稿，可谓自始至终一直是个多产作家。

《剪灯新话》被查禁的过程

至于瞿佑的《剪灯新话》，虽然1421年的重校本没能及时刊行，但市面上却仍存在着各种抄写本和旧刻本，使得该书继续在民间通行。然而，后来终因太受读者欢迎，在社会上带来了广泛的影响，而被政府查禁。[①]事情发生在1442年(即瞿佑死后九年)三月，国子监祭酒李时勉(1374—1450)突然上疏给英宗皇帝：

> "近年有俗儒，假托怪异之事，饰以无根之言，如《剪灯新话》之类，不惟市井轻浮之徒，争相诵读；至于经生儒士，多舍正学不讲，日夜记忆，以资谈论。若不严禁，恐邪说异端，日新月盛，惑乱人心……"。[②]

由此可见，当时《剪灯新话》的影响不但已深入民间，而且已成了读书人的心爱读物。因此，李时勉在奏疏中特别强调："凡遇此等书籍，即令焚毁，有印卖及藏习者，问罪如律，庶俾人知正道，不为邪妄所惑"。

这就是为什么瞿佑的《剪灯新话》成为中国历史上第一部禁毁小说的原因；当时连李昌祺的《剪灯余话》也一同被查禁了。当然还有一种可能就是，李时勉的真正攻击目标乃是他的同僚李昌祺——之所以奏禁瞿佑的《剪灯新话》，其实只是为了指责李昌祺的仿作《剪灯余话》。总之，这一切都可以说明，为何瞿佑的侄子瞿暹一直要等到朝廷大臣李时勉去世多年之后，才敢刊行自己伯父所亲自校订的"重校本"《剪灯新话》。[③]当然，还有一种可能就是，瞿暹早已在1442年以前——即李时勉上疏请求查禁以前——就已经刊印了《剪灯新话》的重校本，而这个瞿暹的刊刻本或许在市井和读书人中产生了巨大的影响，甚至到了威胁主流文化的程度，以至于后来导致官方对《剪灯新话》的全面查禁。再者，作为一个"能走四方"而又"善交士大夫"和"名公贵人"的大商人，瞿暹一向颇有影响力，所以他所刊刻的《剪灯新话》重校本也一定畅销——尤其是，他当时正在有计划地为瞿佑刊印一套精美的遗著系列。[④]当然，除非

---

① William Nienhauser 以为《剪灯新话》之所以被禁，不是因其内容之关系，而是由于该书所带来的广泛影响。William H. Nienhauser, Jr., "Aspects of a Socio-Cultural Appraisal Ming Short Fiction—the Chine-teng hsin-hua and Its Sequel as Example," in *Tamkang Review*, 10, 3—4 (Spring-Summer 1980), pp. 557—558.

② 《明英宗实录》第90卷，1811—1813页，台北南港：中央研究院历史语言研究所1961—1966。

③ 到目前为止，大部分研究《剪灯新话》的学者，都认为瞿佑的侄子瞿暹迟至天顺年间(李时勉死后多年)才刊行瞿佑的重校本《剪灯新话》。甚至有人以为此重校本一直要到成化初年才刊印。见陈益源：《剪灯新话与传奇漫话之比较研究》，54页，台北：学生书局1990。

④ 陈敏政："乐府遗音序"，见瞿佑：《乐府遗音》，收入赵尊岳辑：《明词汇刊》，(下册)1203页，上海：上海古籍出版社，1992。据陈敏政的《乐府遗音序》，瞿暹除了刊印瞿佑的《乐府遗音》(1463)以外，早已刊印了包括《剪灯新话》在内的一系列瞿佑书稿——即《兴观集》、《咏物诗》、《剪灯新话》、《集览隽误》等书。而且，他说"其余盖将次第刊之未已也"。另外，瞿佑的《乐全稿》似乎早在1444年已由瞿暹和其兄弟赞助梓行。(参见乔光辉：《明代剪灯系列小说研究》，195页)。

我们可以找到更有力的证据，笔者不敢在这个版本问题上随便下结论。但不久前已有人猜测，瞿暹可能早在1442年朝廷禁毁该书以前就已刊刻了《剪灯新话》的重校本。① 最近学者乔光辉则以为，瞿暹不是在正统七年(1442)前就是在稍后的天顺年间(即1457—1462年间)刊刻重校本《剪灯新话》。②

另外，从文学史的角度来看，《剪灯新话》被禁也是个有趣的现象：同样是用文言文写出的传奇小说，唐传奇没有遭禁，而瞿佑的明传奇却被禁了。③这显然与明初的政治和文化现象有极密切的关系。原来，瞿佑的时代是台阁文风(即以太平盛世为主题的文风)盛行的时代，而后来身居高位的李时勉等人更是以写台阁体的文章著名，他们在文中所表达的通常是一种对朝廷歌功颂德的心态——即现代学者黄卓越所谓的"颂世现象"。④ 就如另一位著名学者吴承学所说，明初作家和后来晚明作家的最大差别乃是：

严格地说，他们(指明初作家)并非"作家"，而是经国的大臣，他们的志向和兴趣是治国、平天下，而决不在于舞文弄墨。他们往往耻于当"文人"…… ⑤

但问题是，明初的瞿佑却与他同时代的作家十分不同。首先，他绝对是"舞文弄墨"的那种文人，他的诗文风格完全异于当时流行的台阁体。上头已经提及瞿佑或因"倚红偎翠"的诗风而在永乐年间招致"诗祸"。(钱谦益在他的《列朝诗集小传》里也用"风情丽逸"四字来形容瞿佑这种个人的特殊诗风。)⑥再者，瞿佑早于少年时代就以"香奁八题"著名乡里，被诗人杨维桢(1296—1370)誉为瞿家"千里驹"。同时，他的作品也特别注重文人的个人性和独立性。此外，他的语言倾向于深入浅出，尤其在市民文化逐渐兴起的时代，瞿佑这种文风正好投合了市井民众的普遍爱好。⑦这就是为什么《剪灯新话》后来被人们"争相诵习"的原因。难怪以儒者自豪的李时勉要称瞿佑为"俗儒"，认为《剪灯新话》与朝廷的主流文化已到了水火不兼容的程度，故非严

---

① 例如，学者陈大康与漆瑗以为，瞿暹的刊本早在1442年明廷查禁以前就已传入了韩国。见陈大康、漆瑗：《〈剪灯新话句解〉"明嘉靖刻本"辨——兼论该书在朝鲜李朝的流传与影响》，《文学遗产》，1996年第5期，106页。

② 见乔光辉：《明代剪灯系列小说研究》，196页。

③ 参见陶磊：《文人传奇小说的异化——论〈剪灯新话〉的世俗化倾向》，《中国文学研究》，2002年第1期(总第64期)，83页。

④ 黄卓越：《明永乐至嘉靖初诗文观研究》，北京，北京师范大学出版社2001年，49—50页。有关台阁体的其他定义和极其复杂的发展脉络，请见简锦松：《明代文学批评研究》，台北：学生书局1989；魏崇新：《明代江西文人与台阁文学》，见朱万曙、徐道彬编：《明代文学与地域文化研究》，523—535页，合肥：黄山书社，2005；孙康宜：《台阁体、复古派和苏州文学的关系与比较》，见左东岭主编：《2005明代文学：国际学术研讨会论文集》，50—67页，北京：学苑出版社，2005。

⑤ 吴承学：《明代前中期散文》，见吴承学：《晚明小品研究》，11页，南京：江苏古籍出版社，1998。

⑥ 见钱谦益：《列朝诗集小传》，"瞿长史佑"条，第1册，189页。

⑦ 李庆先生曾经指出，这种诗文的"市民化"乃是中国元代以后的一个重要现象。见李庆：《瞿佑及其时代——日本内阁文库所藏瞿佑〈乐全稿〉探析》，《中国文史论丛》，第53辑(1994)，第281页。参见吉川幸次郎：《元明诗概说》的"序章"，岩波书店，《中国诗人选集·二集》本；并参见 Yoshikawa Kojiro, *Five Hundred Years of Chinese Poetry*, 1150—1650: *The Chin, Yuan, and Ming Dynasties*, translated by John Timothy Wixted, Princeton: Princeton University Press, 1989, p. 9.

格查禁不可。

《剪灯新话》流传东亚各国的情况

有趣的是，正当瞿佑的《剪灯新话》在中国遭到禁毁、逐渐从市面上消失时，该书开始在韩国盛行，后来居然成为朝鲜李朝的官方汉语经典——有些学者甚至以为，瞿暹所刊刻的《剪灯新话》"重校本"早在1442年明廷查禁以前就已传入了韩国。[①](这点也可与上头有关"重校本"刊刻时间的问题相呼应)。无论如何，现代韩国学者崔溶澈已在他有关《剪灯新话》的文章里特别强调《剪灯新话》在朝鲜"文人社会流传较广"的现象。[②]必须指出的是，当时的韩国也有些儒者对于《剪灯新话》的内容和文体提出严厉的批评，甚至痛斥该书"鄙亵"。[③]据中国学者陈大康和漆瑗的考证，《剪灯新话》之所以尤受朝鲜官吏和文人的青睐，主要由于当时李朝仍以汉语为"官方通行语"，所以学汉语乃是知识分子就业的必要条件。同时，对许多朝鲜人来说，瞿佑那种平易近人的文言体学起来特别容易。[④]后来负责刊刻《剪灯新话句解》的朝鲜高官尹春年(1514—1567)就在他为该书所写的跋中称："上自儒生，下至胥吏，喜读此书，以为晓解文理之快捷方式"。[⑤] 可见朝鲜人重视《剪灯新话》的程度了。当时韩国人学文言的热情，或许可以把它比成中世纪欧洲人学拉丁文的情况，二者均与文化政治的大环境息息相关。

当然另外一个重要的因素乃是，瞿佑所写的传奇故事很受韩国读者的欢迎，因此《剪灯新话》曾在韩国被多次翻刻。后来韩国作者金时习(Kim Si-sup 1435—1493)所写的《金鳌新话》(大约写于1470年左右)——即韩国史上第一部文言小说集——也直接受了《剪灯新话》的影响。[⑥]金时习乃一愤世嫉俗之人，他于世祖篡夺王位之后(1455)，愤然退隐于金鳌山上(时年方二十)，从此寄情于山水，专心写作。他成长于一个文人的家庭，据说他的名字即取自《论语》的"学而时习之，不亦说乎"。他自

---

① 陈大康、漆瑗：《〈剪灯新话句解〉"明嘉靖刻本"辨——兼论该书在朝鲜李朝的流传与影响》，《文学遗产》，1996年第5期，106页。

② 崔溶澈："中國小說과文化—『剪燈新話』의刊行과朝鮮에의傳播"，《中国小说论丛》，2002年第2期，31—53页。中文摘要见 http：www.dbpia.co.kr/view/arview.asp? arid = 655705&pid = 791&isid = 30589.(我要感谢刘宁教授的帮忙，让我能顺利在网上找到这篇文章的中文摘要。)

③ 陈大康、漆瑗：《〈剪灯新话句解〉"明嘉靖刻本"辨——兼论该书在朝鲜李朝的流传与影响》，《文学遗产》，1996年第5期，107页。有关这一点，我要感谢崔溶澈教授本人给我的提醒。

④ 陈大康、漆瑗：《〈剪灯新话句解〉"明嘉靖刻本"辨——兼论该书在朝鲜李朝的流传与影响》，《文学遗产》，1996年第5期，106页。

⑤ 见尹春年：《题注解剪灯新话后》，《剪灯新话》，据日本内阁文库藏韩国刻本《剪灯新话句解》上下两卷影印，第14页。

⑥ 叶乾坤："金鳌新话研究"，《国立政治大学学报》，1968年5月第17期，219页；参见 Kim Kunggyu, "Choson Fiction in Chinese," in Peter H. Lee, *A History of Korean Literature*, Cambridge: Cambridge University Press, 2003, 261. 并参见崔溶澈："中國小說과文化—『剪燈新話』의刊行과朝鮮에의傳播"，《中国小说论丛》，2002第2期，31—53页。中文摘要见 http：www.dbpia.co.kr/view/arview.asp? arid=655705&pid=791&isid=30589.

称是张骞的后代，“谱系汉臣家”(见“过蔚珍诗”)，自幼即喜爱古文和中国诗词。[①]他所读到的《剪灯新话》很可能就是瞿佑亲自校订的“重校本”(即瞿暹刊刻的本子)，因为他在《金鳌新话》“龙宫赴宴录”中所写的诗句“挑灯永夜焚香坐，闲着人间不见书”显然专为和瞿佑重校本“题剪灯录后”的诗句(“剪灯濡笔清无寐，录得人间未见书”)而写。[②]难怪韩国人总是把金时习的《金鳌新话》和瞿佑的《剪灯新话》联想在一起，把二者视为同类的文学经典。例如，以上曾经提到的朝鲜高官尹春年，他在1564那年先后刊印了《金鳌新话》和《剪灯新话句解》，使得这两部小说相得益彰，从此更加普及于韩国读者之间。尹春年所刊的《金鳌新话》是目前所存此书的最早版本(于1999年由学者崔溶澈在中国大连发现)。[③] 而《剪灯新话句解》(由尹春年订正，垂胡子集释)则为世上最早的《剪灯新话》注释本。可见韩国人对瞿著的流传所作出的特殊贡献。

尤其重要的是，尹春年于1564年所刊印的《剪灯新话句解》后来传入日本，并有翻刻本，使瞿佑的文言小说也在日本境内盛行起来。但与韩国人热烈学习汉语的情况不同，日本人真正开始欣赏《剪灯新话》乃是在瞿佑的小说被译成日文(或改写成日文)以后。最早约在1573—1591年左右，有人将《剪灯新话》中的《金凤钗记》、《牡丹灯记》和《申阳洞记》三篇译成日文，后来收入《奇异杂谈集》，于1687年正式出版。但瞿佑第一次对日本文坛起了关键性的影响，乃是通过著名作家浅井了意(Asai Ryoi)所出版的《御伽婢子》(1660年出版)；在那本书中，浅井了意用日语改写了18篇取自《剪灯新话》的故事(同时有两篇取自金时习的《金鳌新话》)。[④]后来，18世纪时，上田秋成(Ueda Akinari，1734—1809)的小说集《雨夜物语》(*Ugetsu monogatari*)也受《剪灯新话》的影响。学者们一向以为《雨夜物语》中的“吉备津の 釜”一故事大多受了瞿佑《牡丹灯记》的启发，而该书名《雨夜》也似乎取自瞿佑《牡丹灯记》里的诗句：“天阴雨湿之夜，月落参横之晨”。[⑤] 与韩国的作家金时习相同，上田秋成也精通中

---

① 徐炳嫦：《剪灯新话与金鳌新话之比较研究》，国立台湾师范大学国文研究所硕士论文(1981)，16页。

② 有关金时习的诗句，见崔溶澈：《金鳌新话의版本》(Seoul：Kukhak Charyowŏn 국학자료원，2003)，“金鳌新话朝鲜木板本(尹春年本)全文”部分，108页。瞿佑的诗句，请见《剪灯新话》，据日本内阁文库藏韩国刻本《剪灯新话句解》上下两卷影印，9页。参见陈益源：《剪灯新话与传奇漫话之比较研究》，55页。

③ 崔溶澈(Choe Yong Chul)，“Discovery of KEUMOSHINHWA Printed in Chosun Dynasty and Its Significance”(article in English)，《民族文化研究》，第36期，322—324页 。并见崔溶澈：《金鳌新话의板本》，Seoul：Kukhak Charyowŏn 국학자료원，2003，9—26页。崔溶澈于1999年在中国大连发现了1564年尹春年所刊行的《金鳌新话》，乃是学术上一个重大的发现。因为，在此之前，学者们一致以为最早的《金鳌新话》版本都是在日本刊印的，例如1653年 的承应本，1660年的万治本，1673年的宽文本，以及1884年的明治本(大冢本)。但崔溶澈的新发现却改变了这个有关《金鳌新话》版本的结论，原来后来的日本刊印本都是根据尹春年的1564年版本而重新编排的。(在此，我要特别感谢Jeongsoo Shin(申正秀)在翻译方面的帮忙，他很耐心地为我把崔溶澈先生书中的“自序”译成英文，让我能充分了解崔溶澈在版本学上的贡献。)

④ 王淑琤：《剪灯三种考析》，国立台湾大学中国文学研究所硕士论文(1982)，158页。有关《御伽婢子》的出版年代(1660)，请见Earl Miner，Hiroko Odagiri，and Robert Morrell，*The Princeton Companion to Classical Japanese Literature*，Princeton：Princeton University Press，1985，p. 143.

⑤ 王淑琤：《剪灯三种考析》，154页；Ueda Akinari，*Tales of Moonlight and Rain*，translated by Anthony H. Chambers，New York：Columbia Univ. Press，2007，p. 13.

国古文和诗词，故能真正欣赏瞿佑的文学艺术。但整体而言，在《剪灯新话》的研究方面，日本所作出的最大贡献就是在保存各种版本的事上。可以说，几乎所有现存的《剪灯新话》古刻本(包括韩国本《剪灯新话句解》)都来自日本图书馆的藏本。日本内阁文库甚至还藏有瞿佑晚年作品《乐全稿》的抄本，难怪学者李庆要说："在中国倒了霉的瞿佑在日本正走运"。①

《剪灯新话》在越南的传播管道似乎与韩国和日本的情况不同。到目前为止，有关瞿佑小说开始在越南传播的真实情况尚未得到定论。近年来有一种猜测就是：《剪灯新话》可能早在永乐年间(1403—1420)就已传入了越南。这是因为，太师英国公张辅曾在那段期间四次出征安南，而他一向崇拜瞿佑的才情，故有可能把《剪灯新话》带到当时的安南。②（后来张辅终于成了瞿佑的恩主，因为他于1425年上奏章，让年高79岁的瞿佑自塞外安全归来，并请他在家教习子弟三年，此为后话。)无论如何，一般学者以为《剪灯新话》至迟在16世纪初就已经传入越南，因为越南作家阮屿(Nguyen Hung)所写的文言小说集《传奇漫录》(出版于1547年)已经呈现了《剪灯新话》的重大影响。越南学者何善汉当时在《传奇漫录》的序中就如此描述阮屿的风格："观其文辞，不出宗吉(瞿佑)藩篱之外"。③ 而且，与《剪灯新话》相同，《传奇漫录》也分成四卷，共有20个故事。书中也同样充满了有关书生"遭穷受屈"的情节。难怪现代学者陈益源说，《传奇漫录》"不仅仅是文辞上的蹈袭而已，即连结构、情节、风格、思想，亦《与剪灯新话》习习相关"。④总之，瞿佑的小说对越南文学的影响是十分深远的。

从《剪灯新话》在韩国、日本和越南的接受史看来，我们可以得到一个结论：瞿佑是一位懂得抓住大众读者、且具魅力的作家。虽然当他在世时，由于明初官方思想的严禁，他并未享受一个"名家"所应当享受的愉悦和满足，但在他身后，他的文学声音却传播到海外诸国，使得《剪灯新话》成为异国的经典，因而终于被典藏下来。足见命运还是公平的：文人虽然生前遭遇迫害，但在身后可以借着文学作品 变得"通达"。

《剪灯新话》的情节与话语方式

然而，我们必须问：是什么原因使得瞿佑的《剪灯新话》在韩国、日本和越南诸国如此长期地获得读者的爱好？上头已经说过，有一些外在的原因——例如当时汉语在这些东亚国家所占的霸权地位——使得《剪灯新话》脱颖而出。但我以为，《剪灯

① 李庆："瞿佑及其时代——日本内阁文库所藏瞿佑《乐全稿》探析"，《中国文史论丛》，第53辑(1994)，263页。

② 徐朔方、铃木阳一："瞿佑的《剪灯新话》及其在近邻韩越和日本的回响"，《中国文化》1995年第12期，152页。

③ 阮屿：《传奇漫录》，见陈庆浩、王三庆编：《越南汉文小说丛刊》，初版：法国：远东学院出版；第一册，9页，台北：学生书局，1987。

④ 陈益源：《剪灯新话与传奇漫话之比较研究》，133、159页，台北：学生书局，1990。

新话》之所以备受异国读者的欢迎，还有一层更深的原因——那就是，作为一个小说家，瞿佑所具有的独特叙事声音(narrative voice)。

为了充分讨论这种“叙事声音”，我想在此借用西方叙事学(narratology)的观点来进行分析。据 Seymour Chatman 的看法，在了解一部叙事作品的作用(functioning)和结构(structure)以前，我们必须先分清楚该叙事作品的两个重要的成分——那就是，叙事中的 what 和 how。根据这个理念，叙事中的“故事”情节(story, or narrative content)就是所谓的“what”，而叙事的“话语”方式(discourse, or form)就是所谓的“how”。[①] 所以，我们可以由此引申地说，《剪灯新话》在东亚诸国读者群中的成功，不但来自他们对作者瞿佑所呈现“故事”情节(what)的欣赏，也来自他们对瞿书的“话语”方式(how)的肯定。

据我看来，有关《剪灯新话》的“故事情节”，它之所以特别诱人，乃是其叙事上的当代背景。瞿佑自己在该书的序中曾经说道：“好事者每以近事相闻，远不出百年，近止在数载”，并说这些当代故事使他“欲罢不能，乃援笔为文以纪之”。[②] 由于他所写的故事多半发生在元末明初，故对战乱所造成的伤亡尤多纪实的描写——应当指出的是，这段期间正是中国历史上少有的充满“尚武精神”的时代。[③] 读这些故事，读者很容易读出作者瞿佑反对穷兵黩武的声音，以及那直率而生动的文字所传达的凛然正义。同时，由战乱而引起的人间悲剧也特别令读者感动。在一篇被公认是作者自传的故事中(《秋香亭记》)，女主角杨采采很直接地揭露了战争的罪恶：“只怨干戈不怨天”。我以为这个有关战乱纪实的文学声音也正是瞿佑小说打动读者的关键所在。尤其是，当《剪灯新话》在韩国、日本、越南等国开始盛行的时候，也正是这些国家刚经变乱、还在动荡不安的期间。首先，当《剪灯新话》传入韩国时，李朝端宗(1452—1455 在位)刚被世祖(1455—1468)篡位不久，当时的朝鲜读者应当仍记得政治动乱给百姓们所带来的痛苦。同时，金时习也正在这段期间开始撰写《金鳌新话》。在他的小说中，他经常模仿瞿佑，把故事的时代背景大多设在朝代转换的战乱中。[④] 再者。他的故事也涉及高丽末年的红巾之乱(如《李生窥墙传》)，让人不得不联想到元末的红巾起义。后来《剪灯新话》由韩国传入日本时，日本也同样才刚结束一段长时期的内乱(1467—1568)，当时日本人还正处在满目疮痍的情景中，还在哀悼那无数的战死者。至于越南，其情况也十分类似。当《剪灯新话》传入安南时——

① Seymour Chatman, *Story and Discourse: Narrative Structure in Fiction and Film*, Ithaca and London: Cornell University Press, 1978, pp. 19—23.

② 瞿佑自序：《剪灯新话》外二种，3 页。

③ 著名的明史专家 Frederick W. Mote 曾说，元末明初是中国历史上少有的充满“尚武精神”(militarization)的时代：“China's normally unarmed, civilian-led society, as we have seen, underwent a process of militarization through the last half-century of the Yuan dynasty. 'Militarization' as used here means that arms became widely present, and direct recourse to force came to be a norm in a society whose established patterns were quite different.” (F. W. Mote, *Imperial China*: 900—1800, Cambridge: Harvard University Press, 1999, p. 554.)

④ 叶乾坤：《金鳌新话研究》，《国立政治大学学报》，1968 年 5 月第 17 期，135 页。

约 1400 到 1527 期间 ——那儿也正是“战祸频仍”的时代。[1]但不同的是，越南的“战祸”并非起于内战，而是由于明朝军队的屡次侵犯 。讽刺的是，就在与明猛烈交战的期间，越南的读者们却迷上了中国小说《剪灯新话》，而阮屿也在此后不久开始撰写他的文言小说《传奇漫录》。同时，阮屿也喜欢把故事背景设在朝代转变的战乱期间，所以他的故事大都设在战火连绵的陈末黎初(约 1400 年)。总之，在乱世期间，瞿佑的《剪灯新话》给东亚各地的读者们带来了一种特殊的乱世心声。

此外，《剪灯新话》还有一个特别吸引读者的故事情节——那就是，有关人鬼相恋的主题。乱离之世一方面给人带来无限的灾难，一方面也供给爱情主题的营养。在瞿佑的小说里，有不少女主角不幸在战乱中去世，但她们的鬼魂经常回到阳世，为了重续生死不渝的情缘。例如，在一篇哀怨动人的故事《爱卿传》里，女主角罗爱爱遭逢乱世，她为了拒绝某位军官的强暴而自尽；后来她的丈夫于乱离之后归来，罗爱爱的鬼魂终于与丈夫相聚，两人“入室欢会，款若平生”。在另一篇故事《翠翠传》里，爱情的主题更明显地与元末明初的社会动乱紧密结合——故事中描写，当张士诚兄弟在高邮起兵时，一对相爱的男女被战争活活地拆散，妻子被掳为妓妾，丈夫被迫流落江淮，几经沧桑之后，两人终于相会，但又因无法团圆而双双自杀，幸而两人死后，鬼魂又得以团圆。另外，在《绿衣人传》里，人鬼相恋的主题更进一步强调男女情缘那种“海枯石烂，此恨难消；地老天荒，此情不泯”的超越生死之力量。这种故事特别引人注目，因为故事中的女鬼为了追求爱情，大多显得格外大胆而积极。可想而知，瞿佑这种“人鬼相恋”的主题对于后来韩国、日本和越南文学的影响十分深远。[2] 以韩国作者金时习为例，在他的《金鳌新话》中，最让人难忘的女主角乃是那些由于姻缘未尽，而大胆谈情相恋的女鬼。(如《万福寺》、《李生窥墙记》)。而日本文学中的鬼故事(如上田秋成的《雨夜物语》)也受到瞿佑的启发。至于越南阮屿的《传奇漫录》，则书中有关人鬼因缘的故事，几乎全都是《剪灯新话》故事的改写(如《丽娘传》、《昌江妖怪录》)。[3]

有关《剪灯新话》的“话语”风格，我以为此书之所以特别受东亚诸国读者的欢迎，不仅因为瞿佑的小说语言特别浅显平易，而且因为书中采用了大量有趣的诗词。身为一位杰出的诗词家，瞿佑所写成的《剪灯新话》其实是一部创新的“诗文小说”。(当然，这种夹有大量诗词的文言小说体也直接受了宋元传奇的影响)。有证据显示，当时的韩国读者非常喜欢《剪灯新话》这种“诗文体”的小说。在金时习的《金鳌新话》中，到处都有模仿瞿佑诗歌的痕迹。此外，《李朝实录》记载燕山君(在位 1494—1506)曾派人到中国购买《剪灯新话》，其目的就是为了欣赏书中的诗词：

---

① 陈益源：《剪灯新话与传奇漫话之比较研究》，33 页，台北：学生书局，1990。

② Dominic Cheung, “The ‘Ghost-wife’ Theme in China, Japan, and Korea: New Tales of the Trimmed Lamp, Tales of Moonlight and Rain, and New Tales of the Golden Carp,” in *Tamkang Review*, 15, 1—4 (Autumn 1984/Spring 1985): pp. 151—174.

③ 陈益源：《剪灯新话与传奇漫话之比较研究》，132 页，台北：学生书局，1990。

尝览《重增剪灯新话》有兰英、蕙英相与唱和，有诗百首，号《联芳集》，当时豪士，多传诵之，故令贸来耳。①

有趣的是，燕山君所谓“联芳集”乃指瞿佑《剪灯新话》《联芳楼记》中的香奁体诗歌——该诗体效法杨维桢(人称为“文妖”)的“淫词”，也正是明朝台阁体作家们所最忌讳的一种诗体。《联芳楼记》描写苏州富商的两个女儿薛兰英和薛蕙英，她们与年轻商人郑生夜夜私会偷情，互相赠诗吟咏，最后二女一男圆满结婚。当然要从今日的文学观点来看，该故事难免显得肤浅，但在当时商业日渐发展的社会情况中，这样的恋爱故事正好符合市民意识的新趋向，也一定很新潮。②更重要的是，在整部《剪灯新话》中，男女因诗结缘乃是瞿佑所采用最重要的“话语”方式之一，而许多人鬼相恋的故事也是靠写诗赠诗来增加其抒情性的。例如，在《爱卿传》里，已经死去的罗爱爱居然能自制《沁园春》一词，向丈夫表达“一别三年，一日三秋，君何不归”的哀怨情绪。

其他有关瞿佑的特殊小说技巧，例如“倒叙”的手法、幻梦插曲的运用等，虽不能说是瞿佑首创，却是《剪灯新话》较为成功的方面。此外，瞿佑也擅长景物描写，其描写的细腻真切常有丰富故事情节和增强抒情性的效果(如《渭塘奇遇记》)。

以上简述《剪灯新话》在故事情节(what)和话语(how)方面对当时东亚读者们的可能吸引力所在。然而，若说瞿佑的传奇小说只影响到韩国、日本和越南等国的文学，那也不够全面。《剪灯新话》后来在中国的影响也很大，尤其在16世纪期间，此书数次重刊，再度流行，明代中后期的不少小说戏剧都受其影响。③所以，就如陈益源所说，该书明代朝廷“禁而不绝”，但后来“转入地下”，被收入各种笔记、蒙书、丛书、选本等，因而逐渐失其本来面貌。④例如，冯梦龙的《情史类略》卷8即收入瞿佑的《爱卿传》(改名为“罗爱爱”)；凌蒙初的《拍案惊奇》卷23将瞿佑的“金凤钗记”改写成白话小说(题为《大姐魂游完夙愿，小妹病起续前缘》)，但因中国传统文人没有注明出处的习惯，很少有人知道这些原来是瞿佑的作品，他的名字竟逐渐被人们遗忘。一直到20世纪初，有人在日本偶然发现了《剪灯新话》的版本，由国内华通书局铅印出版该书，中国学者才开始注意到瞿佑的存在。⑤可惜鲁迅在《中国小说史略》中对《剪灯新话》的评价不高(有“文笔殊冗弱”、“粉饰闺情”、“拈掇艳语”等评语)，⑥以致在后来编写的文学史中瞿佑被完全忽略。刘大杰在他的《中国文学发展

① 引自陈大康、漆瑗：《〈剪灯新话句解〉“明嘉靖刻本”辨——兼论该书在朝鲜李朝的流传与影响》，《文学遗产》1996年第5期，106页。

② 参见陈美林、皋于厚注释：《新译明传奇小说选·导读》，5页，台北：三民书局，2004。

③ 在戏剧方面，例如明人周朝俊的传奇《红梅记》即受瞿佑的《绿衣人传》的影响；叶宪祖的杂剧《渭塘记》即改编瞿佑的《渭塘奇遇记》而成。参见陈美林、皋于厚注释：《新译明传奇小说选·导读》，163、165页，台北：三民书局，2004。

④ 参见陈益源：《剪灯新话与传奇漫话之比较研究》，58—59页，台北：学生书局，1990。

⑤ 赵景深：《剪灯二种》，《文学》1934年7月，第3期，第1卷，389—394页。

⑥ 鲁迅：《中国小说史略》，见《鲁迅全集》，第9册，208页，北京：人民文学出版社，1998。

史》中就写道:“如瞿佑的《剪灯新话》……一类的作品,在这一时代(明朝),已经失去其重要性,只好从略了”。[①]

幸而近二十年来,许多中外的学者们都开始重新评价瞿佑的《剪灯新话》,使有志重写文学史的学者有了足够的参考数据。当然,我并不是说,瞿佑的小说艺术是完美无缺的。我写这篇文章的目的只是在说明,我们有必要把一个作家的作品放在过去的时代背景来考虑。美国学者 Wallace Martin 就曾经把“叙事学”定义为“一种了解过去的方法”(“a method of understanding the past”)。[②] 我希望此次借着分析瞿佑《剪灯新话》的文学性与其时代性,能对“过去”又多了更深一层的理解。

(本文原为一篇讲稿,曾在 2007 年 8 月 30 日至 31 日台湾中央研究院中国文哲研究所举办的“明清叙事理论与叙事文学”国际会议中宣读,今改写增补而成此文,特此声明。)

---

① 刘大杰:《中国文学发展史》,932 页,台北:华正书局,1982。参见陈益源:《剪灯新话与传奇漫话之比较研究》,109 页,台北:学生书局,1990。

② Wallace Martin, *Recent Theories of Narrative*, Ithaca and London: Cornell University Press, 1986, p. 7.

乌托邦：世俗理念与中国传统

张隆溪

在讨论乌托邦一部重要的近著里，法国学者罗兰·夏埃尔在开篇论文里说："在最严格的意义上说来，乌托邦是在16世纪初产生的。"他强调托马斯·莫尔著作的历史意义，宣称说"乌托邦的历史必然从托马斯·莫尔开始"①。然而在同一部书的另一篇文章里，莱曼·萨金特对乌托邦的理解却又宽泛得多，并在全部历史中去追溯乌托邦主题的发展线索。他承认，"似乎并非每一种文化都在知道托马斯·莫尔的《乌托邦》之前，就已经发展出经由人力建立的乌托邦"，但是他又认为："这样的乌托邦的确存在于中国、印度和各种佛教和伊斯兰教文化之中。"②究竟乌托邦是16世纪欧洲的发明，还是范围更广阔、早在不同文化传统中就已经存在的东西——这就是我在此章所关注的问题。如果在最基本的层次上说来，乌托邦观念意味着憧憬超乎现实的另一个更美好的社会，那么乌托邦就已经表示对现状某种程度的不满以及对现状的批判，因此，乌托邦的憧憬同时又是对社会现实的评论，是表现社会变革意愿的一种讽寓。这种变革的意愿似乎深深植根于人类生存的状况之中，因为在任何社会里，都没有人会不愿意生活得更好，即便不是积极进取，也至少希望以我们有限的资源和能力，取得最大限度的成功。因此乌托邦的意愿无所不在，正如英国作家王尔德以他特有的风趣而典雅的语言所说那样："不包括乌托邦在内的世界地图不值一瞥，因为它忽略了人类不断去造访那个国家。而人类一旦抵达那里，放眼望去，看见一个更为美好的国家，便又扬帆驶去。进步就是乌托邦的不断实现。"③

乌托邦的意愿不仅在空间上普遍存在，而且在时间上也持续不断，因为美好社会的前景总是在前头，总是位于我们前面那不断退缩的未来的尽头，在一个新的千年纪的尽头。从《圣经》中的伊甸乐园到柏拉图的《理想国》，再到一系列文学形式的乌托邦，在西方哲学、文学和政治理论中，一直有一个想象最美好社会的丰富传统。然而乌托邦是否在概念和语言上，都可以翻译呢？乌托邦是否有跨越文化差异的可译性呢？乌托邦的憧憬是否也出现在东方，例如在中国哲学和文学中，也有所展现呢？追求另一个更美好社会的意愿，在中国的典籍中是否也有所表现呢？如果我们目前的学术环境不是那么强调文化的独特，强调概念术语的不可翻译，这类问题本来是没有必要提出来的。不过在我们试图回答这些问题之前，让我们首先考察一下西方的乌托邦。王尔德所见人类不断造访，又不断扬帆离去那个国家，究竟在哪里

---

① Roland Shaer, *"Utopia, Space, Time, History"*, trans. Nadia Benabid, in *Utopia: The Search for the Ideal Society in the Western World*, eds. Roland Shaer, Gregory Claeys, and Lyman Tower Sargent (New York: The New York Public Library, 2000), p. 3.

② Lyman Tower Sargent, *"Utopian Traditions: Themes and Variations"*, Ibid., p. 8.

③ Oscar Wilde, *"The Soul of Man Under Socialism"*, in *Plays, Prose Writings and Poems*, ed. Anthony Fothergill (London: J. M. Dent, 1996), p. 28.

呢?它是在什么条件下出现,其形状相貌又如何呢?我们必须首先追寻乌托邦,找出其最显著的特征,然后才可能有一定把握去论证,其核心观念是否能超越语言和文化传统的特别界限。

一　乌托邦与世俗化

露丝·列维塔考察了乌托邦研究中各种定义和方法之后总结说:"乌托邦表达而且探索人们心中所向往的。"她认为:"乌托邦关键的因素不是希望,而是意愿——有更好生存方式的意愿。"①列维塔检讨了许多有关乌托邦的著作,认为这些著作依据内容、形式和功用所下的定义,都往往过于狭隘,而她给的宽泛定义则力求能适合各种不同的乌托邦。她企图设立一个包容性的宽泛定义,似乎能避免狭隘,令人觉得宽慰,然而她的乌托邦观念也并非没有其局限,因为她极不愿意把她的观念建立在诸如人性这类概念的基础之上,生怕这类概念有被人指责为"本质主义"或"普世主义"的嫌疑。列维塔于是强调概念的构成性。虽然"更好生存方式的意愿"听起来好像是普世主义的,但乌托邦"却是一个社会构成的概念,其来源并不是通过社会中介实现的一种'自然'冲动"。她认为:"在某一社会的需求与这个社会可能达到而且分配到的满足之间,有整个社会人为建构起来的距离,而乌托邦则是对此距离由社会人为建构起来的回应。"②可是没有预设人性或人类心理当中某些基本的冲动,社会建构这一概念或比喻就显得空泛而没有根基。人们不禁要问,为什么在那么多不同文化和社会里,都会有如此普遍的"更好生存方式的意愿"呢?无论是乌托邦还是别的什么社会建构,其基础又是什么呢?其实,人性的观念和建构的观念完全不必互相排斥,因为乌托邦即"更好生存方式的意愿"这一观念,正是以人性某些基本特点的概念为基础建构起来的。

在讨论乌托邦既全面又发人深省的一部著作里,克利杉·库玛把乌托邦观念首先与文艺复兴时代人性意义的改变联系在一起。西方讨论人性,一个基本的文本依据就是《圣经·创世纪》里人犯罪而丧失乐园的故事,而正如伊琳·佩格尔斯所说,犹太人和大多数早期基督徒都把亚当违背神旨和由此产生的可怕后果,理解为一个有关选择和人类自由的故事。犹太人和早期的基督徒固然承认,亚当犯罪给人类带来痛苦和死亡,但"他们又都认为,亚当让他后代的每个人对善恶作出自己的选择。大多数基督徒都会认为,亚当故事之用意正在于警告每一个听到这个故事的人,不要滥用神赐予的自由选择的能力"③。当基督教不再是一个遭受迫害的秘密教派,而成为罗马帝国国教时,基督教的社会和历史处境就完全不同于以前,也正是在这样的背景之上,圣·奥古斯丁根本改变了对《创世纪》故事较早的解释,提出了他对人性的分析,而这一分析"无论好坏,都成为往后西方历代基督徒的传统观念,并对他

① Ruth Levitas, *The Concept of Utopia* (New York: Philip Allan, 1990), p. 191.

② Ibid., pp. 181—182.

③ Elaine Pagels, *Adam, Eve, and the Serpent* (New York: Vintage Books, 1988), p. 108.

们的心理和政治思想发生重大影响"[①]。奥古斯丁和他影响之下的中世纪教会都把人性视为根本上是恶，由于受到亚当偷食禁果所犯原罪的影响，人性无可改变地堕落。如果说保持早期基督教看法的约翰·克利索斯托姆(John Chrysostom)强调人的自由选择和个人的责任，认为亚当的例子是为人提出警告，让每个人都要为自己的行为负责，奥古斯丁则认为亚当不是一个个人，而是集体的人，是全人类的象征。他说："在第一个人身上已有全部的人性存在，当他们的交配受到上帝判决时，那人性就由女人传给后代；所传下来的不是最初创造出来的人，而是犯了罪并受到惩罚的人，而这就是罪恶与死亡之来源。"[②]佩格尔斯认为，奥古斯丁对《创世纪》故事的解读把一个有关自由选择的故事，变成了一个有关人类奴役的故事，因为奥古斯丁坚持说，"每个人不仅在出生的一刻，而且从怀孕的一刻起，就已处在奴役之中了。"[③]按照奥古斯丁的看法，受原罪污染的人性就像"腐烂的根"，所以由这样的根不可能生长出任何自由来[④]。以这种观点看来，人类不可能自救，而只能把得救的希望寄托在基督身上；人类不可能在人间建立理想社会，而只能寄望于神的恩惠，期待灵魂在死后进入天堂。奥古斯丁所谓上帝之城与世俗的人之城正相反对，所以他说："这两座城由两种爱形成：世俗之城基于自爱，甚而蔑视上帝，天上之城则基于对上帝之爱，甚而蔑视自我。简言之，前者以自我为荣耀，后者则以主为荣耀。一个在人当中寻求光荣，而另一个最大的光荣就是上帝，是良心的见证。"[⑤]由此可见，奥古斯丁所谓上帝之城是精神而非物质的，其最终的实现只能在天国而非人间。

正是在这一点上，中世纪教会的意识形态与乌托邦恰好相反，因为乌托邦是人在现世、在人间建造的理想社会，而不是关于灵魂与天国的幻想。克利杉·库玛说得好，"宗教与乌托邦之间有原则上根本的矛盾"，因为"宗教典型地具有来世的关怀，而乌托邦的兴趣则在现世"[⑥]。当然，《圣经》中有伊甸乐园的故事，但我们已经看到，按奥古斯丁的解释，这个故事的意义乃在于告诉我们罪恶和死亡的根源。正如阿兰·图伦所说："只有当社会抛弃了乐园的意象时，乌托邦的历史才开始。乌托邦是世俗化的产物之一。"[⑦]无论如何，由于人的原罪，《圣经》里的乐园早已丧失了，以宗教的观点看来，设想人可以不靠上帝神力而在人间创造一个乐园，无异是对神不敬，是罪恶的自傲。库玛认为，奥古斯丁的《上帝之城》正是要警告世人："不要过于关注世俗之城的俗务，以至远离了在天国的上帝之城。"如果现世只是苦难和罪恶的渊薮，人类都是罪人，那么乌托邦的理想除了显露人类自不量力的虚妄之外，还

---

① Elaine Pagels, *Adam, Eve, and the Serpent* (New York: Vintage Books, 1988), p. 26.

② Saint Augustine, *The City of God*, trans. Marcus Dods (New York: The Modern Library, 1993), 13.3, p. 414.

③ Elaine Pagels, *Adam, Eve, and the Serpent*, p. 109.

④ St. Augustine, *The City of God*, 13.14, p. 423.

⑤ St. Augustine, *The City of God*, 13.28, p. 477.

⑥ Krishan Kumar, *Utopia and Anti-Utopia in Modern Times* (Oxford: Basil Blackwell, 1987), p. 10.

⑦ Alan Touraine, "Society as Utopia," trans. Susan Emanuel, in *Utopia: The Search for the Ideal Society in the Western World*, p. 29.

能有什么意义呢?而这“似乎正是奥古斯丁在正统神学当中最具影响时,基督教中世纪对乌托邦思想的普遍态度。对尘世的轻蔑(*contemptus mundi*)极不利于乌托邦式的设想,因此在乌托邦思想史上,中世纪是一个明显贫乏的时期”①。由此可见,在库玛看来,乌托邦观念的核心在其根本的世俗性和反宗教性。

基督教教义中固然也含有乌托邦因素,如关于乐园的丰富幻想,关于人可以通过修行而完善的信念,以及千年纪思想等等。这类思想在基督教产生之前,在犹太教信仰中早已存在。犹太教本有末日启示(apocalypse)的观念和关于救世主的预言,这些观念在基督教信仰中得到进一步发展,在《新约·启示录》中更以神秘的形式获得有力的表现。在犹太人信仰中,预言者们所说的是在人类时间结束时,在末世时刻的启示观中,救世主将会来临,而基督徒则相信耶稣就是救世主,他已经来临而且死去,而耶稣的第二次来临将会把所有善良的灵魂交给在天堂的上帝手中。《启示录》描绘基督击败恶魔之后,将与复活的圣徒治理人世一千年,然后有第二次的复活与第二次的审判,得救的灵魂将在神赐的和平与安宁中永生。圣徒约翰说:“我又看见一个新天新地……我又看见圣城新耶路撒冷,由上帝那里从天而降,预备好了,就如新妇妆饰整齐,等候丈夫。”那时上帝会到人间来与人同住,“上帝要擦去他们一切的眼泪,不再有死亡,也不再有悲哀、哭号、疼痛,因为以前的事都过去了”②。千年纪充满对摆脱尘世痛苦之完美状态的期待,因而相当类似于乌托邦的理想。虽然千年纪不是基督教教义正统,但很多世纪以来,这一观念在基督徒当中影响深远。中世纪有不少以千年纪思想为基础的社会运动和组织,其成员相信基督的第二次降临就在目前,千年纪即将开始。他们争取像圣者那样生活,因而往往成为独立的群体,不受世俗法令和习惯约束,成为带强烈宗教性和理想色彩的组织,所以在中世纪和近代初期,各种不同类型的千年纪教派都对奥古斯丁的正统,形成极为严重的挑战。正如库玛所说,千年纪“唤起了‘人间天堂’的希望,唤起了‘新人间’的幻想,其乐园式的完美既可追溯到人类堕落之前的乐园,也能预示来世之天上的乐园”。于是在千年纪之中,“宗教与乌托邦互相迭和在一起。一般情形下宗教比照来世完美之承诺而不看重现世,因而也不看重乌托邦,但这种态度在此有重大的改变”③。所以千年纪虽是宗教观念,但其对“新天新地”和“人间天堂”的期待,又为乌托邦的出现作出了贡献。

然而乌托邦毕竟不同于千年纪。据库玛的说法,乌托邦是在特定的历史条件下产生的纯属现代的观念。乌托邦的核心是根本的世俗化,而且是针对中世纪和奥古斯丁原罪观念来界定的世俗化;而其前提条件则是人性善或至少是人性可以达于至善的观念。换言之,文艺复兴时代的人文主义是产生乌托邦的一个先决条件。乌托邦这个概念得名于托马斯·莫尔在1516年发表的名著,而在撰写《乌托邦》之前数

① Kumar, *Utopia and Anti-Utopia in Modern Times*, p. 11.

② 《新约全书·启示录》第二十一章一至四节。

③ Kumar, *Utopia and Anti-Utopia in Modern Times*, p. 17.

年，莫尔曾对奥古斯丁《上帝之城》发表一系列演讲，如果说《上帝之城》是奥古斯丁从宗教立场出发设想的最美好生活的观念，莫尔的《乌托邦》则可以看成是对这一宗教观念的回应。杰拉德·魏格麦尔论证说，莫尔使用奥古斯丁的《上帝之城》，主要是以之作为对比："乌托邦才'不仅是最好，而且是唯一真正够得上理想社会之名的政治秩序'；《上帝之城》否认真正公正的社会可以在人间的任何时间任何地方存在"①。可是在莫尔看来，乌托邦恰恰就是存在于现世人间的美好社会，因而和奥古斯丁作为超越现世之精神存在的上帝之城直接相反。尽管莫尔本人是虔诚的基督教徒，而且在死后四百年被天主教教会尊为圣徒，但如库玛所说："在《乌托邦》一书中，显然是人文主义多于宗教热忱。在如僧侣生活这类独特的基督教影响之外和之上，最强烈表现出来的是莫尔对柏拉图的崇敬和他对罗马讽刺文学的喜爱。"②莫尔描述的乌托邦人不是基督徒，而且对不同宗教信仰都抱相当开放宽容的态度。

莫尔的《乌托邦》发表之后不过一年，就有马丁·路德把向罗马教会挑战的九十五条论纲，钉在威腾堡大教堂的门上，并由此引发天主教教会和新教改革之间一段激烈的宗教冲突。剧烈的争执和宗教战争使欧洲分裂，但也导致激进的世俗化，使人们不再依据基督教教义，不再通过教会的调解，来寻求解决社会问题的办法。诚如库玛所说，中世纪宗教世界观的衰落是"乌托邦得以产生的必要条件"③。当时还有另一个历史事件，对莫尔《乌托邦》的写作形式发生了极大影响，那就是因地理大发现而特别流行的文体，即风靡一时的游记文学。无论是真实还是想象当中遥远国度的习俗制度，从来就是幻想的材料，使人去构筑更美好生活的幻梦。库玛指出，这些游记故事都是"乌托邦的原始材料——几乎就是乌托邦的雏形"④。因此我们可以说，美洲新大陆的发现及其在欧洲激发出的无穷想象，为产生《乌托邦》提供了另一个条件。

库玛把乌托邦的形式和内容都放在欧洲文艺复兴、宗教改革以及地理大发现等特殊的历史环境中来讨论，便由此断定："乌托邦并没有普遍性。它只能出现在有古典和基督教传统的社会之中，也就是说，只能出现在西方。别的社会可能有相对丰富的有关乐园的传说，有关于公正平等的黄金时代的原始神话，有关于遍地酒肉的幻想，甚至有千年纪的信仰；但它们都没有乌托邦。"⑤有趣的是，库玛认为中国可能是唯一的例外。他说："在所有非西方文明中，中国的确最接近于发展出某种乌托邦的概念。"然而他根据法国学者歇斯诺一篇讨论中国可能有乌托邦的文章，最后得出结论认为，歇斯诺所强调的"大同"、"太平"等各种思想，"虽然有类似的乌托邦式的宗教和神话的'史前史'，却都没有像在西方那样形成一个真正的乌托邦。在中国，

① Gerard Wegemer, "*The City of God* in Thomas More's *Utopia*," *Renascence* 44(Winter 1992): p. 118.

② Kumar, *Utopia and Anti-Utopia in Modern Times*, p. 22.

③ 同上书，p. 22.

④ 同上书，p. 23。

⑤ 同上书，p. 19.

也从来没有形成一个乌托邦文学的传统”[1]。在较近出版的《乌托邦主义》一书中，库玛对此有进一步讨论，但不幸他仍然以歇斯诺20世纪60年代那篇文章为依据，因而很受局限，而歇斯诺文章的目的，和库玛所关切的问题相去甚远。歇斯诺追溯“大同”、“太平”、“平均”、“均田”等传统的平均主义思想，其目的在由此说明社会主义何以在中国会这么成功。他希望描述一个文化和历史的背景，在那之上，当代中国的政治局势就显得更容易理解。歇斯诺说，社会主义虽是西方的外来思想，但“它能够实行和实现人们世世代代抱有的混乱的梦想。在这个意义上，社会主义对于东方说来，并不像人们有时以为的那么‘外来’”[2]。他讨论的思想观念大多是道教和佛教的思想，也提到少数几部文学作品，包括陶渊明的《桃花源记》和李汝珍的《镜花缘》，后者有对女儿国的描写，歇斯诺称之为一个“女权主义的乌托邦”[3]。

然而就讨论乌托邦而言，歇斯诺的文章并不能做全面的指引，因为那篇文章追寻中国传统中乌托邦思想的主要来源，走得并不够远，而且基本上忽略了儒家思想中的社会和政治哲学传统。因此，库玛在其影响之下，也就不可能窥见中国乌托邦思想的全貌，反而得出一个并不可靠的结论，认为把所有中国乌托邦思想的成分合在一起，“仍然与真正的乌托邦主义相去甚远”。库玛继续说，在中国传统里，乌托邦观念“几乎总是联系着和佛教的弥勒佛有关的救世观念和千年纪的期待”[4]。据库玛的看法，在非西方文化里，宗教信仰使乌托邦很难存在。他认为，“在非西方社会里难以找到乌托邦的原因之一，是由于这些社会大多受到宗教思想体系的控制”[5]。我想要证明，这一描述恰好不能适用于中国传统。可是我要强调的并不是库玛论证错误，或他的信息来源有误，因为他并非中国文化专家，中国是否存在乌托邦传统，也不是他论述的重点。远为重要的是库玛关于乌托邦性质及其与世俗思想之紧密关系的精辟论述。在那一论述的基础之上，我们可以明显见出，恰好在中国存在着乌托邦思想。对库玛说来，世俗化是乌托邦的必要条件，而他在东方没有看到那种条件。可是我们可以论证，在儒家思想影响之下，传统中国社会恰好是一个没有受任何宗教体系控制的社会，而且总的说来，中国文化传统具有明显的世俗性质。这里我们又碰到术语的可译性问题：究竟乌托邦是否可以跨越东西方文化差异而翻译呢？乌托邦的意愿是否在中国传统中也有所表现呢？

二　儒家思想中的乌托邦倾向

如果世俗化是乌托邦的前提条件，那么儒家影响下的中国传统就可以提供一个迥然不同于中世纪欧洲的世俗文化模式。《论语》中体现的孔子思想，关切的是现实的人生，而非来世或天堂。《述而》篇载“子不语怪、力、乱、神”，最明确表露了孔

---

① Kumar, *Utopia and Anti-Utopia in Modern Times*, p. 428 note 29.

② Jean Chesneaux, “Egalitarian and Utopian Traditions in the East”, *Diogenes* 62(Summer 1968): p. 78.

③ 同上书，82—84页。

④ Kumar, *Utopianism*(Minneapolis: University of Minnesota Press, 1991), p. 34.

⑤ 同上书，p. 35.

子的理性态度。在涉及鬼神与信仰问题时，孔子的态度似乎是模棱两可的，因为《八佾》篇记孔子论及祭祀说："祭如在，祭神如神在。"《先进》篇也表现孔子这种怀疑态度："季路问事鬼神。子曰：'未能事人，焉能事鬼？''敢问死。'曰：'未知生，焉知死？'"死亡本来是一切宗教所关切的中心问题之一，在孔子却认为不必深究，而应当首先考虑现实的生存问题。孔子这种入世而理性的态度，论者多已指出。如冯友兰《中国哲学史》论及孔子时代的宗教和哲学思想，就认为"孔子对于鬼神之存在，已持怀疑之态度"①。周予同认为孔子一方面对鬼神表示怀疑甚至否定，另一方面又不废祭祀，实际上是利用宗教祭祀"以为自己道德哲学的辅助。所以孔子以及后代儒家的祭祖先、郊天地等举动，只是想由外部的仪式，引起内心的'反古复始'、'慎始追远'的敬意，以完成其个己与社会的伦理。所以孔子的祭祀论已脱了'有鬼论'的旧见，而入于宗教心理的应用"②。西方汉学家也大多注意到儒家这种入世的取向。如雷蒙·道生说："孔子最为关切的是给人以道德的指引，而孔子认为最主要的美德乃是仁。"他继续说："如果他的目的是要在这个人世间恢复乐园，那就很少有宗教的余地。"③这里所谓乐园当然不是指《圣经》里的伊甸园，而是经孔子理想化的上古三代之太平盛世。《述而》篇载孔子自谓"述而不作，信而好古"。《八佾》篇又说："周监于二代，郁郁乎文哉。吾从周。"这种对上古三代的理想化以及对文王、周公的称颂赞美，的确在中国传统中形成一种怀古的倾向，在某种程度上，可以说类似西方伊甸园或往古黄金时代的幻想。然而中国这种往古的乐园并非由原罪而丧失，也没有基督教传统中那种宗教的含义。

对孔子说来，回到上古时代的完美不是通过信仰或神恩的干预，不是等待末世的启示或救世主的第二次来临，而是通过人在目前和现世的努力，依靠每个有道德的君子去恢复那失去了的黄金时代的文化。而恢复过去时代文化的最终目的，乃是为了在将来可以实现完美。因此儒家设立的过去时代的例子，并不仅仅是往古的黄金时代，让人只能留恋缅怀，却永不可能重新达到。恰恰相反，理想的过去在社会生活中起相当重要的作用，它可以成为，而且确实常常成为衡量现在、批判现在的一个尺度。换言之，诉说古代的完美无可避免会成为一种社会讽寓，具有社会批判的功能。我们由此可以明白，何以孔子和学生们对话之间，常有一种急于经世致用的紧迫感。《论语·颜渊》载颜渊问仁，孔子回答说："克己复礼为仁。一日克己复礼，天下归仁焉。为仁由己，而由人乎哉？"这说明在孔子看来，回到古代乐园之路是通过个人自身的努力，不能靠别人，更不用说靠鬼神之助。这种依靠个人努力之积极而理性的态度，与宗教精神以及期待救世主来临的神秘理想，与千年纪所希求的乐园之再现，显然有本质的区别。值得注意的是，孔子主张"克己复礼"，目的并非回到往古，而是以现在的努力达于仁，以期成功于未来，最终还是着眼于现在。

① 冯友兰：《中国哲学史》，49页，香港：太平洋图书公司，1956。

② 周予同：《孔子》，载朱维铮编《周予同经学史论著选集》，385页，上海：上海人民出版社，1983。

③ Raymond Dawson, *Confucius*(Oxford: Oxford University Press, 1981), p. 44.

这就有别于西方关于乐园的幻想或对往古黄金时代的缅怀。当然，孔子常常提到天或天命，所以在他的思想中，并非没有宗教和超越的观念，但总的说来，儒家思想无疑对现世和人伦有更多的关怀。在儒家思想影响下，中国人大多对不同宗教信仰持宽容开放的态度，也没有哪一种宗教能在中国定于一尊，这在世界文化中，可以说是相当独特的现象。

库玛总结古典乌托邦概念，认为它们"都是对激进的原罪理论发动的攻击。乌托邦永远是人只依靠他自然的能力，'纯粹借助于自然的光芒'，而所能达到的道德高度之衡量"①。这句话颇可以用来描述孔子所说"为仁由己"而不由人的君子，因为"由己"也就正是"纯粹借助于自然的光芒"。这里重要的是对人之本性、对其道德力量和可完善性的信念。而那一种信念在儒家传统中，恰好是一个牢固的观念。《论语·阳货》载孔子说："性相近也，习相远也。"在这里孔子并未明确肯定人性是善或是恶，但他确实肯定人性是可塑而可变的。总的说来，他所关切的不是人性本身，而是社会现实中的人生。所以《公冶长》篇载他的学生子贡说："夫子之文章，可得而闻也。夫子之言性与天道，不可得而闻也。"然而传统的评注家们力求孔孟一致，便肯定孔子已经持性善之说。刘宝楠《论语正义》注《公冶长》此句，就认为："性善之议，孔子发之。而又言性相近者，言人性不同，皆近于善也。"同书注《阳货》"性相近"句，甚至直接引孟子的话为依据以注孔子，认为："孟子之时，因告子诸人纷纷各立异说，故直以性善断之。孔子但言善相近，意在于警人慎习，非因论性而发，故不必直断以善与。"②近人徐复观讨论先秦关于人性的意见，也持类似看法，认为孔子所说"性相近的'性'，只能是善，而不能是恶的；……孔子实际是在善的方面来说性相近"③。所有这些评注未必能成功论证孔子真的相信人性善，可是传统评注对中国人如何理解孔子的话，却有极大影响。

在儒家传统中，是孟子在辩论中明确提出著名的性善论。诚如刘宝楠所说，孟子的看法是在和告子诸人的异说辩论中产生的。据《孟子·告子上》，告子认为人性就像流水，"决诸东方则东流，决诸西方则西流。人性之无分于善不善也，犹水之无分于东西也"。可是孟子接过告子流水的比喻，把横向之比巧妙地换成竖向之比，指出水的本性总是向下，所以"人性之善也，犹水之就下也。人无有不善，水无有不下"。人世间当然有各种恶存在，但孟子坚持认为，那不是人性本身的问题，而是恶劣的社会环境造成的结果。正如使用机械手段可以使水违背其本性向上，恶劣的环境也可能把人推向各种罪恶。孟子认为人心本能地具有四种善端，由此论证人性本善。《公孙丑上》："恻隐之心，仁之端也。羞恶之心，义之端也。辞让之心，礼之端也。是非之心，智之端也。人之有是四端也，犹其有四体也。"赵岐注："端者，首也。"焦循《正义》更进一步引《说文》释端为"物初生之题也。题亦头也"④。这就是说，

① Kumar, *Utopia and Anti-Utopia in Modern Times*, p. 28.

② 刘宝楠：《论语正义》，见《诸子集成》第一册，99，367 页，北京：中华书局，1954。

③ 徐复观：《中国人性论史·先秦篇》，89 页，台北：台湾商务印书馆，1969。

④ 焦循：《孟子正义》，见《诸子集成》，第一册，139 页，北京：中华书局，1954。

孟子认为人性有善的开头或根源，若加以正确引导和培养，就可以使人成为完人。这与奥古斯丁认为被原罪污染的人性像已“腐烂的根”，正所谓南辕北辙。奥古斯丁认为亚当的原罪影响一切人，所以人皆有罪，只有神特别恩宠的少数可望成为圣徒。孟子则认为圣人与常人并无本质差别，“人皆可以为尧舜”(《告子下》)。由此可见，儒家和基督教对于人性持截然相反的看法。

对于乌托邦而言，重要的不是相信人性善或人可以逐渐完善，而是由此引出的社会理想和政治理论。孟子的政治思想以性善为基础，主张仁政。《梁惠王上》约略描述了仁政的结果，是人人丰衣足食的小康理想。然而在战国时代，简单的小康理想也难以实现，孟子所见的现实，是“庖有肥肉，厩有肥马。民有饥色，野有饿莩。此率兽而食人也”。可见孟子所谓仁政并非现实，而只能提供一个理想的对照，以此来批评现状。所谓“率兽而食人”，不能不使人想起莫尔《乌托邦》里有名的“羊吃人”的比喻。《乌托邦》第一部并非理想社会的描述，而是假希斯洛蒂之口，对英国当时现状作尖锐的批判。那是英国毛纺织业刚刚开始发展的时代，大量耕地被圈起来作养羊的牧场，农民失去土地，成为流民和乞丐。他们饥渴难耐，不得温饱而被迫行窃时，又被酷刑绞死。莫尔以尖刻讽刺的笔法写道，羊本是最温驯的动物，只需一点草就可以喂饱，现在却到处横行，胃口越来越大，“听说已变成了吃人的怪物”①。所以在莫尔的《乌托邦》里，对现状的批判和对理想社会的描述相辅相成，乌托邦从一开始，就在提供理想社会蓝图的同时，更兼有社会批判的功能。

孟子的仁政只能是一种理想甚至幻想，其乌托邦性质也就不难想见。孔子希望将其伦理和政治理论化为现实的意愿，也同样是未能实现的理想。他有众多出色的弟子，经过儒家教养的严格训练，本应该为王者之师，在中国各地实行道德的完善和政治的和谐。这一希望和柏拉图所谓哲学家为王的观念，可以说相当接近，可是正如柏拉图清楚意识到此一观念极不现实，孔子也深知其道难行。柏拉图自己承认，哲学家为王或者王者研习哲学这一想法，很可以“比为令人难解的吊诡大浪”，这种大浪“很可能在人们嘲弄取笑的浪潮之中，把我们冲到不知何处去”②。孔子的情形也颇相似，他周游列国，却未见其用。《论语·宪问》记载一位守城门的人描述孔子的话，就说他是“知其不可而为之者”。经过一再的失望和挫折，大概就是圣人也未免会失去耐性了，所以连孔老夫子也忍不住偶尔要抱怨几声。我们可以想象，孔子不能在他的时代实现道德理想和政治抱负，不断遭到各种困难和挫折，至少在某些特别令人气馁的时刻，也就难免产生一些不实际的幻想、难以实现的企望，对一个想象中国土的渴求，那应该是个陌生遥远的地方，在那里去实行孔子设想的理想社会，也许就显得不是那么完全不可能。

那恰好就是《论语·公冶长》孔子那句牢骚话的意思——孔子说：“道不行，乘桴

① Sir Thomas More, *Utopia*, trans. Robert M. Adams(New York: W. W. Norton, 1975), p. 14.

② Plato, *Republic*, trans. Paul Shorey, in *The Collected Dialogues*, *including the Letters*, eds. Edith Hamilton and Huntington Cairns(Princeton: Princeton University Press, 1963), 5.473c, p. 712.

浮于海。"孔子本人并没有说明他浮海要去哪里，可是历来的注家却说得很清楚，都认定孔子想往渤海以东，要到"东夷"居住的朝鲜去。他们说："东夷天性柔顺，异于三方之外"，所以孔子"欲乘桴浮而适东夷，以其国有仁贤之化，可以行道也"(刘宝楠：《论语正义》91 页)。《子罕》篇又有"子欲居九夷"的话，刘宝楠《正义》就说这"与乘桴浮海，皆谓朝鲜。夫子不见用于中夏，乃欲行道于外域，则以其国有仁贤之化故也"(刘宝楠：《论语正义》185 页。)。评注家们力求使读者明白，孔子"浮于海"的愿望，绝非"遁世幽隐，但为世外之想"，而是要达到"仍为行道"的目的。虽然孔子想"乘桴浮于海"，而且"欲居九夷"，他最终想望的仍然是可以"行道"，如果不能行道于中国，也至少可以"行道于外域"。这些评论当然都是些推测之辞，然而是相当有意思的推测。在孔子时代，朝鲜无疑是具有神秘色彩和异国情调的"外域"，就像莫尔设想的乌托邦，或培根(Francis Bacon)描绘的新大西岛(New Atlantis)，可以任人驰骋想象。那里的居民虽是原始的蛮夷，却天性纯洁，只要加以适当的教化和影响，他们或许就能实现哲人的社会理想。莫尔描绘乌托邦来历时，就说乌托邦国王"把其地粗野未开化的居民，改造为极具文化与仁爱之人，在这一方面他们已经超过几乎一切别的民族"①。这与《论语》评注中对东夷的想象，实在颇为相似。孔子和孟子的确都没有全面描述过一个文学的乌托邦，但在他们著作的片断里，却包含一些无疑为乌托邦的因素。在孔子想乘桴浮于海、想远离中国而居九夷这些片断里，在评注家们对这些片断之道德和政治意义的强调里，我们可以说已经能找到构成乌托邦的基本要素：这里有海上的航行，有处在虚无缥缈之中有待发现的外域，有自然淳朴、天真无邪的蛮夷，他们的本性可以不断改进而臻于完善，成为理想社会的成员。一旦文学家借助想象把这些要素组织起来，略加叙述和描绘，就可以产生出文学的乌托邦来。

三　文学的想象

中国文学里表达对理想乐土的追求，当以《诗·魏风·硕鼠》为最早。这首诗并没有细致描绘乐土，所以也许算不得真正乌托邦式的作品，但我们如果同意露丝·列维塔的意见，以乌托邦的要义在最基本的"更好生存方式的意愿"，那么这首远古的诗歌就确实表达了这样一个意愿。诗曰："硕鼠硕鼠，无食我黍。三岁贯汝，莫我肯顾。逝将去汝，适彼乐土。乐土乐土，爰得我所。"这首诗有典型民歌的形式，每节字句大致相同，只略有变化。这简略的诗句并未描述乐土是什么样子，但在重敛压榨之下欲之他国，适彼乐土，就和孔子欲居九夷的话一样，都表现了对现状不满和对理想社会的向往追求。按传统评注的解释，这首诗是"刺重敛也"，是讽刺君主"贪而畏人"，于是"将去汝，之彼乐土之国"。换言之，这首诗传统上历来被理解为一种社会和政治的讽寓，表现对美好生活的追求。因为《诗经》是儒家的重要经典，这首小诗在中国乌托邦文学想象之中，也就占有相当高的地位。

① More, *Utopia*, p. 34.

从远古的民歌，我们可以转到三国时的曹操。曹操有《对酒》一首："对酒歌，太平时，吏不呼门。王者贤且明，宰相股肱皆忠良。咸礼让，民无所争讼。三年耕有九年储，仓谷满盈。班白不负载。雨泽如此，百谷用成。"这里暗用孟子的话，毫无疑问表现出一种乌托邦式的幻想。他描绘的社会不仅和平富裕，而且公平安定，"路无拾遗之私。囹圄空虚，冬节不断。人耄耋，皆得以寿终。恩泽广及草木昆虫"。然而曹操的生活现实和他所幻想的乌托邦社会，却实在是相差万里，因为他一生频频征战，用极严酷的手段为建立魏国奠定基础。如果我们把他描绘战争的诗相比照，就更能领略《对酒》中表露出那种乌托邦的幻想。曹操《蒿里行》描绘战事的情形，是："铠甲生虮虱，万姓以死亡，白骨露于野，千里无鸡鸣。生民百遗一，念之断人肠。"他在现实经历中看到的是战乱的毁灭和痛苦，乌托邦的幻想显然就产生于他力求摆脱严酷现实、寻求和平安定的愿望，并在想象中给他带来一点慰藉。

中国文学中最具乌托邦特色的作品，无疑是陶渊明在曹操之后约两百年所作的《桃花源诗并记》。陶渊明此作不同于前此一切对乐土的幻想与渴求，首先在于描写稍具规模。诗人让我们约略窥见一个人们安居乐业的世外桃源，而这隐蔽的世外桃源是一武陵渔人通过一个极狭窄的山洞偶然发现的。这种经过山洞或其他途径发现与现实不同的理想社会，当然是许多乌托邦文学叙述的共同点。陶渊明以简洁的语言，把发现桃源的过程写得十分生动而且情趣盎然，成为中国文学传统中著名的经典。他描述武陵渔人：

> 缘溪行，忘路之远近，忽逢桃花林。夹岸数百步，中无杂树，芳草鲜美，落英缤纷；渔人甚异之。复前行，欲穷其林。林尽水源，便得一山。山有小口，仿佛若有光；便舍船从口入。初极狭，才通人；复行数十步，豁然开朗。土地平旷，屋舍俨然，有良田美池桑竹之属；阡陌交通，鸡犬相闻。其中往来种作，男女衣着，悉如外人；黄发垂髫，并怡然自乐。

这世外桃源与世隔绝，渔人经过极狭窄的洞口才得以发现。而一旦走到那里，他立即看见一个与外面世界迥然不同的、自足自治的社会。桃源中人告诉他，说是"先世避秦时乱，率妻子邑人来此绝境，不复出焉；遂与外人间隔。问今是何世，乃不知有汉，无论魏晋"。这种没有时间观念的感觉对所有乌托邦说来都至为重要，因为乌托邦是不变的完美社会，其完善的社会状态既不允许衰退，也不需要改进。武陵渔人作为一个外来者，就代表着与当时外在现实的联系，相对于乌托邦社会那个没有时间变化的世界，他是来自充满盛衰消长的另一个世界中人。桃源中人把渔人邀请到各家，待以酒食，而渔人则向主人讲述外面世界的故事，那些关于战争、灾难和改朝换代的故事。数日之后，他告辞而去，桃源人对他说，这里的事"不足为外人道"。可是此人出来找到自己的船，却一路上做好标记，并且把发现桃花源的事报告给了当地的太守。这不仅是背弃了渔人向桃源人的承诺，而且也代表了时间和变化的现实世界对乌托邦那永恒完善状态的威胁。为了维护乌托邦的幻想，桃花源的故事就不能不以神秘的方式结尾：太守派人随渔人去寻找那世外桃源，可是无论他们怎样努力，桃花源却消失得没有一点踪影，后来也再“无问津者”。从此以后，桃源也就成为中国文学传统中一个不断引人遐想的幻梦。

钟嵘《诗品》称陶渊明为“古今隐逸诗人之宗”，可是这篇桃源诗却恰好不是写游仙或归隐这类个人之志，而是描写具理想色彩的社会群体及其生活，而这正是乌托邦文学的基本特点。也就是说，乌托邦所关注和强调的不是个人幸福，而是整个社会集体的安定和谐。为了这假想的乐土能有不同于周围世界的理想制度，乌托邦总坐落在与世隔绝的地方，外人往往难以接近，更难于发现。许多写乌托邦的作品都刻意描绘理想社会的地势，叙述其发现过程之艰难。莫尔的乌托邦是希斯洛蒂在美洲新大陆的发现。陶渊明的桃花源也是渔人缘溪而行，无意当中的发现。在《桃花源诗》里，渊明描绘的无疑是一些简朴、忠厚的人们，是一个自足的农耕社会。诗中写桃源人“相命肆农耕，日入从所憩。桑竹垂余荫，菽稷随时艺；春蚕收长丝，秋熟靡王税。……童孺纵行歌，班白欢游诣”。值得注意的是陶诗中“秋熟靡王税”一句，我们由此可知桃源里没有苛政重敛，所以才有“童孺纵行歌，班白欢游诣”那样怡然自乐的场面。对于生活在 4 世纪的一位诗人说来，设想一个不纳王税的农耕社会，可以说是相当独特的想象。

陶渊明写桃花源固然是想象的虚构，却也并非毫无现实作基础。陈寅恪在《〈桃花源记〉旁证》一文里，就以史学家的眼光钩稽史料，推论渊明所写的桃源在历史上实有所据，考出“真实之桃源在北方之弘农，或上洛，而不在南方之武陵”，而且桃源中人“先世所避之秦乃苻秦，而非嬴秦”①。不过真实的桃源与虚构有寓意之桃源并不互相冲突，文学的想象本来就总有现实作基础，所以我们在两者之间，不必作非此即彼的选择。西方文学中的虚构也是如此。例如不少人指出柏拉图撰写《理想国》，就不仅以当时斯巴达的价值和实践为基础，而且受到毕达哥拉斯学派在意大利南部所建社团的影响。莫尔写《乌托邦》，也取材于 16 世纪初对南美秘鲁印加帝国状况的描述，所以并非完全向壁虚构，毫无依据②。《桃花源诗并记》在中国文学中占据特殊的位置，当然主要在于表现的社会理想，即所寄托的乌托邦之寓意，而这寓意之产生，又与社会现实密切相关。渊明诗结尾说：“奇踪隐五百，一朝敞神界。淳薄既异源，旋复还幽蔽。”似乎有一点超越凡间的意味，也常被误解为描写神仙境界。可是他接下去又说：“借问游方士，焉测尘嚣外。愿言蹑轻风，高举寻吾契。”既然桃源不必由四处云游的方士在尘嚣之外去寻找，陶渊明设想的那个理想社会就在人间，是依据于现实也着眼于现实的想象，而非纯粹耽于高人梦幻的空想。

我们说陶渊明的桃花源具有乌托邦特色，其重要原因就在于他设想的是一个理想和睦的人间社会，而不是超凡的仙境。但陶渊明之后有不少写桃源的诗，却恰恰把陶诗中理想的人间社会变成一个虚无缥缈的仙境，因而失去原诗中乌托邦理想社

① 陈寅恪：《桃花源记旁证》，《金明馆丛稿初编》，178 页，上海：上海古籍出版社，1980。

② 参见 Kumar，*Utopianism*，p. 64.

会的意义。例如王维《桃源行》写桃源中人道：“初因避地去人间，乃至成仙遂不还。”最后写渔人再去找寻桃花源，却只见“春来遍是桃花水，不辨仙源何处寻”。于是在王维诗中，那位武陵渔人相当于一个求长生不老的道士，而其桃源也就是一处仙境，渔人在那里和仙人们有短暂一刻的相遇。另一位唐人孟浩然有《武陵泛舟》一诗，可是他强调的又是超乎现世的神仙世界：“武陵川路狭，前棹入花林。莫测幽源里，仙家信几深。山回青嶂合，云渡绿溪阴。坐听闲猿啸，弥清尘外心。”刘禹锡《桃源行》是又一首写桃源的诗，他把陶诗中朴实的村民变成神仙，而渔人发现桃源，也写得更带一点神秘和戏剧性的色彩：“洞门苍黑烟雾生，暗行数步逢虚明。俗人毛骨惊仙子，争来致词何至此？须臾皆破冰雪颜，笑言委曲问人间。”最后，刘禹锡把缥缈清朗的仙境和浑浊污秽的人间对比，以这样的诗句结尾：“桃花满溪水似镜，尘心如垢洗不去。仙家一出寻无踪，至今流水山重重。”诗中“似镜”的流水和“如垢”的“尘心”，都是取自佛家的比喻，这就把陶诗中那个人间社会的桃花源，变为人世之外虚无缥缈的神仙世界。因此，刘禹锡诗中的桃源，就完全不同于陶渊明诗中那个淳朴的农耕社会的乌托邦。

到宋代，大诗人苏轼才指出历来对陶渊明诗的曲解。据《诗林广记》，苏东坡云：“世传桃源事多过其实。考渊明所记，止言‘先世避秦乱来此’，则汉人所见，似是其子孙，非秦人不死者也。”此处重要的是，桃花源是人间社会，不是长生不死的神仙居住的仙境。在中国传统中，王安石是把陶诗中的乌托邦主题真正有所发展的少数诗人之一。王安石《桃源行》一开始描写暴秦的苛政：“望夷宫中鹿为马，秦人半死长城下。避时不独商山翁，亦有桃源种桃者。”秦始皇强征壮丁修筑长城，造成大量人死亡，成为秦政暴虐的证明。王安石依据陶渊明诗意，说桃源人的祖先像汉初的商山四皓一样，为逃避暴政躲到山里去。接下去他就描写隐蔽在桃源中人的生活：“此来种桃经几春，采花食实枝为薪。儿孙生长与世隔，虽有父子无君臣。”在陶渊明诗中，“秋熟靡王税”一句，已可谓是大胆的想象，王安石诗中那个想象中的社会，可以说有更为激进的建构原则，因为他们只知道父子之间的亲缘关系，却没有君臣之间的尊卑等级。桃源和外面世界的分别，在诗中表现为记忆和知识的不同：“世上哪知古有秦，山中岂料今为晋？闻道长安吹战尘，春风回首一沾巾。”长安是汉帝国的首都，在此代表了整个中国。王安石诗的政治用意在结尾两句中更显突出，他指出一个严峻的事实，那就是历史上多的是秦始皇那样的暴君，而像舜那样的圣君明主不过是传说，是虚妄的幻想，是不可能实现的美梦：“重华一去宁复得，天下纷纷经几秦？”的确，陶渊明和王安石诗中描写的桃源，是一个人人勤劳耕种、日出而作、日入而息的农业社会，与西方现代城市型的乌托邦决然不同。然而陶渊明毕竟生在莫尔一千二百多年前，他们各自的时代和社会不能不影响他们所描绘的理想。然而使陶渊明和王安石诗中的桃源无可否认成为乌托邦的，是那个隐蔽社会之现世人生的性质，那是一个想象中人类的社会，而不是超然世外的仙境。

不过在中国文学中，的确没有详尽描述桃源社会各方面情形的作品。由此看来，中国虽然在西方传统之外，提供了另一种乌托邦观念，但并未形成一个乌托邦文学的传统，没有像莫尔以来西方的乌托邦作品那样，对理想社会作细致入微的具体描述。在这一点上，库玛怀疑中国有真正的乌托邦，并非没有道理。然而乌托邦尽管有文学虚构的形式，更重要的特点却在于其寓意和内容。库玛在讨论乌托邦传统时，除文学形式而外，强调的也正是社会和政治思想。莫尔的乌托邦极具影响的一点，是废除私有财产，实行人人平等的共产主义制度。《乌托邦》第一部讨论欧洲社会贫富悬殊的状况，最后借希斯洛蒂之口说："只要私有财产没有完全废除，就不可能有公平合理的物质分配，也就不可能有令人满意的政府。只要私有财产还继续存在，人类最优秀的最大多数就逃不掉忧患困苦的重负。"①《乌托邦》第二部描绘的理想社会就废除了私有财产，那里的人们共同创造社会财富，也共同分享社会财富。在莫尔之后，这不仅是许多乌托邦文学作品的虚构，而且成为欧洲社会运动的一个主导思想。库玛指出 19 世纪浪漫主义时代亟具乌托邦气质，却很少乌托邦文学创作，因为乌托邦从文学虚构逐渐转变为社会思想和政治实践。如果我们以历史的眼光来观察，就可以看出莫尔以来乌托邦传统尽管有许多不同表现形式，但也有根本的一点贯穿始终，那就是废除私有制、人人平均的集体主义观念。既然如此，我们就可以重新考虑中国文化传统中乌托邦的问题，因为中国的乌托邦不应在文学中去寻找，却应在社会政治理论中去寻找。在中国文化传统中，平均主义思想和对集体共同利益的强调，历来在社会生活中有极大影响，更深入一般人的意识当中。库玛所依据的法国学者歇斯诺讨论中国传统的乌托邦思想，正着眼于这一点。他的讨论没有论及对中国文化传统最有影响的儒家，却提出道教中一些平均主义思想，认为那是乌托邦在中国最具代表性的体现。这固然使他的论证不够全面，但其基本论点还是有道理的。他说："古典中国社会总的氛围，不是像西方那样把个人与集体相对立，而是更倾向于把个人融合在集体之中。个人总是其家庭、行业、家族和邻里的一部分。"②他由此论证，社会主义能在东方成为政治现实，并不是没有文化和历史的缘由。从文学创作方面看来，中国也许不能说有一个丰富的乌托邦文学传统，然而如果乌托邦的要义并不在文学的想象，而在理想社会的观念，其核心并不是个人理想的追求，而是整个社会的幸福，是财富的平均分配和集体的和谐与平衡，那么中国文化传统正是在政治理论和社会生活实践中，有许多因素毫无疑问具有乌托邦思想的特点。也正是在这一点上，我们可以审视东西方不同的乌托邦思想，补充库玛关于乌托邦的论述。

附记：

这篇文章原文为英文，是《讽寓解释：论东西方经典作品的解读》(*Allegoresis: Reading Canonical Literature East and West*)书稿的一部分，同时也曾作为单篇论文，发表在美国《乌托邦研究》(*Utopian Studies*)2002 年十三卷第一期。另有较简短的中文稿，发表在香港中文大学出版的《二十一世纪》1999 年 2 月号。这次我依据《乌托邦研究》发表的英文稿加以增删，重新用中文改写而成。

---

① More, *Utopia*, p. 31.

② Chesneaux, "*Egalitarian and Utopian Traditions in the East*", p. 87.

影响的诗学与诗学的影响：东方风与中国风

赵毅衡

一　东方风与浪漫主义

东方风(orientalism)是19世纪浪漫主义的一大特色。雨果曾认为浪漫主义的东方热可与文艺复兴时代的希腊热相比，[①] 此言与庞德认“中国为现代诗之希腊”正可对比。19世纪浪漫主义所指的东方，大抵是从埃及到印度的整个西亚中亚地区，尤其是阿拉伯和波斯，却很少涉及远东。18世纪末，英国著名东方学家，印欧语系语言学研究的创建者威廉·琼斯爵士把那个时代的“东方文风”描写为：“富于强烈的表现，比喻大胆，情绪炽烈，语言色彩鲜丽，使描写生动。”[②]中近东文学，在欧洲人看来，是鲜艳、华丽、感情冲动而沉溺于幻想的，实际上这正是19世纪欧洲浪漫主义诗人自身的典型文风，至少是他们所追求的文风。

19世纪是欧洲文学艺术东方风中的“日风”与“汉风”，至今文献中用法文japonisme和chinoiserie表示，以与20世纪的远东影响相区分。浪漫主义作为对工业革命后西欧社会现实的一种不满和抗议，需要色彩鲜丽而情调浪漫的故事、环境、气氛、情调和人物来代替伦敦的灰雾。中近东是欧洲自古代起就面对着的一块奇异国土，它是受工业化的西方鄙视的落后地区，又是浪漫文学幻觉中的奇乡。

19世纪浪漫主义东方风最惊人的表演是1859年英国诗人菲茨杰拉尔德(Edward Fitzgerald)所译11、12世纪波斯诗人奥玛尔·海亚姆(Omar Khayyám)的《鲁拜集》(*Rubáiyát*)。伊朗文学史家并不认为奥玛尔·海亚姆是波斯一流诗人，他实际上是阿拉伯大诗人阿布尔·阿拉(Abul Ala)的一个模仿者。菲茨杰拉尔德的译文究竟有多少真波斯成分，有多少只是“幻象”(mirage)，无法在此讨论，但《鲁拜集》的醇酒妇人之乐，人生短促之叹，还有整齐协律的音乐性，正是维多利亚浪漫主义所需要的。直到20世纪初，《鲁拜集》仍受欢迎，尤其是1901年译者版权终止，各种翻版如潮水涌来，至1929年，70年中出了一百二十八版！

《鲁拜集》是维多利亚时代的特殊产物，庞德在《毛伯利》(*Mauberley*)一诗中把它作为维多利亚文学的象征来指责：

像溪水一样稀薄
眼光空虚呆滞。
英文《鲁拜集》是死胎

① 转引自Edward W. Said：*Orientalism*，1979，p. 5.

② David Lattimore，op. cit.，p. 7.

当年就是如此。

庞德说错了。在19世纪中叶的“当年”,《鲁拜集》是个宁馨儿,不是死胎。

19世纪下半期,东方风与整个浪漫主义文学一齐走着下坡路,到20世纪初,中近东诗在西方诗的影响已经式微,只有伊斯兰化之前阿拉伯民族的诗,即所谓贾希利叶时期,在20世纪初的欧美还引起一些兴趣。

1905年出生的雷克斯洛思曾开列他少年时喜爱的古典读物,除了传统欧洲读物,尚有《罗摩衍那》、《天方夜谭》,但没有任何远东文学作品。雷克斯洛思是在青年时期加入新诗运动后,才转向远东诗寻求楷模的。比他早生半个世纪的小泉八云,在年轻时是狂热的浪漫主义者,他曾立下誓言终身崇拜“怪、险、奇、诡、异”(the Odd, the Queer, the Strange, the Exotic, the Monstrous),因此他耽读阿拉伯、波斯、印度、刚果、克里奥尔文学①,就是没有远东文学,远东文学实在配不上这五字诀。此后他成为日本文学专家,他的文学倾向不得不有所变化,但他的浪漫主义气质始终妨碍他把远东文学的神髓理解准确。由他推波助澜的20世纪初年欧美诗坛日本热,的确裹入19世纪浪漫主义的余波。

二　19世纪的浮夸东方风

既然19世纪美国诗歌基本上是欧洲诗坛的附庸——大多诗人只满足于赶上欧洲,欧洲的东方风也就不可避免地影响到这时期美国的中国题材诗歌。

本书第一章第一节已经介绍了不少肤浅浮夸的东方景色与东方故事:这些诗中优雅的景色与其说是得中国诗之神髓,不如说写的是中国屏风或瓷器上画的中国风景。

可以再举一两个例子。诗人萨尔土斯(Francis Saltus Saltus)出版于1892年的诗集《各种风景》(*Landscapes*)写了“中国风光”:

他身边站着一个丫环,杏仁眼,小个子,
向着黄河蔚蓝的远景微笑,
一边文雅地啜着香气四溢的茶,
她宠爱的鹦鹉栖息在她手上。
见到港口了,像一颗晶莹的星
开封,它的亭台楼阁都闪着银光。

有的“东方景色”完全能以讹传讹互相借用。萨尔土斯诗中最让人莫明其妙的“瓷塔”(porcelain tower),实际上来自朗费罗1878年的诗《克拉莫斯》(*Keramos*):

① Lawrence W. Chisolm: *Fenollosa*: *The East and American Culture*, 1963, p. 141.

而在远方，在南京城外，瞧！
那瓷塔，样式怪异，却年久古老。
高人耸立，直指惊愕的天空
它那九层露台金漆画栋，
它的栏杆雕满互相纠结的花叶，
瓦的屋顶，飞起的屋檐
挂着瓷的钟铃，每时每分，
响着曲调柔美悠扬的钟声。

这“瓷塔”从一人抄到另一人，究竟从何而来？朗费罗自注说来自美国人理查德·艾尔索普(Richard Alsop)1856年在纽约出版的关于中国的书《幻想之魅力》(*The Charm of Fancy*)。此书笔者没找到，不知朗费罗有没有读错。但中国这个一切皆瓷之国(“中国”与“瓷”英语同词)很能激动美国诗人的想象力。

浪漫东方，要写得出色，并不容易。上面引的二位诗人，萨尔土斯一味铺陈，色彩斑斓，形象堆砌得叫人疲倦。朗费罗的作品语言流畅，形象强劲，无怪到20世纪，还能让一些美国诗人捧读甚至追摹。

三　新诗运动中的19世纪东方遗风

美国新诗运动的中国风与19世纪的东方风既有相承之处，又有本质上的不同。

旧式“汉风”，明显出现于某些20世纪初诗人的中国题材诗作上。最突出的例子恐怕是当时相当有名的抒情诗人威廉·罗斯·倍尼特(William Rose Benét)的作品。他在新诗运动时期开始其诗歌生涯，1913年出版第一本诗集《神州归来的商人》(*Merchants from Cathay*)其题名诗是倍尼特的得意之作。且看其中几行：

他的妾姬珠光宝气端坐在前，
鸟兽在宴席上歌唱舞蹈。
魔术师、杂技家，走在云间，
雷电大作，日月同时辉耀。

中国宫廷写得像阿拉伯宫廷，全诗除了若干中国名字外，可以放到亚洲任何地方。归化美国的英国诗人理查德·勒·加林(Richard le Gallienne)的诗《中国商队来了》(*A Caravan from China Comes*)副题是“仿哈费兹”，亦是同例。

倍尼特对自己这首成名作非常得意。他在给哈丽特·蒙罗的信中直截了当地要求蒙罗把这首诗选入蒙罗正在编的诗集《新诗》(*New Poetry*)中：

《神州归来的商人》是我写得最好的短诗。它预兆了伐切尔·林赛的作品，他本人也慷慨地承认这一点——他在某些朗诵会上读了我的这首诗……我很明白这首诗(比我的其他诗)更富于魔力,而且在基本思想方面更富于独创。①

但是蒙罗最终还是没有选这首诗,她明白什么叫现代性。

由于这本诗集的成功,倍尼特又写了长诗《白色的长城》(*The Great White Wall*)1916年出版。恐怕倍尼特对长城究竟是什么颜色并不关心。克尤尼兹编的《二十世纪作家传记辞典》中的威廉·罗斯·倍尼特条,有这样几句话,读起来像是倍尼特自己要求编者加上的:“他心里暗地对那首描写古代鞑靼人入侵中国的诗特别偏爱……他感到其中有些段落将得到至今尚未出生的未来读者的赏识。”②

倍尼特的自信心十分可爱。诗写的是这样一个故事:帖木耳入侵中国,目的是占有他迷恋着的美丽的银公主(Princess Yin)。在越过长城准备决战时,巫师用水晶球占卜,从水晶球中见到银公主正凝妆以待。最后帖木耳攻陷中国都城,银公主坠楼自杀,使鞑靼人遭到“精神上失败”。诗写得很华丽,但除了一些中国景物外,只是拜伦东方叙事诗的三流翻版。

路易斯·昂特迈耶当时描写倍尼特风格的特点时,说他的诗表现出“一种奇思异想,一种巧妙地搬弄怪诞风格的本领。他的同胞中,除了伐切尔·林赛、埃米·罗厄尔和他的弟弟(指斯蒂芬·倍尼特)之外,没有人有他那种对几乎是恶魔式的装饰风格的鉴赏力”。③

昂特迈耶在此把伐切尔·林赛、埃米·罗厄尔与倍尼特兄弟并称,可谓灼见;这些诗人中有的人(如罗厄尔)自以为自己诗风现代性很强,却未脱尽19世纪浪漫主义余风。

倍尼特与林赛当时关系特别密切,他们竞相写浪漫化的中国题材诗。林赛的《山东,又名中华帝国在崩溃》在《诗刊》上初次发表时,是题献给倍尼特的,而倍尼特则称林赛为“中国大使”。不过,尽管林赛的中国题材诗未脱尽浪漫余风,其兴味却是现代的。而且倍尼特的语言传统陈旧,林赛却写的是吟咏的自由诗,昂特迈耶当时笑评林赛的诗是“爵士乐伴奏菩萨跳舞④。”

另一位重要的美国现代诗人E·E·肯明斯(E. E. Cummings)到二十年代中期名声大著。他的第一本诗集《郁金香与烟囱》中有一组引人注目的诗《东方集》(*Orientale*),共六首诗,其中有几首明显是中亚题材,但也有比较清灵秀逸的情诗,令人怀疑他熟读过当时大量的中国诗翻译。

我梦见
你似乎是想要
躲避我,变成一朵

① William Rose Benét to Harriet Monroe, Oct. 14, 1916, *Poetry Files*.(《诗刊》档案)

② (ed.)Stanley J. Kunitz and Howard Haycraft; *Twentieth Century Authors*, 1942, p. 127.

③ Louis Untermeyer: *American Poetry Since* 1900, 1925, p. 239.

④ 同上书,102页。

莲花，斜立在
无礼的
水面上

这或许是从中国诗中得来的形象。肯明斯本人也是个画家，他在一次画展的序言中说："在中国……画家也是诗人。"①

埃米·罗厄尔1921年的《传说集》(*Legends*)中的中国景德镇故事是个中国童话：窑主孟仲(Meng Tsung)以制作精美瓷器名重一时，他有女儿名周巧(Chou K'iou)，工瓷画。不幸的是，周巧因思念远航的未婚夫而忘了贴门神，结果鬼上门，正当钦差大臣唐令(Tang Ling)来监制贡瓷，一窑瓷器在开窑时全部毁坏。钦差大怒，孟仲吓得被狐鬼附了身，只有周巧一个人精心制作了一个杯子，焙烧了五日五夜，制成了一个奇品。观音菩萨感动了，解决了一切问题，全诗结局是欢乐的婚礼。

从诗内某些地方，看得出罗厄尔读过不少中国文学作品的翻译，例如描写秋景时用"霜叶红于二月花"句，描写周巧之美貌时用"沉鱼落雁"作比喻。也有不少地方是借用中国诗"习语"加以铺陈，例如描写周巧制成的瓷器：

像冰雕的明月，
像千峰般绿，
像雨后的天空般蓝……
像"窃笑"的玉兰那么白……

问题是这样铺陈的形容太多了，整首诗，并不比倍尼特的叙事诗高明多少，只不过她的比喻都是"中国式"的，而倍尼特依然是阿拉伯式的。

使用"中国式形象"和典型的"中国词汇"是当时诗人喜欢用的中国调味品。弗莱契与庞德最早一次冲突就起因于此。1913年夏，弗莱契把他的诗《辐射》的手稿拿给庞德看，其中有这样的句子：

漆画的满大人时刻，轿子摇晃又平衡
在朱红的亭子之间，靠着玉雕的栏杆。
蜻蜓的翅翼在阳光中点点闪闪。

庞德把"满大人时刻"划掉，旁批了一个词"俗"(cheap)。弗莱契看了这个年纪并不比他大，当时名声也不见得比他大的新朋友刻薄的批语，极不高兴，依然保留原句。据弗莱契研究者说，他的这几句诗在当时还颇得欣赏，为人所传诵。② 意象派

① Robert E. Wegner: *The Poetry and Prose of E. E. Cummings* 1965.

② Edmund S. de Chasca, *John Gould Fletcher and Imagism*, 1978, p. 182.

分裂重组的种子，却由此种下。

当弗莱契成为埃米·罗厄尔的主要意象派搭档时，罗厄尔在《美国现代诗潮流》一书中为弗莱契这场公案辩护，她说："满大人，轿子，与全诗其他部分有什么关系呢？要是我们一定要找出事实理由的话，可以说没有任何关系；但是这些词的东方内涵带来一种光彩，其他任何词无法取得的光彩。"①

问题很清楚，弗莱契所需要的，罗厄尔所赞同的，是东方色彩——表面的光彩。这就是旧式东方风的特征。

四　翟理斯与庞德

应当指出，庞德自己亦未能免俗。《神州集》中的某些诗，例如卢照邻的《长安古意》等，感情浓烈，色彩艳丽，使这本诗集也带着相当的异国情调。旋涡主义的短命杂志《爆炸》(*Blast*)上也有庞德的几首诗，温德姆·刘易斯称之为"中国小爆竹"②。

傅奕

傅奕爱的是高云空山，
可惜，他死于酗酒。

李白

李白也醉酒而死。
他想拥抱
黄河中的月亮。

明显是翟理斯文学史中有关段落的改写，"傅奕"一诗则是该书所译傅奕自题墓志铭几乎没有改动的抄袭。③ 这是很奇怪的，庞德在《神州集》之后，对中国诗的认识大为提高，也知道翟理斯文学史并不足为凭。他为什么要这样做呢？有理由怀疑这两首诗是1913年写的，即用翟理斯的材料写仿俳句时留下的没有发表的诗作。

因此，不可能把一部分诗人甚至一部分诗作，划归"旧东方式"。整个新诗运动的中国热，不可避免地有异国情调的追求，有一种批评家马里奥·普拉兹描述的浪漫主义"感官外化"。④

---

① Edmund S. de Chasca, *John Gould Fletcher and Imagism*, 1978, p. 44.

② K. L. Goodwin, op, cit., p. 30.

③ Herbert A. Giles: *A History of Chinese Literature*, 1923, p. 135.

④ Mario Praz: *The Romantic Agony*, 1933, p. 200.

五　中国诗学与反浪漫主义

但是，在新诗运动的中国热中，在一些主要诗人笔下，旧“汉风”是附带的，难以避免地继承下来的。芭比特·道依契论述《神州集》时分析得很精辟：“《神州集》是卓越的，因为它既有异国情调，又是直接地现实性的……它的奇异性并没有使读者离开诗本身。”①

道依契这段话可以与埃米·罗厄尔对中国风的解释相比较：“旧式诗人，由于浪漫主义的时尚，感兴趣的是情调，是装饰；而现代诗人在中国诗中找到的不是相异而是相同(not something strange but something kindred)。”②

罗厄尔这个定义很杰出。我们前面说过当时评者认为庞德在中国诗中“找到他最终的自我”。如果说中国诗使一部分美国诗人找到了他们自己，或者说，推动了他们自身的运动，那么，中国诗所起的作用就不是“外化”，而是“内化”。

20世纪之前，欧洲人并非不知道中国诗与中亚诗之间的巨大差异。伏尔泰对中国哲学极为尊重；对中国美术看不起，认为无章法，无透视；而关于中国诗他却说：“在这些作品中，作为主导的是一种睿智的调节，一种简朴的真实性，这与其他东方国家那种夸张的风格大相径庭。”③

在这点上伏尔泰可谓目光如炬，但他那个时代无法理解，无法吸收中国诗的这种品质。相比之下，一百年后的柔迪特·戈蒂叶对中国诗风格的特点反而糊涂，她说杜甫“最少怪诞形象，但他的诗和他视作尊师的伟大的朋友(指李白)的作品一样生动如画。杜甫的诗比较容易翻译，因为更自然，更明朗，在人类的苦难前更富于同情。与其说他像中国诗人不如说他是一个世界性的诗人，更接近我们的诗人④”。

在她的《玉书》中占据舞台中心的是李白，戈蒂叶不明白与杜甫相比，不像典型的中国诗人的是李白而不是杜甫。可能就是因为她的这层误解，李白才先于其他中国诗人进入欧美；就是到了新诗运动初期，依然是李白领头。

只有到新诗运动后期，诗人们对中国诗与其他亚洲国家诗歌的鉴别力才达到比较细腻比较自觉的程度。宾纳有这样一个精湛的比较：“在我们这个时代，比起阿拉伯诗人的全部夸张，波斯诗人的全部冷嘲，日本诗人的全部叹息，印度诗人全部推理的狂欢，比较这一切，中国诗人对我们来说更为真实。”⑤

如果宾纳还只是在谈文学风格，那么庞德的论述就更进一步，他说：“被印度思想吸引过去的西方人，是那些想逃离机械主义的西方人，那些西方人既不敢正视中世纪的辩证法，又不敢正视20世纪物质科学那种具体的，而且往往追根溯源的

① Babette Deutsch：*Poetry in our Time*，1963，p. 56.

② S. Foster Damon：*Amy Lowell*：A Chronicle，1935，p. 587.

③ David Lattimore，op. cit.，p. 7.

④ Judith Gautier：*Livre de Jade*，1933，p. IX.

⑤ (ed.)James Kraft，op. cit.，p. 225.

细节。”①

美国现代诗人对中国的兴趣，与19世纪浪漫主义对中亚印度的兴趣，在结果上很不相同，在思想原因上倒是类似的。

如果说19世纪浪漫主义的东方风是西方人对工业革命后欧洲社会现实的逃避，那么美国新诗运动的远东热，也应作如是观。不管是倍尼特和林赛的“外化”式汉风，还是庞德等人的“内化”式的中国诗学，都是如此。实际上，整个西方现代文学，都是浪漫主义的余波，一种企图以艺术小天地，以艺术独立的幻想来抵御资本主义社会对人性压力的努力。欧文·白壁德在分析浪漫主义的东方热时，有一段愤怒的论述：“美国是纯工业的，纯功利的生活观的化身，是权力和机械以及物质舒适的化身。欧洲之所以走向东方，正是为了逃避这种有害而过分的美国主义。”②

欧洲诗人想逃避，美国诗人自己何尝不想逃避呢？

雨果认为浪漫主义时代的东方热可以与文艺复兴时代的希腊热相比，庞德认为现代美国诗可以在中国找到其希腊而获得新生。不同时代需要不同的异国诗神引导。

确定了这个前提后，我们可以具体地看究竟为什么是中国诗，而不是中亚诗，适应了美国现代诗的需要。或者，说得更精确些，为什么中亚诗能被浪漫主义诗人“东方化”，成为浪漫主义诗歌，而中国诗却不能？反过来，为什么中国诗能被美国现代诗人“中国化”，而适应现代诗需要，而中亚诗却无此条件？

① (ed.)William Cookson：*Selected Prose of Ezra Pound*，1909—1965，1973，p. 75.

② Irving Babbitt：Romanticism and the Orient，*Bookman*，Dec. 1931. p. 350.

不连续性诗学：东西方在抒情诗上的相似之处

余宝琳[1]著　陈　怡译

在格奥尔格·特拉克尔（Georg Trakl，1887—1914）的诗歌与以唐代（618—907）①作为顶峰的中国抒情诗传统之间，有着惊人的相似之处。对于来自完全不同文化背景作品的比较存在以下的风险：我们也许会一无所获，也或许会得出不相干的或完全误导性的结论。比如对中国唐代和20世纪欧洲作品的比较可能就有这样的危险，但是它们两者间的一致之处也确实具有相当的说服力。作为一个诗人，特拉克尔的作品体现了象征主义者（Symbolist）与后象征主义者（post-Symbolist）的几次重要的创作实践；而对他的诗作及几位唐代代表性诗人的比较研究能为理解东西方两个传统所共享的典型方法与结构提供宝贵的洞见。

以晚唐诗人李贺（Li Ho，791—817）及特拉克尔的两首诗歌为例，首先是李贺的《北中寒》（"Northern Cold"["Pei-chung han"]）一诗：

> 一方黑照三方紫。黄河冰合鱼龙死。
> 三尺木皮断文理。百石强车上河水。
> 霜花草上大如钱。挥刀不入迷蒙天。
> 争瀯海水飞凌喧。山瀑无声玉虹悬。②[2]

第二首是特拉克尔的诗《在冬天》（"Im Winter"），此诗作于1910年7月至1912年2月间，可能完成于1911年9月之前。

---

① 赖内·马利亚·里尔克（Rainer Maria Rilke）是第一位提出特拉克尔的诗作和中国诗之间存在着一种可能的联系的人。在1917年2月22日写给埃哈特·布施贝克（Erhard Buschbeck）的信中，他写到：

> 对我而言，特拉克尔的诗是一种崇高的存在。直到现在，形象如何能证明在这些确切的意象中它们持续的下降的力量，这的确让我感到印象深刻。我突然想到，这整部作品可能与李太白之死有着相似性。在这两者之中，在这里和那里，下降是走向天国的不可阻挡的提升的一种托辞。

参见里尔克著：《1914年至1921年间的书信》（Rainer Maria Rilke, *Briefe aus den Jahren* 1914 *bis* 1921, ed. Ruth Sieber-Rilke and Carl Sieber, Leipzig: Insel-Verlag, 1937, IV, 126.）。在此，里尔克暗指了与唐代诗人李白（Li Po，或名李太白）之死相关的传说。传说中，李白或是为了拥抱月亮的倒影而溺亡，或是在海豚的背上溺亡的。后一种说法有很广的传播性，它来源于汉斯·贝格（Hans Bethge）在他对中国诗的"翻译"（Nachdichtungen）选集《中国之笛》（Hans Bethge, *Die chinesische Flöte*, Leipzig: Insel-Verlag, 1907, ss. 107—108.）一书的前言。

② 《全唐诗》（*Ch' üan T' ang shih*, Taipei: Ming-lun, 1971, p. 4429.）。后文中更多对于此合集（*The Complete T'ang Poems*）的引用均缩写为*CTS*。所有对汉语引文的英语翻译都来自我本人。

田野的亮光灰白而冰冷。
天空孤寂而神秘。
池塘上空寒鸦打转
猎人们走下山林。

黑色的树梢有一丝沉默栖息。
木屋里倏忽绽出一丝火光。
很远的地方偶尔传来雪橇的铃声
灰暗的月亮缓缓升起。

一只野兽在田埂上静静流尽了鲜血
而群鸦在粘血的腐物里啧啧有声。
战栗着的枯苇已被连根拔起。
严霜，轻烟，漫步在空寂的树林里。①[3]

李贺身上也具有许多被用以描述特拉克尔的特质。确切说来，在传统的理念中，李贺被誉为“鬼才”(demonic [or ghostly] talent)，这与特拉克尔在曾写给他妹妹的信中所言明的不谋而合：“我曾感觉到、闻到、品尝到深埋于我内心最恐怖的可能性；我也曾听到在我血液中恶魔的怒号，这些恶魔带着使我肉体疯狂的马刺。多么可怕的噩梦!”(引自1908年10月5日特拉克尔写给赫尔米内·冯·劳特贝格的信)。李贺与特拉克尔有着相似的生平经历，他们都早亡，他们也都因生命的不从流俗而被称为“被咒诗人”(poètes maudits)。此外，他们的诗歌也显现出了相似的特征：一种深刻的忧郁，一种死亡、腐朽与时光流逝的缠扰，一种接近个人象征主义的特质性的色彩运用，以及一种强烈的感官想象。

显然，对上文所引的两首诗歌来说，它们在主题与态度上的相似性应该是非常明显的，即它们都表达了一种面对图片式的、几乎是被逼真地描绘出的冬日场景时的无助感。但两者的类似不尽于此，它们存在着其他意义更为深远的相似之处。在《北中寒》一诗中，各种意象围绕着对于极寒的描绘而展开，这些意象也成功地引起了全然静止的感受；但是这首诗里没有直线式的连续进展，或者说缺乏必要的直线顺序。诗歌中李贺视角并非是按照可以辨别的逻辑转变的，其转变是因果式的、暂时的、语法的。他的关注焦点由首联中不详的天空转向冰冻的河流，接着转向陆地，最终再一次回到河流。在诗的后半部分中，李贺的视线由草地漫步至天空，远及海洋，再回山峦。当句法粘合缺失时，每一个诗句都可以出现在诗中有别于原作的不

① 格奥尔格·特拉克尔著：《密件与书信》(Georg Trakl, *Dichtungen und Briefe*, ed. Walther Killy and Hans Szklenar, Salzburg: Otto Müller Verlag, 1969, I, 39.)。后文所引用到的特拉克尔诗歌的诗歌和信件都来源于这个版本。对所有引用到的德语原文的翻译都来自于我个人。

同位置。相似的情况也出现在特拉克尔的《在冬天》一诗中，此诗由一系列的独立意象所组成，这些意象并不遵从于表面上的必要顺序而出现，它们只是通过意合而非形合来被连接起来。诗中唯一的连词是没有明确意义的"和"(and)。特拉克尔1912年之前的作品所特有的结尾增强了我们对于意合的关注，这是一种作者正在向读者展现不明确场景中的专断集合元素的感受。虽然诗歌最后一行中的"漫步"一词引入了一个具有潜在重要性的事件，并且因此暗示诗歌就此进入高潮；但是，我们再读一遍就会发现，事实上这样的进展并没有发生。再者，在这两首诗中，都缺乏一个明确的叙述者，这也就使诗作具备了一种客观性，而似是而非的感受则可能是源于诗作强大的情感力量。在这两首诗歌中，都没有任何一个第一人称代词——一个"抒情的我(lyrical I)"，而这个词原本是可能被用以为一系列的意象提供焦点和视角的。这两首诗歌的内涵是由诗中的意象所展现的，或者更精确地说，是由意象间的关系所展现的，至于意象之间究竟是何种关系，这就是诗人留给作为读者的我们去发掘的了。通过去除逻辑上或句法上的联系，诗人尝试在诗中唤起读者自身的情感而不是自己去解释诗歌的主题。

李贺的诗缺乏令人满意的诗歌各联之间的过渡，而且他多以不连贯、无逻辑的闪回呈现各种意象，这就使他受到了批评。

> 毫无疑问，这种技巧是与组合的方法相联系的。李贺的传记中提到他会速记下瞬间出现于他脑海中的诗行和词组，并在回家后将它们如同马赛克般拼置在一起，这就是李贺写诗时所采用的一种组合手段。这样做的结果是，李贺的一些长诗……容易被分解成毫无关联的小节，而原本应该联系这些小节的内在统一性却丧失了("如同马赛克般"是我所要强调的)。①

这些技巧虽然被广泛地使用，但总的说来，它们是中国诗歌的创作实践，尤其是唐代诗歌的惯用手法。对这一时代的诗人们而言，较之于抽象的、散漫的陈述，他们的创作更倚重具体的形象；同时，较之于形合，他们更注重意合。跨行连接是少见的，而且在大多数情况下，起语法意义的字词会被略去。不仅在从一句诗句到下一句诗句时，意象和语句可能会被并置；而且，一个单独的诗行也可能包含超过一个意象，这些意象在不明确的、暂时的、空间的、逻辑的或语法的关系中不断回响着，李贺《北中寒》一诗的尾联所展现的就是这样的情况。对唐代时成熟的八行诗歌形式，即"律诗"(regulated verse)而言，就更是如此了，除了复杂的格律以及押韵要求，律诗也要求在中间两个对句上使用平行或者对比法，这种要求一般与意象的而非陈述

---

① 傅乐山著：《李贺诗集》(J. D. Frodsham, *The Poems of Li Ho*, Oxford: Clarendon, 1970, p. xliii.)。傅乐山依据《新唐书》(*New T'ang History*, pp. xv—xvi.)翻译了李贺的生平。

的话语一致。[①]在韵律的排列、韵脚的数量以及诗行的数量和长度上，“古体诗”(ancient-style verse)显得更加自由。律诗则是“近体诗”(recent-style verse)中的一种。不同于此后我将谈到的其他诗人，与“近体诗”相比，李贺更喜爱“古体诗”的创作，不过，李贺的诗却具有近体诗多义集合的特征。[②]

古代汉语自身的几个特性也造就了中国诗歌的呈现形式。在古代汉语中，没有性别、数量上的变化，名词是这样，而动词也没有数量及时态上的变换(我所选择的《北中寒》的翻译使用的是复数以及现在时，这只是一个任意的选择)。古代汉语也缺乏假设句法结构中所必要的从属连词，这与上述的其他特征一同构成了一种只依赖于词序和语境而建构的独立句法，这种句法增强了诗歌意象的独立性。此外，定冠词的缺失和语句主语的隐去是古典语言的一般特征，它们使得“诗人不将自身代入到诗歌的场景中……因此，中国诗往往具备一种客观的、普遍的特质。这与西方诗是完全不同的，后者是以自我为中心的、世俗的。”[③]

这就造成了以下的结果，使用屈折语的诗歌的确往往通过必要的平行使得朦胧变得清晰或消解了矛盾，但是即较之于这些诗，由于句法上的不连续，一首蕴含丰富实意象的诗反而能够进入到一个更多样的矛盾关系中去。更进一步来说，我们必须记住缺失的主格代词常常能够通过语境被推论出来，而在翻译中主格代词则必须被体现出来；但是，语言上屈折变化的缺失增强了语义上潜藏的多种可能，并造成了一种人格解体的感受。与抽象的、位置性的语言相比，中国诗更倾向于对于感官意象的直接表达，它也展现了对并列的宾语和句子的直觉式理解，而通常，这些宾语和句子在本体论状态和关系下是含混的。作者不作为第一人称叙述者出现在诗歌场景中，这就使得中国诗具备客观的特点。以上都是中国诗鼓励读者进入到诗歌无限可能性中的原因。

而且，这些都不仅是特拉克尔，也是其他象征主义和后象征主义诗人所主张并实践的技巧。如果在中西两种传统中存在着直接的联系，我们可以通过欧内斯特·费诺罗萨(Earnest Fenollosa)在1908年之前所作的代表论文《汉字作为诗媒》(“The Chinese Written Character as a Medium for Poetry”)一探究竟，这篇论文在其完成5年后被庞德(Ezra Pound)所发现。因为这篇论文所提出的许多对于汉字功能的普遍误解，费诺罗萨受到了很大的批评。费诺罗萨认为诗歌优于散文的原因在于其更大程度上的一种超智力的特性——“具体性”，他对这一观点的坚持使他的理论通过庞德对现代英美诗歌产生了决定性的影响。例如，费诺罗萨在论文中写道：“在表达具

① 关于这个形式的特征结构及句法更广泛的探讨，请参考高友工、梅祖麟著：《唐诗中的句法、措辞和意向》(Kao Yu-kung and Mei Tsu-lin, “Syntax, Diction and Imagery in T’ang Poetry,” in *Harvard Journal of Asiatic Studies*, No. 31, 1971, pp. 49—136.)。

② 这尤其体现的晚唐(9—10世纪)的诗歌中，其中，李贺的诗经常被提及。有关这一时期诗歌的启发性探讨，请参考葛瑞汉著：《晚唐诗选》(A. C. Graham, *Poems of the Late T’ang*, Baltimore: Penguin, 1965, pp. 13—37.)。

③ 刘若愚著：《中国诗学》(James J. Y. Liu, *The Art of Chinese Poetry*, Chicago: Univ. of Chicago Press, 1962, p. 41.)。

体色彩的措辞上，诗歌与散文不同。对诗歌而言，向哲学家们提供一种意义是不够的。诗歌必须通过直接印象的魅力穿越理智只能摸索的区域，从而达到引发情感的目的。”①奇怪的是，费诺罗萨也会与后来他理论的拥护者进行争论。因为他坚持最“具体”的词不是名词或形容词而是动词；而且他认为只有认识到“所有事实都是力量的转移”并通过使用及物动词，才能获得语言的气势及生动性。此外，与他之后衍生出的理论和实践相比照，依据“构成自然现象、占用时间的从主体到客体的力量转移”的说法，费诺罗萨假定了具体与暂时（而不是同步）之间的必要联系；同时他也指出，诗歌的一个“优势”在于它是一种时间艺术。费诺罗萨也强调并赞扬了中国诗所具有的开拓一种如同绘画般空间的与静止的艺术生动感的能力，对此，他在论文中这样写道：“在阅读汉语的过程中，我们看上去并不是在让思想碰撞，而是在观察事物如何获得最终的命运”。庞德也这样写道，诗人的任务在于描述具体的细节，与费诺罗萨不同的是，庞德强调名词而非动词，像他在1911年提出：“艺术家找出清晰的细节并且将之呈现出来。艺术家自己并不进行评论。”②此外，庞德敦促诗人在诗作中只涉及“对于‘事物’的直接处理”以说明“自然的物体总是适当的象征”，由此产生了“对于走向抽象的忧虑。”③但是，与费诺罗萨对于意象的当下角度的强调不同，庞德认为诗歌应该尝试去创造被揭示的真理的一个具有永恒性的瞬间，而不是创造延绵的思想或者事件的直线型结构，这在他对“意象”的定义中体现了出来：

> “意象”是在一瞬间所呈现出的一种思想与情感的综合体……它是一种对于这种“综合体”的即刻呈现，这种呈现提供了突然解放的感官、脱离时间与空间限制的自由感受以及突然成长的感觉，这些都是我们通过最伟大的艺术作品所体验到的。④

在托马斯·欧内斯特·休姆（T. E. Humle）的论文《浪漫主义与古典主义》（“Romanticism and Classicism”）中，我们不仅可以发现对费诺罗萨因为诗歌不需要依靠“矛盾”而得出诗歌优于散文这个论断的反响，也可以找到庞德对唯名论（nominalism）的具体性的推崇。休姆写到，诗歌试图消除散文中非视觉性的元素。“诗歌不是

---

① 欧内斯特·费诺罗萨著：《汉字作为诗媒》（Earnest Fenollosa, *The Chinese Written Character as a Medium for Poetry*, New York: Arrow Editions, 1936, p. 25.）。此文收录于埃兹拉·庞德著：《挑唆》（Ezra Pound, *Instigations*, Freeport, N. Y.: Books for Libraries Press, 1969, pp. 375—376.）。文中所应用到的参考页码来源于再次印刷的版本。

② 庞德著：《我收集奥西里斯的四肢》（Ezra Pound, “I Gather the Limbs of Osiris,” in *New Age*, 7, Dec. 1911, p. 130.）。此作被引用于叶维廉著：《王维与纯粹经验审美》（Wai-lim Yip, “Wang Wei and the Aesthetic of Pure Experience,” in *Tamkang Review*, Vol. 2, Oct. 1971 and Vol. 3, April 1972, 209, n. 4.）。也以《王维与纯粹经验》之名作为节略版出版于《隐藏的宇宙：王维的诗歌》一书（“Wang Wei and Pure Experience,” in *Hiding the Universe: Poems by Wang Wei*, trans. Wai-lim Yip, New York: Grossman, 1972, pp. v—vx.）。

③ 庞德著：《一个回溯》（“A Retrospect,” in *Literary Eassys of Ezra Pound*, New York: New Directions, 1968, pp. 3, 5.）。

④ 庞德著：《一些注意事项》（“A Few Don’ts,” in *Literary Essays*, p. 4）。这是我所强调之处。

一种相反的语言，而是一种具备视觉上具体性的语言。它是整体地传递感觉的一种直觉式语言的折衷。诗人总是试着囚禁你，并且使你看到一个物理意义上的事物以阻止你走过一个抽象的历程。”而这样的诗歌的核心是意象——“意象不仅是一种装饰，反而是一种直觉语言的绝对本质。”休姆认为，一旦诗人能够意识到“思想的特有错误，因此以事物真正的样子来分析它们并且从你原本一直被告知的传统视角中脱离出来重新看待事物，”①那么意象就展现了物理意义上的事物在其无媒介的真实中的状态。

然而我们应该看到，尽管这些理论可以追溯到费诺罗萨，从而与中国诗直接联系起来，但事实上，在更广的层面上，它们体现了现代西方诗歌理论与实践的特征。坚持散文语言与诗歌语言在特质上的区别，这是几位欧洲诗歌批评家所共同持有的观点之一，其中又以华莱利(Paul Valéry)的论述最具代表性。他在散文语言与诗歌语言不同的目的及结果的基础上对两者进行了对比(功利的交流对照无限的感情召唤)。散文，“谈到用服务性的语言来表达我的意图、我的愿望和我的评价意见，我认为，这种语言已功成身退，消失刚刚开始……与之相反，诗歌语言不是死亡的，而是现存的，它明确地提出从灰烬中重生的可能，成为了被期待的无限。”②不同于中国诗人有能够利用根植于古代汉语本身的“诗意”的可能，西方诗人必须做出不断的有意识的努力来使诗歌语言从日常话语中区分出来。比起断言，他们更倾向于具体化；较之于根据逻辑构建的叙述，他们更喜欢直觉掌握的意象，这种倾向性就是西方诗人上述尝试的体现。意象不再是陈述命题的装饰，其本身反而成为了压缩的意义，这就是本恩(Gottfried Benn)所称的“主体位置”(primäre Setzung[primary placement])，这个概念指的是，即便是造成两个事物间明确对比下的“视觉的中断”(Bruch in der Version[break in the version])的明喻也应该被舍弃。③ 在一个更统一的视野中，直接与之相关联的是许多现代诗试图获得脱离传统句法规则的错位或自由的努力。象征主义与后象征主义诗人朝着截然不同的方向发展，一方面通过指涉及特殊词序的含混加强字词间的句法联系，另一方面通过增强对于系词和并列的使用来消解这种联系。④ 词和物在多种可能的关系中共振着，在这类的诗歌中，通过名词的厚重感以及阻碍时间、原因和逻辑前进的共时性的总体效果的达成，增强句

---

① 托马斯·厄内斯特·休姆著：《浪漫主义与古典主义》(T. E. Humle, “Romanticism and Classicism,” in *Speculations*, New York: Harcourt, 1924, pp. 134, 133.)。

② 保尔·华莱利著：《诗歌和抽象思维》(Paul Valéry, “Poésie et pensée abstraite,” in *Oeuvres*, ed. Jean Hytier, Tours: Gallimard, 1959, I, 1331)。

③ 戈特弗里德·本恩著：《诗歌的问题》(Gottfried Benn, *Probleme der Lyrik*, Wiesbaden: Limes Verlag, 1951, s. 16.)。

④ 当莱因霍尔德·格林(Reinhold Grimm)提及当代诗歌时，他使用了几个有细微差别的术语来表现一种类似的差异。其目的是为了将它自身从用以写作的这种语言中高度屈折的语法变化中解放出来，最终使之走向一种类似中国诗所使用的独立的句法或者使之成为一种粘结的句法。参见选自《结构》一书的《诗歌与语言结构下的尝试》一文(Reinhold Grimm, “Versuchüber Lyrik und Sprachbau,” in *Strukturen*, Göttingen: Sachse und Pohl Verlag, 1963, ss. 172—96.)。

法联系与消解联系这两种努力中的任何一种都会使得诗歌得以被创作出来。① 最后，我们可以在象征主义与后象征主义的诗歌中找到另一个与中国诗歌创作相似的共性，那就是创作客观诗歌的倾向。在这类诗歌中，修辞的、形体的、自我中心的浪漫自我不再是诗歌的核心。举例来说，在兰波(Arthur Rimbaud)写给他的老师伊藏巴尔(Georges Izambard)的一封著名信件(1871 年 5 月 13 日)中，他谈到了关于失去自我这个重要问题。在信中他写到，当他说"我希望"时，要比说"我想"时更真实；另外，当他说"我是另一个"时也是更真实的。另外在《地狱一季》(*Une Saison en enfer*)一书中的"地狱之夜"("Nuit de l'enfer")一章中，他进行了一个悖论式的陈述，以达到表现"没有人在这里以及有人在"②版的悖论效果。马拉美(Stéphane Mallarmé)为我们提供了一个相当著名的象征主义者们所寻找的关于客观的构想，他是这样定义的：

> 纯粹的作品意味着诗人主体和话语主动权的消失，它们导致了不平等的冲突；累积的线索像亮起来的石头上的火焰一样相互反射，在更换呼吸的瞬间使抒情诗通过个人感情的方向引起明显的共鸣。③

这些惯例体现了现代西方诗歌总体上的特征，尤其是特拉克尔诗歌的特质。兰波对特拉克尔的影响既体现在词汇、词组和意象使用上的反复，也体现在被编辑过的主题，这些都早已有所记载；④ 在此，我们所关注的更核心的内容是在兰波对特拉克尔的影响中与中国诗歌相联系的那些元素。林登贝格尔(Herbert Lindenberger)写到，奥地利有使用"放弃明晰的修辞手段，且目的是通过具体意象而非对这些意象

---

① 埃德加·洛纳(Edgar Lohner)将最后提到的这些实践独立出来作为现代诗的两个主要特征："其一是表达的名词模式与这类词的特殊效果一同证明了一种趋向于全方位的、绝对的倾向；其二是共时性的、一起的、混合的空间与时间"。参见《诗歌探讨》一书中的《走向现代诗的道路》一文(Edgar Lohner, "Wege zum modernen Gedicht," in *Zur Lyrik-Diskussion*, ed. Reinhold Grimm, Darmstadt: Wissenschaftliche Buchgesellschaft, 1966, s. 383.)。

② 阿尔蒂尔·兰波著：《作品选》(Arthur Rimbaud, *Oeuvres*, ed. Suzanne Bernard, Paris: Garnier, 1960, pp. 344, 221.)。

③ 斯特芳·马拉美著：《危机》(Stéphane Mallarmé, "Crise de vers," in *Oeuvres complètes*, ed. H. Mondor and G. Jean-Aubry, Paris: Gallimard, 1945, p. 366.)。

④ 特别参见赫伯特·林登贝格尔著：《格奥尔格·特拉克尔和兰波——对影响和发展的一种研究》(Herbert Lindenberger, "Georg Trakl and Rimbaud: A Study in Influence and Development," in *Comparative Literature*, 10, 1958, pp. 21—35.)和莱因霍尔德·格林发表于《德国浪漫主义作品月刊》中的《格奥尔格·特拉克尔和兰波的比较》(Reinhold Grimm, "Georg Trakls Verhältnis zu Rimbaud," in *Germanisch-Romanische Monatsschrift*, NS 9, 1959, ss. 288—315.)，另收录于《诗歌探讨》(*Zur Lyrik-Diskussion*, ss. 271—313.)；并且参见伯恩哈德·伯申施泰因著：《法国象征主义对世纪之交的德国诗歌的影响》(Bernhard Böschenstein, "Wirkungen des französischen Symbolismus auf die deutsche Lyrik der Jahrhundertwende," in *Euphorion*, 58, 1964, ss. 375—95.)。原先特拉克尔并没有读过兰波的诗，但通过卡尔·克拉默(Karl Klammer)以阿默尔(K. L. Ammer)为名所作的翻译与兰波邂逅。见阿尔蒂尔·兰波著：《生命与诗歌》(Arthur Rimbaud, *Leben und Dichtung*, trans. K. L. Ammer, Leipzig: Insel-Verlag, 1907)。

的评论将意识的流动戏剧化的自由诗体”①的传统，法国诗人对此进行了发展；林登贝格尔的目的则是从与中国诗歌相联系的元素中突出其中的两者。特拉克尔1912年之后的诗歌中越来越多地被使用到的对截然不同的、异构的意象的并置，以及对“创造主动性”与消除诗中作者作为叙述者而在场的尝试，这些都更应被归因于兰波影响下的具体文体特征。比如，在1909年后创作的诗作中，特拉克尔对第一人称代词的使用就明显地减少了。在1911年他写给朋友埃哈特·布施贝克(Erhard Buschbeck)的信中包含了一首含有以下评论的修订过的诗：

> 修订过的诗要比原来的好得多，那是因为现在它是客观的，而且也充满了动作和视觉的爆发感。
>
> 我确信，较之于第一稿的有限个人体，这稿在形式和类型上的普遍性会告诉你更多，并让你有更深的体会。
>
> 希望你相信我，对我而言，让我自己无条件地服从我将在诗中呈现的内容并不容易，而且也永远不会简单。我需要不断地修正自己以将那些属于真实的东西表现得真实。

不过，兰波对特拉克尔影响中的这两个层面只是提供了特拉克尔与唐代诗歌有所联系的其他证明。突然中断诗行和呈现朴实意象的倾向都是特拉克尔早期诗歌的特征，其中，突然中断的诗行几乎是特拉克尔专有的特征，他所呈现的质朴意象只是暗示而非支持隐喻的阐释。瓦尔特·基利(Walther Killy)首先将这种意象命名为暗码(ciphers)。②

对中国诗歌的许多意象来说，“暗码”是一个很好的术语。有时，我们能通过对文学或哲学传统的熟悉来理解诗歌；其他时候，比如像在李商隐(Li Shang-yin，812？—858)的几首诗中，我们似乎无法找到解读诗歌的密码；但更多的时候，就比如像在特拉克尔的作品中，诗歌的对象暗含在一些重要的场景中。不论我们是像刘若愚(James J. Y. Liu)在《中国诗学》(*The Art of Chinese Poetry*)一书中将此类意象称为“单纯意象”(simple images)，抑或是像许多当代西方批评家一般将它们叫做“绝对隐喻”(absolute metaphors)，情况是相同的，即此类意象不允许我们得出任何无名的要旨，因为它们甚至可能根本不是传达的媒介。李贺在《苏小小墓》(“Grave of Su Hsiao-hsiao”[“Su Hsiao-hsiao mu”]，《全唐诗》[*CTS*]，p. 4396.)一诗中为我们提供了类似的例子，但在中国诗和特拉克尔的作品中，传统意义上对隐喻的持续使用是非常少见的。

① 赫伯特·林登贝格尔著：《格奥尔格·特拉克尔》(Herbert Lindenberger, *Georg Trakl*, New York: Twayne, 1971, p. 63.)。

② 见基利著：《关于格奥尔格·特拉克尔》(Killy, *Über Georg Trakl*, Göttingen: Vandenhoeck und Ruprecht, 1960, ss. 18—19.)。

幽兰露。
如啼眼。
无物结同心。
烟花不堪剪。
草如茵。
松如盖。
风为裳。
水为佩。
油壁车。
夕相待。
冷翠烛。
劳光彩。
西陵下。
风吹雨。[4]

李贺的这首三音节(除去第三和第四两行)“古体诗”中的用典和语言都是相对好理解的。这首诗详写了这样一个传说：在凄风苦雨的夜晚，人们能听见来自南齐(479—502)一名姓苏的歌妓的墓中传来的乐曲。这首诗也暗指了一首题为《苏小小歌》(“Song of Su Hsiao-hsiao”[“Su Hsiao-hsiao ko”]，《乐府诗集》[*Yüeh-fu shuh-chi*])的乐府(yüeh-fu)，或称民歌。这首乐府是这样写的：

我乘油壁车，
郎乘青骢马。
何处结同心，
西陵松柏下。[5]

在这首诗中，李贺想象了这样一个阴森的场景，在其中各种各样的自然现象成为了显示苏小小在场的元素。其中有对从明喻到暗喻的比喻手法的使用。此诗第二、第五和第六句中的如一词在下两行中被一个事实上的系词为所取代。而后在第11与12句中，连接词完全消失，在这里，“冷翠烛”代替了鬼火的意思。通观全诗，李贺假设我们熟知有关苏小小的传说以及乐府《苏小小歌》，他只在标题中提供了有关此诗所描述的对象的唯一线索。

在《梦天》(“Dream of Heaven”[“Meng t'ien”]，《全唐诗》[*CTS*]，p. 4396.)一诗中，李贺再一次在未点出要旨的情况下连续在首联与颔联中使用了隐喻。

老兔寒蟾泣天色。去楼半开壁斜白。
玉轮轧露湿团光。鸾佩相逢桂香陌。[6]

在此，李贺要求我们通过对于几个有关于月亮的传说的掌握来理解这些诗行中无名的主体。在传统中，玉兔、蟾蜍和桂树驻扎在月亮上，而广寒宫和叮当作响的首饰都是属于月神嫦娥(Ch'ang-o)的。在第三句中，李贺发展并继续了作为他个人手法的一个持续的隐喻。在这行中，“玉轮”，或者说是月亮，在水气之上碾过，而水汽也使得月亮的(“球体的”)自身光亮变得朦胧了。光亮与湿润的联系承继了第一句中“洒下”夜的光热的月亮这个意象。

然而李贺的大部分诗作并不是以构成《苏小小墓》和《梦天》前两联的持续的隐喻为特征的。事实上，《梦天》的后两联突然地转向了地面的视角。对李贺的这两首诗歌以及其他唐代诗人而言，更具典型性的是像《北中寒》这样的诗。在这首诗中，任何无名的指示物都不能归因于意象。不过，从意象或多或少地作用为普遍的自然的原型这个理念来看，中国诗中的意象与“暗码”的传统有所相似。高友工(Kao Yu-kung)和梅祖麟(Mei Tsu-lin)引用了王维(Wang Wei，701—761)的《鸟鸣涧》(“Bird Call Valley”[“Niao-ming chien”]，《全唐诗》[*CTS*]，p. 1032.)一诗作为这样一种“原型诗歌”(archetypal poem)的例子：

人闲桂花落。
夜静春山空。
月出惊山鸟。
时鸣春涧中。[7]

他们认为这首五音节的绝句(chüeh-chü)具有很高境界的普遍性，他们写到：

> 作为各种种类开端的原型或原始术语，例如“人”、“鸟”、“花”……以下这三个名词完全没有修饰语：“人”、“夜”、“月”。另两个名词，“山”和“鸟”是被修饰过的，但它们的修饰语不仅限制了涉及的内容，更暗示了时间和地点。因此，诗歌的主题是由人、鸟、花、山和其他东西所构成的世界。王维的风格特征总是被形容为自然、简单，而这种风格相当大的一部分就出于他对于未修饰的原型名词的使用……中国诗总被视为缺少时态、数量及代词，但是这些元素的缺乏使得原型诗歌成为可能的事实未被充分地认识到。

特拉克尔的诗缺乏形容词修饰语，也有对定冠词的使用和从诗到诗关键主体的反复，这些都使得特拉克尔的诗产生了类似的效果，其中的一个例子是《乡村即景(第二稿)》(作于1914年3月之前)：

九月的傍晚；牧人黑暗的召唤充满悲伤
穿过暮气氤氲的小村；火星在铁匠铺中溅射。

一匹黑驹强健地腾跃惊起；女佣们
仿佛风信子的卷发
紧随马儿紫红鼻孔的热息。
森林边柔和地凝固了驯鹿的轻鸣
而秋天的黄花儿
无言地贴向池塘蓝色的脸庞。
红红的火焰中焚毁了一棵树；蝙蝠扑腾而起
面孔黑暗阴沉。[8]

这首诗蕴含了特拉克尔诗作的一种典型气氛。在此诗中，成群的马儿、女佣、火星和蝙蝠的组成了不稳定的结合，这种结合暗示着一种无法言说的、预兆性罪恶热情；而秋天、黑暗、安静、凝结所组成的意象连接随此不断地回响着。描述的贫乏加强了并列客体间的张力，像在诗中，形容词几乎只限于对颜色细节的描绘。对名词前定冠词有选择性的运用暗示了它们有着一些具有普遍性的重要意义。当然，《乡村即景》一诗中在“风景”中的花属于一个更大的贴近地面的形象集体，将特拉克尔的诗作为整体来看，这个形象集体也许是以痛苦的自我对峙的方式展现的。此外，暗示着孤立的站在丛林边的人或动物的形象(这首诗中是驯鹿)也经常出现在特拉克尔的诗作中。

这些是特拉克尔个人场景中的暗码，然而其他的诗作，比如像《阳光》(“Die Sonne”[“The Sun”])一诗，则展现了一种更加普遍的意义：

金色的阳光每日扫过小山。
何其美丽，森林及黑暗的动物，
人；猎户或羊倌。

苍穹浑圆，
幽绿的池塘鱼儿带着鲜红色上浮。
渔夫悄悄滑行蓝色的小舟。

葡萄与谷物渐已成熟。
如光阴静静告终，
善恶行将活动。

夜已来了，
流浪者轻轻抬起沉重的眼睑；
阳光倏然划破幽深之谷。[9]

与王维的《鸟鸣涧》相似,《阳光》这首诗被建构在一个突然的、不连续的时间与一段时间后出现的进展的对立上,所谓突然的、离散的事件在《阳光》一诗中指的是太阳的出现,而在《鸟鸣涧》一诗中指的则是月亮的出现。对带有定冠词的客体的显著使用暗示着这些客体应被视为典型,由此就造成了这样的效果:唯一带有不定冠词的名词词组"善恶"("good and evil")被赋予了讽刺的色彩,而这个词组常被认为具有普遍性。在此,具体事物具有普遍性的特质。在莱因霍尔德·格林(Reinhold Grimm)对《阳光》一诗的研究中,他运用了与高友工和梅祖麟分析《鸟鸣涧》时的非常相似的语言。特拉克尔大部分的后期作品旨在挖掘"普遍性以及它们所表达的最核心的本质"。与这些作品相似,《阳光》这首诗"并没有描绘一个特定的事件,反而是体现了对特拉克尔而言诗歌主角身上的本质特征"(这是我所引用到的所有格林观点中要强调的地方)。此外,格林论述道:"对我们来说,简而言之,构造它自身的是……阳光中获取光亮的可视世界以及充满水果和动物的天真、单纯的场景,它们通过人类存在的原始形态而显得栩栩如生。"与《鸟鸣涧》一样,《阳光》一诗呈现了接近原型层次的意象。此后,格林总结到,特拉克尔比较有限的"诗意的字母"(poetic alphabet)看起来的确是通过"常见的原型式基础性事件与事物"①而被建构起来的。

当我们审视这两首诗作中事件间困难的、时空的、因果关系和逻辑性的联系时,我们会发现《鸟鸣涧》和《阳光》之间的另一个相似之处。比如《鸟鸣涧》的第一句中的意象间有何联系?当山中有"山鸟"时,山为何还能被描述为"空"?当山鸟不时鸣叫时,"夜晚"怎么还会是"安静"的呢?在《阳光》一诗中,最后一行中的"阳光"一词前没有一个修辞用的定冠词。这句中所呈现的事件与此诗的其他部分的当下联系也不存在。对此,我们可能会感到疑惑。正如格林所提到的,"当我们试图将之依逻辑拆分开来时"(《特拉克尔的阳光》["Trakls Sonne"], p. 153.),特拉克尔的诗歌世界是"一个易碎的、具有迷惑性的暗码的万花筒"(《特拉克尔的阳光》["Trakls Sonne"], p. 153.)。"万花筒"效应,像在许多中国诗中一样,是由单元的并列所造成的;这些单元间的关系也许是不明确的,不仅是从一行到下一行,而且在独立的诗行中也是如此。一个具有这种情况的例子是《乡村即景》一诗,另一首是写于1912年秋的《号角》一诗:

> 修剪后的草场,褐皮肤的孩子们玩耍的地方
> 落叶四散,号角吹响。一个教堂墓地的守望者。
> 鲜红一片降落的旗穿过槭木的悲伤,
> 骑士们驰过黑麦田,空无人迹的磨房。
>
> 或者是夜阑人静时牧人的歌唱,牛群

① 格林著:《格奥尔格·特拉克尔的阳光》(Grimm, "Georg Trakls Sonne," in *Strukturen*, ss. 148—49, 156.)。

走进它们的火圈，走进小树林古老的悲伤，
舞蹈者攀上一堵黑墙；
鲜红的旗，欢笑，幻觉，号角。[10]

与《在冬天》不同，尽管《号角》一诗提供了跨行连接的两个例子（第一、二行和第五、六行），但名词和名词词组的叠加使得这首诗甚至比行末标有段落符号的诗更具变化性。此外，两个不分段的编排行的集合为诗中的任何形式提供了唯一的联系，也就是说，不仅并列的诗行相互间没有或很少有联系，而且对在一行中以简单同位格形式出现的名词与词组，诗人也没有指明它们的句法联系。还有两个更突出的例子，其一是第二行中“号角吹响”之后的“一个教堂墓地的守望者”，这个词组为何会出现在这个位置是无法解释的，其二是最后一行中缺乏动词的名词连续并置。

在《号角》一诗中，通过以“或者”这个重要的连词开始第二诗节，特拉克尔增强了不连贯的感受；但第一诗节的合法性或真实性因此存疑，使内容以它原本的样子从想象的层面中被提取出来。诗人并未让我们获得逻辑的、因果关系式的或当下的联系带来的满足感受，相反的，他反而向我们提供了两种可能性，可能这两者只能取其一，由此也让我们得出适当的结论。

也许里尔克（Rilke）是最早察觉到特拉克尔诗歌中诗行间间断的重要作用的人。在1915年2月写给路德维希·冯·菲克尔（Ludwig von Ficker）的一封信中，他评论到，特拉克尔的长诗《赫利安》（“Helian”）的作用来自于“它的内在距离，他的诗就好像是建立在停顿上，环绕于无边界的沉默的栅栏，由此使得诗行存在”（《书信》[*Briefe*]，p. 35.）。而此后的批评家们也不断提及个人诗歌间的“思想裂缝”（gaps of thought[Gedankenlücken]），这指的是一首诗中、甚至一行诗句中逻辑上的连贯性与发展的缺乏。就像傅乐山（J. D. Frodsham）将李贺的诗作看做是“像马赛克一样”，卡尔·施奈德（Karl Schneider）将特拉克尔的诗歌评论为“看上去是句子碎片和独立单词的马赛克式的排列，其合理的关系或者是完全不存在的，或者是隐藏的、阻塞的。独立的部分看上去自身并没有理智和意义，而只有在它们是整体时才能获得理智和意义。”①鲁道夫·席尔（Rudolf Schier）认为特拉克尔诗歌的诗行缺乏逻辑的联系，不过他也认为应该将类比视为全体中的一部分，即每种元素代表着现实的一个可识别的部分，而它们之间的联系就可能变得复杂。②

在中国诗中，句法的含混在独立的诗行内要比在独立的诗行间更加突出。从几乎所有的唐代“近体诗”中，都可以找到这样的例子，但我在此只选取三首那个时代最为著名的诗人以五音节格律所创作的诗歌作为例证。在李白（Li Po，701—762）的

① 卡尔·路德维希·施奈德著：《格奥尔格·海姆、格奥尔格·特拉克尔和恩斯特·施塔德勒的文学形象表达》（Karl Ludwig Schneider, *Der bildhafte Ausdruck in den Dichtungen Georg Heyms, Georg Trakls und Ernst Stadlers*, Heidelberg: Carl Winter, 1954, s. 89.）。

② 鲁道夫·迪尔克·席尔著：《格奥尔格·特拉克尔的语言》（Rudolf Dirk Schier, *Sprache Georg Trakls*, Heidelberg: Carl Winter, 1970, s. 36.）。

《送友人》(“Seeing of a Friend”[“Sung yu-jen”],《全唐诗》[*CTS*], p. 1804.)一诗中,像在这组诗歌中的所有作品中一样,我们可以找到不明确关系下的意象的并列,这首诗的颈联是:

浮云游子意。落日故人情。[11]

这首诗缺少所有格形式(“游子的”和“友人的”),也没有名词单数或复数形式的指示,此诗的核心主体是每句中的两个意象间的联系。“浮云”和“落日”是修饰人类思想和感受的方位格词组吗(“浮云下,……/落日里,……”)?它们被阐释为抽象的概念吗(“浮云像游子意,”或有其他可能)?或者因为浮云与落日和幻影的、短暂的事物的联系与一首关于友谊的诗中所呈现出的内涵是不同的,所以我们应该将浮云和落日视为对照?尽管诗歌的结构不是以名词为主导的,杜甫(Tu Fu, 712—770)的《江汉》(“Yangtze and Han”[“Chi-ang Han”],《全唐诗》[*CTS*], p. 2523.)提出了相似的问题。此诗颈联为:

落日心犹壮。秋风病欲疏。[12]

这首诗也会让我们产生这样的疑问:究竟是将每一句的头两个字视为主谓结构中的时空介词词组,还是将之看做相似物,抑或把它们当做对照物。

含混的产生可能是因为语法连接的缺失,也可能是由于主语的普遍遗失。杜甫《春望》(“Spring Gazing”[“Ch'un wang”],《全唐诗》[*CTS*], p. 2404.)一诗的前半部分就是对这两种可能性的证明。

国破山河在。城春草木深。
感时花溅泪。恨别鸟惊心。[13]

首个对句代表了并列的召唤性力量。第一句中的并置意象体现了人造制度的毁灭(这首诗写于755—757年安禄山叛变之时)和自然的永恒性的一种对照。诗中对立的深刻体现在诗暗示自然被遗忘在人类世界的事件中,也体现于诗歌所表达的自然图景不因人类的暴力而改变的这种意识。第二句也与悖论式的解读联系在一起。初次阅读时,第二句似乎是呈现了更多的有关与人类的破坏相对立的自然的、循环的重复与繁茂的证据;而像第一句一样,它展现了一种暗含的内在对照,在这句中,只因为非自然的战争使城市和其中的居住者成为一片废墟,草和树才能在城市的范围中欣欣向荣起来。

在第二个对句中,主语的缺失与古典语言的语法灵活性造成了多种解读的可能。可以推断出,诗中有通常是表现春天到来的信号的意象,但经历了战争的痛苦与隔离的叙述者却以眼泪和担忧作为对此的反应。像“惊”一样,在“使之向前”的感受上,

"溅"可以被视为一个使役动词。从在中国诗中频繁被使用到的感情误置(pathetic fallacy)[14]手法的角度而言，尽管上述可能性比较小，不过还有一种解读可能，就是将花和鸟视为这两句诗的主语。那就意味着，是花和鸟在流泪并经历痛苦和心惊。在王维的《过香积寺》(Visiting the Temple of Gathered Fragrance["Kuo Hsiang-chi Ssu"]，《全唐诗》[*CTS*]，p. 1274.)一诗的颈联中，存在着一种类似的含混。

泉声咽危石。日色冷青松。[15]

在此，问题同样聚焦于对动词和词序的阐释上。动词是主动还是被动？词序是正常的还是前后颠倒的？泉水的声音吞没了它所冲刷的石头还是声音被石头吞没？太阳的光亮是被青松变冷的吗？若推测因为阳光在一日结束时消失，那么是否是因为没有了阳光，青松才变冷了？或者有第三种可能，阳光延伸了进程使之超越时间，而留给青松时间让它们自己冷却？

这些问题只有在必须在翻译中做出选择时才成为问题。如果不确定的并列对一个中国诗的读者而言是突出的，那么在一种像德语一样的高度屈折语的语言中以及在缺少平行指示的诗歌形式中，类似的情况甚至会更加明显。《号角》这样一首诗证明了特拉克尔对并列结构的显著使用，其目的是为了呈现一系列的意象，这些意象间的联系是多方面的且/或模糊的。这首诗也证明了特拉克尔不愿在诗中加入个人存在的特点。像赫尔曼·冯·克恩(Hermann von Coelln)所指出的那样，这两个现象是相关的："一种话语形式的发展以平行于'我'的形式的撤回而完成。在这种话语形式中，作为个人特征的意合变得显而易见。"①换句话说，意象和诗行间句法的和逻辑关系的丧失是与明确的及不明确的叙述者的不在场相联系的，而原来叙述者需要这样的方式来组织他自己的话语。下面的两首诗，不仅显现特拉克尔追求客观性的努力，也为特拉克尔诗中与前文引用到的中国诗相似的语法含混提供了例证。《进入一本古老的纪念册》("In ein altes Stammbuch"["Into an Old Album"])的创作要追溯到1912年：

忧郁啊，你一再地回首，
孤寂灵魂的温柔。
金色的日子燃烧到了尽头。

受难者虔敬地屈服于痛苦
美妙的谐音和黯淡的疯狂交替轰鸣。

① 赫尔曼·冯·克恩著：《格奥尔格·特拉克尔诗歌中的语言和图像处理结构》(Hermann von Coelln, "Sprachbehandlung und Bildstruktur in der Lyrik Georg Trakls," Diss. Heidelberg, 1960, s. 131; quoted in Schier, s. 35.)。

看吧，黄昏逼近！

夜晚复至，垂死者的哀叹
与他人同悲共苦。

年复一年，秋天的星星下面
头战兢着渐渐低垂。[16]

虽然从第六行开始，对悲伤和感叹的强调指向的是第一人称叙述者，但特拉克尔小心翼翼地避免任何在诗中体现与他自身相关的个人经验。在诗中，诗人没有使用“我”这个词，反而使用了如“孤寂灵魂”、“受难者”和“头”之类的倾斜称谓。此外，在第三诗节中，他使用了一种在他诗作中反复出现的结构，这个结构增强了句法的含混和去个人化的感受。他使用了像“垂死者”、“另一年”之类的中性名词而非阳性名词，显然后者是期望中用以指明一个人类的、特别的指称对象的。因为在宾格的情况下，中性并没有削弱，所以，“受难者”可以被视作是“哀叹”的主语或宾语，两者中后者的可能性较小；或者另一种可能是，夜晚自身能被视作在哀悼着死亡的事实，同时也有其他的非人类力量加入哀叹之中。因此，特拉克尔运用含混来使得他经验上的自我与充满情感的处境分离开来。

在《怨》这首诗中，一种相似的语法上可能关系的多样性使诗歌的焦点变得复杂。

熟眠与死亡，阴沉的山鹰
整夜在这耳边嘶鸣：
永恒之冰冷浪涛
吞没了金色的人影。
恐怖暗礁处
碎裂了紫红的身体
黑暗的声息
在大海上空怨诉。
妹妹，忧郁无言
你看那充满恐惧的小船
沉默在星光下，
沉默在夜晚沉默的面庞前。[17]

在这里，与《进入一本古老的纪念册》一诗一样，尽管诗歌呈现了对一种压倒性的经验的反应，但在《怨》这首诗中，特拉克尔省略了所有与他个人相关的参照。这首诗是特拉克尔最后一些诗作中的一首，写于 1914 年 9 月，在此之前，奥地利军队在波兰名为格罗代克(Grodek)的镇上被俄国军队惨烈地击败，特拉克尔作为医疗官直接参与了这个事件。虽然倒数第二行中的调用暗示了诗歌所使用的第一人称叙述者，但是诗人只是间接地代入自身，就像“头”，或比如“暗礁”，或像是“紫红的身体”。在诗中，诗人自己给出的评论的就只有笼统的“金色的人影”，或者将要沉没的“充满恐惧的小船”。最典型的句法含混出现在第三至第五行的从句[18]中，虽然诗中的其他意象证明了我的译文的合适性，但单看这个句子，其中究竟哪个名词是主语、哪个名词是宾语是不明确的。无论怎样阐释，《怨》一诗中，诗人回避了直接的第一人称评论和介入；加之诗行的简洁，它们都增强了诗歌视角的阴郁感。这就像罗伯特·勃莱(Robert Bly)所评价的那样：“特拉克尔带着一种极度强烈的情感进入到诗歌中去，……一种黑暗的、巨大的受难，然而他写了一首很简单的诗，没有夸大地叙述。因此在这种情况下，每一个词都通过情感而被加强并发展，最终变得厚重。”①

勃莱的评论说明，我们不应该过分强调特拉克尔诗作去个人化的效果。除却缺少一个明显的第一人称叙述者，特拉克尔对意象的使用的确是高度个人化的。这样的警告同样也适用于对中国诗完全去个人化的看法上，比如说，叶维廉(Wai-lim Yip)曾提出中国诗并不“在现象上推动自我意识的视域”，相反的，就像他在1976年选集的序言中所写的那样，他认为“当视觉事件产生时，诗人抓住它们并在我们之前将之表演出来，让它们从受限制的有关时间与空间的概念中被解放出来，使它们从无差别的存在模式中直接跳脱出来，而不是站在读者与作品之间去解释或者分析这类事件。”②根据叶维廉的观点，主语的缺失以及意合的或文本结构上的优势使得中国诗人能“以未被智力或主观性污染过的、最纯粹的形式来呈现事物。”③这也就是说，较之于西方诗人所能做出的选择，中国诗人拥有的基础是更优越的。叶维廉找到了与他的理论最符合的例子，就是王维的诗作，关于王维，叶维廉写道：“甚至在合成这个行为之前，诗人就成为了现象本身，并因此能允许在现象中的事物以它们原本的未被理智所修饰过的样子出现。诗人不踏入诗作中，他看待事物就像事物自己看待自己。”王维最大限度地展现了叶维廉所认为的中国诗的独特艺术品质，即对于不包含一个有意识的主体的干扰或调停的外部现象的呈现，还有诗人“不依靠于隐喻的或象征的作用”而是“屈从于事物的具体性”(《王维》[“Wang Wei”], pp. 200, 202, 203.)。其中，后一种说法是对马拉美的观点的改写。叶维廉所持的以上观点是对费诺罗萨、庞德和休姆观点的承继。

冒着抨击明显的主体意识的风险，我们也不应忽视甚至是最为“客观”的诗中隐藏的主体意识。中国诗人和特拉克尔都没有以“事物现实的样子”来对事物进行呈现，

① 勃莱著：《美国当代诗歌》(Bly, “On Current Poetry in America,” in *The Sixties*, 4, Fall 1960, p. 29.)。

② 叶维廉著：《中国诗的翻译》(Yip, “Translating Chinese Poetry,” in *Chinese Poetry: Major Modes and Genres*, Berkeley: Univ. of California Press, 1976, pp. 19, 11.)。

③ 叶维廉著：《中国诗：一种不同的表现模式》(Yip, “The Chinese Poem: A Different Mode of Representation,” in *Delos*, 1, 1969, p. 72.)。

所谓“事物现实的样子”是指一种没有个人的、隐喻的或者象征的介入的样子。他们不是以“无知的眼光”在创作诗歌的，“无知的眼光”指的是在作品中缺少感知或表现意象的个人的、特殊的理由。他们提供给我们的是他们个人对于事物理解，而不是“事物”本身。

直接主体性话语的缺失也没有阻碍我们发现意象有意义的模式和集群，这些意象也指向一些如果不是象征的就是个人的意义。因此，在特拉克尔的诗歌世界中，像贴近地面的或位于一个场景边缘的人或物、乌鸦以及正在沉没的船只之类的意象重复出现的主题都至少作为个人原型而存在。甚至在最常被看做是客观的中国诗人王维的诗作中，我们也不能排除可能的隐喻。叶维廉引用《鸟鸣涧》一诗作为诗人“恍惚的意识”的例子，他认为，通过“去除理智干预的所有痕迹(以至于使他)能完全做出反应，就像是具有具体性的事物在一面镜子或一汪清水中所影射的那样”(《王维》[“Wang Wei”]，p. 204.)，诗人获得了这种“恍惚的意识”。初读《鸟鸣涧》这首四行诗，诗歌的确看上去呈现了一系列在它们的选择中起作用的没有个人的或“理性的”进展的无中介的意象，但若我们将之与《鹿柴》(“Deer Enclosure”[“Lu Chai”]，《全唐诗》[*CTS*]，p. 1300.)一诗并列起来看时，情况可能就产生变化了。

空山不见人。
但闻人语响。
返景入深林。
复照青苔上。[19]

将这两首诗放在一起看，我们可能会对“空”山的再次出现感到奇怪并对它可能的意义产生疑惑。这可能会让我们想到王维是虔诚的佛教徒，对他而言，“空”(空是梵语的 sūnyatā 一词的汉语翻译)这个词与现象世界中的虚幻自然有着相当大的联系。而事实上，空这个词是王维的诗歌词汇中出现得最为频繁的形容词之一。他的诗中的其他一些频繁出现的意象，比如白云和蜿蜒的小道，应该也提示着我们注意可能的“隐喻”意义。

最后，即便王维从未在他的诗作中插入他自身(事实上，他经常将自身代入；他大部分的诗歌不包含缺乏人类存在或蕴含感情的自然场景)，严格说来，将他的诗视为具有“客观性”的想法也不准确。因为特有的个性是一种个人表达的手段，能使得他的诗作带有他个人的色彩。就像杜夫海纳(Mikel Dufrenne)在《诗意》(*Le Poétique*)中所提到的：“当诗人不刻意去表达，放弃自己而去描述一个世界，或者充分忘我，不再站在个人的角度去表现而是将自己当做这个世界中的一部分时，他所表达出来的才是最好的。”①在《语言与哲学》(*Language and Philosophy*)中，杜夫海纳重新组织语言来描述这个悖论，他是这样表述的：

① 杜夫海纳著：《诗意》(Dufrenne, *Le Poétique*, Paris: Presses Universitaires de France, 1963, p. 91.)。

> 他的［艺术家的］语言越非有表现力，换言之，艺术家的语言越是少的，越是谨慎的，越是客观的，他就能更好地表达自我。艺术家越少提到自己，他就更多地展现了自己。那么他到底说了些什么呢？他谈到的是世界。同时，我们可以依据艺术家所谈到的世界以及在他者中一种可能类型的世界试着去了解这个艺术家。①

然而，对插入主体存在的拒绝将特拉克尔的诗作与一世纪前的作品区分了开来，却也把他和象征主义、后象征主义以及中国诗歌传统联系了起来。与他们相同，特拉克尔在作品中非常多地采用了具体的意象以及并列。并列是一种阻挠对线性的逻辑、存在因果关系或当下的进展的期望的独立句法。同时，特拉克尔也坚信，较之于通过直接的命题式的话语，一首诗更能通过并列的客体的唤起式的力量而产生效果的，这就是"诗意形象的解放"(Befreiung der dichterischen Figur[liberation of the poetic figure])，它被里尔克总结为特拉克尔对当代诗歌最重要的贡献之一(1917 年 2 月 22 日写给布施贝克的信，引自于《书信》[*Briefe*]，p. 126.)。而随着诗歌形象的解放以及对暗示而非陈述的强调，在发现诗中元素间无限的和变化的关系时，读者的作用就越来越明显了。狄尔泰(Wilhelm Dilthey)曾经提出："一首诗的用词和用句就像是伦勃朗(Rembrandt)后期作品上的颜色的斑点一样。只有运用听者或读者进入作品内的丰富想象力的力量才能从作品中形成形象。"在引用了这篇论文之后，格林总结道："如果一个人能使这句写于 1887 年前的句子激进化的话，那么他就有了关于所有现代诗歌的一个基本原则。"②

的确，这样的方法是持续的，比如，特拉克尔和中国诗人对像詹姆斯·赖特(James Wright)和罗伯特·勃莱这样的现代美国诗人施以了一种决定性的、几乎是同时发生的影响，这不是偶然的，因为"不连续性诗学"为许多抒情诗中的修辞技巧和自我心中提供了一个有意义的反例。而欧根·戈姆林格(Eugen Gomringer)在 1960 年对"星丛"(Konstellationen)的定义可以被运用于对特拉克尔和许多唐代诗人诗作的结构域效果的分析上。

> 通过星丛，我对一些相异的词的组合是这样理解的，这些词的相互关系并非主要来源于句法意义，而是来自于它们在同样的空间中的物质的、具体的存

① 杜夫海纳著：《语言与哲学》(Dufrenne, *Language and Philosophy*, trans. H. B. Veatch, Bloomington: Indiana Univ. Press, 1963, p. 97.)。引用于刘若愚著：《中国文学理论》(James J. Y. Liu, *Chinese Theories of Literature* Chicago: Univ. of Chicago Press, 1975, p. 60.)。

② 格林著：《格奥尔格·特拉克尔的阳光》(Grimm, "Georg Trakls Sonne," s. 356, n. 2.)。狄尔泰的引用来源于他《威廉·狄尔泰文章选集》一书中的《对诗人的想象力，诗的要素》(Dilthey, *Über die Einbildungskraft des Dichters. Bausteine zu einer Poetik*, in *W. Diltheys Gesammelte Schriften*, Berlin: B. G. Teubner, 1924, VI, 220.)一文。

> 在。通过这种方式，一般而言，几种不同的关系向着不同的方向发展，而不是只存在单独的一种关系，这就使得读者采取并尝试分析在由诗人所决定的结构中(通过诗人的选词)的多种阐释可能。读者对星丛的态度是对同伴的态度，诗人则提供游戏。①

“星丛”，马赛克，万花筒或者拼贴画……对术语的选择在根本上并没有区别，因为它们都描绘了东西两种传统间最重要的相似之处。

译者注：

〔1〕本文作者：余宝琳(Pauline Yu，1949—)，著名美籍华裔汉学家，毕业于斯坦福大学比较文学系，师从著名汉学家刘若愚。曾任教于美国明尼苏达大学、哥伦比亚大学等校。出版有《中国诗学传统中的意象解读》(Pauline Yu，*The Reading of Imagery in the Chinese Poetic Tradition*，Princeton Univ. Press，1986.)等著作。

〔2〕[唐]李贺著：《北中寒》，见于[清]彭定求等编：《全唐诗》(共25册)，4429页，北京：中华书局1960年繁体竖排版。(译者注：此版《全唐诗》均以句号断句。译文中采用句号断句和简体形式。)

〔3〕[奥地利]格奥尔格·特拉克尔(Georg Trakl)著：《在冬天》，见于[奥地利]格奥尔格·特拉克尔著、先刚译：《特拉克尔诗集》，选自孙周兴、陈家琪主编：《同济·德意志文化丛书》，36页，上海：同济大学出版社，2004。

〔4〕[唐]李贺著：《苏小小墓》，见于[清]彭定求等编：《全唐诗》(共25册)，4396页，北京：中华书局，1960年繁体竖排版。

〔5〕《苏小小歌》选自《乐府诗集·卷八十五·杂歌谣辞三》：一曰《钱塘苏小小歌》。《乐府广题》曰：“苏小小，钱塘名倡也，盖南齐时人。西陵在钱塘江之西，歌云‘西陵松柏下’是也。”我乘油壁车，郎乘青骢马。何处结同心，西陵松柏下。

〔6〕[唐]李贺著：《梦天》，见于[清]彭定求等编：《全唐诗》(共25册)，4396页，北京：中华书局，1960年繁体竖排版。

〔7〕[唐]王维著：《皇甫岳云溪杂题五首·鸟鸣涧》，见于[清]彭定求等编：《全唐诗》(共25册)，1302页，北京：中华书局，1960年繁体竖排版。

〔8〕[奥地利]格奥尔格·特拉克尔(Georg Trakl)著：《乡村即景(第二稿)》，见于[奥地利]格奥尔格·特拉克尔著、先刚译：《特拉克尔诗集》，选自孙周兴、陈家琪主编：《同济·德意志文化丛书》，89页，上海：同济大学出版社，2004。

〔9〕[奥地利]格奥尔格·特拉克尔(Georg Trakl)著：《阳光》，见于[奥地利]格奥尔格·特拉克尔著，先刚译：《特拉克尔诗集》，选自孙周兴、陈家琪主编：《同济·德意志文化丛书》，146页，上海：同济大学出版社，2004。

〔10〕[奥地利]格奥尔格·特拉克尔(Georg Trakl)著：《号角》，见于[奥地利]格奥尔格·特拉克尔著，先刚译：《特拉克尔诗集》，选自孙周兴，陈家琪主编：《同济·德意志文化丛书》，47页，上海：同济大学出版社，2004。

---

① 欧根·戈姆林格著：《星丛》(Eugen Gomringer，*Konstellationen*，Bern：Spiral Press，c. 1953)；被格林引用于《诗歌与语言结构下的尝试》(Grimm，“Versuchüber Lyrik und Sprachbau，” s. 183.)一文。

〔11〕[唐]李贺著：《送友人》，见于[清]彭定求等编：《全唐诗》(共 25 册)，1804 页，北京：中华书局，1960 年繁体竖排版。

〔12〕[唐]杜甫著：《江汉》，见于[清]彭定求等编：《全唐诗》(共 25 册)，2523 页，北京：中华书局，1960 年繁体竖排版。

〔13〕[唐]杜甫著：《春望》，见于[清]彭定求等编：《全唐诗》(共 25 册)，2404 页，北京：中华书局，1960 年繁体竖排版。

〔14〕感情误置(pathetic fallacy)，这个概念由拉斯金(John Ruskin，1819—1900)在其《现代画家》第 3 卷(*Modern Painters* Ⅲ，1856.)一书中引入，用来指将人类的感情、意向、脾气、思想等投射到或归到无生命的东西上的一种误置。简而言之，就是一种把自然界的现象或无生命的事物拟人化、赋无生命物拟人情感的文学手法。

〔15〕[唐]王维著：《过香积寺》，见于[清]彭定求等编：《全唐诗》(共 25 册)，1274—1275 页，北京：中华书局，1960 年繁体竖排版。

〔16〕[奥地利]格奥尔格·特拉克尔(Georg Trakl)著：《进入一本古老的纪念册》，见于[奥地利]格奥尔格·特拉克尔著、先刚译：《特拉克尔诗集》，选自孙周兴、陈家琪主编：《同济·德意志文化丛书》，37 页，上海：同济大学出版社，2004 版。

〔17〕[奥地利]格奥尔格·特拉克尔(Georg Trakl)著：《怨》，见于[奥地利]格奥尔格·特拉克尔著、先刚译：《特拉克尔诗集》，选自孙周兴、陈家琪主编：《同济·德意志文化丛书》，190 页，上海：同济大学出版社，2004。

〔18〕出现在第三至第五行的从句指的是作者对特拉克尔《怨》这首诗的英文翻译版的第三至五行，即：

That man's golden image
Might be swallowed by the icy wave
Of eternity.

在德语原本中，这个从句也出现在第三至五行，但在中文版(先刚译)中，这个从句出现在第三至四行中，即上面的英文版对应中文版的第三、四行，译为：

永恒之冰冷浪涛
吞没了金色的人影。

〔19〕[唐]王维著：《辋川集·鹿柴》，见于[清]彭定求等编：《全唐诗》(共 25 册)，1300 页，北京：中华书局，1960 年繁体竖排版。

汉语诗学与象征主义诗学[①]

余宝琳[②] 著 张 梅 译

西方现代诗歌的读者可能对抒情诗的主要理论基础很熟悉，——也就是对象征主义和后象征主义诗人、批评家的批评著作很熟悉。同时，他们也很可能并不知道出现在19世纪、20世纪的这些观念，同样出现在完全不同的历史文化语境中——中国文学批评家历来也提倡这些观念，刘若愚(James J. Y. Liu，1926—1986)称之为"形上理论"(Metaphysical Theory)。当然，西方读者的这种不熟悉，是因为直到刘氏的《中国文学理论》(*Chinese Theories of Litlerature*)出版之前，英语学界没有出现过对中国诗学的全面研究。尽管刘若愚在他的著作中确实提出了中西方文学理论的一些可能相似之处，但他主要还是关注于描绘整个中国传统本身的各个分支。然而，在这篇短文中，我的聚焦点不是整体的中国批评理论，而是那些最突出地体现了与我们西方现代诗学传统的相似之处的部分——也就是那些"形上学派"的部分，希望这一比较不仅能够证实中西方诗学彼此之间的相互启发，同时也将说明比较诗学的可能性。我将先对中国诗学理论作一简短说明，然后再继续检视几个可资比较和对照的领域。

中国形上理论始于文学(主要指诗歌)是"道"的体现这一观念，"道"是宇宙万事万物的整体内在原则。同时，我们需要记住，这一文学与宇宙相一致的基本观念存在于一切中国哲学思想的核心——对儒家和道家来说都是如此。形上批评家更具体的思想特征来自庄子(庄周，369？—286？B. C.)的同名著作《庄子》。我同意刘若愚的说法："《庄子》对中国人艺术感性的影响比其他任何一本书都深远，这绝非夸大之辞。"[③]这是确切无疑的，尽管《庄子》明显对文学并不关注，甚至鄙视文学。关于这一点，我之后会再谈到。

散见于《庄子》中的许多寓言故事，都是这位哲学家对于人应该如何与世界和谐相处的建议：人应该顺应自然，不要执著于有目的的行或知，而是应该忘我冥道：

> 汝徒处无为，而物自化。堕尔形体，吐尔聪明，伦与物忘，大同乎涬溟。

---

① 本文译自《比较文学》30期，(*Comparative Literature*，Volume 30，Number 4，Autumn 1978，pp. 291—312.)。

② 译者注：余宝琳(Pauline R. Yu，1949—)，著名美籍华裔汉学家，毕业于斯坦福大学比较文学系，师从著名汉学家刘若愚。曾任教于美国明尼苏达大学、哥伦比亚大学等校。出版有《中国诗学传统中的意象解读》(Pauline Yu，*The Reading of Imagery in the Chinese Poetic Tradition*，Princeton Univ. Press，1986.)等著作。

③ 刘若愚著：《中国文学理论》(James J. Y. Liu，*Chinese Theories of Literature*，Chicago，1975，p. 31.)。接下来对形上批评家的讨论从刘氏著作中获益良多，非常感谢。

……若彼知之，乃是离之。无问其名，无窥其情，物固自生。①

在这种完满化一的状态下，人不再区分自身与宇宙。“天地与我并生，万物与我为一。”②认识到万事万物都是息息相关的，人对生死、对万物也不再区别对待：

圣人怀之，众人辩之以相示也。故曰辩也者，有不见也。……自其异者视之，肝胆楚越[两个中国古国]也；自其同者视之，万物皆一也。③

庄子既拒绝感性的，也拒绝概念性的认知模式，因为它们不仅不完整，而且必然意味着我与物、认知者与被认知者的分裂。他主张直觉认知，听之以虚空之“气”：“无听之以耳而听之以心，[更好的是，]无听之以心而听之以气。耳止于听，心止于符[符合概念的事物]。气也者，虚而待物者也。唯道集虚。虚者，心斋也。”④庄子数次把这种虚空或浑沌无我比作镜鉴之静。

尽管这些意象强调了自我浸没于世界之中，但庄子并不否认前者(自我)也可能影响了后者(世界)，因为这种影响关系是相互的：“一心[圣人或至人之心]定而万物服。言以虚静推于天地，通于万物。”⑤庄子也不主张这种明显是自发的、被动的镜鉴状态(mirroring)可以不经努力而达致。相反，他叙述了几个关于匠人的寓言故事，他们必须通过长期的专注和实践才能拥有完美的技艺，只有这样他们才能在看起来完全不假思索的轻松状态下展示他们的技艺。

尽管庄子本人并不讨论诗歌，但是他有一些观念，如与道冥合，对事物的直觉把握与忘我(或非个人化)体认，对相对性和变化性的认识，以及拒绝对事物作出区别等等，都被后世的文学批评家广为借鉴。此外，他的表达方式，以其玄妙的优势、直觉比喻而非逻辑陈说、大量不合逻辑的推论、文字游戏、悖论，和看似荒谬的语

---

① 伯顿·华兹生译：《庄子全集》(Translated by Burton Watson, *The Complete Works of Chuang Tzu*, New York, 1970, p.122.)。译者注：原文出自《庄子·在宥》，见于《二十二子》，39页，上海：上海古籍出版社，1986年缩印浙江书局光绪初年汇刻本。

② 伯顿·华兹生译：《庄子全集》(Translated by Burton Watson, *The Complete Works of Chuang Tzu*, New York, 1970, p.43.)。译者注：原文出自《庄子·齐物论》，见于《二十二子》，18页，上海：上海古籍出版社，1986年缩印浙江书局光绪初年汇刻本。

③ 伯顿·华兹生译：《庄子全集》(Translated by Burton Watson, *The Complete Works of Chuang Tzu*, New York, 1970, pp.44, 69.)。译者注：此处作者以省略号作为界分的两段引文，原文分别出自《庄子·齐物论》，见于《二十二子》，18页，上海：上海古籍出版社，1986年缩印浙江书局光绪初年汇刻本；《庄子·德充符》，见于《二十二子》，25页，上海：上海古籍出版社，1986年缩印浙江书局光绪初年汇刻本。

④ 作者转引自刘若愚著：《中国文学理论》(James J. Y. Liu, *Chinese Theories of Literature*, Chicago, 1975, p.31.)。括号中文字为刘若愚英文原文所加。译者注：原文出自《庄子·人间世》，见于《二十二子》，22页，上海：上海古籍出版社，1986年缩印浙江书局光绪初年汇刻本。

⑤ 伯顿·华兹生译：《庄子全集》(Translated by Burton Watson, *The Complete Works of Chuang Tzu*, New York, 1970, p.144.)。译者注：原文出自《庄子·天道》，见于《二十二子》，44页，上海：上海古籍出版社，1986年缩印浙江书局光绪初年汇刻本。

言，很好地展示了其在形式和内容上的典范性。在讨论翻译原著的困难时，伯顿·华兹生备注道："《庄子》尽管以散文写就，但措辞却如诗人一般，尤其对'道'或'道家圣人'作了抒情诗般的描写，往往使意义处于声韵和情感力量的从属位置。在更广泛的文字意义上，他的著作实际上是中国古代最伟大的诗篇。"[①]事实上，在将中国文学批评作为一个整体来对待时，面临的一个主要问题即是，很多批评家都有种倾向，他们使用"极为诗意的语言，表现的不是知性的概念而是直觉的感性；这种直觉的感性，在本质上无法明确定义"。[②] 正如我们所见，这一点对于象征主义和后象征主义诗学批评家同样适用。他们不仅在进行理论讨论时经常使用密集的、隐喻的、晦涩的语言，而且也要求他们的诗歌能够以"理论批评的诗意方式"(metapoetically)言说自身。[③]

晚唐的诗歌批评家司空图(837—908)是第一个使用道与诗冥合无迹这种诗学观念的人。在他的组诗《二十四诗品》中，他运用了四言诗的形式和充斥着意象的、非论述性的、高度凝练的语言，去具象化诗歌的各种风格或曰诗品。不管我们把它解释为对于诗人的创作指导，还是对于完美诗人或诗歌的描述，我们都可以看到，在某种意义上，组诗中的每首诗都在间接地描述它自身。整体的统一是一种诗歌观念，用以证明作家对宇宙原则或"道"的认同。简而言之，司空图认为诗人处于一种精神纯净的状态，这是一种抛弃了尘世的、逻辑的差异，抛弃了刻意目的与强制的状态，在这种状态下，诗人直觉地把握自然万象的本质，识别并追随赋予万物本质的"道"。这种人与道的融合使诗人超越了感官认知，并且赋予了他相应的创造力。他在第十首诗《自然》的开篇描述了这种过程：

俯拾即是，不取诸邻。俱道适往，著手成春。[④]

联想到《庄子》，前两句是警示人们不要强硬的、刻意的行为，这样的警示在这组诗中不断重复出现。不过，通过对"道"的追随，诗人还是能够使一些事物拥有自然的生命力。但司空图并不认为诗歌仅仅是宇宙的被动镜鉴。与宇宙的基本原则相结合的诗人，不应试图泯灭他本人的思想和情感，而是应该使他的思想情感与外部

① 伯顿·华兹生译：《庄子全集》(Translated by Burton Watson, *The Complete Works of Chuang Tzu*, New York, 1970, p. 19.)。

② 刘若愚著：《中国文学理论》(James J. Y. Liu, *Chinese Theories of Literature*, Chicago, 1975, p. 6.)。

③ 译者注：metapoetically：在当下汉语学术语境中，"meta"常常被译为"元"，如"meta-epistemology"译为"元认知论"，"meta-fiction"译为"元小说"等。由于"元"在汉语中有"始"的意思，因此在一些术语翻译上造成了一定的误读。事实上，"meta"有"在……后"的含义，如"meta-physics"(物理学之后)，我们将其转译为"形而上学"。"元认识论"是关于认识论的认识论，作为一个学科，是在"认识论"之后成立的关于"认识论"研究的认识论。"meta-fiction"也不应译为"元小说"，而应译为"后设小说"。因此，结合此处上下文意，"metapoetically"应为"后设的诗意方式"，即象征主义和后象征主义诗学批评家在诗歌完成之后、用理论批评自己诗歌时所伴随的诗意方式，因此将之意译为"理论批评的诗意方式"。

④ 作者译自祖保泉著：《司空图诗品注释及译文》，40页，香港：商务印书馆香港分馆，1966。

客体结合起来。而且，在《二十四诗品》全书中，司空图承认在创作上的深思熟虑和审慎选择是至关重要的，并提出了几个需要遵守的原则。

司空图不提倡对物象的简单摹仿性描写。在第一首诗《雄浑》中，他认为与道合一的充沛力量能够使诗人在无边的想象王国中唤醒无数的物象。在描写这种生机勃勃的力量之后，他写道：

> 超以象外，得其环中。持之非强，来之无穷。①

这里，他认为成功的诗歌意象需要超越——通过跨越外在描述的局限，或是直达“环中”，来实现这种超越。② 一个超越了刻意指向的诗歌意象会唤起不确定的、无边的意旨。在他的第二十首诗《形容》(Presentation)中，他确切地阐述了这一意象观念，并举了一些实例：

> 绝伫灵素，少回清真。如觅水影，如写阳春。风云变态，花草精神。海之波澜，山之嶙峋。俱似大道，妙契同尘。离形得似，庶几斯人。③

尽管“形容”这一双字节的标题经常被翻译为“description”，但我选择回避这一术语，而使用“presentation”一词，因为它那种对外部细节的暗示，恰好与其提出的这些状态相反。这首诗的开篇陈述了一个观点，诗人若想通过直觉把握物象之外的精神，他需要拥有内在的纯净。随后的两个明喻(“如觅水影，如写阳春”)，可能指诗人所邂逅(encounter)的那难以捉摸的、奇迹般的自然，或这一自然所可能产生的影响。在随后的四句诗(“风云变态，花草精神。海之波澜，山之嶙峋”)中，司空图给出了物象本质的例子，抽象的本质超越了具体的细节。当诗人把握并体认了物象内在的“道”，他可以用一个有无限旨归的意象来说明人与道的这种合一。

在给汪极的信中，司空图进一步放大了这一构想：“戴容州云：‘诗家之景，如蓝田日暖，良玉生烟，可望而不可置于眉睫之前也。’象外之象，景外之景，岂容易可谈哉?”④在这里他偶然触及了一个至关重要的真理，就是文学作品作用于读者的感知的方式。丰富的感知细节并不能真正使我们把被形容的客体(represented object)理解为感知的客体(sensory object)，因为它们只是仿真的，——只是文字，而非事物本身。正如罗曼·英伽登(Roman Ingarden，1893－1970)所言，“在阅读过

---

① 作者译自祖保泉著：《司空图诗品注释及译文》，22页，香港：商务印书馆香港分馆，1966。

② 正如冯友兰所解释的：“从道的观点看事物的人，好像是站在圆心(意指‘无穷’之圆心)上。他理解在圆周上运动着的一切，但是他自己则不参加这些运动。……因为他已经超越有限，从一个更高的观点看事物。”见于冯友兰著：《中国哲学简史》第十章：道家第三阶段：庄子(Fung Yu-lan, *A Short History of Chinese Philosophy*, New York, 1948, p. 112.)。

③ 作者译自祖保泉著：《司空图诗品注释及译文》，59页，香港：商务印书馆香港分馆，1966。

④ 作者译自祖保泉著：《司空图诗品注释及译文·与极浦书》，77页，香港：商务印书馆香港分馆，1966。汪极，字极浦，唐大顺二年(891年)进士。戴容州，即戴叔伦(732－789)，唐朝官员，亦有诗集传世。

程中灌输给读者的观相(aspect)，永远不能实显化(actualized)为真正的知觉观相，只有在想象的修饰中能够实现这一点，尽管在作品本身中它们通常被确定为可感知的。”①这种“想象的修饰”相当于“可望而不可置于眉睫之前”之“望”(gazing)，它必须取代我们眼前的实景。这也是一个要素，一个诗人应该充分利用他的想象力，以及读者在自己的想象中实现超越诗歌原有场景的实显化(这反过来也超越了任何真正的实景)的要素。

在另一封讨论诗歌的书信(《与李生论读书》)中，司空图用不同的术语提出了同样的观念。他在讨论诗“味”或诗歌的直接影响时写道，诗人必须超越单一的“咸”与“酸”，类似于超越文字的物理局限。运用高度暗示性的语言，诗人可以开发出语言本身的象征性特质，开启“味外之旨”。② 这种令人难以捉摸、又能唤起无穷联想的诗歌观念，对于此后的中国批评家及西方象征主义诗人都是至关重要的。

宋代批评家严羽，即严沧浪，也像司空图一样设想理想诗歌来自于与道的融合，这使诗人能够以直觉把握超越于物象和文字之外的真实。在《沧浪诗话》中，他这样写道：“诗之极致有一，曰入神。诗而入神，至矣，尽矣，蔑以加矣。”③“入神”一语可以从两方面解释。一方面，我们可以将之理解为“‘入于神妙或神启之境界’，因为在中国文学和艺术批评中，完美的直觉的艺术作品，那似乎(seems)是无须力求，自然而然的，通常称为‘神’(‘神奇’[marvelous]，‘神妙’[inspired]，或‘如神’[godlike])。……然而，严羽使用‘入神’一词也可能是指……入于物之生命而抓住其精神或本质。”④

当然这两种解读并非互相排斥，正相反，它们为形上批评家指出了同等重要的两个关注点。第二种解释使我们想起司空图的“超以象外，得其环中”，换言之，即透过客体的外部形式以把握和唤醒其内在特性或本质。第一种解释，用“似乎”(seems)一词，再次表明形上批评家并不真的认为诗歌是完全自发的、无理智介入的、无情感的物象反映，而是相信诗歌应该仅仅给人以完全自发的、自然而然的印象。严羽并不反对主体情感和思维的重要性；他只是反对不加约束的、强烈的表达。事实上，就在“入神”这一段之前，他将诗歌按照情感表达的方式分成了两类：“其大概有二：曰优游不迫，曰沉着痛快。”⑤

---

① 英伽登著：《文学的艺术作品》(Roman Ingarden, *The Literary Work of Art*, Evanston, Ill., Northwestern University Press, 1973, p. 269.)。

② 作者译自祖保泉著：《司空图诗品注释及译文》，69 页，香港：商务印书馆香港分馆，1966。

③ 作者转引自刘若愚著：《中国文学理论》(James J. Y. Liu, *Chinese Theories of Literature*, Chicago, 1975, p. 37.)。译者注：原文出自严羽《沧浪诗话·诗辩》，见于严羽著、郭绍虞校释：《沧浪诗话校释》，8 页，北京：人民文学出版社，1961。

④ 刘若愚著：《中国文学理论》(James J. Y. Liu, *Chinese Theories of Literature*, Chicago, 1975, p. 37.)。

⑤ 作者译自郭绍虞校释：《沧浪诗话校释》(Peking, 1969, p. 6.)。译者注：作者所引用的《沧浪诗话校释》1969 年版本无从查考，查原文当出自严羽《沧浪诗话·诗辩》，见于严羽著、郭绍虞校释：《沧浪诗话校释》，8 页，北京：人民文学出版社，1961。

此外，严羽诗论关注的主要是怎样写作和怎样评价诗歌；他提出诗人必须精通五“法”和九“品”。他绝不贬低诗人自觉参与的重要性，尽管他认为最伟大的诗歌中不应留下这种自觉意识的痕迹：

> 盛唐诸人惟在兴趣，羚羊挂角，无迹可求。故其妙处，透彻玲珑，不可凑泊，如空中之音，相中之色，水中之月，镜中之象，言有尽而意无穷。①

这一段显示出除了道家，佛家的禅宗(meditation，日语中的“Zen”)思想对严羽诗论也有影响。尽管佛教对于中国美学的全面影响对我来说是个太复杂的议题，在此难以讨论，但我们可以看到，在这段特别的摘录中，至少，严羽使用了佛家关于幻象(illusoriness)的传统隐喻来描述最优秀的诗歌中那种模糊的、神秘的、却又可以直接领悟的品质(即“透彻玲珑”)。好像羚羊通过把角从此一树枝挂到另一树枝上的方式来移动，因此未留下足迹(这也是一个佛家的比喻)，这种诗歌创作方法也没有留下艺术技巧的痕迹。这样，对严羽来说，最好的诗人对于情感和语言都能达到精通掌握的程度，他们能做到情景交融，主观因素也无法妨碍诗歌的直觉性；他们能够完美地把握语言，这使得他们真正的技巧就存在于对那种技巧的遮蔽当中。而且，他的“言有尽而意无穷”还可能使我们回想起司空图提出的“味外之旨”，以及形上批评家对于超越语言描述局限的感发性诗歌的普遍关注。

两位晚于严羽的批评家，谢榛(1495—1575)和王夫之(1619—1692)，也强调主观意识与客观实在的融合。在《四溟诗话》中，谢榛谈到了情景交融的必要性：

> 当自用其力，使内外如一；出入此心而无间也。景乃诗之媒，情乃诗之胚。合而为诗，以数言而统万形，元气浑成，其浩无涯矣。②

回应着庄子的观点，谢榛在此处强调了超越自身与外部客体之间二元性的重要。而且，正如司空图所说，这样的诗歌可以“俱道适往”，并且带有属于宇宙原则的那种创造性的、生机勃勃的力量。

王夫之在《诗译》中也提出情与景彼此包含：“情景虽有在心在物之分，而景生情，情生景。”③在另一篇文章中他主张情景二者不仅仅是互相依存的实体，它们实

---

① 作者转引自刘若愚著：《中国文学理论》(James J. Y. Liu, *Chinese Theories of Literature*, Chicago, 1975, p. 39.)。译者注：原文出自严羽《沧浪诗话·诗辩》，见于严羽著、郭绍虞校释：《沧浪诗话校释》，26页，北京：人民文学出版社，1961。

② 作者转引自刘若愚著：《中国文学理论》(James J. Y. Liu, *Chinese Theories of Literature*, Chicago, 1975, p. 40—41.)。译者注：原文出自谢榛：《四溟诗话》卷三，见于《四溟诗话、薑斋诗话》合印本(谢榛著、宛平校点《四溟诗话》；王夫之著、夷之校点：《薑斋诗话》)，69页，北京：人民文学出版社，1961。

③ 作者转引自刘若愚：《中国诗学》(Trans. in James J. Y. Liu, *The Art of ChinesePoetry*, Chicago, 1962, 3d impression, 1970, p. 83.)。译者注：原文出自王夫之：《薑斋诗话》卷一，见于《四溟诗话、薑斋诗话》合印本(谢榛著、宛平校点：《四溟诗话》；王夫之著、夷之校点：《薑斋诗话》)，144页，北京：人民文学出版社，1961。

际上是同一事物的两个方面。只有认识到这一不可分割性的诗人可以“神于诗”，相反的则仅仅只能成为“巧”匠。[①] 王夫之用了和严羽在上述“入神”一段中同样的术语“神”，来指称这种完美的直觉艺术。并且，王夫之又一次响应了前代的批评家，他写道，如果诗人可以掌握事物的本质，他就可以参与大道或自然的变化。自我和宇宙的融合可以产生生机勃勃、意味深远的诗歌，而且这种诗歌表面上很自然，以至于可能遮蔽了它的艺术性。

最后，清朝批评家王士禛(1634—1711)谈及所有这些形上观念——与道合一，直觉把握物象的本质，情景交融——并且讨论了那种难以捉摸的、感发性的、似乎未经人为努力而产生的诗歌的性质。它超越了模仿性描述的、单纯个人情感的、最终是语言本身的局限。受到司空图和严羽的深刻影响，王士禛将道家和佛家都引入了对于理想诗歌的讨论。与严羽一样，他用禅宗的隐喻“悟”来暗示一种对于现实的直觉把握，这种直觉把握消除了自我和世界的二元性：“‘舍筏登岸’，禅家以为悟境，诗家以为化境。诗禅一致，等无差别。”[②]

王士禛也主张用佛家关于幻象的意象来描述这种状态，并且延及于这种类型的诗歌：“镜中之象，水中之月，相中之色，羚羊挂角，无迹可求。——此兴会也。”[③]有了这种“兴会”(“inspired apprehension”或“what inspiration encounters”)，诗人可以超越知觉和观念，以获取对物象和“道”的直觉性的认识。这又使人想起严羽的“入神”，事实上“入神”也正是由王士禛的追随者纂集而成的《带经堂诗话》中一个章节的题目。[④] 在该书中，“神”亦指客体的本质。这样，在某种意义上，一首不仅仅依赖于外部描写的诗，可以通过特有的模糊性与暗示性超越其自身。王士禛赞赏唐代诗人，他写道：“唐人五言绝句往往入禅，有‘得意忘言’之妙。”[⑤]这里，他提及《庄子》中的“得意忘言”，是为了说明一个悖论，诗人用语言表达了根本无法形诸语言的与

---

① 见刘若愚著：《中国文学理论》(James J. Y. Liu, *Chinese Theories of Literature*, Chicago, 1975, p. 42.)。

② 作者转引自刘若愚著：《中国文学理论》(James J. Y. Liu, *Chinese Theories of Literature*, Chicago, 1975, p. 44.)。译者注：原文出自王士禛：《香祖笔记》卷八，见于王士禛撰、湛之点校：《香祖笔记》，146页，上海：上海古籍出版社，1982。

③ 作者转引自林理彰著：《正统与启蒙运动：王士禛的诗理论及其历史》(Richard John Lynn, “Orthodoxy and Enlightenment: Wang Shih－chen's Theory of Poetry and Its Antecedents,” in *The Unfolding of Neo-Confucianisrn*, ed. William Theodore de Bary, New York, 1975, p. 243.)。译者注：原文出自王士禛：《带经堂诗话·真诀类》，见于王士禛著、张宗柟纂集、夏闳校点：《带经堂诗话》，78页，北京：人民文学出版社，1963。

④ 译者注：王士禛的追随者，指张宗柟。张宗柟(1704—1765)，字汝栋，号含广，清浙江海盐人。刻有《汇刻渔洋诗话》十卷，辑有《带经堂诗话》三十卷，著有《藕村诗存》一卷、《度香词》一卷、《吟庐小稿》一卷、《词林记事》二十二卷。

⑤ 作者转引自刘若愚著：《中国文学理论》(James J. Y. Liu, *Chinese Theories of Literature*, Chicago, 1975, p. 44.)。译者注：原文出自王士禛：《香祖笔记》卷二，见于王士禛撰、湛之点校：《香祖笔记》，24页，上海：上海古籍出版社，1982。

道合一。①

那么，中国的形上批评家都是在道家和后来的佛家思想的基础上建立他们的文学观念；那种思想基础就是超越主观意识与客观实在之间二元性的观念。对他们来说，诗歌以一种类似直觉的方式具象化了这种直觉上的融合：依赖暗示性的、能唤起事物的特征或本质的形象，而非精确的模仿性描写或论述的语言，这样能产生一种开放性，可以把一切诗歌的边界延伸到所有潜在读者的现实中去。因为诗人能够把情和景融合在一起，所以同样地，他也可以通过一种看起来很客观的方式，将个体的思维与情感客体化，从而超越个体思维与情感的限制；不过，每位诗人的独特方式决定了其作品的个人特征。

这些中国的形上诗学观念，伴随着各种推论以及略有差异的术语表达，重现于象征主义和后象征主义诗人的作品中。这里我的意图当然不是要证明中国形上诗学是否确实影响了象征主义和后象征主义诗人，那很不容易证明——当然，或许对于埃兹拉·庞德(Ezra Pound，1885—1972)和其他意象派诗人来说是例外。恰恰相反，把中西方诗学之间直接关系的问题先搁置一旁，我认为比较诗学的研究有其自身的权利与价值，我希望此中的原因会越来越明晰。

中国形上批评家和象征主义批评家最为明显的相似之处，可能是对于抽象的、暗示性的诗歌的看法。我们已经看到司空图、严羽和王士禛都主张超越外在描写的局限，以唤起客体难以捉摸的精神或本质；这样的诗歌能够拥有"味外之旨"，尽管言已尽，但这种"味外之旨"却可以无限回荡。诺思洛普·弗莱(Northrop Frye，1912—1991)写道，象征主义者也视文字为"在物质世界中远离其标志意义的符号，不是指向精神世界的某物，而是激发其他文字，以暗示或唤起精神世界中的某物。"②事实上，早在1859年，查尔斯·波德莱尔(Charles Baudelaire，1821—1867)即在《1859年的沙龙·现代公众与摄影》("Le Public moderne et la photographie"，*Salon de* 1859)中主张要抵制在诗歌和绘画中出现的逼真写实的倾向，他指责其对于摄影的影响："对我们来说，自然主义画家和自然主义诗人一样，几乎是妖魔。他们唯一的鉴赏标准是'真'(当'真'驻足于其真正用途的范围内时，也是十分崇高的)。这种鉴赏标准压制羁勒着'美'的鉴赏标准。"③

---

① 伯顿·华兹生译：《庄子全集》："荃者所以在鱼，得鱼而忘荃；蹄者所以在兔，得兔而忘蹄；言者所以在意，得意而忘言。吾安得夫忘言之人而与之言哉！"(Translated by Burton Watson，*The Complete Works of Chuang Tzu*，New York，1970，p. 302.)。严羽也提及庄子这一段的意思："所谓不涉理路，不落言筌者上也。"(作者转引自刘若愚著：《中国文学理论》，James J. Y. Liu，*Chinese Theories of Literature*，Chicago，1975，p. 39.)。译者注：这两段引文，原文分别出自《庄子·外物》，见于《二十二子》，74页，上海：上海古籍出版社，1986年缩印浙江书局光绪初年汇刻本；《沧浪诗话·诗辩》，见于严羽著、郭绍虞校释：《沧浪诗话校释》，26页，北京：人民文学出版社，1961。

② 诺思洛普·弗莱著：《象征主义的三个含义》(Northrop Frye，"Three Meanings of Symbolism"，*YFS*，Number 9，1952，p. 12.)。

③ 查尔斯·波德莱尔著：《1859年的沙龙·现代公众与摄影》(Charles Baudelaire，"Le public moderne et la photographie"，*Salon de* 1859，*Œuvres complètes*，Y.-G. Le Dantec，Tours，1958，p. 769.)。

斯蒂芬·马拉美(Stéphane Mallarmé, 1842—1898)给出了对于暗示之重要性的更广泛的讨论。在写给儒勒·于莱(Jules Huret, 1863—1915)的那篇对19世纪文学发展的著名评论中,他写道,他的同代人比早前的高蹈派诗人更接近于理想诗歌,因为他们选择了暗示而非直接描述客体:

> 高蹈派诗人抓住一件东西就将它和盘托出,因此,他们缺少神秘感,而且剥夺了一项美妙的精神快乐——那正是高蹈派自信他们正在从事创造的快乐。直陈其事,这就等于取消了诗歌四分之三的趣味,这趣味本应是逐渐领会的,"暗示"正是实现此境的理想途径。正是这样神秘的妙用构成了象征:通过展现其内在精神以逐步揭示某一对象;或者相反,选择某一对象,借助一系列破译过程逐步释放其内在精神。①

在《诗的危机》("Crise de vers")中,马拉美写道,客体是暗示的而非模仿式的再现,当本质取代具象时,客体几乎"消失"了:

> 通过语词的游戏,将自然现象"神奇地"转换成声音的震颤,却失掉它的本质,这样做有什么好处吗?如果有,那也就一个好处:从自然现象中分离出纯粹的概念,不让近义词或某种具体提示从中作梗。
>
> 我说:"一朵花!"彼时,我的声音悬隔了所有迂回的、外围的轮廓,从那隐暗之中生出一种异于一切寻常花萼的东西,一种芬芳的意念似音乐般升起,在任何花束中都寻找不到。②

这样,"在任何花束中都寻找不到"的这一朵花仅仅作为语词而存在。随后,马拉美阐述了诗歌作为一种致力于想象的艺术,将其实质,即创造虚构现实的力量,交还给了语言。象征主义者这种认为语言类似于某种咒语(incantation)一般的观念,伴随着语词既是客体自身、又是客体之名的矛盾含义,在中国文学批评中找到了几个与之相当的说法。但是,当马拉美写下"使对指陈对象的朦胧回忆沐浴在一种崭新的气氛之中"的时候,③ 他将语词的魔力这一观念与感发性(evocation)联系了起来。④

这种"崭新的气氛"就是保尔·瓦莱里(Paul Valery, 1871—1945)在《诗与抽象

---

① 斯蒂芬·马拉美著:《谈文学运动》[答儒勒·于莱问](Stéphane Mallarmé, "Réponses à des enquêtes sur l' évolution littéraire", *Œuvres complètes*, ed H. Mondor and G. Jean-Aubry, Paris, 1945, pp. 868—869.)。

② 斯蒂芬·马拉美著:《诗的危机》(Stéphane Mallarmé, "Crise de vers", *Œuvres complètes*, ed H. Mondor and G. Jean-Aubry, Paris, 1945, p. 368.)。

③ 斯蒂芬·马拉美著:《诗的危机》(Stéphane Mallarmé, "Crise de vers", *Œuvres complètes*, ed H. Mondor and G. Jean-Aubry, Paris, 1945, p. 368.)。

④ 译者注:作者在使用 evocation、evocative 译介汉语诗歌理论时,意即汉语诗学术语中的"感发性"、"感发的"之意。在西方诗学语境下使用此术语,则译为"唤起性"、"唤起的"为宜,下文中依此翻译。

思维》(“Poésie et pensée abstraite”)中所说的“音乐化”了的诗意宇宙。在他描述的诗意状态中，外在客体和内在情感都不是如常出现，而是有着相当新奇的、彼此“共鸣”的关系。并且，瓦莱里还坚持诗人的职责不是自己去体验这种状态，而是在读者心中唤起(evoke)这种状态。事实上，他甚至将诗歌描述为“一种通过文字创造诗意状态的机器。这种机器的效果是不确定的，因为在影响人们的精神方面，毫无十足把握可言。”①

这种关于可唤起的诗意宇宙的观念暗示了作品的某种开放性，这种开放性邀请读者的参与，只不过，读者永远不可能确切地“完成”它。有趣的是，尽管中国的形上批评家很明确地提倡这种开放性，然而，在象征主义者那里，激活这种意旨上的开放性似乎是出于完全相反的目的。他们反对一切教条的、描述的、再现的文学功能，试图将诗歌语言从散文语言中分化出来。通过诸如复杂的句法、冠词和代词的歧义运用、动词的不定式和分词的不规则用法等技巧，他们试图在显然很晦涩的、自我观照的诗歌中更新语言的创造活动，摒弃陈言旧语和通常交流中必要的心理预期。正如胡戈·弗里德里希(Hugo Friedrich，1904—1978)写马拉美：“他说话，为了不再被理解。”②然而，在此极为关键的是，尽管马拉美和其他象征主义者可能并不想被“理解”，不想创作逻辑论述的、可解释的、有限度的诗歌，尽管他们都主张创作精英的或深奥的诗篇，但他们最终没有阻碍读者接近诗。事实上，他们反而是邀请了读者参与诗歌的无限潜在空间。正如弗里德里希后来的叙述所称，“理解”(*Verstehen*)被“随后的不断编织”(*Weiterdichten*)所取代了。③

这种对理性理解的反对态度引导我们走向象征主义与中国诗学的第二个类同之处：对具象而非断言的偏爱，对物象的直觉把握而非逻辑结构、命题论述的偏爱。这样，正如我们所看到的，象征主义者和后象征主义者试图通过某些方式创造一种特殊的诗歌媒介，句法歧义(syntactic ambiguity)就是其中的一种方式。例如，瓦莱里经常比较散文和诗歌的不同目的(散文是为了交流，诗歌是为了唤起)，并且悲哀于诗人与音乐家不同，他们没有自己独有的、无功利的直接中介可用。在象征主义者的作品中，这种希望诗歌趋近于无字音乐的愿望，大概以魏尔伦(Verlaine，1844—1896)在《诗艺》(“Art poetique”，1874)开篇的著名表达最为完美了：“音乐先于一切。”在这首诗中他也鼓励诗人去辨别声音和感觉的不可分割性(犹如魏尔伦自己所做的)，并且充分利用文字的能够激发美感的一面。与此相似，华莱士·史蒂文斯(Wallace Stevens，1879—1955)写道，诗歌的真理“不能单凭理性达致；它是诗人凭

① 保尔·瓦莱里著：《诗与抽象思维》(Paul Valéry，“Poésie et pensée abstraite”，*Œuvres*，ed. Jean Hytier，Tours，1959，I，p. 1337.)。

② 胡戈·弗里德里希著：《现代诗歌的结构》(Hugo Friedrich，*Die Struktur der modernen Lyrik*，Hamburg，1956，p. 120.)。

③ 胡戈·弗里德里希著：《现代诗歌的结构》(Hugo Friedrich，*Die Struktur der modernen Lyrik*，Hamburg，1956，p. 179.)。

感觉辨识而得的”。①

对象征主义者来说，这一诗歌真理在一系列意象中具体化了，这些意象以联合并置而非逻辑排列的方式彼此关联。他们依音声辨识出内在的感觉，假定意象本身不再是某些命题陈述的装饰，而是浓缩的意蕴本身。他们拒绝把意象或象征解释为仅仅与某些“论据”相关的东西，戈特弗里德·贝恩(Gottfried Benn，1886—1956)甚至得出结论说现代诗歌的特征之一便是明喻的缺席，因为一个毫不遮饰的比喻将会破坏诗歌的“视域”(vision)。②

在贝恩反对破坏诗歌整体性的意见当中，我们可以发现另一强调直觉而非逻辑的必然推论：尝试创造关于已知真理的永恒瞬间，而非创造连贯思维或连贯事件的整体框架。埃兹拉·庞德也提出了这一点：“‘意象’是在一瞬间呈现出某种理智与情感的情结(complex)的东西……这种情结的倏然(*instantaneously*)呈现带来一种瞬间释放的感觉；一种突破了时空限制的自由感觉；一种我们在品味最伟大的艺术作品时所体会到的突然成长的感觉。”③

因此，象征主义和后象征主义诗人，除了使用一种难解的、阻碍语意前进的语法，也喜欢联结和并置，二者都为诗歌留下了不确定的时态关系或因果关系；同时，依赖于等值原则而非逻辑关联，也都经常留下不确定的歧义和对立。此外，他们的诗歌常常突出名词，这使得诗歌产生了一种同步发生的效果。另外，埃德加·爱伦·坡(Edgar Allan Poe，1809—1849)有名言说，一首诗应该要短——不长于一百行——为了唤醒本质或崇高。这一观点对象征主义者有着深刻的影响。米盖尔·杜夫海纳(Mikel Dufrenne，1910—1995)曾经指出，事实上，现代诗歌的短小篇幅可能是出于一种想要摆脱阅读瞬时性的尝试。④

和中国的形上诗学理论家一样，象征主义者在强调直觉把握的同时，并不提倡纯粹自发的、未经推敲的诗歌。相反，他们在自己的散文和诗歌中都很关注自身对耐心、深思熟虑和遣词造句的需要。因此，赖内·马利亚·里尔克(Rainer Maria

---

① 华莱士·史蒂文斯著：《必要的天使·作为阳刚诗人的青年形象》(Wallace Stevens，“The Figure of the Youth as Virile Poet”，*The Necessary Angel*，New York，1951，p. 58.)他还说过，“诗歌必须大于理智的观念。它必须是显象化的自然。”(《遗作·格言》，“Adagia”，*Opus Posthumous*，New York，1957，p. 164.)

② 见戈特弗里德·贝恩著：《诗歌问题》(Gottfried Benn，*Probleme der Lyrik*，Wiesbaden，1951，p. 16.)。

③ 埃兹拉·庞德著：《几个“不”》(Ezra Pound，“A Few Don'ts，” *Literary Essays of Ezra Pound*，New York，1968，p. 4.)。这篇散文首发于《诗歌》第1期(*Poetry*，Volumn 1，March 1913)。斜体字为本文作者所加。此处有趣的是，尽管庞德许多关于观点来自于欧内斯特·费诺罗萨《作为诗歌媒体的中国汉字》(Ernest Fenollosa，“The Chinese Written Character as a Medium for Poetry”，reprinted in Pound，*Instigations*，Freeport，NewYork，1969，pp. 347—388.)中关于中国语言的有关观念，但他在《几个“不”》中却反驳了费诺罗萨关于什么是优秀诗歌的看法。费诺罗萨主张句子和诗歌应该模仿自然界中动态的“能量转移”。因此，他强调基于一段连续时间上的强烈的、直接的、可传递的句法规则的重要性，并且认为任何立体的、联想的、目的在于通向永恒的诗歌都是“非诗的”。事实上，他断言正是这种极其短暂的元素使得诗歌与散文区别开来。(pp. 360—370.)。

④ 见米盖尔·杜夫海纳著：《诗学》(Mikel Dufrenne，*Le Poétique*，Paris，1963，p. 66.)。

Rilke，1879—1926)在谈到他八年的写作中断时，将他学习到的耐心比作一棵树的耐心，“一个慢慢准备的秘密，其中浓缩了所有的艺术作品。”[①]他把自己与瓦莱里相比较，瓦莱里也经历了数年类似的沉寂，后在其诗歌《棕榈》(“Palme”)中复苏了，并且反复强调人为努力和自觉选择在诗歌中的决定作用。在《诗歌问题》(*Probleme der Lyrik*)中，贝恩也强调准备和工作的重要性，诗歌中是没有偶然的：“伟大的斗牛士说，必须与公牛近身肉搏方有可能获胜。在诗歌中，没有什么是碰巧发生的。”[②]

象征主义者依靠意象和象征以客观地传达意义，而不是采用直接的描述或个人化的表达。这揭示了象征主义诗学和中国形上诗学的第三个相似性。然而，我们在阐释“非个人化”(impersonality)这一要义时，需要非常谨慎。中国人可以就那样说“情景交融”，以及主体意识与道合一中的自我超越，因为汉语言自身可以支撑其余的含义。中国古典诗歌和散文都可以带有某种程度的非个人化或普遍性，性、数、时态、冠词的缺失，经常性的主语省略，都使其成为可能，尽管作者开发这些可能性的程度各有不同。但是，在西方，这种讨论就变得相当复杂，并且常常自相矛盾。

当代批评家在讨论象征主义者和后象征主义者时，在“非个人化”的问题上提出了截然相反的观点。例如，弗里德里希谈到了波德莱尔的“去人格化”(*Entpersönlichung*)，或称经验主义之“我”与抒情之“我”的分离；谈到了兰波的去个性化(depersonalization)或下意识的自动行为(automatism)；谈到了马拉美的消除私我与寻常人性的超人格中立(superpersonal neutrality)。海因里希·海涅(Heinrich Heine，1797—1856)也断言象征主义者并不坦诚。对比象征主义诗歌和浪漫主义诗歌，他认为浪漫主义诗歌以诗人本身为焦点，诗中的象征物只不过是舞台上诗人亮相时的背景音乐，“象征主义则与此相反，‘我’并不出现于舞台之上，位于焦点的是象征物，象征物才是核心主题，乃至事物本身。”[③]

另一方面，迈克尔·汉伯格(Michael Hamburger，1924—2007)反对这一观点。他说“人永不可能被人类所写的诗歌排除在外，不论怎样置身事外，怎样抽象”，即使是一首“关于事物的诗歌”也可能是描述人看待该事物的一种方式。他指出，语言自身阻止了彻底的去人性化(dehumanization)，因为它总是指向心灵之外的思想和意义。[④] 维尔纳·京特(Werner Günther)指出了自恋(Narcissus)主题对于象征主义诗人的重要性，他宣称“伟大诗篇中的象征永远是诗人自身的反映”。最后他得出这样的结论，诗人“像蜘蛛一样坐在他的丝网的中心；从他的自身存在放射出条条丝

---

① 赖内·马利亚·里尔克著：《给朋友》(Rainer Maria Rilke，Letter “À une amie”，February 3，1923，in *Briefe*，ed. Ruth Sieber-Rilke and Karl Altheim，Wiesbaden，1950，II，p. 388.)。

② 戈特弗里德·贝恩著：《诗歌问题》(Gottfried Benn，*Probleme der Lyrik*，Wiesbaden，1951，p. 38.)。

③ 海因里希·海涅著：《论抒情诗·心路诗与象征主义》，(Heinrich Heine，“Erlebnisdichtung und Symbolismus”，in *Zur Lyrik-Diskussion*，ed. Reinhold Grimm，Darmstadt，1966，pp. 234—235.)。

④ 见迈克尔·汉伯格著：《诗的真理》(Michael Hamburger，*The Truth of Poetry*，New York，1969，p. 31.)。

线。注重客观对象的古典均衡转变为一种新的主体定向的观点。"①

看着诗人们自己各式各样的作品，我们大概可以明白这争论背后的某些原因了。马拉美在《诗的危机》中给出了可能是最著名的一种关于非个人化的构想："纯粹的著作意味着诗人所擅长的言辞的消失，通过被调动起的不均等的碰撞，把创造让位给文字。它们就像宝石上潜在的光焰般彼此照映，取代具有古老抒情气息的可感知的呼吸，或者句子中热情洋溢的个人倾向。"②这里，他间接表明，在一首"纯"诗中我们不再感觉到诗人用自己的声音直接言说自己的情感。相反，我们的注意力更集中在语词本身的互动作用或"交互反射"中。在《波德莱尔的地位》("Situation de Baudelaire")中，瓦莱里认为诗歌与散文的性质完全不同，他将有关纯粹、有关经验主义言说者的缺席等观念和他对诗歌的认知结合了起来："诗人鞠躬尽瘁地致力于在语言之中建设一种语言；这一工作试图建立一个人的话语……这个人比任何现实中的人在思想上更纯粹、更有力、更深刻，生命更热烈，语言更为优雅和完满。"③他在《诗与抽象思维》中认为，诗句是"奇怪的言说，似乎不是由说出它们的人，而是由另一个人写成的；似乎不是对聆听它们的人，而是对另一个人说的"。④

阿尔蒂尔·兰波(Arthur Rimbaud，1854—1891)似乎回应了这种他性(otherness)的感觉——诗歌中的言说者似乎已经不再是诗人自身——他在他的"预言家"信中提到"我想"(on me pense)和"我是另一个"(*je est* un autre)。⑤另外，艾略特(T. S. Eliot，1888—1965)说到艺术家在"去个性化"中仅仅是情感的"催化剂"或"媒介"；诗歌在专注于经验和印象时，是一种"对个性的逃离"。⑥ 所有这些观点都指向一个结论，非个人化以及由此而生的某种"纯粹"(purity)，导致了诗人在诗歌中不再为自己而言说或言说自己。

然而，我们可以在其他后象征主义者的作品中找到与前述说法等量齐观的相反观点。例如，里尔克在1919年8月2日写给丽莎·海泽(Lisa Heise，1883—1969)的信中，假定艺术工作是自主的，与人无关的，就像那些在他自己的诗作中频繁出现的意象一样，是自给自足的源泉。然而他又继续断言艺术是"由人类创造的，出于

---

① 维尔纳·京特著：《关于纯诗》(Werner Günther，"Über die absolute Poesie"，in Grimm，pp. 32，37.)。

② 斯蒂芬·马拉美著：《诗的危机》(Stéphane Mallarmé，"Crise de vers"，(*Œuvres complètes*，ed. H. Mondor and G. Jean-Aubry，Paris，1945，p. 366.)。

③ 保尔·瓦莱里著：《波德莱尔的地位》(Paul Valéry，"Situation de Baudelaire"，(*Œuvres*，ed. Jean Hytier，Tours，1959，I，p. 611.)。

④ 保尔·瓦莱里著：《诗与抽象思维》(Paul Valéry，"Poésie et pensée abstraite"，(*Œuvres*，ed. Jean Hytier，Tours，1959，I，p. 1324.)。

⑤ 阿尔蒂尔·兰波著：《致乔治·伊桑巴尔》(Arthur Rimbaud，Letter to Georges Izambard，May 13，1871，in (*Œuvres*，ed. Suzanne Bernard，Paris，1960，p. 344.)。

⑥ 见 T. S. 艾略特著：《圣林·文学传统与个体才能》(T. S. Eliot，"Tradition and the Individual Talent，" in *The Sacred Wood*，1920；repr. London，1972，pp. 53—58.)。

极度的痛苦和快乐”，[①] 并且他认为这种品质正是艺术作品拥有无尽抚慰之力的源泉。艾略特自己也认同这一点：“所有的诗可能都会被认为是源于人类在与自身、与他人、与神灵、与周遭世界的关系中体验到的情感。”由此他得出结论，纯粹的、自主的、全然不涉及除内部语词互动关系之外的诗歌，是不可能实现的目标，“因为，我认为，诗歌只有在某种意义上保留了某种‘不纯’(impurity)的时候才是诗歌：也就是说，只有当主旨问题具有其自身目的的时候，诗歌才是诗歌。”[②]

在《诗歌问题》中，贝恩赞同艾略特关于某种程度的“不纯”的必要性这一宗旨，并断言，事实上，“不纯”的诗歌主旨正是诗人自身。[③] 史蒂文斯也赞同“诗人的诗歌主题就是他本人(one's self)或他的多个自我(one's selves)的象征。”[④]

这些不同的表述与其说是彼此矛盾，不如说是彼此互补。一方面，象征主义者反对直接表现抒情的感伤，因此他们声称经验主义诗人从舞台上消失了，“把主动权让位于文字”和能使人联想到诗人意旨的事物。这一观念显然与前面讨论过的、他们对意象呈现而非话语描述的偏爱紧密相关。另一方面，他们也断言诗歌不仅关注人类，更确切地说，还关注诗人自身的情感、思维和行为。然而，重要的是，这些并不直接表现，而是具化为客体和象征。在《作为阳刚诗人的青年形象》(“The Figure of the Youth as Virile Poet”)中，史蒂文斯将其描述为一种必要的“间接自我中心”。[⑤]

这样，象征主义和后象征主义作家在诗歌体现了诗人与世界之间的关系这一点上，赞同诗歌是个人的。然而，同时，因为诗歌是一种具象化呈现而非陈述，理想的诗歌又是非个人的；诗人显然可以通过将自己的个体关怀客体化、发掘与他内在精神相一致的外部对应物，以超越自己的个体关怀。例如，里尔克在1923年2月3日写的《给朋友》(“À une amie”)一信中，描述他的《新诗歌》(*Neue Gedichte*)在非个人化方面的影响，认为其源于他将情感转化至“泥土”或事物上，因此传达了事物的本质。[⑥] 简言之，诗人融合了情与景，感情与景物。

在《悲剧的诞生》(*The Birth of Tragedy*)中，弗里德里希·尼采(Friedrich Nietzsche，1844—1900)也描述了这一理想。他公开指责主观的艺术家为“坏艺术家”，并且要求在“客观的、不偏不倚的沉思中”“摆脱自我，让个人的一切意愿和欲望保持

① 赖内·马利亚·里尔克著：《致丽莎·海泽女士》(Rainer Maria Rilke，Letter to Lisa Heise，August 2，1919，in *Briefe*，ed. Ruth Sieber-Rilke and Karl Altheim，Wiesbaden，1950，II，p. 136.)。

② T. S. 艾略特著：《从坡到瓦莱里》(T. S. Eliot，“From Poe to Valéry,” in *To Criticize the Critic*，New York，1968，pp. 38－39.)。

③ 见戈特弗里德·贝恩著：《诗歌问题》(Gottfried Benn，*Probleme der Lyrik*，Wiesbaden，1951，pp. 22－23.)。

④ 华莱士·史蒂文斯著：《遗作》(Wallace Stevens，*Opus Posthumous*，New York，1957，p. 164.)。

⑤ 见华莱士·史蒂文斯著：《必要的天使·作为阳刚诗人的青年形象》(Wallace Stevens，“The Figure of the Youth as Virile Poet”，*The Necessary Angel*，New York，1951，pp. 45—46.)。

⑥ 见赖内·马利亚·里尔克著：《给朋友》(Rainer Maria Rilke，Letter “À une amie”，February 3，1923，in *Briefe*，ed. Ruth Sieber-Rilke and Karl Altheim，Wiesbaden，1950，II，p. 389.)。

缄默"。诗人应该是酒神的，与宇宙的太一相一致，并且成为一种映象，它作为"自身的物象化版本"回荡着。在这个意义上，他的"自我"居于"存在的底层"。①

象征主义者和后象征主义者采用的这最后一个概念，给我们带来了象征主义诗学和中国形上诗学的第四个相似之处。他们都认为诗歌是一元真理的体现，是诗人与这种一元真理直觉的、神秘合一的体现。当然，至关重要的区别在于，对于中国人来说，"道"已经作为合一的前提而存在了，诗人只需要去揭示它；而西方诗人必须要创造他们的使二者合一的神话。尽管如此，双方都设想人和宇宙之间有一种本质上的统一，这使得诗人可以超越主客二元性，用象征的方式将外部和内部结合起来，并由此成为"非个人的"。

刘若愚将波德莱尔著名的根据伊曼努尔·斯韦登伯格(Emanuel Swedenborg，1688—1772)的"应和"(correspondences)观念改写而成的十四行诗和中国人相信地"文"与天"文"之间具有类比性的观念作了比较。② 这种思维上的类比性模式在西方诗人关于象征的理论中也存在，因其建构了关于自我与世界之间关系的原则及可能性。胡戈·费里德里希对被他视为现代诗歌的"不和谐张力"(dissonant tension)非常关注，因而忽视了象征主义者对统一的根本强调。在我看来，京特非常明确地指出：

> 所谓"应和"，核心是关联，在关联中，个体灵魂与超自然的存在得到共同的表达。……严格地说，感觉意义的变换只是不同存在层次(外界和内在，具体和抽象，真实和梦幻，生命和死亡)之间不断发生的闪电般的相互作用的一个方面。兰波称之为"文字炼金术"。纯诗力图触动最深层的真实，使原始统一性成为可把握的。③

---

① 见弗里德里希·尼采著：《悲剧的诞生》(Friedrich Nietzsche, *The Birth of Tragedy*, trans. Francis Golffing, Garden City, N. Y., 1956, pp. 37—39.)。

② 见刘若愚著：《中国文学理论》(James J. Y. Liu, *Chinese Theories of Literature*, Chicago, 1975, p. 54.)。译者注：十四行诗，指"Correspondances", *Les Fleurs Du Mal*，即波德莱尔著《恶之花·应和》。这一段中提及刘若愚的观点，此处刘若愚的有关原文为："Several symbolist poet-critics, Baudelaire, Mallarmé, and Rimbaud, expressed ideas somewhat similar to those held by Chinese metaphysical poet-critics. For example, Baudelaire's concept of the earth with all its visibilia as a 'correspondence of heaven' (*un correspondance du Ciel*), a concept he derived probably from Swedenborg is comarable to Liu Hsieh's of earthly 'patterns' (*wen*) as parallels to heavenly ones. However, whereas Baulelaire sees Nature as 'un temple où de vivants piliers / Laissent parfois sortir de confuses paroles.' Liu speaks of 'sounds issuing from the woods, which form melodies as do pipes and strings, or fountains striking rocks and evoking resonances as harmonious as those produced by jade chimes and bronze bells' as analogies to literature."此段意为："一些象征主义诗人兼批评家，像波德莱尔、马拉美和兰波表现的观念有点像中国形上诗人兼批评家所持的观念。例如，波德莱尔认为地上及其一切可见物都是'天上的照应'这种概念，可能来自斯韦登伯格认为地'文'与天'文'平行的概念类比。不过，波德莱尔认为'自然'是'一座神殿，那里活的柱石/不时吐出朦胧的话语'(《恶之花·应和》)，而刘勰却以'林籁结响，调如竽瑟，泉石激韵，和若球锽'作为文学的模拟。"(注：刘勰此段原文见于《文心雕龙·原道》)。

③ 维尔纳·京特著：《关于纯诗》(Werner Günther, "Über die absolute Poesie", in Grimm, pp. 35—36.)。

由于有“应和”的原则，所以，象征主义诗人可以在象征中把主体情态与外部客体融合起来；这解释了他们对明喻的反感，正如上文中贝恩所提及的，因为这些明喻暗示了一种分裂或潜在的相异。因此，波德莱尔在《哲学的艺术》(“L'Art philosophique”)中写道：“根据现代的观念，什么是纯艺术？就是创造一种暗示的魔力，它同时包含着客体和主体，艺术家之外的世界和艺术家自身。”①与他类似，马拉美在他的《谈文学运动》(答儒勒·于莱问)中指出，事物存在于与其他事物的联系之中，艺术家的职责正是把握那些联系。在一封里尔克写给他的《杜伊诺哀歌》(*Duineser Elegien*)和《致奥尔甫斯的十四行诗》(*Sonette an Orpheus*)的波兰语翻译者维托尔德·范·胡莱维奇(Witold von Hulewicz，1895—1941)的信(邮戳日期为1925年11月13日)中，也说到过去与现在、生命与死亡的“伟大统一”，在这种统一中，死仅仅是尚未知晓的生的另一面，他的作品证实了这一观点。② 然而，最终，西方诗人却认为诗歌的任务不仅是认识事物之间以及自我与事物之间的联系，还需要转换或表达这种潜在的统一，而不是简单地揭示而已。稍后我将讨论这种对于创造的强调的不同含义。

象征主义者关于主客体融合的观念，也用神秘术语做了自我表达，自我在宇宙中的浸没之处，可能通向沉默的边界。正如庄子所说，语言必然破坏神秘的合一：

> 既已为一矣，且得有言乎？既已谓之一矣，且得无言乎？一与言为二，二与一为三。自此以往，巧历不能得，而况其凡乎！故自无适有以至于三，而况自有适有乎？无适焉，因是已。③

但是庄子自己并没有“因是已”，而是用不同的文字描述了“无差别”。与庄子类似，象征主义者也认识到了纯粹忘我的含义，并且写出了像蒸馏水一样的诗歌，诗中用诸如冒号、破折号之类的排字印刷手段表现不可言说的空间，那种未曾言说出的空间和言说出的空间同等重要；尽管如此，但他们并没有沉默，没有屈服于像胡戈·冯·霍夫曼斯塔尔(Hugo von Hofmannsthal，1874—1929)在他写给钱多斯勋爵(Lord Chandos)的信的末尾所指的静默，他将那静默形容为一种自我神秘缺失的结果。恰恰相反，象征主义者可能想要创造一种能够达致所有感觉的诗意语言，由此可以表达那些原本无法表达的东西，正如兰波在《地狱一季》(“Une Saison en en-

---

① 查尔斯·波德莱尔著：《哲学的艺术》(Charles Baudelaire，“L'Art philosophique”，(*Œuvres complètes*，Y.-G. Le Dantec，Tours，1958，p. 926.)。

② 见赖内·马利亚·里尔克著：《致维托尔德·范·胡莱维奇》(Rainer Maria Rilke，Letter to Witold von Hulewicz，postmarked November 13，1925，in *Briefe*，ed. Ruth Sieber-Rilke and Karl Altheim，Wiesbaden，1950，II，p. 334.)。

③ 伯顿·华兹生译：《庄子全集·齐物论》(Translated by Burton Watson，*The Complete Works of Chuang Tzu*，New York，1970，p. 43.)。译者注：原文出自《庄子·齐物论》，见于《二十二子》，上海古籍出版社，1986年缩印浙江书局光绪初年汇刻本，第18页。

fer")中所做："我写下寂静与夜色，记录那些无以名状的事物。我固定了晕眩的幻影。"[①]或者他们可以简单地描述那些为了达致停滞、永恒、沉默的静止所做的文字尝试，正如艾略特在《燃毁的诺顿》("Burnt Norton")中所做。或者，他们终于能够了解里尔克，在他的《杜伊诺哀歌》之九中，不可言说的基石存在于那些可言说的事物之中，并且不断地证实着它们。

与中国的形上批评家一样，象征主义和后象征主义诗人明白从玄奥的彻底忘我与宇宙的彼此合一中无法产生诗歌。因此，他们最终确信，主体和客体互相包含；虽然主客二元性可以被超越，但没有哪一方可以被消除。因此，从对世界的观点出发，史蒂文斯能够写出，由于诗歌是对自然的揭示，"在诗歌中，世界自我安排"。[②]在《类比的效果》("Effects of Analogy")中，尽管从主观的一方出发，他也可以认为"诗人对世界的感觉就是诗歌的源泉"。并且，由于史蒂文斯断言世界的存在，诗人对世界的"感觉"是可以交流的："对物质世界的居民来说，物质世界就是他们非物质世界的共性。……物质世界，平凡事物的熟悉世界，简言之，我们的世界，是一种在我们的世界和诗人的世界之间发展起来的类比的感觉。诗人对世界的感觉是另外一种感觉。"[③]

那么，中国批评家和西方象征主义批评家都主张四个观念：间接的和暗示的方法；对直觉而非逻辑的偏爱；某种非个人化；以及自我与世界完全彻底的合一，这种合一能使情景交融，并且能够消除诸如主客体差异那样的区别。当然，中西方诗学还是有一些决定性的区别。这些区别主要源于西方关于艺术角色的新观念所引发的自觉意识，尼采《悲剧的诞生》中对此的阐述可能最为直接："艺术并非对自然的模仿，而是对自然的形而上的补充，是为了征服自然而置于其旁的。"[④]而且，在前言中，他宣称他"确信艺术是生命的最高使命，是真正的形而上的活动"。[⑤]

尼采的说法总结了象征主义和后象征主义理论与实践的三个重要的、相关的趋势。首先，这些诗人可以将艺术这一"生命的最高使命"看视为一种证明他们自身存在的方式，一种救赎的途径。因此里尔克在1903年8月8日给露·安德烈亚斯·萨洛美(Lou Andreas－Salome)的信中写道："当我创作时，我才是真实的"；他希望他的生命能够驻足于他的诗歌真实。[⑥] 史蒂文斯在《诗歌与绘画的关系》("The Rela-

① 阿尔蒂尔·兰波著：《地狱一季》(Arthur Rimbaud, "Une Saison en enfer", in (*Œuvres*, ed. Suzanne Bernard, Paris, 1960, p. 228.)。

② 华莱士·史蒂文斯著：《遗作》(Wallace Stevens, *Opus Posthumous*, New York, 1957, p. 165.)。

③ 华莱士·史蒂文斯著：《必要的天使·类比的效果》(Wallace Stevens, "Effects of Analogy", *The Necessary Angel*, New York, 1951, p. 118.)。

④ 弗里德里希·尼采著：《悲剧的诞生》(Friedrich Nietzsche, *The Birth of Tragedy*, trans. Francis Golffing, Garden City, N. Y., 1956, pp. 142—43.)。

⑤ 弗里德里希·尼采著：《悲剧的诞生》(Friedrich Nietzsche, *The Birth of Tragedy*, trans. Francis Golffing, Garden City, N. Y., 1956, p. 17.)。

⑥ 赖内·马利亚·里尔克著：《致露·安德烈亚斯·萨洛美》(Rainer Maria Rilke, Letter to Lou Andreas-Salome, August 8, 1903, in *Briefe*, ed. Ruth Sieber-Rilke and Karl Altheim, Wiesbaden, 1950, I, p. 58.)。

tions between Poetry and Painting")中，明确地定义艺术为一种取代了宗教信仰的自我肯定的方式，在现代社会，这种信仰已经被普遍怀疑所替代。对"至高无上的可接受的虚构"的追寻，已经成为一种寻找"诗歌中的生命认可"的尝试。①

我们发现这里有一个认知，事实上，诗歌已经成为了某种宗教信仰；在对上帝信仰的缺失中，人类必须转向精神创造，以寻求确认和支持。而且，史蒂文斯关于"至高无上的虚构"的隐喻，引导我们走向尼采观点的第二层含义：如果世界"只有作为一种审美现象方能彰显其合理"，以及艺术是"真实的形而上的活动"，那么就要号召艺术家在其作品中不仅要拯救和创造他自己，还要拯救和创造世界。

另一方面，这些象征主义和后象征主义诗人能够将艺术家的职责视为由外部现实向自我及艺术的永恒的内在王国的转化。在前面引述过的里尔克写给范·胡莱维奇的信中，他将这一拯救的使命比喻为"蜜蜂"的活动，将短暂的有形转换为永恒的无形。② 从另一面来说，这些诗人兼批评家假设艺术家不仅在转换世界，而且确实在创造世界。想象力作为一种安排和创造的力量这一观念，当然要溯源于华兹华斯(Wordsworth，1770—1850)和柯勒律治(Coleridge，1772—1834)的写作，先于尼采数十年。象征主义诗人能够认同这些浪漫主义诗人的构想，基本上没有改变这一构想的形式。例如，波德莱尔在《想象力的统治》("Le Gouvernement de l'imagination")中引用了柯勒律治对"创造的想象"的拔高，并且断言它包含"真正美学的全部形式，这些形式可以这样来表达：整个可见的宇宙皆为形象与符号的贮库，想象力给予它们以位置及相应的价值，这是想象力必须消化和变形的某种精神食粮。"③对波德莱尔来说，想象力这一"各种能力的王后"("La Reine des facultes"，是另一篇短文的篇名)能够发现并创造宇宙的统一的应和，它是分析，它是综合，打破旧的，创造新的。④

我们还发现，这些作家发展了一个相关的概念，语言自身确实可以创造万事万物。事实上，施特凡·格奥尔格(Stefan George，1868—1933)在他的诗歌《语词》("Das wort")中得出结论，倘若语词缺失，一切事物都无法存在："语词破碎处，万物不复存。"语词具有一种魔力，可以用咒语一般的方式进行创造。例如，马拉美在《诗的危机》中把诗意的句子描述为重造"一种最终的、陌生的、像咒语一样的诗

---

① 见华莱士·史蒂文斯著：《必要的天使·诗歌与绘画的关系》(Wallace Stevens，"The Relations between Poetry and Painting"，*The Necessary Angel*，New York，1951，p. 173.)。

② 见赖内·马利亚·里尔克著：《致维托尔德·范·胡莱维奇》(Rainer Maria Rilke，Letter to Witold von Hulewicz，in *Briefe*，ed. Ruth Sieber-Rilke and Karl Altheim，Wiesbaden，1950，II，p. 482.)。

③ 查尔斯·波德莱尔著：《想象力的统治》(Charles Baudelaire，"Le Gouvernement de l'imagination"，(*Œuvres complètes*，Y. -G. Le Dantec，Tours，1958，p. 776.)。译者注：波德莱尔原文中的引文出自英国作家科罗夫人(1800—1876)著：《大自然的黑夜的一面》(Catherine Crowe，*The Night Sight of Nature*)，并非出自柯勒律治。此处作者所述出处有误。

④ 查尔斯·波德莱尔著：《各种能力的王后》(Charles Baudelaire，"La Reine des facultes"，*Œuvres complètes*，Y. -G. Le Dantec，Tours，1958，p. 773.)。

句”。[①] 他还在 1885 年 11 月 16 日写给魏尔伦的《自传》(“Autobiographie”)一信中形容自己为正在进行“一种伟大熔炼工作”的“耐心的炼金术士”。“一部书，”他写道，是“对大地做出神秘教理般的解释，它是诗人唯一的使命，是杰出的文学技巧”。[②] 在《诗歌问题》中，贝恩描述这一“潜存在”或语词的魔力为无法解释的，合理分析所无法参透的。[③] 此外，在《诗歌》(“Gedichte”)这篇关于诗歌的诗中，他写道，诗歌中的一个“邂逅”通过语词包含了事物的神秘魔力：“诗中只有一种邂逅 / 事物通过语词散发神秘魔力。”

兰波所描述的他一度确信自己拥有的，正是这种神秘的创造力。在《地狱一季·文字炼金术》(“Alchimie du Verbe”, *Une Saison en enfer*)中，他描述他对于全新语言的追求，那种语言有彩色的元音，可以拥有一种全角的知觉。后来，在《永别》(“Adieu”)一诗中，他写道，他认为自己获得了超自然力量，他不仅试图创造一种新的语言，也试图创造一种先前不存在的客体：“我尝试创造新的花朵，新的星星，新的肉体，新的语言。我相信我已获得了超自然的神力。”

这里兰波继续描述他自己为一个以前所自称的“魔法师或天使，超越于一切道德评判”。[④] 这种豁免于传统道德之外的声明是尼采在《悲剧的诞生》中的宣言的第三个必然结论。在断言世界仅止作为“审美现象”方才合理时，他特别宣称其他的、传统的、道德的观点是无效力的。对于象征主义和后象征主义诗人来说，这种态度本身就表明对于艺术自主性的确信无疑，对于从具象或说教的关注中脱离出来的“纯粹”或“绝对”的诗歌的确信无疑。这些作者发展了这种关于“诗意的”和“乏味的”语言有所区别的观念，例如，瓦莱里在几篇短文里将其比作跳舞和走路的区别。与此相似，在著名的《埃德加·爱伦坡墓》(“Le Tombeau d'Edgar Poe”)中，马拉美写道，诗人致力于提升寻常的语言，因此“赋予人间语言以最纯粹的意义”。

这种诗人、“天使”和“人群”之间的对立，不仅构造了马拉美的十四行诗，也构造了这些诗人和社会之间的更为普遍的关系。在他们的许多作品中，有着明确的贵族精神和精英主义，这可能在他们诗歌中明显的语言炼金术上有所反映。例如，马拉美将一篇早期的短文命名为《艺术的异端：为所有人的艺术》(“Heresies artistiques: L'Art pour tous”)。他写道：“任何神圣并希望驻存于神圣的东西，都被神秘包裹着。宗教隐藏在只为预定的人敞开的神秘后面：艺术也有它自己的奥秘。”没有这种晦涩隐暗，艺术就不能保护自身，抵抗伪善的、不虔诚的、无知的民众：“人

---

① 斯蒂芬·马拉美著：《诗的危机》(Stéphane Mallarmé, “Crise de vers”, (*Œuvres complètes*, ed. H. Mondor and G. Jean-Aubry, Paris, 1945, p. 368.)。

② 斯蒂芬·马拉美著：《自传》(Stéphane Mallarmé, “Autobiographie”, (*Œuvres complètes*, ed. H. Mondor and G. Jean-Aubry, Paris, 1945, pp. 662—663.)。

③ 戈特弗里德·贝恩著：《诗歌问题》(Gottfried Benn, *Probleme der Lyrik*, Wiesbaden, 1951, p. 27.)。

④ 阿尔蒂尔·兰波著：《地狱一季·永别》(Arthur Rimbaud, “Adieu”, “Une Saison en enfer”, in *Œuvres*, ed. Suzanne Bernard, Paris, 1960, p. 240.)。

可以是民主派，艺术家则是两重的，他应该始终是贵族。”①

中国批评家不提倡诗人和读者之间的这种分裂。事实上，如果固有的精英感觉确实存在，也是(现代以前的)中国诗人和相对来说跟他同类的读者所共有的，诗人假设这些读者能够理解他经常使用的关于古代或当代文本及事件的深奥典故。几乎所有的政府官员都写诗，这常常是一种很单纯的社交活动。在某些特定时期，写诗甚至构成科举考试的一部分：按照规定的格式写诗的能力是能够顺利从政就职的先决条件。

我们发现西方对于很多中国诗学理论的创造也并不重视。当然，形上批评家不重视对于诗人自我意识的坚持，而是强调忘我，与道合一。但是，显而易见的是，在整个中国诗学传统中，相对来说，对于原创性和创造性不那么关注。造成此一现象的首要原因是缺乏权威作品，无法提供典范，因此，也就没有对“无中生有”(*ex nihilo*)的创造的绝对认可；而西方人则可以在描述上帝行为的《创世纪》(*The Book of Genesis*)中找到这些。如果说中国理论家有典范的话，那就是更倾向于提倡模仿古代优秀作品，从最基本的儒家世界观来看，在现代中国以前的时代，始终确信历史就是一个从黄金时代不断衰落的故事。因此，所有的事情都已被前人说过，不需要再创新了。②

尽管如此，中西方诗学理论的相似之处还是远远超过了其相异之处，当我们想到中西方各自悠久的神秘传统时，这也就并不令人讶异。出于以下几个原因，比较其异同可能对学习中国古典诗学和西方当代诗学的学生都有益处。首先，这要求我们在理论上隔离双方主要的和可比较的特征。这对于中国形上诗学和西方象征主义诗学来说都很困难，因为它们的诗学理念都植根于、具化于高度诗意的语言，常常是对隐喻的、似是而非的、甚至完全矛盾的说法的隐喻性表达。然而，挑选出议题之后，我们就可以继续指出有许多观念遮蔽了历史和文化的边界，——因此，那些观念对于一时一地来说并不是唯一的。对这些相似性的察觉可能不仅阐明了两种批评传统，更重要的是，也可能为短篇抒情诗的跨文化诗学奠定了基础。当然，这样一种理论不能包含所有的西方或中国诗歌，但是它为中国文学最伟大的全盛时期——唐代文学的几个主要特征的研究提供了新的途径，也为19世纪后期和20世纪的西方诗歌研究提供了新的切入点。

---

① 斯蒂芬·马拉美著：《艺术的异端：为所有人的艺术》(Stéphane Mallarmé，“Heresies artistiques：L'Art pour tous”，(*Œuvres complètes*，ed. H. Mondor and G. Jean-Aubry，Paris，1945，pp. 259.)。

② 对这个问题的深入讨论，请参考胡志德著：《传统的革新：钱钟书与中国现代文学》(Theodore D. Huters，“Traditional Innovation：Qian Zhong-shu and Modern Chinese Letters”，Diss. Stanford 1977，Ch. i.)。

语境重构的诗学:《道连·葛雷的画像》之中文译写的互文性

陈德鸿[①]著　宿玉村译

在文本所涵各项符号与文本之外的各类符号系统之间建立联系，这是读者处理某一文本(亦即其文本化)的关键途径。这种联系具有无限可能，因此可以说，尽管读者对文本的解读总有界限，却是没有穷尽的。这种界限决定于文本本身及斯坦利·费希(Stanley Fish)所说的“解释群体(interpretive community)”。从文本中每一文字的字面义，或者说辞典义开始，读者可以进入层层深入的文本结构，将其处理文本的阅读策略专注于如何整合个人因素与无尽扩张的文本边界。在确定每一部分的确切意义时，他/她会将其与不同的系统相联系。这种系统可以是整个文本体系，或者是其他文学文本系统，抑或是处于“外部世界(world out there)”的符号系统。

读者阅读译文多半要靠其自身对于文本源语和译语系统的了解，二者合力提供了理解所需的几乎全部要素。读者对于这两种系统的熟悉程度必然会决定其是否能够对译文进行可靠的或更加准确的诠释。此外，作为解读者，他/她同样会得到相应源文本中的文学批评文章的极大帮助——这类文章影响之大，甚至可以使他们在充分阅读书页上的符号之前就作出结论。这种情况常见于将译文当做原著完美替代品的读者，他们认为译文在第二种语言中代表了原著。或者读者也可能将译文当做独立文本进行阅读，以期能从其自身在译语文化系统中所处的位置来理解文本。译文作为独立的源文本存在时会出现这种情况。本人已另行探讨过这类读者可能遇到的诠释困难，因为译文会存在异质成分，它们以一种混合的形式共存，甚至对抗。[②]

就改写(或“操控 manipulation”)性质的翻译而言，诠释的问题则更难处理。因为此时必须考虑到译者可能具有的种种意图，尽管其意图最终与读者并不相干。并非所有的译写者都会透露其意图，这一点给诠释造成了困难。译文或多或少成为了某种自发的文本，可以任意诠释，尽管在某种程度上它也对某些可能生发出的意义进行了限制。由于译写模式的丰富多样，想要从任何一类译写入手，归纳译写的文本化过程中出现的种种情况都并非易事。然而，由于许多译写(特别是戏剧翻译中)会保留原文的内容而将文本重置于译语语境中，研究这类译写涉及的复杂阐释过程也许会有所裨益。

---

① 陈德鸿(Leo Tak-hung Chan，1954—　)，香港岭南大学翻译系教授，系主任。现任香港翻译学会会长、国际译联翻译标准委员会委员。香港大学文学士，美国印第安纳大学文学硕士、博士，密歇根大学博士后。曾执教于美国印第安纳大学、乔治敦大学和马里兰大学等。研究侧重于翻译理论、跨文化翻译及文学翻译等领域，主要作品有编著《西方翻译理论精选》，著作《20世纪中国翻译理论：风气、问题与争辩》等。

② 参见陈德鸿：《文化混合与翻译文本：重读 D. H. Lawrence 作品中译》，载于《跨越语言与文化》(See Leo T. H. Chan, “Translation and Cultural Hybridity: Re-reading D. H. Lawrence's Novels in Chinese,” *Across Languages and Cultures* 2.1 [2001]: pp. 73—85.)。

既然全新的"语境"是切入译写文本的关键所在，语境重构就成为解读所必需。一个完全不同的符号系统被植入译文之中，以使读者认知，或者如翁贝托·艾柯(Umberto Eco)所说，"具体化(concretize)"这一文本。①同时，原文的印迹在译文中仍得以保留。原文中与源文化体系相关的因素可能已经被大量抹除，但并不会完全丧失。译者甚至可能已经有意识地尝试将原文的文本因素整合入译文之中，但整合的范围和程度则有天渊之别，其成效也同样相去甚远。

译写本是在新的语境中重组文本的各项要素。本文以王大闳(Wang Dahong)1977年对奥斯卡·王尔德(Oscar Wilde)的《道连·葛雷的画像》(*The Picture of Dorian Gray*)[1](1891)的翻译为个案进行研究。论者将从对译写(与仿译相反)本质的检讨开始，讨论语境重构的诗学。然而在此之前，有三个附加条件需要加以强调。首先，由于在译写本中作者的意图已被取代，而译者的意图却常常并非一目了然，这样论及文本本身的"解释可能"就较为容易，可以绕过"意图谬误(intentional fallacy)"的问题。其次，读者依靠译语文化代码理解译文的同时，在诠释时更怀有某种预期，这一预期与文本类型及读者所处群体的特定阅读习惯有关。考虑到诠释者个体在阅读中的作用，这一点不应忽略。最后，鉴于上述各项因素，文本连贯性就成为了至关重要的问题。译写本是否在彼此冲突的互文压力下分崩离析？《杜连魁》中多处内容涉及中国古代小说、诗歌与艺术，并融入取自源文本的西方文化典故。凡此种种并入一个具有生命力的翻译文本，其效果如何，论者将于文末再回头讨论。

定义与仿译相对的译写[2]

在将"译写"一词应用于《杜连魁》这样的翻译作品之前，应当先厘清这一术语。在理论上，"译写"与"仿译"的区分至关重要，因为两者常常被混为一谈，导致有关翻译的学术话语也出现了混乱。在常识上，两者确实并非同义。尽管将其一概而论无疑是很方便的做法，仍有观点认为应当将两者明确区分。最低限度的区分可能是从历史的角度而言：两者指的都是非原创的文学形式，而"译写"可以被视为更早一些的"仿译"一词在现代的对应术语。然而两者与源文本之间的距离差异也是众所皆知的。两者的涵盖范围也有不同："仿译"这一术语更加宽泛，可以包含译写。例如，在拉乌尔·格兰奎斯特(Raoul Granqvist)的构想中，"仿译"涵盖了诸多文学作品。②两个术语在使用的灵活度方面也有所不同：仿译可以基于单一文本及/或多个文本，

---

① 见斯各特·辛普金斯的《文学符号学：一个批评的方法》之第5章关于翁贝托·艾柯的翻译理论的精彩论述。(See the excellent discussion of Umberto Eco s theories of interpretation in chapter live of Scott Simpkins, *Literary Semiotics*: *A Critical Approach* [Lanham: Lexington Books, 2001].)

② 一般而言，在比较文学领域，"仿译"(imitation)一词被用以泛指对单个或多个现有文本的各种自由再翻译(如在格兰奎斯特的体系中)，见格兰奎斯特所著《作为抵抗的模仿：19世纪美国对于英国文学的移用》。(Generally speaking, in the field of comparative literature, imitation has been used as the umbrella term for a cornucopia of free re-renderings of an existing text or texts [as in Granqvist's system]. See Granqvist, *Imitation as Resistance*: *Appropriations of English Literature in Nineteenth-century America* [Madison: Fairleigh Dickinson University Press, 1995].)

而译写只能基于一个文本。①

上述观点都有一些道理，但仍需与我们已熟知的仿译或译写的翻译实例对照验证。两者间的界限一定是模糊的，因为在某种意义上仿译与译写的确身份相同，皆非独创。众所周知，莎士比亚(Shakespeare)许多最伟大的剧作(如《哈姆雷特》*Hamlet*)都是取自现有的材料(比如《哈姆雷特》的蓝本就是先前有关王子复仇的戏剧作品)。如果莎翁阅读的源文本并非英语作品，他的剧作就可以被当做“译写”，但很难说是“仿译”。美国电影《现代启示录》(*Apocalypse Now*)的剧本情节取自约瑟夫·康拉德(Joseph Conrad)的《黑暗的心》(*Heart of Darkness*)，背景从非洲移至越南——这是一个明显的语境重构的例子。影评家与影迷们称这部电影为康拉德作品的改编(adaptation)；而若不是康拉德的小说所用语言与电影相同，我们完全可以称其为“译写”。埃兹拉·庞德(Ezra Pound)对于中国古诗的翻译为翻译理论家们系统阐释“仿译”这一方法提供了至关重要的帮助。我们在调用术语时需要非常清楚地阐释为什么庞德的译诗确实是仿译而非译写，而与之相反，阿瑟·魏礼(Arthur Waley)的《猴》(*Monkey*)却被归为对吴承恩(约1500—1582)的中国小说《西游记》的“译写”。

是否可以说“译写”与“仿译”是不同历史时期出现的近义词，这一点还有疑问。的确，早在亚里士多德的时代，“仿作(imitation)”已经被当做一种可行的文学样式提出，而对著名的希腊、罗马作家的模仿早就被认为是一种重要的文学活动。但不能简单地说“译写”取代了前现代的“仿译”，完全是一种“现代的”文学实践。相对于严格的逐字直译或忠实翻译而言，当然可以将“译写”与“仿译”都看做是意译的形式。然而不论认为其中哪一种离原著的距离更远都会遇到困难；无论如何，这种差异程度都难以量化。第三种观点认为“仿译”这一术语在语义上涵盖更广。在这一点上，我们或许注意到“译写”完全可以成为一个概括性术语，“仿译”是其下的一个子范畴。②最后一种观点指出了一个重要的差异：大量可供引用的实例来自对某一文学模式或类型而非某一文本的“仿译”(而非“译写”)。即便如此，这种差异也很少会是至关重要的——决不会重要到使得“译写”与“仿译”之间的分别无可争议。

或许一个更重要的差异与派生文本(即译文)如何利用原文有关。在权威词典(如《柯林斯COBUILD英语词典》*Collins COBUILD English Dictionary*)的定义中，“adapt”解作“改变(某物)以使其适应新的目的或形势”；“imitate”解作“抄袭(他人)所为或产出”，与抄写和模仿有关。看来两者似乎是不同类型的活动，具有根本性的差异。的确，我们几乎可以本能地判别出差异所在：埃兹拉·庞德的中国诗歌译作从

① 热拉尔·热奈特(Gérard Genette)即认为可以对文本作戏仿(parody)，但对于文类(genre)则只能模仿，因为“要模仿必然要概括化。”见斯蒂尔与沃顿所作《互文：理论与应用》序言第14页。(Gérard Genette, for one, believes that one can parody a text but only imitate a genre, since “to imitate is necessarily to generalize.” See Judith Still and Michael Worton, “Introduction to *Intertextuality: Theories and Practices*”. Manchester: Manchester University Press, 1990.)

② 更极端的说法是一切翻译都属于仿译——尽管这种说法可能意味着完全抹杀翻译研究作为一门独立学科的地位。(A more radical position would be to suggest that all translations be subsumed under imitations-though that might mean eliminating translation studies as a viable discipline altogether.)

未被称作“译写”，魏礼的《猴》也从未被当成“仿译”。①

译者的翻译活动有两个层面，可以提示我们如何区分“译写”与“仿译”。译者扮演着读者与作者的双重角色：他/她一方面读解源文本的意义，一方面又将这种意义以其他语言加以表述。是译写还是仿译，反映了译者是侧重于读者还是作者的角色。译者首先作为作者出现，改编文本，为潜在的读者(也是译者本身认同的身份)进行重新表述。译者认真研读过源文本之后，作为作者以自己的语言对其加以模仿，剔除源文本具有而自身语言所无的表达模式。这样看来，“译写”便是一种意在达到可读性(readerly)效果的可写性(writerly)活动；“仿译”则关涉以可写性为目标的可读性反应。在某种意义上，两者的对照具有随意性。它们的差异是一个程度问题，译者与文本的关系、译者对自身作为作者/读者身份的认识及其对目标读者的揣测，这些因素都会对这一差异产生影响。然而，至少从功能的角度考虑，我们可以提出“译写”考虑更多的是读者，而“仿译”则更重视作者。

自然，“译写”与“仿译”都采用了与严格的直译相对的“意译”；两者都被认为是应该具有“创造性”的——后者也许尤甚——这正是“仿译”也以“再创作”著称的原因。但归根结底，异与同的意义一样重大。多数翻译理论的问题是其过于拘泥精确，致力于概括性的阐述，从而下意识地回避不同类型的翻译实践。

最后，必须强调“译写”与“仿译”都是翻译的特殊类型——或许将其视为“变体”更为恰切。对文学翻译重“神(spirit)”[3]似不重形似(可参见傅雷译作)的中国翻译理论也可以帮助加深这一理解。例如，在傅雷的译作中，“信”这一指导性原则并非被抹除而是被扭曲——或者至少是被重新阐释，以表达对某种更高形式的忠实的遵循。然而，“神”究竟存在何处却是见仁见智。对《杜连魁》的译者王大闳而言，语境的转换并不会影响奥斯卡·王尔德作品的意义。王大闳在1977年的出版说明中，为自己的译写方法辩护道：自己偏重“意(spirit)”(理念)译而不重“字”(形式)译，以使信息传达可以“保持原文的意旨”。②当王大闳将故事的语境重构于20世纪末的台北，并将角色重置于台湾社会的上层名流中时，他自认已经将王尔德作品的精神原封不动

① 其他著名的仿译例子还包括戈尔丁(Golding)的《变形记》(*Metamorphoses*)和加文·道格拉斯(Gavin Douglas)的《埃涅阿斯记》(*Aeneid*)——二者都是译自拉丁文，因其创造了“一种新的美”而为庞德称许。在20世纪早期的中国，诗人对英国十四行诗和五行打油诗等等的模仿也蔚然成风。任何语言中都存在不计其数的模仿作品。(Other famous examples of imitations include Golding's *Metamorphoses* and Gavin Douglas's *Aeneid* — both translated from Latin and commended by Pound for their creation of "a new beauty" In early twentieth-century China, too, there was a whole tradition of poets who sought to imitate the English sonnet, the English limerick, and so on. The list of imitations in any language is simply endless.)

② 在儿童文学、电影改编和古典作品的现代改写等方面，针对对于译写作为一种翻译形式的各种意见，丽达·奥特宁(Riitta Oittinen)进行了广泛的研究。参见其《为儿童翻译》一书。她援引克里丝汀·诺德(Christiane Nord)的话，认为译写应当包括在翻译的概念中，“以使人们……理解翻译到底是什么。”(78)(Riitta Oittinen surveys a diversity of opinions on adaptation as a form of translation, with reference to children's literature, movie adaptations and modern versions of classics. See Oittinen, *Translating for Children* [New York: Garland Publishing, 2000]. Quoting Christiane Nord, she is of the view that adaptation should be included in the concept of translation "in order to make people [...] understand what translation is really about" (78).)

地置入其译写作品中，因为“人性不分古今中外。”(7)①[4]

《杜连魁》中的对等与差异

王大闳以台湾“第一代”建筑师而著称：他曾远赴海外，就学于剑桥和哈佛，除《杜连魁》之外别无著述——他自称用了十年的功夫才完成这部译作。虽然王大闳在处理源文本时相当地自由，人们还是会很容易地看出《杜连魁》是一部“翻译”作品，因为它在表层上与《道连·葛雷的画像》有太多的相似之处。正因为有这种相似，我们才应该解读出译者展现出的差异。例如，《道连·葛雷的画像》中主要人物的译名多取谐音，但却已经汉化。主角“杜连魁”的浮世沉沦构成了小说的主要情节，这是“道连·葛雷”的中文谐音，虽然英语教名的首音变成了“杜”这个汉姓。

“吴腾”是沃登(亨利勋爵 Lord Henry)的中文谐音，他是道连的人生导师，劝其寻欢作乐；“贝席”即贝泽尔(霍尔渥德 Hallward)，会衰老的画像的作者；“薛碧芳”即西碧儿·韦恩(Sibyl Vane)，17 岁的女伶，也是道连的初恋；“(薛)吉眉”则是詹姆士(Vane)等等。配角的名字也大都作了同样处理：蒙茂斯公爵夫人(the Duchess of Monmouth)成了“马夫人”，坎贝尔(Campbell)变作“甘柏尔”。译文中的人名唯有少数几个难以辨识，比如春妹[5]，即道连在小说结尾决定不再去勾引的那位纯真的女孩、韦恩太太(Mrs. Vane)(薛太太)、哈里公爵夫人(the Duchess of Harley)(张夫人)、布兰登夫人(Lady Brandon)(蓝夫人)。

同样处理的还有涉及地名的对话。英格兰的地名全都经过“译写”(汉化)，并与台北的著名场所对应。沃多尔街成了“保安街”；剑桥变作台湾大学；道连在诺丁汉郡的大宅在译本中成了位于台北市郊富人区阳明山的紫云别墅；白教堂的偏僻地区被“翻译”成台湾岛北部海港基隆的酒吧；道连遇到西碧儿的伦敦东区“可怜巴巴的小剧场”在译本中成了“万华区龙山寺附近的一家小歌厅”，万华是被包围在台北中心的一片闹市。

而在物质与文化生活方面，“石菩萨”和“象牙观音”取代了奥斯卡·王尔德的“象牙信使神”和“银质牧羊神”；中国的箫代替了原文的古提琴和诗琴；道连·葛雷和亨利勋爵不时前去观赏的西洋歌剧换成了京剧。对 20 世纪末台北著名电视明星 Sun Zhihao 自杀事件的指涉，是一个并不关键却成功地帮助译本读者重新定位的替换。然而，译本中最重要的改动可能是西碧儿的工作性质。正如《道连·葛雷的画像》的评论者指出的，理解为何道连对西碧儿态度骤变的关键在于，他最初被西碧儿迷住只是因为她特别出色地扮演了茱丽叶的角色，而与她本人无关；这使得对小说的同性恋解读成为可能，也符合我们所知的奥斯卡·王尔德本人的性取向。然而，王大闳的译本对此完全不予考虑，屡次出现的剧院和表演场景被删去，西碧儿也成了一

① 本文引用的所有译文页码都来自王大闳译《杜连魁》(台北：九歌出版社，1993)。(All page references to the translation in this article are to Wang Dahong, tr., *Du Liankui* [Taibei: Jiuge chubanshe, 1993].)

位歌舞厅里的歌星。①

然而，即使是以非译写作品的翻译标准来衡量，《杜连魁》也称得上是巨大的成功。评论家王宠引用了四个例证，各涵数句，与原文对照读来，则可见《杜连魁》优于1972年徐进夫的译本(非译写)。②本文所关注的自然并非《杜连魁》是否译得更好，而是其为何种"翻译"，及其对于重新定义翻译概念、重新划定翻译研究的恰当范围等方面可能具有的影响。王大闳本人无疑是视《杜连魁》为翻译的：此书封面即明确宣称其为奥斯卡·王尔德小说的译本。而在语言层面，《杜连魁》与《道连·葛雷的画像》之间的联系同样比比皆是，明白可见。除了王宠所列举的四处，尚有整段文字完全是直译。事实上，关键段落几乎算是逐字翻译，比如贝泽尔·霍尔渥德关于绘制肖像画的那番高论：

> 凡是怀着感情画的像，每一幅都是作者的肖像，而不是模特儿的肖像。模特儿仅仅是偶然因素。画家用油彩在画布上表现的并不是模特儿，应该说是画家自己。我不愿展出这幅像，是因为我担心它会泄露我自己灵魂的秘密。(5)③

凡此种种可以证明，《杜连魁》中的置换虽多，但译者并未忽视源文本的质感(本案例中即实际语句的质感)。

然而正是种种增删替换等等变动，才昭显出《杜连魁》这一译写作品的特别之

① 纯属巧合，巴西小说家克拉丽斯·里斯贝陀(Clarice Lispector)在其翻译的《道连·葛雷》葡语本中同样删除了西碧儿在莎士比亚的《皆大欢喜》(*As You Like It*)中穿男装扮成盖尼米德的情节，有效地消除了王尔德小说中对同性恋的影射。然而，据塞维利诺·阿博克奇(Severino J. Albuquerque)推测，里斯贝陀如此处理的动机非常可能是"个人原因"。见阿博克奇著:《从同性恋的角度阅读译文：里斯贝陀对〈道连·葛雷的画像〉的翻译》。(By sheer coincidence, in her Portuguese translation of *Dorian Gray*, Brazilian novelist Clarice Lispector also chose to delete the reference to Sibyl crossed-dressed as Ganymede in Shakespeare's *As You Like It*, effectively erasing the homosexual innuendoes in Wilde's novel. However, Lispector's motives for doing so were, as Severino J. Albuquerque surmises, most likely "personal." See Albuquerque, "Reading Translation Queerly: Lispector's Translation of *The Picture of Dorian Gray*" Bulletin of Hispanic Studies 76.5 [1999]: 691—702.)

② 王宠列举了大量王大闳的替换实例。见王宠著:《从〈杜连魁〉一书谈文学翻译的时空转移》，载《中外文学》。《道连·葛雷的画像》一书的中译始自1928年，杜衡、张望的译文都在这一年发表(后者为连载)。1936年则有凌璧如的译本。(Wang Chong gives a long list of alterations made by Wang. See Wang, "Cong *Du Liankui* yishu tan wenxue fanyi de shikong zhuanyi" ["On temporal and spatial shifts in literary translation, with reference to *Du Liankui*], *Chung-wai Literary Monthly* 9.12[1981]: 116—29. Chinese translations of The Picture of Dorian Gray date back to 1928, a year which saw the publication of versions by Du Heng and Zhang Wang [the latter appearing in serial form]. In 1936, there was also a translation by Ling Biru.)

③ 本文所有引自原文的页码见奥斯卡·王尔德的《道连·葛雷的画像》。(All page references in the present paper to the original text are to Oscar Wilde, *The Picture of Dorian Gray* [Oxford: Oxford University Press, 1999].)

处。①情节的改动构成了最富戏剧性的那些置换，也最有助于解读主题。《杜连魁》中明显有别于原著的一处即：杜的年龄在其谋杀贝席当天是48岁；而原著(见第12章开头)中是38岁。这一变动可能是译者疏忽所致，却也可以解释为不同的文化对于年龄的观念有异。一些描述部分也有明显的变动，显然译者认为其与故事并无必然联系。在翻译"墙根旁有一只纺织娘开始歌唱，一只细长的蜻蜓张开棕色的透明翅膀一闪而过，好像划下一条蓝色的线"(5)一句时，王大闳将"纺织娘"和"蜻蜓"置换为(翩翩飞舞的)"粉蝶"。同样，原著中贝泽尔悲悼他将自己的心灵给了道连却被"当做插在上衣纽孔上的一朵花"(11)，而在译文里花换成了"玫瑰"。大体上，多数描述性质的部分都被删除；与之相对，亨利勋爵的闲谈妙语却几乎全盘照译了。

在情节方面，译本对王尔德的原著有许多更关键的改动。第10章末，西碧儿·韦恩死后不久，亨利勋爵给了道连·葛雷一本"黄封面的书"，原著对其内容有连篇累牍的描述，而译本只提了下书名《亚历山大四重奏》(*The Alexandria Quartet*)，显然是指20世纪中叶劳伦斯·德雷尔(Lawrence Durrell)的英文小说(一部初版为四卷本的系列小说)。而奥斯卡·王尔德当时所想的应该是乔里-卡尔·于斯曼(Joris-Karl Huysmans)的《逆天》(*À Rebours*)，因为他把那本"黄封面的书"的内容概括为：作为主角的一位巴黎青年如何"以毕生的精力试图在十九世纪再现过去各个时代的一切欲念和思潮，从而集世界精神所经历的种种情绪于一身。"(122)②第11章中，奥斯卡·王尔德长篇大论地细述道连在西碧儿·韦恩死后的种种艺术追求——他研究香精，音乐，珠宝和绣品——以及令他声名狼藉的寻欢作乐。在《杜连魁》里，这一长段被删除，代之以杜连魁的伦敦、戛纳、巴黎、纽约和旧金山之旅的叙述，以及他对这些城市与台北相较而得的观感。原著中，道连发现画像揭露了自己灵魂的堕落后，便决定将其移至阁楼藏匿起来。维克多(管家)从奥德丽南大街找来的赫巴德先生及其伙计帮了他的忙。而在译本中，搬走画像的这一段复杂的过程(或许是冗笔)被删去，杜连魁自己把它弄上了楼。

某些剧情改动可以被当做是无关紧要或细枝末节，但是另外一些——例如黄封面的书以及杜连魁的旅行——对之后的情节发展则至关重要，相关的删节至少也是削弱了小说的影响。然而，正是对于英式生活特征有计划的删节最清楚地证明了王大闳对于奥斯卡·王尔德的《道连·葛雷的画像》一书大规模的语境重构。

两种文化之间：中与英

王大闳称"人性不分古今中外"，这话听来有种可悯的天真，因为虽然不同文化

① 王宠力图论证《杜连魁》是翻译而非改写。本人认为，将两者对立无济于事；将多种翻译类型视为一个彼此联系的整体却也无妨。(Wang Chong is at pains to demonstrate that Du Liankui is a translation and not a re-writing or adaptation [gaixie]. To me the binary opposition between the two is not a fruitful one; no harm is done by placing such varieties of translation on a continuum.)

② 提及"黄封面的书"之处见第44、47、53页。(For references to the "yellow book," see pp. 44, 47, 53.)

之间多有四方攸同的基本点(也因此使翻译成为可能)，但在更关键的层面显然是“各行其道”的。奥斯卡·王尔德提及的某些物品在中译本中可以轻易找到替代。小说开头恰切地提及一款豪华汽车的牌子(在台湾社会乃是财富的象征)，以及台北街道的名称：“一辆马力强大的‘德姆勒’轿车稳静地由敦化南路驶入仁爱路。”(9)这种指涉在整部作品中屡见不鲜，此外还有区域名称(如万华及阳明山)及酒、香水(香奈儿)、手表(帝舵)和雪茄的品牌名称。凡此种种都意在令读者对台湾暴发户生活和一个充斥着时髦设施及商品的世界留下深刻印象，这些暴发户与道连及其同代人士并无二致。

《杜连魁》1993年的再版前言是一篇题为《双璧交辉》的短文，作者高信疆是王大闳的同代作家和朋友，他在文中如此解读《杜连魁》：

> 在民国六十六年出版它，似乎嫌太早了点，一般人还不容易认得它所描摹的物质世界；也不容易理解或感受到那种享乐主义的物化生活，那种官能放纵的精神倒错；当然更来不及反思这个日趋精致的物质世界里，文明堕落的腐败气息和人性扭曲的恶德伪善了(2)。

这一解读(以将文本“历史化”的方式)自然是与奥斯卡·王尔德可能的“意图”相去甚远，但却与《道连·葛雷》的一篇早期评论罕见地相似：“它以如此惊人的笔力刻画出英国社会某些阶层的败坏，我们只能寄望于他们会阅读这部小说并加以思索，并希冀许多年轻人可以籍之远离周遭的诱惑。”①甚至王大闳本人对其在20世纪70年代所作的译写或许也并非持此观点。高信疆显然意图将20世纪90年代的社会现实带入对译本主题的诠释中。他以这种方式论断译本只是在微观的层面进行了文化生活的语境重构，并未损及原著之“意(spirit)”。问题在于事实是否果真如此。

《杜连魁》的问世是对西化、特别是随之而来的资本主义贪欲的抨击，描绘了其对20世纪90年代末台湾等华人社会的负面影响，因为高信疆曾与王大闳——读者与译者——“密谋”要赋予《杜连魁》这一混合物一系列特定的意义。至少从高信疆本人的角度看，他是一位翁贝托·艾柯所谓的标准读者(Model Reader)，“介入进来以填补语义间隙，令多重视角的阅读简单或复杂化，来选择自己喜好的诠释路径。”②20世纪90年代的台湾正踞于亚洲经济奇迹的巅峰(因而这一现象在20世纪70年代其实不太典型)，当时西方事物的狂涌而入是一个突出现象，高信疆的诠释就利用了这一点。在此潮流中，杜连魁恶行的性质已非本体论的范畴，基督教的原罪概念也不足以解释，译本对后者偶有影射，尤其是在第13章杜连魁与画家贝席的长篇大

① 出自《基督教领袖报》(*Christian Leader*)1890年7月3日版，转引自奥斯卡·王尔德著：《道连·葛雷的画像》。(From the *Christian Leader*, 3rd July 1890, quoted in Oscar Wilde, *The Picture of Dorian Gray*, ed. Robert Mighall [Harmondsworth: Penguin, 2000], 219.)

② 翁贝托·艾柯著：《符号学理论》。(Umberto Eco, *A Theory of Semiotics* [Bloomington: Indiana University Press, 1976] 276.)

论，以及第19章杜连魁与吴腾的辩论当中。这种宗教因素确实尚在，虽然或许只是原著中浓墨重彩的那些部分的遗迹而已。然而因为语境的重构，对中国读者而言，使译作成为一个道德故事或社会寓言的那些因素就比其重要了。

在《杜连魁》中比基督教典故更为显明也更值得细察的是指涉中国历史文化的部分。这些指涉激发互文之回响，触发的方向则各不相同。历史人物，如19世纪下半叶清朝的实际统治者慈禧太后等在文中时有提及，无疑是用以佐证“文明堕落的腐败气息”这一更宏大的主题。此外还有大量文学层面的指涉：《红楼梦》替代了“附有精美插图的《曼侬·莱斯科》(*Manon Lescaut*)”；戈蒂埃的《珐琅与玉雕》(*Emaux et Camées*)改成了《李后主词集》。对《红楼梦》的细节备至的指涉尤为突出。这是一部著名的17世纪风俗小说，描写了清朝(1644—1911)初年一个势焰可炙的贵族之家的式微，被公认为中国传统文化在文学领域的最高成就。

《杜连魁》中的相当篇幅是在效仿《红楼梦》，其中深意不一。首先，杜连魁被比作小说中的主角贾宝玉，那是一个爱好艺术却不成气候的少年，把时间花在作诗下棋上，在贾府的园子里跟一群堂表姊妹和她们的丫鬟混闹(154)。杜连魁首次出场时，据说是刚过二十，举止娇纵，以他的年纪而言很不成熟；他也是“纯洁”和“单纯”的。在中国文化里与之最接近的一个形象的确就是贾宝玉，所有这些特质他都具备。①在中西文化形象间设立的这一别出机杼的等式或许会令读者错愕。然而问题在于，对贾宝玉的指涉却不像又提到了一款豪华轿车或一个熟悉的地方那么简单。具有讽刺意味的是，这两个文学人物之间的共同点是与其差异相伴而生的。

杜连魁认识吴腾后不久即去拜访他。在客厅等候时，他读到《红楼梦》里著名的林黛玉葬花吟一段，她是小说中性情多变又忧郁的女主角(55—56)。单纯的杜连魁自然不解诗中真意，然而读者却是知道的：青春与美貌都不能长久——这是王尔德小说的另一中心题旨，在《红楼梦》中也是如此。稍后又提到一个中国诗歌文本，李煜(937—978)的词集，他是南唐的末代皇帝：贝席被杀的第二天，杜连魁偶然读到李煜的一阙词，以萎谢的花朵和变换的天气作喻，悲悼流逝的时光——一个中国古典文学的读者熟悉的及时行乐的主题(165)。

此处(第14章)第三次提及《红楼梦》。杜连魁环顾自己破败的花园，想起了板桥市的林家花园，那是台北的一处名胜，仿《红楼梦》里虚构的大观园而建，几乎整本《红楼梦》的故事都发生在园中。读者因此意识到韶华易逝的主题，也即王尔德的《道连·葛雷的画像》关涉的一个次要主题。小说最后一次被提及，是杜连魁于阳明山大宅举办宴会，吴腾在席上探讨其书名(195)，那是在杜连魁意外撞死薛吉眉之前不久。

主题的问题且先不论，对《红楼梦》的指涉与新设的情节(比如杜连魁去看中国戏曲一段)诚然赋予了译本一层别样的中国风味。然而除此以外，就很难讲这些文学典

① 在小说前面的部分，杜连魁也被吴腾比作潘安，他是中国传统美男子的典范。(11)(Early in the novel, Du Liankui is also compared by Wu Teng to Pan An, the paragon of male beauty in traditional China [11].)

故的确是成功地融入了故事本身。想想看杜连魁关于西方艺术的论述，及他对巴哈、萧门等人的音乐作品的演奏(常常是应吴腾或别的什么人之邀)。再想想道连是如何被同时称作巴哥斯(希腊神话中的酒神)和李白(中国的诗仙和酒仙)。与高信疆的诠释相悖，译本中并没有多少西方物质至上主义完全祸害了中国社会的意思：这个社会受自己的文化祸害也不少。同样，引自圣经的那句人“得到了整个世界，而失去了自己的灵魂”和源自奥维德(Ovid)《变形记》的关于纳西瑟斯[6]的典故以及其他来自西方经典文本的指涉，表明译本并未断绝其与原著所在世界的联系。无论出于何种缘由，译者认为这些联系与“黄封面的书”等等指涉不同，是无法清除的。①它们同与中国文学和文化生活具有互文性联系的那些因素形成强烈的反差：这是东方与西方的对抗。高信疆的诠释对译本中这些对立因素的共存视而不见。

语境、前文本与互文

讲到语境重构时，诸如“本土化(localization)”和“易构(reframing)”等等术语常常被祭出来帮忙。“本土化”与语境重构可作对照，它意味着诠释可能的范围被缩小而非扩大。翻译的“语境重构”是一个复杂的过程，有得亦有失，与“本土化”不同，后者对诠释设限(将其指涉限于本土语境内)并意味着失多于得。两者自然并非同义词。其实，“本土化”并不能提供令读者可以充分理解能指的嬉戏(the play of signifiers)的叙述(做到这点既需要转自原文的也需要新纳入译写文本的能指)。再者，“语境重构”与易构也不相同，易构涉及文本材料从一个语言—文化“构架”到另一个的转移——即意味着其变化是源于外的。如此则“本土化”与“重构”都无法充分说明《杜连魁》究竟是怎么回事。

译者将故事场景从一个语言—文化语境移至另一个时会遇到的复杂情况，在《杜连魁》这一耐人寻味的案例中都得到了充分展现。表面看来文化同化(或归化)的过程已经完成：所有指涉19世纪末维多利亚时代文化之处都已被轻松置换为20世纪末台北之物。尽管王大闳依原著逐字翻译了某些部分，却删除了无法融入新的中文语境之处，并增加了自己认为在主题上对等的因素。然而，在《杜连魁》中，《道连·葛雷的画像》并非简单地转换成了一个中国的故事；恰恰相反，译本陷入了互文的回响织就的罗网，以两种而非单一文学文本作为主要参考对象，向读者揭示其与两种而非单一文化的联系。语境重构常被视为一种文化涵化(acculturation)策略——如马兰卡(Marranca)和达斯格普塔(Dasgupta)所言：“将保留的异国代码编刻入本土结

---

① 译本中提及巴哥斯和李白之处见第52页；巴哈与萧门见第147页；《圣经》引语见第218页；纳西瑟斯的神话见第115页。(For the reference in the translation to Bacchus and Li Bai, see p. 52; to Bach and Schumann, see p. 147; to the Bible, p. 218; and to the Narcissus myth, p. 115.)

构，这也意味着意识形态也被同时刻入了。”[①]如果照此定义，就应当坦承《杜连魁》其实并未得到很好的涵化。

近十余年的互文性研究为我们提供了强有力的方法论工具，以理解阅读语境重构译本时产生的现象。译者无心发动的出乎意料的力量被释放出来，由此创造了译本与原著之间的全新关系。例如，正如我们之前指出的，对小说的同性恋解读在此案例中即便不是被完全抹除，也是被弱化了。这样的变化体现出来的力度是相当惊人的：随着新联系的形成，新的主题也浮现出来。《道连·葛雷的画像》中的一些关键主题在《杜连魁》中仍被保留——将一个人的生命转化为艺术作品的审美理念，自恋的隐患，他人影响的危险，诸如此类——但这些是与新主题融为一体的。而从另一方面来说，宗教与同性恋主题如果不说是被完全清除，也是被大大削弱了。维多利亚时代关于灵肉分离的辩论也是如此，那是王尔德作品中反复出现的一个次主题。

自互文性的角度而言，原著必定不可避免地成为其译文的互涉文本(intertext)。然而，在译写的、语境重构的译文中，则常见译语文化中有更多互涉文本生发出来，令互文过程得以扩散蔓延。当然，在最抽象的层面，可以说一切译文都是语境重构，也因此全都承担着互涉文本的重负。不过，语境重构后的译文具备独特的理论价值，原因有三。首先，它展现了互文性与译文之间的关系。其次，它将译文置入译语文化被分外昭显而非贬低的情境当中，令我们可以重新考察对译文的接受。第三，它凸显了译文中出现的操控的问题，以及译者的意向。

在《杜连魁》中，当对语境敏感的读者被导向中国文学和文化事物时——不管是《红楼梦》，万华区还是“杜连魁”这个名字，互文性就此启动。新的语意群集(semiotic clusters)便因此被当做互文因素引介进来。这些指涉不必是持续或连贯的；即使只是些许，或者只是意识到此处有所暗示已经足够了。高信疆身为读者和论者，企图强使译本中由此产生的与原著的差异显得合乎逻辑，他为属于两种对立系统的两种文化代码的共存建立了一个新的存在的理由。然而这种企图却还是显得牵强，其诠释的可靠性也值得怀疑。

关于一般意义上的译写的本质，《杜连魁》告诉了我们什么？如前所述，在阅读过程中读者不得不搞清楚两个文本之间的冲突与勾连。采用现有的翻译—批评方法，逐条开列与王尔德的文本相悖的地方并对每一处改动或褒或贬，这并非一种有效的策略。译者满心期望重构语境，这一雄心勃勃的企图促使读者将《杜连魁》当做一本异于《道连·葛雷的画像》的书来阅读。但是只通晓一种语言的读者会被蒙蔽，从而无法解读王尔德的原本意图，而能够阅读前文本、即先于译文存在的文本的读者却

① 见马兰卡与达斯格普塔编《跨文化主义与表演：〈表演与艺术杂志〉文选》。马兰卡和达斯格普塔亦言及“文化汇流(transculturation)”(“一个文本/代码被毁坏并硬拗至某种不同的社会历史环境中”)，此术语可能更适用于《杜连魁》的情形。(Bonnie Marranca and Gautam Dasgupta, eds., *Interculturalism and Performance: Writings from PAJ* [New York: PAJ Publications, 1991] 35. Marranca and Dasgupta also mention "transculturation" ["the destruction of a text/code and its wrenching displacement to a historically and socially different situation"], which might be more applicable to *Du Liankui*.)

是不会上当的。他们在一部文学作品中看到了两部，王尔德的维多利亚时代的英国在王大闳的20世纪末的台北之中；西方的气度与风俗与中国的形成对照。如果设问译文对原著做了什么处理，则可以回答，在新的中国背景下，王尔德的《道连·葛雷的画像》完全被去中心化了。

在这一点上，说翻译的“跨文化互文性”异于在同种文化下其他文本的互文指涉似乎是恰切的，后者在所有非译本中都可以看到。恰巧王尔德的《道连·葛雷的画像》被威尔·塞尔夫(Will Self)以英文改写为《道连》(2002)①。塞尔夫在小说中描写了一个耽于一系列同性恋冒险行为的道连·葛雷，他杀死了一个年轻的男性情人(赫尔曼 Herman)和一个无辜的女孩(奥克塔维雅 Octavia)以及王尔德的版本中已经有的两个角色——贝泽尔·霍尔渥德和艾伦·坎贝尔。一堆杂乱无章的主题与情节上的联系将王尔德与塞尔夫的小说互文地捆绑在一起，而较晚的这个版本的时间换到了世纪末的20世纪八九十年代，空间则变成了充斥着艾滋病和强效可卡因的伦敦索霍区以及纽约。贝泽尔没有为道连画像，而是以影像捕捉道连的美貌。然而《道连》的互文性迥异于《杜连魁》，它固守一个而非两个文化。②巧合的是，杰里米·里德(Jeremy Reed)的《道连》(1996)也与王尔德的小说相关，讲述了道连·葛雷如何逃过了画毁之劫，去了法国和佛罗伦萨继续过着放荡的生活。因此这个版本更像是续篇而非改写。③

关键的问题，起初就提出的问题，是《杜连魁》读起来是否是一个文气连贯的整体。答案曰是曰否。上述分析可能已经令人感觉此书是被种种互文的力量撕裂开来了。论者要说，首先，它并非崩裂至不可挽回，正因读者明了前文本的存在。读者是否阅读过王尔德的《道连·葛雷的画像》，这个问题的答案并不确定。对于之前文本的预设已经足够。就这一意义而言，王大闳在书的封面写下原作者的名字至关重要，译文中王尔德文本的痕迹也是如此。换言之，原著提供了一种将译写中释放的不谐调力量统一起来的方式。其次，在整个译写背后有一只手——一只译者的手——这种感觉也在读者心中种下了对于连贯性的期望。高信疆论证的是在这种期望的前提下如何能够从译写文本中提取意义——其实，他的做法几近迫使其献出他所追索的意义——即使是在作者(刚好是他的朋友)的默许之下。

伯顿·派克(Burton Pike)曾说，我们这个时代(至少是最近几十年)有一种强烈的改写原著的倾向，结果创作出与原著联系松散的自由改写。④派克将其作为翻译的

---

① 见威尔·塞尔夫，《道连》。(See Will Self, *Dorian*. Hammersmith: Penguin Books, 2002.)

② 譬如一位日本读者读塞尔夫的《道连》时想起当代小说家村上龙的恐怖世界，此时自然也可以谈及跨文化的互文性。但这就完全是另外一回事了。(One can certainly speak of cross-cultural intertextuality in the case of, say, a Japanese reader being reminded of the macabre world of contemporary novelist Murakami Ryu when reading Self's *Dorian*. But that is a different matter altogether.)

③ 当然，主题上的联系也还是隐约才见。见杰里米·里德的《道连》。(Of course, the thematic links are still obliquely visible. See Jeremy Reed, *Dorian*[Dufour Editions, 1996].)

④ 见伯顿·派克的《文学翻译：展望未来》(See Burton Pike, "Literary Translation: Looking Toward the Future," *Canadian Review of Comparative Literature* 26.1[1999]: 72—80.)。

三个主要倾向之一——另外两个是透明(transparent)和不透明翻译(non-transparent translation)。这一观点的可靠性还待考，但无论如何，改写这种方法在翻译中的价值是毋庸置疑的：它是解决不可译问题和处理无法从一个文化带到另一文化的制品的已证实的方法之一。翻译理论是否也能够扩展到可以在这一层面理论化？如果像我们在王大闳的《杜连魁》中所见到的那种翻译实践依然未能得到解释，翻译理论将更加贫弱无力。①

译者注：

〔1〕本文所引王尔德原著的翻译部分皆出自荣如德译《道连·葛雷的画像》(上海译文出版社，2006年版)。

〔2〕原文为 Defining adaptations against imitations，直译为“定义与改写相对的模仿”，为行文方便，在忠实于原义的前提下，若无另注，此处及下文出现的 adaptation 都译为“译写”，imitation 都译为“仿译”。

〔3〕此处“神”与下文的“意”原文都作 spirit，译文从傅雷及王大闳原话。

〔4〕此处数字(7)及下文所有引文后类似标记皆指引文在原文中的页码，不再另注。

〔5〕原文作“Hetty Spring”。王尔德原著中此女名为 Hetty Merton，《杜连魁》中改作“春妹”。

〔6〕本段巴哈、萧门、巴哥斯、纳西瑟斯等译名皆从《杜连魁》。两位音乐家 Bach 与 Schumann 通常译为巴赫与舒曼，酒神 Bacchus 通常译为巴克斯，因顾影自怜而化身水仙的少年 Narcissus 通常译为那喀索斯。

---

① 必须承认王大闳在《杜连魁》中使用的操控翻译方式在近期的西方小说中译里并不受欢迎。《杜连魁》仍是20世纪少数几部对长篇小说的中文译写作品之一——其他有一些是林纾所译。译写的方式在戏剧翻译中占主导地位，无疑是因其意识到需要重设剧情以便得到观众的即时回应。译写在诗歌翻译中同样很受欢迎，特别是在从闻一多到李金发到朦胧派诗人效法西方范式的实验中。然而在小说翻译中，操控翻译的做法似乎从来乏人问津。(It must be conceded that the manipulative mode deployed by Wang in his *Du Liankui* has not been a popular one in recent Chinese translation of Western novels. *Du Liankui* remains one of the few 20th-century Chinese adaptations of full-length novels-some others are provided by the translations of Lin Shu. The adaptive mode predominates in drama translation, owing no doubt to a perceived need to re-locate the action so as to draw an immediate response from the audience. It is also a much favoured mode in poetry translation, especially in the experiments in emulation of Western models carried out by poets from Wen Yiduo to Li Jinfa to the Misty poets. In the translation of fiction, however, manipulative moves seem never to have attracted a large following.)

中西比较诗学：意境与典型

曹顺庆

艺术的生命何在？美的奥秘在哪里？也许我们每个人都会有这样的体会，读一首诗，看一幅画，听一首乐曲，总之，在欣赏文学艺术之时，常常会情不自禁地心游神往，从作品中品出无穷无尽的韵味来，从眼前有限的形象不知不觉地捕捉和领会到某种更深远的东西。故钟子期听伯牙鼓琴，传为千古佳话。也许，在“非音乐的耳朵”听来，伯牙的琴声再妙，也不过是一些有节奏的音响而已，但是，正是在这些音响中，蕴藏着超越音响的东西，蕴藏着所谓“弦外之音”。故钟子期能体会出其中的巍巍山峦，荡荡流水……读小说亦未尝不是如此。梁启超说：“小说之以赏心乐事为目的者固多……其最受欢迎者，则必其可惊可愕可悲可感，读之而生出无量噩梦，抹出无量眼泪者也。”为什么艺术能感人至此呢？正因为艺术在有限、偶然的具体形象里充满了生活本质的无限、必然的内容。“所谓华严楼阁，帝网重重，一毛孔中万亿莲花，一弹指顷百千浩劫，文字移人，至此而极。”(《论小说与群治之关系》)艺术美的奥秘，正在于此。这就是所谓从个别中见一般，从偶然中见必然，就是所谓“以少总多”、“象外之象”、“韵外之致”，艺术之生命，正在于把深广的社会生活内容和具体生动鲜明的形象结合起来，集中提炼到最高度的谐和统一。中国与西方的理论家们都不约而同地对这种艺术美之奥秘，作了深入的、长期的探索，其结晶，就是意境说与典型论。这正是意境说与典型论最根本的相同之处。然而，又由于中西诸多不同的因素，使得这种共同探索的结晶呈现出迥异的色彩。意境说与典型论的异同，主要体现在以下几个方面。

一　主观与客观

王国维托名樊志厚所写的《人间词乙稿序》中说：“文学之事，其内足以摅已而外足以感人者，意与境二者而已。上焉者，意与境浑，其次或以境胜，或以意胜，苟缺其一，不足以言文学。”现在，不少写有关意境之文的人，多引此以为证，认为所谓意境，就是意与境浑，主观与客观的统一。其实这是不准确的。因为任何文学艺术都是主观与客观的统一，都有主观的意与客观的境。如果仅以主客观相统一来论意境，那就不可能抓住意境说区别于典型论的特征。事实上，王国维之本意也不是说“意与境浑”就是意境，而是说，从广义的角度来看，文学具有主观的意与客观的境，因此才说，“苟缺其一，不足以言文学”。这一点，我们还可以从其《文学小言》得到证实：“文学中有二原质焉：曰景，曰情。前者以描写自然及人生之事实为主，后者则吾人对此种事实之精神的态度也。故前者客观的，后者主观的也；前者知识的，后者感情的也。”应当说王国维对文学的这种认识，是十分准确的。任何文学艺术，都是主观与客观的交融，无论中国还是西方，概莫能外。意境说与典型论，同样也都包括了主观与客观的两个方面。

文艺中的典型形象，既是客观现实的集中反映，又是经过艺术家主观能动创造的结果。因此，从客观方面来说，它以真实、具体、生动的形象，反映了一定现实社会生活的本质；从主观方面来看，它又鲜明地表现着艺术家主观的审美意识和审美理想，体现了作家的情感、兴趣、性格等主观因素，例如，从阿Q这一典型形象，我们一方面可以看到"精神胜利法"这一"国民的劣根性"，认识到鲁迅先生通过辛亥革命时的小小未庄这一环境的人物描写，反映出了当时一定现实社会生活的本质，画出这样的"国民的魂灵来"(《鲁迅全集》，第7卷，466页)。另一方面又可以体味出作者对阿Q的情感态度——"哀其不幸、怒其不争"。在这里，主观与客观是缺一不可的。作为艺术家的主观能动性与客观现实生活的结晶的典型形象，正是情与境(社会生活)之融合，"苟缺其一，不足以言文学"。同样，意境说也包括了主观与客观两个方面。王夫之说："情景虽有在心在物之分，而景生情，情生景，哀乐之触，荣悴之迎，互藏其宅。""情、景名为二，而实不可离。神于诗者，妙合无垠。巧者则有情中景，景中情。"(《姜斋诗话》)主观与客观，情与景，这是构成文学艺术的"二原质"。任何成功的艺术形象，都是主观与客观的高度统一，情与景的妙合无垠。无论是典型还是意境，它们都必须两者兼有，苟缺其一，就会失去其存在的价值。这么说来，是否典型与意境就是一码子事呢？绝对不是！我们之所以要强调共性，正在于要让人更清楚地认识到典型与意境的特殊性，以便准确地抓住它们各自的特征。

虽然典型论与意境说都主张主观与客观的统一，意与境的交融，但它们是有所偏重的。典型论偏重于客观，意境说偏重于主观，典型论注重客观形象的再现，意境说注重主观情感的抒发，这是典型论与意境说最基本的一大特征与区别。

典型论并不是凭空产生的。西方具有商业性特征的社会所产生的以描写人物为主的、模仿再现的叙事文学传统，是典型论产生的丰厚土壤，而亚里士多德的"摹仿说"，则是典型论产生的直接的理论基础。这些因素，决定了典型论的这一最基本的特征——偏重于客观生活的再现。典型论最注重的一点，就是客观描述，它反对作家自己跑进作品里去没完没了地抒情发议论，而主张让倾向从作品形象中自然而然地流露出来。亚里士多德在《诗学》里就提出，诗人应当完全客观地站在旁边描述人物，他认为荷马是值得称赞的，因为荷马最善于客观地叙述事物。注重客观生活的再现，是所有塑造典型人物的大师的座右铭。莎士比亚说："自有戏剧以来，它的目的始终是反映人生，显示善恶的本来面目，给它的时代看一看它自己演变发展的模型。"(《哈姆雷特》)巴尔扎克说："法国社会将要做历史家，我只能当它的书记……刻画性格，选择社会上主要事件，结合几个性质相同的性格的特点糅成典型人物……只要严格模仿现实，一个作家可以成为或多或少忠实的，或多或少成功的，耐心的或勇敢的描绘人类典型的画家。"(《人间喜剧·前言》)文学大师高尔基也主张客观地描写现实。这种描写从纷乱的生活事件、人们的互相关系和性格中，摄取那些最具有一般意义、最常复演的东西，组织那些在事件和性格中最常遇到的特点和事实，并且以之造成生活画景和人物典型(参见《俄国文学史》，207页)。由于这种对于客观生活与人物形象的描写的偏重，不允许作家自己跑进作品里去没完没了地抒情发议论。别林斯基认为，如果你的描绘是忠实的，那么，没有你的议论，人家也了解它。你只是一个艺术家，你只需设法把发生在你的想象中的景象，作为隐藏在现实本身里面的可能性的实现而描写出来就行。任何人，一看这描写，就对它的真实性感到惊奇，自己就会更透彻地感觉并认识到你所要议论而谁都不想听你议论的一切(《一八四三年的俄国文学》)。所以马克思反对“席勒式地把个人变成时代精神的单纯的传声筒”，而主张要“莎士比亚化”(《马克思恩格斯选集》，2 版，第 4 卷，555 页)。恩格斯认为“倾向应当从场面和情节中自然而然地流露出来，而不需特别把它指点出来”(《马克思恩格斯选集》，2 版，第 4 卷，672 页)。这种依现实生活与人物性格逻辑的客观描述有时甚至能够违背作家的意图。所以，恩格斯说：“巴尔扎克就不得不违反自己的阶级同情和政治偏见而行动；他看到了他心爱的贵族们灭亡的必然性，从而把他们描写成不配有更好命运的人。”(《马克思恩格斯选集》，2 版，第 4 卷，684 页)这些论述，已经足以说明典型论的这种偏于客观生活形象之再现的特征了。

与典型论相反，意境说偏重于主观情感的抒发。这种特征，是被从具有宗法性与农业性的中国古代社会产生出来的以表现为特征的抒情文学传统所决定的，并受影响于儒家学派的文学起源论——“物感说”。我们指出意境说偏重于主观情感的抒发，并不意味着意境说就不重视客观形象的描绘。恰恰相反，意境说是十分重视客观形象的描绘的。刘勰在《文心雕龙·物色》里，十分赞赏《诗经》里描绘形象的生动鲜明的诗句：“‘皎日’、‘嘒星’，一言穷理；‘参差’、‘沃若’，两字连形：并以少总多，情貌无遗矣。虽复思经千载，将何易夺!”司空图——这个高举意境大纛的文论家，恰恰是热衷于形象描绘的。在《与李生论诗书》中，他举了一大堆自己描绘形象的得意之作，诸如“草嫩侵沙短，冰轻著雨销”、“川明虹照雨，树密鸟冲人”。另一位论意境的大家严沧浪，也曾激烈地抨击当时不讲诗歌形象性的人。

既然典型论和意境说都注重客观形象描绘，那么它们还有什么差别呢？妙就妙在这里。它们的差别不在于对客观形象之描绘，而在于描绘形象之目的。可以说，描绘客观形象，是典型论追求的目的。为了这个目的，作家有时甚至不得不违背自己的见解。恰如别林斯基所说：“诗的形象对于诗人不是什么外在的或者第二义的东西，不是手段，而是目的；否则，它就不会是形象，只是征象了。”(《别林斯基选集》，96 页)而意境说恰恰相反，它的目的不在于描绘客观形象，作家描绘形象是为了表现自己主观的情感。这就是典型论与意境说的本质区别。王夫之说：“无论诗歌与长行文字，俱以意为主。意犹帅也。无帅之兵，谓之乌合。李、杜所以称大家者，无意之诗，十不得一二也。烟云泉石，花鸟苔林，金铺锦帐，寓意则灵。”(《姜斋诗话》)吴乔说：“夫诗以情为主，景为宾。景物无自生，惟情所化。情哀则景哀，情乐则景乐。”(《围炉诗话》)这一点，王国维讲得最清楚：“诗歌之题目，皆以描写自己深邃之感情为主。其写景物也，亦必以自己深邃之感情为之素地。而始得于特别之境遇中。”(《屈子文学之精神》)谢榛将情与景之关系打了一个生动的比喻：“景乃情之媒，情乃诗之胚，合而为诗。”(《四溟诗话》)这就充分说明了，写景只是手段，是媒介，写情才是目的。写景正为了表现作家的情感。这就是沈德潜所说的，“郁情欲舒，天机随触，每借物引怀以抒之”(《说诗晬语》)。在中国文学史上，这种借景抒情的作品比比皆是。王夫之曾举例道，这种借景抒情之作其巧者则有情中景，景中情。景中情者，如“长安一片月”，自然是孤凄忆远之情；“景静千官里”，自然是喜达行在之情。情中景尤难曲写，如“诗成珠玉在挥毫”(《姜斋诗话》)，写出才人翰墨淋漓，自心欣赏之景。大诗人陆游曾写过一首著名的咏梅词：

驿外断桥边，寂寞开无主。
已是黄昏独自愁，更着风和雨。
无意苦争春，一任群芳妒。
零落成泥碾作尘，只有香如故。(《卜算子·咏梅》)

从表现上看来，陆游只是在咏梅，并没有言及它物，其实这完全是在抒发作者的郁情与感慨，是愤世嫉俗的孤芳自赏。在这里，作者并不直接抒发自己的悲愤心情，而只是着意描绘断桥驿外，在那风风雨雨且惨淡、昏暗的暮色中孤独无主、寂寞自开的梅花之形象。当然，这种描绘并不是作者的目的，作者的真正用意，是在借景抒情，是借客观之梅花发主观之情志。这种借景抒情的咏梅诗，读起来，确能使人品出无穷无尽的滋味，从梅花这一有限的形象不知不觉地捕捉和领会到某种更深远的东西。这，就是所谓意境！所以我们说意境的特征是偏重于主观情感的抒发，恰如王国维说：“昔人论诗词，有景语、情语之别。不知一切景语，皆情语也。”(《人间词话》)这种以情为主，以景为媒的意境，正是中国古代文学的审美核心，抓住这种既以情为主而又能情景交融的特征，就能认识意境说的本质。

二　人物与境物

形象性是文学艺术的基本特征之一，意境说与典型论，显然不可能脱离这一特征。不过虽然意境说与典型论都要求描绘出具体、鲜明、生动的形象，但它们却有所偏重。意境的形象偏重于描绘境物，典型的形象偏重于描绘人物。这种差别，主要是由于中西不同的文学艺术实践所造成的。西方的叙事文学传统主要是模仿人物的行动，中国的抒情文学传统主要是表现人物的情感。行动必须由人物形象来体现，而情感主要通过境物形象来抒发。另外，西方的叙事文学以悲剧和史诗为主，中国的抒情文学主要以短小诗章为主，这种不同的艺术类型，也是形成意境说与典型论这一差异的重要因素之一。

西方的典型论从萌芽到成熟，一直是与人物形象相始终的。在典型论的开山鼻祖亚里士多德那里，人物形象与典型论的关系已经十分清楚了。他说：“摹仿者所摹仿的对象既然是在行动中的人，而这种人又必然是好人或坏人……而悲剧是对于比一般人好的人的摹仿。”(《诗学》)从此以后，西方的理论家们就把典型与人物形象紧紧地绑在了一起。从古罗马的类型说到巴尔扎克的典型论，从恩格斯的典型人物说到高尔基的典型论，无不如此。贺拉斯认为作家(在创作的时候)必须注意不同年龄的习性，给不同的性格和年龄以恰如其分的修饰。“不要把青年写成个老年的性格，也不要把儿童写成个成年人的性格”(《诗艺》)。布瓦洛说：“写阿伽门农就该写他骄蹇而自私；写伊尼就该写他对天神畏敬之情。”(《诗的艺术》)到了巴尔扎克那里，典型人物就成熟起来。“‘典型’这个概念应该具有这样的意义，‘典型’指的是人物，在这个人物身上包括着所有那些某种程度上跟它相似的人们的最鲜明的性格特征。”(《〈一桩无头公案〉初版序言》，见《古典文艺理论译丛，第10辑，137页)巴尔扎克在这里说得十分明确：典型指的是人物。对于这种典型人物，恩格斯用高度凝练的语言把它总结出来了：每个人都是典型，但同时又是一定的单个人。别林斯基在论典型人物时作了一个十分生动的比喻：“每个典型都是一个熟识的陌生人。”(《别林斯基论文学》，120页)阿·托尔斯泰认为艺术家不仅应该了解一个伊凡或者一个西多尔，而且应该从千百万个伊凡和西多尔当中孕育出一个与他们有着共同特征的人——典型来(参见《阿·托尔斯泰论文学》，13页)。

无论西方的理论家们怎样阐释典型，诸多说法都体现出典型总是与人物形象紧密联系在一起这样一个共同特征。正因为如此，典型与典型人物几乎成了同义语。所以我们才说典型论偏重于描绘人物形象。当然，典型论也要求写境物，但描写境物主要为了衬托人物形象。亚里士多德在《诗学》里虽然没有明确论述景物环境之描写，但是，他要求诗人在安排情节、用言词把它写出来的时候，应竭力把剧中情景摆在眼前，唯有这样，看得清清楚楚——仿佛置身于发生事件的现场中——才能作出适当的处理。这里已经初步涉及景物环境的描写了。这种作为人物形象陪衬的境物描写，在黑格尔《美学》里论述得就更清楚了。黑格尔指出：“艺术的最重要的一方面从来就是寻求引人入胜的情景。”什么是“情景”呢？“有定性的环境和情况就形成情景”，所谓“有定性”，是指“就它对人的关系来看”的，即它能对人物形象有“实现的推动力”。所以黑格尔指出：“外在环境基本上应该从这种对人的关系来了解。”(《美学》，第1卷，254页)在这里，人与环境的关系已经阐述得清清楚楚了。关于典型与环境的关系，恩格斯用简练的语言总结道：“真实地再现典型环境中的典型人物。”(《马克思恩格斯选集》，2版，第4卷，683页)

与典型论相反，意境说偏重于境物形象的描绘。当然，中国古代文学里也写人物形象，诸如：“帘卷西风，人比黄花瘦。”“一旦归为臣虏，沈腰潘鬓消磨。”“君家住何处？妾住在横塘。停船暂借问，或恐是同乡。”“邻人满墙头，感叹亦歔欷。夜阑更秉烛，相对如梦寐。”“青青河畔草，郁郁园中柳。盈盈楼上女，皎皎当窗牖。”但这些人物形象的描写与西方的形象描写还不一样，西方写人物是为了刻画人物形象本身，是为了塑造人物典型。而中国文学中所描绘的人物形象，则多半属于诗人情感的媒介。例如“人比黄花瘦”一句，诗人不过是用人“瘦”来渲染自己的愁。“相对如梦寐”一句，诗人是以此来表达“生还偶然遂”的又惊又喜、亦悲亦欢的复杂情感。因此，这种人物描写，主要还是起一种陪衬作用。而在中国文学作品中，大量的还是景物描绘。当然，许多作品描写的还不是纯景物，而是人物情感活动的空间，其中既有景又有人。这种表达人物情感而描绘出来的景物与人物组成的空间，就是古代理论家所说的“境”或“境界”。而这种“境”，正是意境说所注重描绘的形象。王昌龄对于“境”说得较明确。“诗有三境，一曰物境，欲为山水诗，则张泉石云峰之境，极丽绝秀者，神之于心，处身于境，视境于心，莹然掌中，然后用思，了然境象，故得形似。二曰情境，娱乐愁怨，皆张于意而处于身，然后驰思，深得其情。三曰意境，亦张之于意而思之于心，则得其真矣。”(《诗格》)王昌龄所说的“境”，亦不在一景一物，而是包含了许多内容的。其中之“物境”，近似于后人所说的“境”，或王夫之所说的“景语”。然而无论是“景语”还是“情语”，中国意境说着重描绘的绝不是人物形象，而是境物形象。故王夫之说：“不能作景语，又何能作情语耶？古人绝唱句多景语，如‘高台多悲风’、‘蝴蝶飞南园’、‘池塘生春草’、‘亭皋木叶下’、‘芙蓉露下落’，皆是也，而情寓其中矣。”(《姜斋诗话》)欧阳修《六一诗话》里载了梅尧臣的一段话，很能说明这一问题。他说：“诗家虽率意，而造语亦难……必能状难写之景，如在目前，含不尽之意，见于言外，然后为至矣。”例如：贾岛的“竹笼拾山果，瓦瓶担石泉”，姚合的“马随山鹿放，鸡逐野禽栖”等山邑荒僻、状况萧条之境，不如“县古槐根出，官清马骨高”写得好。又如严维的“柳塘春水漫，花坞夕阳迟”、“则天容时态，融和骀荡，岂不如在目前乎？”又若温庭筠“鸡声茅店月，人迹板桥霜”，贾岛“怪禽啼旷野，落日恐行人”、“则道路辛苦，羁愁旅思，岂不见于言外乎？”这段话已经充分说明了要写出含不尽之意，见于言外，则必须状难写之景，如在目前。通过境物描写，抒发情思，表达言外之意。而这正是所谓意境的重要特征！

形成典型论与意境说形象描绘差异的原因之一，在于艺术部类的不同。西方古代的史诗与戏剧十分发达，后来小说亦十分兴盛，这些都以描写人物为主。中国古代抒情诗歌十分发达，《诗经》、《楚辞》、唐诗、宋词、元曲，这些艺术部类决定了意境说以抒情写景为主。当然，这只是原因之一。中国古代的戏剧与史诗、小说等部门为什么不很发达？为什么小说被称为“小道”？为什么再现型艺术(诸如戏剧、小说等)也充满了抒情意味？这些也许与我们前面所说的历史特征与思想理论渊源以及文学艺术实践密切相关。

三　共性、个性与虚实、形神

既然典型论与意境说都是对于艺术美之奥秘——把深广的社会生活内容和具体、生动、鲜明的形象结合起来，集中提炼到最高度和谐统一的探索之结晶，那么它们就具有着这样的共同性：要能以少总多，寓无限于有限。所以巴尔扎克说：“艺术作品就是用最小的面积惊人地集中了最大量的思想。”(见《古典文艺理论译丛》，第10辑，101页)典型就是“在这个人物身上包括着所有那些在某种程序上跟它相似的人们的最鲜明的性格特征”(同上书，137页)。故司马迁称赞屈原的作品“称文小而其指大，举类迩而见义远”(《史记·屈原贾生列传》)；刘勰主张“以少总多”。司空图主张意境要能“万取一收”(《二十四诗品》)；在这一点上，典型论与意境说虽有相同之处，但也呈现出不同的特色。当你欣赏一个艺术典型与品味一件有意境的作品之时，其滋味是很不相同的。一般说来，艺术典型令人难忘，艺术意境则耐人咀嚼，这是两种不同的审美感受。大凡成功的艺术典型，总是令人难以忘怀的，堂吉诃德、奥赛罗、答尔丢夫、奥勃洛摩夫、哈姆雷特……这些典型人物形象，似乎已经铭刻在人们的心中了。典型人物的这种永恒的艺术生命来自何处呢？正在于它以鲜明的个性特征反映出了生活的必然本质。当我们欣赏艺术典型时，可以发现两个有趣的现象，其一是许多人在欣赏之时，发现作者是在写自己，有的人甚至疑神疑鬼，怀疑作者是在揭自己的隐私。所以有的作家只好声明："不要把书中某些情景误解为影射某人……我写这样一个可怜虫，并不是要使一小撮凡夫俗子见了就认出是他们的某某熟人，而是给千万个藏在密室里的人照一面镜子，使他们能够端详一下自己的丑态，好努力克服。"（菲尔丁语，见《古典文艺理论译丛》，第1辑，204—205页）

其二是成功的艺术典型的名字成了一个共名，流行在生活中。正如别林斯基所说："典型是一类人的代表，是很多对象的普通名词，却以专名词表现出来。举例说，奥赛罗是属于莎士比亚所描写的一个人物的专名词，然而当我们看到了一个人嫉妒心发作时，就会叫他奥赛罗……我的天！如果你留意的话，伊凡·阿列克山德罗维奇·赫列斯塔科夫这一个值得传扬的名字是贴切地适用于多少人啊。"（《别林斯基论文学》，120页）今天，我们在生活中还经常说某某是堂吉诃德，某某是答尔丢夫，某某是葛朗台……虽然产生这些典型的时代已经过去，但是这些典型形象仍然活着，并且将具有着"永久的魅力"。典型形象的生命力就在于此。

与典型一样，意境也是对生活的高度概括，寓无限于有限。但是欣赏艺术意境与欣赏典型形象的审美感受是大不一样的。读一首诗，看一幅画，要想体会其中的意境，需要反复吟咏，反复赏鉴，才能品出其中的滋味来，才能深得其中三昧，才能吟出"韵外之致"、见出"象外之象"来。例如我们欣赏汉乐府民歌《江南》时，初看是没有什么味道的。"江南可采莲，莲叶何田田！鱼戏莲叶间，鱼戏莲叶东，鱼戏莲叶西，鱼戏莲叶南，鱼戏莲叶北。"颠来倒去就那么几句，似乎很简单，但如果我们仔细领略一番，"处身于境"，就会不知不觉地捕捉和体会到其中蕴藏着无比活泼的情趣：荷叶挺出水面，饱满劲秀，鱼儿在莲叶间穿来穿去，好像在游戏作乐，在充满青春活力的池塘里，荡漾着姑娘们的歌声。（余冠英说，鱼戏莲叶东，以下可能是和声，相和歌本是一人唱，多人和的。）她们此唱彼和，歌唱她们的劳动，歌唱她们对美好生活的向往，一派蓬勃的生机溢于言表，一幅充满诗意的天然图画"超以象外"！真能使味之无极，一唱三叹。故况周颐说："读词之法。取前人名句意境绝佳者，将此意境缔构于吾想望中。然后澄思渺虑，以吾身入乎其中而涵咏玩索之，吾性灵与相浃而俱化，乃真实为吾有而外物不能夺。"（《蕙风词话》）魏泰《临汉隐居诗话》说："凡为诗，当使挹之而源不穷，咀之而味愈长。"贺贻孙说得更有意思，读诗须"反复朗诵至数十百过，口颔涎流，滋味无穷，咀嚼不尽。乃至自少至老，诵之不辍，其境愈熟，其味愈长"（《诗筏》）。所以我们说艺术典型令人难忘，而艺术意境则耐人咀嚼。谈到这里，或许有人要问，典型与意境都是对于现实生活的集中概括，以少总多，寓无限于有限。但是为什么同是对生活的概括，却呈现出了不同的审美色彩呢？笔者认为，这主要是由于它们所用的概括方法不同。

在西方以描写人物为主的叙事文学传统的基础上产生出来的典型论，既受亚里士多德"摹仿说"的影响，又受亚里士多德与柏拉图在美学问题上一般与个别之论争的影响，这就形成了它概括生活的特殊方式。叙事文学传统要求以写人物为主，"摹仿说"要求按必然律或可然律来模仿人物；美学上一般与个别的论争，结果是要求作家从个别中反映出一般，从个性中体现出共性。这几点，经西方从古到今的理论家们不断发展完善，日趋成熟，形成了典型概括生活的特征，即从具体、鲜明、生动、独特的个性中，反映出最大量的共性；从个别人物形象上，体现出广阔的社会生活的必然的本质内容。简言之，即在某一人物形象上寓共性于个性，寓必然于偶然。在这种寓无限于有限的人物形象上，体现着人类与社会的某些共性与本质。因而许多读者能从典型形象中发现一些自己的特征。典型人物形象的名字能够成为某类人物的代名词，正如别林斯基所说："把现实理想化，意味着通过个别的、有限的现象来表现普遍的、无限的事物，不是从现实中摹写某些偶然现象，而是创造典型的形象"(《别林斯基选集》，第2卷，102—103页)。这样的典型形象，魅力无穷，"他们的面貌、声音、举止和思想方式一一完全呈现在你的面前，他们永远不可磨灭地印在你的记忆中，使你任何时候都不会忘记他们"(《别林斯基论文学》，4—5页)。人物形象的概括力越大，包含的社会生活必然的本质内容越多，那么它的典型性就越强，揭示生活的本质就越深刻，自然，它的生命力就越强，就越令人难忘。这是典型论的最突出的特征之一。

从中国表现情感为主的抒情文学传统的基础上产生出来的意境说，既受儒家"物感说"的影响，又受道家言意形神之辨的影响。这就形成了它概括生活的特殊方式：抒情文学传统与"物感说"要求情物相观，以境寓情；言意形神之辨，追求言外之意，以形求神。这几点，经中国理论家的不断发展，意境说终于形成了情境交融、虚实相生、形神兼备的独特的审美特征，衡量一件作品有无意境以及意境的深与浅，用什么作为标准呢？那就是看该作品能否通过具体、鲜明、生动的境，传达出作者无穷无尽的情思，在读者的想象中勾引起无数形象，令读者体会出作者的真情实感，品味出事物的神采风韵……总之，看它在有限的形象中，包蕴了多少生活的内容。所以王国维说："文学之工不工，亦视其意境之有无与其深浅而已。"(《人间词话附录》)那么，怎样才能叫有意境呢？王国维评姜白石曰："古今词人格调之高，无如白石，惜不于意境上用力，故觉无言外之味，弦外之响。"(《人间词话》)可见，王国维认为，有意境的作品，应当是有言外之味，弦外之响的。言外之意越多，则意境越深，言外之意越少，则意境越浅。故王国维说："至于国朝，而纳兰侍卫以天赋之才，崛起于方兴之族。其所为词，悲凉顽艳，独有得于意境之深……至乾嘉以降，审乎体格韵律之间者愈微，而意味之溢于字句之表者愈浅。"(《人间词话附录》)这一点，正是意境说的重要特征。所以司空图说："长于思与境偕，乃诗家之所尚。"(《与王驾评诗书》)"象外之象，景外之景，岂容易可谭哉？"(《与极浦书》)

那么，要怎样才能使作品具有言外之意，象外之象，从而形成以少总多的艺术意境呢？中国的理论家们用的是虚实相生、形神兼备的方法来概括生活，寓无限于有限，做到“万取一收”的。虚实相生，则可以少总多；形神兼备，则可用具体的形象表现事物丰富的内在本质。老庄讲言不尽意，是一个很有意思的问题。一般说来，语言不能完全达意，是个缺点，但在某种意义上讲，这也是个优点。因为它能充分运用语言的暗示性，唤起读者的联想，让读者自己去体会那“象外之象”，去咀嚼品味那字句之外隽永深长的情思和意趣，以达到“言有尽而意无穷”、“不着一字，尽得风流”的效果。中国的诗、画、书法、音乐、戏剧乃至一些小说，都善于运用这种虚实相生，形神兼备的求得意境的方法。

着力提倡意境的司空图就十分重视艺术的高度概括性。“如矿出金，如铅出银”(《二十四诗品·洗炼》)，“浅深聚散，万取一收”(《二十四诗品·含蓄》)。然而怎样来概括呢？司空图认为，其一是虚实相生。即诗要能味在“咸酸之外”，要有“象外之象，景外之景”；其二是形神兼备，在描写“风云变态，花草精神”之时，要能“离形得似”，即以形求神(《二十四诗品·形容》)。故严羽说：“语忌直，意忌浅，脉忌露，味忌短。”(《沧浪诗话·诗法》)笪重光论画曰：“空本难图，实景清而空景现。神无可绘，真境逼而神境生。位置相戾，有画处多属赘疣。虚实相生，无画处皆成妙境。”(《画筌》)这段话相当清楚地说明了虚实相生、形神兼备与艺术意境之关系。正是这种虚实相生，形神兼备的概括方法，形成了艺术意境耐人咀嚼的特色。因为作者只写了“实”，留下了许多“虚”；只是将富于暗示性的言与象呈现出来，却留下了许多空白与余地，让读者去体会其形中之神、言外之意，去品味那些不好说，也不用说的“韵外之致”，去捕捉那些如“蓝田日暖，良玉生烟，可望而不可置于眉睫之前”的“象外之象，景外之景”。这种艺术意境，的确耐人咀嚼，令人味之无极，一唱三叹，拍案叫绝！意境越深，包蕴的东西就越多，概括力就越强，就越能引起读者丰富的联想，给人的审美感受就越多。自然，它的生命力就越强，越令人咀嚼。这是艺术意境的最突出的特征之一。

四　求美与求真

文学艺术，都讲真善美的统一。作为文艺审美核心的典型论与意境说，同样如此。王国维认为，只有真的作品，才可能有意境。他说：“故能写真景物、真感情者，谓之有境界。”“其言情也必沁人心脾，其写景也必豁人耳目。其辞脱口而出，无矫揉妆束之态。以其所见者真，所知者深也。”(《人间词话》)恩格斯要求典型要真实，“除细节的真实外，还要真实地再现典型环境中的典型人物”(《马克思恩格斯选集》，2版，第4卷，683页)。至于善，中国文学历来强调所谓经夫妇、成孝敬、厚人伦、美教化、移风俗的作用，强调美刺比兴。意境说当然不可能例外。故沈祥龙说：“词不显言直言，而隐然能感动人心，乃有关系，所谓‘言者无罪，闻者足戒’也。”(《论词随笔》)列宁曾经用奥勃洛摩夫这样一个典型人物来针砭时弊，这正是典型教育作用的体现。至于美，典型与意境本身就是对艺术美探索的结晶。总之，典型与意境都体现了真善美的统一。然而，这种统一是有差异有偏重的。一般说来，典型说偏重于真，意境说偏重于美，这又是它们的一个重要特征与区别。

典型论偏重于真的倾向，在典型论的奠基人亚里士多德那里就十分明显了。亚氏不但要求文艺应当逼真地模仿现实，而且还要写出现实生活的本质真实。他认为诗人的职责不在描述已发生的事，而在描述可能发生的事。即按照可然律或必然律是可能的事。“因此，诗是比历史更哲学的，更严肃的，因为诗所说的多半带有普遍性。”(《诗学》)“所谓普遍性”就是符合“必然律或可然律”的本质真实。自亚里士多德以后，西方一直十分强调典型的真实性。贺拉斯说：“虚构的目的在引人喜欢，因此必须切近真实。”怎样才能真实呢？“你必须注意到不同年龄的习性，给不同的性格和年龄以恰如其分的修饰。”(《诗艺》)这一点，布瓦洛讲得更有意思：“阿什尔不急不躁便不能得人欣喜；我倒很爱看见他受了气眼泪汪汪，人们在他的肖像里发现了这种微疵，便感到自然本色，转觉其别饶风致。”(《诗的艺术》)塑造艺术典型的大师巴尔扎克说：“文学的真实在于选取事实与性格，并且把它们描绘出来，使每个人看了它们，都认为是真实的。”(见《外国文学参考资料》，557 页)雨果曾经衷心地称赞莎士比亚，认为他创造出高于我们但又和我们一同生活的人物，例如哈姆雷特，他像我们每一个人一样真实，但又要比我们伟大。他是一个巨人，却又是一个真实的人，因为哈姆雷特不是你，也不是他，而是我们大家(《玛丽·都铎序》，见《古典文艺理论译丛》，第 2 辑，316 页)。这正是十分精辟地阐释了典型与真实的血肉关系。别林斯基十分称赞果戈理“中篇小说里的生活的十足的真实”。因为一切都模写得惊人的逼真，从原型人物的表情直到他脸上的雀斑……(见《别林斯基论文学》，105—106 页)。总的来说，西方典型论偏重于真实，有两个特点：其一是强调严格地摹写现实，强调“必须把生活写得跟原来的面目一样”(《契诃夫论文学》，395 页)。强调细节的逼真，要求典型人物的一颦一笑，嘴上的烟斗，手上的酒杯甚至“脸上的雀斑”，都必须与真的丝毫不差。其二是作品描写——无论是情节、结构、时间与空间、人物性格——都必须符合逻辑，符合情理，符合“必然律可然律”，符合“规律性和自然性”(见《杜勃罗留波夫选集》，65—66 页)。典型人物必须反映生活的本质真实，正如马林科夫所说“典型不仅是最常见的事物，而且是最充分最尖锐地表现一定社会力量的本质的事物”[马林科夫《在第十九次党代表大会上关于联共(布)中央工作的总结报告》，71 页]。以上两点充分地反映了典型论的这一重要特征——偏重于真实。

意境说虽然也讲真，要求要写真情感、真景物。但是，它对于真的要求，却不像典型论那般严格，特别是对于细节的真实。意境说注重的是象外之象，韵外之致，注重的是内在的情感，注重的是神似。而对于外在形象的细节真实却并不十分注重。甚至反对细节过于真实。因为太注重细节的真实就会“画者谨发而易貌”(《文心雕龙·附会》)。故司空图主张，诗歌要“离形得似”。这就是所谓“略形貌而取神骨”(许印芳《与李生论诗书跋》)。张彦远主张绘画要重气韵，“古之画，或能移其形似而尚其骨气，以形似之外求其画，此难与俗人道也。今之画纵得形似而气韵不生。以气韵求其画，则形似在其间矣”(《历代名画记叙论·论画六法》)。王僧虔主张书法要重神采：“书之妙道，神采为上，形质次之。”(《笔意赞》)当然，重神似并不是完全抛弃形似，而是不刻意追求形象的细节真实，不一定非要真实得“脸上的雀斑”都要一模一样，这种重神不重形的意境说，追求的是什么呢？明代王绂《书画传习录》在评苏轼的“论画以形似，见与儿童邻。赋诗必此诗，定知非诗人”这首诗时说：“东坡此诗，盖言学者不当刻舟求剑，胶柱鼓瑟也。然必神游象外，方能意到环中……古人所云不求形似者，不似之似也。”这里就明确指出：重神似不重形似，正是求所谓“不似之似”，什么是“不似之似”呢？就是司空图反复强调的“诗家之景，如蓝田日暖，良玉生烟。可望而不可置于眉睫之前也”，“噫！近而不浮，远而不尽，然后可以言韵外之致耳”。十分明显，这种镜花水月般的“不似之似”，其意不在求形象细节的真，而在追求艺术意境的美。

对这种不求形似而求意境美的特征，叶燮曾作过详细论述。他举杜诗“晨钟云外湿”一句为例说：“以晨钟为物而湿乎？……声无形，安能湿，钟声入耳而有闻。闻在耳，止能辨其声，安能辨其湿？”无论从形象还是从逻辑上讲来，“晨钟云外湿”这句诗都是大有辫子可抓的。但是如果读者不胶柱鼓瑟地从形象上去苟求，而只去细心体会捉摸其中之意境，便会捕捉住其中不可言传，只可意会的美。恰如叶燮所说：“斯语也，吾不知其为耳闻耶？为目见耶？为意揣耶？……隔云见钟，声中闻湿，妙悟天开，从至理实事中领悟，乃得此境界也。”所以叶燮指出：“诗之至处，妙在含蓄无垠，思致微渺，其寄托在可言不可言之间，其指归在可解不可解之会，言在此而意在彼，泯端倪而离形象，绝议论而穷思维，引人于冥漠恍惚之境，所以为至也。”（《原诗》下篇）这种“冥漠恍惚之境”，正是一种只可意会而不可言传的审美境界！

中国的意境说偏重于美，主要有这么几个特点：其一是着意追求内在的情感，神韵之美，而不求外在的酷似。此即所谓“四体妍蚩，本无关于妙处，传神写照，正在阿堵中”（《世说新语·巧艺》）。有唐一代的诗歌、绘画、书法，皆是其杰出代表。恰如谢榛所说：“盛唐人突然而起，以韵为主，意到辞工，不假雕饰；或命意得句，以韵发端，浑成无迹，此所以为盛唐也。”（《四溟诗话》卷一）李白作诗，只从性情中流出，率意而为，不假雕削。“小时不识月，呼作白玉盘。又疑瑶台镜，飞在青云端。”（《古朗月行》）天真烂漫的感情洋溢诗中，真率可爱。吴道子作画，一挥而就。嘉陵江三百里风光，一日画成，他绘画的宗旨是：“众皆谨于象似，我则脱落其凡俗……守其神，专其一，合造化之功，假吴生之笔，向所谓意存笔先，画尽意在也。”（《历代名画记》卷二）张旭书法，更是任情率性，“每大醉，呼叫狂走，乃下笔，或以头濡墨而书，既醒自视，以为神，不可复得也”（《新唐书》）。这些都充分说明中国艺术着意追求的是内在情感、神韵，是意在言外的意境美，而不在乎外表形象细节的真实，这是其一。其二，中国艺术不讲究时间、空间、结构层次、透视等方面的符合必然性，常常打破时空限制，不按自然本身的规律去描绘。相传王维作画，多不问四时，如画花往往桃杏芙蓉莲花同画一景（沈括《梦溪笔谈》卷七）。据说，他在其所绘的《卧雪图》中，还画了雪中芭蕉，这更是打破时空规律的典型例子。清代名画家金农就指出：“王右丞画雪中芭蕉为画苑奇构，芭蕉乃商飙速朽之物，岂能凌冬不凋乎？”（《冬心集拾遗·杂画题记》）对此，神韵派大师王士祯解释道：“世谓王右丞画雪中芭蕉，其诗亦然。如：‘九江枫树几回青，一片扬州五湖白’。下联用兰陵镇、富春郭、石头城诸地名，皆寥远不相属。大抵古人诗画，只取兴会神到，若刻舟缘木求之，失其指矣。”(《池北偶谈》)王士祯在这里所谈的“兴会神到”，其实就是司空图、严沧浪等人倡导的意境美。正如王士祯自己所说：“表圣论诗，有二十四品，予最喜‘不著一字，尽得风流’八字。”(《香祖笔记》)“镜中之象，水中之月，相中之色，羚羊挂角，无迹可求，此兴会也。”(《渔洋文》)由此可见，打破时空之自然规律其目的不在求真，而正在追求意境之美。苏轼所说的：“味摩诘之诗，诗中有画，观摩诘之画，画中有诗。”(《东坡题跋・书摩诘蓝田烟雨》)正说明了王维所追求的是诗情画意之美，而不在乎是否符合自然规律。所以意境说之倡导者认为“诗有别趣，非关理也”(严羽《沧浪诗话》)。“若夫诗似未可以物物也……可言之理，人人能言之，又安在诗人之言之”(叶燮《原诗》)？因而他们主张“不涉理路，不落言筌”(严羽《沧浪诗话》)。“必有不可言之理，不可述之事，遇之于默会意象之表，而理与事无不灿然于前者也”(叶燮《原诗》)。这里的“不涉理路”，并非宣扬神秘主义，而是主张不要拘泥于现实自然规律的限制，而应跳出自然之理，追求艺术的本质真实，追求艺术意境之美。在中国艺术中，我们到处可以发现这种无理之理，无理之美。葛立方《韵语阳秋》卷四云：“竹未尝香也，而杜子美诗云：‘雨洗娟娟净，风吹细细香。’雪未尝香也，而李太白诗云：‘瑶台雪花数千点，片片吹落春风香。’”

中国绘画，并不讲究空间层次，立体透视。“大都山水之法，盖以大观小，如人观假山耳。若同真山之法，以下望上，只合见一重山，岂可重重悉见，兼不应见其溪谷间事……以大观小之法，其间折高、折远，自有妙理。”(沈括《梦溪笔谈》)这个“妙理”就是所谓无理之理，其目的，在于求意境之美。“谛视斯境，一草一树，一丘一壑，皆洁庵灵想之所独辟，总非人间所有。其意象在六合之表，荣落在四时之外。”(恽南田《题洁庵图》)中国人不讲绘画的空间层次，并非完全不懂，而是不屑为。早在南朝宋代，著名画家宗炳就论述了远近法中形体透视的基本原理和验证方法(见《画山水序》)，这比西方画家勃吕奈莱斯克(Philippe Brunellesco)创立远近法的年代约早一千年！但宗炳强调的仍在神而不在形。正如元代画家倪瓒说：“仆之所谓画者，不过逸笔草草，不求形似……以中每爱余画竹。余之竹聊以写胸中逸气耳，岂复较其似与非，叶之繁与疏，枝之斜与直哉？或涂抹久之，他人视以为麻为芦，仆亦不能强辩其为竹。”(见《历代论画名著汇编》，205页)清代松年在比较中西绘画时指出：“西洋画工细求酷肖，赋色真与天生无异，细细观之，纯以皴染烘托而成，所以分出阴阳，立见凹凸，不知底蕴，则喜其功妙，其实板板无奇……中国作画，专讲笔墨勾勒，全体以气运成，形态既肖，神自满足。”(《颐园论画》，见《画论类编》上，356页)

不仅绘画，中国诗歌同样不遵循时空之自然规律，试看李白的一首小诗：“峨眉山月半轮秋，影入平羌江水流。夜发清溪向三峡，思君不见下渝州。”(《峨眉山月歌》)短短一首诗，写了从清溪、背峨眉、经平羌三峡前往渝州之行，并用旅途之体验与思乡之情，将不同的时间与广阔的空间和谐地统一起来，故王世祯说：“二十八字中有峨眉山、平羌江、清溪、三峡、渝州，使后人为之，不胜痕迹矣，益见此老炉锤之妙。"诗人在这里注重的不是时间与空间的准确性，而是追求意境之美。在诗里，作者的思乡之情与山影、月光、江水、三峡融为一体，时空已经不复存在了。而存在的，只是意味隽永的美！难怪王世祯曰"此是太白佳境"(《艺苑卮言》)。正如李东阳说："此诗所以贵情思而轻事实也。"(《麓堂诗话》)在中国艺术家看来，不应当是诗人去遵循现实规律，而是现实必须服从诗人的调遣："天地入胸臆，吁嗟生风雷。文章得其微，物象由我裁。"(孟郊《赠郑夫子鲂》，见《全唐诗》卷三七七)所以美学家宗白华说：中国艺术的空间，"是诗意的创造性空间。趋向着音乐境界，渗透了时间节奏"。是"一个充满音乐情趣的宇宙(时间合为一体)，是中国画家，诗人的艺术境界"。因此，"艺术境界主于美"(《美学散步》，89—90、59 页)。

中国的戏剧，同样是超越自然时空的艺术，舞台上走一圈，可以表现走过千里万里；演员只拿一支桨，依靠其摇曳的舞姿，就可以造成艺术意境，令观众"神游"江上。已故著名演员程砚秋说，中国戏曲的表现形式"是在有限的固定范围的舞台上反映历史或近代的广阔生活，给观众一种美的感觉的艺术"(《戏剧表演的基础——"四功五法"》，见《戏曲学习》，1958(1))。这些都充分说明了意境说的重要特征——偏重于美。

五　酝酿感悟与分析综合

典型论有一整套典型化的方法：即观察体验——分析综合——典型的诞生。意境说也基本上可以总结出这样一个公式：观察体验——酝酿蓄积——意境从感悟中诞生。比较一下典型与意境的诞生，对于文艺创作，是十分有益的。

任何文学艺术"都是一定的社会生活在人类头脑中的反映的产物"，生活"是一切文学艺术的取之不尽，用之不竭的唯一源泉"(毛泽东语)。因此，无论是西方艺术里典型人物的塑造，还是中国艺术里审美意境的寻求，都离不开对于客观生活的观察与体验。正如布瓦洛说："谁能善于观察人，并且能鉴识精审，对种种人情衷曲能一眼洞彻幽深，谁能知道什么是风流浪子、守财奴，什么是老实、荒唐，什么是糊涂、吃醋，则他就能成功地把他们搬上剧场。"(《诗的艺术》)作家只能在对生活观察体验的基础上，才可能对人物形象进行分析与综合。泰纳的《巴尔扎克论》十分正确地分析了巴尔扎克观察生活与塑造典型的关系。泰纳指出，在巴尔扎克身上，哲学家和观察家结合起来了，他看到了细节，同时也看到了联系各个细节的规律。正是在细心观察的基础上，巴尔扎克才可能对人物进行分析与综合，"在自然界分散的东西，到这里集中起来了……为联系这么多事件，调遣这么多的人物，配合这么长一条钻营活动的锁链，是非有异乎寻常的理解力不可"(见《文艺理论译丛》，1957(2)，58 页)。这正如巴尔扎克自己所说：作家的使命，"就是把一些同类的事实融成一个整体，加以概括地描写……所以他是对事件作综合的处理。为了塑造一个人物，往往必须掌握几个相似的人物……文学采用的也是绘画的方法，它为了塑造一个美丽的形象，就取这个模特儿的手，取另一个模特儿的脚，取这个的胸，那个的肩。艺术家的使命就是把生命灌注到他所塑造的这个人体里去，把描绘变成真实”(见《古典文艺理论译丛》，第10辑，120页)。这样由多个人的特征综合起来的人物形象，被作家灌注了生命，于是就活灵活现地站起来了。这种典型化的方法，一直被西方作家运用着。高尔基曾多次谈到这种创造典型人物的方法，他认为假如一个作家能从二十个到五十个，以至从几百个小店铺老板、官吏、工人中，把每个人身上最有代表性的阶级特点、习惯、嗜好、姿势、信仰和谈吐等抽取出来，再把它们综合在一个小店铺老板、官吏、工人的身上，那么这个作家就能用这种手法创造出典型来。(见《论文学》，159页)。

意境说的诞生也同样离不开对生活的观察、体验。大力倡导意境说的王夫之指出：“身之所历，目之所见，是铁门限。即极写大景，如‘阴晴众壑殊’、‘乾坤日夜浮’，亦必不逾此限。”(《姜斋诗话》)意境之诞生，是离不开身之所历，目之所见的。故石涛说：“墨非蒙养不灵，笔非生活不神。”(《历代画论类编》，150页)虽然意境的寻求与典型的创造都离不开对生活的观察与体验，但是它们对现实生活的提炼却是很不相同的。典型论是用分析综合的方法来塑造人物形象，意境说则是在酝酿积蓄中感悟，从灵感闪现中捕捉到艺术意境的。宋代董逌《广川画跋》曾记曰：画家李成，“于山林泉石……积好在心，久则化之，凝念不释……磊落奇蟠于胸中，不得遁而藏也。他日忽见群山横于前者，累累相负而出矣”。对于这种酝酿感悟，郑板桥曾经有过十分生动的描述：“江馆清秋，晨起看竹，烟光日影露气，皆浮动于疏枝密叶之间，胸中勃勃遂有画意。其实胸中之竹，并不是眼中之竹也。”这种看晨竹而产生“勃勃画意”，就是作家的酝酿过程，所以说胸中之竹并不是眼中之竹，因为它已经过了作家心胸的酝酿，渗透了作家的主观情感色彩。在酝酿成熟之时，就会“突然兴至风雨来，笔飞墨走精灵出”(《郑板桥集·又赠牧山》)。作家在感悟中描绘出情景交融的晨竹之形象，求得摇曳多姿的笼罩在烟光日影与露气中的晨竹之艺术意境。故郑板桥曰：“意在笔先者，定则也；趣在法外者，化机也。”(《题画竹》，见《郑板桥集》，161页)对于这种酝酿感悟，苏东坡说得更明确：“故画竹必先得成竹于胸中，执笔熟视，乃见其所欲画者，急起从之，振笔直遂，以追其所见，一如兔起鹘落，少纵则逝矣。”(《筼筜谷偃竹记》)所谓“得成竹于胸中”者，即酝酿也，所谓“少纵则逝”者，即灵感之闪现也。罗大经《画说》曾举了一个酝酿感悟的生动例子，“李伯时过太仆卿廨舍，终日纵观御马，至不暇与客谈，积精储神，赏其神骏，久久则胸中有全马矣。信意落笔，自尔超妙”(《历代论画名著汇编》，123页)。画如此，诗亦然。李贽说：“且夫世之真能为文者，比其初皆非有意于为文也，其胸中有如许无状可怪之事，其喉间有如许欲吐而不敢吐之物，其口头又时时有许多欲语而莫可所以告语之处，蓄极积久，势不能遏，一旦见景生情，触目兴叹；夺他人之酒杯，浇自己之垒块；诉心中之不平，感数奇于千载……”(《杂说》，见《焚书》卷三)对于意境的这种酝酿感悟，严沧浪称为“妙悟”。严氏认为，若要求得“妙悟”必须有积累酝酿，不但要“多读书”、“多穷理”，“熟参”诸家之诗，还要有生活之感发。只要如此积累“酝酿胸中”，则自然“悟入”。中国的文艺家们，正是以这种酝酿感悟来寻求艺术意境的。故王国维说“夫境界之呈于吾心而见于外物者，皆须臾之物，惟诗人能以此须臾之物，镌诸不朽之文字，使读者自得之”(《人间词话附录》)。宗白华教授更明确地指出：“意境是艺术家的独创，是从他最深的心源和‘造化’接触时突然的领悟和震动中诞生的。”(《美学散步》，65 页)

通过以上分析比较，我们可以认识到：意境说与典型论之所以成为中国与西方文学艺术独具的审美理论，是有其深厚的社会历史与思想理论渊源的。意境说与典型论是中西不同的社会历史背景、不同的文学艺术实践的丰厚之土壤上，结出来的滋味不同的果实，是中西审美理想的不同结晶，各自闪现着璀璨夺目的迥异的色彩：典型论偏重于客观再现，意境说偏重于主观表现；典型论偏重于描绘人物形象，意境说偏重于境物形象；典型论是寓共性于个性，寓必然于偶然，意境说则主张虚实相生，以形求神；典型论求真，意境说求美；典型化的方法是分析综合，意境的诞生是酝酿感悟。有意思的是，这些不同之处，都恰恰是中西文艺家们对艺术美的本质，对艺术之生命的共同探索的结晶。中西美学理论，可谓“根干丽土而同性，臭味晞阳而异品”。典型论与意境说正是鲜明地体现了中西诗学理论这种既同又异的状况。从其相异之处，我们可以准确地把握它们各自的本质特征；从其相同之处，我们或许可以探索到世界文学艺术发展的某些共同规律。另外，清醒地认识到“意境说”与“典型论”的不同特征，或许就不会牵强附会地用西方的“典型形象”来硬解中国古代文学艺术作品，不至于在一首抒情小诗中硬去寻找“典型形象”。而是用“意境说”去恰如其分地理解不求形似而专注于神似的中国古代文学艺术，从“无理之理”中品尝到情景交融、意味隽永之美！

中西学术文化交汇中的诠释学

——论中国经学诠释学的建构

杨乃乔

一　中西学术文化的汇通与中国经学诠释学

众所周知，在中国漫长的历史文化中沉淀着丰沛的诠释学思想，我们可以把其缘起一直追问到上古孔子删“六经”的时代；但是，中国文化传统的思维形式没有依凭一种自觉的思辨理性对其丰沛的诠释学思想进行明晰的逻辑划分，因此在汉语本土没有自律地产生出诠释学这样一门体系化的学科；在学术全球化的时代，我们不妨借鉴西方诠释学的学科理论作为透镜，以此透视及挖掘中国文化传统自身的汉语诠释学思想体系，同时也进一步改造与丰富西方诠释学在汉语语境下的使用，构建一种中西汇通的、具有普适性的世界性诠释学理论。

在这里让我们不妨再度追问一次“hermeneutics”这个术语及其相关的内涵，以精致地修正其在汉语语境下对中国诠释学研究所可能借鉴、指向与释放的意义。

1974年，伽达默尔(Hans-Georg Gadamer)发表了著名的《诠释学》一文，文章就“hermeneutics”的基本含义给出了明晰的界定：

> 诠释学(Hermeneutik)是 ἑρμηυεσειυ 即宣告、口译、阐明和解释的技术。“赫尔墨斯”(Hermes)本是上帝的一位信使的名字，他给人们传递上帝的消息。他的宣告显然不是单纯的报道，而是解释上帝的指令，并且将上帝的指令翻译成人间的语言，使凡人可以理解。诠释学的基本功绩在于把一种意义关系从另一个世界转换到自己的世界。这一点也适合于 ἑρμηυεια(即“陈述思想”)的基本意义，因为陈述这一概念本身是多义的，包括述说、阐明、解释和翻译。①

从伽达默尔的定义中，我们可以提取“赫尔墨斯”(Hermes)这个关键词，从语源学角

---

①　伽达默尔著、洪汉鼎译：《诠释学》见于伽达默尔著，洪汉鼎译：《真理与方法》，714页，上海：上海译文出版社2002。按：关于“Hermes”的本质意义，《新韦伯斯特国际大百科全书》(*The New Webster's International Encyclopedia*)是这样给出其界定的：“In Greek mythology, one of the 12 Olympian gods, son of Zeus, messenger of the gods, guard of roads and highways, and guide of souls to hades. He was usually depicted wearing a hat with wings. Romans identified him with Mercury.”(Michael D. Harkavy, *The New Webster's International Encyclopedia*, Florida: Trident Press International, 1998, p. 492.)。我们在这里直接引用英文，是为了从英文的原典阅读中提取三个关键的表述：在希腊神话中，赫尔默斯是奥林匹斯12诸神(the 12 Olympian gods)之一，他是宙斯的儿子(son of Zeus)，是诸神的信使(messenger of the gods)。在希腊神话系统内部，由于诸神的神旨超越了人的语言，具有不可直接理解的意义，因此赫尔默斯在神与人之间传递信息时，也把神旨转换为人可以理解的语言，因此理解与解释在诠释学思想缘起之际，即成为这一术语及学科早期的重要内核。我们把汉译与英文的材料呈现在这里，希望澄清的是，应该把“赫尔默斯”翻译为是“诸神”的信使，而不是“上帝”的信使。

度来检视，“Hermes”是作为“hermeneutics”这一术语发生的语义源头。

问题在于，无论是在印欧语言还是汉语字面意义上，把“hermeneutics”和“诠释学”在普遍理解的意义上放大来讲，在中西文化发展史的初始阶段，当人在操用语言以一种朴素的表达指称这个世界，给这个世界命名，赋予这个世界意义时，理解与解释即刻成为人在世存在的基本要素，这也为西方诠释学发展从上古到20世纪的海德格尔(Martin Heidegger)那里为什么会转向存在论诠释学提供了可能。在人类文化发展史的起始阶段，一旦口语的言说被书写下来转换为一种文字的铭刻，理解和解释即与书写的文本维系成不可分解的一脉，并且获有与文字历史同步的漫长发展历程。然而需要强调的是，从古希腊到中世纪，从孔子删“六经”到经学全盛的汉代，中西诠释学思想在早期所遭遇的诠释现象几乎都是在信仰上传达真理及对这个世界赋予意义的经典。

在这里我们不妨追溯一下美国学者约珥·温舍默(Joel Weinsheimer)在《哲学诠释学与文学理论》(*Philosophical Hermeneutics and Literary Theory*)一书中关于早期西方诠释学发展历程的概述：

> 在文献学、释经学(exegesis)与注释(commentary)的形式中，诠释学起源于公元前6世纪对荷马的寓意解释(allegorical interpretation)，及犹太法学博士对《圣经》的注释和对摩西五经(Torah)的注释。基督教诠释学通常被认为源起于斐洛(Philo Judaeus)，在1世纪，斐洛关于《圣经》的注释形成一种方法论，并且这种方法论不仅影响着奥利金(Origen)、奥古斯丁(Augustine)以及宗教改革之前的其他许多人，还影响到后来的狄尔泰(Wilhelm Dilthey)和贝蒂(Betti)。关于意义的四个相关层次早在5世纪就出现了，所提倡的预表的(typological)、[①] 道德的(moral)、神秘的(analogical)解释至今仍在教会中使用。然后，诠释学起源于对经典文本(canonical texts)的解释，包括荷马史诗——甚至在我们这个时代，诠释学也依然没有完全失去对所有经典手稿进行诠释之目的的先见——使事实和真理敞开。然而至今所认识的诠释学领域已经超越了神学与文献学——普遍地进入到社会学、美学、史学、法律与人文科学。鉴于后实证主

① 按：“typological”是“typology”的形容词形式，汉语学界通常把“typology”翻译为“类型学”。一般来说，这一翻译是成立的。但是以神学诠释学为解释视域，我们建议把“typology”翻译为“预表”或“预表法”，其主要内涵是指上帝在《旧约》中的许诺(promise)和预言(prophecy)在《新约》中得到实现(fulfill)。因此，将其翻译为“预表”或“预表法”更为准确。从这一概念的语源发展来看，“typology”的词根为“type”，而“type”源于拉丁语“typus”，其内涵是“image”，即“形象”、“塑像”、“典型”之意。而拉丁语“typus”一词又是源于古希腊语的“tupos”，其内涵是“击打”，由此而引申出击打后留下的“印记”，再进一步引申为“形象”、“典型”等。在这里既然已经有了“典型”之义，那就必然要有由典型而完成的塑像或制品，因此“type”一词实际上也内涵着“完成”和“实现”(fulfill)的意义。从神学诠释学的发展史审度，“预表法”主要源于圣保罗，然而一部分西方学者认为可以把其追溯到犹太教。“typology”一词于十八九世纪的西方学界开始含有“类型学”的意义，其实那个时期西方学人主张的“分类学”(taxonomy)的一种意义呈现，而后来的神学诠释学常常在“typology”前面加上“biblical”以示区别。

义者(post-positivist)的哲学已经开始承认诠释学在自然科学中理解的角色，我们有理由认真地接受伽达默尔关于诠释学的范围已经普遍化了的主张。①

从古希腊发展到中世纪，西方诠释学主要皈依于信仰的本体，为传达经典的真理而展开理解与解释，因此其必然经历了达向一元论信仰所规定的独断型诠释学(die dogmatische Hermeneutik / the dogmatic hermeneutics)，如神学诠释学与法学诠释学；后来发展到施莱尔马赫(Friedrich Daniel Ernst Schleiermacher)时期，西方诠释学才完成了规避信仰与神性，向总体诠释学的转向；② 总体诠释学作为对一般文本及文学现象研究进行理解与解释的技艺学，更在于诠释人类在艺术性审美文本中的留存物，从而强调创造性地重构作者的意图，而不再是在信仰上执著于经典的真理传达，如狄尔泰在《诠释学的起源》对其所总纳的："文学之所以对我们理解精神生活和历史具有不可估量的意义正在于：只有在语言里，人的内在性才找到其完全的、无所不包的和客观可理解的表达。因此，理解艺术的中心点在于对包含在著作中的人类此在留存物进行阐释或解释。"③

在《文学理论》一书中，韦勒克(Rene Wellek)把文学研究界分为文学史、文学批评与文学理论三个层面，而从20个世纪80年代以来，当国内学者把西方诠释学借渡于汉语学界，思考与挖掘中国诠释学的思想体系时，一个显在的取向就是，绝大多数学者热衷于使用海德格尔、伽达默尔、利科(Paul Ricoeur)及艾柯(Umberto Eco)等20世纪西方现代与后现代时期的诠释学术语及理论碎片，在文学研究的上述三个层面挖掘与研究中国阐释学思想。使学界感到缺憾的是，倘若能够从西方阐释学发展史的整体文献观与理论观来全方位地透视中国文化传统，我们不难发现，关于中国诠释学思想体系的挖掘与建构，不应该仅从文学研究的三个层面展开，而更应该从中国儒道释文化传统的主脉——儒家文化传统中的经学诠释学思想展开。也就是说，对诠释学这个学科的本质意义，我们也需要正确的诠释。在西方文化传统那里，总体诠释学形成于施莱尔马赫成熟于狄尔泰，哲学诠释学最早被海德格尔在拒斥形而上学的此在存在论中讨论后，体系化于伽达默尔；在总体诠释学之前，西方诠释学滥觞于对古希腊荷马史诗的诠释，后经历了中世纪教父在信仰的安身立命上对《圣经》进行的真理传达，在这两个历史时段，其无论是呈现为独断型诠释学还是探究型诠释学(die zetetische Hermenneutik / the zetetic hermeneutics)，我们可以统称为经典诠释学，《伊利亚特》、《奥德赛》与《圣经》是西方上古与中古时期的三

① 约珥·温舍默：《哲学诠释学与文学理论》(Joel Weinsheimer, *Philosophical Hermeneutics and Literary Theory*, New Haven & London: Yale university Press, 1991. pp. 1—2.)。

② 按：总体诠释学是西方诠释学发展史上的一个重要时期，也是一个重要的概念，总体诠释学的英文概念一般有两种表述方法："general hermeneutics"与"universal hermeneutics"。这两个术语也被汉语学者翻译为"普遍诠释学"。笔者认为还是翻译为"总体诠释学"更适于汉语的理解。

③ 威尔海姆·狄尔泰，洪汉鼎译：《诠释学的起源》，见于洪汉鼎主编：《理解与解释：诠释经典文选》，75页，北京：东方出版社，2001。

部经典；所谓后起的文学诠释学是在经典诠释学、神学诠释学、总体诠释学及存在论的哲学诠释学影响下衍生出来的附庸，是文学研究者借以指向文学研究三个层面的方法论。

在诠释学于国际与国内学术界达向研究的显学地位时，我们有必要对中西诠释学思想的前期来源做一次基本的学理分析，为怎样挖掘与研究中国诠释学提供充足的学理依据；在中西文化发展史的总体语境下，诠释学思想的前期来源是通过对在信仰上负载真理的经典进行诠释而发生且完成的，因此，对中国诠释学思想体系的挖掘，我们首先应该把研究的视域定位于儒家文化传统中漫长的经典诠释思想发展史——经学，以此建构中国经学诠释学。需要强调的是，无论是经典诠释学还是经学诠释学，其对文学诠释学的影响是居高临下的本体论对认识论与方法论的问题，反之，倘若从文学诠释学研究达向经典诠释学、经学诠释学或中国诠释学，这在历史的构成、知识的体系和研究的视域上均是本末倒置的方法论。

人类早期的文化现象一旦以书写的符号方法被转换为铭刻的文本时，即形成了诠释学思想的早期来源。在这个层面上，人作为阅读主体在相对的系统性理解中无论是对经典进行真理的传达还是意义的提取，均构成了诠释学思想的丰富源泉；如中国上古时期《易传》对《易经》在理解与解释中所形成的“十翼”，即是在相当自恰的诠释学原则与方法上构成了那个时期原始经学诠释学的思想体系。

司马迁早在西汉撰写《史记·孔子世家》时即把“十翼”定位于孔子对《周易》的诠释：

> 孔子晚而喜易，《序》、《彖》、《系》、《象》、《说卦》、《文言》。读《易》，韦编三绝。曰：“假我数年，若是，我于《易》则彬彬矣。”①

在中国经学史上，相传《易传》为孔子所作，这种相传未必属实，但“十翼”作为“传”对“经”进行诠释的十篇七种方法，其已经呈现出中国诠释学的早期体系性思想，《汉书·艺文志》也认定了这一点：“孔氏为之《彖》、《象》、《系辞》、《文言》、《序卦》之属十篇。”②孔子无疑是中国诠释学发展史上第一位自觉的经典诠释者。唐代史学家张守节在给《史记》作注时以《正义》的诠释体例进一步诠释了孔子“十翼”：“夫子作十翼，谓上彖、下彖、上象、下象、上系、下系、文言、序卦、说卦、杂卦也。”③“十翼”被认为是孔子对《易经》的诠释，不断地为后来学者所解释，如其中“文言”一例，南齐朝“少笃学，博通《五经》，聚徒教授常有数十人”的刘瓛已认识到“文言”是对《易

① 司马迁撰、裴骃集解、司马贞索隐、张守节正义：《史记·孔子世家》，见于《二十五史》，第1册，227页，上海：上海古籍出版社、上海书店1992年据乾隆四年武英殿本影印。

② 班固撰、颜师古注：《前汉书·艺文志》，见于《二十五史》，第1册，527页，上海：上海古籍出版社、上海书店1992年据乾隆四年武英殿本影印。

③ 司马迁撰、裴骃集解、司马贞索隐、张守节正义：《史记·孔子世家·正义》，见于《二十五史》，第1册，227页，上海：上海古籍出版社、上海书店1992年据乾隆四年武英殿本影印。

经》进行理解与解释的体例，[1] 唐代经学家李鼎祚在《周易集解》“文言曰”下引刘瓛对“文言”释经体例的定义：“刘瓛曰：依文而言其理，故曰文言。”[2]后来孔颖达的《周易正义》、陆德明的《经典释义》、朱震亨的《汉上易传》与朱熹的《周易本义》都对此有所论述。

我们所要再度强调的是，在中西诠释学思想的早期，诠释主体所面对及理解的文本都是中西文化传统源头上的经典文本而不是普通文本，如《伊利亚特》、《奥德赛》、《圣经》与《诗》、《书》、《礼》、《易》、《春秋》。这8部经典文献在真理的传达及意义的负载两个维度上，关涉到中西方文化源头的系统性诸种重要元素，如礼仪道德、地缘风俗、典章制度、民族信仰、宗教关怀、天文地理、时令历法、历史文献、哲学思想等使人安身立命的意识形态问题；由于这些文本在中西文化传统的源头生成后即被守护为经典，因此对这些经典进行理解与解释，其必然呈现出重大的历史价值与社会意义，所以我们决然不可以把诠释学意义上的理解与解释小视为日常生活及文学研究中的普遍行为及一种纯粹的方法论，在诠释学的领地，诠释主体的理解与解释关涉到此在的生存状态，因此其必然关涉到人与民族、国家安身立命之终极关怀的生存论哲学问题。

在20世纪法国的文学诠释学那里，罗兰·巴特(Roland Barther)宣称作品的诞生意味着作者的死亡，把作品文本意义的再创造权力交还给读者，当然这是一种探究型的文学诠释学。在这里，我们不讨论罗兰·巴特的文学诠释学思想是怎样的偏激及作品是一种怎样无限敞开的文本结构，我们想指出的是，罗兰·巴特的文学诠释学即是以文学批评的美学思路指向文学研究而旨在形成一种文学理论的姿态；需要强调的是，诠释学对文学批评有着重要的指导意义，但我们不能把诠释学降解到文学批评与文学理论的层面上，把诠释学简单地认同为文学诠释学。当然我们也认为，从事古典文献研究及史学研究的学者在某种程度上也应该深思罗兰·巴特的宣称，为自己了解中西历史上已有的文本结构开放性理论与创造性诠释理论提供一种接受的心理准备。

《汉书·艺文志》是中国文献史上现存最早的一部文献分类目录，其本身也是研究中国经学诠释学所不可回避的参考文献，从班固在《汉书·艺文志》的开篇，我们就可以见出这部文献分类目录所含有的丰富的中国诠释学资源：

> 昔仲尼没而微言绝，七十子丧而大义乖。故《春秋》分为五，《诗》分为四，《易》有数家之传。战国纵衡真伪分争，诸子之言纷然殽乱。至秦患之，乃燔灭文章，以愚黔首。汉兴，改秦之败，大收篇籍，广开献书之路。[3]

---

① 萧子显撰：《南齐书·刘瓛等传》，见于《二十五史》，第3册，1982页，上海：上海古籍出版社、上海书店1992年据乾隆四年武英殿本影印。

② 李鼎祚撰：《周易集解》，4页，北京：中国书店，1984年影印吴县周孝垓平叔氏校刊本。

③ 班固撰、颜师古注：《前汉书·艺文志》，见于《二十五史》，第一册，527页，上海：上海古籍出版社、上海书店，1992年据乾隆四年武英殿本影印。

经学是中国诠释学缘起及发展的重要源头，其构成了中国诠释学的主脉，而“六经”是上古三代历史文献资料的总汇，又是存立于中国文献史、中国思想史与中国经学史源头最早的经典，其有着神圣的宗教性与信仰性历史地位。① 班固把“六经”意义诠释的权力归限于孔子及七十二承传弟子，② 认为由于孔子的逝去与七十二弟子的死亡，“六经”在后来者的诠释中呈现出与孔子及七十二弟子其理解与解释之意义的背离——“大义乖”。在班固的表述中，“微言”是孔子在诠释中对“六经”文本所传达的意义，颜师古在此释义言：“李奇曰：‘隐微不显之言也’。师古曰：‘精微要妙之言耳。’”③孔子对“六经”文本诠释的“微言”，在其七十二弟子的承传性诠释中发扬为“大义”。“六经”文本的“微言”与“大义”是中国经学诠释学传统上的两个重要的、早期的诠释学范畴。在中国经学诠释学史上，班固在《汉书·艺文志》所提及的“大义乖”也是一处重要的诠释学思想表达。

在从事中国经学诠释学研究时，我们必须明确文本退出阅读状态，其负荷的意义是静止的、休眠的，在学理上不可以理解为“意义的死亡”，因为死亡是生命不可激活与复甦的终结；在学术修辞上我们可以启用隐喻等表述策略，但在意义上要切合学理；文本处在阅读的理解与解释中，其静止与休眠的意义才可能被主体的诠释行动激活，呈现为复甦，然而激活与复甦的意义也被主体的诠释行动赋予多元的理解性质。这是一个在中西诠释学领域中被认同的学术公理。在我们看来，罗兰·巴特以宣称作者的死亡放大读者的创造性诠释或过渡性诠释之权力，这多少是一种偏激的理论；当然文本拥有原初意义(original meaning)，④ 这只能是一种理论上的假设，任何读者从文本所获取的意义都只能是诠释意义，另外，诠释者把经典文本所

---

① 按：长期以来学术界在讨论儒家思想、儒学与经学时，有相当一部分学者把这三个术语置放在宗教的层面来定位，或称其为儒教、孔教，或对基督教神学与儒家经学进行比较研究，或把经学称之为中国学术宗教等。钱穆在《国史大纲》认为从孔子以来史学即与宗教脱离，指出汉代以来儒学、经学与西方中古时期的神学在形态上有着差异性：“谈者率好以中国秦以后学术，拟之欧洲之‘中古时期’。然其间有难相比并者。欧洲中古时期之思想，以‘宗教’为主脑，而中国学术界，则早脱宗教之羁绊。姑以史学言，古者学术统于王官，而史官尤握古代学术之全权。‘史’者，乃宗庙职司之一员，故宗教、贵族、学术三者，常相合而不相离。孔子始以平民作新史而成《春秋》，‘其事则齐桓、晋文’，皆政治社会实事，不语怪力乱神，故曰：‘知我者其惟《春秋》乎？罪我者其惟《春秋》乎？’自有孔子，而史学始与宗教、贵族二者脱离。”(钱穆著：《国史大纲》，16页，北京，商务印书馆 2002。)的确，从准确的宗教形态上来定位，儒家思想、儒学与经学不是宗教，但我们认为学术界把其带入宗教的层面上来思考与讨论有着更深刻的政治隐喻，所以在这里我们使用一个更稳妥的术语“宗教性”(religiousness)来描述经学。

② 按：“七十子丧而大义乖”，颜师古注：“师古曰：‘七十子谓弟子达者七十二人，举其成数故言七十。’”(班固撰、颜师古注：《前汉书·艺文志》，见于《二十五史》，第1册，527页，上海：上海古籍出版社、上海书店，1992年据乾隆四年武英殿本影印。)

③ 班固撰、颜师古注：《前汉书·艺文志》，见于《二十五史》，第1册，527页，上海：上海古籍出版社、上海书店，1992年据乾隆四年武英殿本影印。

④ 按：“原初意义”(original meaning)是西方诠释学理论中的一个重要术语。在对《十三经》的注释中追寻原初意义也是中国经学诠释学秉有的取向性，在中国经学诠释学领域中有一个既成的诠释学术语“本义”以指代原初意义。欧阳修的《诗本义》及朱熹的《周易本义》等都是在这个意义上为自己的注释文本命名。

负载的意义在信仰上认同为真理进行传达，这种诠释的目的不仅是为了追问原初意义，而是为了传达真理。

中国经学诠释学就是如此。

二　孔子删“六经”与中国经学诠释学

在世俗生活状态中，任何人都获有对文本的阅读权力。然而从诠释学史上所遗存下的踪迹来判断，怎样的诠释主体对怎样的诠释客体进行怎样的真理传达或意义诠释？这都需要社会、历史、宗教与信仰来抉择，并最终给予诠释主体与诠释客体以诠释的合法性定位。在中西诠释学的发展史上，尤其是初始期，能够进入诠释行动中的文本必须是经典，那是一个铸造经典、形成真理且打造意识形态的历史时代，并且经典的真理或意义也只能由当时及后来的社会、历史、文化与宗教信仰在共识上所认定的圣人及诠释的权威者给定，并且诠释也相应地进一步打造了经典与传达了真理，经典与真理也成就了圣人，这是诠释学中一个循环互动的过程。所以在中国经学诠释学思想发生的初始期，“六经”文本的诠释意义必须设定为周公或孔子所给定的，不是任何阅读者对“六经”所提取的诠释意义都可以被社会与历史给予合法化认同。对于经典文本及其他任何非经典文本来说，历史上没有终极意义的诠释者，只有诠释视域与经典语境进行融合的权威意义诠释者，或只有经典之真理的权威传达者，经典与真理、权威意义、圣人形象总是捆绑在一起的。学界都知道孔子为布衣出身没有诸侯之位，然而司马迁在撰写《史记》时把孔子置放在“世家”的层面上，原因之一即史迁之汉代已经把孔子看视为中国言“六艺”所宗的神圣诠释者——“至圣”，如司马贞《史记·孔子世家·索隐》言：“孔子非有诸侯之位，而亦称系家者，以是圣人为教化之主，又代有贤哲，故亦称系家焉。”①又如张守节《史记·孔子世家·正义》言：“孔子无侯伯之位，而称世家者，太史公以孔子布衣传十馀世，学者宗之，自天子王侯，中国言六艺者宗于夫子，可谓至圣，故为世家。”②

孔子是“六经”真理的传达者及意义的权威诠释者，其七十二弟子对“六经”文本诠释所获取的“大义”，也必须是对孔子诠释“六经”文本所获取之“微言”的承传，其呈现出诠释学意义上的系统性及学术流派的承继性，在经典时代，诠释决然不再是一种世俗的、随意的阅读行为。在一种明确的意义上理解，圣人与诠释的权威者对任何经典文本的理解与解释，其最根本目的不是为了获取文本的原初意义，而是作为“此在”的存在者借助于对经典真理的传达，从而建构起一个相应的意义系统，以获取干预历史主流意识形态的构成与调整。倘若把诠释学简单地理解为仅是以一种方法论在文学的语言与意义之间寻求学理关系，或企图还原任何文本的原初意义，这是在最大的误读层面上降解了诠释学。孔子及其七十二弟子的死亡，也标志着“六

---

① 司马迁撰、裴骃集解、司马贞索隐、张守节正义：《史记·孔子世家·索隐》，见于《二十五史》，第1册，225页，上海：上海古籍出版社、上海书店，1992年据乾隆四年武英殿本影印。

② 同上书，225页。

经"失去了在那个历史时代其文本意义的合法化诠释者，当然，这也为后来的孔子学派与经学大师诠释"六经"提供了可能的意义空间。熊十力在《乾坤衍》一文中认为孔子"六经"于先秦时期即在其门下诸儒的阅读中呈现出文本意义的多元提取："孔子《六经》，无有一经不遭改窜。改窜之祸，非独不始于汉初，亦不始于吕秦之世，盖始于六国之儒。"①《韩非·显学》所辑录的"儒分为八"也证明了这一点。孔子的思想也是在对"六经"的删订中所形成的，从经学诠释学的学理上来看视，孔子是"六经"之真理的传达者及其意义的权威诠释者，但不是终极意义的诠释者。

虽然"经学"这个术语的最早提出见于《前汉书·兒宽传》：

> 兒宽，千乘人也，治《尚书》，事欧阳生，以郡国选诣博士，受业孔安国，贫无资用，尝为弟子都养……(兒宽)见上，语经学，上说(悦)之。②

但是，我们可以依据今文经学与古文经学的观点，把经学思想史的发生分别追寻到周公与孔子那里，称之为"原始经学"；无论古文经学家怎样地把经学思想的缘起越过孔子，追问到周公那里以隐喻怎样的历史观，孔子删"六经"使经学在其原始阶段即不可遏制地进入了诠释学，毫无争议地讲，经学构成了中国诠释学的重要层面，并且我们把研究中国诠释学的视域定位于中国经学诠释学，这样才可以见出中国诠释学的历史沉重感及文化的厚重感，因此研究中国经学诠释学有着重要的学术文化意义。③

我们可以把西方的诠释学发展史及其学理生成状态粗略地归总为四个阶段；第一，西方的诠释行为最早缘起于公元前6世纪关于荷马史诗的理解与犹太法学博士对《圣经》的解释，在诠释学思想上亚里士多德(Aristotle)最早在《逻辑学》创设《解释篇》(*Peri Hermeneias / De Interpretatione*)一章。第二，在1世纪，斐洛以寓意解经法的原则诠释《圣经》，以此开启了基督教神学诠释学发展的漫长历史，《圣经》经历了"字义解经法"、"寓意解经法"、"三重释经法"与"四义释经法"等技艺学的诠释学方法论。但是，神学诠释学主张先在信仰上获得启示，再从文字的技艺学诠释达向《圣经》真理的传达及意义的理解，而不是纯粹从文字的技艺学分析达向《圣经》的诠释，以获得信仰的启示及真理的意图，因此这也构成了《圣经》诠释学的自解原则，当然后来宗教改革时期的新教神学家在诠释的观念上努力颠覆了这种释经的独断论教义。第三，在施莱尔马赫与狄尔泰那里，诠释学的转向虽然把神学诠释学导入了

---

① 熊十力著：《乾坤衍》，见于熊十力著：《体用论》，317页，北京：中华书局，1994。

② 班固撰、颜师古注：《前汉书·兒宽传》，见于《二十五史》，第1册，609页，上海：上海古籍出版社、上海书店，1992年据乾隆四年武英殿本影印。

③ 按：在经学发展史的研究中，追问经学的缘起是一个重要的政治隐喻，今文经学把经学的缘起追问到孔子，古文经学把经学的缘起追问到周公；但是如果把经学设定为中国经学诠释学，那么对其缘起的追问更多地溯源于孔子而不是周公，这一点是经学诠释学研究在溯源上不同于经学研究的重要之处。因为我们主张从具体的诠释行为追问诠释学的缘起及涉入中国经学诠释学的讨论。所以我们强调诠释学研究必须关注历史上具体的诠释行为及从其中物化出来的诠释文本。

总体诠释学，但我们注意到施莱尔马赫的职业身份依然是德国基督教新教神学家，并担任哈雷大学与柏林大学神学教授。不难看出，西方神学诠释学有着相当隐性的漫长发展历史。需要提及的是，从神学诠释学持续到总体诠释学，西方诠释学一直滞留在理解与解释的技艺学(Kunstlehre / the theory of the art of interpretation)维度上，为理解与解释设定一套规则与方法，所以这种技艺学就是西方诠释学的方法论与认识论。第四，20 世纪 20 年代，在《存在与时间》的写作中，海德格尔对此在(Dasein)进行沉思以拒斥形而上学，推动了总体诠释学向存在论诠释学的转向，而后存在论诠释学作为哲学诠释学在伽达默尔的《真理与方法》中完成了全部体系的建构。从海德格尔开始，西方诠释学从技艺学的方法论、认识论转向了存在论、本体论，也因此从对文本的理解(如何理解)转向于对理解的理解(理解如何可能)。

从中西文化汇通的学术视域来看，西方神学诠释学与中国经学诠释学在各自不同文化语境下的确有着深层结构中共通的启示与护教传达真理的诠释经历。我们赞同经学自觉于公羊学家董仲舒在义理上推论的那个大一统的时代，但更主张把经学诠释学的起始期向上推至孔子，也就是说，中国经学诠释学在历史两端延伸的隐性影响上至孔子，下至康有为与章太炎，所以我们应该把汉代以前的经学现象称之为原始经学，因此中国经学诠释学比西方神学诠释学有着更为漫长的历史。经学构成了中国经典诠释文化传统的主脉，经学诠释学也构成了儒学的护教理论；说到底，在启示的儒家“神学”这里，每一位经学家都打着护教者的旗号，以此传达“六经”及《十三经》的真理意图，也以此劫夺“六经”及《十三经》的文本意义与诠释权力。在《神学诠释学》(*Is There a Meaning in This Text*)一书中，爱丁堡大学系统神学家凯文·J. 范浩沙(Kevin J. Vanhoozer)曾把诠释者隐喻为战士，把莎士比亚(William Shakespeare)的文本隐喻为诠释者展开文化战争的战场，以此讨论阅读的权力与经典的政治问题：“莎士比亚的文本已经成为所谓文化战争(culture wars)的战场，在这里战士不是在土地上格斗而是在人类的精神领域中格斗。”①无论是《圣经》、莎士比亚的经典，还是《十三经》，在中西文化传统上其均拥有经典的身份，诠释者对其诠释权力的劫夺使经典最终深度地政治化了。无论如何，诠释学一定不是简单地在技艺学的维度上讨论如何追寻且还原文学文本之原初意义的学科，诠释学与经典、信仰、护教、诠释权力、文化伦理、国家政治及意识形态本体论建构有着血脉交融的深度维系。

在清代史学家那里，章学诚在《文史通义·原道》的思考中讨论经学时，把“六经”文本看视为圣人备道之器，提出“夫六艺者，圣人即器而存道”、②“古者道寓于器”的诠释学观点，③ 章学诚在这里言说的“道”既是指涉“六经”以文本之“器”的形式

① 凯文·J. 范浩沙：《神学诠释学》(Kevin J. Vanhoozer, *Is There a Meaning in This Text*, Grand Rapids, Michigan: Zondervan Publishing House, 1998, p. 165.) 按：这部专著可以直译为《这部文本是否有意义》，但国际学界也把这部专著意译为《神学诠释学》。

② 章学诚著、叶瑛校注：《文史通义》，上册，138 页，北京：中华书局，1994。

③ 同上书。

负载的真理，也是指涉原初意义。其实，一部中国经学诠释学发展史证明，“六经”只有在理论上存在着原初意义，而没有绝对的原初意义，但“六经”存在着在信仰上所形成的绝对真理；从真理与意义两个层面界分“六经”之“道”，这是一个极为重要的诠释学理论表达，因为从传达真理与提取意义两个维度上，我们可以分野出两种决然不同的诠释学态度，也就是说，对经典诠释究竟是传达真理还是还原意义？其实，“六经”只有被历史所认同的合法化诠释者在其特定时代的视域下所给出的权威意义，这种权威意义即是“六经”的诠释意义，其永远不可能是文本的原初意义，但是，经典诠释是为了传达“六经”的真理，这比还原“六经”的原初意义更为重要。

关于经学的这一诠释学思想，即便是古文经学家章学诚在其《文史通义·原道》也有着明确的认定：

> 夫道备于“六经”，义蕴之匿于前者，章句训诂足以发明之，事变之出于后者，“六经”不能言，固贵约“六经”之旨，而随时撰述，以究大道也。[①]

即便是古文经学以其所崇尚的考据对“六经”进行文字的诠释，也无法获取“六经”文本整体的原初意义。的确，一个时代有一个时代的经学诠释学视域，“随时撰述，以究大道”，正是在这个原则层面上，经学家作为个体人格的此在，其诠释的权力实际上高于“六经”文本的本身价值意义，在某种意义上来说，一部中国经学诠释学发展史就是一部“六经”或《十三经》诠释权力的劫夺史。但是，任何一个时代的经学家都是把自己的理解与解释命定在信仰上，从而企图完成对“六经”或《十三经》的真理传达。理解了这一点，也就理解了中国经学诠释学史上诸多经学流派及释经大师之间为劫夺诠释权力与权威意义的相互攻讦，其实谁也没有获取过“六经”的原初意义，这也正是章学诚的悲叹：“义理不可空言也，博学以实之，文章以达之，三者合于一，庶几哉周、孔之道虽远，不啻累译而通矣。顾经师互诋，文人相轻，而性理诸儒，又有朱、陆之同异，从朱从陆者之交攻，而言学问与文章者，又逐风气而不悟，庄生所谓‘百家往而不反，必不合矣’，悲夫！”[②]

的确，“义理不可空言”，义理、博学与文章应该三者整合于一脉，再说的具体一些，如果把中国经学诠释学的理解与解释原则浓缩在古文经学崇尚的考据与今文经学崇尚的义理两个维度上，考据是中国经学诠释学的技艺学，义理是中国经学诠释学的存在论。但是，在两千多年的中国经学诠释学史上，谁又获取且还原了《十三经》文本的原初意义？“百家往而不反，必不合矣”，这是章学诚关于中国经学诠释学的基本学理性表达。在更早的历史时段，还有一个非常有趣的关于中国经学诠释学思想的学理表达，隋代大儒王通在《文中子中说·天地篇》与贾瓊的对话中指出，儒家经典在汉魏注释家的诠释中离文本的原初意义越走越远：

---

① 章学诚著、叶瑛校注：《文史通义》，上册，139 页，北京：中华书局，1994。
② 同上书，140 页。

(文中)子曰：盖九师兴而《易》道微，“三传”作而《春秋》散。贾琼曰：何谓也？(文中)子曰：白黑相渝能无微乎？是非相扰能无散乎？故齐韩毛郑，《诗》之末也，大戴小戴，《礼》之衰也，《书》残于古今，《诗》失于齐鲁，汝知之乎？贾琼曰：然则无师传可乎？子曰：神而明之，存乎其人，苟非其人，道不虚行，必也传又不可废也。①

思考到王通这里，经学诠释学的问题似乎复杂了起来。在西方诠释学那里，赫尔默斯作为诸神的信使在神与人之间传递信息时，是为了使文本的意义走向澄明且可以理解，也就是说，诠释是为了无限地逼近文本的原初意义使人可以理解；而在王通的经学诠释学思想这里，儒家经典却在诠释中无限地远离了文本的原初意义，退向了意义的微、散、末、衰、残。其实，问题不是如此简单，这里不仅更多地存有儒家经典诠释者的义气之争，还有其他历史原因的隐含。就王通门人贾琼设问的最后一句表达，在北宋儒者阮逸的注释来看，儒家经典文本的意义是“圣性，神受，天纵无师。”②不错，从作为存在论的中国经学诠释学维度检讨，《十三经》的诠释意义是诠释者——今文经学家及那些公羊学派释经者皈依圣人的信仰与启示所建构的理解与解释，并且这种诠释意义的理解与解释，均是依凭传达《十三经》的真理意图，在儒家思想的代际承传上为一个朝代建构安身立命的思想系统。的确，经学诠释学的任务不仅是对《十三经》做字面考据的技艺学问题，而是把理解与解释带入到神学的宗教性层面，其既有神学诠释学关于信仰与启示的规约，又有存在论诠释学思想体系的建构。当然，今文经学作为存在论的诠释学不像作为技艺学诠释学的古文经学那样，其并不为阅读主体提供具体的关于文本的理解与解释方法，但今文经学恰恰是独断型的诠释学，而古文经学则是探究型的诠释学。

经学诠释学一直拥有着强大的从孔子以来的一以贯之的崇圣性思维，所以如同上帝与《圣经》、孔子与“六经”的诠释学关系，圣人与经典永恒地维系在西方神学诠释学与中国经学诠释学的原则与方法中，两者不可剥离。从今文经学的诠释学思想来看，由于孔子治“六经”，其诠释行为使这六部文本升格到“六经”的神圣地位，一如《庄子·天运》所载孔子与老子的对话：

孔子谓老聃曰：“丘治《诗》、《书》、《礼》、《乐》、《易》、《春秋》六经，自以为久矣，孰知其故矣，以奸者七十二君，论先王之道而明周、召之迹，一君无

① 王通撰、阮逸注：《文中子中说》，见于《二十二子》，1313 页，上海：上海古籍出版社，1986 年缩印浙江书局汇刻本。按：北宋学者阮逸在此句下注：“淮南王聘九人明《易》者，撰《道训》二十篇，号九师《易》。公羊高、穀梁喜、左丘明皆孔子门人。”(王通撰、阮逸注：《文中子中说》，见于《二十二子》，1313 页，上海：上海古籍出版社，1986 年缩印浙江书局汇刻本。)

② 王通撰、阮逸注：《文中子中说》，见于《二十二子》，1313 页，上海：上海古籍出版社，1986 年缩印浙江书局汇刻本。

所钩用。甚矣夫！人之难说也，道之难明邪！”老子曰：“幸矣，子之不遇治世之君也！夫六经，先王之陈迹也，岂其所以迹哉！今子之所言，犹迹也。夫迹，履之所出，而迹岂履哉！”①

在老子看来，“六经”所负载的原初意义是“先王之道”，是“先王之陈迹”。在这里我们应该把孔子治“六经”的“治”理解为中国经学诠释学思想史上的一次重大的诠释行动，这也正是中国的原创诠释学(original hermeneutics)所在。在《真理与方法》(*Truth and Method*)的《诠释学与历史主义，1965》(“*Hermeneutics and Historicsim*，1965”)一文中，伽达默尔追问了西方诠释学早期产生的背景：“在早期的关于人文科学的哲学思考中，几乎没有提及诠释学。诠释学仅仅是一门辅助性的学科(ancillary discipline)，是一种处理文本之方法的规则。其惟一的不同即在于解决特殊文本的特性，如《圣经》诠释学(biblical hermeneutics)。以后又产生了一门相当不同的辅助性学科，其被称之为法学诠释学形式中的诠释学(hermeneutics in the form of legal hermeneutics)。法学诠释学包含对一部系统化的法律进行填补(filling gaps)的诸种规则，因而有一个规范的性质。”②透过伽达默尔的追问反观中国经学诠释学，我们不难看出其在早期发展的时段即获有丰沛且集中于“六经”之理解与解释的诠释学思想，其不是一门辅助性的学科，在早期即呈现出进入时代主流意识形态的倾向性。

三　早期的中国经学诠释学与诠释的系统性

在中西文化传统源头形成的早期经典文本，其意义的负载呈现了这个时期一个民族发展的系统性诸种重要元素，这也决定了诠释主体对此类经典的理解与解释也必然是在相对的系统性的层面上展开的。《春秋》作为鲁国的编年史由孔子删订后升格为经典，从先秦到两汉对《春秋》的理解与解释的确存在着一个诠释系统，这个诠释系统是由《左传》、《公羊传》、《谷梁传》、《邹氏传》与《夹氏传》五部传体文本所构成，这也是颜师古在“故《春秋》分为五”之下所给出的注释：“韦昭曰：‘左氏、公羊、谷梁、邹氏、夹氏也。’”③系统地研究前三部传体诠释文本对《春秋》的系统性理解与解释，无论是对建构中国诠释学还是研究经学诠释学，均有着重要的学术价值。我

① 庄周撰、郭象注、陆德明音译：《庄子》，见于《二十二子》，48页，上海，上海古籍出版社，1986年缩印浙江书局汇刻本。

② 伽达默尔：《诠释学与历史主义，1965》(Hans-Georg Gadamer，“Hermeneutics and Historicsim，1965”)，见于伽达默尔：《真理与方法》(Hans-Georg Gadamer，*Truth and Method*，trans. by Joel Weinsheimer and Donald Marshall，New York：The Crossroad Publishing Company，1989，p. 505.)。

③ 班固撰、颜师古注：《前汉书·艺文志》，见于《二十五史》，第1册，527页，上海：上海古籍出版社、上海书店，1992年据乾隆四年武英殿本影印。按：《邹氏传》、《夹氏传》失传，《隋书·经籍志》载：“汉初有《公羊》、《穀梁》、《邹氏》、《夹氏》四家并行，王莽之乱，《邹氏》无师，《夹氏》亡。”(长孙无忌等撰：《隋书·经籍志》，见于《二十五史》，第5册，3366页，上海：上海古籍出版社、上海书店，1992年据乾隆四年武英殿本影印。)

们在此仅简释《春秋》与《左传》，以见证经典诠释在那时代生成的系统性。

《春秋》对历史的叙事尚简，但有着自身的编年谱系，《左传》作为《春秋》的诠释文本对历史的理解与解释崇详，其建构起相当详尽的历史编年谱系，因此呈现出相当系统化的历史诠释学思想，如《春秋》在隐公元年下有“郑伯克段于鄢”6个字的历史编年记录，[①]《左传》对此做出了546个字的历史叙事学的诠释。[②] 正如《四库全书总目·史部总叙》所给出的评价：

> 史之为道，撰述欲其简，考证则欲其详。莫简于《春秋》，莫详于《左传》。鲁史所录，具载一事之始末，圣人观其始末，得其是非，而后能定以一字之褒贬。此作史之资考证也。丘明录以为传，后人观其始末，得其是非，而后能知一字之所以褒贬。此读史之资考证也。苟无事迹，虽圣人不能作《春秋》，苟不知其事迹，虽以圣人读《春秋》，不知所以褒贬。[③]

就清代朴学的诠释学思想来看，《春秋》与《左传》是在约撰述而详考证的诠释学态度上接近历史的本体，给出是否合于礼法的褒贬性诠释评价，他们认为史之为道，“事迹”是历史的本体，缺憾“事迹”，圣人也不能作《春秋》，以此倡导一种历史客观主义的诠释学思想，历史的本体高于圣人——经典诠释者。

《左传》对《春秋》的诠释是围绕着鲁国史来叙述相关各诸侯国的编年史，不同于西方诠释学的是，这是中国文化传统所获有的一种历史诠释学的态度，即廖平在《春秋左氏古经说疏证》中所认同的《左传》不以空言解经的“借事立义”，[④]《左传》对《春秋》的诠释意义最终转化为后人所诚信的详述历史，经史的整合为中国经学诠释学铸造了更加不可撼动的话语权力。然而不同于《圣经》是彼在上帝的话语权力，中国经学诠释学话语权力的铸造更呈现出此在诠释者权力身份的崇圣性思维，杜预在《春秋左传序》中指明：“或曰；《春秋》之作，《左传》及《谷梁》无明文，说者以为仲尼自卫返鲁，修《春秋》，立素王，丘明为素臣。”[⑤]孔颖达在《春秋左传序正义》中进一步诠释为：“言孔子自以身为素王，故作《春秋》，立素王之法。丘明自以身为素臣，故为

---

① 左丘明传、杜预注、孔颖达正义：《春秋左传正义》，见于《十三经注疏》，下册，1714页，北京：中华书局，1980年影印世界书局阮元校刻本。

② 按：参见汤一介对《左传》关于《春秋》“郑伯克段于鄢”的诠释学思想分析。(汤一介：《论创建中国解释学问题》，见于《学术界》(双月刊)，2001年第4期，总第89期，第100页。)

③ 纪昀等撰：《四库全书总目·史部总叙》，上册，397页，北京：中华书局1965年影印浙江杭州本。

④ 按：关于《左传》今古文的归属及《左传》是否为《春秋》解经之书，在经学史上一直有所争议，本文从廖平的观点，《左传》为古文经学且是解经之书。在学术心理的深层结构中，历史上的重大学案之争往往带有学者以个人的研究与发现改写历史或颠覆历史的个人学术意志与愿望。实际上，历史本身包含着正确与错误两种学术现象在内，并且既成的历史也不会因为后来学人对历史上一个碎片的释错，而调整历史行走过的轨迹。这无疑是学者面对历史的渺小。

⑤ 杜预撰：《春秋左传序》，见于《十三经注疏》，下册，1708页，北京：中华书局，1980年影印世界书局阮元校刻本。

素王作左氏之传。”[①]《左传》的诠释逻辑是在孔圣人关于《春秋》“定一字之褒贬”的诠释学态度下“知一字之褒贬”，《左传》是以《春秋》为前理解的诠释态度下接近历史的本体。

当然需要说明的是，《春秋》与《左传》的诠释目的决然不是为了在纯粹的学理逻辑上还原历史的本体，杜预《春秋左传序》揭示了《春秋》的历史诠释目的：“仲尼因鲁史策书成文，考其真伪，而志其典礼，上以遵周公之遗制，下以明将来之法。其教之所存，文之所害，则刊而正之，以示劝诫。”[②]孔颖达在《春秋左传序正义》进将其而诠释为：

> 考其真伪，真者因之，伪者改之。志其典礼，合典法者褒之，违礼度者贬之。上以遵周公之遗制，使旧典更兴；下以明将来之法，令后世有则，以此故修《春秋》也。前代后代，事终一揆，所赏所罚，理必相符。[③]

孔子删订《春秋》是“上以遵周公之遗制，下以明将来之法”，对那个社会的“合典法者”与“违礼度者”进行价值意义的褒贬，其终极目的是以礼法为历史建构一套规范芸芸众生安身立命的存在论意识形态系统；在这个意义上，《左传》对《春秋》的理解与解释也是为规避其弟子对《春秋》的误读性或过渡性诠释，把这套安身立命的存在论意识形态系统在历史叙事学中详述、放大及重构，关于《左传》的历史叙述学诠释学态度，司马迁在《史记·十二诸侯年表序》中即已经阐明：“是以孔子明王道，干七十余君，莫能用，故西观周室，论史记旧闻，兴于鲁而次《春秋》，上记隐，下至哀之获麟，约其辞文，去其烦重，以制义法。王道备，人事浃。七十子之徒口受其传指，为有所刺讥褒讳挹损之文辞不可以书见也。鲁君子左丘明惧弟子人人异端，各安其意，失其真，故因孔子史记具论其语，成《左氏春秋》。”[④]尽管《左传》曾被归属为古文经学的传统，但其恰恰是探究型的诠释学，董仲舒及其《春秋决狱》把《春秋》的意义作为真理性断狱的法律准则，这位公羊学家的诠释态度才是独断型诠释学。不幸的是，历史的本体与文本的原初意义只能是在理论上存在，强调经学诠释学的客观历史主义，其实在某种意图上也是为了强调经典诠释者的权威性。说到底，这还是经世致用的经学诠释学。

我们还可以在此提取其他重要的中国经学诠释学思想。《春秋》为“六经”之一，是被收录在《四库全书》的经部，其却在《四库全书总目·史部总叙》的开篇被评价，

---

① 孔颖达撰：《春秋左传序正义》，见于《十三经注疏》，下册，1708页，北京：中华书局，1980年影印世界书局阮元校刻本。

② 杜预撰：《春秋左传序》，见于《十三经注疏》，下册，1705页，北京：中华书局，1980年影印世界书局阮元校刻本。

③ 孔颖达撰：《春秋左传序正义》，见于《十三经注疏》，下册，1705页，北京：中华书局，1980年影印世界书局阮元校刻本。

④ 司马迁撰、裴骃集解、司马贞索隐、张守节正义：《史记·十二诸侯年表》，见于《二十五史》，第1册，57页，上海：上海古籍出版社、上海书店，1992年据乾隆四年武英殿本影印。

这决然不是一种偶然的学术行为，以此我们可以见出在中国古代学术思想史上经史之间有着深度的维系性，这不仅见证了王阳明、章学诚与章太炎关于"'六经'皆史"的评述，[①] 也可以见出孔子删"六经"使《春秋》从"史"的层面升格为"经"的重要诠释学意义，《左传》也因为诠释《春秋》而升格为经典，其实《春秋》与《左传》都是诠释文本。西方诠释学与神学、法学与哲学有着密切的学理维系，而中国经学诠释学早期是在史学的叙事中掘展着自己，当然其也关涉到哲学、考据学、文献学等，这是中西诠释学交集中一个非常值得研究的现象。

存在(beings)本身是在历史的维度中展显为时间性结构，语言是我们在世存在且与这个世界形成境缘性关系的基本方式，关于《左传》对《春秋》的诠释，如果我们用现代学术术语来界定，其就是历史叙事学的此在存在论诠释学，鲜明地呈现出东方中国经学史上的本土诠释学思想特质。《左传》作为历史叙事学的此在存在论诠释学，不关涉形而上学的存在(being)问题，其既不同于西方古典时期逻各斯中心主义用"现成在手"(Vorhandenheit /presence-at-hand)的概念化语言(conceptualized language)，以之建构形而上学存在论的诠释学，也不同于海德格尔为拒斥逻各斯本体论，以"使用上手"(Zurhandenheit / use-in-hand)的本真语言设立此在存在论的诠释学；在《左传》成书的历史前后，即便存在着《易传》对《易经》的系统性诠释学思想，但中国上古文化传统还没有像古希腊哲人那样以群体的哲学思考猜想宇宙的终极，进而形成主流意识形态的形而上学，所以，孔子对《春秋》的诠释是对历史真理的传达性理解，是圣人"定以一字之褒贬"的经学诠释学，《左传》诠释《春秋》是对理解的理解，是崇圣性"知以一字之褒贬"的历史叙事学诠释学；历史的存在物(beings)及其在世境缘关系于孔丘与左丘明的"褒贬"诠释中，以语言在时间的维度上向那个时代澄明且敞开为历史。左丘明与孔丘同时期，没有语言的代际阅读障碍问题，因此《左传》不是文字的考据等技艺学的诠释学，而是通过语言对历史的叙事，以此铸造一个时代历史语境与文化生存境遇的此在存在论诠释学。[②]

从《左传》对《春秋》的诠释来评判，中国经学诠释学早期的形成，一开始即主要是存在论的诠释学，而不是技艺学的诠释学，即便是《易传》对《易经》的系统性诠释

① 按：王阳明在《传习录上》言经为史："以事言谓之史，以道言谓之经，事即道，道即事，《春秋》亦经，'五经'亦史。《易》是包牺之史，《书》是尧、舜以下史，《礼》、《乐》是三代史，其事同，其道同，安有所谓异?"(王守仁撰、吴光等编校：《王阳明全集》，10页，上海：上海古籍出版社，1992。)章学诚在《文史通义》言"六经"皆史："六经皆史也，古人不著书，古人未尝离事而言理，六经皆先王之政典也。"([清]章学诚著、叶瑛校注：《文史通义校注》，1页，北京：中华书局，1994。)章太炎《经的大意》言："百年前有个章学诚，说'六经皆史'，意见就说六经都是历史。这句话，真是拨云雾见青天!"(章太炎著、傅杰主编：《章太炎学术史论集》，26页，北京：中国社会科学出版社，1997。)

② 按：这里我们强调使用"此在存在论的诠释学"这个术语。我们为什么不通用"存在论诠释学"这个从西方直接翻译过来的术语，因为从汉语"存在"书写的形态上无法提取本体界的存在——"being"和现象界的存在——"beings"之间的视觉学理差异性。海德格尔的存在论诠释学强调的是"此在"(Dasein)存在论诠释学，而汉语学界一般把其通译为"存在论诠释学"。但较之于西方学界也存在着形而上学的存在论，并且《易传》对《易经》的诠释是形而上学的存在论诠释学，为了回避汉语"存在"这个术语表述没有"being"与"beings"书写形态的差异性，所以我们强调使用"此在存在论的诠释学"。

也主要呈现为存在论的诠释学，而不完全是技艺学的诠释学；《易传》与《左传》是中国经学诠释学史上最早的两部系统化的诠释文本，即便在中国诠释学史上也是如此；在《易传》对《易经》的诠释向哲学诠释学生成时（也可以说，是向形而上学的存在论诠释学生成，这一点不同于《左传》的此在存在论的诠释学），《左传》对《春秋》的诠释则是向历史叙事学的诠释学生成，两部传体诠释文本在中国经学诠释学的早期即在哲学与史学的两个维度上形成了相当完善的存在论诠释学体系。海德格尔与伽达默尔几乎倾尽一生的哲学思考创建此在存在论及哲学诠释学体系，然而这两位哲人一生没有具体地、系统地诠释过经典文本，他们的终极目的和思想贡献是承继胡塞尔(E. Edmund Husserl)的现象学思考，为了拒斥从巴门尼德(Parmenides)到黑格尔(Georg Wilhelm Friedrich Hegel)以来的古典形而上学，把诠释作为一种此在生存的态度，但他们的思考为我们贡献了透视中国诠释学思想的理论参照。

关于《左传》对《春秋》诠释的系统性，杜预《春秋左传序》有着极为准确的总结，如“四体”说：

> 左丘受经于仲尼，以为经者不刊之书也，故传或先经以始事，或后经以终义，或依经以辩理，或错经以合异，随义而发。①

孔颖达在《春秋左传序正义》中也进一步总纳了《左传》的诠释学思想：“传文虽多，不出四体，故以此四句明之也。”②需要强调的是，杜预的《春秋左传序》及孔颖达对其所撰的《正义》是一篇极为系统且深刻的关于《左传》诠释学思想研究的文章。

从文献学、史学与经学的研究领域进入中国经学诠释学的思想语境后，我们的确可以发现《左传》、《公羊传》与《谷梁传》三传先后对《春秋》构成了系统化的诠释，其决然不是那种只言片语的关涉诠释学思想的零星表达，并且都被经典化并纳入了《十三经》，这种系统化的诠释对中国古代思想史的发展起到了重要的推动作用。“传”作为对“经”的诠释体例及所形成的诠释文本，其中富含着丰沛的诠释学思想及诠释学原则，“传”的存在及其升格为“经”后所携带的诸种历史信息与思想元素，为中国经学诠释学研究拓展了重要的思考空间。这也必然让我们感受到，建构中国诠释学决然不是只到经学之外的其他非诠释性文本中提取只言片语的关涉语言、意义

---

① 杜预撰：《春秋左传序》，见于《十三经注疏》，下册，1705页，北京：中华书局，1980年影印世界书局阮元校刻本。按：“先经”、“后经”、“依经”或“错经”是《左传》对《春秋》进行诠释的“四体”原则。关于杜预总纳《左传》诠释学的“四体”原则，孔颖达在《正义》中有着详尽的诠释：“丘明为经作传，故言受经于仲尼，未必面亲授受使之作传也。此说作传解经而传文不同之意。丘明以为经者圣人之所制，是不可刊削之书也，非传所能乱之。假使传有先后，不畏经因错乱，故传或先经为文以始后经之事，或后经为文以终前经之义，或依经之言以辨此经之理，或错经为文以合此经之异，皆随义所在而为之发。传期于释尽经意而已，是故立文不同也。”（孔颖达撰：《春秋左氏传序正义》，见于《十三经注疏》，下册，1705页，北京：中华书局，1980年影印世界书局阮元校刻本。）并且孔颖达在《正义》中列举了《左传》四个实例来见证其诠释学的“四体”原则。

② 孔颖达：《春秋左传序正义》，见于《十三经注疏》，下册，1705页，北京：中华书局，1980年影印世界书局阮元校刻本。

及文学批评的碎片式表达。

在此，让我们再度阅读班固在《汉书·艺文志》的陈述："故《春秋》分为五，《诗》分为四，《易》有数家之传。"岂止《诗经》的齐、鲁、韩、毛四传及《易经》名下的数家之传体诠释思想体系，《四库全书》"经部"及"史部"、"子部"、"集部"凡关涉《十三经》及经学思想论述的书写，都是构建中国经学诠释学的重要文献，还要加上纳兰性德的《通志堂经解》与阮元的《皇清经解》两部专取历代经学之书汇刻的集成读本等，除此之外还有历史上涉及经学思想研究的专书。同时从技艺学诠释学的维度检讨，中西文化传统的早期诠释学思想来自于对经典的注释及注释所形成的体例，这种注释所形成的体例在西方印欧语境下被称之为"exegesis"、"commentary"、"annotation"、"explanation"、"explication"、"utterance"或"note"等，在中国汉语文献学传统和经学史上被称之为"传"、"注"、"疏"、"笺"、"正义"、"章句"、"训"、"训纂"、"训诂"、"解诂"、"说"、"说义"、"微"等，顾炎武在《日知录·卷十八·十三经注疏》一篇中就此有着比较详尽的集录：

> 其先儒释经之书，或曰"传"，或曰"笺"，或曰"解"，或曰"学"，今通谓之"注"。《书》则孔安国传，《诗》则毛苌传、郑玄笺，《周礼》、《仪礼》、《礼记》则郑玄注，《公羊》则何休学，《孟子》则赵岐注，皆汉人。《易》则王弼注，魏人。《系辞》韩康伯注，晋人。《论语》则何晏集解，魏人。《左氏》则杜预注，《尔雅》则郭璞注，《谷梁》则范宁集解，皆晋人。《孝经》则唐明皇御注。其后儒辨释之书，名曰"正义"，今通谓之"疏"。①

当然在《易传》的注释中还有"彖"、"象"、"文言"等"十翼"其他注释体例。上述注释体例，融浸着历代释经者对《十三经》进行理解与解释的诠释原则和诠释思想，但技艺学的诠释学不构成推动中国经学诠释学思想发展史的主流内在动力，因为一个字在考据等技艺上的释错无法改变历史的既成整体语境，历史是在代际的原创性诠释、真理性诠释、创造性诠释、误读性诠释、过渡性诠释中发展着，最终构成了顾颉刚所定义的层累地造的历史，而存在论诠释学、独断型诠释学、探究型诠释学在信仰、真理与思想的最高层面铸就了中国经学诠释学思想发展史的内在动力，但我们必须承认技艺学的诠释学是前现代与少数优秀的后现代时期朴学家所承继的一门传统学问。

经典的诠释是多元的。

早在1928年周予同注释皮鹿门的《经学历史》曾为其撰写《前言》时提及："中国经学研究的时期，绵延两千多年，经部的书籍，据《四库全书总目》所著录，已达一千七百七十三部，二万零四百二十七卷；但是很可奇怪的，以中国这样重视史籍的

① 顾炎武著、黄汝成集释、栾保群、吕宗力校点：《日知录集释·卷十八·十三经注疏》，1027页，上海：上海古籍出版社，1985。

民族，竟没有一部严整的系统的经学通史。”①承续80年前周予同的慨叹，我们应该设问：以中国这样重视文献诠释的民族，竟没有一部严整的、系统的经学诠释学通史。中国古典文献的注释体例及在注释中所形成的诠释学原则与诠释学思想，除去道释两家之外，仅在对儒家《十三经》的理解与解释中就有着汗牛充栋的遗存，因此经学在这一个层面也为中国诠释学的形成与研究提供了主流与浩瀚的资源。倘若说，构建中国诠释学是汉语学人不可推卸的神圣责任；那么，一部中国经学诠释学史就是一部中国诠释学思想发展的主流史。

需要强调的是，从近代廖平、康有为、章太炎、皮锡瑞、刘师培等经学大师到当下，中国经学研究无论在怎样的意识形态波折中沉浮，其已成为当下海内外汉语学界重要的研究场域。现在我们把西方的“诠释学”这个术语借渡于汉语学界，在某种意义上我们姑且可以认同“中国经学相当于西方诠释学”，说得再到位一些，“中国经学相当于西方的神学诠释学”。但是，严格地从神学诠释学或哲学诠释学的理论诉求来追问，一部处在本然状态下的中国经学史还无法被追认为一部中国经学诠释学史，从以往撰写的中国经学史(或中国经学思想史)的研究方法论来审度，这些专家的研究有着重大的学术价值，但有待于在学理上被提升到诠释学的理论层面，使其丰沛的诠释学思想得以自觉且澄明地显现。中国经学研究与中国经学诠释学研究是两种具有互文性的学理路数，中国经学研究为中国经学诠释学研究奠定了重要的学术基础。的确，在中国经学史中沉积着丰沛的中国诠释学思想，但其并不以理论的自我澄明及自我思辨所见长，而受西方神学与哲学影响的西方诠释学毕竟是一种极见思辨性与体系性的理论表达，所以从事中国经学诠释学研究应该把西方诠释学理论及其学理的思辨性、体系性有效地带入、汇通于中国经学史中，去反思、挖掘、激活、提取休眠于浩瀚的文献中的中国经学诠释学思想，最终使隐含的中国经学诠释学思想澄明为一种显在的理论，在挖掘与激活中国经学诠释学思想时，西方诠释学理论也同步在汉语语境下得到了修正、丰富、发展及东方汉语化的普适性认同。说到底，在学术全球化的时代，这也是一种研究中国经学诠释学不可或缺的学术视域，也是一种使中国经学诠释学研究走向国际学术平台的路径。

四　结语：儒家经典的诠释是多元的且有规定性的

在中国经学诠释学发生与发展的早期，有四个历史事件是极为重要的：一是孔子删“六经”成为中国诠释学或经学诠释学发展史上第一位自觉的经典诠释者。二是汉武帝于建元元年(前140年)举贤良对策，“卓然罢黜百家，表章《六经》。”②三是董仲舒在《天人三策》之第三策所提出的对策：“《春秋》大一统者，天地之常经，古今之通谊也。今师异道，人异论，百家殊方，指意不同，是以上亡以持一统；法制数变，

① 周予同著：《经学历史·序言》，见于《经学历史》皮锡瑞著，5页，北京：中华书局，1959。

② 班固撰、颜师古注：《前汉书·武帝纪·赞》，见于《二十五史》，第一册，386页，上海：上海古籍出版社、上海书店，1992年据乾隆四年武英殿本影印。

下不知所守。臣愚以为诸不在六艺之科孔子之术者，皆绝其道，勿使并进。邪辟之说灭息，然后统纪可一而法度可明，民知所从矣。”①四是建元五年(前136年)置五经博士。无论是在“儒学”还是“孔学”命名下的儒家思想一旦被提升到经学的层面，即成为具有国家意识形态的官方统治学术。由于经学在中国传统文化上所获取的权力地位，经学诠释学所关涉的理解与解释已不再是如何接近或还原文本原初意义的纯粹阅读技术问题了，经学诠释学所关涉的理解与解释历经孔子到康有为和章太炎，其持久且永恒地沉落在宗经、征圣、原道的国家意识形态及“大一统”话语权力的争夺中，经学诠释学被恒久地政治化及意识形态化了。一如钱穆在《国史大纲》所言：经学诠释学是“所谓‘通经致用’，即是会通古代历史知识，在现实政治下应用。”②

最后我们强调的是，建构中国诠释学思想，必须首先建构中国经学诠释学，把握了中国经学诠释学，也就统摄了与此相关的诸种中国学术思潮：先秦子学、两汉经学与纬学、魏晋玄学化的经学、唐代注疏学、宋明理学化与心学化的经学、清代朴学，还有历史上依附于上述每个学术历史时段的注释家、经学家、史学家与文学家。中国经学诠释学从孔子起为后世无数大儒所追随，但无论是今文经学家还是古文经学家，终于谁也没有获取儒家经典的原初意义，诸儒也正是在对儒家经典的多元诠释中，推动了中国学术思想史的发展，也铸成了每一个历史时期的不同学术思潮与学术流派，又如钱穆在《两汉经学今古文平义》所言：

> 然一时代之学术，则必其有一时代之共同潮流与其共同精神，此皆出于时代之需要，而莫能自外。逮于时代变，需要衰，乃有新学术继之代兴。若就此寻之，汉儒治经学，不仅今文诸师，同随此潮流，同抱此精神，即古文诸师，亦莫不与此潮流精神相应相和，乃始共同形成其为一时代之学术焉。清儒晚出于两千载之后，其所处时代，已与汉大异，清儒虽自号其学为“汉学”，此亦一门户之号召而已，其于汉学精神，实少发见。③

不错，正因为儒家经典在学理上缺失先在的原初意义，经学家才可能依凭自己生存的历史背景在诠释中建构起属于自己时代的学术思潮及学术信仰，所以言称获取文本原初意义者，其均是在最为彻底的心理上显露出企图阻断历史发展的学术话语权力。凯文·J. 范浩沙是系统神学的诠释学研究者，在对《圣经》是否拥有意义的设问中，他也不得不承认了诠释的敞开性：“对于在自由的名义下反对权威和主张给予读者创造意义之特权的人来说，认定一部文本秉有一种‘永恒价值’的理念是一种诅咒。规定的文本必须在被规定之方法中阅读的理念限制了诠释者创造意义和追寻自我的

① 班固撰、颜师古注：《前汉书·董仲舒传》，见于《二十五史》，第一册，601页，上海：上海古籍出版社、上海书店，1992年据乾隆四年武英殿本影印。

② 钱穆著：《国史大纲》，上册，17页，北京：商务印书馆，2002。

③ 钱穆著：《两汉经学今古文平义》，4—5页，北京：商务印书馆，2001。

自由。”[①]在这里“自由”应该被诠释为“多元”。不错，历史证明诠释是多元的，但诠释也是有规定性的！

① 凯文·J. 范浩沙：《神学诠释学》(Kevin J. Vanhoozer, *Is There a Meaning in This Text*, Grand Rapids, Michigan: Zondervan Publishing House, 1998, p. 165.)。

中西方文学批评中的内文化、跨文化与超文化视角

蔡宗齐[1]著　王　旗译

在本书的最后一章，我将针对本书所提出的内文化(intracultural)、跨文化(cross-cultural)与超文化(transcultual)的比较诗学视角进行一个尝试性的阐释。这三个视角的提出旨在揭示种种比较诗学方法中存在的一些问题，以及克服东方主义(Orientalist)或西方主义(Occidentalist)话语①的不良影响。同时这三个视角对中西比较研究中其他相似的课题或许也存在理论上的关联性以及实践上的适用性。因此，我冒昧地与大家分享我的观点来证明这三个视角存在的理由，同时也邀请读者在与各种文化和种族偏见的抗争中评估自身潜在的价值。这些偏见长期地危害着总体上的中西文化比较，并在中西比较文学领域中尤为突出。②

一　内文化视角：建立跨文化比较的坚实基础

内文化视角旨在帮助我们理解一个传统文化的根基与流变，不考虑与其他文化的特定比较。无论西方诗学还是东方诗学，通常都容易脱离它们各自的文化语境便与他者草率作比，仿佛置身于文化的真空中，因而这些比较所得出的结论常常最不可信。正如我将在本文下一部分中提到的，他们都乐于强化双方对于相似或差异的论战，这正是东方主义和西方主义批评话语的核心内容。为了校正这种肤浅的、误导的"比较"趋势，我们必须首先检验中西方各自的批评传统，并且深入研究这些传统得以产生和发展的更为广泛的知识和文化语境，只有通过这样的内文化审视，我

① 迈克尔·佩恩在《文化与批评理论词典》(Michael Payne, ed. *A dictionary of Cultural and Critical Theory*, Oxford: Blackwell, 1996, p. 392.)中将东方主义这样定义："这个术语用于西方对于东方的构想，与爱德华·赛义德(Edward Said)的思想有关。他认为，东方不仅仅是欧洲语言和'文化'的起源地，同时也是欧洲对于'他者'形象的一个不可或缺的想象，以便给界定自身提供参考。再者，对于构建欧洲的意识形态话语，东方主义这一理论使西方对东方进行支配、殖民与重构成为可能。"尽管"东方主义"最初原指对中东的构想，现在也被普遍用于描述中国、日本、韩国以及其他亚洲国家在西方意识形态话语下其贬损性的形象。然而在这些亚洲国家滋生并散布的反西方话语中，这个借用术语反而激发了一些东方学者创造出一个新的术语"西方主义"，用来描述同样具有贬损意味的西方形象。正如我下文将要讨论的，"东方主义"话语和"西方主义"话语萌生的主要依据便是源于中西方的文化偏见和种族刻板印象。

② 我斗胆在当前的后殖民文化研究中介入一个重要的研究课题，即针对种种的文化偏见和种族刻板印象展开批评。但是，我承认此书并不能涵盖这个重要课题的所有方面，我只是针对中西比较研究中的东方主义和西方主义话语做一个笼统地概述，对于这一课题的当前学术成果并没有展开丰富而深入的探究。

们才能得以付诸下一步的跨文化比较研究。①

在广泛地调查中西方的批评传统中，我发现了“自足性”(self-containedness)与“连通性”(connectedness)之间活跃的相互作用，由此我发明了“内文化”(intracultural)这个词，旨在强调这种互动关系。“intra-”这一前缀，本质上是个矛盾修饰法，既在字面上表示自足，同时又暗含连通的意味。比如“intranet”(企业内部网)这个在信息时代是具有代表性的新造词，既表示一个自足的电子通讯系统，同时也意味着其他系统的存在及其在一定程度上与这一系统的联系。“intra-”这一前缀的意义就在于隐含了他者的存在。

同理，在我的内文化研究中，最首要的是力图辨别中国与西方诗学中植根于其各自的知识和文化传统中的自足系统。在检验这两个批评系统的宏观结构中，我指出了它们各自独特的一套公分母(common denominators)、差异(differentiae)以及宇宙范式(cosmological paradigms)。在讨论两个系统的微观结构中，我指出了他们各自系统中的概念模型，以便探究相似的理论问题，并且通过这些模型来探寻两个文化系统的哲学根源。同时，我在本书的各个章节和部分中将这两个文化系统平行排布，以此尝试在两者中建立起一定的联系。在本书的第一章和第二章，我分别论述了两个批评系统的宏观结构，第五章到第八章论述了两个系统在某些相似模式下的微观结构。这种平行研究将一个传统以其自身的特性来反衬另一传统的文化特性，从而使得两者彼此关联且相辅相成。

我在书中的第一、第二章论证了两个文化系统可以相得益彰的事实。如果我没有对跨文化研究中相辅相成的部分有着深刻的认识，便不会对中西方诗学中起主导作用的批评模式提出自己的观点。西方诗学中以真理为中心的批评模式使我不得不将 M. H. 艾布拉姆斯(M. H. Abrams)的分析构架稍加改动，以便更好地反映柏拉图以降西方诗学批评视点的转变。艾布拉姆斯的四个坐标(宇宙，作者，文本，读者)并非各自独立的批评常量，而是在西方真理思想范式转变的产生和推动下不断地重新配置。同理，如果我没有以西方诗学以真理为中心的诗学模式来反观中国诗学的传统模式，便不会认识到中国诗学的批评模式以“过程”为中心的特征。这种模式揭示了一个根深蒂固的观点，即中国诗学的致命弱点在于缺乏系统性。而当一些看

① “内文化研究”的重要性已被中西比较哲学的研究者所认可。例如，郝大维(David L. Hall)和安乐哲(Roger T. Ames)在完成其著作《透过孔子而思》(*Thinking through Confucius*)之后，意识到建立更广阔的知识和文化语境对于比较研究的重要性，于是他们继而针对这种内文化研究又连续撰写了两部著作。他们谈道：“在完成《透过孔子而思》时，我们意识到还需要再写一本书来为这本书中的种种主张提供一个最为广阔的语境。自 1987 年起我们便开始了对书中大部分文章的撰写，其中一些是我们合作，一些由我们各自独立完成，但是心中都坚持着这样一个宗旨。待这本《期待中国》(*Anticipating China*)出版之后，我们也将撰写第二本续书，都旨在实现这个宗旨。”(“Introduction,” in *Anticipating China*, p. xvi.)这里提到的第二本续书，就是关于中国哲学三部曲中的第三本《汉哲学探索：中西文化中的自我、真理以及超验》(*Thinking from the Han*: *Self, Truth, and Transcendence in Chinese and Western Culture*, Albany: State Univ. of New York Press, 1998.)，这是他们最新出版的著作。我猜想如果他们有机会重新编写这套三部曲，也许会将内文化研究的部分(第二、第三卷)作为开头，然后再着手第一卷中比较研究的编写。

似杂乱无章的批评观点被纳入一个互动过程的普遍范式中，这些观点便构成了一个高度协调而统一的整体。中国诗学的视点变换较于西方来说，通常更侧重于反映思想观念内部与外部相互作用的这一动态关系的范式转变。由此，我所提出的内文化研究或许有助于阐明中西方诗学中有关系统性、倾向性以及哲学基础等基本问题。通过指出这些问题，我希望能够为跨文化比较研究中一些特定的课题提供可靠的依据。

二　跨文化视角：克服“相似”与“差异”的论战

跨文化视角旨在对抗严重迷惑中西比较研究中的两种论战。我始终坚信，中西比较研究不应拘泥于跨越地理界限的考察，而更应该致力于打破文化偏见障碍。正如下文将要提到的，中西文化比较无论在宏观还是微观的维度上，都无法自动减轻文化障碍。一些不恰当的比较研究理论甚至还会强化而非减轻已有的种族刻板印象和文化偏见。事实上，这些研究通常有意或无意地以这种方式进行——“用一种已知的文化模式去征服另一种文化模式，并以此为目的”①。这种带有偏见的比较研究主要分为两种：相似论(polemics of similitude)与差异论(polemics of difference)，我之所以提出跨文化的批评视角也正是为了驳斥这两种片面的论断。

1. 中西文化比较中的两种论战

首先，我来介绍一下广义的中西文化比较中的两种论战。在我看来，相似论是中西双方在文化对峙状态中都极力求证的观点，它源于双方维护和保持自身文化优越性的忧虑心理。中国文化之于西方文化的相似性在西方形成了一个长期的争论传统，这个传统可以追溯到16世纪耶稣传教士与中国最早的频繁接触。这些传教士用犹太基督教的术语解释的儒家经典成为后来几个世纪西方思想家打量中国文化的经典范本②。基于相似论的观点，一些传教士力图表明中国文化相当于西方文化的原始初期因而属于次级文化，通过历数异域中国文化变化无常的文化形态来证明西方思想、观念、价值和规范的普遍有效性。如果我们审视文艺复兴时期、启蒙时期和浪漫主义时期西方对于中国文学的批评话语，便可以从中发现大量为驾驭、征服和

① 叶维廉：《距离的扩散：中西诗学对话》(Wai-lim Yip, *Diffusion of Distances: Dialogues between Chinese and Western Poetic*, Berkley: Univ. of California Press, 1993, p. 20.)。

② 关于耶稣会会士借用儒家思想的研究参见谢和耐《中国与基督教的碰撞：文化的冲突》(Jacques Gernet, *China and the Christian Impact: A conflict of Cultures*, trans. Janet Lloyd, Cambridge Univ. Press, 1985.)；以及莱昂内尔·M·詹森的论文：《“Confucius”一词的发明及其汉语的他者“孔夫子”》,(Lionel M. Jensen, “The Invention of ‘Confucius’ and His Other, ‘Kong Fuzi’,” in *Positions*, 1993[1. 2], pp. 414—449.)。

支配中国文化所做的努力。[①] 我们甚至在那些对中国文化产生浓厚兴趣和极大尊重的学者当中也可以觉察到这种西方文化主导性的急切渴望。

而在中国却显现出不同于西方相似论的观点。倘若西方相似论认为中国文化属于西方文化的原始初级阶段，以此来贬低中国文化，那么中国相似论恰恰以此来证明其文化的优越性。正如一句陈词滥调所言："西方可以炫耀的一切中国都有，而且数量丰富，历史更久。"[②]因此只要西方的军事力量得到控制，这种相似论便可以方便有效地抵制西方的威胁，以保证中国自古以来不可匹敌的文化优越性。然而，当鸦片战争的硝烟击碎了国人自欺欺人的幻想，一种谦卑的自救式的相似论逐步取代了之前陈旧的傲慢的相似论。通过强调西方较之于中国据称先进的观念、价值和制度，19 世纪末 20 世纪初具有改革意识的中国思想家不再宣称中国较之西方的优越性。相反，他们旨在拯救国人受伤的自尊，使他们相信中国也可以参与发展西方最先进的事物，因为在我们国家悠久历史的肥沃土壤里，孕育了萌发这些美好事物的种子。讲到这一点，梁启超在这方面所作的努力值得一提，他力求探明西方议会制的原型源于古代中国的社会结构，源于《管子》中的法制观念和先秦文学中的民本主义思想。[③]虽然从学术的角度经不起推敲，甚至是荒谬，但这种相似论在那个时代却极大地激发了中国的文学、教育以及社会政治的各项改革。

差异论与相似论相伴产生，无论在中国与西方都大量存在，这种论断成为双方变相地维护自身文化优越性的另一手段，而且危害更甚。差异论的中心在于谴责他者文化缺乏自我文化中的一系列神圣不可侵犯的观念、价值和制度。更为致命的是，差异论制造了对他者民族赤裸裸的种族歧视。

差异论在 19 世纪下半叶是西方对于中国文化的主流话语，那时西方的势力正值殖民统治的顶峰时期，并最终将中国这个最大的异教国家征服。差异论的主要内容是指责中国及其他亚洲国家所谓的精神缺失，即对真理的刻意漠视。

---

① 早在 1940－1941 年，钱钟书便撰写了一个系列的三篇文章，针对此类关于中国的话语作了深刻而详尽的研究：《17 世界英国文学中的中国(一)》(Ch'ien Chung-shu [Qian Zhongshu], "China in the English Literature of the Seventeenth Century (Ⅰ)", *Quarterly Bulletin of Chinese Bibliography 1*, no. 4 [1940]: 351－384.)；《18 世纪英国文学中的中国(一)》(Ch'ien Chung-shu [Qian Zhongshu], "China in the English Literature of the Eighteenth Century (Ⅰ)", *Quarterly Bulletin of Chinese Bibliography 2*, nos. 1－2[1941]: 7－48.)；以及《18 世纪英国文学中的中国(二)》(Ch' ien Chung-shu [Qian Zhongshu], "China in the English Literature of the Eighteenth Century [Ⅱ]", *Quarterly Bulletin of Chinese Bibliography 2*, nos. 3－4[1941]: 113－152.)。关于自 16 世纪末以来西方对中国的感知概述见于史景迁的论文《自 16 世纪末至今的西方视角》(Jonathan Spence, "Western Perspective from the late Sixteen Century to the Present," in *Heritage of China: Contemporary Perspectives on Chinese Civilization*, Berkeley: Univ. of California Press, 1990, pp. 1－14.)。

② 钱钟书在《管锥编》(Qian Zhongshu, *Guanzhui Pian* [*Limited Views*], 4 vols, Beijing: Zhonghua shuju, 1979, vol. 3, pp. 969－971.)中全面而严厉地批判了这种清代广为流传的自我欺骗论。

③ 参见梁启超：《饮冰室合集·文集》(Liang Qichao, *Combined Collections of Writings from the Yinbing Studio: Essays*, Shanghai: Zhonghua shuju, 1936, vol. 1, 1. 94－96.)；《饮冰室合集·专集》(*Combined Collections of Writing from the Yinbing Studio: Specialized Essays*, Shanghai: Zhonghua shuju, 1936, vol. 2, 28. 11－33, vol. 4, 50. 29－40.)。

> 较之于肉体的罪恶，中国人精神的虚伪更加难以根除；……他们对真理的漠视比犯任何其他错误更加损害了他们的人格。①
>
> 中国人的言语充满了伪善……以至于几乎在任何情况下都不能获知事实的真相。在中国，事实的的确确是这个世界上最难得到的东西。②

基于西方人对中国人漠视真理的偏见，他们武断地把中国人贬损为与西方人判然有别的道德沦丧的民族。他们将中国人盖棺定论，认为这个民族沉溺于肉体的罪恶，内心充满虚伪，精神极度匮乏。通过抨击中国人的道德缺陷，西方人极力重申他们自身的道德和文化优越性。

自此以后，这种差异论对西方看待中国的态度产生了深远的影响，尽管激进的种族论在后来的西方对于中国的意识形态话语中逐渐式微，然而对中国文化与道德处于劣势地位的基本假设仍然无可动摇，并且常常以一种微妙而隐晦的方式呈现。以下面两段引文为例，其中一段来自赛珍珠(Pearl. S. Buck)，另一段来自威廉·哈斯（William Haas）：

> 我常常对于亚洲人不说真话的行为感到疑惑，有时似乎从他们那里根本得不到事实真相。这里的差异在于我们认为真理是事实，而亚洲人则认为真理存在于伦理道德之中。当我们去询问一个亚洲人某一具体的事件将会怎样进展，常常会因为得不到一个明晰的事实而不耐烦。然而对于他……人的情感和意愿比一个事实真相更加重要。③
>
> 事实对于西方人而言是神圣不可侵犯的，然而对于东方人来说却意义不大，因为他们总是对心理现象以及人类自身更加感兴趣。事实上，他们认为真实而且重要的，不在于客体所具有的“客观性”，而在于其对于人的意义。因此，当与东方人打交道的时候，西方人常常处于毫无准备的状态而给出过于简单的解释……东方人由于不想让对方失望，因而更倾向于给出错误的信息而不是承认自己的无知，这种心理通常使他为了迎合听者而作答。在这些情形下，取悦他人、礼貌待人的愿望常常使那些东方人无视一个简单的事实。④

① 卫三畏：《中国总论》(S. Wells Williams, *the Middle Kingdom*, New York: Scribner's, 1882, rev., 1907, 1: 834.)。

② 引自德克·博迪：《中国的文化传统》(Derk Bodde, *China's Cultural Tradition*, New York: Holt, Rinehart& Winston, 1963, p. 8.)关于清教传教士对于中国思想观念的研究，参见S. W. 巴尼特和费正清合编的《基督教在中国：早期传教士作品》(S. W Barnett, J. K. Fairbank, eds., *Christianity in China: Early Missionary Writings*, Cambridge: Harvard Univ. Press, 1984.)。

③ 赛珍珠：《朋友面对面》(Peal S. Buck, *Friend to Friend*, New York: John Day, 1958, pp. 121—122.)。

④ 威廉·哈斯：《东西方思维的宿命》(Williams Haas, *Destiny of the Mind in East and West*, New York: Columbia Univ. Press, 1946, pp. 127—128.)。

尽管赛珍珠和哈斯没有像卫三畏(S. Wells Williams)那样公开诘难，但还是表现出几乎同样的反亚洲人民的种族歧视论，并为亚洲人的漠视真理、不可信赖和一味逢迎而扼腕叹息。依我所见，他们的种族偏见同样贻害颇深，尽管是隐藏在一种貌似为导致这些道德弱点的原因给予宽容的解释背后。根据他们的解释，亚洲人的道德弱点源于他们对人类情感而非客观真理的特殊偏好，更注重社会心理而非科学知识。对于任何熟稔西方价值体系的人来说，这种看法绝不是恭维。在柏拉图哲学和犹太基督教的西方主流传统中，人的情感被认为是人类灵魂的低级部分，需要由通向真理的理性或信仰来规范和掌控，这种观念在西方根深蒂固。虽然浪漫主义者试图通过将情感与神奇的想象相结合以提升情感的地位，但是置于西方知识和伦理传统的广阔语境下，赛珍珠和哈斯的言论似乎含沙射影地谴责了亚洲人不惜以牺牲真理为代价而沉溺于情感，导致了在知识和道德上都落后于西方。

中国对于追求自己的差异论也难逃其咎，反非汉民族的文化偏见和种族刻板印象最恶劣的表现形式就是以各种差异论为基础的。在未开化的封建中国，无论官方与非官方话语，非汉民族往往被贬称为“东夷”、“南蛮”、“西戎”、“北狄”。这些民族被认为是野蛮人、低等人，只因为他们居住在文明的中原大国的边缘，恪守着与汉民族迥然不同的文化习俗。[①] 后来基于同样的原因，诸如“蛮”或“夷”等普遍运用的污辱语很快被用于指称西方人，因为他们遥远而异质的文化决定了其较之于汉文化的劣势地位。倘若西方的差异论反复申说着中国传统文化中真理意识的匮乏，中国的差异论则指责西方在道德上对贪婪和纵欲的纵容。与西方的差异论鼓吹者一样，主张差异论的中国人同样试图通过对另一方彻底的贬损来强调他们自身文化和道德的优越性。

在这两种差异论的激烈斗争中，20 世纪的前 20 年出现了一种异常现象：那时西方殖民主义者所信奉的差异论竟然为鲁迅以及其他五四运动中富有革命意识的思想家所拥护，他们甘愿承认中国不幸缺乏使西方变得强大有力的观念和价值——真理、科学、民主等等。倘若说，梁启超与其他早期改革家所追求的差异论加速了西方观念和价值与中国传统文化的融合，以鲁迅为代表的一批思想家则试图用差异论

---

① 在诽谤少数民族的过程中，文化歧视似乎比种族歧视更甚。诸如“夷”、“胡”、“虏”这样的污辱语主要基于文化歧视，这一点可以从少数民族借用这些称谓以反用于汉族人身上的事实得到验证。譬如，北魏统治者非常喜欢用“夷”这个词，因为他们认为这是对汉人的贬称。他们自信满满地嘲弄汉人为“夷”或“野蛮人”，因为他们相信自己已取代汉人成为中国文化的合法继承人。他们声称，中华文明在汉族朝廷的腐败统治中已走向覆灭，正是由于他们的努力，才使传统规范和伦理道德得以保存，使中华文明得以恢复生机、繁荣复苏。后来，清王朝的满族统治者采取同样的策略用“夷”来诋毁汉族统治者，并宣称自己才是中华文化唯一的继承人和保护者。钱钟书在“华夷之辨”(“On the Distinction between ‘the Chinese’ and the ‘Barbarians’ (*yi*),” in *Guanzhui pian*, vol. 4, pp. 1486－1490.)一文中，考查了正史中关于“夷”和其他类似污辱语的诸多案例，并认为这些污辱语无论被汉族还是少数民族所使用，都旨在强调“礼教”(ethos)的“劣等”而非“种族”(ethnos)的“劣等”。幸而艾朗诺(Ronald Egan)做了辛苦的翻译工作，使钱先生大量的深邃博学之文得以与英文读者相见。关于这篇文章的英文翻译，参见 Qian Zhongshu: *Limited Views: Essays on Ideas and Letters*, selected and translated by Ronald Egan, Harvard-Yenching Institute Monograph Series, vol. 44, Cambridge, Mass: Harvard Univ. Asia Center, 1998, pp. 373－381。

来颠覆中国传统文化，以便为西方观念和价值大规模的输入扫除障碍。他们希望中国的文化可以通过全盘西化而脱胎换骨，从而变得与西方国家一样强大有力。西方殖民主义者的差异论竟然成为中国人民反帝反封建的利器，这实在是一个具有反讽意味的历史转折。

2. 中西比较文学中的两种论战

在中西比较文学领域中，我们可以看到以上由相似论和差异论所引发的争端。囿于篇幅所限，本文仅针对这两种论战对于中国文学理论界的影响作一论述。在相似论与差异论中，由于前者发挥了更为普遍而重大的影响因而值得特别关注。

通过与西方的比较，中国的文学与批评不断地对自我重新审视，这种坚持不懈的努力大致可以分为两个主要阶段。第一阶段是从 19 世纪末至 20 世纪上半叶，这个阶段的主要特征是试图根据西方的理论框架来解释中国传统的批评概念，重新界定传统的文学体裁以及重写中国文学史。其中一个显著的例证便是王国维采用西方的主客二分法(subject-object dichotomy)对“意境”的重新阐释，以及按照西方悲剧与喜剧的划分标准将中国的戏剧作品进行分类。① 同样典型的例证还有后来朱光潜根据克罗齐(Benedetto Croce)的直觉理论(Theory of Intuition)来讨论中国古典美学。② 当然，在找寻与西方批评体系结构相似性的不懈努力中，我们仍然可以听见一些负面的声音谴责中国的文学传统缺乏某些极为重要的文体和概念，比如梁启超如何为中国传统文学缺乏政治小说而惋惜，鲁迅如何为中国传统诗学压制“疯狂的”浪漫主义理想而义愤。③

第二个阶段大约持续了 20 年，从 20 世纪 60 年代比较文学作为一门学科被海外学界引进，到 70 年代末进入大陆本土。这一阶段的特征，是试图在平行研究模式下针对文本对文本，作者对作者进行简单的比较，这是西方特别是美国比较文学家所采用的主要研究方法之一。如果我们查阅从 20 世纪 60 年代到 80 年代末在大陆、台湾和香港出版的比较文学期刊或年鉴，会发现这种平行比较研究大量存在。然而尽管数量惊人，这一阶段的比较研究却似乎留下更多疑点，远不及第一阶段那样振奋人心。其中部分原因应归咎于平行研究的不恰当运用，这种研究模式最初应用于处在同一文化体系内部的文学作品之间的比较，而并不适用于不同文化系统之间根本差异性的比较。除了方法论上的缺陷，另一个原因是比较文学家们普遍缺乏贯通中

---

① 参见王国维：《人间词话》(Wang Guowei, “Renjian cihua,” in *Wang Guowei wenji*, eds. Yao Jianming [译者按：这里的中文名为姚淦铭，其中“淦”字念 gàn，此处为拼音书写错误]and Wang Yan, 4 vols, Beijing: Wenshi chubanshe, 1997, vol. 1, pp. 141—179.)；《红楼梦评论》(Wang Guowei, “Honglou meng pinglun,” in *Wang Guowei wenji*, vol. I, 1—23.)。我曾在《意境、意象说与刘勰的创作论》一文中讨论过关于王国维改造“意境”这一传统概念的问题，见《〈文心雕龙〉国际学术研讨会论文》(“Yixiang, yijing shuo yu Liu xie de chuangzuo lun,” in *Wenxin diaolong guoji xueshu yantaohui lunwen*, vol. 2, pp. 413—426.)。

② 参见朱光潜：《诗论》(Zhu Guangqian, *Shilun*, Shanghai: Zhengzhong shuju, 1948.)。

③ 我曾在《对于情感的再思考：晚清时期传统中国文学理论的蜕变》(Cai Zong-qi, “The Rethinking of Emotion: The Transformation of Traditional Chinese Literary Criticism in the Late Qing Era,” in *Monumenta Serica*, 45 [1997]: 63—110.)一文中论述了梁启超和鲁迅对于传统中国文学理论的批评。

西的知识素养。倘若说第一阶段的研究体现了那些既精通自己的传统又熟谙西方文学理论的最杰出学者的共同努力，那么第二阶段可被看作是受过教育的大众学者发起的跟风运动，这些人最初只是从事单一的西方文学或中国文学的研究，后来便匆匆踏上了比较研究的探险旅途。因此不足为奇的是，许多比较研究的课题仅仅旨在寻求中国的文学作品对于西方某个主题、母题或文体流于表面的相似性，常常宁愿忽视中西方概念模式和宇宙范式的潜在差异，因而他们也就无法揭示导致其相似与差异的根本原因，无法针对亟待解决的问题给出富有洞见的理论观点。

当我批评这种试图将广阔的中国文学纳入西方理论框架的急切心理或寻求具体的文本对文本、作者对作者的表面相似性时，并不是贬低早期比较文学家的功劳，而是相反心怀感激。且不论其他，首先正是由于认识到他们研究工作中的瑕疵，我们才得以站在他们的肩膀上为比较研究设定更高的目标。倘若没有他们的拓荒工作，中西文学批评也许便不会被纳入同一个知识探究的范围里，中西文学研究也不会达到如此高程度的发展阶段。正因如此，我们当今才可以为超越相似论和差异论而继续奋勉，力求跨越根深蒂固的中西文化偏见，做到真正意义上的“跨文化”。

在本书的第四章到第八章，我提出了两点意见以避免以上两种论战所带来的隐患，试图建立一个真正的跨文化视域。首先第一点，是将比较定位于非文化特性问题上的研究。主要的问题有：第四章中批评体系的形成(the formation of a critical system)，第五章中诗性和谐的本质与作用(the nature and use of poetic harmony)，第六章中的创作过程(the creative process)，第七章中书面语言的力量(the power of written language)，第八章中解构的逻辑和策略(deconstructive logic and strategies)，这些都不是中西传统所各自独有的特性。尽管这些问题不能被归纳提炼为“人类普遍命题”(human universals)，但是却指向了超越文化和时间界限的文学与知识体验的基本方面。关注这些非文化特性的比较研究比起探讨那些西方传统中独有的关键要素却于中国传统无足轻重的论题，能更加有效地摆脱两种论战的弊病。我在书中也谈及一些西方传统所特有的论题，比如第五章中的“表征”(representation)，第六章中的“第一想象与第二想象”(primary and secondary imagination)，第七章中的“意象主义”(imagism)，第八章中的“逻各斯中心主义与语音中心主义”(logocentrism and phonocentrism)。倘若我的比较研究围绕着这几点西方独有的文化特性来展开，那么注定会导致中西双方不均衡而再次落入相似论或差异论的窠臼。

第二步是置于广阔的中西方知识领域来审视我的比较研究，见本书的第一至三章和第五至八章的结尾部分。由于运用内文化的视角而建构起的知识领域，我可以将相似论与差异论的问题在真正的跨文化层面上展开。首先，我不将相似性看做是可以证实两种文化中某种预先存在的共性，或是某一传统的优越性特征，而是将其视为两种文学观念与关注点的会合，这种会合体现了文学体验的共通性。同理，我也不认为差异性可以作为一种文化凌驾于他者文化之上的有力根据，而应是反映各自文化传统在不同方面侧重点的分歧。在叶维廉(Wai-lim Yip)构建的“文化的趋同和分歧”(cultural convergences and divergences)图表中，似乎将这种跨文化视角考

虑了进去。[①]（见图1）

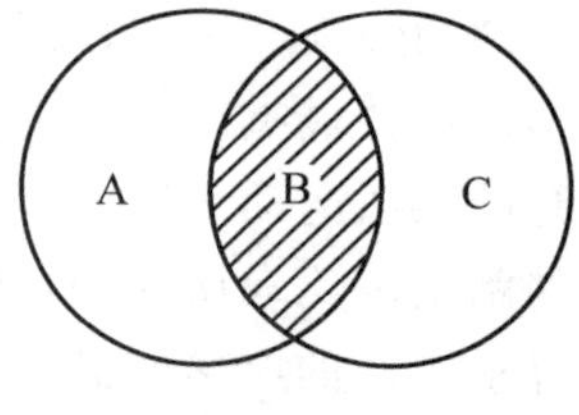

图1

在解释这个图表时，叶氏坚持认为，“我们不能把圆A的结构特性完全置于圆B之上，反之亦如此。”[②]换言之，我们必须杜绝将一个文化模式强置于另一文化模式之中的相似论。同时，叶氏强调了从其自身内部来审视与洞悉各自文化传统的重要性。他提到，“图表中分歧的部分常常比趋同的部分更有利于我们对两种文化模式的深层理解。”[③]值得注意的是，A与B两个圆圈大小相等且对称，两者重叠的阴影部分也是面积均等而对称的。叶氏通过显而易见的对称性，力图强调任何真正意义上的“跨文化”对话必须建立在平等的基础之上。如果不在平等的基础上去构想和指导比较研究，那么两种文化间的比较或对比便很有可能会沦为片面的差异论，导致一方以某种观念和价值的专有性为由而牺牲另一方以彰显自己的文化势力。然而，尽管我对此图表生动呈现真正的“跨文化”视角拍手称赞，但仍然对叶氏针对阴影部分C作为“建立基本模式的基础”或为“建立任何基本共性”[④]的解释存有一丝疑惑。

三　超文化视角：评价相似与差异

“跨文化”视角的建立使克服相似论与差异论成为可能，但并非确保完全杜绝。这种视角将中西文化传统置于平等的基础上，的确有助于避免倾向于某种文化而夸大相似或差异，但却没有提供一个可以合理地考量相似或差异以避免陷入两种片面论断的广阔架构。让我们回顾一下叶氏的图表，对于应如何看待相似与差异表中找不到任何线索，我们只能想象三个可能的出发点：A、B或C。假设我们仅仅从A或B来考查相似或差异，就只能从一个视角来推及双方，这样便陷入了相似论或差异论。同样，倘若我们将注意力仅仅集中在C上，就容易过分强调相似性，甚至将其概括提炼为“普遍共性”，因而忽视了对差异性的考查。

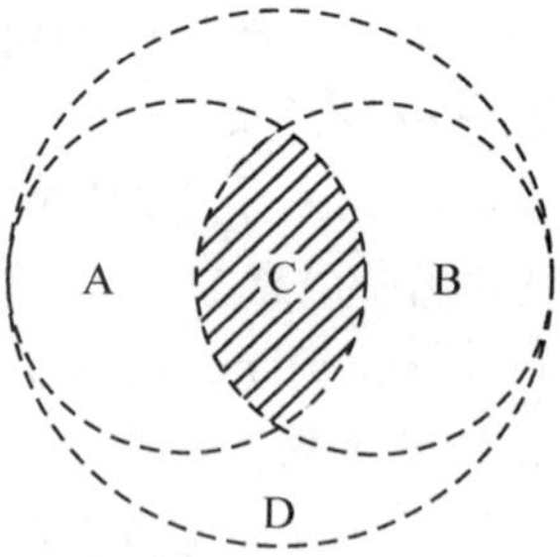

图2

那么，既然这三个出发点都是片面而局限的，我们便需要建立一个更为广阔的超文化视角来考量“跨文化”比较研究中的相似与差异。基于此，我在叶氏图标的基础上构想出了一个新的图表(见图2)。

新的圆D涵盖了上述的内文化视角(A和B)与“跨文化”视角(A、B和C)。鉴于D的包容性，这个新的视角立足于超文化的制高点，力图超越对于任一文化的局限和偏见，从而避免一种文化公然或潜在地强调自身的优越性、

① 叶维廉：《距离的扩散》(Yip, *Diffusion of Distances*, p. 18.)。
② 同上。
③ 同上。
④ 同上。

凌驾于他者文化之上来审视相似性与差异性。这里有必要简要地说明一下超文化视角的哲学依据，尽管这样的解释必然会引发极其复杂、在此难以简单解释清楚的理论问题，即当今有关多元文化主义(multicultualism)和多元种族主义(multiethnicism)的争端。本书所构想的超文化视角，是基于对文化历史性的积极阐释而提出的。文化的历史性首先意味着，所有的文化都是在既定的历史条件下人类发展的产物，一种文化所拥有的一系列观念、价值、惯例也许会被其他文化在后来的历史时期争相模仿，但是当纳入人类历史的广阔图景中来审视，这种处于时间纵轴上的领先地位总是暂时的。无论一种文化看似多么卓越超群，若是一味地孤芳自赏，而不从其他文化中汲取养分进行自我更新，都终究会被那些落后的他者文化所取代。同样，无论一种文化如何被贬损，它总能给予我们一些启发，以便帮助我们更好地了解过去与现在，并为未来构想更加美妙的蓝图。每一种文化总是拥有自我更新、赶超其他文化的发展潜力，这种文化的历史性应该杜绝任何文化和种族向其他文化和种族鼓吹优越性和行使霸权，所有基于自以为是的优越性而导致的文化和种族偏见应该被彻底遏制。更进一步说，如果我们认识到尊重、欣赏和学习每一种文化，甚至可以超越这种相对论的历史思维，去迎接超文化的美好憧憬——将所有的文化和民族视为人类不断进化与发展中的平等参与者。尽管过于理想主义，但这种海纳百川的超文化视角可以有效抵挡两种论战的危害，为我们的比较研究提供切实的保障。

在我看来，中西方比较研究学者不应仅仅在自己的著述中展开超文化视角，而更应该向读者详尽地解释其原理，使针对相似性与差异性的讨论可以在预期的超文化架构中得到阐释。而由于未能建立超文化视角所导致的对于文化不敏感性和种族主义偏见的误解、控诉和反诉案例不计其数。其中最知名的案例要数陈汉生(Chad Hansen)关于中国哲学"真理"概念缺失的讨论。在他这篇引发争议的文章《中国的语言、哲学与"真理"》中，汉生通过语意和语音的分析论证了"中国哲学没有真理概念。"[①]此前，孟旦(Donald Munro)和葛瑞汉(A. C. Graham)已针对此问题进行过讨论，他们认为在具体的中国古代哲学典籍中没有与西方"真理"一词相对等的字符。汉生声称他们的观点"其实不用受单一的词语所限，而是可以推广至整个'中国前佛教哲学'。"[②]汉生一概而论的断言旨在达到一个更为广泛的结论，即关于中国的知识活动、道德系统以及行为规范的异质性。他宣称"中国哲学没有'真理'概念，并不仅

① 陈汉生：《中国的语言、哲学与"真理"》(Chad Hansen, "Chinese language, Chinese philosophy, and 'Truth,'" in *Journal of Asian Studies*, 44, 1985: 492.)。陈汉生在他的早期著作《中国的语言与逻辑》(Chad Hansen, *Language and Logic in China*, Ann Arbor: Univ. of Michigan Press, 1983.)一书中曾详尽阐述了这个中心论点，并且在后来的文章中回应了来自各方的批评，见于《作为语言分析学的中国古典哲学》(Chad Hansen, "Classical Chinese Philosophy as Linguistic Analysis," in *Journal of Chinese philosophy*, 14, 1987: 309—330.)。

② 陈汉生：《中国的语言、哲学与"真理"》(Chad Hansen, "Chinese language, Chinese philosophy, and 'Truth,'" p. 492.)。

仅是表明某种特征的存在，而是强调中国的知识活动与西方从根本上相对立。"①因为"中国哲学极少使用诸如'真理'这种不同于实用主义概念的语意概念，"他提议"我们可以开始质疑中国的道德体系。"②根据他的说法，中国的道德体系代表了一种实用主义模式，"它与我们诚实坦率、信守承诺的普遍道德要求的'直觉'相冲突。"③因此，他认为中国人遵行着与西方迥异的言行准则。"中国人将言语视为具有行为后果的行动，而非用于在理性决策过程中传达信息。"④相比较而言，"一旦我们西方人认为人的概念是一个独立的、理性的、有决心的真理追随者，那么我们便有理由敬重仰慕地看待人。"⑤

如果我们回顾一下前文由卫三畏、哈斯、赛珍珠等人引发的有关差异论的讨论，我们就会理解为何陈汉生关于"中国哲学没有真理概念"的论断会掀起经久不息、至今仍未衰退的争论。⑥ 他的评论与这些东方学家对于中国文化和民族的价值判断致命地相吻合：缺乏灵性、漠视真理、滥于情感、理性思维的缺失以及不可信赖的性格特点。因此不足为奇的是，许多学者将他的论文置于东方学家价值判断的解释视域中，并认为他们所热衷的差异性是具有知识合理性的。无论陈汉生怎样为评论家的曲解而抱屈，他自身对于这样的解读或者在他看来的误读仍然难辞其咎。在我看来，这样的阐释(或误释)很大程度上是由于在探讨中西传统的差异时未能介入超文化的视角。这并非是说两者之间不存在显著的差异，也不是说我们应该杜绝有关差异的任何讨论以免引发文化帝国主义和种族偏见的迹象。问题在于，在一个更为广阔的超文化体系以及人类普遍关注和共同愿望的前提下，我们应该尝试将差异视为具有同等效用的不同解决办法的表现。

在近期的一些中国哲学研究者的控诉和反诉案例中，同样也可以充分说明缺乏超文化视角的危害性。在评论皮文睿(Randall Peerendoom)的《古代中国的法律与道

---

① 陈汉生：《中国的语言、哲学与"真理"》(Chad Hansen, "Chinese language, Chinese philosophy, and 'Trunth'" p. 494.)这种对中国知识活动的描述是对"'真理'概念在中国并不是被抛弃而是彻底的不在场"(杰克·古迪：《西方中的东方》(Jack Goody, *The East in the West*, Cambridge: Cambridge Univ. Press, 1996, p. 30.)这一说法的重申。古迪在书中(pp. 30—48)强调了根深蒂固的欧洲中心主义的观念，宣称中国人在知识上存在缺陷，因此无力满足现代资本主义产生的需求，接受科学、经济以及社会的变革。

② 陈汉生：《中国的语言、哲学与"真理"》, p. 514。

③ 同上。

④ 同上书, p. 515。

⑤ 同上。

⑥ 关于陈汉生观点的诸多评论文章，参见成中英：《公孙龙"白马"以及其他问题》(Cheng Chungying, "Kung-sun Lung: White Horses and Other Issues," in *Philosophy East and West* 33, no. 4, [1983]: 341—353.)；葛瑞汉：《评陈汉生〈中国古代的语言与逻辑〉》(A. C. Graham, "Review of 'Chad Hansen, Language and Logic in Ancient China,' " in *Harvard Journal of Asiatic Studies* 45, no. 2, [1985]: 692—703.)；何莫邪：《评陈汉生〈中国古代的语言与逻辑〉》(Christoph Harbsmeier, "Review of 'Chad Hansen, Language and Logic in Ancient China,'" in *Early China* 9—10, [1983—1985]: 250—257.)；罗哲海：《周代思想的有效性：论陈汉生及其汉学实用主义的转变》(Heiner Roetz, "Validity in Chou Thought: On Chad Hansen and the Pragmatic Turn in Sinology," in *Epistemological Issues in Classical Chinese Philosophy*, eds. Lenk and Paul, pp. 69—112.)。

德：黄老帛书》一书时，戴卡琳(Carine Defoort)反对作者忽视原文中的含混晦涩之处，将“超验原则应用于中国哲学”，以迎合“笛卡尔哲学所诉求的绝对明晰和严格区分的标准。”①她针对作者的观点所提出的批评刚好与之前所述的“差异论”不谋而合，即将中国的本土观念和价值强行纳入西方的概念体系中。然而皮文睿不甘认同这样的评价，在他看来，这篇评论已经超越了一般的学术探究，而已成为“通过制造文化帝国主义的阴霾”②而展开的一场政治控诉。被激怒的皮文睿发起了更加严厉的反诉，他的回复文章标题：“以一个困惑的欧洲人的视角看待理性的美国人和神秘的东方人：对于三种刻板偏见的评论(及回应)——答戴卡琳”充分反映了其回应的强硬态度。他从相反的角度加以论述，认为戴氏的观点代表了“一种倒置的文化帝国主义”，同样是一种错误的“差异论”——“假定中国人不可能像西方人那样智慧，对于相似的问题可以提供相似的解决办法。”③在戴氏的评论中，他同样听到了令人反感的帝国主义辞令：“贫穷的中国人被困在他们自己的世界观里，无力改变现状，只能注定在无尽的极权政治和专制统治中循环周复，这些统治者偏爱人制胜过法制。”④

在这两场争端中，我旨在表明，如果我们不尽最大的可能去避免差异论或相似论，将会如何易于落入政治上的指控与反控的险境中。这两种理论长久地主导着东西方的比较研究，不可避免地遮蔽了我们检验相似与差异的解释视域。因此，为了避免比较研究中的误释，我们必须努力清除解释视域中的阴霾，并建立广阔的超文化视角。只有依靠这样的视角，我们才可以不带有任何优越性地、不用公开或潜在地以一种传统凌驾于另一传统这一错误方式来讨论相似和差异。

本书建立的超文化视角至关重要，因为这关涉到许多东西方比较研究中最敏感的话题，诸如真理与过程(truth vs. process)，超验与内在(transcendence vs. immanence)，理性与情感(intellect vs. feeling)。几个世纪以来，这些话题一度作为两种偏见理论的核心议题，我针对这些问题的讨论也因此很容易被误解与质疑与此有关。例如我在本书第一到第三章中比较西方以真理为中心(Western truth-centered)、中国以过程为中心(Chinese process-centered)的两种文学概念，第四章中将柏拉图知识和谐的纵轴(Plato's vertical axis of intellectual harmony)与儒家道德和谐的横轴(Confucius' horizontal axis of moral harmony)相比较，第五章中比较华兹华斯(William Wordsworth)与刘勰文学创作的感觉与超感觉图式(schemes of sensory and

---

① 戴卡琳：《“天”的超验性：评皮文睿〈古代中国的法律与道德：黄老帛书〉》(Carine Defoort, “The Transcendence' of Tian, a Review of Law and Morality in Ancient China: The Silk Manuscrips of Huang-lao by Randall Peerenboom,” in *Philosophy East and West*, 44. 2, [1994]: 347—368.)。

② 皮文睿：《以一个困惑的欧洲人的视角看待理性的美国人和神秘的东方人：对于三种刻板偏见的评论(及回应)——答戴卡琳》(Randall Peerenboom, “The Rational American and the Inscrutable Oriental as Seen From the Perspective of a Puzzled European: A Review [and Response] in Three Stereotypes-A Reply to Carine Defoort,” in *Philosophy East and West*, 44. 2, [1994]: 368—379.)。

③ 皮文睿：《理性的美国人和神秘的东方人》(Peerenboom, “The Rational American and the Inscrutable Oriental,” p. 373.)。

④ 同上。

suprasensory experiences)，以及第六章中比较中西方关于语言与现实的概念(concepts of language and reality)等等。若置于西方的价值体系中，建立在二元对立的层面上——超验真理超越客观现实，理性超越情感，言语超越书写，那么这些比较无疑助长了有悖于中国传统的价值判断。比如，我针对西方以真理为中心、中国以过程为中心的文学概念所做的对比研究，看似是对西方文化传统优越性与中国传统劣势性的暗示。

为了防止我的理论与旨在驳斥的两种偏见理论产生不恰当的联想，我设法在一个广阔的超文化视角中(如圆D所示)来检验我的比较研究成果。超文化的视角使我在讨论相似性时，可以将其视为两种平等文化的一次意味深长的会合，而不是依据"弱势"传统与"优势"传统的符合程度。同样，这样的比较视角使我能够身处西方的价值体系之外来审视种种根本性的差异，将二者其视为平等、相互阐释的双方。例如，这种视角逐渐启发我认识到，西方对真理的追求和中国的道家思想同样表达了人类追求终极现实的崇高目标，两者之间谁也没有比谁优越。同理，这两种不同的文学概念分别以真理和"道"作为核心内容，构成了两种平等交互的文学理解方式。每一种方式都分别阐明了其各自文学的起源、形成以及功能。另外值得注意的是，这种超文化视角对于重新确立中国文学批评传统的地位意义非凡。这笔丰厚的遗产曾长期地被我们忽视冷落，一旦西方批评家们认同我们的批评传统与西方具有同等地位，他们就将会发现一个全新的、珍贵的灵感来源，用以拓展和丰富他们自身的传统。

最后，我想针对这个新的图表、事实上也是关于整部著作做一个说明。我将圆D，以及A和B的边界设计成虚线而非实线，通过这个改造，我希望可以强调其动态的开放性，每一个圆圈都处在不断地变化发展中。圆A和B不仅代表了既定的文化事实，同时也预示着今天与明天不断变化的文化实践。同样圆C也处于变化与发展中，随着文化间日益频繁的交流、互动与相互影响，这块代表相似的部分也将不断扩大。我坚信，这一范围的扩大并不会以其他文化传统的衰退或消失为代价来实现我们所追求的"人类普遍命题"。恰恰相反，它将有助于激发每一个本土文化的进一步丰富与发展。当我们通过无所不包的圆D来审视圆A和B时，彼此的同化与分化之间辩证的相互作用便会凸现出来。我用虚线来界定圆D，旨在强调它不是一个可以完全实现的具有实际目标的固定领域，而是一个带有理想化视野的开放空间。它激励、支持和引导我们努力去克服所有的文化偏见和刻板印象，以便更好地去理解我们的普遍人性。然而，我也不曾幻想我们的比较研究可以绝对的远离偏见和误解，但是我仍然相信，只要我们将眼光置于超文化的理想之上，我们就能够越来越接近那个理想。本书正是本着超文化理想的精神进行构思与写作的，我希望读者也可以秉承同样的精神去阅读，并将此书作为一个邀请，以便探寻更好的方式来进行中西诗学和文化传统的比较研究。

译者注：

〔1〕蔡宗齐(1955—)，江西金溪人，美国伊利诺伊大学香槟分校中国文学、比较文学教授。著有《抒情转型的基质：中国古代五言诗中的诗歌形式与自我呈现》(Cai Zong-qi，*The Matrix of Lyric Transformation*：*Poetic Modes and Self-Presentation in Early Chinese Pentasyllabic Poetry*，Michigan，1996.)，编有《中国的"文心"：〈文心雕龙〉的文化、创新与修辞》(Cai Zong-qi，*A Chinese Literary Mind*：*Culture*，*Creativity*，*and Rhetoric in Wenxin diaolong*，Stanford，2001.)。本文译自其著作：《比较诗学的三种样态》后记：《中西方文学批评中的内文化、跨文化与超文化视角》(Cai Zong-qi，"Reflections：Intracultural，Cross-Cultural，and Transcultural Perspectives on Western and Chinese Literary Criticism，"in *Configurations of Comparative Poetics*：*Three Perspectives on Western and Chinese Literary Criticism*，Honolulu：University of Hawaii Press，2002，pp. 239－55.)。

和谐诗学

——柏拉图和孔子的诗学

蔡宗齐[①]著　徐定懿译

柏拉图(Plato)(前 427—前 347)和孔子(前 551—前 479)生活在两个没有关联的异质文化世界，而他们生活的时间仅相差半个世纪。不论是从时间还是从空间上来说，这两位思想家对全人类的影响都是巨大的，在大约 2500 年的时间里，柏拉图和孔子的思想分别塑造了整个西方和东亚生活的主要方面。对柏拉图和孔子思想的比较会是一个探寻西方和东亚文化的漫长旅程，通过对柏拉图和孔子思想的比较，我们能够发现西方文化和东亚文化在婴儿期的相同与相异，同时，我们还能够更好地理解这两大文明传统何以这样发展的原因。因此，柏拉图和孔子的比较是植根于比较哲学的。[②] 这种比较覆盖了人类智慧、旨趣非常广阔的范围，但这样的比较却很少处理诗学和美学的话题。为了引起对这个话题的关注，我将把这两位思想家的诗学理论与更广的部分——教育、伦理和哲学关联起来。

我们今天所理解的柏拉图和孔子的诗学理论是几个世纪以来批评阐释的结果，无论是柏拉图还是孔子，他们都没有自觉地建立起一套诗歌理论，他们都是通过与朋友和学生的对话来讨论诗歌艺术的。柏拉图对诗歌的见解与孔子是有所不同的，对关涉到本体论内涵和外延涉及的范围都是如此。[③] 对柏拉图而言，诗歌的种类非常的广，它由人创作或者说归因于缪斯女神，通常来说是有韵的，配合音乐，并在史诗或悲剧中以固定形式出现。孔子则没有形成那么泛化的诗歌概念，或者说他没有在《论语》中像柏拉图在其对话录中讨论那么宽泛的问题。[④] 孔子总的来说没有对

---

① 作者简介：蔡宗齐，伊利诺伊大学香槟校区中国文学、比较文学教授。代表作：《抒情诗模式的转变：早期五言诗的诗歌模式与自我表达》(Cai Zongqi, *The Matrix of Lyric Transformation: Poetic Modes and Self-Presentation in Early Chinese Pentasyllabic Poetry*, Michigan, 1996.)，编撰：《中国文学思想：〈文心雕龙〉中的文化、创造力与修辞》(Cai Zongqi, *A Chinese Literary Mind: Culture, Creativity, and Rhetoric in Wenxin diaolong*, Stanford, 2001.)，本文选自：《比较诗学的结构：西方文学批评与中国文学批评的三个观点》(Cai Zongqi, *Configurations of Comparative Poetics: Three Perspectives on Western and Chinese Literary Criticism*, Honolulu: 2002.)。

② 例如：史华慈著：《古代中国的思想世界》(Benjamin Isadore Schwartz, *World of Thought in Ancient China*, Boston: Harvard University Press, 1985.)，以及郝大维、安乐哲著：《孔子哲学思微》(David L. Hall and Roger T. Ames, *Thinking through Confucius*, Albany: State Univ. of New York Press, 1987.)，这两本书在对柏拉图给出索引时，都带入了较为广阔的范围的柏拉图理念与孔子的比较。

③ 关于柏拉图和中国诗歌概念不同的本体论含义，参见宇文所安著：《中国文学思想选读》(Stephen Owen, *Reading in Chinese Literature Thought*, pp. 26—29.)。在这部研究著作的最后一章，我将会简短评论柏拉图和中国诗歌概念不同的本体论含义。一个深入的对这些本体论含义的阐述需要更多的空间，我只能为某个未来的时机留白了。

④ 即使孔子对文、文学、艺的总体观察都包含在内了，但他的讨论和柏拉图的并不在一个可比较范围内。

诗歌投以关注，不过在《诗》——中国第一部诗歌总集中并非如此，孔子对《诗》的评注，早在汉代，就被认为是对诗的总结而不仅仅只是针对《诗》而已。这样巧妙地以诗鉴诗①的行为，使孔子诗评成了极有价值的关于诗的思想源头，并且使现世意义成为连贯的诗歌理论。在西方批评传统中，柏拉图对诗歌的语录体评价也经受了类似的过程而转化为了连贯的诗歌理论。在下面的讨论中，我们将会看到柏拉图和孔子的诗歌理论的相似处，不仅仅是在思想内涵表达的用语中，也是在他们分别对西方和中国批评传统的源远流长的影响上。

柏拉图和孔子的教育体系：对智慧与道德和谐的培养

对柏拉图和孔子来说，诗歌都不是只有纯粹的文艺目的，它不能与智慧、道德、实用的相关内容相区别开来，它是广义教育体系的完整组成部分。柏拉图和孔子都期望接受精英教育的阶层进入运转理想政府的运作之中，这个政府不但是最有智慧的也是最有道德的。② 这个精英阶层的理想成员就是柏拉图式的哲人或未来的哲人，还有孔子式的君子。自从柏拉图和孔子的诗歌理论在更大范围的文本中被明确表达，将他们两人的教育体系作出简明扼要的比较就显得非常必要了。

柏拉图教育体系的核心是通过音乐、体育(体操)的教育以及智力教育(数学、几何、天文学)、纯粹理性(辩证法)的训练达到严格、合乎规则的才智和谐的培养。理想国年轻护卫者的培养要用一生的时间一步步完成。

对年轻护卫者的教育应该从音乐开始，柏拉图的音乐教育也包括文学，这是因为年轻护卫者在体力上还比较弱，不能通过体育训练来发展韵律与协调性。体育训练紧随音乐。在众多体力训练方法中，柏拉图推崇军事化训练，其特征是持续的粗糙的饮食和艰苦的体力训练。对他而言，这种简单的训练是身体健康的根源，正如简单的音乐才是心灵的节制。③ 一个人通过这样的训练并不仅仅是有一个好的体格，

---

① 在语文学和美学上都有很好的理由来作这个辨别。在孔子以及他之前的时代，诗已经交替的作为《诗》和广义上的诗歌在使用了。后者的使用在早期文本中非常丰富。最好的一个例子就是“诗言志”，这是汉代以前最早的对诗的陈述(参见第二章关于早期诗歌及论述的讨论)。汉以后，《诗》的使用转为诗歌写作开始作为文人中最初纯文学的目的。除了语言学上的原因，还有美学上的因素在汉代的文学批评以后将《诗》与诗区分开来。总之，孔子在讨论《诗》时密切关注的是美学问题，而其他问题涉及较少。因此对批评家来说在孔子对诗的整体评论中，抽出显著的美学含义是非常合理的。顺着这条建立起来的解释传统，我将展现孔子对古代诗集的评论以及对诗的总体评论。作为总览中国诗学儒家传统，可以参阅：青木正儿著：《支那文学思想史》(Tokyo, 1943.)，见：《青木正儿全集》(Tokyo：Shunjūsha，1969，vol. 1，pp. 19－39 and pp. 153－58.)；以及郭绍虞著：“先秦儒家之文学观”，见于《照隅室古典文学论集》，第一卷，149—157 页，上海：上海古籍出版社，1983。

② 柏拉图将贵族政治定义为“最好的政体”并且与其他三种政体进行有利的比较(寡头政体、民主政体、僭主政体)，参见柏拉图著：《理想国》(Plato，*Republic*，bk. 8，545－569)；参阅柏拉图著：《柏拉图对话录》(Plato，*The Dialogues of Plato*，trans. and ed. Benjamin Jowett，New York：Random House，1937，vol. 1，pp. 803－828.)，在柏拉图和孔子的理想政体的异同比较中，总是设定了“君子”的产生方式。参阅史华慈著：《古代中国的思想世界》(Benjamin Isadore Schwartz，*World of Thought in Ancient China*，pp. 96－97.)。

③ 《理想国》(*Republic*，bk，3，404.)；《柏拉图对话录》(*Dialogues*，vol. I，p. 669.)。

同时也关系智慧的发展，而不是期望对理想国无用地延长个人的生命。[①] 强调在体育和音乐教育之间适度的平衡，柏拉图注意到："只是体育会导致野蛮，而只是音乐又消解和削弱它本身的优势。"[②]既有了体育的强韧又有了音乐的彬彬有礼，青年就能拥有比例适当且和谐的心灵，这样就能"不知不觉地朝着真理的王国迈进。"[③]

在这个阶段，年轻的护卫者思想上还太稚嫩不能处理纯粹理性的东西，在从事沉思实存之前，他们也必须接受算术、几何以及初级的天文学训练。这三门科学以自己的方式为青年学习辩证法或者说纯粹理性做好准备。算术迫使"心灵去推论抽象数字，并且拒绝采用可见的或有形的事物参与辩论。"[④]出色的抽象使几何学引领着心灵凝视"充斥着存在的完满形式之处。"[⑤]对柏拉图而言，天文学或者固体运动研究，都是毕达哥拉斯和谐学说的姐妹科学，它乍看起来或者初听起来——都错误地与物质和可感知事物相关联而不是与永恒不朽的彼岸世界相关。但正如本杰明·乔威特(Benjamin Jowett)所言："将研究的眼光驻留于善而不是经验上的流行上"，这才能成为对年轻人有价值的研究。[⑥]

年轻的护卫者需要在他们 12 岁的时候完成科学、音乐和体育的训练。其中最优秀的升入更高层次的学习，及柏拉图称之为科学的"内部交流团体"。[⑦] 这些被选中的青年必须掌握这样的知识——"自然科学之间的关系以及它们和实存之间的关系，"并且到 30 岁最终必须有思辨能力或者说掌握辩证法的才能。[⑧] 然后，最有前途的这些学员再进入更高荣誉的阶段，他们将被教授如何"放弃使用洞穴中的火光和感官，与真理一起到达实存。"[⑨]经过五年的哲学学习之后，这些学员们返回世间，组建军队或者其他机关部门来抵御诱惑和灾难。最后，当他们到 50 岁时，就能致力于政治服务并且能够通过辩证法达到绝对善，这是唯一远离假象的真知，并直达第一因。通过辩证法或者纯粹理性，他们"向着宇宙之光张开心灵的眼睛，这光在至善的背后，能照亮一切事物。"[⑩]值得注意的是，在这个过程中哲人王的心灵不仅仅起了超验转化，并且在至善中也发现了"据此范式而规范出来的国家和人民的个人生活，以及他们自己的生活。"[⑪]在他们尽到了哲人王的职责后，他们将"离开去智慧岛上定居"并且被尊为先贤在城邦中被永远纪念和献祭。[⑫]

和柏拉图一样，孔子也将和谐的培养置于他教育体系的核心。他对其学生的培

---

① 《理想国》(*Republic*, bk, 3, 406—407.)；《柏拉图对话录》(*Dialogues*, vol. I, pp. 670—671.)。
② 《理想国》(*Republic*, bk, 3, 410.)；《柏拉图对话录》(*Dialogues*, vol. I, p. 675.)。
③ 《理想国》(*Republic*, bk, 6, 486.)；《柏拉图对话录》(*Dialogues*, vol. I, p. 747.)。
④ 《理想国》(*Republic*, bk, 7, 525.)；《柏拉图对话录》(*Dialogues*, vol. I, p. 785.)。
⑤ 《理想国》(*Republic*, bk, 7, 526.)；《柏拉图对话录》(*Dialogues*, vol. I, p. 786.)。
⑥ 《理想国》(*Republic*, bk, 7, 531.)；《柏拉图对话录》(*Dialogues*, vol. I, p. 790.)。
⑦ 《理想国》(*Republic*, bk, 7, 531, 537.)；《柏拉图对话录》(*Dialogues*, vol. I, pp. 791, 797.)。
⑧ 《理想国》(*Republic*, bk, 7, 537.)；《柏拉图对话录》(*Dialogues*, vol. I, p. 797.)。
⑨ 《理想国》(*Republic*, bk, 7, 539.)；《柏拉图对话录》(*Dialogues*, vol. I, p. 799.)。
⑩ 《理想国》(*Republic*, bk, 7, 540.)；《柏拉图对话录》(*Dialogues*, vol. I, p. 799.)。
⑪ 《理想国》(*Republic*, bk, 7, 540.)；《柏拉图对话录》(*Dialogues*, vol. I, p. 799.)。
⑫ 《理想国》(*Republic*, bk, 7, 540.)；《柏拉图对话录》(*Dialogues*, vol. I, pp. 799—800.)。

养首先是道德上的和谐，其次才是智慧的和谐。对柏拉图而言智慧和谐的顶峰是对真理的认识，而孔子的道德和谐理论会导向最高的美德——“仁”，“仁”的概念包括但不局限于善、人道、仁爱以及其他美德。[①] 使这个核心概念得以统一的是内在和外在的完美状态最终能为人所达到。虽然孔子很少谈到个人“仁”的显现，他认为“仁”的达到是他广义教育历程的最终目的。

正如柏拉图相信教育应该从诗歌学习开始，因为它对青年的心智有利，孔子也是这样认为的。然而在诗歌教育之后，孔子和柏拉图的看法就大不相同了。柏拉图在诗歌教育之后紧随的是体育和理论科学，而孔子则致力于德育。对孔子而言，德育绝不仅仅是外在强加的繁文缛节对内在和外在生命起规范作用。倒不如这样说，德育能使人们培养和谐的品性并帮助社会不同阶层建立起和谐的关系。

对孔子来说，君子是能成功培养内在和外在和谐的人。君子能在任何场合表达出他文质彬彬的内在气质。温婉是美德的一面镜子，孔子认为这是非常关键的，因为它是发展和谐品质的关键。这意味着避免了言论、行为、思想上的极端：

> 君子所贵乎道者三：动容貌，斯远暴慢矣；正颜色，斯近信矣；出辞气，斯远鄙倍矣。[②]

正如《论语》所言，中庸之道在孔子描述君子时始终占据首要位置。在赞美君子的品质时，孔子总是强调他的德性不会过度以至于过错。君子，就像孔子本人“子温而厉，威而不猛，恭而安。”[③]他在一些场合“矜而不争”，在另一些场合则“和而不同”。[④]

在君子不论在学习还是在行为上，其性情达到和谐之后，他应当被国家委以重任，通过他德性的温文尔雅，在个人生活和社会生活中帮助整个社会达到和谐。君子“其行己也恭，其事上也敬，其养民也惠，其使民也义。”[⑤]并且，君子“畏天命、

---

① 要了解“仁”包含了多少不同的含义只需参阅陈荣捷编：《中国哲学著作选读》(Wing-tsit Chan *A source Book in Chinese Philosophy*, Princeton: Princeton Univ. Press, 1963, p. 789.)。不同英译列表即可。关于“仁”的翻译，参阅陈荣捷著：《中国与西方对“仁”的解读》，见《中国哲学期刊》(Wing-tsit Chan, “Chinese and Western Interpretations of *jen* (humanity),” in *Journal of Chinese Philosophy*, Vol. 2, 1975, pp. 107－129.)，以及杜维明著：《〈论语〉中“仁”的生存隐喻》，见《东西方哲学》(Tu Wei-ming, “*Jen* as a Living Metaphor in the Confucian *Analects*,” in *Philosophy East and West*, Vol. 31, 1981, pp. 45－54.)。

② 亚瑟·韦利译：《论语引得》(Waley, *Lunyu yinde*, 8/4; *The Analects of Confucius*, New York: Random House, 1938, VIII; 4, p. 133.)。亚瑟·韦利译：《论语引得》(Waley, *Lunyu Yinde*, 2/14, 4/10, 7/37.)；《论语》(*Analects*, II, 14, p. 91; IV, 10, p. 104; VI, 16, p. 119; and VII, 36, p. 131.)。

③ 亚瑟·韦利译：《论语引得》(Waley, *Lunyu Yinde*, 7/38.)；《论语》(*Analects*, VII, 37, p. 131.)。

④ 亚瑟·韦利译：《论语引得》(Waley, *Lunyu Yinde*, 15/21, 13/23.)；《论语》(*Analects*, XV, 21, p. 197 and XIII, 23, p. 177.)。另一处对君子和谐品质的描写参见亚瑟·韦利译：《论语引得》(Waley, *Lunyu yinde*, 20/2.)；《论语》(*Analects*, XX, 2, p. 232.)。

⑤ 参阅亚瑟·韦利译：《论语引得》(Waley, *Lunyu Yinde*, 5/16.)；《论语》(*Analects*, V, 15, pp. 110－111.)。

畏大人、畏圣人之言。"[①]多亏君子对这些中庸态度的采纳，他能与所有人保持和谐的关系。君子的恭顺赢得父母的喜爱，从而巩固家庭和谐。他的忠诚为君主所信任，并且巩固了君臣上下的和谐。他对朋友"敬而无失，与人恭而有礼，四海之内皆兄弟也"[②]。君子的慷慨和同情心会为他赢得更多的尊重和支持从而在更大的社会范围内维护平安与和谐。总之，君子内在的和谐会发散得很宽很远，从个人到家庭到国家乃至全天下。

和柏拉图不同，孔子没有为他的德育描绘出一个最终的时间进度表。没有任何迹象表明他预期在一个指定时间内达到一个确定类型的道德和谐。不过，孔子很珍视他德性发展历程的大致模式，这在某种程度上近似于柏拉图。他谈到自己德性发展历程时示意了这种模式：

> 子曰：吾十有五岁而志于学，三十而立，四十而不惑，五十而知天命，六十而耳顺，七十而从心所欲不逾矩。[③]

如果我们将这还有其他旁引的段落与我们读到的《理想国》(*Republic*)并置起来就能看出，柏拉图和孔子在设定教育时具有一个可比的目标，就是内在和外在的统一和谐。柏拉图强调在思考的更高领域上取得心智的和谐，孔子则致力于扩展内在道德的和谐至人生更广阔的外延。此外，两位思想家对心智德性的培养过程都设定了比较宽的时间范围。他们都认为，个人灵性生命的开始都起于诗歌艺术的教育；到中年，在提升内、外和谐中，得到发展；以达到纯粹的知或是自觉的闻道为顶点。

用诗：有利的影响 VS. 不利的影响

柏拉图和孔子都将对用诗的看法纳入到了他们的教育体系中。一方面，他们赞同用诗是培养心智与道德和谐的极佳工具。他们认为诗的和谐能在人的意识中导致微妙而有效的影响，其作用超过了其他任何的和谐。另一方面，柏拉图和孔子认为，诗歌作为最不重要的学习科目之一，在他们各自的教育体系中，其地位只是辅助性的，并且他们担心诗歌会唤起对感性和世俗的愉悦。为了防止这样的不利影响，他们禁止在教育后期用诗而且要清除坏诗的影响。

在《理想国》(*Republic*)第三卷，柏拉图细致描述了诗歌和文艺的作用：

> 格劳孔啊！就是因为这个缘故，所以诗歌和音乐的教育尤其重要：节奏与韵律植根于心灵深处，在那里牢牢生了根，人就会变得温文有礼。再则，一个受过恰当教育的人，对艺术和自然的缺点也会敏感，因而也会对丑恶的东西非

① 亚瑟·韦利译：《论语引得》(Waley, *Lunyu Yinde*, 16/8.)；《论语》(*Analects*, XVI, 8, p. 206.)。

② 亚瑟·韦利译：《论语引得》(Waley, *Lunyu Yinde*, 12/5.)；《论语》(*Analects*, XII, 5, pp. 163—164.)。

③ 亚瑟·韦利译：《论语引得》(Waley, *Lunyu Yinde*, 2/4.)；《论语》(*Analects*, II, 4, p. 88.)。

常反感，对优美的事物会非常赞叹，受其鼓舞，并从中吸取营养，从而成长起高贵的心灵。对丑恶的事物他能不自觉地加以嫌恶，虽然他还年轻，不知道这是为什么。等到长大成人，理智到来，他会像老朋友那般欢迎它，因为他所受到的教育使他已经非常熟悉理智了。

我同意，他说：这就是文学和音乐教育的目的。①

在这里，柏拉图有两个原因认可诗歌文艺的用途。第一，它们能唤起青年健康的对不和谐和丑恶的厌恶。第二，它们能带来外形和心灵的优雅。通过诗歌和音乐，柏拉图主张和谐与韵律的优雅"应该入目入耳，如同从至纯之地吹来的和煦的微风，在不知不觉中将我们从幼时带入到理性之美中去。"②在适合青年的诗歌和音乐中，他尤其颂扬了两种质朴的类型：一种"是在命运的打击时能有坚定的步伐决心继续向前的"，还有一种是在成功时一个明智的人表现出的谦虚和智慧。③

柏拉图激烈地拒绝在更高的教育层次上用诗，正如他赞同在教育的最初阶段要用诗一样。在《理想国》(*Republic*)中，柏拉图表达了他著名的对诗的谴责：

我想，他说，我们能最终确定下来他就是对其他事物制造的模仿者吧。

很好，我说；这样你就能叫他在自然，模仿者之后的更低层次的第三位模仿者了吧？

是的，他说。

悲剧诗人是一个模仿者，并且，像其他模仿者一样，他只是对理念的模仿之模仿的再现。

看起来确实如此。④

在早期作品中，柏拉图谴责一些特定的诗歌，因为它们模仿罪恶，柏拉图在这里却谴责了全体诗歌，因为它们只是模仿的艺术，尽管有可能是模仿好的道德。他谴责诗歌不是因为伦理道德的原因，而是哲学层面上的。诗歌是不被他的理想国接纳是因为两个相关的认识论上的原因，第一，诗歌模仿并不能引导心灵在特殊事物的感觉之下达到普遍性或绝对真理的本质的理解。正如理查德·坎尼希特(Richard Kannicht)指出的，对柏拉图而言"纯粹、首要的真理(即辩证法附着于理念)充满了哲学意味的细节都排斥模仿诗，因为再现这个世界只有重复的意义，并且距离理念有着

① 《理想国》(*Republic*, bk. 3, 401—402.)；弗朗西斯·麦克唐纳·康福德译，《柏拉图理想国》(Plato, *The Republic of Plato*, trans. Francis MacDonald Cornford, New York and London: Oxford Univ. Press, 1941, p. 90.)，这里我使用康福德的译本代替了乔伊特(Jowett)的译本，因为它更详细的论及了诗歌与音乐，对现下的讨论更合适。

② 《理想国》(*Republic*, bk, 3, 401.)；《柏拉图对话录》(*Dialogues*, vol. I, p. 665.)。

③ 《理想国》(*Republic*, bk, 3, 399.)；《柏拉图对话录》(*Dialogues*, vol. I, p. 662.)。

④ 《理想国》(*Republic*, bk, 10, 597.)；《柏拉图对话录》(*Dialogues*, vol. I, p. 854.)。

不可确定的遥远距离。”①第二，诗歌模仿能激起心灵底层的激情，而阻挡了心灵中更好的那一部分——理性。就这一点而言，柏拉图笔下的模仿诗是“唤醒并滋养了感觉，削弱了理性……植入了恶的构造，因为他沉溺于非理性。”②

可能因为大范围攻击诗歌是在《理想国》(*Republic*)的最后一卷，它会歧义地表现柏拉图对诗歌的最终看法。不论何种情况，在文艺批评的选集中它都被广泛应用，而前面柏拉图对诗歌更为肯定态度的篇章则被孤立出去。③ 这必然会曲解柏拉图成为西方诗学史上众所周知的诗歌公然的敌人。

柏拉图在《理想国》(*Republic*)第 10 卷中对诗歌的否定态度，并不能看作是他早期对话录和《理想国》(*Republic*)前卷对诗歌公正、正面评价的发展和继续。相反，他这两种矛盾的看法应当被视为柏拉图诗歌理论矛盾的两极，每极都曾在不同的历史时期对西方文艺批评产生了巨大影响。柏拉图对诗歌否定的转向并不是一个最终定论，但是，一个新的诗歌观点在他成为苏格拉底的门徒后发展起来了。④ 不同于苏格拉底，他对这种新观点的吸纳与他讨论的上下文语境有着关联。在《理想国》(*Republic*)前面几卷讨论青年的教育时，柏拉图非常自然地区分了好诗与坏诗，并列举了恰当用诗的原则。当对话进入到第 10 卷关于理念论的讨论时，对柏拉图来说宣告诗歌对感官世界的奴役则是非常明智的。

根据柏拉图关于哲学家使命的理想，这是一个双重的旅途——首先进入理念世界，然后降回到现象世界⑤——通过这个我们能更好地理解柏拉图对诗歌的矛盾态度。当他从理念世界的角度来看待诗歌时，他持肯定的态度并认为诗歌是达到心灵和谐的牢固基石，是有用的。不过当柏拉图重回到现象世界的角度来看诗歌，并遭

---

① 理查德·坎尼希特著：《哲学与诗歌的古老纷争》(Richard Kannicht, *The Ancient Quarrel Between Philosophy and Poetry*, Christchurch, New Zealand: Univ. of Canterbury, 1988, p. 30.)。

② 《理想国》(*Republic*, bk, 10, 605.)；《柏拉图对话录》(*Dialogues*, vol. I, p. 863.)。

③ 在艾伦·吉尔伯特著：《文学批评：柏拉图到屈莱顿》(Allan H. Gilbert, *Literary Criticism: Plato to Dryden*, Detroit: Wayne State Univ. Press. 1940, pp. 3—62.)，众多的从柏拉图的引述中，极少的篇幅柏拉图没将诗服从于批评。贝特编：《批评：主要文本》(W. J. Bate, *Criticism: the Major Texts*, New York: Harcourt, Brace & World, 1952, pp. 39—49.)，只选取了柏拉图在《伊安篇》(*Ion*)和《理想国》(*Republic*)第 10 卷对诗歌消极评价部分。在当今的批评选集中，我们发现柏拉图的诗歌观点得到了更均衡的展现。比如，亚历克斯·普雷明格，小哈里森以及凯文·凯朗内编：《古典与中世纪文学批评：翻译与解释》(Alex Preminger, O. B. Hardison, Jr. and Kevin Kerrane eds., *Classical and Medieval Literary Criticism: Translations and Interpretations*, New York: Frederick Ungar, 1974, pp. 21—96.)；以及罗伯特·孔·戴维斯和劳里·芬克编：《文学批评与理论：从古希腊到现在》(Robert Con Davis and Laurie Finke eds., *Literary Criticism and Theory: The Greeks to the Present*, New York: Longman, 1989, pp. 44—59.)。

④ 参阅杰拉尔德·埃尔斯著，彼得·布莱恩编：《柏拉图与亚里士多德的诗学》(Gerald F. Else, *Plato and Aristotle on Poetry*, ed. Peter Burian Chapel, Hill: Univ. of North Carolina Press, 1986, p. 4.)：“苏格拉底给予柏拉图的心灵震撼在于对更古老的偶像崇拜的反抗姿态，否定与挑战当时的历史传承。他发现自己面对着两个世界的选择，两种非此即彼的生活方式，最后他选择了‘哲学’。不过这种选择导致了诗歌的驱逐，因为诗歌毫无疑问属于那一个被他放弃了的世界。”

⑤ 关于柏拉图对诗歌描写的双重旅程参阅《理想国》(*Republic*, bk, 7, 514—520.)；《柏拉图对话录》(*Dialogues*, vol. I, pp. 773—779.)。

遇到诗的模仿这一堕落的本质时，他就不能再接纳这负面的本质并将诗歌驱逐出了理想国。但是他这样做，只是揭示了诗歌在超验理念中的低下地位，并没有否定它在感官世界中的作用。事实上，根据柏拉图的理论，当哲人王回到感官世界时，他就应该寻求复制下他已经发现了的至善的模式。诗歌，在众多感官物中是再创了一个角度，由此引出了在感官世界背后的真理世界。

这种对诗歌的修正主义态度在柏拉图的《蒂迈欧篇》(*Timaeus*)、《法篇》(*Laws*)以及其他《理想国》(*Republic*)之后的对话录中能得到证实。下面从《蒂迈欧篇》(*Timaeus*)中引用的这段，就能看出柏拉图在其后期对话录中对诗歌的修正主义态度：

> 进一步，音乐能够进入人的听觉并被我们接受，乃是因为我们有和谐的本性。和谐是一种和我们的灵魂进行相似的运动。它并非如缪斯的理性崇拜者们所认为的乃是非理性的快感，当今人们就是这样认为的。相反，和谐的用处是纠正人的灵魂运行，即当它偏离时使它回到和谐正轨上。戒律也是这样给予我们的，它可以帮助无序无理的人类灵魂回归秩序。①

这一段一定程度上扭转了前面《理想国》(*Republic*)第 10 卷对诗歌的观点。在第 10 卷中，诗歌被贬责因为它处理的是感性外观，而不是超感性的真理。但是，诗表达的声音，以及听觉感受都不会使诗歌失宠。相反，这些是诗歌和谐与“心灵重生”的联系所在。诗在《理想国》(*Republic*)第 10 卷中被谴责，因为它唤起人的激情或者说“非理性的准则”。在这里，诗歌的和谐和韵律被视为受欢迎的助手改正心灵的不当，并“将她自己带入和谐之中。”正如威廉·格林(William C. Green)所说，柏拉图自己对诗歌是非常友好的，不过在其后来的对话录中因为他是作为“一个在真理层面上达到更高水平的诗人，于是对诗歌就有了更严肃的用意。”②鉴于重申诗歌对哲学思维的无用，柏拉图在《法篇》(*Laws*)中又开始讨论诗歌的教育作用，正如在《理想国》(*Republic*)的前面几卷一样。再一次，他指出了恰当的教育应当是“首先通过阿波罗和缪斯所给予的，”③以区分好的诗歌和音乐以及坏的诗歌和音乐，使得诗人描绘好人的特征，④ 并且提倡严格的审查以抵制诗的滥用。⑤

和柏拉图相似，孔子也认为对青年来说诗歌是非常有用的培养内、外和谐的工具。柏拉图认为好诗能传递和谐的优雅和韵律到青年的心灵中。孔子则认为，好诗能教会青年调节他们内在的感受并使他们在与他人相处中保持和谐。这个观点在孔

---

① 《蒂迈欧篇》(*Timaeus*, 47.)；《柏拉图对话录》(*Dialogues*, vol. 2, p. 28.)。

② 威廉·格林著：《柏拉图的诗歌观点》见于《哈佛古典哲学研究》(William C. Greene, “Plato's View of Poetry” in *Harvard Studies in Classical Philology*, vol. 29, 1981, p. 65.)。同时参阅赛克斯著：《古希腊诗论》(E. E. Sikes, *The Greek View of Poetry*: New York: Barnes & Noble, 1931, pp. 83—90.)。

③ 《法篇》(*Laws*, 654.)；《柏拉图对话录》(*Dialogues*, vol. 2, p. 432.)。

④ 《法篇》(*Laws*, 660, 668 and 700—701.)；《柏拉图对话录》(*Dialogues*, vol. 2, p. 438, p. 445—446, p. 474—476.)。

⑤ 《法篇》(*Laws*, 817.)；《柏拉图对话录》(*Dialogues*, vol. 2, p. 571.)。

子对《诗》的评价中得到了清晰的表达：

> 子曰：小子何莫学《诗》?《诗》可以兴，可以观，可以群，可以怨。迩之事父，远之事君，多识于鸟兽草木之名。①

除了最后提到诗可以作为启蒙读物的用处，这里讨论的所有诗歌功能都是加强内在和外在和谐的。孔子不仅仅是清晰地表述了用诗能调节父子、君臣的关系，同时也指出了四条诗歌能加强人际关系的途径：兴、观、群、怨。虽然没人明白这四个词的确切含义，解经家和批评家在过去两千年提供了无数的注释和评论，不过我们查看其中最著名的注释和评论，就能发现这四个词都是适合于内、外和谐的达到的。

"兴"这里指"起兴"，孔安国(汉代)注为："引譬连类。"，朱熹(1130—1200)②注为"感发意志"。这两个注释说明了两种不同的诗歌给读者带来的好处：唤起道德自觉和帮助读者用诗的隐喻更好地表达自己。非常值得注意的是，对孔子来说，诗歌引起的道德理念超过原始感性。③ 显然，孔子对道德自觉的唤醒非常重视，因为他坚信通过这个过程，个人能疏通自己的情感以至道德情感，并达到感受和思想的内在和谐。④

"观"被郑玄(127—200)注为："观风俗之盛衰。"⑤朱熹注为："考见得失。"⑥皇侃(488—545)解释了郑玄对"观"的注释："所谓诗有诸国之风，风俗盛衰可以观览而知。"⑦根据郑玄和朱熹的注释，通常都认为孔子把诗歌作为国家政治清明或昏暗的镜子，读者从中能读出社会的和谐与混乱。通过观察诗中好政府和坏政府的描写，他相信正如王夫之所言人能学会"褒刺以立义。"⑧

"群"被孔安国注为："群居相切磋。"⑨朱熹注为："和而不流。"⑩注疏家在注"群"字时无疑是注意到了孔子这样的言论的："群居终日，言不及义，好行小慧，难

---

① 《论语引得》(*Lunyu Yinde*, 17/8.)；采用本人的翻译。亚瑟·韦利译：《论语》(*Analects* trans. Waley, XVII, 9, p. 212.)。

② 朱熹(1130—1200)：《论语集注》(SBBY edn., 9. 3b.)。

③ 例如：当子夏描述到关于女性的美貌时将其与礼制问题相关联，孔子很赞同他道德式解读并认为与子夏可以言《诗》也。参阅亚瑟·韦利译：《论语引得》(*Lunyu Yinde* trans. Waley, 3/8.)；《论语》(*Analects*, III, 8, pp. 95—96.)。

④ 关于孔子对《诗》的观点的变相影响，杜维明著：《道、学、政：论儒家知识分子》(Tu Wei-ming, *Way*, *Learning*, *and Politics*, Albany, State University of New York press, 1993, p. 5.)："诗学的观点强调的是人类社会群体内在共鸣，包括心灵语言，它言说人类的共通情感以及人类相互关系而不用诉诸艺术的争论。诗歌营造的社会和谐有着同步的韵律。人在这样的社会环境中的内心活动，正如对相似音乐曲调和舞蹈形式的自然跟随的和谐互动。"

⑤ 何晏(190—249)：《论语集解》(SBBY edn., 17. 4b.)。

⑥ 《论语集注》(*Lunyu jizhu*, 9. 13b.)。

⑦ 皇侃(488—545)：《论语集解义疏》(日本足利刊本 edn., 9. 10b.)。

⑧ 王夫之：《论语训义》(太平洋书局排印船山遗书本 edn., 21. 10.)。

⑨ 《论语集解》(*Lunyu jijie*, 17. 4b.)。

⑩ 《论语集解》(*Lunyu jijie*, 9. 13b.)。

矣哉。”[①]这些注疏家相信“群”这个词不仅仅是指拒绝坏的群体的影响，而且还要组织成正如《诗》中表达的道德高尚的君子的群体。

孔安国对“怨”的注释为“怨刺上政”朱熹注为“怨而不怒”。如果从字面上来说，“怨”这个词就只意味着“抱怨”，并且可能会有错误的猜测：孔子鼓励人民通过诗释放他们的抱怨，这当然是违背孔子中庸与克己的主张的。[②] 为了避免这种误读，一些注疏家以敏感的态度来对待人民表达“怨”这一与《诗》的总体态度是有悖的情感。比如张居正就认为《诗》：“其发抒悲怨于责望之下，犹存乎忠厚之情，学之，则可以处怨，虽怨而不至于怒矣。”[③]

根据“兴、观、群、怨”[④]这四个词语的注释，我们能看出孔子赞同在一个较广的层面上学诗，以增加对道德和谐的培养。和柏拉图一样，孔子也将《诗》的学习作为培养道德和谐的最初阶段。孔子说：“兴于《诗》，立于礼，成于乐。”[⑤]根据包咸(公元前6—65)对这句话的阐释，“兴于《诗》”意指个人的道德培养从读《诗》开始，而“立于礼”意为人应当立足于坚实的道德立场。“成于乐”根据刘宝楠(1791—1855)的解释是：“乐所以成性。”[⑥]总而言之，孔子强调了礼制对道德教育的重要帮助，并认为诗只是培养恰当的情操以达到道德培养之目的。

从孔子教育的科目来看，学诗无疑只是辅助性角色。当提到学习科目的顺序时，孔子将诗与文艺的教育置于其他科目之前：“子以四教：文、行、忠、信。”[⑦]在这四门中，第一门最广义地包含着文学与艺术，后面三门包含了道德教育的大多方面。从文学教育到道德教育的顺序同样也反映在其他篇章中，“君子博学于文，约之以礼，亦可以弗畔矣乎。”[⑧]当孔子谈论这几门学科时，为了突出其重要性，他将文艺置于最低的地位。例如他告诫他的学生，“志于道，据于德，依于仁，游于艺。”[⑨]虽然孔子自己没有解释为什么诗艺在他教育系统的最底层，[⑩] 但并不难理解他为什么这样做。从他评诗时贬斥放纵的内容和过分绚丽的韵律中，孔子表达了对文艺滥用会对和谐导致的危害的深刻担忧。虽然他没有像柏拉图在《理想国》(*Republic*)中那样，将他的担忧转化为对诗下达的禁令，但他感到对诗和文艺必须加上强烈的道德

---

① 《论语引得》(*Lunyu yinde*，15/17.)；采用本人的翻译。亚瑟・韦利译：《论语》(*Analects* trans. Waley，XV，16，pp. 196－197.)。

② 孔子告诫人们反对责难天命，或怨人以及对家人朋友的责怪。参阅亚瑟・韦利译：《论语引得》(*Lunyu yinde* trans. Waley，12/2.)；《论语》(*Analects*，XII，2，p. 162.)。

③ 《论语直解》(志正中学讲义排印本 edn.，17. 6b.)。

④ 对于此四字，参阅郭绍虞，“兴观群怨说剖析”，见于《照隅室古典文学论集》，第一卷，390—411 页，上海：上海古籍出版社，1983；以及吕艺著：“孔子与兴观群怨本义再探”，《文学遗产》，1985. vol. 4，1—11 页。

⑤ 《论语》(*Lunyu*，8/8.)；采用本人翻译，孔子著：《论语》(*Analects*，VIII，8，p. 134.)。

⑥ 刘宝楠(1791－1855)：《论语正义》，*SBBY* edn.，20. 9－10。

⑦ 亚瑟・韦利译：《论语引得》(*Lunyu Yinde* trans. Waley，7/25.)；《论语》(*Analects*，VI，24，p. 128.)。

⑧ 亚瑟・韦利译：《论语引得》(*Lunyu Yinde* trans. Waley，6/27.)；《论语》(*Analects*，VI，25，p. 121.)。

⑨ 《论语》(*Lunyu*，7/6.)；采用本人翻译，《论语》(*Analects*，VII，6，pp. 123－124.)。

⑩ 六艺指礼、乐、射、御、书、数。

和美学原则。我接下来就会讨论这个道德和美学原则。

对诗的赞美：美之中的终极善

柏拉图和孔子都对诗歌又爱又怕，并处在这两种交织的力量转化之中。伴随着个人的心智被诗歌文艺引入迷途的例子，柏拉图和孔子都预想了一个境遇就是个人的心灵能通过诗歌和文艺上升到至善的王国。通过观察这个环境，他们强调了通过诗歌和文艺能悬置个人感觉，从而在艺术直觉的过程中达到与终极真的交流。通过赞扬这种力量的转换，他们颠覆了传统关于文艺的看法，认为它是达到最高形式的智慧或道德和谐的工具。①

与通常理解的柏拉图是诗歌的敌人不同，我们在他早期的对话录中能找到激情颂扬诗歌的话语，但这是为大多批评家所忽视的。下面的篇章，从《斐德罗篇》(*Phaedrus*)到《会饮》(*Symposium*)，他对诗歌的盛赞丝毫不比两千年后的浪漫主义文人逊色。诗歌不仅并非是对真理的第三道模仿，它被称赞为真理的化身。不仅是理想的诗人没被诋毁为不真实的工匠，他还将这些吟游诗人冠之以哲学家的头衔。

> 苏格拉底：你现在可以去告诉吕西亚斯，我们俩沿着河边走，一直走到仙女们的圣地，她们吩咐我们传个话，首先传给吕西亚斯和其他所有写演讲稿的人，其次传给荷马和所有那些写诗歌的人，不管这些诗歌是用来朗诵还是歌唱，……如果他们的作品是依据真理的知识写成的，在受到指责时能为自己辩护，能证明自己的文章无与伦比，那么他们不应当使用现在那些来自他们文章类型的名号，而应当使用一个能够表明他们的高尚追求的名号。
>
> 斐德罗：那么你把他们称作什么？
>
> 苏格拉底：称他们为“智慧者”我想未免过分一点，斐德罗，这个名称只有神才当得起。但是称他们为“爱智者”，或类似的名称，倒和他们很相称，而且也比较好听。(*Phaedrus*, 278)②
>
> 她回答我道：“诗歌正如你们所知道的，是复杂而多样的。在创作这个词的真正意义使从前并不存在的东西产生此每一种创造性的技艺都是诗歌，每一位艺人都是诗人。”

---

① 作为综合研究柏拉图早期对话录《理想国》，以及晚期对话录诗歌观念的发展，参阅埃尔斯著：《柏拉图与亚里士多德的诗学》(Else, *Plato and Aristotle on Poetry*)第1至3章。对英语背景的学生了解孔子对诗歌的观点，参阅侯思孟著：《儒家与中国古代文学批评》收于李又安编：《中国文学的路径：从孔子到梁启超》(Donald Holzman, “Confucius and Ancient Chinese Literary Criticism” in *Chinese Approaches to Literature from Confucius to Liang Ch'i-ch'ao*, ed. Adele Austin Rickett, Princeton: Princeton Univ. Press, 1978, pp. 21—41.)，以及马幼垣著：《作为文学批评家的孔子：与早期希腊的比较》收于《饶宗颐教授中文研究纪念文集》(Yau-woon Ma, “Confucius as a Literary Critic: A Comparison with the Early Greeks” in *Essay in Chinese Studies Dedicated to professor Jao Tsung-I* Hong Kong: Jao Tsung-I jiaoshou nanyou zengbie lunwenji bianji weiyuanhui, 1970, pp. 13—45.)。

② 《柏拉图对话录》(*Dialogues*, vol. 1, p. 281.)。

"对"。(*Symposium*, 205)①

在这两段对话中，柏拉图对理想的诗人给予了慷慨赞扬的词汇。称赞诗人是"爱智者"、"立法者"、"造物主"、"创造者"，而"哲学家"是多数人预期在浪漫主义文人那里看到的写法，而不是柏拉图。抛开对柏拉图诗歌看法的通常误解，我们会大大惊异于在柏拉图的著作中竟然有那么多的溢美之辞。为了明白柏拉图为什么会用那么多不同的词汇赞扬诗歌，我们需要考查他对特殊的美的事物、普遍美的范式以及绝对美和爱这四个概念的观点。在柏拉图早期的对话录中，当时其理念论还没有发展开来，柏拉图认为绝对真理与绝对美，和美的事物背后的美的形式暗合。对他而言，爱是绝对美到美的形式的神圣流溢，通过这个过程而至于美的东西。同样的，人对绝对美的追求也是人心灵非常神圣的部分，这个步骤是这样被描述的：

> 也就是这样，当原先那种对美少年的爱引导着我们的候选人通过内心的观照到达那种普世之爱时，他就已经接近终极启示了。这是他被引导或接近和进入爱的圣地的惟一道路。从个别的美开始探求一般的美，他一定能找到登天之梯，一步步上升，也就是说，从一个美的形体到两个美的形体，从两个美的形体到所有美的形体，从形体之美到体制之美，从体制之美到知识之美，最后再从知识之美进到仅以美本身为对象的那种学问，最终明白什么是美。狄奥提玛继续说道，我亲爱的苏格拉底，如果说人的生活值得过，那么全在于他的灵魂在这种时候能够观照到美本身。②

这个追寻绝对美的过程看起来类似于《理想国》(*Republic*)中逐步达到绝对真理的过程。这两个过程都是从实在到抽象，从特殊到一般，从一般到绝对。两条道路最大的区别在于，前者实现了直接、没有中介的从美学经验到超验知识的跳跃，而后者是渐进的途径达到相同的目的地，通过感官、身体、智力还有心灵获得和谐。考虑到美学经验与超验知识在探求绝对美上的接近，柏拉图很自然地宣称，在众多荣誉的称谓中，他将诗人冠名为哲人。因为诗歌是对美的神圣爱的感召，并又同样激发了他者。柏拉图很合理地在《会饮》(*Symposium*)中宣称："爱是个好诗人，并且在其他一切美的艺术中完成。"③

当柏拉图赞美理想的诗人和诗歌，并谈论从美学经验或者说对美的爱到超验知识的直接跳跃时，他并没有考虑到任何实际的诗歌或者说存在的诗歌创作。对柏拉图而言，所有早于他时代的诗歌和他同时代的诗歌，包括最伟大的荷马，都离理想的真正的诗很远。没有一个人的作品是符合理想的真正的诗的。因此，他在《蒂迈欧

① 《柏拉图对话录》(*Dialogues*, vol. 1, p. 330.)。

② 《会饮》(*Symposium*, 211.)；《柏拉图对话录》(*Dialogues*, vol. 1, p. 335.)。

③ 《会饮》(*Symposium*, 196.)；《柏拉图对话录》(*Dialogues*, vol. 1, p. 322.)。

篇》(*Timaeus*)中创造了评价理想诗歌的模范，并认为哲学家才是爱欲、美和缪斯女神的真正仆人。① 同时，柏拉图毫不犹豫地表示了他对模仿诗的极低的评价，这个评价是通过列举灵魂的9种顺序中的6种堕落的可能性而实现的。② 诗人的等级远远低于第一等级的哲学家，并且只有："手工业者、智者、暴君是在诗人的等级之下。"③尽管柏拉图有意地将理想的诗人和诗歌排除在其赞扬之外，他所提及的关于理想的诗人和诗歌都成为文艺复兴和浪漫主义思潮对其推崇的来源。④

柏拉图在其晚期对话录中发展了他的理念论，并推广至智慧和理性作为推崇的达到超验知识的途径，而不再如他在早期对话录中表达他对诗人和诗歌的崇尚。虽然如此，柏拉图一直都视绝对真理、绝对的美和至善为一体，而且从来没有放弃过他美的理论。柏拉图也许被认为其晚期和早期一样，绝对"可以通过被假设的科学辩证法或对美的感性直觉的爱而达到，"⑤对柏拉图而言，通过对美的爱而达到绝对，更接近于哲学家，而不是诗人。

和柏拉图相似，当孔子考虑到美学影响时，他对诗歌艺术给予了极大的尊重。在下面的三段中，孔子视诗歌和艺术的变相影响在他的道德自觉，以及美学经验的不自知的自觉中，这是他哲学体系最高的道德和谐。通过这种转换，孔子将诗歌和艺术从他教育的外围转移到了中心：

> 子在齐闻韶，三月不知肉味。曰：不图为乐之至於斯也。⑥

---

① 托马斯·古尔德著：《诗歌与哲学的古老纷争》(Thomas Gould, *The Ancient Quarrel between Poetry and Philosophy*, Princeton: Princeton Univ. Press, 1990, p. 222.)，在追溯古希腊原初诗人含义，比如制作者或者创造者，小亨宁格(S. K. Heninger, Jr.)，单列出柏拉图的《蒂迈欧篇》(*Timaeus*)是最为重要的一个线索："最具权威的章节对诗人定义为制者是在柏拉图的《蒂迈欧篇》中，这篇对话树立了从中世纪到文艺复兴的声望……当蒂迈欧首次提到生成的神在其宇宙进化论时，他给了自己两个名号：'诗人与一切之父'"《甜蜜和谐的接触：毕达哥拉斯宇宙论与文艺复兴诗学》(*Touches of Sweet Harmony: Pythagorean Cosmology and Renaissance Poetics*, San Marino, California: The Huntington Library, 1974, pp. 291—292.)。

② 参阅《斐德罗篇》(*Phaedrus*, 248.)；《柏拉图对话录》(*Dialogues*, vol. 1, pp. 252—253.)。埃尔斯著：《柏拉图与亚里士多德的诗学》(Cf. Else, *Plato and Aristotle on Poetry*, pp. 54—55.)："《斐德罗篇》(*Phaedrus*)245e并没有为所有诗歌恢复名誉，但有细微差别的评价了真正缪斯灵感，它与哲学相等价……存留下来的模仿诗没有任何声称神或缪斯的真实灵感。对这样粗糙的裁定无需惊讶，绝大多数《斐德罗篇》(*Phaidros*, 245a.)的读者都被柏拉图柔和的语气与豪迈的语调所诱惑，思量他已经忘记了诗歌并且复新了旧的任务作为灵感的创造物。事实并非如此，模仿诗——这个称谓仍旧包含最主要的诗歌，尤其是荷马——远离'国王与真理'"(《理想国》*Republic*, 10. 597e.)。他所知道的和所做的都不能使他超越第六层圆周等同于爱人或哲学家的序列——除非某天他开始学习并逐级登上典范的阶梯。但这个阶梯应该由哲学双翼的萌芽组成，被爱所引导与告诫。没有通向顶端的文学之路。"

③ 古尔德著：《古老的纷争》(Gould, *The Ancient Quarrel*, p. 222.)。

④ 关于柏拉图对英国浪漫主义的影响参阅卡比托克勒著：《柏拉图与英国浪漫主义》(E. Douka Kabitoglou, *Plato and the English Romantics*, London: Routledge, 1990.)。

⑤ 威廉·格林(William C. Green)著：《柏拉图的诗论》(William C. Green, "Plato's View of Poetry", p. 75.)。

⑥ 《论语引得》(*Lunyu yinde*, 7/14.)；采用本人的翻译，《论语》(*Analects*, VII, 13, p. 125.)指一种音乐类型，是从传说中的商代传下的。

在《论语》中，孔子没有其他地方的喜怒与褒贬超过这里了。孔子是非常喜欢肉食的，他唯一从学生那里可以接受的作为礼物或者学费东西就是一包肉了。因此，在这里孔子三个月都忘记了肉味，可以作为一个他意识转型的隐喻性评论。从受康德美学思想影响的现代批评来看，孔子这种心智上的转变可以看作是纯粹美学经验的例证，其标志是净化的感觉愉悦(肉味)以及持续的影响(三个月)。孔子赞美韶："尽美矣，又尽善也。"①显然，孔子不仅仅是将韶作为美学上的典范，同时也是作为道德上的完美典型。和柏拉图一样，孔子认为品性美德与美不是分开的，它们紧紧关联在一起。至善就应该是至美。正如柏拉图赞美他的理念世界是至善至美的，孔子也从道德和美学两个方面盛赞上古时代：

> 子曰：大哉尧之为君也，巍巍乎唯天为大，唯尧则之。荡荡乎民无能名焉，巍巍乎其有成功也，焕乎其有文章。②

孔子喜韶并不是美学经验与道德意识交混的唯一例子。如果我们回顾孔子自己心灵过程的描述，就能发现他认为自己七十岁时达到的最高道德直觉，就是忘我的自觉，是类似于这样一个事实的：通过特殊的实用目的不能达到提高美学经验的目的。

这种最高道德意识与美学经验的融合在下面引述的篇目中更为明显。③ 这个短篇是孔子和他的四个学生的对话：子路、冉有、公西华、曾皙。孔子让这四个学生分别告诉他如果自己被别人赏识的话，最愿意做什么。第一个回答："千乘之国，摄乎大国之间，加之以师旅，因之以饥馑；由也为之，比及三年，可使有勇，且知方也。"第二个学生答："方六七十，如五六十，求也为之，比及三年，可使足民。如其礼乐，以俟君子。"第三个学生说："非曰能之，愿学焉。宗庙之事，如会同，端章甫，愿为小相焉。"最后一个学生是这样回答的：

> 点，尔何如？鼓瑟希，铿尔，舍瑟而作，对曰：异乎三子者之撰。子曰：何伤乎？亦各言其志也。曰：莫春者，春服既成，冠者五六人，童子六七人，浴乎沂，风乎舞雩，咏而归。夫子喟然叹曰：吾与点也！④

这是《论语》中最富争议的一段了。为什么孔子对前三位学生的选择都有或多或少的不同意？这三个学生的选择看起来与孔子一贯强调的对政治的参与是一致的，并且也遵守了仪式。为什么他会对曾皙的选择有特别高的赞许呢？曾皙的选择看起来更

---

① 《论语引得》(*Lunyu yinde*，3/25.)；采用本人的翻译，《论语》(*Analects*，III，25，p.101.)。

② 《论语引得》(*Lunyu yinde*，8/19.)；采用本人的翻译，《论语》(*Analects*，VIII，19，p.136.)。

③ 对于道德自觉意识与美学经验在这里以及《论语》其他篇章的融合，参阅徐复观著：《中国艺术精神》，1—44页，台中：私立东海大学，1966。

④ 亚瑟·韦利译：《论语引得》(*Lunyu Yinde* trans. Waley，11/24.)；《论语》(*Analects*，XI，25，p.160.)，我将韦氏拼音换用为汉语拼音了。

接近于道家。孔子对前三个学生不那么赞同的态度并非那么难以理解，当他对曾皙简短解释他的否定态度时，我们就明白，因为前三个学生要求一个国家或一个公职而缺乏“让”的美德。换言之，孔子不赞同他们功利目的性的活动，因为活动本身已经被他们的个人野心所染。再看孔子对曾皙的赞许，他没有对这个赞许作出解释，从而留给后人无限的猜测。在后代儒家学者众多的解释中，最有价值的，正如陈荣捷所说：“或以为曾皙仰赞宇宙之均和(王充)；或以为他承继传统文化之良风(刘宝楠)；或以为他身处乱世，乃能远离官场，真是智慧卓绝(皇侃)；或以为其他门人仅能设想封建邦国之政治，而他却想到了王道(韩愈)；或以为他身处天理流行。随处盈满当中(朱熹)；或以为他显现精神之自在(王阳明)。”[①]所有这些都是注疏家自己的方式在解释，他们组建了三重孔子对曾皙赞许的解释：第一是，曾皙的选择反映了非功利目的性的人生的过程，这样的选择是不会有自我中心的欲望和功利目的的。第二，这种非功利目的性的标准示例了内圣外王的范式，哲人王是不会被功利目的性的行为所规约的，而是通过其自律的生活的道德影响辐射而达到统治。第三，这样无功利目的性的人生，导致自忘的自觉，从而在万事万物中享受最终的和谐，那最终的和谐被称为“宇宙和谐”、“自然之道”或“精神自由”。

有趣的是，当柏拉图讨论心灵的最后变化时，他也怀抱着类似的三个想法：无争、哲人王和终极和谐。他认为当一个人达到大世界的和谐或者思想的和谐后，就能成为哲人王，他可以但没有欲望去统治。正如孔子称赞曾皙无功利目的性的人生，超脱了政治野心，柏拉图称赞哲人王沉思的、无争的人生，他“鄙视政治野心的人生”[②]正如孔子的内圣外王一样是“最不愿意去统治的。”[③]

在领会了曾皙无功利目的人生的哲学意义之后，我们就能考虑这种人生与美学活动之间的关联。正如徐复观所言，曾皙想做的，本质上是美学活动。(徐复观著：《中国艺术精神》，第18—19页。)正如曾皙所说“浴乎沂，风乎舞雩，咏而归。”我们能推断其沉浸在这样的活动中美学上的愉悦大大高于仪式目的。他描述的咏诗行为只是巩固他的美学倾向的人生。因为孔子认可美学倾向的人生作为理想的方式到达自忘的自觉，他正如柏拉图在《斐德罗篇》(*Phaedrus*)与《会饮》(*Symposium*)中那样——赞美艺术的直觉作为达到知觉形式的途径，并将诗歌与艺术移到了他教育的中心。

---

① 陈荣捷编：《中国哲学著作选读》(*Source Book in Chinese Philosophy*, p. 38.)，我将韦氏拼音换用为汉语拼音了。

② 《理想国》(*Republic*, bk, 7, 521.)；《柏拉图对话录》(*Dialogues*, vol. 1, p. 780.)。

③ 比较柏拉图与孔子对各自理想君主的描写：哲人王与内圣外王。柏拉图道：“事实是：在凡是被定为统治者的人最不热心权力的城邦里必定有最善最稳定的管理，凡是与此相反的统治者的城邦里其管理必定是最恶的。”《理想国》(*Republic*, VII, p. 520.)；《柏拉图对话录》(*Dialogues*, vol. 1, p. 779.)，孔子曰：“无为而治者其舜也与！夫何为哉？恭己正南面而已矣。”亚瑟·韦利译：《论语引得》(*Lunyu Yinde* trans. Waley, 15/5.)；《论语》(*Analects*, XV, 4, p. 193.)。

道德与美学的原则：朴素的内容与形式

柏拉图和孔子都从正、反两个方面的影响谈到了诗歌和音乐对达到和谐的不同层次的影响。一方面，他们发现在一些作品中有与神的领域或人的领域的和谐关系，并鼓励青年学习这些作品；另一方面，他们都发现在另一些诗中许多不令人满意的因素会干扰人对理念（神性和谐）的感知，或扰乱人心智的平衡导致人易做不合适的行为。基于这些不利影响，柏拉图建议审查各种诗歌并将诗人驱逐出理想国。孔子被传统学者普遍认为他是以道德的基准将千余首诗删节成305首。当代学者认为这只是一个传说，不过这种想法不能被随意否定，考虑到孔子对放纵的严格裁定，这起码也是一个有合理性的推测，孔子会对不需要的诗做删节。在判断诗歌与音乐的内容与形式上，柏拉图和孔子都遵从同样朴素的黄金法则。对它们来说，朴素导致善与美，而复杂则导致恶与丑。有许多例子都能说明这两位古代的思想家是如何将他们相似的道德美学标准应用于评价单个的作品的。

在《理想国》（*Republic*）的前两卷，柏拉图认为神的生活和好人可以作为诗歌和音乐的内容。对柏拉图而言，内容的朴素就意味着神祇非凡的好——完全没有任何邪恶行为或语言的踪迹——并且在任何情况下都应该保持。任何与此相反的描写都被斥责为对朴素的篡改或不实描写。在众多损伤神性朴素的例子中，他引证了荷马、埃斯库罗斯还有其他诗人关于神的战争、神祇用神力或幻术的变形，关于描述冥王哈迪斯可怕的词语和场景，以及不合时宜的悲叹与大笑、醉酒、软弱还有懒惰的描写。对柏拉图而言，这些诗掺杂着不合时宜的俗丽的善，并不是小事，它们会扰乱年轻人的心灵，以及对他理想国的希望。他尤其担心这些虚假之言会让青年对神祇形成错误的观念并钦佩弑父、杀兄以及其他暴力行为，这都归结于众神。这样的行为不但影响自身心灵的和谐而且影响整个城邦的和谐。审视这样重大的危险，柏拉图将审视诗歌作为他建造理想国的第一要务：

> 那么我们首先要审查故事的编者，接受编得好的故事而拒绝那些编得坏的故事；我们鼓励母亲和保姆给孩子们讲那些已经审查过的故事。用这些故事铸造他们的心灵，比用手去塑造他们的身体还要仔细。他们现在所讲的故事大多数是我们必须抛弃的。①

柏拉图预计审查的范围包括诗歌的形式与内容。正如米哈伊尔·斯帕瑞苏（Mihail I. Spariosu）指出的，柏拉图相信诗歌能“影响未来护卫者心灵的，不仅仅是通过故事的内容，也是通过其措辞或者说表达的形式。”②换句话说，对柏拉图而言，诗歌的

① 《理想国》（*Republic*，II，377.）；《柏拉图对话录》（*Dialogues*，vol. 1，p. 641.）。

② 米哈伊尔·斯帕瑞苏著：《神的诸种名称：戏剧、诗歌以及古希腊从荷马到亚里士多德的力量》（Mihail I. Spariosu，*God of Many Names*：*Play*，*Poetry*，*and Power in Hellenic Though from Homer to Aristotle*，Durham，N. C：Duck Univ. Press，1991，p. 150.）。

形式不可分离于它的内容。"风格的美、和谐、优雅、押韵都以内容的朴素为基础,"[①]反之,"邪恶、不调和、不和谐的意向几乎都与病态的词藻和病态的天性有关。"[②]将形式与内容直截了当地作出辨别后,柏拉图必然会将朴素作为好的形式的标准,将雕琢繁复树为坏形式的标靶。

柏拉图对戏剧模仿形式的讨论是非常精确的,根据他的讨论,没有人可以在叙事类或戏剧类表演中,扮演超过一种角色类型,因为"同一个人在一生中很难扮演不同的角色,并且还同时作为一个模仿者模仿许多不同角色。"[③]因此,对那些期望可以模仿全部类型的人,他给出了一个建议:"他们应当从青年开始往上模仿,他们的性格应该符合他们的职业——勇敢、节制、圣洁、自由等等。"[④]虽然柏拉图承认哑剧演员可能有不可思议的模仿能力,能够模仿任何事物并且能怔住小孩和他们的仆人,不过柏拉图主张"我们必须告知他,这样的人是不能在理想国中存在的,法律是不允许的。"[⑤]类似的对模仿的混合类型的批评是其和谐范式与韵律的对立面。他审查了"音符的多样性或者说非和谐的比例"最后同意禁止"那些制造例如竖琴和特拉贡琴这类多弦乐器和多调乐器的人。"[⑥]城邦唯一可以保留的乐器是"七弦琴和七弦竖琴,而牧羊人的短笛则是乡下可保留的乐器。"[⑦]他认为音步的使用也是同样的标准,正如他告诫人们"不要寻求复杂的音步,或那么全的音步,而是要发现那种节奏是表达了勇敢与和谐人生的。"[⑧]

在讨论《诗》的作用时,孔子也采用了朴素的道德—美学标准,在很多方面都与柏拉图有异曲同工之妙。和柏拉图一样,他也注重单一的道德的善作为好诗的标准。正如柏拉图评价荷马对诸神有些描写是很恰当的一样,孔子对《诗》的总体评价是褒扬的,"子曰:诗三百[⑨],一言以蔽之,曰'思无邪'。"[⑩]他评价关雎,即《诗》第一首也是最著名的一首诗,对其极高的道德美学特征给予了高度赞美:

> 子曰:《关雎》,乐而不淫,哀而不伤。[⑪]

---

① 《理想国》(*Republic*, bk. 3, 400.);《柏拉图对话录》(*Dialogues*, vol. 1, p. 664.)。

② 《理想国》(*Republic*, bk. 3, 664.);《柏拉图对话录》(*Dialogues*, vol. 1, p. 665.)。

③ 《理想国》(*Republic*, bk. 3, 395.);《柏拉图对话录》(*Dialogues*, vol. 1, p. 658.)。

④ 《理想国》(*Republic*, bk. 3, 395.);《柏拉图对话录》(*Dialogues*, vol. 1, p. 658.)。

⑤ 《理想国》(*Republic*, bk. 3, 398.);《柏拉图对话录》(*Dialogues*, vol. 1, p. 661.)。

⑥ 《理想国》(*Republic*, bk. 3, 399.);《柏拉图对话录》(*Dialogues*, vol. 1, p. 663.)。

⑦ 《理想国》(*Republic*, bk. 3, 399.);《柏拉图对话录》(*Dialogues*, vol. 1, p. 663.)。

⑧ 《理想国》(*Republic*, bk. 3, 399—400.);《柏拉图对话录》(*Dialogues*, vol. 1, p. 663.),参阅埃尔斯著:《柏拉图与亚里士多德的诗学》(Else, *Plato and Aristotle on poetry*, p. 32.):"他(柏拉图)并不仅仅是把模仿限制在值得的客体上,而是试图限制所有的模仿,因为这意味着变化和多样性,而变化和多样性是恶的。他试图培养和训练一批一致的、简单类型的人并排斥一切可能妨碍他这个目的的阻碍。"

⑨ 《诗》的另一别称,源于三百零五首诗的一个概数三百。

⑩ 《论语引得》(*Lunyu yinde*, 2/2.);采用本人的翻译,亚瑟·韦利译:《论语》(*Analects* trans. Waley, II, 2, p. 88.)。

⑪ 亚瑟·韦利译:《论语引得》(*Lunyu Yinde* trans. Waley, 3/20.);《论语》(*Analects*, III, 20, p. 99.)。

这样的判断既是道德判断，也是美学判断。孔子称赞中庸之道，这样避免了极端的道德品质。同时，他也隐晦地指涉了形式与风格的非过度化。“淫”这个词在这里的提出有“放浪”之意，其原初意义，在孔子那个时代乃是“过度”，直到后来才发展为“放浪”之意。对这段的解释，传统注疏家倾向于轮流表达这两种观念。将“淫”置放于其原初的观念，我们能推论孔子的评论是对诗歌的形式、风格和内容的不偏不倚都包含在内的。① 这是解释此段比较合适的路径，《论语》中道德和美学都融合为一，对孔子和柏拉图一样，道德品质和美学品质合二为一。虽然孔子没有在抽象层面上，如同柏拉图那样讨论善与美的密切关系，不过他称赞了两者结合的完美典范作品：

> 子谓：韶尽美矣，又尽善也。②

在《论语》中，孔子一直将朴素与尽善尽美联系在一起，而将繁杂与道德的恶与美学上的丑相关联。他将《诗》的第一篇作为朴素的范例，而将“郑声”作为“淫”的典型。

> 放郑声，远佞人。郑声淫，佞人殆。③

在其他篇章中，孔子更直接地表达了对繁杂的斥责：“恶紫之夺朱也。”④孔子这里厌恶紫色是因为它是混合色，是掺杂了纯正的红色而得。很显然他是在隐喻的意义上使用红色，红色象征了朴素的美德，而紫色则是美学繁杂与道德繁杂的恶的双重隐喻。由此看来，这与柏拉图对诗歌模仿、音乐和韵律的朴素与繁杂的认识是相类似的。

不论孔子是否编定了《诗》并如宣称的那样删除了千余首诗，他道德—美学标准与其理想的审定工作是能产生共鸣的。孔子想要驱逐郑声已经清楚地表明了他如果在官方立场会如何审定诗。在某种程度上，孔子是在“正名”这一名义下审诗的，除此以外，孔子想逐“郑声”，表明他希望正其故国——鲁的乐、诗、颂。子曰：“吾自卫返鲁，然后乐正，《雅》、《颂》各得其所。”⑤更有甚者，孔子还订正作为诗歌和其他文学艺术原材料的语言：

---

① 参考这种音乐中过度形式的批评：“子之武城，闻弦歌之声。夫子莞尔而笑，曰：‘割鸡焉用牛刀？’”《论语引得》(*Lunyu yinde*，17/3.)；采用本人的翻译，亚瑟·韦利译：《论语》(*Analects* trans. Waley，XVII，4，pp. 209—210.)。

② 《论语引得》(*Lunyu yinde*，3/25.)；采用本人的翻译，亚瑟·韦利译：《论语》(*Analects* trans. Waley，III，25，p. 101.)。

③ 《论语引得》(*Lunyu yinde*，15/11.)；采用本人的翻译，亚瑟·韦利译：《论语》(*Analects* trans. Waley，XV，10，pp. 195—196.)。

④ 《论语引得》(*Lunyu yinde*，17/16.)；采用本人的翻译，亚瑟·韦利译：《论语》(*Analects* trans. Waley，XVII，18，p. 214.)。

⑤ 《论语引得》(*Lunyu yinde*，9/15.)；采用本人的翻译，亚瑟·韦利译：《论语》(*Analects* trans. Waley，IX，14，pp. 141—142.)。

名不正，则言不顺；言不顺，则事不成；事不成，则礼乐不兴；礼乐不兴，则刑罚不中；刑罚不中，则民无所措手足。①

和柏拉图对诗歌的审视一样，孔子正言的动机在于他考虑到对现实的虚假表现会造成恶劣的后果。正如柏拉图担心诗歌对诸神的错误再现，会造成人们在正直的监护人的带领下却模仿恶。孔子也担心语言对社会现实的错误表达，会导致对社会阶级结构被恶意破坏。除非语言被更正并真实表现现实，否则不可能在人际关系中出现秩序与和谐，更不必说稳定的社会和政治制度了。②

为了修正语言的使用，孔子采用了相同的质朴的道德—美学标准，正如他在评判诗歌、音乐、艺术一样。对于他来说，质朴的语言就是君子的语言：

子曰：君子耻其言而过其行。③

子曰：辞达而已矣。④

这里，孔子表明了君子在正式事务上非常注意使用语言而且言语简练，他不会让自己使用超过必要的语言来描述他的想法和行为。相反，孔子认为狡黠、做作的语言是卑劣的人在试图阴谋获利：

子曰：巧言令色，鲜矣仁。⑤

子曰：焉用佞，御人以口给，屡自憎于人。⑥

和柏拉图一样，孔子对多样性的严格审查不应当被误解为对美的否定。柏拉图称质朴不等于幼稚，孔子告诫其学生不应将他的批评等同于对美的形式的无差别拒斥。为了纠正这种误解，孔子对棘子成说："文犹质也，质犹文也。虎豹之鞟，犹犬羊之鞟。"⑦另外，他还清楚地表明了对过于修饰的语言的斥责并不是对语言文雅化的排

---

① 亚瑟·韦利译：《论语引得》(*Lunyu Yinde*，13/3.)；《论语》(*Analects* trans. Waley，XIII，3，pp. 171—172.)。

② 在他的论著《早期中国思想中的名与实》(John Makeham，*Name and Actuality in Early Chinese Thought*，Albany：State Univ. of New York Press，1994，pp. 35—95.)，梅约翰(John Makeham)讨论了孔子对语言—现实关系的观点同时回顾了儒家与非儒家关于名的理论。

③ 亚瑟·韦利译：《论语引得》(*Lunyu yinde*，14/27.)；《论语》(*Analects* trans. Waley，XIV，29，p. 187.)。

④ 亚瑟·韦利(Waley)译：《论语引得》(*Lunyu yinde*，15/41.)；《论语》(*Analects*，trans. Waley，XV，40，p. 201.)。

⑤ 《论语引得》(*Lunyu yinde*，1/3.)；采用本人的翻译，亚瑟·韦利译：《论语》(*Analects* trans. Waley，I，3，p. 84.)。

⑥ 亚瑟·韦利译：《论语引得》(*Lunyu yinde*，5/5.)；《论语》(*Analects* trans. Waley，V，4，p. 107.)。

⑦ 《论语引得》(*Lunyu yinde*，12/8;)；采用本人的翻译，亚瑟·韦利译：《论语》(*Analects* trans. Waley，XII，8，p. 164—165.)。

斥。在一定程度上，语言的文雅有助于更有力地表达意义，他对书面语的使用更是赞同，在起草官方法令的时候，他就说了："为命，稗谌草创之，世叔讨论之，行人子羽修饰之，东里子产润色之。"①

和谐的模式：金字塔 VS. 同心圆

总的来说，我们应当先总结柏拉图和孔子的理论为何在诗歌上会有这么多相同点，然后再在此基础上进一步分析两位理论家的相异之处。

正如前面已经指出的，柏拉图和孔子在注意诗歌的教育价值、社会功能、美学力量以及道德—美学评价标准上都有着相似的态度。所有这些相似都是源自于最高和谐的考虑。柏拉图和孔子在规划他们对诗歌的观点时，其思想面临的最前端都是和谐的存在。他们都认识到诗歌的教育作用，因为这对发展青年的内在和谐是有传导作用的。与其他教育科目相比，他们都将诗歌的地位划为较低的，因为诗歌的和谐与心智、道德的和谐相比没有那么显著。不过，当他们的注意转到特定环境下，由诗歌支撑的美学经验时，柏拉图和孔子都确定这样的美学经验与最终和谐的达到，还有最终真实——真理与天意是一致的。在评判具体诗作内容与形式时，他们都采用了严格的朴素道德—美学标准，因为他们都相信，朴素能达到和谐并且规划不只是个人的思想，放大来说是整个社会生活事件。此外，为了确保诗歌对内在和谐与外在和谐的增强，柏拉图和孔子都严格审查并删除在内容上不够好，以及在形式上过度雕琢的诗歌。

柏拉图和孔子对和谐的共同关注导致了相似观点，他们对终极真理的不同观点使他们在追求和谐并在不同的轴向上发展他们的诗歌理论。史华慈(Benjamin Schwartz)给出了一个非常精妙的，关于柏拉图和孔子对终极真理观点不同基础的分析：

> 在柏拉图那里，我们发现在真理世界与"意见"世界之间存在着一道鸿沟。所谓真理世界，要通过辩证法与数理逻辑的必然性才能达到；而所谓"意见"世界，是由根据对于混乱的人类日常经验的观察而偶然推演出来的。孔子则没有通过日常个别的混乱生活世界达到永恒的理念之境，在他看来，"道"不可分解地与现世经验世界相连。②

---

① 参阅亚瑟·韦利译：《论语引得》(*Lunyu yinde*, 14/8.)；《论语》(*Analects* trans. Waley, XIV, 9, pp. 181—182.)。

② 史华慈著：《古代中国的思想世界》(Benjamin Isadore Schwartz, *World of Thought in Ancient China*, p. 94.)。

对柏拉图而言，要达到超验真理只能在金字塔模式的轴向上，通过追求和谐而达到。[1] 在讨论柏拉图教育体系时，我们已经窥见他整个和谐的上升模态——从底层的诗歌到体育，到数学，到几何，到天文最后至于辩证法，也就是这个神圣的模态的顶端。在《蒂迈欧篇》(*Timaeus*)中，柏拉图从相反方向描述了和谐的模态，他将最初的和谐追溯到神，通过上天的展示到人类思想、感觉、肉体的世间的和谐。

与此相反，孔子坚信“道”只能在同心圆模式轴向上的和谐发散开来进而实现。[2] 与柏拉图不同，他不认为“道”是和柏拉图的“神”类似的超验实体，这个超验实体通过冥想，由存在的金字塔式的链条被传输到哲人王那里。相反，孔子认为“道”是理想人类秩序“固有的”准则，它应当在每个人的个人以及社会生活中被实现。对他来说，实现“道”意味着首先达到个人的内在和谐，然后扩大至家庭和谐，再到适合社会阶层身份的合适态度。如果一个人达到了这样内外都完美的和谐，孔子认为那也就达到理想的“仁”并且使“道”运作在所有人际关系之中了。当这样的人成为了统治者，他就必须在人的实践的各个层面实现“道”，并且在他的国家内达到长治久安与繁荣。虽然孔子并没有将他的和谐概念用一些术语准确地表达出来，但其后学朱熹总结出四步，以心为始至于整个宇宙，充实了整个和谐的同心圆的过程。

> 格物而后知至，知至而后意诚，意诚而后心正，心正而后身修，身修而后家齐，家齐而后国治，国至而后天下平。[3]

这段引文取自《大学》，最早出于《礼记》，后被朱熹作为四书中的一部。虽然这段并

---

① 在他的对话中，柏拉图反复描述了超验真理作为心灵更高提升的问题。参阅，比如他著名的洞喻：《理想国》(*Republic*, bk. 7, p. 514—523.)；《柏拉图对话录》(*Dialogues*, vol. 1, pp. 773—782.)，在本体论和认识论的指涉下，关于这里论及的金字塔上升模态参见保罗·弗里德兰德著：《柏拉图简介》(Paul Friedlander, *Plato: An Introduction*, Princeton: Princeton Univ. Press, 1985, p. 227.)：“柏拉图的洞喻刻画了层级体系的双重上升内含：生命存在的上升以及知识的上升，两者密切相连。”对于这种认识论倾向在西方哲学思想的影响，参阅亚瑟·洛夫乔伊著：《存在的巨链：观念的历史研究》(Arthur Lovejoy, *The Great Chain of Being: A Study of the History of Ideas*, Cambridge, Mass: Harvard Univ. Press, 1936, p. 59.)写道：“直到18世纪末，绝大多数受过教育的人都没有任何质疑地接受宇宙是一个‘万物之链’这一命题，由巨大的或无限的链条在等级序列中从最贫乏底层的存在通过可能的途径上升到完善的存在”这一经典著作正是与柏拉图金字塔结构认识论的持续影响相符合的。关于真理见解的跨文化研究参见史密斯·休斯顿著：《西方与比较真理观》见《东西方哲学》(Smith, Huston “Western and Comparative Perspectives on Truth” in *Philosophy East and West*, Vol. 30, 1980, pp. 425—437.)。

② 这里我将这个平行轴与柏拉图清晰的纵轴相比较，同时并没有忽视孔子关注到的社会政治金字塔结构。毫无疑问，孔子的和谐轴并不单一的平行轴，正如柏拉图的轴也并非单一的纵向垂直轴一样。这两个轴无疑是共存于孔子“入世”思想冲力与柏拉图“超验”理念冲力中。这里我必须强调“冲力”这个词，因为我不想使这两个思想体系的全部倾向形成对照，由此在一个跨文化文本中，被误解为过于简化的西方“超验”概念与中国“入世”观念的标签。“入世”这个词很好地概括了儒家总体思想倾向，以及其他中国思想体系。它包含哲学与神学内含，而内在的智慧原则与泛神论则不是中国的传统。因此，我使用这个术语指涉中国传统时是打了引号的。

③ 理雅各译：《大学》见于《四书》，第3章，358—359页，台北：成文出版社，1971。

不像如朱熹所言出自孔子之口，[①] 但它确实很精准地表达了孔子的同心圆和谐模式，他的教育、社会政治纲目以及诗歌理论都在此基础上建立。

柏拉图的金字塔和谐模式与孔子的同心圆和谐模式表现出了两种不同达到终极和谐的路径。柏拉图的金字塔模式预示着认识论的方法，对他来说，要达到和谐意味着增加更多的抽象和纯形式的知识，直到进入了纯粹冥想的门槛以及实存。在这种金字塔模式——或者更精确如同斯帕瑞苏（Spariosu）所说的“逻辑—理性和谐”[②]——中，行动的重要性是第二位的。正如郝大维（David L. Hall）和安乐哲（Roger T. Ames）指出的，柏拉图与他理想主义的追随者们解释“实践与标准的知识本源一致。”[③]在柏拉图看来，社会政治实践仅仅为两个目的服务：检验青年学习者认识论追求的效果；从纯粹知识的模式来认识人类社会。[④]

与柏拉图相反，孔子的同心圆模式首先追溯存在过程。[⑤] 对孔子来说，展开和谐的同心圆结构意味着活在个人道德人生中，在家庭中实践孝顺以及其他美德，正直地实践社会政治事务，以达到国家的秩序和世界的和平。[⑥] 在这个同心圆和谐模式中，认识论追求的重要性是第二位的。[⑦] 朱熹在编订和阐释《大学》上，比绝大多数儒者获得了更多的知识，包括孔子本人。他将格物释为“研究外物”，至知释为“扩充主体知识”，并将这最原初的两步作为《大学》同心圆四步和谐模式的核心。当然朱熹格物致知的思想可至于事事物物，不过与柏拉图纯认识论追求是非常契合的，[⑧] 柏拉图认为达到绝对知识就是自身的目的，也是认识论追求的最佳奖励。朱熹认为

---

① 理雅各译：《大学》见于《四书》，第3章，360页，台北：成文出版社，1971。

② 斯帕瑞苏著：《神的诸种名称》(Mihail I. Spariosu, *God of Many Names*, p. 172.)。

③ 郝大维、安乐哲著：《孔子哲学思微》(David L. Hall and Roger T. Ames, *Thinking Through Confucius*, p. 132.)。

④ 《理想国》(*Republic*, bk. 7, 540—542.)；《柏拉图对话录》(*Dialogues*, vol. 1, pp. 799—800)。

⑤ 这里“存在”一词的使用时为了表示某物长存或生存活动，与西方存在主义并没有关系。

⑥ 儒家的这个存在论问题并非全无“超验”意义。他的融入美学体验与之前终极善的讨论的观点就是儒家思想超验维度的绝佳例证。杜维明著：《道、学、政：论儒家知识分子》(Tu Wei-ming, *Way*, *Learning*, *and Politics*, p. 9.)，阐释了孔子及其门生为何强调现世存在的关注，并在现世工作中以达到“超验”的道德境遇：“孔子以反思人的问题为路径，以求重新找回人类文明的深层意义，这种存在主义的抉择使儒家不可能完全脱离现世。他们只能在现世中工作，因为对通过自我努力可使人性得以完善的信念要求他们这么做。……然而，即使他们身处现世，却并不认同现状，也没有发展出完全独立于自己参与其中的政治文化之外的一套价值。他们还拥有可供支配的符号象征资源的丰富蕴藏，其中超验的特征是意味深长的。”

⑦ 对孔子知识观的讨论参阅：安乐哲著：《作为成像的意义：儒家认识论绪论》见艾略特·多伊奇编：《文化与现代性：东西方哲学观点》(Roger T. Ames “Meaning as Imaging: Prolegomena to a Confucian Epistemology” in *Culture and Modernity: East-West Philosophy Perspectives*, ed. Eliot Deutsch, Honolulu: Univ. of Hawai'i Press, 1991, pp. 226—244.)。

⑧ 何莫邪著：《古代中国的知识概念》见汉斯·伦克、格雷戈尔·保罗编：《古代中国哲学认识论问题》(Christoph Harbsmeier, “Concepts of Knowledge in Ancient China” in *Epistemological Issues in Classical Chinese Philosophy*, eds. Hans Lenk and Gregor Pau, Albany: State Univ. of New York Press, 1993, p. 14.)写道：“传统中国文化只有非常小的空间给没有自身目的之外的知识。几乎没有像柏拉图和亚里士多德那样，承继着苏格拉底的传统的哲学家所培养的对学术知识的热诚。对于古代的中国人来说，个人行为以及政治行为才是基本的行为。洞见在能达到成功的行为这一前提下才是有价值的。”

知的最大化——即是领会了理，万物的绝对原理——仅仅标志着伦理生活的理想道路的开端而已，这意味着完美和谐在人生更大范围的到来。事实上，朱熹是儒家里面最具争议性的知识拥护者，仍旧使认识论从属于日用生活伦理之下，证实了在孔子同心圆和谐模式下纯粹认识论追求的重要性是第二位的。①

柏拉图和孔子的诗歌理论建筑在各自的金字塔和谐模式与同心圆和谐模式之上，必然显示出认识论与存在论对诗歌的基本理解的不同。柏拉图所有的诗歌观点，在本质上都是评论诗歌作为工具对认识绝对真理的有效性、具体作用、有用性等。他在《理想国》(*Republic*)第10卷中对诗歌的斥责，是对诗歌歪曲真理这一错误的控告。柏拉图在《理想国》(*Republic*)第2、第3卷以及在《蒂迈欧篇》(*Timaeus*)和《法篇》(*Laws*)中，对诗歌有条件的接受都是因为承认诗歌对青年获取更高层次的知识有用。他在《斐德罗篇》(*Phaedrus*)和《会饮》(*Symposium*)中对诗歌的褒扬，是将诗歌作为可以和绝对美与绝对知直接相连的知识。柏拉图的朴素道德—美学标准，表明了他对由诗歌内容与形式的多样性所引起的真理错误看法的关注。柏拉图对诗歌的审查是他担忧的表现，他担心青年的认识能力因为诗歌对现实的不实表现而遭到破坏。

相对的，孔子对诗歌所有的观点都是就《诗》作为伦理道德生活范式，对现实生活的适用性作出评价的。正如柏拉图总是自问诗歌是否真的能够且如何能对认识真理有用，孔子则是不断寻思《诗》如何可以知道人的内在与外在人生。在对《诗》下定义的时候，他集中于其积极的作用，这个作用表现在对个人的情感、道德生活(对道德情感的唤醒)，社会政治生活(对好的习俗与坏的习俗的鉴别)，与朋友平级的人际关系(保持好的伙伴关系)，家庭生活(对家长合适的态度)，交流的技巧(精通外交礼仪)，以及与统治者的交互作用(合理的进谏)上。孔子成就于非功利目的的道德存在，而不是对真理的直觉，道德存在是诗歌最可能产生的影响从而塑造人的生活。他提出了朴素的道德—美学标准，不同于柏拉图是出于认识论原因，孔子是基于封建社会伦理秩序的考虑。柏拉图将朴素的道德—美学标准作为矫正诗歌艺术非道德、多样化表达从而扭曲了真理的方法，而孔子则扮演了相似的护卫者的角色对抗语言的过度修饰而僭越了社会政治生活秩序。

以上的讨论可以被看做是“相异中的相似”研究。所有相似都自柏拉图与孔子对和谐高于一切的关注而始，同中有异的基础可从这个尖锐的对比中看出：柏拉图抽象理智的金字塔和谐模式与孔子同心圆和谐模式的对立。详细来说，他们的诗歌理论在关涉具体的时候许多方面都是非常类似的，但是在对诗歌本质的基本立场是相异的。对柏拉图来说，诗歌是认识论方法，而孔子则认为是存在论方法。这两个不同的前提假设不但构成了两位思想家对诗歌的许多方面认识的基石，而且为西方文学模仿理论的发展与中国文学的非模仿理论埋下了伏笔。

---

① 何莫邪在他文章中对中国古代认识论做了一个总结，参见《古代中国的知识概念》见汉斯·伦克、格雷戈尔·保罗编：《古代中国哲学认识论问题》(Harbsmeier, “Concepts of Knowledge in Ancient China” in *Epistemological Issues in Classical Chinese Philosophy*, eds. Hans Lenk and Gregor Paul, pp. 11—30.)，关于朱熹知的观点参阅唐君毅：《中国哲学原理》，第一卷，278—347页，九龙：人生出版社，1966。

“诗学”与“国学”

——亚里士多德《诗学》的译名争议

刘小枫

在我国的亚里士多德研究中，《诗学》一向是显学：早在1936年，即有傅东华译本(《诗学》，上海：商务印书馆)刊行于世。20世纪60年代以来，每十年就有一个新译本问世(晚近甚至有两个译本)：姚一苇译本(《诗学笺注》，台北：国立编译馆，1966)；胡耀恒译本(台北：《中外文学》，1976)；罗念生译本(人民文学出版社，1982，重印于《罗念生全集》卷一，上海人民出版社，2004)；崔延强译本(《论诗》，见《亚里士多德全集》卷九，中国人民大学出版社，1994)；陈中梅译本(北京：商务印书馆1996)；王士仪译本(《创作学译疏》，台北：联经出版事业公司，2003)；刘效鹏译本(《诗学》，台北：五南图书公司，2008)。

除崔延强译本外，上述译本各有不同程度的注释，最为突出或者说与众不同的是王士仪先生译本。这个长达四百多页的译本采用希—汉对照，不仅有希腊语原文训释，还有义理疏解，凭靠的文献交代得清清楚楚，显得言之有据，也为研究者提供了方便。最为显眼的是，王士仪译本将亚里士多德这部著名讲稿的书名译为《创作学》，更改了学界已采用半个多世纪的“诗学”译法。不过，五年后面世的刘效鹏译本仍然采用《诗学》这个译名，看来，学界人士并不愿意接受王译本倡议的改名。

《诗学》改名的理由

改《诗学》为《创作学》，王士仪先生并非始作俑者，亦非孤掌难鸣。罗念生先生还在世时，据说旅法学者左景权先生就曾托人带给罗念生先生一信，对亚里士多德的περὶ ποιητικῆς这个书名被译作《诗学》“不以为然”，因为“近代西语 poetic，poétique 只是音译，等于未译”。① 左景权先生反对把书名译作《诗学》的理由有二：1. 希腊语的ποιεῖν与 poetry 或 poésie 的含义“有实质变化，按字面去译，反不如《创作论》为佳”；2. 亚里士多德在书中“所论只限于大块文章，谋篇布局精心剪裁的，是否诗体还在其次”。②

如果左景权先生真的是古典学家，这些说法是否确实出自左先生手笔，让人犯疑。因为，第一条理由将 poetry 或 poésie 视为古希腊语动词不定式ποιεῖν[做、作]的对译，显然不对，应该是ποίησις，尽管这个名词派生自动词ποιεῖν，语义却并不等于ποιεῖν。第二条理由也是错的，因为，倘若“所论只限于大块文章……是否诗体还在其次”的说法成立，亚里士多德在讲稿中说到诗的“编辑不应像纪事”(ἱστορίαις)

---

① 引自刘以焕：《古希腊语言文字语法简说》，307页，上海：上海人民出版社，2006。

② 同上。

(1459a17，亦参 1451b12)就无从解释。何况，明摆着的文本事实是，亚氏在讲稿中主要讨论的是有体之诗(ποίησις)，而非“大块文章”(λόγος)。

左先生的这封私信后来刊发在一家学刊上，他的看法得到刘以焕先生热烈认同。在 1994 年发表的专文(今收入氏著《古希腊语言文字语法简说》，前揭)中，刘以焕先生为左先生的第一条理由作了如下补充：ποιητική来自ποιεῖν[意为“做、创造”]，言下之意，poetry 或 poésie 的含义显然不是“做、创造”；反过来说，“诗学”一词“在汉语文中指写诗论诗的学问，而所写所论的诗，大多是篇幅不长的古体或近体诗”，与亚里士多德所论不合。“若将亚氏的περὶ ποιητικῆς翻译为《诗学》，不仅不确切，而且会产生误导”。因此，刘以焕先生主张，“不能迁就原来的约定俗成，应将其订正，移译为《创作论》为是”。至于何谓“创作”，刘以焕先生则明确说：“一指创造文艺作品，二指文艺作品本身。”(页 305—308)

王士仪译本的书名译作《创作学》倒不一定是受上述两位启发，因为，王先生自己的大著《论亚里士多德〈创作学〉》早在 1990 年就已经出版(台北：里仁书局)。可以想见的是，王先生改《诗学》为《创作学》的理由，可能与左、刘两位先生的看法不谋而合。

刘以焕先生明确提出的两条理由看起来是相互矛盾的：一方面，刘先生似乎主张，不当以后世之词义(比如 poetry 或 poésie)绳古之词义(比如ποιεῖν[做、创造])；另一方面，他主张用汉语的“创作”来翻译ποιεῖν，又恰恰是在以后世之词义绳古之词义。我国古人习用单字而非双字，“创”和“作”在古汉语中是两个字，连属用法出现较晚。“创”的本义为“始造、首创”(《广雅·释诂》：“创……始也。”)，所谓“前人所无，而后人创之”；所谓“知者创物，巧者述之”；然后有“撰写”之意，所谓“草创”意为“起草文稿”。“作”这个字有二十几个义项，本义是“兴起、发生”(《说文》：“作，起也”)，所谓“圣人作而万物睹”；所谓“天下大事，必作于细”；所谓“周秦之际，诸子并作”——然后有“建造、制作”之意(《尔雅·释言》：“作、造，为也。”)，所谓“乃作大邑成周于土中”，所谓“作车以行陆，作舟以行水”。即便出现“创作”连属用法，意思仍首先是“制造、建造”：所谓“创作巨石炮来献”，所谓“创作兵车阵图刀楯之属，皆有法”等等。“创作”连属用于“写作”或所谓“创作文艺作品”，故书中并不多见，倒是盛行于今世。①

进一步看，两条理由又并无矛盾，因为说到底，第一条理由同样是以后世之词义绳古之词义：因ποιητική的词干来自ποιεῖν(刘以焕先生解为“做、创造”)而主张应译为“创作”，无异于先把ποιεῖν译作“创作”，再来翻译ποιητική。刘先生关于汉语的“诗学”一词的说法同样如此，因为，这个语词“在汉语文中指写诗论诗的学问”是现代才有的，我国古代并没有这样的“诗学”。有关写诗论诗的学问——尤其关于“大多是篇

① 据《四库全书》检索结果，“创作”连属用法见于约一百八十部故书，凡二百一十例，稀见用于所谓“文艺创作”者。《汉语大辞典》未能提供明代以前的例句(李东阳：《麓堂诗话》，“及观其所自作，则堆叠饾饤，殊乏兴调。亦信乎创作之难也。”王夫之：《姜斋诗话》，“盖创作犹鱼之初漾于洲渚。”)。

幅不长的古体或近体诗"的学问，见于"诗品""诗话""诗说"(含"词语")——"诗话者，辨句法，备古今，纪盛德，录异事，正讹误也"(《彦周诗话》)。[①] 如果说我国古代有"诗学"，显然唯有《诗》学可以当之。亚里士多德的《诗学》与我国古代的《诗》学是否可以相提并论，这个问题倒是值得提出来讨论，但我国的《诗》学显然绝非有关写诗论诗的"创作学"。

"诗术"抑或"创作术"

应该说，亚里士多德这部讲稿的书名被译作"诗学"，并无大错。即便有不妥帖之处，也比"创作学"正确。因为，如果说"诗学"译名有何不妥，仅在于"学"字尚未贴紧原文。实际上，*περὶ ποιητικῆς*[论诗的]作为书名还省略了*τέχνης*[技艺](*ποιητική*是形容词，比较拉丁文 De arte poetica)。在古代目录中，亚里士多德这部讲稿的名称是*Πραγματεία τέχνης ποιητικῆς*[诗术论](亚里士多德的讲稿唯有这部以*Πραγματεία*[论述]名篇，可能因为这部讲稿未完成)。如此省略写法在古典故书中并不少见(比如柏拉图，《高尔吉亚》502c：*τέχνη ῥητορική*[修辞术]，以及见于《修辞学》多处的*τοῖς περὶ ποιητικῆς*用法：1372a1，1404a38，1404b7，1405a5，1419b5)。[②] 古之"术"就其"学问"含义而言，与"学"同义。虽然技术上有令人惊异的发展，古医术与如今的医学在品质上是一致的；"道术"庶几相当于如今的学术，品质却大为不同了。

改"诗学"为"创作学"的提法，质疑的恰恰不是"学"，而是"诗"。因此，问题关键在于：*τέχνη ποιητική*[诗术]可以译作"创作术"吗？或者"作诗"应该改为"创作"吗？

让我们先问这样一个问题：希腊语*ποιεῖν*这个语词的义项在词典中有近十项："做、制造、生产、生效、使成为、视为、作诗、取得"(参见罗念生、水建馥编，《古希腊语汉语词典》)，其中包含"作诗"(而非"创作")，为什么偏偏要取"做"、"创造"之义？倘若既可以取"做"或"创造"之义，也可以取"作诗"之义，那么，取何种含义就不当是我们今人说了算数，要看古人亚里士多德自己取的什么"义"。解释古典故书原文字词的含义，必须符合原文的实际含义，要掌握某部古典故书的字、词、句的含义，当对勘同一时期的文本中相同字、词、句的用法，此乃研习古典学问的基本通则，中西方概莫能外。以*ποιεῖν*的词义在词典中有"做、创造"之义，就断言亚里士多德的*ποιητική*当译作"创作"，理由并不成立。

亚里士多德这部现存讲稿的书名恰好是讲稿起始的两个语词，于是，有人怀疑这个书名是后人所加，如我们《论语》中的篇名(《庄子》内篇篇名三字连属，皆有意义，概括要旨，被认为是庄子自题，外、杂篇大多取其篇首句二字或三字以名篇，则被视为编述者追题)。的确，*περὶ ποιητικῆς*这个书名与《政治学》和《伦理学》等书名不同，让人觉得书名有可能为后世编者所追题。但《政治学》1341b39 提到："在

---

① 章实斋《文史通义》有"诗教"篇和"诗话"篇，没有"诗学"篇；一代鸿儒陈天倪(1879－1968)的学问统绪中亦分列《诗》学(《诗经别论》)和"诗话"(《诗论》)，参见陈天倪：《尊闻室賸稿》，757 页，北京，中华书局，1997。

② 参见 D. W. Lucas，*Aristotle Poetics*，Oxford 1968，12—14 页，53 页。

《论诗术》中(ἐν τοῖς περὶ ποιητικῆς)将解释净化”，因此，这个书名也并非没有可能是亚氏自题——《修辞术》的书名实际上也是开首词：“修辞术是辩证术的对应部分。”(Ἡ ῥητορική ἐστιν ἀντίστροφος τῇ διαλεκτικῇ)(1354a1)

不错，ποιητική的词干来自于ποιεῖν，这个动词的基本含义是“制作”(荷马，《伊利亚特》卷一，608；卷七，435；赫西俄德，《神谱》，行161)，也就是凭靠(ἀπό或ἐκ)某种质料制作出某种东西(希罗多德，《原史》卷五，62；色诺芬，《远征记》卷五，3，9；卷三，3，9；卷四，5，14)，但这仅是一般含义，具体含义得看谁在“制作”。举例来说，用于神的制作就是“创造”甚至“创世”，比如：“住在奥林波斯的永生者们ποίησαν，[造了]第一个即逝人类的种族”(赫西俄德，《劳作与时日》，行109－110)。用于人的行为就是“行事”，行事有好有坏(εὖ或κακῶς)，其成品可以是质料性的ποιήματα[成品、诗作]，也可以是行为上的[作为]，同样有好坏(ἀγαθὰ或κακά)之分。ποιεῖν πόλεμον[发动战争](*Isaeus* 11，48)显然没法译成“创作战争”，ποιεῖν εἰρήνην[带来和平](阿里斯托芬，《和平》，行1199)也不便译为“做和平”。① 因此，说ποιεῖν的本义是“做、创作”，几乎没有意义，具体含义得看这个词语被用在什么语境中。

与此相应，动词ποιεῖν衍生出的名词ποιητὴς[制作者]也可以有多种含义，“诗人”仅是ποιητὴς的用法之一。如果用在神或似神者身上，ποιητὴς就是“创始者”或“创世者”，比如：ὁ ποιητὴς καὶ πατὴρ τοῦδε τοῦ παντός[万物的创始者和万物之父](柏拉图，《蒂迈欧》28c，29e－30a；ποιητὴς καὶ πατὴρ[创始者和父]的叠词用法，亦参廊下派大师厄琵克忒特 *Diss* I，9，7)；如果用在立法者身上，就是ποιητὴς νόμων[制礼作乐者](托名柏拉图，《释词》[*Definition*]415b)。希伯来文教传统中并没有古希腊意义上的“诗人”，但在希伯来圣经《七十子译本》中却有ποιητὴς这个词，犹太译经师们用来指称“信守律法者”(1 *Makk*. 2，67；英译本译作 who observe/keep the law；中文天主教版译作：“遵行法律的人”)。可见，名词ποιητὴς衍生自动词ποιεῖν，这没有疑问，但含义与动词一样，要看用在什么文脉才能确定其实际含义。正因为这个语词既可以指创生万物的神，也可以指“诗人”，柏拉图才让民主时代的诗人阿伽通说，“爱神是有智慧的诗人”(ποιητὴς ὁ θεὸς σοφὸς)(实际含义是，这位民主时代的诗人把自己比作爱神)，意思是“一个人即便以前对缪斯一窍不通，一经爱神碰触，马上就成为诗人(ποιητὴς γίγνεται)”。阿伽通用来证明这一点的例子是：“爱神是位高超的诗人(ποιητὴς ἀγαθὸς)，凡属乐方面的诗作，样样精通(ἐν κεφαλαίῳ πᾶσαν ποίησιν τὴν κατὰ μουσικήν)。”(《会饮》196e1－5)在古希腊，μουσικήν[乐]要么指单纯的音乐[器乐]，要么指以音乐为体的诗——这里所谓的μουσικήν即指以音乐为体的诗，用我国古人的话来说：“诗为乐心，声为乐体……乐辞曰诗，咏声为歌，声来被辞，繁辞难节。”(《文心雕龙·乐府》)

---

① 参见 H. G. Liddell/R. Scott，*A Greek-English Lexicon*(《希英大辞典》)，Oxford 1953；Gerhard Friedrich 主编，*Theologisches Wörterbuch zum Neuen Testament*(《新约神学释词》)，词条ποιέω，ποίημα，ποίησις，ποιητής，卷六，Stuttgart 1959，456页以下，尤其464页；Pierre Chantraine，*Dictionnare étymologique de la langue grecque*(《古希腊语词源词典》)，Paris，1999。

同样，尽管名词ποίησις[诗作]衍生自动词ποιεῖν，其基本含义是“制作、制成品”，但具体含义及其译法仍然要看文脉，如果是神的制成品就当译作“造物”或“受造物”。柏拉图笔下的阿伽通就把爱神抬高为创世神，一切生物的创造者：“谁会反对说，所有生命之物的创造(τήν γε τῶν ζῴων ποίησιν πάντων)不是出自爱神的智慧。”(《会饮》197a1－2)在阿伽通的爱欲颂中，爱若斯作为诗人并不创作诗篇，而是创造出作诗的诗人。

但ποίησις这个语词在古典希腊文中的确多用于“诗”，以有别于ποιεῖν的其他结果(比如πρᾶξις或ἐργασία)。关于动词ποιεῖν与名词ποίησις和ποιητὴς的关系，柏拉图《会饮》中的第俄提玛在教诲苏格拉底时的一段说法最为著名，用来解决我们的问题非常恰切。

> [205b8－c9]制作[这行当]其实五花八门(ποίησίς ἐστί τι πολύ)，因为，凡什么东西从(本来)没有到有(ἐκ τοῦ μὴ ὄντος εἰς τὸ ὂν)，其原因就是由于制作(ποίησις)。所以，凡依赖技艺制作出成品(αἱ ὑπὸ πάσαις ταῖς τέχναις ἐργασίαι ποιήσεις)都是创制，所有这方面的工匠大师都称为行家(ποιηταί)。
>
> 可是，你当然知道，人们并不称所有技艺方面的行家为诗人(οὐ καλοῦνται ποιηταὶ)，而是叫别的什么名称。从所有搞制作的中(ἀπὸ δὲ πάσης τῆς ποιήσεως)，我们仅仅拈出涉及乐和韵律(περὶ τὴν μουσικὴν καὶ τὰ μέτρα)的那一部分，然后用这名称来称所有搞制作的。因为，仅仅这一部分才叫诗(ποίησις γὰρ τοῦτο μόνον καλεῖται)，精通这一部分制作行当的人才称为诗人(οἱ ἔχοντες τοῦτο τὸ μόριον τῆς ποιήσεως ποιηταί)。

从起头的“行家”(英译 maker 或法译 fabricant 或德译 Arbeiter)到结尾的“诗人”，原文都是同一个词。第俄提玛的说法是，从一般含义的“制作”中提取出特定意义的“诗作”，而且明确说到“我们仅仅拈出涉及乐和韵律的那一部分”，因此，最后的ποιηταί必须被译作“诗人”(西文译本通作 poet-poète-Dichter)。与第俄提玛在这里的辨析同义词中的差异相反，主张改“诗学”为“创作学”的理由恰恰是让特定含义的ποιηταί[诗人]回到一般含义上的“技艺方面的行家”。

诗与纪事之辩

既然如今所谓“创作”泛指创作“文艺作品”，进一步的问题便在于，τέχνη ποιητική究竟专指有音律(音步)的诗，抑或泛指所有类型的写作？如果是所有类型的写作的统称，τέχνη ποιητική译作“创作学”未尝不可，如果主要指有音律(音步)的诗，译作“创作学”就是错的。前面我们已经看到，柏拉图笔下的第俄提玛的说法证明，ποίησις指有音律(音步)的诗。接下来看，亚里士多德在《论诗术》中的说法是否与此相符。

> [1451b1－5]因为，纪事家与诗人的差别，不在于言述时用抑或不用韵

文——即便希罗多德的著述兴许也可能被改成诗行，恐怕仍旧是某种纪事，依还是不依诗行没什么差别。毋宁说，两者的差别在于，一言述曾经发生的事，一言述可以期待会发生的事。

亚里士多德很少提到纪事家和纪事作品(《修辞学》1360a36 在提到 *αἱ περὶ τὰς πράξεις ἱστορίαι*，[涉及人的行为的纪事]时，说这些书"对于了解政治事务"有助益)，但在《论诗术》中，亚里士多德却多次暗中提到希罗多德(1459a24—29 显然指涉《原史》，《修辞学》1409a27 在说到一种文体时，提到《原史》开篇第一句)。在这里，亚里士多德明确提到希罗多德，以此说明纪事作品与诗作的差别。*ἢ ἔμμετρα ἢ ἄμετρα*[用抑或不用韵文]的说法，显然不能理解为，纪事作品与诗作没有形式上的差别，毋宁说，这种说法的前提恰恰是：纪事作品不是韵文，诗是韵文——"希罗多德的著述兴许也可能被改成诗行"这话用的是虚拟式，换言之，希罗多德的书实际上是用非韵文的形式写下的。只不过，亚氏在这里要强调，韵文与否并不决定作品内容，那是可以附加的表面上的东西(比较 1447b18)。比如，恩培多克勒是个自然学家，但他表达自己的静观所得时却用诗体。亚里士多德在这里试图用新的实质性界定来取代当时普遍采用的形式性界定来定义"诗"，反过来恰好可以断定：在古希腊的习惯用法中，*ποιητὴς*特指作韵文的诗人，而非泛指所有"搞写作"的人。进一步说，在试图用"模仿"这一实质性界定取代习传的形式性界定(韵文)来定义"诗"的同时，亚里士多德又提出了非常著名的关于诗人与纪事家(*ἱστορικὸς*)的差别的看法。如果这一看法没有取消纪事是非韵文的形式特征，那么，我们也不能说"模仿"这一实质性界定就取消了诗的韵文特征。

古代希腊没有中国很古的时候就有的"史官"，古希腊的历史最早见于叙事诗，与神话和传说交织在一起。希罗多德被视为西方史家第一人，他的著名传世之作开篇第一句说："这里展示的是哈利卡尔纳索斯人希罗多德的探究"(*Ἡροδότου Ἁλικαρνησσέος ἱστορίης ἀπόδεξις ἥδε*)。如今的书名*Histories*就来自这开篇第一句中的*ἱστορίη*[探究]。这个语词源于*ἵστορ*[目击者或裁决法官]，意思是法官为了形成自己的判决询问见证人，由此衍生出的所谓*ἱστορικὸς*，本来与探究相关。因此，希罗多德的这部传世之作的书名一向被译作《历史》，其实是错的，如今的英译名已经改为 *Inquiries*，恰切的中译名当是《原史》(取"原"的"推究、考究、研究"之义；《荀子·儒效》："俄而原仁义，分是非。"《汉书·刘向传》："原其所以然者，谗邪并进也。"比较"原毁"、"原道"、"原儒"等用法)。在希罗多德那里，*ἱστορίη*的含义首先指打听、探问——向那些据自己的生活习惯懂得不少事情的人们打听、探问他们所了解的事情，由此引申为探询、考察，以便找出事情的原委(参《原史》卷二，19，13)。不过，到了亚里士多德的时候，希罗多德和修昔底德已经很有名。由于希罗多德写下《原史》的缘故，*ἱστορικὸς*的意思已经与"纪事"相关，不再是"探究者"这个原义，但也不是完全没关系，因为，希罗多德毕竟受到自然哲人的影响。无论如何，*ἱστορίαι*以前译作"历史"(希罗多德、珀律比俄斯、塔西佗都以这个语词名篇)，恐怕不妥，最好用"纪事"来对译。"纪"通"记"，所谓"记述"古作"纪述"：所谓"纪事之文，非法象之言也"(《论衡·正说》)；所谓"世之论文者有二，曰载道，曰纪事。纪事之文当本之司马迁、班固"([明]宋濂，《文原》)；所谓"古之帝王建鸿德者，须鸿笔之臣，褒颂记载"(《论衡·须颂》)。作为一种史书文体，"纪"乃帝王生平事迹，也符合希罗多德的书和后来诸多罗马纪事家的作品。

荷马时代没有"诗人"之称，而是"游吟歌手"(*ἀοιδός*)，赫西俄德和品达之后，*ποιητὴς*这个语词才用来称呼"乐诗人"。[①]《希英大辞典》在*ποιητὴς*词条下给出的义项有：制作者、工匠、发明者、画匠、制乐者、诗人、讲辞作者，提供例句最多的是"诗人"。希罗多德有一句著名说法：正是*ποιητὴς*[诗人]荷马和赫西俄德把希腊人信奉的诸神的家世交给希腊人(《原史》卷二，53)。希罗多德还提到，"正是那些作诗的希腊人"[*τούτοισι τῶν Ἑλλήνων οἱ ἐν ποιήσι γενόμενοι*]从埃及人那里学到如何根据一个人的生日推知其命运和性情的方法(《原史》卷二，82，4—5)。希罗多德才是善于写"大块文章"的大师，"谋篇布局精心剪裁"绝妙无比，但他不是诗人。古希腊人说，*πεποίηκεν Ὅμηρος*[荷马写下诗行](柏拉图，《王制》441c)，或者"梭伦*ποιήσαντι τὴν ἐλεγείαν*，[曾经作过一首诉歌]"(亚里士多德，《雅典政制》，5，2)，但不会说善写文章的希罗多德或者修昔底德*πεποίηκεν*[作过诗]。

"创作"是广义上的"写作"，但古希腊人的"作诗"与其他形式的"创作"比如纪事不仅有明确分别，甚至还有竞争关系——亚里士多德在《修辞学》卷二11说到争强好胜的人时，对举的是那些"受到诗人或文章作家(*ὑπὸ ποιητῶν ἢ ὑπὸ λογογράφων*)赞颂或褒扬的人"(《修辞学》1388b21—22)，这里的所谓文章作家包含纪事家。在古希腊思想史上，诗与纪事之辩具有重大意义，尽管所谓诗与纪事之辩并非真的有过一场论争，实际上是后起的纪事家出来攻击从前的诗人，颇像如今所谓争夺话语权。为了突显自己的写作，修昔底德在《战争志》开始不久就宣称，自己"既不像诗人那样……也不像文章作家那样"(*οὔτε ὡς ποιηταὶ … οὔτε ὡς λογογράφοι*)(《战争志》1，21)，让自己与从前的诗人和文章作家(这里指纪事家)区别开来。可见，修昔底德同样把诗人与纪事家作为两类不同的人来对举：*λογογράφοι*[纪事家]用无韵的文体书写过去，*ποιηταὶ*[诗人]则用韵文(诗体)书写过去。修昔底德显然属于纪事家(*λογογράφοι*)，而非诗人，他宣称自己写的东西要比诗人编织的故事"更可信"(*μᾶλλον πιστεύων*)(《战争志》卷一，21)，还点了荷马的名，对传统所谓"荷马提供了最好的见证"(*τεκμηριοῖ δὲ μάλιστα Ὅμηρος*)的说法不以为然(《战争志》卷一，3；亦参卷一，9)。修昔底德没有说自己是哪类*γράφος*[作家]，仅仅让自己既与荷马一类诗人(不消说，还有赫西俄德，《战争志》卷三96提到"诗人赫西俄德"[*Ἡσίοδος ὁ ποιητής*])区别开来，又与赫卡泰俄斯(Hekataios，此人作品中的故事成分比希罗多德的作品更甚)和希罗多德一类纪事家区别开来。

---

① 参见 Franz Passow 编，*Hand-Wörterbuch der Griechischen Sprache*(《古希腊语词典》)，1852/2004，Ⅱ/1，978页。

修昔底德对荷马的攻击表明：时代变了，传统政教的基础已经非常脆弱。修昔底德有意识地要面对新的民主政治的时代处境，与此相应的是新的写作形式：代替传统ποιητὴς[诗人]的是λογογράφος或λογοποιός[文章作家]。其实，这两个语词几乎是同义词，涵盖的文体比较广泛，既可以指散文作家(希罗多德，《原史》卷二，143，1)，也可以指编造故事的人(希罗多德称伊索是λογοποιός)。在雅典民主兴盛期，智术师们教育出来的善写辩辞和文章的写手也被称为λογογράφος[文章作家]。柏拉图笔下的斐德若羡慕地说，吕西阿斯才约摸三十出头，已经堪称"如今搞写作的人中最厉害的"(δεινότατος ὢ τῶν νῦν γράφειν)(《斐德若》228a1)。也许可以说，作家越来越多，是民主政制的特征之一，倘若如此，λογογράφος译作如今"搞创作的"兴许倒比较恰当。

诗与纪事之争

既然修昔底德对荷马的攻击在前，亚里士多德在《论诗术》中为"诗人"所做的辩护就可以看做是对修昔底德的回答：

> [1451b5]诗作比纪事更富哲学意味、更为严肃(καὶ φιλοσοφώτερον καὶ σπουδαιότερον ποίησις ἱστορίας ἐστίν)。因为，诗作更多言述普遍的东西，纪事则言述个别的东西。从一般出发，什么样的人按看似如此或必然如此说什么样的话、做什么样的事，作诗所求[b10]的就是这些，尽管也给[这个什么样的人]起个名，至于个别的事情，则指阿尔喀比亚德曾经所做或所遭遇的什么。(刘小枫译文)

亚里士多德并非诗人，而是哲人。哲人出来为诗人辩护，就古希腊文教史而言，意义非同寻常。这段话解释为何诗作比纪事更高，用的是哲学的理据——"更富哲学意味、更为严肃"。所谓"普遍的东西"(τὰ καθόλου)和"个别的东西"(τὰ καθ' ἕκαστον)在亚里士多德那里是一对哲学概念：普遍的东西是理智的对象，个别的东西是感觉的对象(参见《论灵魂》417 b22—23)，从而后者在认知层次上比前者要低。这里所说的"普遍的东西"指人的性情，所谓"从一般出发，什么样的人按看似如此或必然如此说什么样的话、做什么样的事"，意味着诗作的目的在于，通过编织故事来展示人的性情的"普遍性"。《论诗术》随后(1454a33—36)更明确地说道，性情是肃剧摹仿的真正对象，因为，除非通过言或行(λέγειν ἢ πράττειν)构成的故事，我们没法看见一个人的性情。性情本身是看不见的，要把不可见的性情变成可见的，就得编织故事。故事是性情的摹像，性情是故事的出发点。依据性情的一般来编织故事，就是所谓诗言述"可以期待会发生的事情"(οἷα ἂν γένοιτο)，而非像纪事那样言述"曾经发生的事情"(τὰ γενόμενα)。

可是，希罗多德和修昔底德的纪事作品也探究人的性情与曾经发生的事情的关系。倘若如此，诗作与纪事的差别究竟何在，诗作又何以高于纪事？

在《尼各马可伦理学》的开场白中我们可以读到：一般来讲，年轻人"欠缺"掌握自己的能力，总是受感情支配，乐于追求个别的东西(διώκειν ἕκαστα)，只有少数年轻人能"按逻各斯(κατὰ λόγον)来对待和践行自己的追求"(1095a4－9)。联系到《论诗术》中"纪事则言述个别的东西"的说法，我们看到，这无异于说，纪事不是"按逻各斯"来写作。亚里士多德在这里以阿尔喀比亚德这个历史人物为例来说明纪事作品的特质，为什么偏偏是这个例子？据我看，这很有可能是在暗指修昔底德的《战争志》，因为，阿尔喀比亚德是《战争志》中的一个重要人物。① 阿尔喀比亚德的性情特别突出，以此作为个例，修昔底德也想说明一般，从而，纪事作品也带有哲学意味，或者说也力求从个别上升到一般(上升到哲学)。可以问的是，既然如此，让阿尔喀比亚德进入戏剧诗，岂不正好是活生生的典型？然而，正因为阿尔喀比亚德是个非常突显自己性情的曾经行动过的人，反倒不适合诗作所要追求的"普遍性"。诗作呈现"什么样的人说什么样的话、做出什么样的事情"，为的是表达性情之一般，而非性情之个别。纪事记叙真实的某个人(比如阿尔喀比亚德)实际的所作所为，也力图引出某种普遍的道理，因此，纪事作品并非就没有"哲学意味"(亚里士多德说诗作"更富哲学意味"，用的是形容词比较级)。但纪事通过曾经有过的个别来展示一般(从个别到一般)，诗作则从一般出发来编织个别，与具体个人的偶然性情有别。就展示一般而言，诗作编织的个别故事比纪事依据的个别事件更少受到限制，因为这个个别是按"普遍性"编织出来的。纪事作品中展露的人物性情恰恰因为太特别、太实在，观者不会想到与自己有什么相干。戏剧中出现的人物性情虽然也是个别的，却既"看似如此"又"必然如此"，从而让人感到自己也可能就是如此这般性情。

在《论诗术》中，亚里士多德用肃剧诗人来反驳或回应修昔底德对诗人提出的挑战，肃剧诗人似乎取代了荷马的位置。然而，凡读过《论诗术》的读者都知道，在《论诗术》中，作为叙事诗人的荷马与肃剧诗人们的关系被亚里士多德黏得很紧。这意味着，通过阐述肃剧诗人的写作方式，亚里士多德为诗人传统辩护，回应了修昔底德在民主时代所挑起的诗与纪事的竞争：修昔底德以纪事原则挑战荷马，亚里士多德以戏剧诗人的原则挑战纪事原则，从而显得是在维护雅典的诗教传统。

一百多年后，纪事家珀律比俄斯(Πολυβίος，公元前200/205—前120)站在修昔底德一边回击亚里士多德——在《罗马志》卷二中，珀律比俄斯对比纪事和肃剧，明确批评古希腊肃剧诗人(卷二，56，10—12)。他强烈要求，"纪事书"(διὰ τῆς ἱστορίας)不应该学戏剧诗人，用夸张的图景让自己的读者感到毛骨悚然，不应"像肃剧诗人那样"(καθάπερ οἱ τραγῳδιογράφοι)，"去设想人物可能会说的话"(τοὺς ἐνδεχομένους λόγους ζητεῖν)，去计算对所发生的事件来说仅仅是可能的偶然结果，而是应该记载"真正发生过的事情"(κατ᾽ ἀλήθειαν αὐτῶν)，以及人们真正说过的话。"肃剧与纪事的目的并不相同，而是完全相反"(τὸ γὰρ τέλος ἱστορίας καὶ τραγῳδίας οὐ ταὐτόν, ἀλλὰ τοὐναντίον)，因为，肃

① 修昔底德笔下的阿尔喀比亚德，参见 Steven Forde，*The Ambition to Rule：Alcibiades and the Politics of Imperialism in Thucydides*，Cornell Uni. Press 1989(中译本，《统治的抱负》，北京：华夏出版社，2010)。

剧诗人的目的是，用自己笔下的人物嘴里说出来的逼真的话语让观众感到惊怵或灵魂着迷(*ἐκπλῆξαι καὶ ψυχαγωγῆσαι*)(比较《论诗术》1450a33)，纪事家的任务则从来都是，用事实的真相和他的讲述来“教导和说服热爱学习的人”(*διδάξαι καὶ πεῖσαι τοὺς φιλομαθοῦντας*)。肃剧展现的是“兴许会发生的事情”(*ἡγεῖται*)，“即使它不真实”(*κἂν ᾖ ψεῦδος*)，纪事则要提供真相(*ἐν δὲ τούτοις τἀληθὲς*)(珀律比俄斯对肃剧诗人的批评还见于卷二 17.6 和卷三 48.8)。

这些说法表明，珀律比俄斯熟悉亚里士多德在《论诗术》中贬低纪事时所说过的那些话，从他用*τερατεία*来指称“肃剧式的纪事家”(卷二，58.12，59.3；卷三，58.9；卷十五，34.1)来看，当时还有不少纪事家在模仿肃剧诗人。不难看到，珀律比俄斯同意亚里士多德对诗与纪事的性质所作的区分，但他不同意亚里士多德的结论：肃剧比纪事更有哲学意味、更严肃。

与修昔底德一样，珀律比俄斯不仅让纪事家与诗人区别开来，而且与其他类型的用非韵文写作的人区别开来。不同的是，由于要与希罗多德划清界限，修昔底德似乎刻意避免用*ἱστορία*或*ἱστορεῖν*[探究]，把写作纪事作品的人称为*ὁ συγγραφεύς*，与荷马式的*ὁ ποιητής*，[诗人]分庭抗礼。古代的文法学家和目录家提到修昔底德的《战争志》的书名时都是*Θουκυδίδης ξυνέγραψε*[修昔底德的志]，称修昔底德为*ὁ συγγράφευς*，实际上，这个词与*ἱστοριογράφος*[纪事作家]没什么差别。珀律比俄斯则并不避讳用*ἱστοριογράφος*[纪事作家]这个称呼，而且与富于辞藻、讲究文体的文章作家区别开来(《罗马志》卷十二，28：*τῆς τῶν ἱστοριογράφων καὶ λογογράφων*[纪事作家与文章作家])。毕竟，在珀律比俄斯的时代，泛希腊地区的城邦政制已经名存实亡。与修昔底德的写作不同，珀律比俄斯已经不是基于城邦政制、为了城邦政制而纪事，而是为了新的大帝国政制而纪事——也许正因为如此，珀律比俄斯很少依傍希腊的古典作家。①

如果说，亚里士多德在《论诗术》中的确回应了修昔底德挑起的诗与纪事的优劣之战，那么，亚里士多德与修昔底德一样，都基于城邦政制。在亚里士多德之后，超越城邦来思考的哲学(廊下派和伊壁鸠鲁派)才逐渐开始走红，这与城邦政制衰落、亚历山大帝国崛起以及随后罗马形成帝国态势相关。亚里士多德虽然在马其顿长大，但他所受的教育以及思想和学问，都仍然是城邦政制式的。我们看到，亚里士多德在《论诗术》这部讲稿中的举例，以荷马和肃剧诗人为主，没有论析各种抒情诗(包括合唱凯歌)、诉歌等等，而荷马叙事诗和肃剧诗恰好是雅典曾经有过的最值得重视的两种政制形式(王政和民主政制)的表征——荷马叙事诗属于王政(或贵族政制，柏拉图笔下的苏格拉底在《王制》445d3—5 说过，这是一种政体形象的两个叫法)。总之，《论诗术》明显关乎古希腊的城邦“诗教”，绝非讨论一般意义上的“文艺创作”——如今不少学者喜欢从现代所谓“戏剧学”的角度来绎释《论诗术》，不仅非常吃力，而且

---

① 参见 F. J. Walbank 的 *A Historical Commentary on Polybios*(三卷本，Oxford 1957－1979)中对卷二 56，10－12 的笺释。

最终一无所获。

诗与政制

倘若《论诗术》中的讨论与雅典政制紧密相关，从而显得试图通过传承荷马叙事诗和肃剧诗来表达哲学，亚里士多德的“诗学”就当被看做城邦学的一部分——用我们的表述来讲，《诗》学属于“国学”。在我国古代，最早所谓“诗人”指《诗》的作者(《楚辞·九辩》：“窃慕诗人之遗风兮，愿托志乎素餐”；《文心雕龙·情采》：“昔诗人什篇，为情而造文”)。汉语的“国”字古义，不仅指“国”，也指城邑、部落、国都、王侯封地、有独特制度的地域甚至家乡，与古希腊语的“城邦”一词庶几相合(与现代意义的“国家”不合)。如今所谓“国学”，含义首先对应的是“西学”，而“国学”古义则首先是与城邦政制一体的教化：“乐师掌国学之政，以教国子小舞”[谓以年幼少时教之舞](《周礼·春官·乐师》)。“国”之政体规定、形塑“学”，“学”依托于“国”之政体[礼]：所谓“教诲于国学也，严以有礼，扶善遏过”(韩愈，《窦公墓志铭》)。明人朱朝瑛《读诗略记》说到《周礼》中所谓“国学”时，把“学”与“国”的关系界定为“学政”：

> 辟雍，即虞庠也，周之郊学，其国学谓之“成均”。《周礼》成均之法，掌于大司乐，以建国之学政，而合国之子弟。所属之职，皆以教国子为事者。此即有虞典乐教胄之意，盖以乐之入人也深、化人也易。故辟雍亦设有钟鼓，凡造士之地，皆为奏乐之所焉。《庄子》曰“文王有辟雍之乐”是也。自汉以来，郡国遣士受业，必诣太常，古意犹存，而学政漫衰矣。周家成均之外，又有三代之学，大抵皆与成均合建者。

“高祖受命，议创国学”——汉代所建立的“国学”制度从低延伸到高(可类比为如今的从中小学延伸到大学)，端赖于经学的确立。众所周知，博士制度的“国学”，实际内容为经学(“三礼唯郑注立于国学”)，《诗》学则是如此“国学”的源头和统纲：“经学四教，以《诗》为宗。孔子先作《诗》，故《诗》统群经。孔子教人亦重《诗》。”(廖平，《知圣篇》，7)倘若如此，我国古代的“诗学”就是城邦学(国学)的基础。一般来讲，说《春秋》经及其三传体现了我们“城邦学”的要核比较恰当，因为《春秋》隐含政法微言。我们如今比较难以理解的是，《诗》与政法有何相干？廖平则告诉我们，《诗》与《春秋》乃虚实不同：

> 《诗》者，志[即“志在《春秋》”之“志”]也。获麟以前，意原在《诗》，足包《春秋》、《书》、《礼》、《乐》，故欲治经，必从《诗》始。《纬》云：“志在《春秋》，行在《孝经》。”行事中庸，志意神化，《春秋》与《诗》，对本行事也。其又云：“志者，则以对《孝经》言之”，实则《诗》与《春秋》虚实不同。(廖平，《知圣篇》，7)

廖平对“诗言志”的“志”作了“城邦学”的解释，我们可以放心的是，这种解释不是来自柏拉图，而是来自汉代经学家——《春秋经》和《孝经》都涉及我们祖宗的宗法传统，如果说这是我们的"城邦学"，当没有什么问题。但廖平强调：《诗》学不仅是我们"城邦学"的源头，而且是进入"城邦学"的门径：

《诗》乃志之本，盖《春秋》名分之书，不能任意轩轾；《诗》则言无方物，可以便文起义[《尚书》、《春秋》如今人之文，《诗》、《易》如今人之诗。体例不同，宗旨自别]。(廖平，《知圣篇》，7)

春秋三传中，《公羊传》的品格最具"城邦学"性质，在廖平看来，《诗》学与《公羊》学有隐深的内在关联。

《公羊》"主人习其读而不知其罪"，此本《诗》说，即后世所谓"言者无罪，闻者足戒"。故凡纬说、子书非常可骇之论，皆《易》、《诗》专说。故欲明《诗》、《易》，须先立此旨。(廖平，《知圣篇》，7)

我们的"城邦学"自有其关切的题旨，但与柏拉图的《王制》(*Politeia*)对观，我们会发现，关切的问题颇有一致之处：王者应该是什么样的人。廖平并没有读过柏拉图，却不仅高调指出《春秋公羊》学与《诗》学的血脉关系，而且点明了《春秋公羊》学与《庄子》的内在关联，连接点便是王者问题。

《纬》云："孔子受命为黑统，即玄鸟、玄王"；《庄子》所谓玄圣、素王之说，从《商颂》而寓之。《文王》篇"本支百世"，即王鲁；"商之孙子"，即素王。故屡言受命、天命，此素王根本也。孟子以周公、仲尼继帝王之后，荀子以周公、仲尼为大儒。此从《鲁》、《殷》二《颂》而出者也。三统之说，本于三《颂》，凡一切旧说，皆当以此统之。(廖平，《知圣篇》，7)

王者问题之后，"城邦学"的应有之题是政制问题，这明显是《春秋》经及其三传的主题。但廖平告诉我们，这一论题的源头仍然在《诗》：

董子王鲁制，寓于《鲁颂》。周公及["世及"之"及"]。武王制礼作乐，故以王寓之。以其说解《诗》，则有徵信；董、何以说《春秋》，则不免附会矣。纬书时周，不可说《春秋》，而《诗》以鲁后周，即此意。《诗》明云："其命维新"，是经意直以《周颂》为继周之新周，非果述姬周也。(廖平，《知圣篇》，7)

"武王制礼作乐，故以王寓之"——这让我们联想到孔子的著名说法："述而不作，信而好古。""作"固然有"撰写"的含义(所谓"作《易》者其有忧患乎")，但也有"劳作"的意思(所谓"日出而作，日入而息")，甚至"动作"的意思(所谓"体有不快，起作一禽之戏")。从而，汉语"作"字的用法同样需要视文脉而定。比如，这里"述而不作"的"作"，意思就并非"撰写"。因为，这里所谓"述"指"传旧"、"循旧"，也就是承继旧制礼乐(所谓"循于旧章")，与此相应，"作"指"新制作礼乐"，或者说"创制"礼乐。总之，这里所谓"述"和"作"的对象都是典章制度之类的礼乐，绝非如今所谓"创作"文学作品，而是"作非圣人不能，而述则贤者可及"。因此，"述而不作"的意思是，"孔子无位，不敢作礼乐，而但可述之也"。宋儒王昭禹《周礼详解》(卷二十)有言：

夫乐者，圣人之所乐也，可以善民心，其感人也深，其移风易俗，故先王著其教焉。中正则雅，淫哇则郑。凡建国禁其淫过凶慢之声者，所以尚中正也。淫声则不正，过声则不中，凶声则不善，慢声则不肃。凡此皆大司乐之所禁也。颜渊问为邦，孔子告以放郑声者，亦以此也。

宋儒卫湜《礼记集说》在解释"述而不作"时用到"创作"两字连属，明显指"创制"礼乐：

古者谓圣人，虽缘人情制为五礼，然皆稽考前古，事循厥始，不敢创作也。或损或益，乘时之宜，然亦弗敢忘乎其初也。

清儒《日讲礼记解义》解释"述而不作"时用到"创作"两字连属，同样如此：

凡器与文，总莫非情之所寓。故惟知礼乐之情者，为能因情立文而创作于前。识礼乐之文者，为能考文会情而传述于后。盖作者生而知其情，是之谓圣；述者学而识其文，是之谓明。明圣之称非可袭取，正以其能述作之谓。

"城邦学"谈论政制离不了比较，礼乐规定了我们的城邦学的品质，也为我们城邦学的政制比较奠立了基准——古希腊城邦学的政制比较有两个维度：各种政体的比较，尤其王政—僭政—民主政制的比较，因为，经僭政开路，民主政制已经成为雅典城邦的现实；再就是本邦政制与外邦政制的比较。无论何种比较，在古希腊城邦学中，何为比较的基准，明显陷入混战状态，这是民主政制带来的必然结果。在我们的"城邦学"中，同样可以看到这两个维度的政制比较：王霸之辨和夷夏之辨。与古希腊城邦学不同，我们城邦学的政制比较的基准要明确且稳固得多：毫不动摇地以礼为基准。

凡民之生也，必以正平，所以失之者，必以喜乐哀怒。节怒莫若乐，节乐莫若礼，守礼莫若敬。外敬而内静者，必反其性。(《管子·心术下》)

正因为我们的古代“城邦”没有出现民主政制，即便出现了实际上的礼崩乐坏的政治状况，礼乐的政制正当性也没有被动摇。也正因为如此，在特定的处境中，夷夏之辨会成为突出的问题。这些情形我们都清楚，但廖平提醒我们，政制比较这一论题的源头仍然在《诗》。

> 先儒改周之文，从殷之质，亦从此出。“鲁、商”二字即“文质”，“文、质”即中外、华洋之替字。中国古无质家，所谓质，皆指海外。一文一质，谓中外互相取法。为今之天下言之，非古所有。绌杞之例，亦本于《诗》，《春秋》杞不称公，《三颂》绌杞不言，是其本意。（廖平，《知圣篇》，7）

清末民初的廖平要求我们反复考虑一个看起来很好理解，其实非常难以理解的传统经学问题：为什么孔子特别重视诗教，为什么孔子花很大精力删诗。我们的古典文字有个好处，无需在字面上去倒腾，可以直接看原文——我们看廖平怎么说：

> 今凡周亡、孔子王，一切骇人听闻之说，皆以归附于《诗》。治经者知此意，然后以读别经，则迎刃而解。他经不复言此，而意已明，方可以收言语、政事、文章之效。《诗》为志，则《书》为行；《春秋》为志，则《孝经》为行。实则《春秋》与《书》同为行，《春秋》、《尚书》皆分《诗》之一体。《周》、《召》伯道，分为《春秋》；《王》、《郑》、《齐》王道，分为《尚书》。特以较《孝经》，则《春秋》为志，而《孝经》为行耳。今本此义，作为义疏，不拘三家之书，以孔子之微言为主。使学者读《诗》，明本志，而后孟子“以意逆志”之效明。孔子重《诗》之教，显以此为经学之总归，六经之管辖，与《论语》同也。（廖平，《知圣篇》，7）

《诗》学作为我们的“城邦学”的门径，不仅见于与其他各经的关系，也不仅见于《诗》的义疏四家，因为，既然“收言语、政事、文章之效”，那么，后世发为议论的子书、记载政事的史书和发乎心志的文章和诗篇，也都当归宗《诗》学——用今天的话说，《诗》学是“国学”的基础和源头，中国古典诗学的骨骼。忘却我们的《诗》学，仅知道有“创作学”，仅仅表明我们已经彻底进入了民主政制时代。

民主时代的“述”与“作”

古希腊同样有自己的诗教传统，如已经看到的那样，如此传统随着民主政制的兴起而式微。不过，攻击荷马并非纪事作家修昔底德起的头，首先冲击诗教传统的是自然哲人，然后是智术师派。就拆毁传统政制伦理而言，古希腊的自然哲人起了带头作用，尽管好些自然哲人用韵文写作——荷马诗作本是雅典政教的基础，修昔底德说荷马诗作不可信(《战争志》1.10.3)，严格说来是在追随自然哲人。著名自然哲人克塞诺芬尼和赫拉克利特攻击诗人编造虚晃故事，指责“诗人多假话”(Xenophanes，frs.1，11—12，14—16，22，34；Heraclitus，A22—23，frs.40，42，

56—57，104)；赫拉克利特甚至主张，应该清除荷马的影响，还说赫西俄德不过是"众人的教师"(διδάσκαλος δὲ πλείστων Ἡσίοδος)(《辑语》，57)而已。希罗多德与自然哲人的关系和修昔底德与智术师们的关系，说明纪事作家的写作绝非单纯的记载。显而易见的是，《原史》和《战争志》虽然记叙的是雅典城邦经历的战争，却都重述了整个希腊的"历史"(参见《战争志》卷一，10—20；《原史》的重述占半本多篇幅)。难道希罗多德和修昔底德掌握了荷马没有掌握的"史料"？显然不是。重述"历史"凭靠的并非是"史料"，而是精神原则。这个原则就是所谓"真实"——珀律比俄斯批评肃剧诗人讲述的不是真实，不仅与修昔底德对荷马的批评相同，也与柏拉图笔下的苏格拉底在《王制》中对荷马的批评相同。由此来看，亚里士多德在《论诗术》中抬高诗教贬抑纪事，意义至深至远。因为，用"述而不作"来衡量，自然哲人、纪事作家(希罗多德、修昔底德)和柏拉图都是"作"而不"述"——亚里士多德的《论诗术》恰恰是在教授如何"作"诗的技艺。唯有肃剧诗人是"作"还是"述"，不易断言，因为，虽然埃斯库罗斯自称其诗作不过是荷马桌上的面包屑，三位肃剧诗人的差异实在太大。

我们的诗教传统并非由孔子建立，而是循于周制。《周礼》"大师教六诗"，"以六德为之本，以六律为之音"。明儒柯尚迁《周礼全经释原卷八》说：

> 周公祖述虞庭，命夔典乐之教，于是诏大师教六诗。是时未有训诂传注之可说，不过曰此为风、此为雅颂、此为比兴、此为赋而已，使学者循六义而歌之，玩味其辞意，以涵泳其性情，莫切焉。

孔子的"述而不作"是在礼崩乐坏的政制局面中说的。如今孔子被视为世界性的大哲之一，倘若孔子可被称为"哲学家"，那么，显而易见的是，与古希腊大哲们挑战传统诗教不同，孔子的"述而不作"体现了夫子持守传统诗教的姿态。按清人陆陇其的理解，孔子这样说有"防异端之意"：

> 夫子之时，其实不容更作，但述如夫子，即谓之作，亦无不可；必谓之述者，是其谦处，而防异端之意，亦在其内。(《四书讲义困勉录·卷十》)

何为"异端"？对礼教来说，哲学就是"异端"。倘若孔子有哲人品性，"述而不作"便无异于隐藏了自己的如此品性，以防泛滥成灾。其实，无须等到离我们更近的清人，元人陈天祥在《四书辨疑》中已经说过：

> 夫子自谓"述而不作"，继之以"信而好古"，此"作"字正为异端妄作，非谓圣人之创作也。盖"述"谓明其理之所有，"作"谓创其理之所无。循天人之际、自然之理，以明夫三纲五常、固有之道，若六经之言者，通谓之"述"。出天理所有、人伦纲常之外，若杨墨之言者，通谓之"作"。盖有不知而"作"之者，我无是也。

“杨墨之言者，通谓之‘作’”——倘若如此，在礼崩乐坏的处境中，孔子对哲人起而“创作”不是已经有所预见吗?

话说回来，即便孔子身处的时代礼崩乐坏，毕竟还不是一个民主政制的时代。让我们来对观一下柏拉图笔下的苏格拉底的处境。在《卡尔米德》中，柏拉图记叙了苏格拉底刚从战场上回来就与几个雅典老熟人和新朋友的一场谈话，当时，苏格拉底想要了解一下“今儿哲学会有怎样的状况以及青年人的状况”(*περὶ φιλοσοφίας ὅπως ἔχοι τὰ νῦν, περὶ τε τῶν νέων*)(153d4—5)。可见，在苏格拉底身处的民主政制时代，哲学已经进入“市场”，尤其对年轻人颇有影响。柏拉图的此“作”不仅对我们理解这里的问题颇有启发，也对理解*ποιεῖν*的含义有启发。按柏拉图的记叙，苏格拉底与年轻人卡尔米德讨论到“明智”(*σωφροσύνη*)这一传统德性时，卡尔米德引到荷马的诗句(161a3)，然后说，关于何谓“明智”，眼下在雅典已经流传着新观点：“明智据说就是做自己的事”(*σωφροσύνη τὸ εἴη τὰ ἑαυτοῦ πράττειν*)(161b5)。言下之意，荷马古诗已经不足为训。苏格拉底马上指出，一定是受到新派哲学家一类“聪明人”(*του τῶν σοφῶν*)的影响，卡尔米德才会这样子说(161c1)。苏格拉底心里清楚，卡尔米德的说法来自他的老辈子、智术师克里提阿。当时，克里提阿就在现场，卡尔米德故意持克里提阿的观点与苏格拉底对阵，使得克里提阿在一旁觉得自己“简直就像一个诗人面对糟蹋了自己诗作的演员”(*ὥσπερ ποιητής ὑποκριτῇ κακῶς διατιθέντι τὰ ἑαυτοῦ ποιήματα*)(162d2—3)，对卡尔米德非常生气。卡尔米德故意败北，为的是抛出克里提阿，让苏格拉底和克里提阿两位老辈子直接对阵——柏拉图在这里用到“诗人与演员”(*ποιητής ὑποκριτῇ*)，所谓“诗人”显然指民主时代的肃剧诗人。

果然，苏格拉底接下来就与克里提阿交上了火，继续谈论何谓“明智”。让人费解的是，两人的对话却围绕着*ποιεῖν*的含义展开。苏格拉底问克里提阿，是否同意“所有工匠都制作某种东西”(*τοὺς δημιουργούς πάντας ποιεῖν τι*)(162e8)。克里提阿表示同意，但随后又表示，“制作与做事”(*τὸ ποιεῖν καὶ τὸ πράττειν*)“不是一回事”(*οὐ ταὐτὸν*)，进而声称，按赫西俄德的看法，“劳作与制作并非一回事”(*οὐδέ γε τὸ ἐργάζεσθαι καὶ τὸ ποιεῖν*)(163b2—3)。在这里，克里提阿看似依傍古诗人赫西俄德，其实，通过他的类似于如今解构主义的拿手好戏——“语词拆析”(*περὶ ονομάτων διαιροῦντος*)解构了古诗人：话题本来是具体的美德，克里提阿却玩弄三个语义近似或语义部分重叠的语词(*ποιεῖν - πράττειν - ἐργάζεσθαι*)，借此贬低*ποιεῖν*。

苏格拉底和柏拉图面临的处境与孔子不同，倒与我们如今的处境相似：语义哲学已经取代了传统诗教。在这样的处境中，智术兴盛、“作”家蜂起一点不奇怪。面对这样的局面，倘若要坚持“述而不作”，实在非常困难。柏拉图尝试的是在“作”方面下工夫：模仿诗人荷马的叙事、化用肃剧诗人的形式，形塑出民主政治时代的英雄人物苏格拉底——我们可以注意到，柏拉图笔下的苏格拉底在指责古代诗人时与自然哲人和修昔底德不同，他没有指责赫西俄德和荷马一类诗人编造假故事，而是说他们编的故事并不“美好”(《王制》377d3—e1)，似乎编美好的假故事还是必要的。

最为重要的是，柏拉图没有褫夺“诗人”这个名号，而是通过“作”（编织故事）致力于自己成为诗人，让阅读者在诗作构造出来的世界中反观自己的灵魂之相。在柏拉图笔下，甚至连苏格拉底本人最终也成了诗人（参见《斐多》的开场和终场）。通过自己的“作”，柏拉图使得“诗”重新获得教化的主导权，成为后民主时代有效抵制智术式哲学教化的中坚。

柏拉图的苏格拉底在《王制》最后说道：

> 我们大概也要许可诗的拥护者——他们自己并非诗人，而是热爱诗的人们（*τοῖς προστάταις αὐτῆς, ὅσοι μὴ ποιητικοί, φιλοποιηταὶ*），不用韵文的方式[*ἄνευ μέτρου*]申述理由，说明诗不仅令人愉快，而且有益于种种政制和人的生活（*πρὸς τὰς πολιτείας καὶ τὸν βίον τὸν ἀνθρώπινόν*）。（607d6—9）

在《论诗术》中，亚里士多德就体现为一个“热爱诗的人”。他以非韵文的形式申述理由，说明肃剧诗如何不仅令人愉快，而且有益于雅典政制的健康和在其中生活的人们。阐发*πολιτείας καὶ*与其词干*ποιεῖν*[做]的原始语义关系，可以看做是亚里士多德所申述的理由之一。在《论诗术》，第三章结尾处，亚里士多德提到，多里斯人声称，他们是肃剧和谐剧的首创者，亚氏援引多利斯人的用词为证：他们把“做”[*τὸ ποιεῖν*]称为*δρᾶν*，雅典人则称为*πράττεν*[践行]（1448b1—2；比较《卡尔米德》中的克里提阿以*ἐργαζεσθαι*贬低*ποιεῖν*和*πράττειν*）。亚里士多德用*ποιεῖν*[做]的原初含义来揭示荷马叙事诗和肃剧诗的品质，意在突显这两类诗作的伦理含义。叙事诗和戏剧诗有一个共同特征：展示某个人的具体行动[做人]，尽管展示的方式不同。叙事诗通过第三者叙述的方式来展现某个人的做人，戏剧诗则通过演员的表演直接展示某个人的做人。[①] 在这里，亚里士多德利用的是动词*ποιεῖν*的“做”的含义，而非“创作”的含义：无论“做”什么，起初都必须模仿——做人和做事概莫能外。从而，学做好[人]（或好事）还是学做坏[人]（或坏事）便成了基本问题。《论诗术》的主体是讲“肃剧诗”，尽管谐剧更明显地体现了诗与纪事的区别（1451b12），肃剧却被视为诗的典范，这是为什么呢？传统的叙事诗摹仿英雄，但在民主时代，英雄不再是人们愿意或能够模仿的对象。民主时代的戏剧诗要么摹仿不那么好的人（比如谐剧，参见1448a18，1449a32），要么摹仿品格含糊的人：虽是好人却有过错，或者有过错但并非坏人（比如肃剧）。亚里士多德推崇肃剧，很有可能是因为，肃剧能够更好地展示民主政治时代中人的德性及其面临的困境。

就亚里士多德这部讲稿的现有中译书名而言，崔延强本的译名《论诗》最贴紧原文。这个译名是苗力田先生拟定的，理由是：凡希腊语原文标题冠有 peri 者，都统一译作“论”，以 ka 结尾的书名才译为“学”。[②] 这种译法坚持按“诗”来理解*ποιητική*，

---

① 参见戴维斯：《〈诗学〉微》，刊于《经典与解释 15：诗学解诂》，3—7 页，北京：华夏出版社，2006。

② 参见《亚里士多德全集》卷九，后记，689 页，北京：中国人民大学出版社，1994。

堪称正解；不足之处在于，《论诗》译法没有注意到原文的省略，漏掉“技艺”。原文的省略是原文的习惯，在任何情况下，中译还是补全为好，因此，恰切的译法当是“论诗术”。何况，“技艺”这个语词在这里非常重要。《尼各马可伦理学》开篇就说：

> 每种技艺和探究，同样的，人的每种实践和选择，都以某种好为目的。所以有人就说，所有事物都以好为目的——但是应当看到，目的之中也有区别。它有时是实现活动本身，有时是活动以外的产品(1094a)。

亚里士多德以全称语式把“技艺”界定为人的有目的的实践行为——“以某种好为目的”的“做”，从而，技艺是人的有所追求的道德“实践能力”(*δύναμις*)，这种能力体现为某种类型的*ἐπιστήμη*[知识]。如果所有技艺行为都指向某种目的(好)，这种行为本身必然包含选择：这样做或做这样而非那样做或做那样，否则，不可能实现追求某种好这一目的。亚氏接下来举的例子有医术(为了人身的健康)、造船术(为了航行的安稳)、战术(为了战胜敌人)等等——诗术为了什么好？为了城邦的共同生活更好、更高贵。诗术之“术”要实现这一目的，首先得拥有关于人的性情的知识——人的行动有好有坏、有对有错、有正义有不正义、有高有底，凡此无不受制于人的性情。于是，诗术必然以性情学为基础。诗术之“术”旨在教化，教化从属于城邦政制，于是，诗术最终归属于政治术——亚里士多德在《政治学》最后一卷中讨论教育时，诗乐被视为重点：既是培育好城邦民的教育方式，也是城邦民受教育的目标。

反观我们的诗教传统，却无需诗术与性情学(《伦理学》)和政治术(《政治学》)的如此分割和关联。一句“乐者，天地之命，中和之纪，人情之所不能免也”(《礼记·乐记》)，言简意赅，三者都涵盖其中。但我们不可忘记，亚里士多德生活在后民主时代；如果我们面临与亚里士多德同样的后民主处境，又当如何就很难说了。不管怎样，如果我们接受把“诗学”改为“创作学”的建议，不仅《论诗术》这部讲稿主要讨论荷马叙事诗和民主时期的肃剧诗的文本事实被抹去，亚里士多德在民主之后的时代解释具有政制作用的“诗”的良苦用心，也随之一并被抹去。

论“寂”之美

——日本古典文艺美学关键词“寂”的内涵与构造

王向远

“寂”是日本古典文艺美学、诗学特别是俳谐美学的一个关键词和重要范畴，也是与“物哀”[1]、“幽玄”[2]并列的三大美学概念之一。在比喻的意义上可以说，“物哀”是鲜花，它绚烂华美，开放于平安王朝文化的灿烂春天；“幽玄”是果，它成熟于日本武士贵族与僧侣文化的鼎盛时代的夏末秋初，“寂”是飘落中的叶子，它是日本古典文化由盛及衰、新的平民文化兴起的象征，是秋末初冬的景象，也是古典文化终结、近代文化萌动的预告。从美学形态上说，“物哀论”属于创作主体论、艺术情感论，“幽玄论”是“艺术本体论”和艺术内容论，“寂”论则是“审美境界”论、“审美心胸论”或“审美态度”论；就这三大概念所指涉的具体文学样式而言，“物哀”对应于物语与和歌，“幽玄”对应于和歌、连歌和能乐，而“寂”则对应于日本短诗“俳谐”(近代以后称为“俳句”)，是俳谐论(简称“俳论”)的核心范畴；又因为“俳圣”松尾芭蕉及其弟子(通称“蕉门弟子”)常常把俳谐称为“风雅”，所以“寂”就是俳谐之“寂”，亦即蕉门俳论所谓的“风雅之寂”。

“寂”是一个古老的日文词，日文写作“さび”，后来汉字传入后，日本人以汉字“寂”来标记“さび”。对于汉字“寂”，我国读者第一眼看上去，就会立刻理解为“寂静”、“安静”、“闲寂”、“空寂”，佛教词汇中的“圆寂”(死亡)也简称“寂”。如果单纯从字面上做这样的理解的话，事情就比较简单了。但是“寂”作为日语词，其涵义相当复杂，而且作为日本古典美学与文论的概念，它又与日本传统文学中的某种特殊文体——俳谐(这里主要指“俳谐连歌”中的首句即“发句”，近代以来称为“俳句”，共“五七五”十七字音)相联系。如果说，“物哀”主要是对和歌与物语的审美概括，“幽玄”主要对和歌、连歌与“能乐”的概括，那么，“寂”则是对俳谐创作的概括，它是一个“俳论”(俳谐论)概念，特别是以“俳圣”松尾芭蕉为中心的所谓“蕉风俳谐”或称“蕉门俳谐”所使用的核心的审美概念，在日本古典美学概念范畴中占有极其重要的位置。

但是，相对于“物哀”与“幽玄”，“寂”这一概念在日本古典俳论中显得更为复杂含混，更为众说纷纭。现代学者对于“寂”的研究较之“物哀”与“幽玄”，也显得很不足。日本美学家大西克礼在1941年写了一部专门研究“寂”的书，取名为《风雅论——“寂”的研究》，是最早从美学角度研究对“寂”加以系统阐发的著作，虽然该书许多表述显得啰嗦、迂远、不得要领，暴露出了不少日本学者难以克服的不擅长理论思维的一面，但尽管如此，该书奠定了“寂”研究的基本思路与方法，而且此后一直未见有更大规模的相关研究成果问世，另外的一些篇幅较短的论文更显得蜻蜓点水、浅尝辄止。较有代表性的是语言学家、教育家西尾实的论文《寂》(收于《日本文学的美的理念·文学评论史》，东京河出书房1955年)，他觉察到“寂”在内涵上有肯定与否定的对立统一的“二重构造”或“立体构造”，但他并没有将这种构造清楚地呈现出来。至于在我国，虽然有学者在相关著作中提到“寂”，但只是一般性的简单介绍，难以称为研究。

为了给我国学者的相关研究提供关于“寂”的原典资料，笔者把松尾芭蕉及其弟子的俳论择要翻译出来，又译出了大西克礼的《风雅论——“寂”的研究》，合在一起编译了《日本风雅》[3]一书，在此基础上，我运用概念辨析的方法，特别是历史文化语义学、比较语义学的方法，试图将“寂”的复杂的内部构造描画出来，将其审美意义揭示、呈现出来。

综合考察日本俳论原典的对“寂”的使用，我认为“寂”有三个层面的意义。第一是“寂之声”(寂声)，第二是“寂之色”(寂色)，第三是“寂之心”(寂心)。以下逐层加以说明。

“寂”的第一个意义层面是听觉上的“寂静”、“安静”，也就是“寂声”。这是汉字“寂”的本义，也是我们中国读者最容易理解的。松尾芭蕉的著名俳句“寂静啊，蝉声渗入岩石中”，表现的主要就是这个意义上的“寂”。正如这首俳句所表现的，“寂声”的最大特点是通过盈耳之“声”来表现“寂静”的感受，追求那种“有声比无声更静寂”、“此时有声胜无声”的听觉上的审美效果。“寂静”层面上的“寂”较为浅显，不必赘言。

“寂”的第二个层面，是视觉上的“寂”的颜色，可称为“寂色”。据《去来抄》的“修行”章第三十七则记载，松尾芭蕉在其俳论中用过“寂色”(さび色)一词，认为“寂”是一种视觉上的色调。汉语中没有“寂色”一词，所以中国读者看上去不好理解。“寂色”与我们所说的“陈旧的颜色”在视觉上相近，但“色彩陈旧”常常是一种否定性的视觉评价，而“寂色”却是一种完全意义上的肯定评价。换言之，“寂色”是一种具有审美价值的“陈旧之色”。用现在的话来说，“寂”色就是一种古色，水墨色、烟熏色、复古色。从色彩感觉上说，“寂色”给人以磨损感、陈旧感、黯淡感、朴素感、单调感、清瘦感，但也给人以低调、含蕴、朴素、简洁、洒脱的感觉，所以富有相当的审美价值。“寂色”是日本茶道、日本俳谐所追求的总体色调，(茶道中“寂”又常常写作“侘”，假名写作“わび”)。茶道建筑——茶室的总体色调就是“寂”色，屋顶用黄灰色的茅草修葺，墙壁用泥巴涂抹，房梁用原木支撑，里里外外总体上呈现发黑的暗黄色，也就是典型的“寂色”。“寂色”的反面例子是中国宫廷式建筑的大红大紫、辉煌繁复、雕梁画栋。中世时代以后的日本男式日常和服也趋向于单调古雅的灰黑色，也就是一种“寂色”；与此相对照的是女性和服的明丽、灿烂和光鲜。

日本古典俳谐喜欢描写的事物，常常是枯树、落叶、顽石、古藤、草庵、荒草、黄昏、阴雨等带有“寂色”的东西。“寂色”不仅在古代日本文化中具有重要的审美价值，而且在现代文化中，也同样具有普遍的审美价值。众所周知，在现代审美文化潮流中，“寂色”也相当彰显，甚至“寂色”已成为一种不衰的时尚。例如，20世纪50年代后，从北美、欧洲到东方的日本，全世界都逐渐兴起了一股返璞归真的审美运动，表现在服装上，则是以牛仔服的颜色为代表的“寂色”服装持久流行，更有服装设计与制造者故意将新衣服加以磨损，使其出现破绽，追求“破衣烂衫”的效果与情趣，反而可以显出一种独特的“时尚”感。这种潮流到20世纪90年代后逐渐传到中国，直至如今，人们已经习以为常。但现代汉语中还没有一个恰当的词来表示这种色彩与风格，我认为，借用日本俳谐美学的“寂”及“寂色”这个名词来概括，最为合适。

“寂”的第三个层面，指的是一种抽象的精神姿态，是深层的心理学上的含义，是一种主观的感受，可以称为“寂心”。“寂心”是“寂”的最核心、最内在、最深的层次。有了这种“寂心”，就可以摆脱客观环境的制约，从而获得感受的主导性、自主性。例如，客观环境喧闹不静，但是主观感受可以在闹中取静。从人的主观心境及精神世界出发，就可以进一步生发出“闲寂”、“空寂”、“清静”、“孤寂”、“孤高”、“淡泊”、“简单”、“朴素”等形容人精神状态的词。而一旦“寂”由一种表示客观环境的物理学词汇、上升到心理学词汇，就很接近于一种美学词汇，很容易成为一个审美概念了。

日本俳谐所追求的“寂心”，或者说是“寂”的精神状态、生活趣味与审美趣味，主要是一种寂然独立、淡泊宁静、自由洒脱的人生状态。所谓“寂然独立”，是说只有拥有“寂”的状态，人才能独立；只有独立，人才能自在，只有自在，才能获得审美的自由。这一点在“俳圣”松尾芭蕉的生活与创作中充分体现了出来。芭蕉远离世间尘嚣，或住在乡间草庵，或走在山间水畔，带着若干弟子，牵着几匹瘦马，一边云游、一边创作，将人生与艺术结合在一起，从而追求“寂”、实践“寂”、表现“寂”。要获得这种“寂”之美，首先要孑然孤立、离群索居。对此，松尾芭蕉在《嵯峨日记》中写道：“没有比离群索居更有趣的事情了。”近代俳人、评论家正冈子规在《岁晚闲话》中，曾对芭蕉的“倚靠在这房柱上，度过了一冬天啊”这首俳句做出评论，说此乃“真人气象，乾坤之寂声”，因为它将寒冷冬天的艰苦、清贫的、单调寂寞的生活给审美化了。

过这种“寂”的生活，并非是要做一个苦行僧，而是为了更好地感知美与快乐。对此，芭蕉弟子各务支考在《续五论》一书中说：“心中一定要明白：居于享乐，则难以体会‘寂’；居于‘寂’，则容易感知享乐。”我认为这实在是一种很高的觉悟。一个沉溺于声色犬马、纸醉金迷之乐的人，其结果往往会走向快乐的反面，因为对快乐的感知迟钝了。对快乐的感知一旦迟钝，对更为精神性的“美”的感知将更为麻木化。所以，“寂”就是要淡乎寡味，在无味中体味有味。芭蕉的另一个弟子森川许六在一篇文章中就说过这个意思的话，他说：“世间不知俳谐为何物者，一旦找到有趣的题材，便咬住不放，是不知无味之处自有风流……要尽可能在有味之事物中去除浓味。”(《篇突》)这里所强调的都是“寂”是一种平淡的心境与趣味。这样的心境和趣味容易使人在不乐中感知快乐，在无味中感知有味，甚至可以化苦为乐。这样，“寂”本身就成为一种超然的审美境界，能够超越它原本具有的寂寞无聊的消极性心态，而把“寂寥”化为一种审美境界，摆脱世事纷扰，摆脱物质、人情与名利等社会性的束缚，摆脱不乐、痛苦的感受，使心境获得对非审美的一切事物的“钝感性”乃至“不感性”，自得其乐、享受孤独，从而获得一种心灵上的自由、洒脱的态度。

“寂”作为审美状态，是“闲寂”、“空寂”，而不是“死寂”；是“寂然独立”，不是“寂然不动”，它是一种优哉游哉、游刃有余、不偏执、不痴迷、不执着、不胶着的态度。就审美而言，对任何事物的偏执、入魔、痴迷、执着、胶着，都只是宗教虔诚状态，而不是审美状态。芭蕉自己的创作体验也能很好地说明这一点。他曾在《奥之小道》中提到，他初次参观日本著名风景圣地松岛的时候，完全被那里的美景所震慑住了，一时进入了一种痴迷状态，不可自拔，所以当时竟连一首俳句都写不出来。这就说明，“美”实际上是一种非常可怕的东西，被“美”俘虏的人，要么会成为美的牺牲者，要么成为美的毁灭者，却难以成为美的守护者、美的创造者。例如王尔德笔下的莎乐美为了获得对美的独占，把自己心爱的男人的头颅切下来；三岛由纪夫《金阁寺》中的沟口为了独占金阁的美，而纵火将金阁烧掉了，他们都成为美的毁灭者。至于为美而死、被美所毁灭的人就更多了。这些都说明，真正的审美，就必须与美保持距离，要入乎其内，然后超乎其外。而“寂”恰恰就是对这种审美状态的一种规定，其根本特点就是面对某种审美对象，可以倾心之，但不可以占有之，要做到不偏执、不痴迷、不执着、不胶着。一句话，“寂”就是保持审美主体的“寂然独立”，对此，芭蕉的高足向井去来在《三册子》中写道：不能被事物的新奇之美所俘虏，“若一味执着于追新求奇，就不能认识该事物的‘本情’，从而丧失本心。丧失本心，是心执着于物的缘故。这也叫做‘失本意’。”古典著名歌人慈圆有一首和歌这样写道：“柴户有香花，眼睛不由盯住它，此心太可怕。”在他看来，沉迷于、胶着于美，是可怕的事情。用日本近代作家夏目漱石的话来说，你需要有一种“余裕”的精神状态，有一种“无所触及”的态度，就是要使主体在对象之上保持自由游走、自由飘游的状态。

那么，究竟要在哪里游走飘移，又从何处、到何处游走飘移呢？综观日本古典俳论特别是蕉门俳论，可以发现其中存在着四个对立统一的范畴(“四论”)及其相关命题：

第一是“虚实”论，提出了“游走于虚实之间”的命题。

第二是“风雅”论，提出了“以雅化俗”、“高悟归俗”的命题。

第三是“老少”论，提出了“忘老少”的命题。

第四是“不易、流行”论，提出了“千岁不易，一时流行”的命题。

要使“寂”这一审美理念得以成立，审美主体或创作主体就是要在“虚与实”、“雅与俗”、“老与少”、“不易与流行”之间飘移，由此形成了既对立又和谐的审美张力，并构成了“寂心”的基本内涵。

先说“寂心”中的第一对范畴——“虚实”论。

“虚实”论本来是中国哲学与文论中重要的对立统一的范畴，指的是有与无的关系，现实与想象的关系、生活与艺术的关系、虚构与真实的关系等等。作为文论概念的“虚实”主要指一种艺术手法，具体表述为“虚实兼用”、“虚实互用”、“虚实互藏”、“虚实相半”、“虚实相生”、“虚实相间”、“虚实得宜”等，而日本“虚实”概念的涵义虽然基本上与中国相当，但与中国文论所不同的是，日本俳论中的“虚实”概念是包含在“寂”论之中的。在日语中，有一个动词写作“さぶ”，名词型写作“さび”，这个词在词源上可能与“寂”有所不同，但显然与“寂”是同音近义的关系，所以也不妨将它作为“寂”的派生用法。“寂”（“さぶ”、“さび”）这个接尾词可以置于某一个名词之后，表示“带有……的样子”的意思，相当于古汉语中的“……然”的用法。例如：“翁さぶ”、“秋さぶ”分别是“仿佛老人的样子”、“有秋天的感觉”的意思；“山さび”是说某某东西像是“山”。在这里，本体是“实”，喻体是“虚”，这是“寂”作为接尾词在日语中的独特的语法功能。通过这一功能作用，就可以将“虚”与“实”两种事物联系起来、统一起来。

另一方面，“寂”论中的“虚实”论指的也不是中国文论中的“虚实互用”“虚实相间”之类的艺术表现手法，而是主张审美创作者与美的关系，或者说是人与现实之间，形成一种既有距离、又不远离的若即若离的审美关系。用蕉门俳论中的术语来说，是要“飘游于虚实之间”。对此，《幻住庵俳谐有耶无耶关》一书中，以芭蕉的名义写了如下一段话：“于虚实之间游移，而不止于虚实，是为正风，是为我家秘诀。”并举了一个风筝的例子加以形象的说明：“虚：犹如风筝断线，飘入云中。实：风筝断线，从云中飘落。正：风筝断线，但未飘入云中。”以此来说明“以虚实为非，以正为是，漂游于虚实之间，是为俳谐之正。”在这个形象的比喻中，地为实，天（云）为虚，风筝是俳人的姿态。风筝断线，方能与“实”相脱离，但又不能飘入云中，否则就是远离了“实”而“游于虚”。只有“飘游于虚实之间”，才是“寂”应有的状态。

对此，大西克礼在《风雅论》一书中，用德国浪漫派美学家提出的“浪漫的反讽”的命题加以解释。他认为，所谓“浪漫的反讽”就是“一边飘游于所有事物之上，一边又否定所有事物的那种艺术家的眼光”。“反讽”的立场，是把现实视为虚空，又把主体或主观视为虚空，结果便在虚与实之间飘游，在“幻象”与“实在”之间飘游、在“否定”与“肯定”之间飘游。按我的理解，“审美的反讽”实际上就是一种审美主体的超越姿态，就是以游戏性的、审美的立场，对主客、虚实、美丑等的二元对立加以消解，在对立的两者之间来回反顾，自由地循环往复。这样一来，“虚”便可能成为“实”，而“实”又可能成为“虚”。由此，才有可能自由地将丑恶的现实世界加以抹杀，达到一种芭蕉在《笈之小文》中所提倡的那种自由的审美境界，即“所见者无处不是花，所思者无处不是月”。

这一点集中体现于松尾芭蕉的创作里。在他“寂”的“审美眼”里，世间一切事物都带上了美的色彩。例如，他的俳句“黄莺啊，飞到屋檐下，朝面饼上拉屎哦”；“鱼铺里，一排死鲷鱼，呲着一口白牙”，都是将本来令人恶心的事物和景象，写得不乏美感。19 世纪法国诗人波德莱尔的“恶之花”的审美观与艺术表现与此有一点相似，但波德莱尔是立足于颓废主义的立场，强调的美与丑、美与道德的对立，而松尾芭蕉并非有意地彰显丑，而是用他的“审美眼”、用“寂心”来看待万事万物。有了“寂心”，就不仅会对非审美的东西具有“钝感性”或“不感性”，而且还能够“化腐朽为神奇”、化丑为美。一般而言，把原本美的东西写成美的，是写实；将原本不美的东西写成美的，才是审美。在这方面，不仅芭蕉如此，以“寂”为追求的芭蕉的弟子们也都如此。据《去来抄》记载，一天傍晚，先师对宗次说：“来，休息一会儿吧！我也想躺下。”宗次说：“那就不见外了。身体好放松啊，像这样舒舒服服躺下来，才觉得有凉风来啊!”于是，先师说：“你刚才说的，实际上就是发句呀！你将这首《身体轻松放》整理一下，编到集子里吧!”宗次的这首俳句是：“身体轻松放，四仰八叉席上躺，心静自然凉”。所表现的俳人的苦中求乐的生态。这种态度，这种表达，就是俳谐精神，就是“寂”的本质。芭蕉的另一个弟子宝井其角，夜间睡眠中被跳蚤咬醒了，便起身写了一首俳句：“好梦被打断，疑是跳蚤在捣乱，身上有红斑。”同样是将烦恼化成快乐。在这些俳谐中所表现的，就是俳人的甘于清贫、通达、洒脱和本色，是一种无处不在的游戏心态和审美的态度。显然，在这洒脱的精神态度中，也含有某种程度的“滑稽”、“幽默”、“可笑”的意味。实际上，“俳谐”这个词的本义就是滑稽、可笑，因而俳谐与滑稽趣味具有天然的联系。所以大西克礼在《风雅论》中，以西方美学为参照，认为“寂”是属于“幽默”的一个审美范畴。这是因为“寂”飘游于虚实之间，同样也飘游于“痛苦”与“快乐”、“严肃”与“游戏”、“谐谑”与“认真”之间，并使对立的两者相互转换。于是，“寂”这种原本“寂寞”、“寂寥”、“清苦”就常常与走到其反面，带上了“滑稽”、“有趣”、“游戏”、“满足”乃至“可笑”的色彩。

“虚实”及“虚实论”是一种俳人的人生态度与审美态度，是一个高度抽象的哲学问题。而在具体俳谐创作中，“虚实论”又具体表现为“华实论”。尽管日本俳论中各家对“华实”的解释各有不同，但基本上与中国古代文论中的“华实”论相通，就是主张以“实”为主，以“花”为辅。例如向井去来在《去来抄・同门评》中，认为俳谐中吟咏的中心对象是“实”，一首俳谐中“实”是确定不变的，而“作为修饰性的‘花’可以有多种多样，但应选取有雅趣的事物”。

再说“寂”论的第二对范畴——“雅俗”论。

“寂”所包含的这种淡薄、宁静、自由、洒脱、本色、幽默的生活态度，从另一个角度来说，就是“风雅”。在这个意义上，“寂”常常被称为“风雅之寂”。我认为，“风雅”不同于日语中的另一个近义词“雅”(みやび)。“雅”是宫廷贵族的高贵、高雅之美，其意义结构是单一的，而“风雅”则是一种对立结构，是“风”与“雅”的对立统一，用日语来说，就是“俚”(さとび)与“雅”(みやび)的对立统一。对于“风雅”(ふうが)这个汉字词，日本人历来有种种解释，例如“风”与“雅”是汉诗的“六义”中的两义，“风雅”指诗歌文章之道，是一种艺术性的风流表现。这些解释都是汉语中“风雅”的原意。日本俳论中对“风雅”一词的理解也很不一致、很不明确，但是只要我们对日语及日本文学、文论语境中的“风雅”加以分析，就会看出“风雅”是作为“寂”的一个审美条件，指的是“风”与“雅”的对立统一。“风”者，风俗也，世俗也，大众也，民间也，底层也，俚俗也；在“风雅之寂”的审美理念中，“雅”者，高尚也，个性也，高贵也，纯粹也，美好也。“风雅”的实质是就是变“风”为“雅”，就是将大众的、底层的、卑俗的东西予以提炼与提升，把最日常、最通行、最民众、最俚俗的事物加以审美化，就是从世俗之“风”中见出美，也就是通常所说的“俗”与“雅”的对立统一。

为此，松尾芭蕉提出“高悟归俗”的主张。“高悟”后再“归俗”，就不是无条件地随俗，而是超越世俗，然后再回归于俗。有时表面看上去很俗，实则脱俗乃至反俗。为此，松尾芭蕉还提出了所谓“夏炉冬扇”说。火炉与扇子固然是俗物，但夏天的火炉，冬天的扇子，一般人都会认为是不合时宜的无用之物，而“夏炉冬扇”作为一种趣味，恰恰可以表示一个人的不合时宜、不从流俗、特立独行的姿态。从语言使用的角度看，俳谐与和歌的不同点就是使用俗语，就此，蕉门俳论书《二十五条》鲜明提出俳谐创作就是“将俗谈俚语雅正化”，与谢芜村在《春泥发句集序》中也提出俳谐使用“俗语”，但又须要“离俗”，其意思都是一样的。或者在雅归俗、或者在俗向雅，都存在着一个“雅”与“俗”互动，或者“俗”与“离俗”互动的审美张力。而根本的指向就是“以雅化俗”，这也是“风雅之寂”的最显著的审美特征。

“风雅之寂”作为一种心胸或态度，又叫“风雅之诚”。“诚”者，不仅仅是指客观的真实，更是指主观的真心、真性情，是很个人化的、很自我的精神世界。“风雅之寂”与“风雅之诚”，就是一种超越于雅俗的审美追求。这一点，我们也可以从一些俳人所起的名号中看出来，例如有人叫“去来”，有人叫“也有”，有人叫“横斜”，有人叫“一茶”，有人叫“芜村”等等，通俗至极，但奇特至极、风雅至极。站在现代社会的角度看，“风雅之寂”就是人的内在修养的外在表现，是“贵族趣味”与“平民姿态”的对立统一。一个人的精神趣味是贵族的、高雅的、脱俗的，但外在表现上却又是平民的、随和的、朴素的，这就是“风雅之寂”，是人格的一种大美。相反的，则是矫揉造作、假模假式，拿架子、摆派头，那就是不“寂”，就是丑。

第三，是“寂”论的第三对范畴——“老少”论。

“寂”这一概念的深层的意义，就是“老”、“古”、“旧”。本来，“寂”在日语中，作为动词，具有“变旧”、“变老”、“生锈”的意思。这个词给人的直观感觉就是“黯淡”、“烟熏色”、“陈旧”等，这是汉语中的“寂”字所没有的含义。如果说，“寂”的第一层含义“寂静”、“安静”主要是从空间的角度而言，与此相关的“寂然、寂静、寂寥、孤寂、孤高”等的状态与感觉，都有赖于空间上的相对幽闭和收缩，或者空间上的无限空旷荒凉，都可以归结为空间的范畴。而“寂”的“变旧”、“生锈”、“带有古旧色”等义，都与时间的因素联系在一起，与时间上的积淀性密切关联。

“寂”的这种“古老”、“陈旧”的意味，如何会成为一种审美价值呢？我们都知道，“古老”、“陈旧”的对义词是新鲜、生动、蓬勃，这些都具有无可争议的审美价值。而“古老”、“陈旧”往往表示着对象在外部所显示出来的某种程度的陈旧、磨灭和衰朽。这种消极性的东西，在外部常常表现为不美、乃至丑。而不美与丑如何能够转化为美呢？

一方面，衰落、凋敝、破旧干枯的、不完满的事物，会引起俳人们对生命、对于变化与变迁的惋叹、感慨、惆怅、同情与留恋。早在14世纪的僧人作家吉田兼好的随笔集《徒然草》第八二则中，就明确地提出残破的书籍是美的。在该书的第一三七节，认为比起满月，残月更美；比起盛开的樱花，凋落的樱花更美；比起男女的相聚相爱，两相分别和相互思念更美。从这个角度看，西尾实把《徒然草》看做是

"寂"的审美意识的最早的表达。在俳谐中，这种审美意识得到了更为集中的表现。例如，看到店头的萝卜干皱了，俳人桐叶吟咏了一首俳句："那干皱了的大萝卜呀！"松尾芭蕉也有一首俳句，曰："可惜呀，买来的面饼放在那里干枯了。"这里所咏叹的是"干皱"、"干枯"的对象，最能体现"寂"的趣味。用俳人北枝的一首俳句来说，"寂"审美的趣味，就是"面目清癯的秋天啊，你是风雅！"在这个意义上，"寂"就是晚秋那种盛极而败的雕敝状态。俳人莺立在《芭蕉叶舟》一书中认为："句以'寂'为佳，但过于'寂'，则如见骸骨，失去皮肉"，可见"寂"就是老而瘦硬、甚至瘦骨嶙峋的状态。莺立在《芭蕉叶舟》中还说过这样一段话："句有亮光，则显华丽，此为高调之句；有弱光、有微温者，是为低调之句。……亮光、微温、华丽、光芒，此四者，句之病也，是本流派所厌弃者也。中人以上者若要长进，必先去其'光'，高手之句无'光'，亦无华丽。句应如清水，淡然无味。有垢之句，污而浊。香味清淡，似有似无，则幽雅可亲。"这里强调的是古旧之美。芭蕉的弟子之一森川许六在《赠落柿舍去来书》中写道："我已经四十二岁了，血气尚未衰退，却也做不出华丽之句了。随着年龄增长，即便不刻意追求，也会自然吟咏出'寂'之句来。"可见在他看来，"寂"是一种自然而然的"老"的趣味。

但是，仅仅是"老"本身，还不能构成真正的"寂"的真髓，正如莺立所说的"过于'寂'，则如见骸骨，失去皮肉"。假如没有生命的烛照，就没有"寂"之美。关键是，人们要能够从"古老"、"陈旧"的事物中见出生命的累积、时间的沉淀，乃才是真正的"寂"之美。这就与人类的生命、人类的生命体验，产生了一种不可分割的深刻联系。任何生命都是有限的、短暂的，而我们又可以从某些"古老"、"陈旧"的事物中，某种程度地见出生命的顽强不绝、坚韧性、超越性和无限性。这样一来，"古老"、"陈旧"就有了生命的移入与投射，就具有了审美价值。最为典型的是古代文物。有时候，尽管"古老"、"陈旧"的对象是一种自然物，例如一块长着青苔的古老的岩石，一棵枝叶稀疏的老松，只要我们可以从中看出时间与生命的积淀，它们就同样具有审美价值。

另一方面，俳论中的"寂"论确认了有着生命积淀的"古老"、"陈旧"事物的审美价值，但这并不意味着"寂"专门推崇或特别推崇"古老"、"陈旧"之美。诚然，正如中国苏东坡所说："大凡为文，渐老渐熟，乃造平淡。"(宋·周紫之《竹坡诗话》)；又如明代画家董其昌所说："诗文书画、少而工、老而淡"(《画旨》)。是说人到老了，容易走向平淡，也就是容易得到"寂"。但这并不意味着"寂"是老年人的专利，也不意味着"老"本身就是"寂"之美。虽然俳谐的"寂"的审美理念中包含了"古老"、"陈旧"的审美价值，但我们也不能像大西克礼那样把俳谐划归于"老年文学"。我认为，总体而言，日本文学与中国文学的一个最大的不同，就是中国文学在观念上十分推崇"老"之美，常常把"老道"、"老辣"、"老成"作为审美的极致状态，而日本文学则把"少"之美作为美的极致，而尽力回避老丑的描写。例如在《源氏物语》中，所有女性的主要人物都是十几岁至二十几岁的青年，男性则大多是属于中青年。作者对男主人公源氏也只写到四十岁为止。作者笔下的若干最美的女主人公，都是在二十岁前后去世的，这就避免了写到她们的老丑之态。整个平安王朝的贵族文学中，基本情形就是如此。即便是到了俳谐文学这样后起的文学样式，也仍然继承了这一传统。最典型的代表是江户时代后期的俳人小林一茶，他在中晚年写了大量充满孩子气、天真稚气的俳句，如“没有爹娘的小麻雀，来跟我一块玩吧”；“瘦青蛙，莫败退，有我一茶在这里”等等之类。可见，在日本文学中，似乎存在着一种“写‘少’避‘老’”的传统，存在着对“老丑”的一种恐惧感。例如井原西鹤《好色一代女》中女主人公，在年老色衰后隐遁山中不再见人；又如川端康成《睡美人》中的男主人公，因老年、性力丧失感到羞愧，只能面对服药后昏睡的年轻女子回顾往昔、想入非非。谷崎润一郎的《疯癫老人的日记》所描写的也是如此。

这一传统，在日本俳谐文学及俳论中的“寂”论中同样也有表现。“寂”论实际上包含了“老”与“少”这对矛盾的范畴。松尾芭蕉在《闭关之说》一文中，表达了他对“老少”问题的看法。他认为，年轻时代的男女因为“好色”而做出一些出格的事情来，是可以理解的、可以原谅的，“较之人到老年却仍然魂迷于米钱之中而不辨人情，罪过为轻，尚可宽宥。”在芭蕉看来，青年壮年时代“好色”是人情，是美的，而年老时若只想着柴米油盐，而失去对“人情”的感受力与实行力，那是不可原谅的。这是以“少”为中心的价值观。所以芭蕉主张，老年人只有“舍利害、忘老少、得闲静，方可谓老来之乐。”换言之，老年只有“忘老少”，即忘掉自己的老龄，“不知老之将至”，“不失其赤子之心”，才能真正达到“乐”的境界，也就是“寂”的境界。蕉门弟子各务支考在《续五论》中也强调：“有人说年轻则无‘寂’，这样说，是因为他们不知道俳谐出自于心。”也就是说，有没有“寂”，不取决于年龄的老少，而决定于心灵状态。这一点与中国文论的相关议论也颇为吻合。明代项穆在《书法雅言·老少》中，谈到书法风格时说：“书有老少……老而不少，虽古拙峻伟，而鲜丰茂秀丽之容；少年不老，虽婉畅纤妍，而乏沉重典实之意。二者为一致，相待而成者也。”也许正是为了“老”与“少”的“相待而成”，晚年的松尾芭蕉努力提倡所谓“轻”(かるみ)的风格，所谓“轻”，是与“老”相对而言的，实际上就是“少”的意思，就是年轻、青春、轻快、轻巧、生动、活泼的意思。这个“轻”，与“寂”所本来带有的“古老”、“陈旧”的语义是相对立的，而这一对立就是“老”与“少”的对立。不妨认为，以芭蕉的“夏炉冬扇”的反俗的、风雅的观点来看，人越是到了老年，越要提倡与“老”相反的“轻”、轻快、轻巧、生动、活泼的东西。芭蕉晚年的俳谐作品中固然有着老年的不惑与练达，却并没有暮年的老气横秋，也大量表现了新鲜、少壮、蓬勃之美。如此，就使得“寂”的“古老”、“陈旧”之美中，不乏新鲜与生气，不失去其生命活力。这就是“老”与“少”、“寂”与“轻”的相反相成的关系。换言之，“寂”之美就是从“老”与“少”的对立统一中产生出来的。

最后，谈谈“寂”的第四对范畴，就是“不易、流行”论。

空间意义上的“寂”与时间意义上的“寂”的交织，作为一种生命状态、美的状态，不是刻板的、沉闷的，而是时刻都处在变与不变之中。在这个意义上看，“寂”这一审美概念又与松尾芭蕉提出的“不易、流行”论密切关联。

所谓“不易”，就是不变，就是“千岁不易”；所谓“流行”，就是随时改变，就是所谓的“一时流行”。“不易、流行”就是变与不变的矛盾统一。它有两个层面的意思。浅层的是指俳谐作品的样式，即“不易之句”和“流行之句”。“不易之句”有传统底蕴的、风格较为保守固定的俳句，“流行之句”就是追求新风的俳句。这里讲的是创作风格的变与不变的矛盾统一。但“不易、流行”的更深层的寓意，乃是指“寂”的一种本质内涵——也就是永恒与变化的矛盾统一、“动”与“静”的矛盾统一。芭蕉弟子之一服部土芳在《三册子》中曾引用芭蕉的一段话：“乾坤变化乃风雅之源。静物其姿不变，动物其姿常变。时光流转，转瞬即逝。所谓‘留住’，是人将所见所闻加以留存。飞花落叶，飘然落地，若不抓住飘摇之瞬间，则归于死寂，使活物变成死物，销声匿迹。”说的就是“动”与“静”的关系。“不易、流行”论所要揭示的道理就是：“不易”是“寂”的根本属性，“流行”是“寂”的外在表征；换言之，“静”是“寂”的根本属性，“动”是“寂”的外在表征。绝对的“不易”或“静”就是纯粹的无生命、就是“死寂”；绝对的“流行”或“动”就是朝生暮死，转瞬即逝。只有“不易”与“流行”、永恒与变化、“动”与“静”的对立统一，才是真正的苍寂而又生机盎然的“寂”的境界。最能体现“寂”之真谛的俳谐，最美、最具有“俳味”的俳谐，都是“不易、流行”、“动”与“静”的辩证统一。我们对芭蕉的为数众多的名句加以仔细体味，就可以常常感受到其中的“不易、流行”的奥妙。例如，“古老池塘啊，一只蛙蓦然跳入，池水的声音”；“寂静啊，蝉声渗入岩石中”。这两首俳句写的是“静”还是“动”呢？没有古老池塘的寂静，哪能听得青蛙入水的清幽的响声？没有树林中的寂静，哪能感觉到蝉声渗入坚硬的岩石？在这里，“寂”并非寂静无声，而是因有声而显得更加寂静；“寂”也并非不“动”，而是因为有“动”而更显得寂然永恒。这就是禅宗哲学所说的“动静不二”。“不易、流行”及“动、静”所达成的这种审美张力与和谐，也就是宇宙的本质、是世界与人之关系的本质，也就是“寂”的本质。

俳谐就是这样，作为世界文学中的最为短小的由十七个字音构成的诗体，体式上极为简单，却包含了上述的颇为复杂的哲学的、宗教的、美学的思想蕴含，也许正是在这个意义上，近代俳人、俳论家高滨虚子才断言：“和歌是烦恼的文学，俳谐是悟道的文学”。也就是说，和歌是以抒情为主的，而俳句是以表意为主的。和歌是苦闷的象征，俳谐是觉悟的表达。这样，俳谐的简单的体式与复杂的表意之间，就构成一种审美的张力，这也是“寂”的一个重要特点。

以上所说的“寂”论及“寂心”中所内含着的“虚实”论、“雅俗论”、“老少”论、“不易、流行”论这四个对立统一的范畴，作为一种形而上学之“道”，只要被俳人所“悟”，就必然会在具体的俳句作品体现出来。将这四个对立统一的范畴总体地、浑然地、自然而然地加以综合表现而呈现出来的那种外在状态，就是日本俳论中所主张的所谓的“しおり”(旧假名标记法写作“しをり”)，读作“shiori”。

从词源上来看，“しおり”是一个合成词，它的原型是树枝的“枝”字——日语音读为“し”(shi)——后头再加上一个动词“折る”(读作“おる”)而形成的动词“枝折る”(しおる)，其名词形是“枝折”(しおり)。“枝折”的意思是“折枝”，就是将柔软的树

枝折弯、折下的状态。在这个意义上，“しおり”又以汉字“挠”字来标记，写作“挠り”，“挠”也就是“折”的意思；又因为被折弯、或被折下的树枝显得软弱、萎靡、沮丧，所以又以汉字“萎”来标记。写作“萎る”（しおる）时，作为动词，它表示一种萎靡的状态和“蔫”之美。此外，人们在走山路的时候，人们会折下或折弯路边的树枝，用来作为路标，这时也写作“枝折”，又从“路标”这个意思，引申为夹在书本中的书签，汉字写作“栞”。

综合上述“枝折”（しおり）的这些意思，可以看出这个词有两大特征：第一，它表示一种柔软、曲折之美，一种可怜、可哀的“蔫”之美；第二，它是一种标志物，是呈现在外的视觉性的特征。我们应该从这两个特征入手，对“枝折”一词的美学属性加以分析和理解。

“枝折”这个概念在日本古典俳论中使用的相当多，但由于缺乏明确的界定，也缺乏理论体系上的准确定位，以致一直以来学者们对将“枝折”与“寂”乃至与“细柔”作为同一层次的概念相提并论，从而产生了逻辑上的严重混乱。我认为，“枝折”与上述的四对概念一样，也是“寂”的一个从属范畴。如果说，“虚实”论、“雅俗论”、“老少”论、“不易、流行”论这四个对立统一的范畴是“寂”的内在涵义，那么，“枝折”则属于“寂”的外在表现、一种外在标志。正如芭蕉弟子去来在《答许子问难辨》中所说：“‘枝折’是植根于内而显现于外的东西。”倘若借用日本古典文论中常常使用的“心”（内在精神）、“姿”（外在表现）的比喻来说，四个对立统一的范畴是“寂之心”，而“枝折”就是“寂之姿”。“寂”作为俳人的精神内涵，通常是沉潜着的、含而不露的，当它表现在俳谐创作中的时候，必然要体现出外在的风格特征与表现形式（日语称为“句姿”）上面，这种体现，就是所谓的“枝折”。

蕉门俳论中对俳句的“句姿”的“枝折”做了许多描述，如《祖翁口诀》中说：“句姿应如青柳枝上小雨垂垂欲滴之状，又如微风吹拂杨柳，摇曳多姿。”这实际上也就是对“枝折”之美的描述。“枝折”就如同柔软的树枝那样的弯曲、纤细、摇曳、游弋、飘忽、扶摇、婀娜、潇洒的那种状态。假如借用上述的“虚实”论中飘游的风筝来做比喻，放风筝者有一颗“寂之心”，风筝就是“寂之姿”，风筝及风筝线细长、柔韧、浮游、飘飘忽忽，若有若无，若隐若现，其作用和功能是把“寂之姿”放飞、呈现出来，这种状态就是“枝折”。正因为如此，日本古典俳论常常将“枝折”与“细柔”（ほそみ）连在一起使用。在这种情况下，“细柔”就是“枝折”的状态的一种描述。换言之，“枝折”的，必然就是细柔的，正如风筝线一样，要让风筝飘起来，达到“枝折”的效果，就必然就有一条“细柔”之线。再打个比方，“寂”就像一个蚕茧，蚕茧的外壳是“寂声”、“寂色”，内部包含着的蚕丝就是“寂心”。倘若蚕丝不抽出来，那就好比是“寂之心”没有外化。倘若蚕丝由内及外地抽出来，就使“寂心”就有了外在表现。表现得好、表现得美，就是艺术创作，就是艺术表现，就呈现出了“枝折”之美、“柔细”之美。这种美就是“寂姿”。“寂姿”表现在具体的俳谐（俳句）创作中，就是日本俳论中常说的“句之姿”，是一种余情不绝、余韵缭绕、摇曳多姿，委曲婉转之美。这就是“枝折”的最基本的审美外化的功能。

假如以上的分析与结论可以成立的话，我们就用现代学术的逻辑分析与概念辨析方法，为历来众说纷纭、暧昧模糊的日本“寂”论，建立起了一个理论系统，显示出了它内在的逻辑构造。概言之——

“寂”在外层或外观上，表现为听觉上的“动静不二”的“寂声”，视觉上以古旧、磨损、简素、黯淡为外部特征的“寂色”。在内涵上，“寂”当中包含了“虚与实”、“雅与俗”、“老与少”、“不易与流行”四对子范畴，构成了“寂心”的核心内容，所表示的是俳人的心灵悟道、精神境界与审美心胸。“寂”表现于具体俳谐作品上，则是“寂姿”，是以线状连接、余情余韵为特征的“枝折”；“枝折”将这上述四对范畴分别呈现、释放出来，从而使俳谐呈现出摇曳、飘逸、潇洒、诙谐的“枝折”之美。总之，从外在的“寂声”、“寂色”，到内在的“寂心”，再到外在的“寂姿”，构成了一个入乎其内、超乎其外、由内及外的审美运动的完整过程。

上述结论用一个图示来表示，就是：

- 寂(さび)
  - 寂声
  - 寂色
  - 寂心
    - 虚与实(花与实)
    - 雅与俗
    - 老与少
    - 不易与流行
  - 寂姿 ⟶ 枝折(しおり) ⟶ 细柔(ほそみ)

这样一来，我们不但解释出了“寂”的内在构造或“立体构造”，也将“寂”概念与“虚实”、“不易、流行”、“雅俗”、“枝折”、“柔细”等与其他相关的次级概念的逻辑关系做出了清晰的定性、明确的定位与具体的分析阐发，可以解决长期以来日本学界对“寂”概念的解释言人人殊、莫衷一是、缺乏学理建构的混乱局面。

而且，将“寂”与“物哀”、“幽玄”一起，作为日本文艺美学的三个一级概念之一，也相应地廓清了三大概念之间的历史的和逻辑的关系。盛开于平安王朝时代的绚烂的“物哀”之花，到中世文学中结为丰硕的“幽玄”之果，到近世则成为苍寂、飘然的“寂”之叶。“物哀”的王朝文学华丽灿烂，“幽玄”的中世文学含蕴深远，近世的“寂”的文学，寂然而又枯淡。时光不断流转，代代有其“流行”，唯有对“美”的追求，千岁不易。直至今天，我们仍可以在日本的文学艺术，包括日本的近现代小说、影视作品及动漫作品中，乃至在日本人的日常生活趣味中，看到“物哀”、“幽玄”与“寂”的面影。诸如西尾实在《寂》一文中所指出的：“在我们〔日本人〕的生活中，坚持‘寂’还具有相当大的支配力。”的确，就“寂”而言，不妨说，夏目漱石的“有余裕”的文学及“余裕论”，久米正雄等私小说家的“心境”及“心境小说”论，北村透谷的“内部生命”论与“万物之声”论，高山樗牛的“美的生活”论，川端康成的“东方的虚无”论，村上春树的“远游的房间”论，还有那“村上式”主人公们那一点点窘迫、一点点悠闲、一点点热情、一点点冷漠、一点点幽默、还有那一点点感伤、无奈、空虚、倦怠，都明显地带有“寂”的底蕴。

说到底，“寂”作为一个美学、诗学概念，体现了日本文学，特别是俳谐文学的根本的审美追求，具有理论表述与思维构造上的独特性，同时也与其他民族的审美意识有所相通，特别是与中国文化有着深层的关联。在哲学方面，“寂”论显然受到了中国的老庄哲学的返璞归真的自然观、佛教禅宗的简朴而又洒脱的生活趣味与人生观念的影响。在审美意识上，“寂”的状态与刘勰《文心雕龙》中所提倡的“贵在虚静、疏瀹五藏、澡雪精神”的观点十分契合，与中国文论中提倡的“淡”，包括“冲淡”、“简淡”、“枯淡”、“平淡”也一脉相通，与苏东坡提倡的“外枯而中膏、似澹而实美”(《评韩柳诗》)，与明代李东阳提倡的“贵淡不贵浓”等主张若合符节。在艺术形态上，日本的俳谐以及由此衍生出来的“俳文”、“俳话”所显示的“寂”的风韵，与中国古代的瘦硬枯淡的诗、率心由性的随笔散文、空灵淡远的文人水墨画，都是形神毕肖的。日本古代俳人及俳论家的智慧，就在于就这些复杂的东西，以一个貌似简单的“寂”字一言以蔽之、一言以贯之，从而表现出日本化的理论思考，体现出了日本古典文艺美学独特的风貌，形成了日本文学从古至今的审美传统，也为今天我们了解日本审美文化乃至日本人的精神世界，提供了一个不可忽略的聚焦点和切入口。

译者注：

〔1〕关于日本的“物哀”论，请参见本居宣长著：《紫文要领》《石上私淑言》，中文译文见王向远编译《日本物哀》，长春：吉林出版集团，2010。

〔2〕关于日本文论史上的“幽玄”论，请参见能势朝次等著、王向远编译《日本幽玄》，长春：吉林出版集团 2011。

〔3〕大西克礼等著，王向远编译：《日本风雅》，长春：吉林出版集团，2011。

当鲁滨孙遇到西门庆：中英首部现实小说中的物质利己主义[①]

马宁著 蒋　童　王刚译 马　宁校

由于其兴起一贯被认为与欧洲后启蒙运动时期的历史、思想及美学观点息息相关，“现实小说”(novel)常被看做是一种西方特有的文学体裁。[②] 因此人们常常认为，当研究非西方传统时，这一术语鲜有严格的学术意义。针对现实小说的跨文化研究似乎混淆了文化界线，抹煞了这一体裁的历史背景。但是，本文认为，“现实小说”这一论题是可以扩展到欧美传统之外的。我的核心论点在于，16 世纪的中国名著《金瓶梅》[③]与丹尼尔·笛福的《鲁滨孙漂流记》(1719)有可比较性，其中后者在伊安·瓦特影响深远的专著《小说的兴起》[④]中被称为是第一部现实小说。具体而言，两部作品都反映了在货币经济快速发展影响下叙事作品转向现实物质生活的转型。这一共性证明了瓦特关于现实小说社会性起源的理论在跨文化研究上的可行性。但是同时，《金瓶梅》展现的经济模式与鲁滨孙身处的英国形成鲜明对比，因此在某些重要方面与瓦特的理论模型背道而驰。

在深入比较两本小说之前，我们有必要概述一下对现实主义小说进行历史性研究的概念脉络。在英美学界，现实小说一词常指一种新型的，描写非英雄式普通人物生活的长篇散文故事，与传统的英雄传奇模式(romance)相对。[⑤] 瓦特认为“现实小说”在 18 世纪的英国产生，其最显著的特点就是“形式现实主义”(formal realism)。瓦特理论的重要性在于他把“现实小说”的产生与资本主义和个人主义社会出现的历史基础进行了广泛的联系。近年来，瓦特的理论因其目的论偏见(teleological bias)广受批评，可是他的方法模式由于开创了阐述小说艺术形式题材与社会经济因素之关系的课题，仍被认为有宝贵的价值。

---

① 本文译自 2009 年《比较文学研究》第 46 卷，(*Comparative Literature Studies*, Vol. 46, No. 3, 2009., pp. 443－466)。该文获得 2007－2008 年度欧文·阿尔利芝奖(Owen Aldridge Winner)，此奖专为在读博士生(an annual paper competition for graduate students)所设，每年举办一次有奖征文。本译文经过作者修订，并根据中文版需要对原文做了适当调整。——译者注。

② 英文中的 novel 和中文里的“小说”有意义上的偏差。“小说”可以指任何形式的虚构散文叙事作品，但 novel 必须是长篇的，由通俗白话(vernacular)写成的作品。同时，在瓦特及诸多英美学者的著作中，novel 常与中古传奇故事(romance)相对，代表一种新兴的，倾向于现实题材的叙事作品。这一点此文后面有更详细的阐述。鉴于此，本文中将 novel 的概念统称为“现实小说”，以区别于其他类型的小说作品。——作者注。

③ 本文中的小说中文引文源于《金瓶梅词话》，香港梦梅馆梅节重校本。

④ 见伊恩·瓦特著：《小说的兴起：对笛福，理查森和菲尔丁的研究》(See Ian Watt, *The Rise of the Novel: Studies in Defoe, Richardson, and Fielding*, Berkeley and Los Angeles: University of California p. 1957.)。

⑤ 见牛津英语词典在线，“小说”词条，释义 4. b. (See Oxford English Dictionary Online , s. v. “novel, n.” definition 4. b., http://dictionary.oed.com/cgi/display/00327739? keytype=ref&ijkey=E7xq.VX7Oug2Y, accessed May 27, 2009.)。

从18世纪末开始，现实小说的形式及其社会根源都开始由英格兰向整个西方世界蔓延。现实小说产生的条件与现代西方的社会基础一脉相承，因此被迈克尔·麦克科恩在一本由他编纂的20世纪评论文集的引言中称为“最典型的现代文学体裁”，“与现代的历史性及现代性本身有着千丝万缕的关联。”①通过这本文集，麦克科恩试图展示“来自不同研究方向的一大批作家如何建立起现实小说体裁作为历史现象的一致性。”②麦克科恩理论的潜前提就在于现实小说带有的现代性根本上是“西方化”的，是为近三百年来“欧洲崛起”和西方殖民与后殖民扩张时期所特有的。近期来，一些历史学家却开始质疑这种约定俗成的现代性的单成因假设，并提出16世纪和19世纪之间可能存在一个泛欧亚的“早期现代”世界(“early modern” world)。③ 这些学者们指出，那些被认为是西方现代性的根源的社会经济发展也以相似的形式存在于欧洲以外的某些地区。在这些例子中16世纪的中国十分引人注目。中国与早期现代欧洲有着广泛并且惊人的相似之处：例如，商业发展、货币化、读写能力的推广、印刷的普及以及日益增加的社会流动性。以罗友枝为代表的许多汉学家认为，中国晚明以来经历的社会经济变化不仅仅是量变，更是质变。其变化之深之广足以促使我们重新思考对于“传统”的定义，也动摇了我们把1911年以前的中国归为一个整体历史时期的固有判断。我们应该重新审视16世纪，把它当做中国历史上一个全新时期的起点。④

《金瓶梅》正诞生于这新时代的变革潮流中。《金瓶梅》成书于明万历年间(1573—1620)，传统上与《三国演义》、《水浒传》、《西游记》并称为“四大奇书”。《金瓶梅》在形式与美学特征上与其他三本奇书有许多相似之处，其题材却与它们大相径庭。其他三部奇书都采用关于帝王将相，英雄豪杰，或宗教人物的传统题材，可是《金瓶梅》，正如夏志清所言，“脱离了历史和传说，完全以独立创作的世界为背景，卸下了英雄主义和华丽辞藻的盛装，真实地描绘了一群市井男女活色生香的生活。”⑤这本小说共有一百回，整体的框架源自对《水浒传》中一段故事的重新演绎：风流阔商西门庆引诱了武大郎美貌的妻子潘金莲，随后怂恿潘金莲下毒杀害了自己的丈夫。《水浒传》中，这两个杀人凶手被小说主人公之一、武大郎的弟弟武松所杀；然而在

---

① 迈克尔·麦克科恩著《导言》，见于《小说理论：历史方法》(Michael McKeon, “Introduction,” in *Theory of the Novel: A Historical Approach*, ed. Michael McKeon, Baltimore, MD and London: The Johns Hopkins UP, 2000 , xv.)。

② 同上书，xiv.

③ 见彭慕兰著：《大分流：欧洲、中国和现代世界经济的发展》。安德烈·弗兰克著：《白银资本：重视经济全球化中的东方》。(See Kenneth Pomeranz, *The Great Divergence: Europe, China, and the Making of the Modern World Economy*, Princeton, NJ: Princeton UP, 2000 and Andre G. Frank, *ReOrient: Global Economy in the Asian Age*, Berkeley: U of California Press, 1998)。

④ 见罗友枝著：《中华帝国晚期流行文化》，见于《帝国晚期文化的经济和社会基础》(Evelyn Rawski, “Economic and Social Foundations of Late Imperial Culture,” in *Popular Culture in Late Imperial China*, ed. David Johnson et al. Berkeley: University of California Press, 1985, pp. 3—33.)

⑤ 见夏志清著：《中国古典小说》(C. T. Hsia, *The Classic Chinese Novel: A Critical Introduction*, New York: Columbia UP, 1968, p. 166.)。

《金瓶梅》里，两人逃脱了武松的复仇追杀，并且又安然生活了许多年。于是，原本里的两个反面人物在《金瓶梅》中化身主角，且被赋予了有血有肉的人物个性。其后《金瓶梅》的章节基本为原创，其中叙述了西门庆声色犬马的生活，详尽描写了他如何周旋于六个妻子和众多情妇之中。西门庆通过各种手段积累起巨额财富，并通过行贿得到官职，最后却死于纵欲。在他死后妻离子散，财产也在动荡中消耗一空。

《金瓶梅》将笔锋由英雄故事转向日常琐事，并且以一种报告文学般的叙事手法细致刻画了每个人物身处的环境和独特的经历。韩南曾说，“如果将现实小说定义为详细反映社会冲突或变革的纪实性文学的话，《金瓶梅》就是中国第一部真正意义的现实小说。”①当然，也有观点认为，诸如《金瓶梅》之类的中国文学作品应归入完全不同于西方流派的传统领域中，以西方标准来界定它们的类型是不合适的。另外值得注意的是，在英国文学中，“现实小说”(novel)与“冒险故事、传奇文学”(romance)之间有着术语上的区别，而这一区别在其他欧洲语言中，如法语和德语中，都难寻踪迹。汉语将散文故事广义的归类为“小说”，也没有这种区别的严格对应。②不过，本文必须强调的是，尽管存在着文化和语言学上的分歧，我们现在所研究的跨文化契合现象并不只是一个文学上的分类问题，而涉及文本以外的经济基础和历史大背景。我做以下这两部小说的比较研究的动力所在，是为了寻找物质历史与文化史的交叉点，着眼于一种更为广阔的跨文化研究。

具体而言，在阅读这两本小说时，我注重的是二者对于瓦特提出过的所谓“经济个人主义”(economic individualism)的不同处理。瓦特认为“经济个人主义”是《鲁滨孙漂流记》的主要立意，表达了一种追求财富的资本主义式的信条。③ 这一财富观在《金瓶梅》中却遭遇了完全的对立，因后者将社会的混乱和西门庆本人的毁灭归罪于他从始至终对金钱的贪求。有了这一对比，我们可以把瓦特的“经济个人主义”重新定义为“物质利己主义”(material egoism)，并由此来分析个人经济利益的膨胀带来的道德与社会的断裂。这一断裂在《鲁滨孙漂流记》中被很好地掩饰并“自然化”了(naturalized)，变得名正言顺。在《金瓶梅》中，它却被“非自然化”(denaturalized)，凸显了传统崩溃后人欲的丑陋。

账簿与审判

《金瓶梅》，一部众所周知的情色小说；《鲁滨孙漂流记》，脍炙人口的冒险故事，无论怎么看，这两者似乎都风马牛不相及。然而，以下两段引文向我们展示了二者

---

① 见韩南著：《小说和戏剧的发展》，见于《中国遗产》。(Patrick Hanan, “The Development of Fiction and Drama,” in *The Legacy of China*, ed. Raymond Dawson, Oxford: The Clarendon Press, 1964, p. 134.)

② 查阅有关“小说”这一术语在中文中的历史使用，请参见蔡九迪著：《小说》，见于《历史地理与文化》，《小说》第一卷。(For an introduction to the history of this term, see Judith Zeitlin, “Xiaoshuo,” in *The Novel*, vol. 1, *History, Geography, and Culture*, ed. Franco Moretti, Princeton, NJ: Princeton University Press, 2006, pp. 249—261.)

③ 瓦特著：《小说的兴起》。(See Watt, *Rise of the Novel*, pp. 61—74)。

关于金钱和价钱的相似关注。首先，第一段引文节选自《金瓶梅》第79回：

> 段子铺里五万银子本钱，有你乔亲家爹那边，多少本利都找与他。教傅伙计把货卖一宗交一宗，休要开了。贲四绒线铺，本银六千五百两，吴二舅绸绒铺是五千两，都卖尽了货物，收了来家。又李三讨了批来，也不消做了，教你应二叔拿了别人家做去罢。李三、黄四身上还欠五百两本钱，一百五十两利钱未算，讨来发送我。你只和傅伙计守着家门这两个铺子罢。印子铺占用银二万两，生药铺五千两，韩伙计、来保松江船上四千两。开了河，你早起身，往下边接船去。接了来家，卖了银子并进来，你娘儿没盘缠。前边刘学官还少我二百两，华主簿少我五十两，门外徐四铺内，还欠我本利三百四十两，都有合同见在，上紧使人摧去。①

第二段引文来自《鲁滨孙漂流记》的结尾：

> 我同意了这个办法，嘱咐他把我卖产的意思通知他们；他就照我的指示办了。又过了八个来月，原船回来了，他写信报告我说，他们已经接受了我的卖价，并且已经汇了三万三千西班牙硬币给他们在里斯本的代理人，叫他照付。我在他们从里斯本寄给我的卖契上签了字，寄给我那位老朋友，他就给我寄来了一张三万二千八百西班牙硬币的汇票作为产业的卖价。我仍然按照我先前许下的，每年付给这位老人家一百葡金，作为终生的津贴，并在他死后，每年付给他儿子五十葡金，作为终生的津贴。我现在已经讲完了我的遭遇和冒险的第一部分。我这一生在天意的运筹下，变化多端，世间罕有；虽然开始的时候有些愚昧无知，但结局却比我所敢希望的幸福的多。②

当我们自己阅读这两本小说就会发现如上文像账本一样的段落比比皆是。长久以来鲁滨孙以其"航海日记"(log-book)③和"簿记式意识"(book-keeping consciousness)④的风格而闻名。而《金瓶梅》也曾被评为"充满金钱和物品价钱的大量细节描写"。⑤

---

① 《金瓶梅词话》第四卷，1129－1130页。

② 见丹尼尔·笛福著：《鲁滨孙漂流记》。Daniel Defoe, *Robinson Crusoe: An Authoritative Text, Contexts, Criticism*, ed. Michael Shinagel, 2nd ed. New York: Norton, 1994, p. 219. Further citations in text. 汉语译文参见方原译：《鲁滨孙漂流记》，275—276页，北京：人民文学出版社，1978。引用对原译文有修改。

③ 见查尔斯·兰姆写给沃尔特·威尔逊的信，见于《丹尼尔·笛福生平回忆录》。(Charles Lamb's letter to Walter Wilson, December 1822, quoted in Walter Wilson, *Memoirs of the Life and Times of Daniel Defoe*, London: Hurst, Chance, and Co., 1830, 3: 428.)。

④ 见瓦特著：《小说的兴起》。(See Watt, *Rise of the Novel*, p. 63)。

⑤ 见韩南著：《中国小说的界标》，见于《远东：中国和日本》。(Patrick Hanan, "A Landmark of the Chinese Novel," in *The Far East: China and Japan*, ed. Douglas Grant and Millar MaClure, Toronto: Univerisity of Toronto P, 1961, p. 329.)。

上文引用的两段节选突显了这一文本特征，同时对各自的主人公做出了重要评价。《金瓶梅》的选段描写了西门庆年仅33岁便身患不治之症，死前向他的女婿，也就是他的继承人陈敬济交代后事。《鲁滨孙漂流记》的选段描写的是主人公回到文明社会后卖掉他在巴西的种植园，由此获得了一笔可观的收益。尽管二者情况有别，但两位主人公无一不对自己的财产和买卖交易了如指掌。虽然他们的形象大相径庭，西门庆和鲁滨孙毕竟都是在货币经济社会里活动的商人。

必须指出的是，这些在引文中如数家珍地庞大财产都是从一笔笔小额资金积累起来的。鲁滨孙起初只花了"220个西班牙硬币"(页27)购买那片巴西种植园，然而30年之后，它的价格居然翻了100多倍。《金瓶梅》中西门庆身家的涨幅尤甚于此。在小说开头，他只不过从父亲那继承了一间略具规模的药铺。在第18回里当蒋竹山花300两也开了家药铺时，西门庆如临大敌，可见西门庆最初的家产不过如此。照这样算，在短短不到十年的时间里，西门庆的家产翻了接近300倍。

西方读者很容易看出鲁滨孙积累的巨额财富与18世纪英国迅速发展的商业文化和海外殖民有关。① 但他们对中国的例子可能感到困惑，因为传统中国给世界的固有印象就是长达数百上千年的农业文明。但是，最近的许多历史研究显示，从16世纪开始中国经济步入了重要的发展时期。② 尤其值得注意的是由于大量外国白银的涌入，这一时期中国的货币经济繁荣发展。有学者估计，"在1527到1821年间流入中国的白银数量至少占当时银矿产量的一半，"这比例是相当惊人的。③ 总之，在晚明时期，中国富裕的地区，特别是长江中下游和其他城市中心已经成为了白银和商品流通的天堂。④ 笛福曾说"金钱是世界上的一般等价物"(the general denominating

---

① 沃尔弗拉姆·施密德根著：《鲁滨逊，细目及商品恋物》，见于《十八世纪研究》，探讨了鲁滨孙乐于细数其财产与18世纪英国的重商主义之间的关系。(See Wolfram Schmidgen, "Robinson Crusoe, Enumeration, and the Mercantile Fetish," *Eighteenth-Century Studies* 35. 1, 2001, pp. 19—39, for a study that links Crusoe's tendency to enumerate his belongings and profits to the rise of mercantilism in eighteenth-century Britain.)。

② 见罗友枝著：《中华帝国晚期的经济与社会基础》，文中详细介绍了近期关于中华帝国晚期(16世纪到19世纪)新的经济发展和社会发展的学术研究。(See Rawski, "Economic and Social Foundations of Late Imperial Culture," which provides an excellent introduction to recent scholarship on the new economic and social developments of late imperial China, 16—19th centuries)。

③ 见纳扬·昌达著：《预先警报》，见于《远东经济评论》。更多关于此现象的详细讨论参见万志英著：《17世纪中国货币危机的神话和现实》，见于《经济学论坛》；及弗兰克著：《白银资本》。(Nayan Chanda, "Early Warning," *Far Eastern Economic Review*, 1999, p. 48. See Richard von Glahn, "Myth and Reality of China's Seventeenth-Century Monetary Crisis," *The Journal of Economic History* 56. 2, 1996, pp. 429—454 and Frank, *ReOrient*, 143—149 for detailed discussions of this phenomenon.)。

④ 更多关于该时期商品消费研究参见柯律格著：《长物志：早期现代中国的物质文化和社会状况》；见卜正民著：《纵乐的困惑：明代的商业与文化》。(See Craig Clunas, *Superfluous Things: Material Culture and Social Status in Early Modern China*, Urbana: University of Illinois P, 1991 and Timothy Brook, *Confusions of Pleasure: Commerce and Culture in Ming China*, Berkeley: University of California Press, 1998, for studies of commodity consumption in the period.)。

article in the world)。[①]这句话其实完全可以用来形容一百多年前的中国小说《金瓶梅》里充分商业化的社会。

不过，对我们而言，更重要的不是历史真实性，而是两部小说描述财富急速增长背后所隐藏的思想意义。以上两段账目式的引文在叙事上同样起到结尾和总结的作用，但在对两位主人公一生的评价上态度截然相反：金钱于鲁滨孙是救赎和奖赏，于西门庆却是报应和惩罚。鲁滨孙不顾父亲的劝阻执意出海远航，这一直被他视作自己的“原罪”(original sin)。在《漂流记》的最后鲁滨孙不仅轻易地收回了之前所有的财产，其价值还成倍增长了。他把自己巨额的家财视作“天意的运筹”(Providence's chequer-work)，视作上帝对他“原罪”的宽恕。在《金瓶梅》中，西门庆对自己巨额家财的回忆却与他日渐衰弱的身体形成强烈的反差，倍显凄凉。《金瓶梅》著名评论家张竹坡曾就这段引文评论道：“许多账本，总示人以财不中用，死了带不去也”[②]因此西门庆才会在清算好这辈子所赚的钱和还没有收回来的债款之后痛心哭泣。在他死后，他的妻儿和财产很快流散，与他苦苦叮嘱的“好好守着我的灵，休要失散了”(卷 4，1128 页)这一遗愿背道而驰。这一结果也证明了西门庆积累的财富毫无意义。

两本小说对金钱账目的重点表现反映了作者描写的经济活动既不是以中立客观的姿态记录社会，也不是作为细枝末节或可有可无的点缀。相反，它对整个故事的定型起到了关键的作用，提出了一个中心议题，即对于财富和个人功利的追求是否是“道德”的。该问题的深层意义则牵涉到了一个复杂的历史哲学现象，即马克思理论家所说的“物化”(reification，verdinglichung)。物化一词仅以“物的人格化和人的物化”[③]这样的短语在马克思的《资本论》中出现了一两次，但在乔治·卢卡奇的重新解释后受到了广泛的关注，成为马克思主义对于资本主义社会分析的核心。卢卡奇曾这样描述“物化”现象：“物化的实质在于人与人的关系获得了物的性质并从而获得一种‘幽灵般的客观性’，这种客观性以其严格的、仿佛十全十美的和合理的自律性掩盖着它的基本本质，即人与人之间的关系的所有痕迹。”[④]

卢卡奇的物化理论由于“过于保守”[⑤]受到了批判，因为他无端假设社会关系在

---

① 见丹尼尔·笛福著：《评论》，引自瓦特著：《小说的兴起》。(Daniel Defoe, *Review* III, 1706, no. 3, quoted in Watt, *The Rise of the Novel*, p. 63.)。

② 见张竹坡著：《批评第一奇书金瓶梅》，见于黄霖编：《金瓶梅资料汇编》，204 页，北京：中华书局，1987。

③ 见卡尔·马克思著：《资本论》，本·福凯斯译。关于马克思对此词用法，参见汉娜·费尼切尔·皮特金著：《反思物化》，见于《理论与社会》。(Karl Marx, *Capital*, trans. Ben Fowkes, New York: Vintage Books, 1977, p. 209. For more on Marx's usage of the term, see Hanna Fenichel Pitkin, "Rethinking Reification," *Theory and Society* 16. 2, 1987, pp. 264—265.)。

④ 格奥尔格·卢卡奇著：《物化和无产阶级意识》，见于《历史和阶级意识》，罗德尼·李文斯顿译。(Georg Lukács, "Reification and the Consciousness of the Proletariat," in *History and Class Consciousness*, trans. Rodney Livingstone, Cambridge, MA: MIT Press, 1971, p. 83.)。

⑤ 见蒂莫西·贝维斯著：《物化或晚期资本主义的焦虑》。(Timothy Bewes, *Reification, or the Anxiety of Late Capitalism* (New York: Verso, 2002), xiii.)

经济合理化冲击前必定是"人性的"，道德的。我们无需完全认同卢卡奇的观点，但仍能从卢卡奇的研究中得到一些启发，即经济关系的加强确实使传统观念中被认为是既自然又道德的社会关系"非人格化"(depersonalize)。社会结构的物化在使相关文化价值观消失的同时，也使个人和集体层面的复杂心理调整成为必然。我认为，由物质环境变化催生的文化危机是推动中英首部"现实小说"的出现的重要因素。

另一方面，从两部小说描画的截然不同的主角命运我们可以看出，它们对于物化问题的揭露采取了完全不同的方式。《漂流记》的最后，鲁滨孙财产的赎回和报酬验证了迈克尔·麦克科恩的观点，即笛福小说以"欲望的自然化"(the naturalization of desire)为构思前提；[①] 由西门庆的夭亡，我们却可以发现《金瓶梅》表达的观念恰恰相反。在这部16世纪末的中国小说中，以经济为目的、以个人为中心的欲望，也就是我所说的"物质利己主义"，遭到了近乎体系化的非自然化处理。

《鲁滨孙漂流记》与《金瓶梅》中的物质利己主义

《金瓶梅》对物质利己主义的抨击受到儒家价值体系的主导，但它反映的态度并不仅限于中国文化。从莎士比亚到狄更斯，许多西方作品都有着相同的反对追求个人物质利益的道德观。事实上，在文学世界里，笛福小说里物质利己主义的合理化是个特例。正是因为这种思想上的特殊性，《鲁滨孙漂流记》才被看做是弘扬资本主义个性的创始性神话。[②] 换句话说，这本"英国首部现实小说"展示了一种伊曼纽尔·沃勒斯坦提到的15世纪起欧洲世界最突出的特点，即出现了"一个以连续的资本积累为主要前进动力的系统"。为什么会出现这一系统？沃勒斯坦援引保罗·斯威齐的话，承认这是一个"真正令人费解的问题。"[③]尽管它的起源不明，这一崭新的资本主义系统很快遍布了18世纪早期的英国，而且将触角延伸至包括通俗小说在内的文化领域。同时我们也要看到，《鲁滨孙漂流记》运用详尽的叙事手法阐释物质利己主义的合理性，体现了一种紧迫感，暗示了在更为广大的文化框架下，小说展现的资本主义逻辑仍然极不稳定并且饱受争议。

《鲁滨孙漂流记》取材于一个真实的故事，即荒岛余生的亚历山大·塞尔扣克在

---

① 见迈克尔·麦克科恩著：《英文小说的起源》。(Michael McKeon, *The Origins of the English Novel, 1600—1740*, Baltimore, MD: The Johns Hopkins University Press, 1987, p. 315.)。

② 见伊安·瓦特著：《一个神话：鲁宾孙漂流记》，见于《论批评：文学评论季刊》。(See Ian Watt, "*Robinson Crusoe* as a Myth," *Essays in Criticism: A Quarterly Journal of Literary Criticism* 1. 2, 1951, pp. 95—119.)。

③ 见保罗·斯威齐著：《反驳》，见于《从封建主义向资本主义过渡》，引自伊曼纽尔·沃勒斯坦著：《西方、资本主义和现代世界体系》，见于《中国与历史资本主义：汉学知识的系谱》。(Paul Sweezy, "A Rejoinder," in *The Transition from Feudalism to Capitalism*, ed. Rodney Hilton, London: New Left Book, 1976, p. 106, quoted in Immanuel Wallerstein, "The West, Capitalism, and the Modern World System," in *China and Historical Capitalism: Genealogies of Sinological Knowledge*, ed. Timothy Brook and Gregory Blue, Cambridge: Cambridge University Press, 1999, p. 34.)。

胡安·费尔南德斯岛上独自生活了近5年的经历。[①] 这一取材有特殊的意识形态作用。它将主人公放置于荒野的"自然状态"中，由此使其物质欲望因"需求"和生存而看起来合情合理。对于真实的亚历山大·塞尔扣克而言，荒岛生活把他折磨得形容枯槁，意识也接近崩溃。当1709年被爱德华·库克船长的船员救起时，塞尔扣克几乎丧失了语言能力。在笛福的小说里，鲁宾孙却不仅身体健康、神志清醒，甚至还创造了超出基本生活需要的物质条件，以来满足卡罗尔·霍利·汉弗林所说的"越来越复杂高等的需求"。[②] 鲁滨孙在到达无人岛之初认为自己是个无助的"囚犯"(71页)，不久之后他却化身为荒岛的统治者，并开垦出了两片"种植园"，一处被他称为"城堡"的居住地，及另一片像花园般僻静的"乡间别墅"(110页)。

鲁滨孙的根本性转变来自于他创造文明条件的技能，如搭造房屋、耕作农田等等。在小说完全孤立的环境中，鲁滨孙掌握的这些关键技能被表现为自己非凡的个人发明，而非社会积累的结果。通过这种移花接木的叙述手法，主人公的物质利己主义被神化为天赋的创造力和掌控力。值得进一步指出的是，鲁滨孙使用的技术所涉及的并不仅是英国或欧洲的科技传统本身，也关系到全球网络下的物质交换。刘禾曾充分论证过这本小说中所说的"陶器"(earthenware)影射当时正在不列颠及全欧洲盛行的中国瓷器(porcelain)。[③] 如刘禾所指出的，18世纪的英国制造商费尽心思想要制造出真正的中国瓷器，却总不能完全成功。在笛福的小说中，鲁滨孙却轻松地达成了这一目标，但同时在语言上否认他的"发明"的实质。在将瓷器更名为"陶器"的过程中，小说暗暗抹煞了中国科技与商业对18世纪英国的影响，并通过这种手段把鲁滨孙刻画成一个孤立的，自给自足的经济人。刘禾的文章提示我们，鲁宾孙的形象与英国殖民计划有着错综复杂的联系。笛福小说所谓的"形式现实主义"(formal realism)是以脱离历史、脱离世界文明网的自给自足的幻想为前提的。

《鲁滨孙漂流记》的荒岛环境为主人公取得的物质繁荣蒙上"自然"经济的光环。因为是个人"劳动"所得，主人公的财富不应受到常见的与金钱相关的负面指责，如贪婪、剥削以及社会分配不公。正如本文一开始提到的，鲁滨孙的冒险以获得金钱奖赏而欢喜收尾，主人公把这当做上帝对于他先前行为的宽恕甚至认同。由此，小说从结构上肯定了鲁滨孙对金钱无止境的追求，肯定了主人公在文中所承认的他那"鲁莽而无节制的""超出了自然本身要求"的欲望。其结果是，鲁滨孙物质化的个人

---

① 见爱德华·库克著：《从南海航行到环游世界》；见伍德斯·罗杰斯著：《航海环游世界》；见理查德·斯蒂尔著：《亚历山大·塞尔扣克》，见于《英国人》。本文所引用的以上书目均可见于《鲁滨逊漂流记》诺顿版再版。(See Edward Cooke, *From a Voyage to the South Sea, and Around the World*, London, 1712, pp. 36—37, Woodes Rogers, *A Cursing Voyage round the World*, London, 1712, pp. 121—131, and Richard Steele, "On Alexander Selkirk," *The Englishman*, December 3, 1713. These accounts are reprinted in the Norton edition of Defoe's *Robinson Crusoe* , which has been cited throughout the article, pp. 230—238.)。

② 见卡罗尔·霍利亨·弗林著：《斯威夫特和笛福小说中的身体》。(Carol Houlihan Flynn, *The Body in Swift and Defoe* , Cambridge: Cambridge University Press, 1990, p. 150.)。

③ 见刘禾著：《鲁滨逊的陶罐》，见于《批判性探讨》。(Lydia Liu, "Robinson Crusoe's Earthenware Pot," *Critical Inquiry* 25. 4, 1999, pp. 728—757.)

利益不再是传统视角下的贪得无厌，反而体现了英国社会中正在上升的新理想——“工业”与“勤奋”(industry)。

在笛福小说自给自足的系统中，鲁滨孙既是生产者又是消费者，由此文本将经济问题独立于政治权利和社会公平之外，进而把主人公的物质欲望合法化，并将其塑造成谋求个人生存和实现个人价值的积极动力。《金瓶梅》反映的个人经济选择和社会的关系却截然不同：在这部16世纪的中国小说中，物质生活构成了一个庞大的公共领域，小说中的各种人物在这里相遇、相识、冲突再到分散。另外，文中围绕金钱和商品展开的人际网络涉及的不仅是“民间社会”(civil society)，也关系到国家的运转方式。在《金瓶梅》中，西门庆和官僚集团联系紧密，由此造成了小说中商业领域和政治领域的交集。尽管西门庆只是一个县城里的商人，他却与小说里最有权势的官场大人物蔡京保持着联络。每逢蔡京做寿，西门庆都会奉送各种珍稀豪礼，由此为自己赢得了颇有势力的官职。[①] 西门庆与帝国权力中心的勾结大概是一种文学夸张，其目的是象征性地将主人公的物质利己主义与当时整个中国社会的商品化相联系。通过小说对政治和经济相互渗透的着重描写，个人对财富的追求变成了悲剧性的公共恶习。

为了更好理解《金瓶梅》反映的对官府职能堕落的焦虑，我们需要考虑到作者特殊的社会背景。尽管作者身份不详，但他无疑是一名从小学习儒家传统的文人，是科举考试的参与者。作为中国历史中重要的文化制度，科举制度通过考察读书人对儒家经典的掌握程度来招募国家官员。其设立的前提在于人们认为学习经典必然会使人形成优良的品德，而优良的品德直接决定了行政领导力。在这一前提下，考取功名的人自然就能在官府任职，出仕成为士大夫，用自身的道德权威保证其政治威信。然而，到16世纪末，政府官员作为道德卫士的角色由于层出不穷的官僚腐败遭到普遍的信任危机。《金瓶梅》创作完成之时，官场弊病最为臭名昭著的代表就是通过受贿和贪污积累了惊人的个人财富，曾在16世纪中期执掌大权的严嵩(1480—1565)。[②]《金瓶梅》对于官僚阶级堕落腐化的担忧是显而易见的。小说里的士大夫们表面上虽然熟读经典，但却像暴发户西门庆之流一样贪婪成性，肆无忌惮。这不仅是个政治问题。它暴露了在整个社会快速商业化的背景下，儒家经典对于抑制官僚腐败是多么的无能为力，也由此预示了儒家文明的整体崩溃。

《金瓶梅》中描绘的物质生活充斥着毫无意义的混乱流通和消费，这也被视为政治腐败和社会动荡的源头所在。《金瓶梅》与《鲁滨孙漂流记》对物品都有着大量详尽的叙述，甚至如账本般精确，但《鲁滨孙》中有大量关于物质生产过程的描写，《金瓶

① 关于这些交易的细节，请参见保罗·马丁森著：《报，秩序与救赎：基于金瓶梅视角看中国宗教与社会》。(See Paul Martinson, "*Pao, Order, and Redemption: Perspectives on Chinese Religion and Society Based on a Study of the Chin P'ing Mei*", Ph. D. dissertation., University of Chicago, 1973, pp. 228—232 for an account of these exchanges.)。

② 查阅严嵩离开官位后充公物品清单请参见柯律格所著：《长物志》。(See Clunas, *Superfluous Things*, 46—49 for a list of the properties confiscated after Yan Song's dismissal from office in 1562.)。

梅》却对此点很少涉及。可以说，“劳动”(labor)这一概念在“首部英文小说”中体现了深刻的重要性，但其对于《金瓶梅》创作背后的文学视角来说仍十分陌生。在《金瓶梅》中，物品并没有被描述成来源于原材料且有特定用途的有用实体。相反，它们大都是不必要的奢侈品，用来表现书中人物过度且空虚的物质欲。与鲁滨孙藏在洞中那些简陋却实用的物品，例如用“短木板”拼凑成的椅子(51 页)，形成鲜明对比的是西门庆家中复杂精细，充满无用细节的华美家具，如所谓的“云南玛瑙漆減金钉藤丝甸矮矮东坡椅儿”(卷 2，400 页)。关于这张椅子，袁书菲曾说，“对这一系列的冗余和过分精美的装饰的描写强调了这椅子不是用来坐的，而是用来炫耀展览的。”[①]但是，即使是以装饰为目的，这些陈设也可能可笑地违背了当时的审美标准，如西门庆挂在椅子上面的那些名画一样。艺术史家柯律格曾指出，将画挂在相对的墙上，如西门庆所做的那样，通常被当时的文人认为是“有伤风雅”(a custom stigmatized as particularly vulgar)的粗人举动。[②] 西门庆家中的奢侈品既缺少实用价值，又不美观，还没有达到炫耀的目的。它们表现了一种荒谬混乱的消费与生存状态，甚至将书中的人物非人化了。

值得注意的是，小说中最荒诞的一些物件，如上文中提到的椅子，是在西门庆所谓的“书房”中出现的。为了回报西门庆献上的做寿贺礼，蔡京赏给半文盲的西门庆一个官职，而后西门庆就按照他的新身份建了一间“书房”。权钱之间的肮脏交易深植于西门庆“书房”的建造过程中，这一层含义通过他房中那些古怪、昂贵，但又粗鄙不堪的家具得到了间接却又深刻的表达。在小说对这一古怪房间的揭露逐渐达到顶峰时，我们的视线被引向在一个书架上随意堆放的信件、名片，和西门庆记载与不同官位官员送礼往来的账本。这一结尾微妙而又有力地展现了小说世界中由混乱不堪的物质交易所引起的道德与社会秩序的崩溃。

情色经济

《金瓶梅》中关于肮脏的权钱交易的焦虑在小说饱受争议的纵欲(sexual excess)问题上也有表现。《金瓶梅》的第 27 回包含了这部作品中一些最极端的纵欲场景，这一回的叙事结构也有力地证实了金钱、性和政治权力之间的紧密关系。值得注意的是，这一回的开头详细描述了西门庆送给蔡京的礼物。这些礼物主要包括四个银质的人像，取其谐音“淫人”(卷 2，357 至 358 页)。随后我们就可以看到这批礼品成功地帮助主人公买到了一个官职，以便于他进一步敛财。这种叙事安排表明，这一回中对性欲扭曲的描写很大程度上是用来批判故事背景中金钱和权力的扭曲。

从这个角度来看，《金瓶梅》中疯狂的色情描写有可能是运用一种文学修辞手法

① 见袁书菲著：《蟒袍贺礼：金瓶梅中的物品流通》，见于《哈佛亚洲研究杂志》。(Sophie Volpp, “The Gift of a Python Robe: The Circulation of Objects in *Jin Ping Mei*,” *Harvard Journal of Asiatic Studies* 65. 1 (Dec. 2005): 141.)。

② 见柯律格著：《从小说金瓶梅看明代家具》，见于《东方杂志》。(Craig Clunas, “The Novel *Jin Ping Mei* as a Source for the Study of Ming Furniture,” *Orientations* 23. 1, 1992, p. 63.)。

来谴责金钱对人性的腐化。这种性和经济之间的联系给我们一个新角度去审视小说中“色情”元素的潜在逻辑。① 除了“银”和“淫”这对双关语，其他关于财色关系的文字游戏在《金瓶梅》中亦比比皆是。芮效卫认为，西门庆的靠山，权臣蔡京的名字即是“财”和“精”的双关语。② 同时，货币资金和性能力在文中都常被称为“本钱”。③ 主人公的性欲和财产通过这些双关结构融合成一个象征整体，并构成了一些平行的故事情节。这在第 49 回中体现尤为明显。在这回的开头，西门庆准备设宴款待两位新上任的官员。宴会上，在用极度的奢华和大量派发的礼物让他的宾客眼花缭乱之后，西门庆成功地从蔡状元手中得到三万张“盐引”以及垄断交易一个月的特许。此事件之后不久，主人公便遇到了一个神秘的胡僧。这位胡僧的奇特穿着在文中被描绘为“鸡蜡箍儿……肉红直裰”(卷 2，603 页)，让读者直接联想到男性的性器官。西门庆邀请这位外表非凡的客人到家中赴宴，随即从其手中得到 100 粒有魔力的春药。通过此回的发展，西门庆的性能力和财力都得到了飞跃。在小说的后半部分，盐引的效应使西门庆取得大笔收入；同时，服用春药后，西门庆的床上功夫也越发了得。这第二种飞跃却最终导致了他在家财疯涨时的早夭。

西门庆自我毁灭式的纵欲和鲁滨孙与性绝缘的形象形成了有趣的对比。针对鲁滨孙的性欲缺失有很多解释，其中瓦特的解释颇具深意。瓦特援引马克斯·韦伯的观点，认为抑制性冲动在资本主义社会形成过程中有其必要性。如他所言，“性是在人类追求合理经济利益过程中最强烈的潜在威胁，因此我们发现，它往往被工业资本主义的意识形态牢牢控制。”④鉴于此，《鲁滨孙漂流记》中经济欲望和性欲望的严格分离是小说将物质利己主义合理化的一种重要手段。这种分离代表了个人欲望制度化与合理化过程中的关键一步。在资本主义意识形态之下，欲望不再对道德秩序造成威胁，而成为其文化秩序的道德基础。在《金瓶梅》中，性对财富增长的“潜在威胁”却被发挥到了极致。因为与自身放纵的肉欲息息相关，西门庆的经济欲望被表现为一种道德堕落，而不再像《鲁滨孙漂流记》中那样具有合理性。

必须补充的是，鲁滨孙的性绝缘现象并不代表 18 世纪英国小说或者笛福作品的全部。事实上，笛福后期的代表作品大多涉及“堕落的女性”这一意象，她们过着混乱不堪的生活。鲁滨孙和笛福小说中的女主角，如摩尔·弗兰德斯和罗克萨娜，在

---

① 见柯丽德著：《金瓶梅的修辞》；见英迪拉·萨提恩特拉著：《隐喻：金瓶梅词话中的情色经济》，见于《中国文学：散文、文章、评论》；见黄卫总著：《中华帝国晚期的欲望与小说叙述》。(See Katherine Carlitz, *The Rhetoric of Chin P'ing Mei*, Bloomington: U of Indiana P, 1986, pp. 48—49; Indira Satyendra, "Metaphors of the Body: The Sexual Economy of the *Chin P'ing Mei t'zu-hua*," *Chinese Literature: Essays, Articles, Reviews* 15, 1993, pp. 93—96; and Martin Huang, *Desire and Fictional Narrative in Late Imperial China*, Cambridge, MA: Harvard University Press, 2001, pp. 93—100.)。

② 芮效卫著：《金瓶梅儒家释义》，见于《国际汉学会议论文集：文学组》。(David Roy, "A Confucian Interpretation of the Chin P'ing Mei," *Proceedings of the International Conference on Sinology, Section on Literature*, Taipei: Academia Sinica, 1981, pp. 58—59.)。

③ 见黄卫总著：《欲望与中华帝国晚期的小说》。(See Martin Huang, *Desire and Fictional Narrative in Late Imperial China*, Cambridge, MA: Harvard University Asia Center, 2001, pp. 96—100.)。

④ 瓦特著：《小说的兴起》(See Watt, *Rise of the Novel*, p. 67)。

性生活方面形成了鲜明的对比。这种对比与18世纪英国男性和女性所面对的经济机会的差距有关。在很大程度上，笛福小说中的女性角色是和鲁滨孙一样的"物质利己主义"者。身为女性，她们却无法参与到正常的经济活动中来，只能靠从事性交易来养活自己。如瓦特所言，"笛福对经济的热情使他几乎用文字证明，只要教授给罗克萨娜有关银行及投资的知识，罗克萨娜那丑陋的营生可以成为妇女最赚钱的职业。"[①]因此，尽管表面上大相径庭，笛福笔下的女主人公在异性之间的辗转与鲁滨孙在他乡的漂流同样是为了金钱的诱惑。[②]

《金瓶梅》中的女性同样表现出一种经济与性相互渗透的物质利己主义。首先，西门庆在六个妻妾之外的情事多带有对方卖淫或半卖淫的性质。他的两个主要情妇——宋惠莲和王六儿——都抱有追求金钱的目的。张竹坡曾说，宋慧莲"本意无情西门，不过结识家主为叨贴计耳"。[③] 王六儿的物质目的更为突出，她甚至和她的丈夫商量如何从她的奸夫西门庆那里讨要钱财，提到"也是我输了身一场，且落他些好供给穿戴"。

在小说中情欲驱使最强的关系，即在西门庆和他第五任夫人"淫妇"潘金莲的相处中，经济动机也有充分体现。尽管两人似乎永远沉溺于无止尽的交欢中，但这种疯狂常常包含着冷静的生意经。潘金莲的放纵不是单纯来自于强烈的性欲，也蕴含了许多精心的算计，因为她必须通过取悦丈夫来获得漂亮的衣服或其他想要的东西。令人惊讶的是，面对潘金莲提出的种种物质要求，西门庆总能清醒准确地报出所需的花费，好像只有这样才能让这个妖媚的女人知道她占了多大的便宜。

潘金莲对于性和金钱的渴求正是西门庆物质欲望的写照，她既是故事的女主人公，又是男主人公的一个镜像。这两人的特殊关系用吴月娘的话可以印证：所谓"恶人见了恶人磨，见了恶人没奈何"(卷2，521页)，潘金莲是唯一可以控制她们那难以驾驭的丈夫的女人。鉴于其性暗示，月娘引用的俗语惊人地预示了西门庆的结局。服食了过量的春药后，西门庆可以说是被他的女镜像潘金莲"磨"死的。在一次疯狂纵欲和酗酒后，西门庆的身体和精神都已经处在麻痹的状态，却不自觉地又进了潘金莲的房间。因为急于与西门庆交欢，潘金莲让醉得不省人事的西门庆吞下了三颗春药，忽视了胡僧关于一次只能服用一颗药丸的警告。在春药的作用下，西门庆的"那活儿"在主人失去意识的情况下突然勃起，"精尽继之以血，血尽出其冷气而已"(卷4，1120页)。

西门庆在《金瓶梅》中的死法与《水浒传》原文大相径庭。《水浒传》中西门庆因谋

① 瓦特著：《小说的兴起》(See Watt, *Rise of the Novel*, p. 142)。

② 更多关于摩尔和罗克萨娜的经济欲望与性欲望之间的联系的论述，参见马克西米利安·诺瓦克著：《经济学与笛福的小说》。(See Maximillian E. Novak, *Economics and the Fiction of Daniel Defoe*, Berkeley and Los Angeles: University of California P, 1962, pp. 67—102, 128—39 for more discussions on the linkages between Moll and Roxana's economic and sexual desires.)。

③ 见张竹坡著：《批评第一奇书金瓶梅》，见于黄霖编：《金瓶梅资料汇编》，143页，北京：中华书局，1987。

害武大被武松杀死，但在《金瓶梅》中他却死于和潘金莲的关系，死于自身欲望的镜像。《金瓶梅》中展现的欲望之恶令人深思甚至战栗，因为它不仅造成社会混乱，也造成欲望主体自身的彻底毁灭。由此，小说表现出其反对物质利己主义的强烈立场。

破裂的亲情

《金瓶梅》和笛福小说中的性经济，反映了在人际交往最私密领域中的"物化"效应。在这两本小说中，同样的"物化"过程也打破了另一种重要的人际关系，即血缘亲情。正如克里斯托弗·弗林特所言，笛福的小说"均以自传回忆录的形式写作，并无一不以失去或逃离家庭为开端"。[①] 笛福对于家庭破裂的迷恋与他拥护物质利己主义的立场是有关的。物质利己主义者要求废除所有的社会约束，而这些约束中最基础的就是父母与子女的关系。《鲁滨孙》就是这种叙事模式的典型例子。书中的主人公固执己见，离开了父母的身边，这成为他后来离开人类社会的铺垫。引人注意的是，在这部第一人称的小说中，家庭关系受到主人公极少的关注：对于他的父亲，两个兄长，妻子和孩子，鲁宾逊仅做了只言片语的介绍。小说中出现的其他角色则大多是鲁滨孙生意中的中间商，一旦完成了各自的使命，便在书中消失了。唯一的特例是星期五，他在小说中是被殖民的俘虏，而主人公相对于他是绝对的"主人"和家长。正是通过这样一种极端不平等的控制关系，坚决抛弃了原有家庭的鲁滨孙在他的世界里重新建立起了类似血缘亲情的人际联系。

与鲁滨孙人物寥寥的自传不同的是，《金瓶梅》中有一个庞大的人物网，并通过一个无所不知、充满讽刺的第三者口吻叙述。从表面上看，《金瓶梅》是一本主要关注西门庆家庭生活的"家庭小说"(domestic novel)。仔细阅读后我们却能发现，小说中的"家庭"与中国传统意义上的家庭有着显著的不同——中国传统意义上的家庭是两代人的家庭，夫妻和男方的父母住在一起并赡养父母。西门庆尽管活动在一个庞大的人际网中，却没有直系亲属。从我们第一次接触到主人公开始，作者便告诉我们西门庆的双亲已经过世了。同时，他也没有兄弟姐妹，由他父母挑选的第一个妻子也已经死了。可以说，西门庆完全不受过去的家庭制约，他新的家庭圈的形成完全基于自己在经济、社会和性方面的选择。

失去了原有的家庭关系后，西门庆在小说中追随了一个用金钱买来的"父亲"——佞臣蔡京。如前所述，西门庆和蔡京之间不切实际的关系是主人公获得权力和影响力的最终来源。他们之间的关系在第55回中达到了顶峰，那一回中蔡京在接受西门庆又一次丰厚的寿礼后将他收为养子。在《金瓶梅》和其他明清小说中，用来疏通人际或政治关系的礼物通常被称作"人情"。"人情"一词出于《礼记》等儒家经典，本义是指儿子在父母过世时感到的真挚的刻骨的悲伤。这种强烈的悲伤被进一步解

① 克里斯托弗·弗林特著：《遗弃的家庭：鲁滨孙漂流记中的亲属关系》。(Christopher Flint, "Orphaning the Family: The Role of Kinship in *Robinson Crusoe*," ELH 55. 2, 1988, p. 381.)。

释为儒家传统中重要的祭祖仪式的起源。[①] 在儒家道德体系中，孝的概念超越了单纯的父母与子女之间的感情联系，而被认为是"五伦"的根基。除了父子外，其余四伦为：君臣、夫妻、兄弟和朋友。孝在儒家思想中有类似宗教的意义，是文明形成的原动力，驱动个人尽职地扮演好他们在人伦关系中被指定的角色。如浦安迪所言，孝"是其他人伦的轴心，往往被视作在万物秩序中心的带有纵向连续性的准形而上模型。"[②]西门庆和蔡京之间的这种新的"人情"关系使神圣的孝道堕落为金钱交易，表达了儒家理想社会秩序的中心的错位。这种错位与物化现象的核心问题有关，因为在这一过程中不可交易的成为交易的对象，不可量化的成为量化的对象。

道德堕落充斥着《金瓶梅》中由物质欲主宰的世界。小说中大量关于遗产的家庭纠纷见证了由于物质私利的出现而引起的亲属关系的破裂。例如，第七回中，西门庆对他未来第三个妻子孟玉楼的求婚及有关的财产问题招致了她姑娘和母舅之间的激烈争吵。当被嘲笑为一个无后的老太婆后，孟玉楼的姑娘立即用粗俗的语言指责对方的母亲与和尚有染，以这种方式来进行激烈的报复。这种丑态百出的互相诽谤，意味着家族亲情关系的土崩瓦解。在小说其他章节中，我们也看到过一个皇亲因为缺钱就拆了他的宗庙，将木材和砖头卖钱(卷 2，428 页)。当亲情关系不复存在时，人际间的诚信关系也消失了。《金瓶梅》对于结拜兄弟这一传统文学主题的讽刺性模仿尤其反映了这一点。结拜兄弟通常指的是发誓像亲生兄弟那样对待彼此的亲密朋友，最著名的例子就是《三国演义》中刘备、关羽和张飞的桃园结义。关羽"过五关，斩六将"的故事是他们之间牢不可破的情谊的例证。在这个著名的故事中，关羽断然拒绝了将他俘虏的曹操赠与他的官位和大量的财宝。向往着与他的结拜兄弟团聚，关羽最终逃走并踏上了寻找刘备和张飞的漫长而艰难的旅途。这种结拜兄弟间无条件的忠诚在《金瓶梅》中被彻底颠覆了。西门庆与他几位"结拜兄弟"的关系事实上充斥着尔虞我诈，甚至明夺暗抢。[③] 值得注意的是，西门庆与他结拜兄弟花子虚的老婆李瓶儿通奸，并从这种关系中侵夺花家的财产，由此获得了他发家的大部分资本。当面临一桩财产官司时，李瓶儿坚决地将自己手中的整箱财宝和银两转入她的情夫西门庆手中。在发现他的结拜兄弟和自己妻子通奸并侵吞了他的财产后，花子虚气死了。不久之后，李瓶儿成为了西门庆的第六个老婆，花子虚的全部家财也都收入西门庆囊中。

人际关系商品化引起的道德混乱贯穿《金瓶梅》整部小说。同时，小说通过西门庆两个儿子的命运和其名字的象征意义表达了对这种社会堕落的谴责：官哥，"官位之子"和孝哥，"孝顺之子"。官哥是西门庆的长子，由李瓶儿所生。官哥出生于西门庆通过大量财宝取悦蔡京进而获得官位之时，因此被西门庆当做自己获得权力和财富的吉兆。实际上的官哥却极度脆弱，容易受到惊吓，经常哭闹。西门庆的所谓成

① 见马丁森著：《报，秩序与救赎》。(Martinson，"*Pao*，*Order*，*and Redemption*，" p. 319.)。

② 见浦安迪著：《明朝小说四大奇书》。(Plaks，*The Four Masterworks of the Ming Novel*，p. 171.)。

③ 见浦安迪著：《明朝小说四大奇书》。(See Plaks，*The Four Masterworks of the Ming Novel* ，p. 168.)

功源于不光彩的亲情和政治交易，而官哥的可悲状态正暗喻了这种成功的苍白实质。值得注意的是，当西门庆不顾李瓶儿的极力反对，将官哥带到西门家族的墓地参加一次祭祖仪式后，官哥的病愈发严重(卷 2，580—585 页)。仰仗着自己的巨额家财，西门庆依照皇家样式重建了祖坟，并身着华服在喧闹的音乐中进行祭祖典礼，将原本神圣的仪式变为一次洋洋得意的展现自己财富与地位的演出。由于受到了祭祖仪式喧闹过程的惊吓，官哥在回家很久后仍然不住颤抖啼哭，在受到潘金莲喂养的白狮子猫的攻击后最终丧命。

如果官哥的命运表达了对其名字所代表的物质欲的一种严酷谴责的话，西门庆的第二个儿子，孝哥——“孝顺之子”——则暧昧地指向一种救赎和重生的可能。孝哥由西门庆的正房吴月娘所生，恰好出生于西门庆离世之时。15 岁时，孝哥被一个神秘的普静禅师认定是他父亲转世，注定要出家为西门庆的罪过赎罪。因此吴月娘同意放弃她的儿子，让他跟随普静出家。这一情节出现在小说的末回，似乎是以一线希望终结了小说中昏天黑地的世界。然而，如果我们考虑到在《金瓶梅》中佛教世界也饱受尘世中物质欲的玷污，这一救赎似的结尾似乎有些讽刺的意味。进一步加深了我们的疑虑的是，吴月娘在送走儿子后，决定将西门庆的仆人，颇似“小西门庆”的戴安指定为家族继承人。[①] 如此结尾暗示书中的世界并未获得新生，而那摧毁了西门庆家庭和整个社会的堕落循环还在继续。孝哥是西门家族留下的唯一血脉，而他的离去也暗示着以亲情为道德基础的传统儒家体系无可挽回的崩坏。由此看来，小说对物质利己主义的非自然化处理最终在一种沉重的历史断裂感里终结。

走向跨文化的想象

在这篇文章中，我谈论到了首部中文和英文现实小说对物质生活和日常经验细节的强调，并将这种文学相似性归因于中英社会在迅猛的社会商品化过程中引发的意识形态危机。这一观点赋予了这两部通常在“国家民族文学”范畴内研究的文学里程碑与欧亚大陆早期现代经济发展相关的跨文化内涵。如果我们认识到两个基本独立的文化圈内的叙事结构发展都与变化着的物质基础息息相关，那么我们或许可探索出一条研究全球范围内人类文化发展轨迹的理论化道路。诚然，在本文中所作的研究仍很有限，远未达到全球性的程度，仅仅涉及对两本小说的比较分析。尽管范围较小，本文仍希望能够通过其越界的方法探索一种新的比较文学思考模式。换句话说，本文对比研究的目的并不是还原绝对的、完整的“史实”，而是为了展开一个跨文化想象的空间，邀请各界学者重新思考、阐释，并且相互辩论文本和理论在多种文化背景下的相关意义。正在对小说这一文体就行全球性研究的比较学者佛朗哥·莫瑞提曾如此引用马克思·韦伯的论点来阐释自己的视角：“规定各种科学的范

① 见柯丽德著：《金瓶梅的修辞》。(Carlitz, *The Rhetoric of Chin P'ing Mei* , p. 141.)

围的并非万物之间的具体联系，而是世间万物之间概念上的联系。”①虽在规模上望尘莫及，本研究与莫瑞提的全球计划有着共通的目标，即超越已经建立的学术研究的固定模式，重新规划学术“问题”。同时，我同意莫瑞提提出的“对文体问题进行物质性考察”(a materialist conception of form)这一方法，并相信这种角度可以为跨文化研究提供一条重要的道路。② 当然，即使我们相信文学和社会可以互为参照，这两者间的关系也与人类经验和想象方式一样具有无限多样性。即使要从这一无边的疆域里规划出一块渺小的角落，都有可能成为某个领域的全部课题，而绝非一人之力所能完毕。然而，我们目前最重要的任务是开始设想此类跨域研究存在的可能。

① 见马克斯·韦伯著：《社会科学和社会政策的客观性》，见于《社会科学方法论》，爱德华·希尔斯，亨利·芬奇译。引自莫瑞提《关于世界文学的猜想》。(Max Weber, “Objectivity in Social Science and Social Policy,” 1904, in *The Methodology of the Social Sciences*, trans. and ed. Edward A. Shils and Henry A. Finch, New York: The Free Press, 1949, p. 68, quoted in Moretti, “*Conjectures on World Literature*,” p. 55.)。

② 见佛朗哥·莫瑞提著：《图表、地图、树木：文学史抽象模型》。(Franco Moretti, *Graphs*, *Maps*, *Trees*: *Abstract Models for a Literary History*, London and New York: Verso, 2005, p. 92.)